Für meine Tochter
Pilar

I
Dämmerung

1

Mañungo Vera überlegte, ob Pablo Neruda sich am Südhang des San Cristóbal angesiedelt hatte, um das Gebrüll von Carlitos, dem Zoolöwen, hören zu können. Typisch für ihn, dieser Grund für die Wahl seines Wohnsitzes, sagte er sich, Erfüllung irgendwelcher Kindheitswünsche, die zusammen mit einem literarischen Einfall so vielen seiner alltäglichen Handlungen Farbe gaben. Im Taxi auf dem Weg zu dem Haus, das dem Dichter gehört hatte, gelang es Mañungo nicht, diese Idee loszuwerden; mit der Trauer über das heute Geschehene wurden die Erinnerungen an die Abende in dem kleinen Salon der Pariser Botschaft wieder wach, wo er vor Jahren den Gesprächen über Nuancen der geplanten Ausgabe in der *Bibliotheque de la Pléiade* zugehört hatte, die Nerudas Übersetzer mit Celedonio Villanueva führte.
Zu Füßen des Dichters ließ sich mit gespreizten Pfoten ein großer, in einem Spielzeugladen in Paris gekaufter, nutzloser und luxuriöser Plüschlöwe von Matilde frisieren, die neben der unechten Bestie kniete und deren Mähne so zurechtbürstete, daß sie ihrer eigenen, ebenso kupferfarbenen Haarpracht ähnelte. Es ist durchaus möglich, daß sie dabei an ihren beklagenswerten, am Berghang von Santiago eingesperrten Nachbarn dachte, an jenen Sohn eines lahmen bolivianischen Löwen, der das Licht der Welt in der Gefangenschaft erblickt hatte, im ärmsten Zirkus von Iquique, viele tausend Meilen und so manche Generation von seinen wilden Verwandten entfernt. Böse Zungen behaupteten, unserem Freund Carlitos fehlten fast alle Zähne, er habe einen übelriechenden Atem und einen Spleen, und wegen

seiner Arthritis könne er nicht einmal die Kinder erschrekken, die ihn, den Mund voll Zuckerwatte, verspotteten, weil er nur noch nachts und aus Angst brüllte. Ein feiner Löwe also. Aber er war unser Löwe, und das Land besaß nicht die Mittel, sich einen besseren zu kaufen. Pablo und Matilde werden in ihren gemeinsamen Nächten mehr als einmal bei dem kehligen Klagen des unglückseligen Tiers aus der Tiefe ihrer Umarmung erwacht sein.
In seinem Taxi hörte Mañungo dieses Konzert zerstörter Stimmbänder, diese zu einem Plüschspielzeug, nicht zu einem wilden Tier passenden Laute. Als er nach Bellavista kam, brauchte er nur das Geächze des Raubtiers zu hören, um zu wissen, daß das Taxi sich dem Haus von Pablo und Matilde näherte. In letzter Zeit mit Boutiquen und kleinen Restaurants ausstaffiert, litt der Stadtteil unter einer verwirrenden Anordnung überflüssiger Ampeln, Straßen mit wechselnder Fahrtrichtung, Einbahnstraßen und Sackgassen, die es dem verstörten Taxifahrer unmöglich machten, Nerudas Straße zu finden.
»Fragen wir jemanden«, schlug Mañungo vor.
Der Fahrer wollte bei einem Bettler halten, der, unterhalb der Taille amputiert, auf einem Rollbrett um Almosen bat, einen Strohhut mit zerrissener Krempe über ein Auge gezogen. Mañungo deutete etwas weiter weg auf eine gewiß geeignetere Person, ein Mädchen im Mini-Rock, das an dem giftig lilafarbenen Anilin eines Eis am Stiel lutschte. In Chiloé war das lilafarbene Eis aus künstlichem Zimt, glaubte er sich aus seiner Kindheit zu erinnern, und den Kopf aus dem Wagenfenster reckend rief er:
»Wie kommt man zu dem Haus von . . .?«
Noch bevor er die Frage ganz ausgesprochen hatte, deutete die Hand mit dem lilafarbenen Eis in Richtung auf den Hügel:
»Zweite Straße rechts, dann die letzte am Ende und um die Kurve«, sagte das Mädchen und lutschte weiter an der köstlichen Süßigkeit.
»Danke.«
Mañungo schloß aus der spontanen Antwort, daß jeder sie

heute nachmittag fragte: Wie kommt man zu dem Haus von Neruda? Zahllose Wagen verfuhren sich in den Gassen, und ihr machte es Spaß, Fremden den Weg zu zeigen. Außerdem hatte sie ihn erkannt, dachte Mañungo. Bis vor zwei oder drei Jahren – hier wird das bestimmt immer noch geschehen – war es selbst in Paris nicht selten, daß man ihn auf der Straße erkannte, vor allem Jugendliche und Studenten. Der Wortwechsel mit dem Mädchen war aber vielleicht doch zu kurz, als daß sie ihn hätte erkennen können, obwohl er mit seinem Bart und seinem langen Haar – das leider von der Stirn zurückzuweichen begann – leicht als eine der mehr oder minder künstlerischen Randfiguren eines Posthippietums auszumachen war, das, wie er wußte, in Europa schon ausgestorben war. Hier würden ihn die Wohlmeinenden verächtlich zur »onda lana« rechnen, zu den friedfertigen, epigonalen Betreibern von Kunstgewerbe, den Experten für UFOS und exotische Religionen, den Mikrobiotikern, Marihuanarauchern und sexuellen Eklektikern. Die Jüngsten – und die Ältesten – begriffen diesen Kodex des Nonkonformismus nicht, waren nur empfänglich für die Signale seiner exzentrischen Kleidung. Aber viele aus Mañungo Veras Generation trugen immer noch dieses zornige Signum, denn ihr Bewußtsein war aus einem rebellischen Ethos entstanden. Er selbst hielt an diesen Attributen nicht nur aus Treue zu seiner eigenen Vergangenheit fest, sondern weil sie ein Teil seines Images waren, und sein Agent zwang ihn, sich ihrer zu bedienen, obwohl er sich mit vierunddreißig Jahren für solche Aufmachung zu alt fand; er hätte sie lieber unauffälliger gehalten.

Die Kleine, die er nach dem Weg zu dem Haus gefragt hatte, wo man die Totenwache für Matilde hielt – er hatte die Nachricht auf der Fahrt von der Sechs-Uhr-Maschine der Air France zum Holiday Inn gelesen, hatte seinen Sohn mit dem Gepäck im Hotel abgesetzt und war, trotz dessen Geheul, mit demselben Taxi weitergefahren –, die Kleine hatte ihn wahrscheinlich so ganz obenhin erkannt, ohne genau zu wissen, wer er war. Aber als das Taxi der von ihr angegebenen Richtung folgte, konnte er es nicht lassen, sich durch

die Heckscheibe nach ihr umzusehen. Nicht um sie anzusehen, nein: Er zeigte ihr vielmehr sein Gesicht, damit wenigstens einer ihn bei seiner Ankunft in Chile, nach dreizehn Jahren Abwesenheit, wiedererkannte. Das Mädchen hatte ihm nachgesehen. Als sie nun zum zweiten Mal seine wilde Mähne, seinen schwarzen Bart, die winzigen Brillengläser und die großen Zähne inmitten seines etwas hasenhaften Lächelns eingerahmt vom Heckfenster wie auf einem Poster sah – wie sollte sie das Idol von ihren Kassetten, ihren LPs, den Festivals und der schmalzigen Penetranz der Regenbogenpresse nicht erkennen? –, leuchtete ihr Gesicht auf, und sie winkte ihm ungläubig von der Ecke her nach, sicherlich verärgert, daß sie die Gelegenheit nicht genutzt hatte, ihn um ein Autogramm zu bitten. Als er sie aus den Augen verlor, hörte er wieder nach vorne gewandt Carlitos ein Erkennungsgebrüll ausstoßen, das verkünden sollte, Mañungo Vera sei aus Paris zurückgekehrt, um den sterblichen Überresten von Matilde die letzte Ehre zu erweisen in dem Haus, in das man ihn früher nicht nur eingeladen hatte, damit er dort sang, sondern weil man seine Anwesenheit als angenehm empfand.
Es war sicher nicht das beste Programm für den ersten Tag seiner Rückkehr. Vor allem, weil er unsinnigerweise und ohne jeden Grund zu einer Zeit in sein Land zurückkam, als es gerade durch eine erneute Verhängung des Ausnahmezustands geknebelt wurde. Sofort zu Pablos Haus zu fahren, war das einzig klare Ziel, das sich ihm bot: der Weg der Dankbarkeit, der Bewunderung und des Gedenkens. Wenn er bei seiner Ankunft nicht ausgerechnet auf diese traurige Nachricht gestoßen wäre, die ihm nun den Ablauf der nächsten Stunden vorschrieb, was hätte er dann gemacht? Wen hätte er besucht? Wohin wäre er gegangen, und welche Schritte hätte er unternommen? Er stellte sich vor, wie er seine Koffer öffnete, allein, wie so oft in den Hotels, in die ihn seine Tourneen führten, während Jean-Paul das Fernsehgerät anstellte. Später würde er die Zeitung durchblättern, um vielleicht auf einen bekannten Namen zu stoßen, bis er sich endlich mit seinem pomadisierten Agenten in

Verbindung setzen würde: das traurigste Programm, das er sich vorstellen konnte. Nach dreizehn Jahren hatte er keine Freunde mehr. Die Chilenen sind sehr schlechte Briefschreiber, und er war einer der faulsten. Und wenn er mit Juan Pablo auf der Avenida Providencia spazierenginge, um vielleicht ein Gesicht wiederzuerkennen? Wenn er seinen Vater anriefe, ihn von seiner Weide in Curaco de Veléz ans Telefon im Dorf holte und ihm verspräche, bald auf die Insel zu fahren und eine Weile bei ihm zu bleiben, damit er seinen französischen Enkel kennenlerne? Oder wenn er noch weiterginge und ihm, auch wenn der alte Mann es nicht verstehen würde, ganz plötzlich alle seine Risse zeigte, indem er die Verwirrung der Gefühle vorwegnahm, die ihn zurückgebracht hatten – schließlich war es sein Vater –, damit er, wenn er ihn endlich umarmte, seiner Unschlüssigkeit einen Ausdruck geben konnte? Im Grunde wäre es tatsächlich das einfachste gewesen, seinen Agenten zu benachrichtigen, damit der ihn in ein Netz von Pressekonferenzen und Partys spannte und ihn mit diesem Ritual vor einem Sturz in die Einsamkeit bewahrte. Aber die Pflicht, ihr, die seit heute Morgen nur noch ein unbewohnter Körper war, die letzte Ehre zu geben, bestimmte nun für die nächsten Stunden die Koordinaten seines Herzens.

Eine respektvolle Freundschaft hatte ihn über viele Jahre mit den Nerudas verbunden; sie waren seine Gönner – seine Entdecker? – in Chile und später, als der Dichter dort Botschafter war, in Paris. Mañungo hat mehrere seiner Gedichte vertont und gesungen. Seine Neruda-LP *Cancionero para poetas guerrilleros*, in Frankreich eine goldene Schallplatte, war damals der größte Triumph eines lateinamerikanischen Sängers in Europa. In letzter Zeit hatte er immer wieder Gerüchte gehört, die er lieber beiseite geschoben hatte, von einem gewissen Leiden, an dem Matilde zugrunde ginge. Daß er zufällig an dem Tag hier ankam, an dem sie starb, und an der für morgen angezeigten Beerdigung teilnehmen konnte, rechtfertigte in gewisser Weise seine überstürzte Heimreise.

Je mehr sie sich dem Haus am Berghang näherten, desto

lauter hörte er den Plüschlöwen brüllen. Oder hörte er ihn auf dem Teppich liegend zufrieden knurren, während Matildes geschickte Hände ihm mit einem eigens für diesen Zeitvertreib erstandenen grünen Kamm die zottige Mähne so auftuffte wie ihre eigene? Er vermutete, daß Matilde genau wie er wahrscheinlich nur mit halbem Ohr den literarischen Feinheiten der Auseinandersetzung zwischen dem Übersetzer und Don Celedonio lauschte, der mit seiner Zigarre und seinem Stock mit goldenem Knauf seine Jahrzehnte vornehm trug und in Paris Nerudas bevorzugter Begleiter war, nicht allein, um bei Antiquaren herumzustöbern, sondern um die Erinnerungen an ein strahlendes, vergangenes Paris aufzurühren, in dem sie zusammen mit Juan Gris, mit Vicente Huidobro und Juan Emar eine Rolle gespielt hatten. Das waren herrliche Gespräche für Mañungo, bei denen er viel lernen konnte, vor allem die Lektion, daß Nostalgie nicht unbedingt tödlich sein muß, sondern sehr heiter sein kann, wenn man, wie diese beiden Freunde, die Vergangenheit so vollkommen nachlebte, daß nichts mehr zu beklagen übrigblieb. Dieses oder jenes Café gibt es nicht mehr... über Dutzende verstorbener Freunde sprachen sie ohne Beschönigungen, obwohl Don Celedonio an den Gebrechen seines hohen Alters litt und Pablo eine traurige graue Hautfarbe bekommen hatte, über die man besser nicht sprach, obwohl man ihn vor dem Frühstück zu gewissen Kliniken gehen sah. Matildes Lachen und die Großzügigkeit ihrer Tafel, die surrealistischen Späße Don Celedonios und die Hoffnung in die Politik der UP oder Kubas ließen keine anderen Gefahren erkennen als die in unserer gequälten Zeit allgemein verbreiteten. Matilde war für Mañungo die im Gesang der Liebe und Materie verewigte Gegenwart. Und jetzt würde er der Sache gegenübertreten, die einmal jene Frau gewesen war, hart für viele – nicht für ihn, dem die Strenge der Bauern vertraut war –, aber in der Lage, einen Kreis der Zurückhaltung um die widersprüchlichen Normen zu ziehen, die zur Größe des Dichters gehörten.

2

Für Mañungo Vera war der Augenblick gekommen, ein anderer zu werden. Nicht, indem er die alten Künste der Zauberei anwandte, um sich in einen Uhu zu verwandeln, der nachts seine unheilverkündenden Flügel in einem gemauerten Glockenturm schlägt, oder in Ungeziefer, das den in die Ferse beißt, der bei Sonnenuntergang mit undeutlichem Klagen flieht, sondern durch die bewußte Veränderung der Umstände, die seine eigene Gestalt inzwischen trügerisch erscheinen ließen, wie das träge Fließen des Nebels, der eine Insel zum Berg macht, einen See zum Meer oder zum Fluß, ein Schiff zur Kuh oder zum Jeep und in schwarzem Regen gerinnt, der die Häuser für Wochen wegwischt. Eine Reise machen bedeutet nichts – wie sollte er, ein häufiger Gast in der ersten Klasse von Jumbos, die ihn von Rom nach Tokio, von Los Angeles nach Amsterdam brachten, das nicht wissen –, es änderte aber auch nichts. Ein Hilton, ein Sheraton, ein Holiday Inn für vier triumphale Nächte sind genau wie ein anderes Hilton, ein anderes Sheraton oder Holiday Inn für vier Nächte, wo auch immer. Oder sie sind es zumindest geworden, denn das geschieht, wenn jemand reist, um gesehen und gehört zu werden, was gleichbedeutend ist mit nichts sehen und nichts hören. Die jetzt geplante Reise hatte sich wie von langer Hand vorbereitet, dieses Ergebnis einer dunklen Fortsetzung seiner eigenen, in demselben Nebel verwischten Geschichte, die das Zauberschiff vortäuschte, eine Fortsetzung, die Veränderungen ankündigte, deren Schmerz er zu bestehen hoffte. Reiner Masochismus, dieses Ein-anderer-sein-zu-wollen, hatte Nadja gemeint, ohne zu begreifen, daß heute für viele Lateinamerikaner ein kurzer Aufenthalt in jener Hölle notwendig ist, wenn die Veränderung, die man anstrebt, etwas mehr ist als eine Übung im Formalismus der Flucht. Aber fliehen woraus, wenn man es recht besah, wenn alle diese Jahre für ihn wie Füllhörner gewesen waren, und noch heute wäre es einfach, sich von seinem Pariser Agenten überreden zu lassen, der ihm versicherte, es sei noch nicht zu spät für ein

Comeback, und alles könne wieder so sein wie in den besten Zeiten. Sein Agent brauchte sich nicht wegen seines Vertrags aufzuregen, da das Problem in Bereichen lag, zu denen er, der keine Leuchte war, keinen Zugang hatte. Natürlich fühlte Mañungo sich in der Lage, seinen Höhepunkt zu wiederholen, auf die Bühne zu gehen, sich dem Publikum zu zeigen, das bereit war, ihm alles zu glauben, aufgepeitscht durch sein erhitztes Adrenalin, wie ein loderndes Feuer der absoluten Gewißheit, der Liebe, die sich überträgt, obwohl sie eine Portion Masochismus enthielt: Der Guerilla-Sänger war besessen von seiner Potenz des Gitarre-Sex-Maschinengewehrs und schoß mit dem Hals seines Instruments ins Publikum... pam... pam! Und Berlinerinnen und Pariserinnen fielen nach den Ovationen wie Schnepfen in sein Bett... Er konnte immer noch improvisieren, mit seiner Stimme, seinen Gesten, der richtigen Maske, die den Augenblick totaler Potenz ausdrückt, und sich jedesmal in jenen »anderen« verwandeln, der jedoch er selbst war, erkennbar, fühlbar, dunkel, mit der hohen Temperatur seines schlanken, fiebrigen Oberkörpers im Käfig seiner schwitzenden Rippen und dem präzisen Rhythmus seiner Stimmritze, der von seinem Gitarre-Sex-Maschinengewehr markiert wird.
Ja, er war immer noch in der Lage, alles dem Publikum zu bieten. Aber nicht mehr das andere, was er ihm früher gab, als er noch niemanden täuschen mußte; damals war er, was er sang, und ließ die Studenten mit der Natürlichkeit eines jungen Heiligen der Kunst und der Revolutionen seine Kleidung und seinen Bart berühren. Die Gewißheit von damals, die Überzeugung, die seiner Musik die Wärme gab und die, wer weiß wie und warum, verflogen ist, wo war sie jetzt? War nicht alles Betrug geworden, für ihn und für die anderen? Hatte er, der es schon so weit gebracht hatte, noch das Recht, sich der Kleider des gefeierten Klischees zu entledigen, um herauszufinden, ob ihm noch irgend etwas von ihm selbst geblieben, das nicht von seiner Maske verschlungen worden war? Jetzt singen? Was singen? Um was zu sagen, wenn die Worte und die Musik und der Rhythmus sei-

ner langen, steifen Beine und seiner zügellosen Lenden rein gar nichts mehr bedeuteten? Sänger, ja, sein ganzes Leben lang, auch wenn er keine einzige Note sang. Aber kein Schauspieler, denn das war es, was sein Agent ihm vorschlug, damit er nicht von der Bühne abtrat und sein gewinnbringendes Klischee aufrechterhielt.
Darum jetzt die Verwandlung. Eine andere als die auf der Bühne, weil es nämlich nicht darum ging zu spielen, sondern zu sein, und was er früher zu sein imstande war, konnte er heute nur noch spielen. Er fühlte, wie sein Ruhm erlosch, doch ohne Sentimentalität, denn lange vorher war ihm die Überzeugung abhanden gekommen, und nun hatte er nichts mehr zum Überleben. Jetzt – sein Agent merkte es nicht – ging es nicht darum, irgend etwas oder irgendwen zu erobern, sondern zu sein. Aber was? Insel, Wolke, Hügel, Figur, die sich über den Dunst der feuchten Coigüe-Stämme beugt, um ihr unklares Wesen zu verbergen? Ein anderer sein, irgend etwas sein, ein Unbekannter von vierunddreißig, jene im Dunst verschwimmenden Umrisse entziffern, anderen, unsichereren Stimmen als seiner Musik und seiner Revolution lauschen, die Stimme der Alten hören, ja, in dem begrenzten Schallraum seines Apartments in der rue Servandoni konnte er, wenn er ein wenig hinhörte, hinter dem schrillen Kreischen in seinem linken Ohr, das die Ärzte als Tinnitus diagnostizierten, die Wellen vernehmen, wie sie an die öde Westküste der großen Insel brandeten. Dieses Röcheln wie aus einer sterbenden Kehle mitten aus dem Ozean wurde von den Bewohnern von Chiloé als Vorzeichen für eine Veränderung gedeutet. Die Illusion von einem Umschwung in seiner Heimat hatte sich verflüchtigt, obwohl seine Freunde in der zerrissenen Atmosphäre der Exilcafés dies leugneten, wo er verstummte, als er begriff, daß die Hoffnungslosigkeit unglücklicherweise keine Musik kennt. Was sollte er singen? Sein Vater in Curaco bebaute noch immer sein karges Erbe, oder hatten die Jahre auch diesen Boden ausgelaugt, und war in seiner Brust nur noch ein Röcheln zu hören wie die Stimme der Alten, wie die des armen Plüschlöwen in seiner letzten Inkarnation, der von

heute, der Niederlage, des Todes, zwölf Jahre nach der Zeit in der Botschaft in Paris, ein mottenzerfressenes und vergessenes Nichts? Gab es den Löwen noch? Wo wird er morgen, nach Matildes Beerdigung, hinkommen, wenn man ihn aufgehoben hatte?

Er öffnete sein Fenster auf das sechseckige Beet der gesprenkelten Tulpen im Jardin de Luxembourg. Wozu eigentlich, wenn er seit Monaten bei Aufnahmen, in einem Taxi oder wo auch immer – in letzter Zeit ging er selten aus, da er sich einredete, es sei seine Pflicht, Jean-Paul nicht allein zu lassen –, hinter dem hartnäckigen Schrillen in seinem Ohr in dem scheinbar weiten Horizont nur das Rauschen des sich an dem hundert Kilometer langen Strand brechenden Ozeans hörte, das die Bewohner der Ostküste, die sich von lauter kleinen Tochter-Inseln unterbrochen zur Bucht von Castro zusammenzieht, die Stimme der Alten nennen? Ja, Veränderung. Ortswechsel, Zeitwechsel. Würde ihn sein Versuch nicht umbringen, das Schiff der Kunst mit so unsicherem Ziel in entgegengesetzte Richtung noch einmal zu besteigen, um sich in eine Welt zu begeben, von der vielleicht nichts mehr als reine Allegorie übriggeblieben war.

Und Juan Pablo? Was würde aus Jean-Paul? An jenem lastenden Abend, Wochen nachdem Nadja ihn verlassen hatte – sie könne ihm nicht sagen, für wie lange, sagte sie, in jedem Fall für lange oder für immer; sie könne ihm unmöglich anvertrauen, wohin sie gehe; da es sich um eine kompromittierende Angelegenheit handele, zöge sie es vor, um ihn zu schützen, weder Namen zu nennen noch Andeutungen zu machen. Es täte ihr sehr leid, daß dies seine Tourneepläne durcheinanderbrächte und ihn zwänge, sein Leben völlig umzustellen, aber im Augenblick sei er dran, sich um Jean-Paul zu kümmern, aus dem einfachen Grund, weil sie jetzt dran sei zu leben –, an jenem Abend hatte er seinen Sohn angeschrien, wenn er nicht wolle, daß er ihm den Schopf ausreiße, müsse er augenblicklich diese ohrenbetäubende Kassette abstellen, die er wahrscheinlich zum hunderttausendsten Mal anhöre, *Au clair de la lune mon ami Pierrot*, gesungen von der schmalzigen Stimme eines offensicht-

lich perversen Erwachsenen, der eine Kinderstimme nachahmte. Als seine Erregung durch diesen Ausbruch wie durch das zum Winterhimmel von Paris, der eigentlich nicht viel anders war als der Himmel von Achao, offene Fenster abgekühlt war, rief er mit wieder sanfter Stimme seinen Sohn, um ihm die Verbindung beider Himmel zu zeigen. In der Hocke umarmte er ihn von hinten. Wie klein er war! Und sein bärtiges Gesicht an das kleine Fenster gedrückt, wo der Regen des Südpols rauschte, sagte er:
»Écoute!«
»Quoi?«
»Tu n'entends rien?«
Juan Pablo mühte sich zu hören, was sein Vater hören wollte.
»L'autobus dans la rue d'à côté?« fragte er.
»Non. Quelque chose d'autre.«
»La musique du café au coin?«
»Non. Quelque chose plus lontaine encore.«
Nach einem Augenblick meinte das Kind:
»Non. Je n'entends rien.«
Im Bewußtsein, daß man ihm nicht nur verziehen, sondern daß er auch noch gesiegt hatte, löste er sich aus den Armen des Vaters und lief, um wieder *Au clair de la lune* aufzulegen. Seine Mutter hatte ihm gesagt, er solle sich nicht fürchten, wenn sein Vater seltsame Geräusche höre. Es handle sich um eine harmlose Krankheit – obwohl sie, als sie ihren Sohn kämmte, um ihn die rue Servandoni mitzunehmen, fürchtete, es sei eine ansteckende –, die vor allem die Bürgerlichen befiel und sich Neurose nannte. Ja, Neu-ro-se: Er solle sich dieses Wort merken, denn wenn man den Namen der Dinge kennt, verwechselt man sie nicht mehr, man entkleidet, entwaffnet sie vielmehr und macht sie umgänglich. Die Künstler, die der abartigen Neigung nachgingen, allen Dingen andere Namen zu geben, seien aus genau diesem Grund neurotisch. Mañungo, sein Vater, sei ein großer Künstler – sie enthielt sich der Bemerkung, daß er ihrer Meinung und auch der von Kennern nach ein großer Künstler *gewesen sei*, es wegen seiner politischen Verweichlichung

nun aber nicht mehr war –, und sie riet ihm, sich nicht zu erschrecken, wenn er ein wenig grob würde.
Es war nicht das Schrillen seiner Neu-ro-se, was Mañungo mit Juan Pablo vor seinem auf den Regen von Paris offenen Fenster hören wollte. Er schloß das Fenster und zog die wollenen Vorhänge zu – noch in dieser weiten Entfernung ließ sie die leichteste Feuchtigkeit nach Schafen, nach Weiden, nach Chiloé, nach feuchtem, väterlichem Poncho riechen –, die er sich in einer anderen Zeit seines Lebens, der des Aufbaus, von der er glaubte, es ginge immer weiter nach oben, von Nelly Alarcón hatte schicken lassen, als sie die Chilota-Tracht zum authentischen und exportierbaren Gewand kreierte. Das feinste Tuch aus erlesener Wolle erster Qualität hatte er bestellt, das Beste, was die Insel herstellt. Jean-Paul war nicht in der Lage, diesen Geruch aufzunehmen noch die Weissagungen des südlichen Pazifiks zu hören, der Gegend, wo die Schneegestöber beginnen und die Rassen und Arten, die vom Aussterben bedroht sind. Was würde aus ihnen, wenn das Kind nicht einmal die Stimmen der Alten hören konnte?
Mañungo gab zu, daß sein Versuch, alles zu ändern, selbstmörderisch sein konnte: sich in den Rhein zu stürzen wie der verrückte Schumann mit seinen Geräuschgespenstern, wie Nadja ihm erzählt hatte, als sie nach einem Konzert die Kais einer Hansestadt, die mit Rauhreif überzogen war, entlangschlenderten und zum ersten Mal über den Tinnitus sprachen. Oder war es vor einem Harfenkonzert von Nadja? Vor Jahren, als er gerade aus Chile gekommen war, gingen sie Arm in Arm zwischen den üblichen Touristen der Butte de Montmartre: Plötzlich hieß er sie mitten in der Menge stehenbleiben und die Augen schließen, die seinen schloß er auch. Nadja sagte ja, auch sie höre, was er die Stimme der Alten nannte, einen Schrei der Hoffnung, der ihnen von der anderen Hemisphäre herüber versicherte, daß in seinem armen Land bald der Umschwung käme, für den alle von diesem Ufer aus kämpften. Das war, bevor dieses unerträgliche Schrillen der Neu-ro-se auftauchte. Neu-ro-se? Nein. Auch nicht ein einfacher *stress*, diagnostizierte

ein gebildeter Arzt: eine Verletzung des Mittelohrs, das nicht ausgerüstet ist, die auditive Verseuchung der heutigen Umwelt zu ertragen... Man müßte fliehen, sich vor jeder Verseuchung verbergen, den Geräuschen, den Menschen, der Politik, damit man nicht über das Schrillen des Tinnitus verrückt wird. Nadja verurteilte jede Flucht. Als sie Mañungo nach einigen mehr oder weniger gemeinsamen Jahren verließ, hatte sie ihm in der klassischen Szene gestanden, ihm wie die übelste Beleidigung ins Gesicht geworfen, es sei doch wohl mehr als offensichtlich, darüber brauche man nicht zu diskutieren, daß kein Mensch hören könne, wie sich die Wellen des Pazifischen Ozeans wie einstürzende Berge mitten in Paris brechen. Ja, sie habe ihn damals, als sie ihn eroberte, angelogen, besonders bei dem Spaziergang in Montmartre, genauso, wie sie sich von ihm habe schwängern lassen – wie sinnlos sei es, zu wiederholen, wie sehr und wie schmerzlich sie jetzt diese Dummheit bereue! –, nur um ihn fester an sich zu binden, denn von Anfang an ahnte sie, daß er von so primitiven Atavismen wie dem Gefühl der Vaterschaft bestimmt würde. Jugendlicher Übermut, ihre damalige naive und un-ideologische Leichtfertigkeit, Romantik, das gut gemeinte Produkt einer bestimmten chilenischen Situation, die sich im ersten Aufflackern von Mañungos Ruhm unter den Studenten von Paris widerspiegelte, die noch lebendige Arroganz von '68, der Zulauf des Publikums, die um ihn herumwirbelnden Lobeshymnen, das habe sie ganz natürlich schwindelig gemacht, sie verführt. »Verliebt« war ein Wort, das Nadja ablehnte, sie setzte es gleich mit Unordnung und stempelte es genau wie den Tinnitus als Neu-ro-se ab. Warum mußte Nadja das alles ablehnen? fragte sich Mañungo. Warum mußte sie etwas leugnen, was existiert hatte, nur weil es jetzt nicht mehr da war? Er brauchte nichts zu verleugnen, um Nadja nicht mehr zu lieben. Wie lange liebte er sie schon nicht mehr! Aber er akzeptierte, was einmal war, und sein sehnsuchtsvolles Tasten ließ manchmal jede Einzelheit ihres schweren, schwarzen Haares wieder lebendig werden, das so russisch, so dicht und schwer und seidig war, daß er, wenn sie nach der Liebe neben ihm eingeschlafen war, die Haare zwischen Daumen und Zeigefinger nahm, wie eine Prise Salz, und zu raten versuchte, wie viele Haare in so eine Prise paßten, indem er langsam die Strähne aus den Fingern gleiten ließ. War es möglich, daß Nadja leugnete, sich an diesen Daumen und diesen Zeigefinger zu erinnern, obwohl sie einmal, um zu zeigen, wie viel sie für ihn empfand, aus dem Gedächtnis exakt das Labyrinth seiner Fingerabdrücke aufgezeichnet hatte? Wie sollte Juan Pablo hören, was er ihn vor dem Fenster hören lassen wollte, das auf die wie zu Emblemen erstarrten Tulpen des Jardin de Luxembourg geöffnet war. Nicht ohne Grund behauptete Nadja, Mañungo sei ein so rudimentärer Mensch, jeder Eigenständigkeit anderer gegenüber derart intolerant, daß er von den geliebten Menschen erwarte, sie sollten genau dasselbe fühlen wie er. Was sollte Jean-Paul denn vom Pazifischen Ozean wissen, außer daß sie manchmal gemeinsam diese zerklüftete Küste erforscht hatten, die so weit entfernt und seinem Herzen so fremd war, daß das Kind sie auf Befragen einmal mit Alaska, einmal mit Norwegen verwechselte? Nein, er hatte kein Recht, von ihm zu fordern, dasselbe zu hören, was er mit sieben Jahren in einem Haus gehört hatte, dessen Ziegel im Regen silbern schimmerten wie Schuppen einer frisch aus dem Wasser gezogenen Plötze, ein menschliches Haus, ein Haus mit Persönlichkeit, das knackte und ächzte und litt wie ein Organismus, belebt von alten Geschichten, die von der Dunkelheit in Erscheinungen verwandelt wurden, die, ein wenig jenseits der persönlichen Erinnerung, in den nicht mehr ganz so geheimnisvollen Bereich der kollektiven Erinnerung gerieten.

Oder daß er – wenn die Fähre vom polynesischen Cucao her, mit seiner Rückseite dem Pazifik zugewandt, tutete und Don Manuel ihn am Herd, der den gefühlsbesetzten Raum der verstorbenen Mutter ausfüllte, umarmte – der Stimme der alten Frau lauschte, dem Röcheln, das, wie gerade jetzt in der rue Servandoni, Veränderungen ankündigte. Nein. Juan Pablo war etwas anderes. Ein anderer. Schwer, diesen Unterschied zu akzeptieren. Vor allem, daß

er ein Kind war, in dem Mañungo wenig von sich selbst erkannte. Anfangs versuchte er ihn zu gewinnen, indem er ihm seine Lieder vorsang, aber er wählte Liebeslieder, und Liebe schien Juan Pablo, dem Nadja durch ihre Erziehung oder ihre Veranlagung jenseits der Reichweite dieses Wortes einen Platz zugewiesen hatte, nicht zu berühren. Außerdem war der Text der Lieder auf spanisch. Und das Kind, als wäre es von seiner Mutter dazu angehalten, alles abzulehnen, was von ihm kam – Nadja war nicht schlecht, nur reizbar und auf naive Weise intolerant gegenüber allen nicht rationalen Dingen; wenn sie das Kind auch gegen ihn beeinflußte, so konnte er sie doch nicht beschuldigen, dies aus Rache getan zu haben, sondern weil ihre Vorstellungen stets endgültig waren, auch wenn sie sich oft änderten –, das Kind hatte sich allem widersetzt, was nicht französisch war. Es war also nicht verwunderlich, daß Juan Pablo die schönsten Lieder seines Vaters ungeduldig machten und er das alberne *Au claire de la lune mon ami Pierrot* vorzog.
Er sah das Kind neben der teuren Studioanlage: die einzige Sache des Vaters, mit der er etwas anfangen konnte, seit er in die rue Servandoni gekommen war; wahrscheinlich, weil keiner der Väter seiner Freunde in dem Arbeiterviertel, wohin Nadja ihn mitgenommen hatte, um dort ihre Überzeugungen mit ihrem neuen Lebensgefährten auszuleben, etwas Vergleichbares besaß. Stolz auf den Besitz und gleichgültig gegenüber der Musik. Besitzen war kein Laster, das Nadja ihm eingeschärft hatte, sondern etwas, das der arme Junge mit der verdammten Luft unserer Zeit eingesogen hatte.
»Arrête immédiatement cette musique infernale.«
»Pourquoi?«
»Parce que je ne veux plus écouter des sottises.«
»Je peux mettre les écouteurs.«
»Je ne veux pas. Tu vas les abîmer.«
»Pourquoi?«
Darum, natürlich. Wegen seines verletzten Mittelohrs. Wegen dem Streß. Wegen der Neu-ro-se. Wie sollte er erklären, was mit ihm los war, damit sein Sohn ihn verstünde? War es

eigentlich notwendig, daß sein Sohn alles verstand, wie Nadja – und auch er in diesem Augenblick – es forderte? Hatte er als Kind verstanden, warum aus dem Süden, von den Guaiteca-Inseln und den Chono-Inseln und von der ganzen von Erdbeben zerklüfteten Landschaft andere Wesen an die Pier kamen, mit unbekannten Fischen und Häuten und Algen beladen, und die eine ganz andere Beziehung zum Regen, zur Kälte und zum Nebel hatten als er? Das verführerische Laster der Auslegung kam später, durch Ulda in der Schule, auf der Universität, als alles sich auf eine dem Marxismus nachempfundene Ideologie reduzierte... und immer mehr in Europa, wo die Interpretation eine versklavende Manie war, um alles auseinanderzunehmen und wieder zusammenzusetzen und die Welt nach anderen Schemata wieder aufzurichten. Jetzt nahm er sich vor, sich zu ändern, weil ihm keine Erklärung genügte, um die Verletzung seines Mittelohrs zu rechtfertigen: Tinnitus, Streß, Neu-ro-se, was auch immer, auf jeden Fall mußte er weit fort, um wieder das Streichen der Schatten hören zu lernen, mußte wie ein Hund sich irgendwo verkriechen, um die Wunde zu lecken, die ihm blieb, weil er einmal jemand war und verstand und nun nichts mehr war und nichts mehr verstand.

Manchmal befiel Mañungo der Wunsch, alles noch einmal mit Nadja durchzusprechen. Er rechnete nach: Seit sieben Wochen war sie verschwunden. Als sie kam, um ihm Juan Pablo zu bringen, sagte sie, es sei ein endgültiger Abschied. Sie brachte das Kind mit all seinen Sachen, auch den Papieren, denen Mañungo damals keine besondere Bedeutung beimaß und sie einfach in irgendeine Schublade wer weiß wohin legte, und die nun wegen der Reise, die wie eine nicht zu verhindernde Entzündung auftauchte, unbedingt ausgegraben werden mußten. Juan Pablo würde die Reise nicht begeistern. Er ging ungern aus, auch nicht in den Jardin de Luxembourg und nicht in die Grands Magazins, die alle Kinder lieben. Er saß lieber vor dem Fernseher, selbst wenn der Pariser Frühling sich prächtig mit Blumen in den Rotunden und unbeschreiblichen Farben bei den Passanten

ankündigte, die in neuem Gepränge aus den Boutiquen kamen. Selbstverständlich ging es nicht darum, daß Juan Pablo in seinem Alter »wählte«, dieses scheußliche Wort, das Nadja hochhielt; sosehr sie es auch leugnete, sie kam nicht von Sartre los. Sie hatte den Sohn so oft zu wählen gezwungen, daß das arme Kind jede Gelegenheit, die mehr als eine Wahl zuließ, mit erschrockenen Augen ansah. Als er ihn, geschützt von den Kopfhörern, die er sich doch schließlich aufgesetzt hatte, an der Anlage, die mit ihren Spulen, Verstärkern, roten, grünen, gelben, flackernden, oszillierenden Lichtern eine halbe Wand einnahm, hantieren sah, überkam Mañungo der Wunsch, Juan Pablo solle die Dinge einfach als einen Vorschlag annehmen, der ihn wenigstens reize, und nicht als tyrannische Befehle eines an wer weiß was erkrankten Vaters, der herumschreit und Reisen unternimmt und mit ihm umgeht wie mit einer Sache, nur um seine Zerbrechlichkeit hinter autoritärem Verhalten zu verbergen, das doch nur dem, der es anwendet, Furcht einjagt. Obwohl sich nicht das Problem stellte, Juan Pablo wählen zu lassen, spürte er – erzogen in einer Schule, in der es Härten ganz anderer Art gegeben hatte –, daß es seine Pflicht war, mit seinem Sohn zu sprechen, um seine Sorgen teilen zu können. Er war aber noch so klein. Ausnahmezustand, Zensur, Ungerechtigkeit, Elend, das alles hatte für ihn gar keine Bedeutung, und vielleicht nicht einmal für Mañungo selbst. Nun ja, um die Strategie seiner Reisepläne zu realisieren, mußte er wenigstens versuchen, ihn mit zärtlichen Worten, über die er reichlich verfügte, zu beschwören. Hatte er ihm schon die Geschichte von der Betschwester und dem Papagei erzählt?
»Non!«
»C'est très amusant, écoute.«
Es war einmal in Chiloé, einem kleinen Dorf der Chonchi, eine Betschwester, die allein lebte mit einem sehr klugen Papagei, dem sie beigebracht hatte, den Rosenkranz zu beten. Sie betete den ersten Teil des Ave Maria, und der Papagei antwortete mit dem zweiten, und so verbrachten sie die Abende. Eines Tages war der Papagei fortgeflogen, und die

Betschwester starb fast vor Sehnsucht, denn nun hatte sie niemanden mehr, mit dem sie beten konnte. Im nächsten Jahr kam jedoch ein ganzer Schwarm Papageien über den Himmel des Dorfes geflogen, die in der Luft und in den Bäumen den zweiten Teil des Ave Maria wiederholten. Alle Bewohner von Chonchi kamen, als sie das hörten, auf die Straße gelaufen, bekreuzigten sich und knieten nieder, denn sie glaubten, das Ende der Welt sei gekommen; sie schrien: »Ein Wunder! Ein Wunder!«

Mañungo wartete auf das Schmunzeln seines Sohnes.

»Elle était méchant, cette femme«, meinte Jean-Paul.

»Pourquoi?«

»Ça serait stupide que les oiseaux prient.«

»Mais c'est une histoire amusante. Tu ne trouves pas?«

»Je ne crois pas que c'est vrai.«

»Mais ça ne fait rien . . .«

»Ah, non, si ce n'est pas vrai, c'est une bêtise.«

Warum wollte er seinen Sohn mit alledem verführen, wenn er nicht einmal sicher war, ob es ihn selbst verführte?

Wie konnte er von ihm Gewißheit verlangen, wenn er selbst nicht sicher war, wohin ihn seine Geräuschphantasien bringen konnten, die nur die scheußlichen Silben seiner Zweifel waren? Als er sein Fenster schloß, wurde der Tinnitus zum Hurrikan, der das Zauberschiff mit den goldenen Masten verschlingen konnte, so donnernd – in dem er seine Unsicherheit zu sichereren Stränden einschiffen wollte –, daß er alles auslöschte, außer dem Tinnitus selbst und seinem Impuls, sich wie der arme Schumann in den Fluß zu stürzen, um die Dämonen zu vernichten, indem er sein eigenes Leben vernichtete, sich in dem langsamen und grünen Wasser des Cipresales zu ertränken, der die schwindelnde, von den Lianen des Irrsinns umrankte Atmosphäre verkehrte, wo die Kronen der Coigües und Ulmos versanken und aus dem trägen Strom von Moos bärtige und von Pilzen und Flechten krebszerfressene Stämme wie aus gehämmertem Zinn auftauchten.

3

Das ist kein Stil, meinen die üblichen Meinungsbildner. Nur Snobismus, sagen die jungen Leute, die Markenkleidung tragen und in den Pubs von Providencia *Schoppen* trinken. In anderem Ton und an anderen Plätzen bestätigen es die ewig Kaputten und Verdammten, die nie zufrieden sind, und machen geltend, der beginnende Narzismus von Bellavista sei artifiziell, dekadent, ein Abklatsch von San Telmo, Soho, St.Germain-des-Près, alles im schäbigen chilenischen Kleinformat, Treffpunkt langhaariger Marihuanaraucher und linker Politikaster, ein häßliches Viertel, dem das Echte fehlt, meinen einige, Erfindung nostalgischer Ästheten, denen Santiago keine interessanteren Alternativen bietet, weil es nie welche besaß, und mit Gewalt versuche man das alles in ein Zentrum von Boutiquen, Kunstgalerien, Cafés, betrügerischen Antiquitätenhändlern, Kunsthandwerksläden und kleinen Theatern im Taschenformat zu verwandeln. Immer dasselbe, reiner Kommerz für die Touristen, die hoffentlich nicht kommen.
Bis vor kurzem schien Bellavista ein friedliches, kleines, vergessenes Bauerndorf mitten in Santiago zu sein, durch den Parque Forestal und den Mapocho-Fluß von der Stadt getrennt, fünf Block nach Norden vom Berg mit seiner alten eisernen, fürchterlich schaukelnden Seilbahn begrenzt. Ein Fenster mit Scheibengardinen zur Straße, eine Tür, zwei Fenster, noch eine Tür, eine Gasse, das übliche zweistöckige Haus mit hölzernen Balkonen oder Zinnen oder einem Turm, Ziegeldächer, bemalte Sockel, eine gerade Palme hinten im Hof, nicht allzu bewundernswerte Bäume am Straßenrand, ein Wohnviertel mit Läden an der Ecke, wo eine römische Katze auf einem Haufen Zeitungen zum Einwickeln von Bonbons oder Brot schläft, ein Viertel, das bis vor kurzem keine anderen Spektakel bot als die Trauerzüge, die von Osten her in Richtung auf die Friedhöfe hinter dem Berg hindurchzogen. Vor fünf Jahren noch schien Bellavista außerhalb der Zeit, in Vergessenheit versunken. Die Regierung förderte damals einen anderen Stil, das Opulente, das

Neue, und Santiago überzog sich mit Gebäuden aus Glas mit Panoramablick, um tausend blonde Familien, tausend hypothetische Läden, tausend Zahnärzte, tausend Masseure, tausend Friseure – Herren- und Damenfriseure – zu beherbergen, und als sich von einem Tag auf den anderen dieser megalomane Traum verflüchtigte, blieben die Gebäude an den neuen, unvollendeten Alleen wie Saurier einer anderen paleontologischen Epoche stehen. Reste einer düsteren Pappmaché-Operette.

Auch als Reaktion auf diese Niederlage richtete ein Teil der Jugend, die wieder lange Mähnen und Bärte trug, jetzt ihren Blick auf das sympathische Viertel Bellavista. Es war billig, es lag zentral, es war alt, ohne museal zu sein oder gar bedrückend veraltet. Die Häuser von menschlichen Ausmaßen bedeuteten das Überdauern einfacher Vergnügungen und eines Lebens ohne Spannungen. Abends holten manche Damen ihren Korbstuhl vor die Tür und grüßten die Nachbarn, die ihr ganzes Leben dort wohnten, und im Schein der Laternen spielten die Mädchen auf den Gehsteigen Himmel und Hölle. Einige Häuser wurden unaufwendig renoviert. Man eröffnete Läden mit der bescheidenen Ambition, ein wenig »anders« zu sein. Eine Jugend bewegte sich dort, die die Hoffnung in Partituren und Mappen unter dem Arm trug, und Mädchen mit weiten Röcken und hennafarbenem Haar kamen zu »Kunstveranstaltungen« oder zum Stelldichein in einem Hof mit nationalem Bateau-Lavoir oder in etwas gepflegtere und etwas teurere Restaurants als die von früher oder zum Maßnehmen für eine Weste in eine Kunstweberei.

Don Celedonio Villanueva, einstiger Montparnassianer, der Camilo und Maruja Mori in ihrem Studio besuchte, als der Maler es vor vierzig Jahren auf dem kleinen ornamentalen Platz erbaut hatte, der einer verkleinerten Disneyland-Interpretation eines Schlosses von Ludwig II. von Bayern glich, versicherte, er habe schon lange geahnt, daß dies das Schicksal von Bellavista werden würde. Aber Don Celedonio »wußte« immer alles schon vorher. Es war unmöglich, ihn mit irgendeiner Voraussage zu überraschen, mit einer politischen oder gesellschaftlichen Nachricht oder mit dem Titel eines Buches, das er nicht gelesen hätte. Das Schicksal des Viertels schien ihm besiegelt, als sich am Ende einer der verborgensten krummen Gassen Pablo Neruda ansiedelte, der neben seiner unglaublichen Fähigkeit, Menschen um sich zu versammeln, ein großer Erfinder von Topographien war. Isla Negra hat vermutlich ohne ihn nie existiert, ein Valparaiso, das vollkommen ihm gehörte und sich über das reale schob und alle anderen Valparaisos auslöschte, ein Temuco, wo es regnete, wie es noch nie in Temuco geregnet hat, die lilafarbenen Dämmerungen der Maruri-Straße, die gelben Akazien der Felder in Loncoche – und unsereiner macht eine langweilige Reise nach Loncoche, und weil es da keine Akazien mehr gibt, *ça ne valait pas vraiment le coup,* zürnte Don Celedonio. Selbst dieses unser Amerika, zu dem uns die wundervolle Poesie Nerudas verdammt hat, war nerudianischer als wirklich, was ihm andererseits seinen ganzen Reiz verlieh. Es war klar, daß früher oder später die Leute Neruda nach Bellavista folgen würden, ein nach Don Celedonios Meinung häßliches Viertel. Nun ja, Pablos Ideen! Er hatte die ungewöhnliche Fähigkeit, ein Ding aus dem Korb eines Kramladens herauszunehmen, ein Fläschchen in einem Blauton, der nur Charles X. sein konnte, die vom Gebrauch seltsam verformte Boulekugel, und, indem er sie in einen anderen Zusammenhang setzte, gab er diesen in sich bedeutungslosen Dingen eine Poesie und eine Ironie, die den ganz persönlichen Stempel seiner Erfindung trugen.

Sein Haus in Bellavista war reine Phantasie. An den hintersten Berghang gebaut, steil, ungemütlich, zusammengestoppelt, am Ende einer Gasse versteckt, war es das »Nebenhaus« des Dichters, für Matilde gebaut, bevor sie offiziell zusammenlebten. Das Haus der Geliebten, die akzeptiert, daß man sie nur heimlich besuchte, um ältere Rechte nicht zu verletzen. Und *La Chascona,* zärtlicher Spitzname, den Neruda für Matilde erfand, hieß auch das Haus am Hang, das seine Anwesenheit in das Viertel ausstrahlte; es war das Haus seiner späten Gedichte und seiner großen po-

litischen Aktivität. Neruda das Symbol, Neruda der Botschafter, Neruda der Nobelpreisträger, also das Haus seines Ruhms. Vielen Leuten war Matilde eine zu einfache, grobe Frau. Aber niemand bestritt ihre Fähigkeit als kluge Walterin des Friedens und des Hauses mit seinen kulinarischen und gesellschaftlichen Widersprüchen, denn in jenen Jahren kamen alle Berühmtheiten der Welt in die einfache und fröhliche *Chascona*. Matilde war außerdem eine junge, attraktive Frau, mit dem festen Fleisch einer Aprikose, eine Frau mit langen, gemeinsamen, weinseligen Ruhestunden, die auf geheimnisvolle Weise über die Vielfalt der Physiologie mit der Begeisterung des Dichters verbunden war.
Das Haus zeigt eine unauffällige, ordentliche Fassade zur Gasse. Öffnet man jedoch die Tür, führt eine schmale Steintreppe direkt nach oben, und es ist, als entfalte sich vom ersten Absatz aus die ganze Großartigkeit des Berges, zu dem diese Treppe den Auserwählten als magischer Zugang dient. Man kommt in den Patio, wo die Bar und das Eßzimmer liegen, und über eine Treppe aus hölzernen Schwellen, die an Capri erinnert, erreicht man zwischen Diamelos und Zedern den Salon in der obersten Etage, und von dort aus das Schlafzimmer. Durch das Steingewirr des Gartens mit Blick über die Dächer und Türme von Bellavista gelangt man zu Pablos Arbeitszimmer, wo er seine letzten Verse schrieb.
Der Patio, gewöhnlich kühl, da er dunkel ist wie eine von Felsen und Efeu eingeschlossene Schachtel, ist kein Platz, wo man sich aufhalten kann. Aber an Matildes Todestag dämpften die zwischen Pflanzen stehenden Freunde in diesem Patio und auf der Holztreppe und auf den Wegen des Gartens im schwindenden Licht und dem aufkommenden Wind in den Blättern ihre Gespräche, in die sie freundliche Geschichten aus dem Leben der Verstorbenen einfließen ließen. Was sollte man noch dazu sagen? Matilde war so lange schon sterbenskrank, hartnäckig und stolz allein! Ihr Tod war wie sonst kaum etwas das Ende einer Welt. Als die Burschen in roten Hemden, die an der Tür Wache hielten, Don Celedonio hereinließen, der beneidet und gefürchtet war,

weil er Vertraulichkeiten von Neruda kannte, die nie bekannt würden, wenn er es nicht wollte, wurde es still, um dieser winzigen, in ihren alten maßgeschneiderten, dunklen Flanellanzug verpackten Gestalt den Weg freizugeben. Unpassenderweise hatte er seine Garderobe mitten im Sommer mit kunstgewerblichen Sandalen und Wollsocken vervollständigt. Er erwiderte höflich die Begrüßungen der Nächststehenden, diese nur ungenau erkennend, dankte leise denen, die ihn am Ellenbogen faßten und ihm eine Stufe hinauf oder eine Bank zu finden halfen, deren Standort er schon kannte, als sie noch gar nicht geboren waren. Seine Stimme war wie eine Replik auf die Dämmerstunde und die Feierlichkeit dieses so gar nicht feierlichen Hauses, wo er, ohne ein Verwandter zu sein – und trotz der sehr zurückhaltenden Verwandten von Matilde, die sich dem Blut nach nah, vom Leben her fern von ihr wußten –, der Hauptleidtragende war. Die zersplissenen Ränder seines Bewußtseins errieten jedoch, was einige kaum erkennbare Gestalten, die ihn eintreten sahen, murmelten: Fausta Manquileo mit von Müdigkeit zerknittertem Make-up unter dem Ilang-Ilang da oben, und dieser gerade aus dem Exil Zurückgekommene, dessen Nachname ihm entfallen war. So viele Menschen von nur schemenhafter Identität zeigten sich hier, während die angespannten Burschen in den roten Hemden wahrscheinlich wie jedesmal, wenn er in Erscheinung trat, den Grund für die Freundschaft zwischen diesem Überbleibsel der Aristokratie und dem Dichter mit kosmopolitischen Ambitionen zu erraten versuchten, dem Dichter, der für sie nichts anderes sein durfte, nichts anderes sein konnte als das Symbol der Revolution und die Stimme des Volkes.
Als er den ach so bekannten Salon erreichte, hochgeschätzt, umstritten, kritisiert, bewundert, genossen, voller Geschichten, die jeden einzelnen Gegenstand, jedes Möbelstück belebten, und darunter nun diesen nicht dahingehörenden Kasten sah mit vier großen Kerzen drumherum – »echte, auf Betreiben von Fausta, keine elektrischen, die nach Rauch und Honig rochen, wie Pablo es angeordnet hätte« –, hatte der alte Mann das Gefühl, in einen anderen

Salon zu treten als den, den er kannte, in einen, der auf seine materielle Realität reduziert war, die kaum einen Schatten seiner Vorstellungen ausmachte. Wie immer hing an der Wand, sinnigerweise am Kopfende des Sarges, das vor vielen Jahren von Diego Rivera gemalte Porträt der zweiköpfigen Matilde, als sollte es die ersetzen, die der Mahagonidekkel verbarg. Diesem einst komischen Porträt fehlte jetzt jeder Zauber, um die echte Matilde vorzustellen. Es war immer schon ein schlechter Rivera gewesen, selbst für den, der Rivera mochte. Heute war es einfach häßlich. Alles war häßlich in diesem leblosen Haus, dessen Häßlichkeit plötzlich offen zutage trat, weil das Illusionisten-Paar, dessen Gegenwart das Allergewöhnlichste in Poesie verwandelte, nicht mehr da war. Eine Ansammlung fader Gegenstände und darunter der fade Gegenstand, der einmal Matilde gewesen war. Der Salon spiegelte den zweifelhaften Geschmack, den Pablo in den dreißiger Jahren in Mexiko angenommen hatte – die Welt von María Asúnsolo und Frida Kahlo –, den abscheulich rustikalen Totonaken-Geschmack, versetzt mit dem nicht minder scheußlichen Geschmack der spanischen Republikaner des Bürgerkriegs, gespickt mit sentimentalen Erinnerungen an Capri. Dieses einst so wundervolle, komplexe Haus war heute schwer zu deuten: Es enthüllte seine bescheidene Wahrheit, so verlassen von der Gemeinschaft der Künstler, von der Poesie und der Liebe, die genau wie Pablos Salon sich auflösten, als man sie auf ihre Komponenten reduzierte.
Am Fuß des Sarges stützte Don Celedonio sich auf seinen Stock und senkte ergeben vor dem Tod das Haupt. Drei junge Männer in roten Hemden und ein blondes junges Mädchen von blendender, an Virginia Woolf erinnernder Schönheit hielten, vom Ernst ihrer Aufgabe erfüllt, Wache am Sarg. Nicht Virginia Woolf, versteht sich, denn es war Judit Torre, die ihn mit einem leichten komplizenhaften Augenzwinkern begrüßte, und er antwortete ihr in gleicher Weise. Er wußte nicht, wie lange er die Augen geschlossen hatte. Als er sie wieder öffnete, das Haupt noch gesenkt, wurde Don Celedonio von einem Kranz aus weißen Blumen abge-

lenkt, der Hammer und Sichel aus roten Nelken trug und am Fuß des Sarges baumelte.
Wenn der Fluß über die Ufer tritt, gewinnen die Kommunisten, sagte er sich. Judit trug natürlich kein rotes Hemd. Aber einen Augenblick später versuchte der unermüdliche Lisboa Judit ein rotes Tuch um den Arm zu binden, das sie, ohne ihre Stellung zu ändern, ablehnte. Lisboa – so hieß er mit Nachnamen – gehörte zu dieser neuen Kaste der »Ich-war-im-Exil-und-darum-bin-ich-besser-als-ihr«, im Ausland mit Autorität ausgestattet, organisierte er alles, als wäre er der Anführer. Don Celedonio schloß wieder die Augen. Ein störendes Jucken der Hornhaut – nicht einmal anständige Tränen! Auf so niedrige Manifestation reduzierte sich jetzt sein Schmerz! – war die physiologische Reaktion auf seine mechanische Trauer, bevor er begriff, daß es die nun ewig währende Starrheit Matildes war, die hier nur einen Meter von ihm entfernt das ganze Haus erstarren ließ. Da sprachen seine Lippen mit einer Inbrunst, die er seit den Gebeten im Haus seiner Großmutter in der Huérfanos-Straße wegen seiner ersten und wichtigsten Sünden nicht mehr gekannt hatte, das älteste Gebet für die am meisten verehrte unter allen. »Gebenedeit seist Du, Maria, voller Gnaden, der Herr ist mit Dir . . .« Er hielt inne, weil er in diesem Augenblick nicht mehr weiter wußte. Auch wenn man nicht gläubig war, gehörte man doch dem Katholizismus an, dem wohlriechenden Dämmerlicht alter, selbstverständlicher Riten. Man stand, sogar Pablo und Matilde, obwohl sie sich vorgenommen hatten, diesen Grünschnäbeln, die die Welt verändern wollten, zu widersprechen, durch unendliche Bande mit diesem uralten Gebet in Beziehung. Er vergaß, sich an die Fortsetzung des Gebetstextes zu erinnern, weil er ein Taschentuch suchte, um sich die Tränen zu trocknen, die endlich über seine Wangen rollten. Aber mit dem Versiegen des Schmerzes verwischte sich rasch selbst dieses Bedürfnis, und er ließ sich auf das Sofa fallen, ein verängstigter Greis, Opfer seiner Erinnerungen, letzter Überlebender einer Welt, die mit dem Tod von Matilde, die so viel jünger war als er, zu Ende ging. Er selbst machte sich nie etwas vor,

was seine Stellung in dieser Welt betraf. Nie war er Protagonist gewesen, nie über die Funktion eines Vermittlers fremder Einflüsse hinausgelangt, ein Freund Nerudas und der großen Künste, ein amüsanter Plauderer, der allen Klatsch, alle Persönlichkeiten kannte und alle Bücher gelesen hatte. Sein Werk, das aus einem halben Dutzend heute nicht mehr aufzufindender Bändchen bestand, war nicht einmal als die Poesie einer Randfigur oder eines Dandies, die heute so in Mode waren, von Belang. Er war lediglich da als Spiegel der Ereignisse im Paris der 20er Jahre, im Spanien der 30er Jahre, im New York der 40er Jahre, und für die Dokumentation und die mannigfaltigen Seligkeiten seiner Freunde. Fausta versicherte ihm, um ihn in seinen düstersten Stunden aufzurichten, sein Briefwechsel sei von außerordentlichem Wert. Verwahrten seine Briefpartner aber auch die Briefe von Celedonio Villanueva mit der gleichen Sorgfalt, mit der er, zum Beispiel, seine 400 und mehr von Neruda unterzeichneten Blätter über die Jahre und die Kontinente hinweg hütete, und die Briefe von García Lorca, Diego Rivera, Trotzki, Gerald Brennan und Anaïs Nin? Er wußte, daß es in diesem Augenblick unvermeidlicher Melancholie, da das Wasser seinem gedemütigten Land bis zum Halse stand und Matilde so entsetzlich einsam dahinging, daß sie ihn in den letzten Monaten nicht einmal sehen wollte und er nur ihre vom Leiden dünne Stimme hörte, wenn sie ihm über Telefon Angelegenheiten Nerudas zur Erledigung nach ihrem Tod auftrug, ja, in diesem Moment war es trivial, sich über seine eigene Bedeutung Gedanken zu machen. Aber wie sollte er sich nicht mit größtem Schmerz fragen, ob er tatsächlich irgendwann einmal gelebt hatte, außer als Spiegelbild in den Augen derer, die er bewunderte? Welche Bedeutung konnten seine Überlegungen über den relativen Zauber dieses Zimmers besitzen, wenn man hier 1973 an Pablos Leiche die Totenwache hielt, mitten in einem Chaos von Büchern und eingeschlagenen Fensterscheiben, und Matildes tragisches Bild mitten in dieser Zerstörung über die Fernschreiber in alle Welt ging? Wie sollte man sich Matilde endgültig vorstellen in der Dunkelheit ihres Sarges, wenn es

ganz unmöglich war zu vergessen, wie ihr Cape bei der Gerichtsverhandlung 1977 vor den Maschinengewehren der Ordnungskräfte flatterte, während der ersten Proteste der Opposition, und jene Frau ihnen damals zuschrie, nehmt mich doch, wenn ihr den Mut habt, bringt mich um, schießt, und ein unwissender kleiner Hauptmann sie festnahm und die Nachricht um die ganze Welt ging?
Die schöne Virginia Woolf, heute abend mehr Virginia Woolf als die bekannte Ju, war von einem indianisch aussehenden jungen Mann, dessen Gesicht keinen anderen Ausdruck trug als die Willenskraft seines kantigen, von dunklem Flaum gezierten Kinns, abgelöst worden. Don Celedonio war in seiner Sofaecke eingeschlafen.

4

Eingeschlafen? Vielleicht doch nicht. Nur eingeschlummert, enthoben in jenen Raum des Bewußtseins, wo die Erschöpfung die Unwilligkeit der Alten, weiterleben zu wollen, in eine Art von Luzidität umsetzt. Etwas wie ein stark empfindliches Netz ein wenig oberhalb des Traums nahm die Vorgänge im Salon auf: Jemand machte Licht, jemand öffnete einen im Wind schlagenden Fensterladen, nicht erkennbare Leute kamen und gingen flüsternd oder blieben vor ihm stehen, um ihn zu begrüßen, gingen weiter, wenn sie merkten, daß er schlief, noch mehr Blumen, die ihren Duft mit dem der Kerzen vermischten, Aroma des Todes, das bis in das schlafende Bewußtsein des Greises drang, unverkennbarer Duft der Totenwache, Duft seiner Totenwache schon bald. Gefangenschaft in einem hermetisch verschlossenen Kasten, trotz der geöffneten Fenster, durch die ein kalter Windzug hereinkam und ihm unter den Kragen und in das weite Hemd fuhr, denn sein von den Jahren hart und faltig gewordener unansehnlicher Hals war sehr dünn geworden. Don Celedonio schrak durch die plötzliche Dunkelheit auf, als jemand das Licht ausmachte.

»Wer hat das Licht ausgemacht?«
»Wir«, antwortete Lisboa von der anderen Seite des Sarges her.
»Ah, Lisboa, machen Sie das Licht an, Lisboa . . .«
»Sofort, Don Celedonio. Wir nehmen die bunte Kristallampe hier herunter, um die Kommode aus dem Zimmer zu schaffen, Sie sehen doch, daß sonst nicht so viele Menschen und Kränze hereinpassen, die hierherkommen . . .«
Mit Hilfe seines Stocks machte der Greis eine Bewegung, als wolle er aufstehen, um diesen Idioten Lisboa zu verprügeln, der sich die Frechheit herausnahm, die Einrichtung dieses Zimmers zu verändern, in dem noch etwas von Pablo und Matilde lebte. Er erhob sich jedoch nicht. Was Lisboa tat war schäbig, nach der Schlacht den Leichen die Goldzähne zu stehlen, ein Aasgeier, dieser Lisboa, und dieses winzige Frauchen, das sich hier einmischte und ihm half und an deren Namen er sich auch nicht erinnerte, das aber in letzter Zeit, seit es Matilde schlechter ging, wie ein Unglücksrabe in diesem Haus herumflatterte, das sie niemals festlich und kreativ gekannt hatte.
»Anmachen . . .!« schrie Don Celedonio. »Hier wird nichts verändert. Die Kränze sind nicht wichtig. Legt sie doch übereinander. Nehmt die Karten ab. Ich weiß zwar nicht, wozu. Ich glaube kaum, daß irgendwer sich dafür bedanken wird. Totenkränze sind alle gleich.«
»Es sind einige sehr hübsche geschickt worden«, meinte die kleine Frau mit der Stimme eines . . . Was für einer Stimme? Eines Vogels? Nein, ohne jede Schärfe. Einer Katze? Nein, nicht kosend genug. Eines Mädchens . . .? Nein, es fehlte ihr die Naivität. Eine Stimme aus Wolle, weich, eintönig, ein Wollknäuel, das sich monoton abspult, die Ränder so ungenau, daß die Worte ihre Umrisse nicht bestimmen und nicht bedeuten können, was sie sollen. Eine abstoßende kreolische Sitte, diese ungefähre Sprechweise, vor allem für ihn, einen Liebhaber der französischen Klarheit. Andererseits war es notwendig, anzuerkennen, daß der Ton jener Frau keineswegs anmaßend war, eher entspannend. Ihre Worte waren nicht wichtig. Darum hatte Matilde sie in den

letzten Monaten um sich gehabt, da sie bestimmt nichts Unangenehmes hätte fragen oder die Kranke mit schmerzhaften Erinnerungen konfrontieren können. Jetzt, da er in ihr ein arglistiges Luder entdeckte, machte er sie nieder. Widerlicher Schakal, übertrieb Don Celedonio aus literarischer Gewohnheit, Unglücksrabe, Hyäne, sie gehört zu dieser Sorte Frauen, die bei Beerdigungen auftreten und ohne Liebe oder Mitleid für die Toten beten, Tee und Kaffee anbieten, um zu zeigen, daß sie Zugang zu den übrigen Privatschränken haben, weinerliche Rituale, weder jung noch alt – diese hier hatte hübsche rosige Beine, bemerkte Don Celedonio; ziemlich feste Schenkel, wo der Rock sie abzeichnete –, solche, die auf den Beerdigungen erscheinen, obwohl sie unerkannt bleiben, triste Cousinen von Cousinen, die bei dieser Gelegenheit flüchtig Kontur gewinnen, ehemalige Dienstmädchen, die der Geruch des Toten wer weiß aus welchem Winkel der Stadt hergerufen hat. Wer würde seine Abschiedszeremonie organisieren, wenn seine Stunde kam? Wer würde darüber wachen, daß die Kränze in sein Empire-Arbeitszimmer paßten, wo man sicherlich die Totenwache abhielte, daß die Kondolenzkarten nicht verlegt würden, und der traurige Anlaß nicht erstarrte in den unerträglichen Konventionen seiner verwitweten, kinderlosen Schwiegertochter, die er nach Möglichkeit nicht öfter als zweimal im Jahr sah, weil er ihr Verhalten gegenüber Fausta nie verzieh. Es war anzunehmen, daß Fausta ihn überlebte. Wozu darüber nachdenken, wenn sie sich selbstverständlich erfolgreich um alles kümmern würde, denn ihre Autorität in seinem Leben war eine historische Tatsache, anerkannt sogar in einigen Fußnoten literarischer Texte. Er konnte jedoch ein maliziöses Lächeln nicht unterdrücken, als er sich den Kampf um Kleinigkeiten vorstellte, der bei dieser Gelegenheit zwischen diesen beiden unbeugsamen Frauen ausbrechen würde, die, endlich von seiner Willkür befreit, ohne Scham ihre Vorrechte geltend machten.

»Licht an . . . laßt sie in Ruhe . . .«

Nachdem er dem Blick des alten Mannes einen Augenblick standgehalten hatte, stellte Lisboa die Lampe aus rotem

Glas auf die Kommode, die er wieder dahin geschoben hatte, wo sie immer gestanden hatte. Sie machten das Licht an. Die kleine Frau und Lisboa bauten die Kränze um die Wachen an den Sargenden auf, inmitten der Leute, die hereinkamen und einen Augenblick blieben, um den Sarg zu sehen, in den Ecken, draußen – »der Abend ist kühl, da verwelken sie nicht so schnell«, murmelte die Frau, als wäre das wichtig –, oder wo sie irgendwie hinpaßten. Don Celedonio, jetzt völlig wach, grüßte. Jemand setzte sich zu ihm auf das Sofa, um einen Augenblick mit ihm zu sprechen. Lisboa wollte, gefolgt von der Frau, hinausgehen. Wie zum Teufel hieß diese unbedeutende kleine Frau, die Don Celedonio um etwas bitten wollte? Ergeben, obwohl kein Dienstmädchen, hatte sie einen bemerkenswert absurden Namen, an den er sich nicht erinnern konnte ...

»Ada Luz«, erinnerte er sich gerade noch rechtzeitig. »Entschuldigen Sie, wenn ich Sie störe. Können Sie mir einen Gefallen tun, wenn Sie hinuntergehen, jemandem zu sagen, er möge mir eine Tasse Kaffee heraufbringen? Fausta muß das nicht wissen, sie läßt mich nie um diese Zeit Kaffee trinken, sie sagt, ich könnte dann nicht schlafen ...«

»Sehr gern, Don Celedonio«, rief sie, geschmeichelt, daß er sie erkannt hatte. »Ich bringe sie Ihnen sofort.«

Lisboa schob die Kakizweige auseinander, damit Ada Luz ihm voran die Capritreppe hinuntergehen konnte. Er folgte ihr, wich dabei den heraufkommenden Besuchern aus oder ließ andere, eiligere als sie vorbei. Lisboa murrte, es sei ja wohl die Höhe, daß die Bourgeoisie dieses Landes sich alle Rechte herausnehme, Don Celedonio zum Beispiel, bloß weil man ihn für den literarischen Testamentsvollstrecker Nerudas halte. Oder er glaubte, es zu sein. Tatsächlich kannte man das Testament der Señora Matilde noch nicht, das sie im letzten Moment diktiert hatte, um eine Pablo Neruda Stiftung zu gründen. Bevor diese Sache nicht erledigt war, könnten sich alle noch eine Enttäuschung einhandeln. Wieso durften sie die Möbel nicht aus dem Zimmer räumen, um eine Kapelle mit brennenden Kerzen einzurichten, wo die Besucher und die Kränze würdig hineinpaßten?

»Alles muß gehen, wie sie es wollen, Scheißfrömmler...!« brummte Lisboa.
»Don Celedonio ist kein Frömmler.«
»Wer hat denn gesagt, daß man das Kruzifix in den Sarg tun soll?«
»So ist er vom Beerdigungsinstitut gekommen, und so ist er geblieben.«
»Was haben Pablo Neruda und Señora Matilde mit den Pfaffen zu tun? Soviel wie Wasser mit Öl. Nichts, obwohl die Kirche und die Partei im Augenblick dicke Freunde sind, was mir persönlich gar nicht gefällt. Seit die Partei zum bewaffneten Kampf gegen dieses Regime aufgerufen hat, sollte die Kirche nichts mehr mit uns zu tun haben. Das ist ein Widerspruch.«
»Glaub nur nicht, die hätten nichts mit den Priestern zu tun gehabt.«
»Wer?«
»Don Pablo und Señora Matilde.«
Als sie am Treppenabsatz bei der Zeder angekommen waren, hielt Lisboa sie an und erwartete eine Erklärung. Unten im Patio schob sich die Menge in die Streifen Licht gedrängt, die die Umrisse auflösten, obwohl die Jungen der Jota Anweisung hatten, die Besucher zu sieben, damit die Totenwache nicht zu einer öffentlichen Veranstaltung wurde. Der Raum war begrenzt, dies war schließlich nicht der Palast eines Geldsacks, sondern der an Capri und Ibiza erinnernde Ruhesitz eines Dichters. Vom Treppenabsatz aus, hinter den Zweigen verborgen, sahen sie alte Freunde im Patio, die bleiben würden, Glaubensgenossen und Dichter, die Neruda nahestanden; auf der Treppe begegneten sich Kämpfer der alten Linken, kaum verhüllt von den Schatten der Abenddämmerung, Gestalten des auf heimtückische Weise zugrunde gerichteten Syndikalismus und der vom Regime ausgehungerten Universitäten. Sobald sie dem Sarg kurz Ehre erwiesen hatten, verteilten sich die Besucher bei den Büschen, setzten sich auf die Bänke oder auf die Sockel aus rosafarbenem Pelequénstein, den Pablo in den Kellern der Trödler entdeckt hatte – hier war es unmöglich, seinen

Besitz mit tiberischem Marmor auszustaffieren –, winkten sich zu, um einen Augenblick des Gedenkens der Verstorbenen zu widmen, bevor sie wieder gingen. Ada Luz machte sich von der Hand los, die Lisboa ihr um die Taille gelegt hatte, denn dies war nicht der rechte Ort und nicht der Augenblick dafür. Die Stimmung wahrte trotz der vielen Menschen eine gewisse Geborgenheit, die Ada Luz gefiel. Damit er sich nicht zurückgestoßen fühle, legte sie auf dem Geländer ihre Hand auf die seine und sagte als Antwort auf seine Frage:
»Señora Matilde war keine Atheistin.«
»Agnostikerin also.«
»Nachdem, was sie gesagt hat, nicht einmal das.«
Lisboa, plötzlich unwillig, forderte sie auf, ihm das zu erklären.
»Also«, begann Ada Luz ein wenig stotternd. »Als Señora Matilde das letzte Mal von Houston zurückkam und seitdem nicht mehr aufstand, brachte ich ihr – bevor sie wegfuhr – die Bettjacken, die ich ihr stricken sollte, eine gelbe, ganz helle, fast schon beige, ein zarter Ton, den sie selbst ausgesucht hatte, und die andere hellblaue. An dem Nachmittag war sie sehr niedergeschlagen, und als ich ihr den Handspiegel reichte, um den sie mich bat, fing sie an, von ihrem Tod zu sprechen. Ihr Gesicht ... sie sah so elend aus. Ich habe sie nicht direkt angesehen, als ich mit ihr sprach, sondern im Spiegel; es kam mir vor, als hätte sie Tränen in den Augen. Ich habe mich etwas merkwürdig gefühlt, denn wir waren doch gar nicht so vertraut, und über diese Dinge spricht man doch nicht mit einer Fremden ... nun ja, sie war so allein ...«
»Was hat das alles zu bedeuten?«
»Da hat sie mir plötzlich, während sie sich im Spiegel ansah, etwas ganz Merkwürdiges gesagt.«
»Was?«
»Daß sie in Houston um die Letzte Ölung gebeten hat.«
»Hat man sie ihr gegeben?«
»Ja. Und sie hat gebeichtet. Komisch nicht? Ich war sehr verwirrt. Und weißt du, was sie noch gesagt hat?«

»Wer?« fragte Lisboa, über diese Mitteilung verblüfft.
»Señora Matilde, wer sonst, Lisboa.«
»Was?«
»Daß sie es gern hätte, wenn man bei ihrer Beerdigung die Messe läse.«
Lisboa erwiderte:
»Und was ist daran so besonders? Das liegt auf der neuen Linie der Partei, auch wenn sie nicht Mitglied war: Sie bildete die Einheit der Opposition mit. Mir persönlich kommt es etwas lächerlich vor, mit der Kirche verbündet zu sein, aber ...«
»Und dann sagte sie, sie hätte es sehr gern, wenn einer von den revolutionären Priestern, die in den Slums leben, die Messe läse.«
»Aha! Das ist was ganz anderes!«
»Aber warum ist das etwas anderes?«
»Diese Sache mit der Messe und dem Abendmahl gefällt mir überhaupt nicht. Aber irgendein Priester, der bei einer Beerdigung die Messe liest, ist weiter nichts als ein Priester, der bei einer Beerdigung die Messe liest. Verstehst du? Er schadet uns nicht.«
»Natürlich nicht.«
»Aber ein revolutionärer Priester ist eine zu mächtige Figur, wenn er am Grab von Matilde Neruda die Messe liest. In dem Fall würde die Opposition zum Widerstand, und den Widerstand müssen wir anführen, nicht die Priester!«
»Was machen wir nun mit der Messe?«
»Warum hast du mir das nicht eher gesagt?«
»Ich habe es nicht für so wichtig gehalten.«
Er nahm ihre Hand auf dem Geländer und lächelte sie wohlwollend an.
»Genau, es ist nicht so wichtig. Vergiß es, mein Liebes. Hast du mit jemand darüber gesprochen?«
Die Drohung in seinem Blick schüchterte sie stärker ein als die muskulöse Hand, die sich, einem Urkäfer gleich, zart auf die ihre gelegt hatte; trotz der heiklen Situation war es eine Lust, der sie sich nicht entzog – obwohl das allerhand war, sich so von ihm umschlossen zu sehen, denn Lisboa

war verheiratet. In dem Raum im Halbdunkel zwischen den Lichtern von oben und denen von unten spürte sie, wie der blaue Glanz berechnender Augen sie mit einer Kraft bedrängte, daß ihr der Schweiß in den Nacken stieg. Würde er heute nacht zu ihr kommen? Seit Monaten kam er nicht mehr. Trotzdem mußte sie ihn, sollte er einen Besuch planen, enttäuschen, denn heute hatte sie etwas ganz anderes zu erledigen. Sie wollte ihre Hand zurückziehen, damit die Versuchung, ihn doch zu empfangen, nicht zu groß würde. Aber es waren die blauen Augen Lisboas, die sie schließlich daran hinderten, nicht seine Hand. Er milderte seinen Blick und senkte seine Stimme, als er sagte:

»Du sprichst besser nicht darüber.«

»Warum nicht?«

»Die Leute könnten das, was Señora Matilde gesagt hat, zu allem Möglichen benutzen, was uns am Ende schaden könnte.«

»Mich bezieh nicht in dieses ›Uns‹ ein, Lisboa. Wir haben mit niemandem etwas zu schaffen. Auch nicht mit euch. Wieso könnte es euch schaden, wenn doch jeder weiß, daß die Partei und die Kirche sich einig sind? Die Ju ist aus der Partei ausgetreten, als man den bewaffneten Kampf proklamierte. Das heißt noch lange nicht, daß sie nicht mehr zu uns gehört.«

»Wer versteht die Ju?«

»Niemand, das ist richtig.«

»Und die Kirche? Auch nicht. Der Kirche kann man nie trauen. Die Priester sind falsch; sie nutzen jede Situation für sich aus. Wenn ein revolutionärer Priester die Totenmesse für Señora Matilde liest und alle Parteien, die gegen dieses Regime sind, dabeistehen, sieht es so aus, als fördere die Kirche und nicht die Partei die Einheit der Opposition und stünde an der Spitze des Kampfes. Das können wir nicht zulassen, denn diesen Kampf müssen wir führen. Verstanden? Also halte den Mund, Liebes. Sag niemandem etwas davon, auch nicht der Ju, die wer weiß was vorhat.«

»Ich verstehe die Ju auch nicht, Lisboa, aber ich möchte, daß du eins weißt: Ohne all das, was sie uns beigebracht hat, und ohne ihre Hilfe, was ihren guten Geschmack und ihre Verbindungen angeht, wüßten wir nicht, was wir tun sollen.«

»Dann sprich wenigstens nicht darüber bis nach der Beerdigung. Sie ist mit Doña Fausta dick befreundet, und wer weiß, was die und Don Celedonio noch anstellen wegen dieser Messe. Sicher, es bleibt kaum noch Zeit, irgend etwas in dem Sinne zu tun. Wenn die Beerdigung vorbei ist, kann sie es veröffentlichen und alle Messen der Welt lesen lassen, die dann nicht mehr die Wirkung haben werden wie die Totenmesse mit einem revolutionären Priester.«

»Señora Matilde ist wohl etwas anderes als irgendeine Leiche, die ihr zu eurem Zweck benutzen könnt, Lisboa.«

»Ich weiß. Ich sage das mit allem Respekt. Jedenfalls, Adita, glaub mir und tu, was ich dir rate. Du und deine Frauen, ihr seid so etwas von anarchistisch!«

»Alles was recht ist!«

»Auf jeden Fall halte den Mund, damit es keine Messe vor der Beerdigung gibt. Ich habe mit den Führern so viel Streit gehabt wegen der Priester! Ich bin überzeugt, ich habe recht und nicht sie. Ich bitte dich darum, zum Wohl des Landes und der Partei.«

»Ich habe mit deiner berühmten Partei nichts zu schaffen, hörst du. Was Señora Matilde mir gesagt hat, war eine Bemerkung, weiter nichts. Jetzt tut es mir leid, daß ich es dir erzählt habe, weil du alles komplizierst.«

»Versteh es richtig: Nichts, was die Witwe von Neruda gesagt hat, kann nur ›eine Bemerkung‹ gewesen sein. Alle ihre Worte haben eine politische Wirkung, auch wenn sie nie zu uns gehört hat.«

Er ließ ihre Hand los, nachdem er ihr einen leichten Klaps gegeben hatte, der Ada Luz irritierte, weil es so völlig unerotisch war.

»Ich weiß nicht . . .« gab sie zurück.

»Weiß nicht was? Sei nicht dämlich. Komm, sie brauchen uns unten.«

5

»Sieh mal«, machte Lopito Ju aufmerksam. »*Lisboa descending the stairs.*«

»Ja«, gab sie zurück. »Aber nicht von Duchamp, sondern von einem miserablen lateinamerikanischen Fälscher, der nicht merkte, daß er Kubismus machte.«

»Irgend etwas ist mit ihm los.«

»Ja. Dem ist eine Laus über die Leber gelaufen.«

Sie saßen auf der Steinkante, die um den Patio herumführte, auf der Besucher hin und her gingen, die mit ihrem Schatten das wenige noch verbleibende Licht verdunkelten.

»Ja, irgend etwas Politisches. Den Furz erkenne ich am Geruch!«

»Du bist unmöglich, Lopito!« rief Ju, vergessend, daß sie sich schon vor Jahren geschworen hatte, ihn nicht erziehen zu wollen.

»Sieh ihn dir an, da in der Küche mit seinen Wächtern, wütend wie der Führer einer Pfadfindergruppe, wenn einer seiner Buben ungezogen war.«

Beide gähnten beim Anblick dieser Versammlung von Personen, die sich so nie wieder zusammenfinden würden. Nachdem er die Leute schweigend betrachtet hatte, sagte Lopito:

»Du könntest sie überreden.«

»Ich verstehe nicht.«

»Wovon wir gerade gesprochen hatten, bevor *Lisboa descending the stairs*.«

»Das mit Ada Luz?«

»Das Zimmer, das sie vermieten will. Und hier in Bellavista. Ju, das ist unheimlich praktisch.«

»Du bist verrückt, Lopito. Ada Luz ist meine Freundin. Wie kommst du auf die Idee, ich könnte ihr einen Mieter wie dich ins Haus setzen? Du würdest nie bezahlen und ihr das Leben unmöglich machen. Und weil sie so schüchtern ist, würde sie sich nicht einmal beklagen.«

»Die ideale Frau für mich! Hast du gehört, wie meine Frau sich über mich beklagt? Das ist 'ne Aufnahme wert. Auf Videokassette, versteht sich. Denn sie schreit nicht nur, sie schneidet Grimassen. Vor einer Woche hat sie mich rausgeschmissen. Drei Hemden, zwei Unterhosen, eine Weste, das wäre alles. Sie behalte meine Bücher als Bezahlung für ihre Dienste ein, sagt diese verdammte Hure, als wären ihre Dienste das wert, und sie hat geschworen, sie zu verkaufen, um das Schulgeld für Moira im März bezahlen zu können. Aber das Geld wird nicht reichen, diese dumme Gans, die besten habe ich längst verkauft. Ich habe nur noch sehr wenige. Aber sie hat meinen Rimbaud! Mein Rimbaud fehlt mir unheimlich!«

»Ehrlich gesagt, ich weiß nicht, wie sie dich dieses Mal vier Monate lang ausgehalten hat. Ich finde, sie ist eine Heilige! Ich könnte dich keine Woche ertragen.«

Der Rauch der Zigarette kam zwischen den paar grünlichen Zähnen Lopitos heraus, als er lächelte, starr und archaisch wie ein Guaco. Die Haut des Geschundenen, die sein wahres Gesicht verbarg, schien ihm zu eng zu sein und zeigte das rote Zahnfleisch und die roten Ränder seiner Augenlider. Als wollte er die unerträglichen Wahrheiten Judits wegwischen, fuhr er sich mit der Hand von der niedrigen Stirn zum Kinn, und es war, als zöge diese Geste einen Vorhang herunter, der sein Lächeln zu einer Maske der Qual erstarren ließ. Waren dies Zeichen eines uralten Schmerzes – fragte sich Judit, als sie wieder diese Verwandlung sah, die sie schon so lange kannte –, Reste brutaler Erfahrungen, die ihr verschlossen blieben, angesammelt von primitiven Kulturen, was sie einmal, trotz Lopitos Häßlichkeit und seiner Unsauberkeit, dazu verleitet hatte, als sie mit dem Studium begann und beide aktiv im MIR arbeiteten, mit ihm zu schlafen. Wie sollte man dem widerstehen, wenn dies ein Fenster zu verschlossenen Erfahrungen war? Lopito, der weder Ekel noch Lächerlichkeit noch Demütigkeit fürchtete, denn er hatte nie etwas anderes kennengelernt, verfolgte sie in den Aulen der Universität und bei den politischen Versammlungen, weinte ihr etwas vor, sie solle mit ihm schlafen, sie, eine Frau, so blond, so schlank, so intelligent, selbst für seine Träume unerreichbar, unmöglich die Vorstellung, sich der zu nähern, die in diesem Jahr die Göttin der revolutionären Jugend war. Was kümmerte es ihn, daß seine Freunde sich über seine Absichten lustig machten? Seine Widerwärtigkeit gab ihm die Freiheit, nicht tiefer fallen zu können. Judit willigte ein, wenn auch nur aus Mitleid: Ihm genügte es. Ohne jede Scham bat er sie weinend, sie solle sich von ihm anfassen lassen, sich ihm wenigstens nackt zeigen, damit er beim Masturbieren von ihr träumen könne, mehr wolle er nicht von ihr; er erflehte ihren Körper mit einer so herzzerreißenden Traurigkeit, die Judit nicht für Begierde halten konnte, sondern für eine Art Hunger. Darum, obwohl die Nacht, die sie zusammen verbrachten, rein körperlich eine Katastrophe war, gab sie auf anderer Ebene Judit etwas, denn alle Männer erschienen ihr achtbar, selbst die, die aus ihr ein Objekt machten. Lopito eröffnete ihr die Erfahrungen des Schmerzes ohne Linderung, und es war das erste Mal, daß der Schmerz sie als eigene Erfahrung traf, denn damals war Judit siebzehn Jahre alt, und ihre anderen Erfahrungen waren rein rhetorische Übungen gewesen im Vergleich zu dem Abgrund von Ungeschicklichkeit und Sehnsucht bei Lopito und dem Ekel jener Nacht: Pedro López, Lopito – »wenn man mir einen Namen wie, zum Beispiel, Celedonio gegeben hätte, würde niemand mich Lopito nennen« –, der beliebte Lopito, den alle ertragen und bis zu einem gewissen Grad sogar lieben, den aber niemand miteinbezieht. Zwischen Judit und Lopito entwickelte sich jedoch nach dieser Nacht eine Art komplizenhafter Zuneigung, und obwohl sie nicht mehr in denselben Reihen kämpften – in welchen Reihen konnte Lopito heute kämpfen, nachdem er sich an allen geschunden hatte? In welchen Reihen kämpfte sie, jetzt vollkommen verstrickt in ihre Schuld? –, verband sie eine lange Geschichte »öffentlicher Niederlagen und persönlicher Fehlschläge«. Nichts ging zwischen ihnen kaputt, als Judit mit einem der mutigsten Kämpfer jener Zeit zusammenzog, den man unter dem Namen Ramón kannte und der unter der Folter starb. Die Freundschaft mußte allerdings aussetzen, als Judit in den Untergrund ging, von wo sie hin und wieder um Hilfe bat, die Lopito nicht leisten konnte, weil seine arme Haut ebenfalls in Gefahr war. Wozu versuchen, sich gegenseitig zu ändern und edler zu sein, wozu versuchen, sich zu bessern, wozu auch nur sich anzustrengen, ihr Leben mit den verschiedenen Möglichkeiten des Wahren zu koordinieren, wenn man sich so gut kannte, und so wie die Dinge standen?

Nachdem Lopitos Hand seine Züge verdunkelt hatte, zog sich die Haut des Geschundenen wieder nach und nach über sein Gesicht, zeigte sein blutiges Zahnfleisch, und das archaische Schmerzlächeln richtete sich wieder ein, nicht als fröhliche Geste, sondern als Verteidigung gegen das atavistische Unwetter der Elenden. Zwischen seinen Zähnen quoll der Rauch der immer salopp an seinen Lippen klebenden Zigarette hervor.

»Dieses Mal ist es ihre Schuld«, sagte er.

»Ich glaube dir kein Wort.«

»Du machst mich immer nieder. Warum verurteilst du mich schon, bevor du weißt, was passiert ist?«

»Der einzige Witz an dir ist«, erwiderte Judit, wohl wissend, daß sie einen Satz formulierte, um die Wahrheit dessen, was er gesagt hatte, zu umgehen, »daß du niemanden brauchst, der dich verurteilt. Du bist bereits so geboren. Na, komm, erzähl, wie war es dieses Mal?«

»Ich hab die Kleine geschlagen.«

»Wie gemein! Sie ist doch erst sieben! Warst du betrunken?«

»*Elementary, Watson*. Nur eine Flasche.«

»Du kurierst dich schon mit dem Geruch.«

»Ich weiß nicht mehr, was wir mit Ríos gefeiert haben.«

»Ich glaube nicht, daß irgendwer mit Ríos nur eine Flasche austrinkt.«

»Die Moira López war derart nervend an dem Abend!«

»Was hat sie gemacht?«

»Die ganze Zeit geheult.«

»War sie krank?«

»Nein. Ich habe *Le bateau ivre* laut gelesen; das ist das einzige, was mich tröstet, wenn ich deprimiert bin und friere, und weil ich es das fünfte oder sechste Mal hintereinander

las, konnten die Kleine und Flora nicht schlafen, wer weiß, warum . . .«
»Wie spät war es?«
»Gegen drei Uhr morgens. Der kleine Umtrunk mit Ríos dauerte ziemlich lange.«
»Also ehrlich, wenn mir einer morgens um drei Uhr zum sechsten Mal *Le bateau ivre* vorlesen würde . . .«
»Flora ist einfach intolerant.«
»Ach, hör auf.«
»Nun ja, vielleicht nicht intolerant. Jedenfalls verabscheut sie Rimbaud. Kannst du dir jemanden vorstellen, der Rimbaud verabscheut? Unglaublich! Und die Kleine heulte und heulte jedesmal, wenn ich wieder anfing. Stell dir vor, dies kleine Gör ist mit einem Gefühl für Poesie geboren, schließlich ist sie meine Tochter, und heulte immer genau dann wieder los, wenn ich von vorn anfing, als könnte sie aus der Struktur des Gedichts erraten, wo das Ende und wo der Anfang ist. Jedesmal kreischte sie lauter los, wenn ich wieder anfing, verdammtes Balg, bis ich sie packte und sie ordentlich schüttelte. Da hat Flora mich angegriffen, mit dem Absatz ihres Schuhs, der zum Glück aus Kork war . . . Sieh dir das an, wie sie mich zugerichtet hat, und was sie mir alles an den Kopf geworfen hat, diese verdammte . . .: daß ich seit Jahren keinen einzigen Vers geschrieben hätte, nicht daß das nicht stimmte, aber deshalb hört man doch nicht auf, ein Dichter zu sein, daß ich aus der Trinkerheilanstalt abgehauen und sofort wieder an die Flasche sei, und sie könnte mich nun, da die verdammten Dichter nicht mehr in Mode seien, nicht mehr ertragen, als ob diese ungebildete Ziege wüßte, was in Mode ist . . . Du verstehst, Ju, das konnte ich nicht ertragen, und da habe ich sie geschlagen, und sie hat mich rausgeschmissen, und seit einer Woche streune ich herum, schlafe, wo ich kann, bei meinen Freunden und Bekannten, es gibt nicht viele, die mich aushalten, du weißt ja, der schlechte Ruf, in so einer kleinen Stadt wie Santiago, voller tratschender Leute.«
»Und du meinst, mit dieser Geschichte bringe ich dich bei der armen Ada Luz unter, die um acht Uhr ins Bett geht und

um neun Uhr vor lauter Angst ihre Tür zusperrt? Wenn du willst, kannst du heute nacht bei mir schlafen. Mehr nicht. Mehr kann ich dir nicht helfen. Ich habe kein Talent zur Mutter, nicht einmal für meine Tochter, und ich habe mein eigenes Leben, das ich nicht opfern will, um dich zu ändern. Also nur diese Nacht.«

»Angenommen. Danke.«

»Ach, unter einer Bedingung.«

»Welcher?«

»Daß du dich wäschst. Du stinkst.«

»Kein Problem.«

»Hier ist der Schlüssel.«

»Danke.«

»Wo wirst du essen.«

»Lädst du mich ein?«

»Ich glaube, es sind noch Eier da.«

»Gehen wir zusammen?«

»Ich weiß noch nicht...«

6

Mit den Jahren war Fausta Manquileo eine Frau von großem Tiefgang geworden, ein stolzer Luxusdampfer, der mit unerklärlicher Grazie im stürmischen Meer der Politik und der Literatur des Landes navigierte. Wenn sie auch nie eine Schönheit gewesen war, hatte sie doch das, was die Romane des vergangenen Jahrhunderts das »Auftreten einer Königin« nannten, was sie an diesem Trauerabend wie nie zuvor zur Schau trug, umstrahlt von Traurigkeit, zwischen den Schatten der Pflanzen, die sich in dem düsteren Patio auflösten, wo sie der Mittelpunkt der Reverenzen war. Nachdem sie sieben Bücher eher unterschiedlicher Qualität veröffentlicht hatte, bezeichnete man sie als die erste, die den Nationalpreis für Literatur bekommen würde, sobald sich die politischen Verhältnisse des Landes geändert hätten, da man ihn ihr jetzt verweigerte, weil man sie für eine Kommunistin hielt, was sie niemals gewesen war, oder eine Dissidentin, was für offizielle Demagogie dasselbe ist. Wenn man den Preis erwähnte, dann versicherte Fausta nicht aus Koketterie, sondern mit dem Eifer der Schülerin: »Celedonio verdient ihn viel eher als ich.«

Was nicht richtig war. Unabhängiger als er von den Geschmacksrichtungen, die die internationalen Vorbilder bestimmten, mit einer kühneren Phantasie und mehr Pathos ausgestattet, hinderten oft andere Gründe sie, das Höchste zu erreichen: Vor allem ein gewisser Hang zur Bequemlichkeit ließ sie ihre Stellung als lokale Gottheit vorziehen und auf die rauhe Einsamkeit der Größe verzichten. Denn in ihrem Alter, so erkannte sie, war es das literarische Leben weit mehr als die Literatur selbst, was ihre Leidenschaften erregte, die Buchpräsentationen, das Geplänkel von Freundschaften und Neid, die Manipulation der Preise und Stipendien, um sie unter ihren und Don Celedonios Schützlingen zu verteilen. An einem melancholischen Abend wie diesem, wo die geringe Helligkeit kaum noch die Gesichter der trauernden Gruppen, die sich im Patio versammelt hatten, erkennen ließ, spielte sie auf bewundernswerte Weise ihre Rolle als Verwalterin der Traurigkeit. In einer solchen Situation, die soviel Gesellschaftliches hatte, machte sie sich hervorragend, sagten die, die sie von den Fenstern, die auf den von ihrer bedeutenden Gestalt beherrschten Raum geöffnet waren, beobachteten. Schließlich war sie dazu geboren, war einzige und verwöhnte Tochter eines radikalen Senators, eines Potentaten zu seiner Zeit, Besitzer gewaltiger, den Indios von Temuco abgenommenen Ländereien, dessen Name heute vergessen in einer entlegenen Straße ruhte. Mit zwanzig Jahren beging Fausta eines schönen Sommers die Dummheit, den Verwalter der Güter zu heiraten und seinen indianischen Nachnamen anzunehmen. Zehn Monate später starb der Verwalter – auf einer Bank im Patio erzählte der Autor von *Djktrplñ/Gedichte* der Autorin von *Nidos*, daß der Vater ihn hatte umbringen lassen, eine nicht unwahrscheinliche Hypothese, wenn man die Sitten von La Frontera in jener Zeit bedenkt –, eine Episode, die Don Celedonio im

Haus der Nerudas vor immer neuen Gästen mit einem amüsanten Tick ins Komödienhafte vorzutragen pflegte, mit den verschiedenen Zugaben geschmückt, die Fausta wohlweislich nicht dementierte, damit ihre Legende wachse. Während des ersten Jahres ihrer Witwenschaft, eingeschlossen auf dem Gut, von wo ihr Vater sie nicht fortgehen ließ, damit man ihre Schande vergaß, schrieb sie ihr erstes Buch: *Fenster über dem Weizenmeer*, ein kleiner autobiographischer Roman, den Alone in *El Mercurio* veröffentlichte. Ein sehr sensibles und sehr zerbrechliches Mädchen, vollkommen anders als Fausta, aber so wie sie sich sah, denn so war es in den Frauen-Romanen jener Zeit üblich, wird auf geheimnisvolle Weise zur Witwe und zieht es vor, allein auf ihrem Landsitz zu bleiben, um herauszufinden, ob ihr Verdacht, daß ihr Vater ihren Mann umbringen ließ, sich bestätigte: Eine geniale Kombination von Kreolismus und Krimi, urteilte der kluge Kritiker und wies auf die zahlreichen Vorzüge des Textes hin, der unter dem Pseudonym Fausta Manquileo erschienen war. Der Vater entdeckte bald, daß seine Tochter, Maria Angélica Rosales, bei den zimperlichen Nonnen von Santiago erzogen, damit sie eine Ehe eingehe, die den Konventionen entsprach, die Autorin dieses diffamierenden Buches war, von dem alle Welt sprach, und die ihn auf frivole Weise des Mordes bezichtigte – denn die Queca, die dumme Gans, hat Manquileo nie auch nur das Geringste bedeutet; das Ganze war ein sommerlicher Fehltritt, den man auf andere Weise hätte regeln können.

»Das ist das einzig Passable, was sie geschrieben hat«, meinte ein Bursche der Jota, der den Roman gerade als Pflichtlektüre in der Schule gelesen hatte, zu einem Genossen.

»Ich mag *Das blaue Netz* lieber, es ist tellurischer, echter«, entgegnete der Angesprochene und drängte sich durch die Leute, um die Steintreppe hinunterzugehen und auf der Straße Wache zu halten.

Der beklagenswerte Senator war nach kurzer Zeit gestorben. Kein Wunder, daß er einen Infarkt bekam, bei einer Tochter wie Queca, derart Bohemien! Nach seinem Hinscheiden zog Fausta nach Santiago, einen kämpferischen Lebensstil mit sich bringend, in ein riesiges, unbequemes Haus in einem nicht gerade modernen Viertel, voller gewaltiger, dunkler, beschädigter und zusammengeflickter Möbelstücke, mit Pflanzen in angeschlagenen Porzellantöpfen und Hunden, die während des Abendessens im Eßzimmer herumliefen, und mit Dienstmädchen ohne bestimmte Aufgaben, es sei denn, Familiengeschichten zu erzählen und nach Kindheit duftende Nachspeisen zuzubereiten.

»Du siehst aus wie Madame Hanska, die gerade mit ihrem Gefolge aus der Ukraine nach Neuchâtel gekommen ist«, sagte Don Celedonio Villanueva, verliebt in das feudale Ausmaß all dessen, was Fausta in Angriff nahm.

Er ließ sie Balzac lesen, als er sie mit ihrem farbenfrohen kreolischen Gefolge in Rom kennenlernte, von wo sie als Paar zurückkehrten, dessen Beständigkeit alle Auguren vernichtete. In Santiago öffneten sie ihr Haus den »wenig konventionellen« Freunden: In Anführungsstrichen, weil, wie die Autorin von *Nidos* dem Autor von *Djkrplñ/Gedichte* berichtete, dies eine Bemerkung war, die ziemlich abgestanden roch, und da es spät wurde und so viele Menschen da waren, zog sie es vor, zu gehen, denn alle waren viel zu beschäftigt, um ihr etwas über die Stiftung Nerudas sagen zu können, damit sie ihren Artikel schreiben konnte. Unter diesen »wenig konventionellen« Freunden war auch Pablo. Den Gerüchten zufolge, die sich bis heute, sogar in diesem Trauerpatio, hielten, hatte der Dichter sein Herz flüchtig – denn er selbst bezeichnete sich als »monogam in Schüben« – an die eingeborene Prinzessin mit der etwas zu braunen Stirn und den Haaren verloren, die an den Schläfen sehr straff nach hinten zu einem Knoten im Nacken gezogen waren und die, seit sich im Alter von fast siebzig Jahren das erste graue Haar zeigte, gefärbt wurden, so daß man sie heute als von unveränderbarem Rabenschwarz zu beschreiben wagte. Manche bestätigten, daß Neruda auf einer Reise mit seinem Hof von Freunden durch Italien diesen fleischlichen Ton von Quinschamali geliebt hatte, mit ihren indigofarbenen Lidern und granatroten Lippen, die ein so mächti-

ges Lachen besaßen, das, wie Don Celedonio in seinem Appartement mit »petits meubles« und Büchern aus dem 18. Jahrhundert versicherte, in der Lage war, nicht nur das übliche Champagnerglas aus *»mousseline«*-Kristall zu zerbrechen, sondern einen mit Chicha gefüllten Krug: eine Beobachtung sehr à la García Márquez, obwohl es ziemlich einfach ist, García Márquez nachzumachen; alle tun es auch. Wie war es möglich, fragten sich die Leute noch heute, nach so vielen Jahren, wenn sie sie die Gäste mit einer Umarmung oder einem Lächeln begrüßen oder verabschieden sahen, daß ein Kosmopolit wie Celedonio Villanueva sich in eine so auffällige Frau wie Fausta verlieben konnte, die ein Vorläufer der »Kunstgewerbler« gewesen war, sich mit Ketten aus araukanischem Silber und mit Chilota-Wolle behängte, bevor das in Mode kam, und auch noch, als er zu ihrem Alter nicht mehr paßte, den Vicuña-Poncho ihres Vaters trug, wenn sie mit Matilde auf politischen Manifestationen die Streitkräfte des Regimes herausforderte.
Fausta hielt ihre Freundschaft zu Matilde nach Pablos Tod aufrecht. Kritisch gegenüber ihrer Pappmachéhaltung als Hohepriesterin, forderte sie sie immer wieder auf, ein eigenes Leben zu leben, ohne Erfolg, denn Matilde reagierte störrisch auf jede Einmischung. Wenn auch keine der beiden Frauen warmherzig oder zärtlich war, so waren sie doch gleich in ihrer Leidenschaftlichkeit, ihrer Intelligenz und ihrem Mut, Weiber mit Biß, die Kleider liebten und Lachen und Gespräche mit Männern, die intelligente Wagnisse schätzten, besonders, wenn sie zu viel Wein getrunken hatten. Sie marschierten schreiend bei Demonstrationen mit, unterschrieben Briefe, versteckten Verfolgte und arbeiteten in der Menschenrechtskommission und in der Hilfsorganisation für Familien von Verhafteten und Verschwundenen, ohne Repressalien befürchten zu müssen. Matildes Arbeit in der letzten noch gesunden Zeit und am Anfang ihrer Krankheit war, die Unmenge von Papieren, die der Dichter hinterlassen hatte, so weit wie möglich mit Hilfe von Celedonio und Fausta, aber vor allem von Celedonio, zu ordnen: Originale, Briefe, Autographe, unvollendete Werke; eine ge-

waltige Arbeit, deren Ende nicht abzusehen war, wertvollstes Material, irgendwo in dem Haus am Berghang verwahrt, wo so viele Freunde an diesem Abend zusammengekommen waren. Diese Papiere sollten den Kern der Neruda-Stiftung bilden.

Was zum Teufel sollte aus alldem jetzt werden, da die Nerudas keine Erben hatten als die Stiftung, ein Projekt, das auf irgendeinem Verfahrensweg steckengeblieben zu sein schien. Der Nachlaß war zu wertvoll, um ihn ohne außerordentliche rechtliche Obhut zu lassen, diese Erstausgaben und Autographe, diese unveröffentlichten Originale, Korrespondenzen, Bücher, Bilder, und dann das Vermögen an Autorenrechten, das eine in sich geschlossene Einheit mit diesen Sammlungen bilden sollte. Man hatte viel von der Stiftung gesprochen, schon zu Pablos Lebzeiten, der sie stets als etwas bezeichnete, das nichts mit der Politik zu tun habe. Aber vor allem Matilde, die schon krank war, der Hände und Stimme versagten, kümmerte sich wie besessen darum, ihr eine Form zu geben, denn außer daß die Stiftung eine Säule mehr war, die Unsterblichkeit des Dichters mit zu tragen, bildete sie die materielle Grundlage für ein Förderungszentrum in Lateinamerika, das vor allem jungen Autoren dienen sollte, die Unterstützung brauchten. In ihrem nach Gewürzen duftenden Schlafzimmer, die den Geruch der Medikamente verscheuchen sollten, wählte sie unermüdlich Telefonnummern und versuchte aufdringlich und hartnäckig, mit gebrochener Stimme, dieses große Schiff zu konstruieren, das sie in ihrem Fieber sah, obwohl sie wußte, daß sie es niemals würde schwimmen sehen. Der Nachlaß, der auf die Legalisierung wartete, wurde absichtlich oder auch nicht, man kann das nie wissen, auf geheimnisvolle Weise auf dem Schreibtisch eines Beamten festgehalten. Niemandem war es gelungen, über diesen Nachlaß etwas Genaues zu erfahren oder darüber, wie weit die Sache gediehen war. In ihren letzten Lebensmonaten verzweifelte Matilde und fürchtete, daß die Stiftung wegen dunkler Machenschaften niemals vorwärtskommen würde. Die Beziehungen, die sie mit ihrem Namen hatte spielen lassen, rich-

teten überhaupt nichts aus, vor allem weil man nie wußte, ob es gut war, weil irgendein unbekannter, in politischer Leidenschaft entbrannter kleiner Angestellter, der in allem, was mit Neruda zusammenhing, eine Machenschaft der Kommunisten sah, seine Hände im Spiel haben konnte. Kein Wunder, wenn das Haus auf Isla Negra schon vor langer Zeit der Partei geschenkt worden war und damals, als die Junta den Besitz der Partei konfiszierte, an die Regierung überging. Aber nur das Gebäude, nicht die Einrichtung, nicht die Galionsfiguren, die von den mit Doca-Pflanzen überwucherten Hängen aufs Meer hinaussahen, nicht die Sammlung von blauen Kristallen und opalisierenden Schnecken in den versiegelten Räumen, die nicht zu der Schenkung gehörten. Jetzt blieben diese Dinge in diesem Gebäude, das Matildes Tod schließen würde, und erwarteten verwundert ihr Schicksal, sammelten Staub an und nährten Termiten, bis die Verhandlungen über die Stiftung wieder in Gang kommen würden und die Regierung, oder wer immer, endlich das Projekt freigeben würde.
Fausta ruderte sich von einer zur anderen Gruppe durch oder stieg hinauf, um am Sarg einige freundliche Sätze mit irgendeiner bekannten Persönlichkeit zu wechseln, wobei sie versuchte, das Gespräch auf das Andenken zu lenken und nicht so sehr auf die verwirrenden Bemühungen um das Schicksal der Stiftung. Tatsächlich belastete diese ganze Angelegenheit mehr die Gedanken von Don Celedonio als die von Fausta, denn als Verwalter und Koordinator der riesigen Hinterlassenschaft von Neruda gewann seine Gestalt – die beim Publikum nie sehr glanzvoll in Erscheinung getreten war, sein Genius war mehr verinnerlicht – ein strahlendes Aussehen, das seine Bücher ihm niemals gegeben hatten. Wieder jung sein. Wieder tatkräftig. Tatkräftiger denn je. Diese absurde Versuchung, die Fausta ihm ausmalte, um ihn aufzumuntern. Er wußte nicht, ob ihn das heute noch interessierte, denn es schien ihm angenehmer, einfach heiter und ironisch zu verlöschen. Fausta führte ihn am Arm durch den Patio und fürchtete, er habe für nichts mehr Gesundheit noch Kraft, blieb mit ihm stehen: um Lopito zu

begrüßen und Ju einen Kuß zu geben, Lisboa zu fragen, ob alles erledigt sei, damit der Trauerzug morgen pünktlich um zwei Uhr von hier losziehen könne, um einen alten sozialistischen Senator zu umarmen, der gerade aus dem schwedischen Exil zurückgekehrt war, um eine Gruppe aufmüpfiger junger Leute mit einem Scherz zu beruhigen oder einen Nationalpreisträger mit einer Schmeichelei, der sich zurückzog, weil er glaubte, man beachte ihn hier zu wenig. Waren all diese Leute wenigstens dafür da, Schmerz vorzutäuschen, so daß keine Neigung darauf bestand, zum Sarg zurückzugehen, wo Matilde unter Ave-Marias ruhte? Wer zum Teufel erdreistete sich zu beten? Wer hatte sie . . .? Don Celedonio zog seine Zigarre heraus, die er nicht anzündete. Im Augenblick hielt er sie lieber so, zwischen den Zähnen, und zog ihr trockenes Aroma ein. Später, wenn die Herumsteher fort waren und der Freundeskreis kleiner geworden war, würde er sie anzünden, denn eine gute Zigarre erfordert Frieden im Herzen, damit man sie genießen kann. Diese hier hatte ihm Miguel Barnet aus Kuba geschickt mit einem Boten, der sagte, er solle sie als Hommage für die Casa de las Américas ansehen. Tatsächlich waren sie nicht so gut wie früher. Nichts war mehr so gut wie früher. Angefangen bei der Casa de las Américas, die den berauschenden Duft des ersten Augenblicks verloren hatte. Er verschwieg seine Gedanken, als er spürte, wie Fausta, eine Mischung aus Hexe und Rachegöttin, ihr langes schwarzes Gewand hinter sich herziehend, seinen Arm losließ, um sich mit einer Überstürzung, die ihr sonst nicht eigen war, zur Tür zu wenden. Er hörte sie mit für diese Szene übertrieben entschiedener Stimme sagen: »Was geht hier vor?«
Im vagen Licht der Treppe, die zur Straße hinunterführte, eine Hand theatralisch an den Türrahmen gestützt und den Kopf nach vorn geneigt, verhieß ihr Rücken eine keinen Widerspruch duldende Autorität; die Anwesenden wandten ihre Aufmerksamkeit sofort dem Ereignis zu, in dem Señora Fausta die Hauptrolle übernahm. Es hatte sich offenbar ein kleiner Wortwechsel mit den Wächtern, die ihre literarischen Gespräche unterbrochen hatten, abgespielt, der in ei-

nem Türenknallen gipfelte, und Fausta, die aufmerksam alles beobachtete, war dies nicht entgangen, da so etwas an einem Abend wie diesem nicht schicklich war. Das ließ unangenehme Auseinandersetzungen bei der Beerdigung morgen befürchten. Es war notwendig, sehr vorsichtig zu sein. Einige Stufen tiefer führten die beiden Burschen der Jota, der eine bis zum Knie, der andere nur bis zur Brust sichtbar, der eine mit dem Gesicht eines blonden Engels bei der ersten Kommunion, der andere genauso naiv trotz des Anflugs von Aggression in seinem frisch sprießenden Bärtchen, ihren Streit fort, den Fausta mit einem: »Schschschsch! Wer war das?« unterbrach.
»Fox.«
»Freddy Fox?«
»Ja, Don Federico Fox.«
»Wo ist er jetzt?«
»Gegangen.«
»Warum?«
»Dieser Esel wollte ihn nicht reinlassen.«
»Seid ihr verrückt?«
»Er war das.«
»Also, Señora Fausta, Lisboa hat uns hier aufgestellt, damit wir die Leute sieben und niemanden von der Regierung reinlassen. Und wer gehört mehr zur Regierung als Don Federico Fox?«
Fausta schwieg einen Augenblick, dann entschied sie:
»Das geht nicht. Bringt ihn rauf.«
Sie öffnete die Eingangstür. Von unten riefen sie ihr zu:
»Er ist zu seinem Wagen gegangen.«
»Lauft und holt ihn.«
Lisboa, gefolgt von einer Gruppe, die in die Szene eingreifen wollte, trat heran und fragte, was los sei. Fausta wandte sich ihm zu und sagte, heute abend sei sie nicht gewillt, so ungeschickte Anweisungen zu dulden wie diese, Federico Fox den Eintritt in Matildes Haus zu verweigern. Das andere Haus, das auf Isla Negra, obwohl es jetzt der Regierung gehöre, könnten sie als ihr eigenes ansehen, da die Partei die Legitimität des Militärregimes nicht anerkannte, aber

dieses Haus gehöre nicht der Partei, sondern der Stiftung. Und vor allem Matilde, denn für sie sei es gebaut worden, für einen Menschen, nicht für einen Bauern auf dem Schachbrett der Politik, und niemand werde einen persönlichen Freund der Verstorbenen aus ihrem eigenen Haus werfen, in dem noch ihr Körper ruht. Sie dächten wohl, daß diese Regierung, die sie für dumm hielten, die aber leider keineswegs dumm sei, da sie sich elf Jahre mit Lügen, Gewalt und wirtschaftlichen Katastrophen habe halten können, ja, sie glaubten, daß diese Regierung den internationalen Unsinn begehen würde, auch nur einen falschen Schritt im Zusammenhang mit Matildes Tod zu tun. Es sei ja beinahe so, als wollten sie den Angriff, als wünschten sie einen Hausfriedensbruch, ein Blutbad, um Matildes Tod dazu zu benutzen. Sie selbst sei ihnen völlig gleichgültig. Federico Fox möge einer der schamlosesten Kerle sein, der dazu beigetragen habe, unser Land in einen unfaßbaren Ruin zu treiben, indem er mit Zustimmung der Obrigkeit soundso viele Millionen stahl, der, wie es heiße, einer der Hauptschuldigen an dem schrecklichen wirtschaftlichen Debakel sei. Aber trotzdem solle Lisboa aufpassen, solle begreifen, daß Freddy Fox intelligent sei; jawohl, er habe Pablo und Matilde zum Lachen bringen können, und beide hätten ihn nett gefunden, denn Pablo sei kein schematischer Sektierer gewesen, niemals, auch kein Frömmler, der die erhobene Faust als einzige Antwort auf alle Probleme wußte. Sie sah ihn an und senkte die Stimme, als sie fortfuhr:
»Sie dagegen, wenn Sie es wissen wollen, Lisboa, mit Ihrem naiven Triumphalismus, kamen ihnen dämlich vor.«
»Ich habe gehört, daß Don Pablo nie erlaubt hat, daß Federico Fox sein Haus betritt«, antwortete Lisboa, nicht zugänglich für das, was seine Person in Faustas Rede betraf.
»Es ergab sich keine Gelegenheit. Oder man regelte die Dinge so, daß sich die Gelegenheit mit allen Problemen, die daraus hätten entstehen können, nicht ergab. Aber manchmal haben sie sich getroffen.«
»Wo?«
»Bei mir, zum Beispiel. Sie hatten sich viel zu erzählen. Nie-

mand in Chile, außer Pablo, hat eine Sammlung von Erstausgaben und Autographen wie Federico Fox.«
Sie hörte Schritte die Treppe heraufkommen, wandte sich um:
»Freddy? Komm rauf. Diese Jungen haben sich offenbar geirrt.«
»Wieder ein Irrtum der Partei«, meinte er.
Die Ankunft von Federico Fox ließ die Anwesenden erschauern, ähnlich wie wenn der Bösewicht eines Dramas plötzlich mit gezogenem Schwert durch ein Fenster mitten in ein Fest hineinspringt. Man machte ihm Platz. Man folgte ihm mit Blicken, wie er Don Celedonio begrüßte, der ihn umarmte, wie er die Autorin von *Nidos* küßte, der er gerade einen Preis hatte zukommen lassen, den sie in diesem Haus lieber verheimlichte, wie er einen hyperrealistischen Maler etwas fragte und einem der Transavantgarde seine Gönnerschaft anbot und dann langsam am Arm von Fausta, gefolgt von Don Celedonio, die Treppe hinaufstieg.
»Wenn ich bedenke, daß ich nie in diesem Haus gewesen bin!« meinte er zu Fausta. »Ich möchte, daß du es mir zeigst, damit ich die hier mit dem Gold aus Moskau angehäuften Schätze betrachten kann, von diesem Kommunisten mit dem Geschmack eines Aristokraten. Ich bin sicher, er hat alles der Partei vermacht, um seine Schuld zu tilgen, des guten Lebens wegen, das er sich auf Kosten des Proletariats geleistet hat. Ein seltsames Haus! Ich weiß nicht, ob ich es scheußlich oder wunderschön finden soll. Wie unbequem! Wie zum Teufel kommen sie trocken von diesem Teil in den anderen, wenn es regnet? Aber, laß uns zuerst hinauf und ein Ave-Maria für die Verstorbene beten, um ihr zu helfen, ihre Seele zu retten, wir werden alle in Bedrängnis geraten vor diesem lästigen Petrus.«
»Wie gut, daß du das zugibst.«
»Du nicht, du Sünderin?«
Federico Fox sah nicht so aus, als könne er irgend jemanden erzittern lassen, obwohl er etwas Hypertrophisches an sich hatte, etwas Schwereloses wie jene Figuren, die in Alpträumen wie Ballons schweben. Sehr groß, sehr dick, sehr

schwammig, wirkte er wie der Entwurf eines riesenhaften, mit duftenden Ölen eingeschmierten Babys, das, wenn es aus dem Fötusstadium heraus sein wird und seine Züge sich ausbilden und der Flaum auf seinem Schädel wächst, vielleicht ein hübscher, blonder Knabe werden könnte. Sein Doppelkinn vereinte mit einem herrlichen Bogen sein Kinn mit seinem Bauch, der prall in dem sehr hohen Schritt seiner von Hosenträgern gehaltenen Hose steckte. Er saugte an seinen Lippen wie in einer ununterbrochenen Stillzeit, und unbefriedigt tröstete er sich mit seinen Porzellanpuppenhänden, die zärtlich seinen Körper streichelten. Voller Gier, nicht hungrig, sah er jungen Mädchen nach oder Büchern, die ihn für seine in seinem alten Palast aus verputztem Adobe zusammengetragene Sammlung interessierten – dort, wo seine Söhne, die so aussahen wie er, bevor er sich aufgebläht hatte, in der Obhut der Priester aufwuchsen. Nichts sah er mit hungrigen Augen an, denn er kannte diese authentische Erfahrung des normalen Sterblichen nicht. Don Celedonio sagte, er schätze ihn, weil er aussehe wie ein Botero; aber seine Gier konnte alles verschlingen, denn Freddy war ein einziges Verdauungsrohr, das manchmal, mitten in einer Direktorenkonferenz, protestierte, weil es nicht sofort befriedigt wurde. Seine Cousine Judit Torre, auf dem Grundstück nebenan aufgewachsen, erklärte, niemand dürfe sich darüber wundern, daß ihn eine so obszöne Gier befalle, denn als er klein war, hatten ihm seine unwissenden Millionärseltern bis zu seinem zwölften Lebensjahr, damit ihr einziges Kind nicht weine und immer mehr Zuwendung verlange, eine Kette aus bernsteinfarbenen Gummilutschern um den Hals gehängt, die der kleine Freddy unersättlich und abstoßend einen nach dem andern besabbert und gekaut hatte und sich dabei über wer weiß welchen unbekannten Mangel hinwegtröstete. Judit haßte ihn, nicht nur weil seine politische Haltung der ihren radikal entgegengesetzt war, sondern weil er sich als Heranwachsender, zurückgewiesen von seinen älteren Cousinen, während der Mittagsruhe zwischen den Ballen im Lager versteckte und dorthin seine jüngeren Cousinen schleppte, um in der

köstlichen Feuchtigkeit ihrer Schlüpfer herumzufummeln, sie dabei mit schrecklichen Strafen einschüchterte, die die Erwachsenen ihnen verabreichen würden, wenn sie von diesen Experimenten erführen. Seitdem konnte der harmlose Geruch von Strohballen bei Judit asthmatische Erstikkungsanfälle auslösen. Dank dieses rachsüchtigen Klatsches – etwas Seltenes bei ihr, denn sie hatte den Ruf, kurz angebunden zu sein, weil sie ihr Privatleben eifersüchtig hütete – ging die bösartige Geschichte von Federico Fox, dem Präsidenten von Kooperativen und Finanzierungsgesellschaften, und seiner Halskette aus Lutschern von Mund zu Mund und untergrub seine Selbstsicherheit. Als er zu dem Sarg hinaufstieg, spürte er die Kälte wie jemand, der sicher ist, daß man hinter seinem Rücken über ihn spricht. Die im Patio versammelte Opposition beobachtete seinen Gang nach oben und fragte sich zweifellos, ob ohne die Geschichte von den Lutschern und dem Gerücht über kleinere Unregelmäßigkeiten, das damals, als Freddy eine Rolle zu spielen begann, kursierte, seine Aktivitäten nicht zu einem äußerst gefährlichen Griff in die Tasche der Wirtschaft geführt hätten, als die Obrigkeit ihn gerade zum Minister ernennen wollte. Er verreiste zu dem Zeitpunkt, um seine stillschweigende Ablehnung zu demonstrieren und sich außer Reichweite übler Nachrede zu bringen, ehe sie ihn öffentlich erreichte. Man wußte von ihm, daß er nicht nur begierig hinter Manuskripten und Erstausgaben her war, hier und im Ausland, sondern daß er auch Firmen und Fabriken kaufte, Ländereien, halbfertige Bauvorhaben, alles, was angeschlagen oder am Ende oder kaputt war, daß er sich alles aneignete, wenn Firmen erklärten, ihre Schulden nicht mehr bezahlen zu können, oder wenn die Besitzer von Gobelins und vergoldeten Erzengeln Bankrott anmeldeten.
Es gelang ihm, sich vor dem Sarg zu bekreuzigen, bevor er sich neben Don Celedonio in das Sofa fallen ließ und erklärte, wie häßlich er diesen berühmten Wohnsitz fände. Seine forschenden Augen schienen alles abzuschätzen, als hätten sie die Fähigkeit, eine Untertasse umzudrehen, um auf die Marke zu sehen, oder den Samt zu betasten, um seine Qua-

lität zu prüfen. Nichts Gutes. Alles gewöhnlich, scheußlich. Da kann man nichts machen, Raffinement bekommt man nicht, auch nicht, wenn man ein Genie ist wie Neruda, denn das ist etwas ganz anderes als Kultur, etwas Geheimnisvolles, wie eine Gabe, die einem in die Wiege gelegt wird, die man im Blut hat, und Neruda wußte weder in der Politik noch in seinem Geschmack, wohin er gehörte. Das alles war ein einziger Kitsch! Wovon sprachen die Leute, wenn sie dieses Haus lobten?

»Nun ja«, erwiderte Don Celedonio. »Das beste sind die Bücher und Manuskripte. Und die Korrespondenz, obwohl ich sie nicht genau kenne. Außer den Originalen von Neruda, die man noch nicht ganz geöffnet hat.«

»Alles Handschriften?«

»Das meiste.«

»Was wird damit geschehen, Celedonio, um Gottes willen? Wer wird die Erstausgaben, die Briefe von Rimbauds Schwester, die, glaube ich, ein Vermögen wert sind, bekommen, die Erstausgaben von Whitman, von ihm selbst gezeichnet, die *Lehrjahre des Gefühls* von Flaubert, George Sand gewidmet . . ., der Skakespeare-Band?«

»Nun, darum geht es ja gerade, die Stiftung soll diese Dinge schützen, damit sie nicht auseinanderfliegen. Die arme Matilde war sehr besorgt.«

»Ich hoffe, die Stiftung kümmert sich auch darum, daß sie nicht nach Moskau verschickt werden.«

Und mit einer weiten Geste seiner Priesterhand fuhr er so plötzlich ohne Übergang fort, daß Don Celedonio fürchtete, seine rosigen Nägel könnten aus seinen Fingerspitzen fliegen:

»Man hat mir erzählt, daß die arme Matilde, als sie mit niemandem mehr sprechen wollte, nicht einmal mehr per Telefon, und ich sie manchmal anrief, um zu fragen, wie es ihr geht . . .«

»Und ihr angeboten hast, die Sammlung zu kaufen. Ich weiß, daß du ihr das hast ausrichten lassen. Sogar Preise.«

»Warum nicht, Celedonio, es heißt doch, die Stiftung sitze hoffnungslos fest, weil die Regierung vermutet, die Kommunisten steckten dahinter? Jahre können vergehen und die Sache mit der Stiftung kann sich zu einem dieser endlosen Prozesse auswachsen, die ohne Ergebnis in der Bürokratie steckenbleiben wie in ich weiß nicht mehr welchem Roman von Dickens. Und in der Zwischenzeit verschwinden die äußerst wertvollen Sachen, um die es in dem Prozeß geht, bis am Ende nichts mehr davon übrig ist. So wird es auch mit den Sachen von Neruda gehen wegen euch Kommunisten ... Streite es nicht ab, zu deiner Zeit bist du es jedenfalls gewesen, als es Mode und alle Welt Kommunist war, sogar Nancy Cunard ...«

Don Celedonio spürte, daß er keine Luft mehr bekam. Nicht nur weil er begriff, daß ein Teil dessen, was Freddy sagte, der Wahrheit entsprach, sondern weil der Atem des Bankiers ihm mit dem Gestank der mühsamen Verdauung von Pasteten, Meeresfrüchten und Saucen in die Nase stieg. Auf seinen Stock gestützt stand er auf. Federico Fox folgte ihm mit seinem Geschwätz über die Holzschwellentreppe bis in den Patio; er führte an, daß Neruda der Bibliothek der Universität von Chile vor über zwanzig Jahren eine Sammlung sehr wertvoller Bücher geschenkt hatte, die praktisch verschwunden sei oder verschlossen, jedenfalls fehlten Hunderte von wichtigen Bänden, und niemand kümmere sich um das, was noch da sei, es würde nicht katalogisiert, nicht geordnet, nicht gesäubert, abgesehen von weiteren hundert Bänden, die in kleinen Bibliotheken verstreut seien oder in Institutionen, die unfähig seien, ihren Wert zu erkennen. Es sei unmöglich, wie unzivilisiert die Chilenen noch waren! Stimme es, daß die Sachen von Neruda so wertvoll waren, wie man es ihnen nachsage? Er zweifle manchmal daran, denn Pablo war, wie jeder gute Künstler, ein Übertreiber.

»Willst du die Sammlung sehen?« fragte ihn Don Celedonio, plötzlich munter.

»Mit der größten Freude.«

»Mit den Augen eines guten Händlers?«

»Du bist lästig! Dieses Lumpentum deiner Freunde färbt auf dich ab.«

»Und auf dich die Schamlosigkeit der deinen. Ich bin von

dem Tod Matildes sehr aufgewühlt, Freddy, und angeekelt davon, wie alle ihren Vorteil daraus ziehen wollen. Nun ja, ich bin alt und müde, und der Gedanke, daß ich mich um die Stiftung kümmern soll, bedrückt mich . . .«

Sie stiegen hinunter. Im Halbdunkel der Treppe hielt Federico Fox seinen Freund an. Herzlich legte er die Patsche eines praktischen Mannes auf den zarten Rücken des kleinen Dichters Don Celedonio und zauderte, mehr aus Taktik denn aus Sensibilität, dann sagte er:

»Warte . . .«

»Was willst du?«

»Ich wollte dich schon lange etwas fragen. Ich glaube, das ist jetzt die beste Gelegenheit. Stimmt es, daß du ein Autograph von Trotzki hast?«

»Vier.«

»Vier!«

»Vier handschriftliche Briefe an mich, als ich in Cuernavaca lebte und er in Coyoacán . . .«

»Ah ja. Damals, als es hieß, Neruda sei in die Ermordung von Trotzki verwickelt, zusammen mit Siqueiros und der ganzen stalinistischen Mafia, und als Bezahlung für seine Intervention sollte die Partei ihn zu dieser Würde erheben, zu der sie ihn dann später auch erhob.«

»Sei nicht frivol, Freddy, und kolportiere nicht die schwarze Legende einer der wenigen Personen mit Genie, die dieses arme Land hervorgebracht hat. Tu mir den Gefallen und schweig! Also, ich habe vier Autographe von Trotzki und Briefe von García Lorca und von Anaïs Nin . . . und von Miller . . .«

»Mein Gott! Das ist ein Vermögen!«

»Willst du sie kaufen?«

Don Celedonio hörte Freddies Antwort nicht. Es war das erste Mal, daß er mit dem Gedanken spielte, sich vom einzigen zu trennen, das seinen Lebensknoten noch gespannt hielt. Heute war ihm ganz klar, daß er bald sterben würde. Das Fest war zu Ende. Aber eine Stiftung Celedonio Villanueva wäre lächerlich, denn in kurzer Zeit würde niemand mehr seinen Namen kennen. Dann würde Fausta sterben und von ihm nichts mehr übrig sein. Warum nicht jetzt auflösen, sich selbst aufteilen, damit man wußte, wo die einzelnen Stücke seines Kadavers blieben, statt zu warten, bis es die Schakale wie diese Ada Luz und Lisboa tun würden? Etwas verkaufen, das er, wie diese Briefe, als einen Teil seiner selbst empfand, das bedeutete, daß etwas von ihm auf bescheidene Weise einen Wert hatte, ja, der alte phönizische Glanz des Geldes würde es ihm bestätigen, wenn es aus der plumpen Hand Federico Fox' in seine Hand fiele. Etwas von ihm würde nach seinem Tod, wenn alles aufgelöst wäre, noch wichtig sein, oder mehr noch, vielleicht Freude bringen. Fleißige nordamerikanische Gelehrte würden diese Briefe studieren, um eine Fußnote, einen erklärenden Kommentar, einen Beitrag zu schreiben, der die Figur irgendeines Großen mit dem Licht erhellte, das von ihm, einem Kleinen ausging. Neugierige Gelehrte würden die Sammlung Fox aufsuchen – die Kästen in bronzegefaßten Fächern in klimatisierten Sälen der Nationalbibliothek, der Name des stiftenden Mäzens schmückte in Gold die Eingangstür des Saales, und sein eigener Name, Celedonio Villanueva, stünde verkleinert auf einer Reihe von Karteikarten im Katalog, um die Herkunft der Dokumente zu beglaubigen und den Adressaten der Stücke zu identifizieren –, sie, die Gelehrten auf der Suche nach Spuren, um Hinweise zu bekommen, niemals um seinetwillen. Er war traurig, sich das vorzustellen. Aber heute war alles traurig: Melancholie, Melanom, Melanin, Melasse, Melaphyr, Melanit. *Mela:* aus dem Griechischen, melas, melain, melan = schwarz, sagte Doña María Moliner. Melanom: schwarz, Tod, obwohl die hervorragende Lexikographin dieses Wort nicht nannte. Aber ... hieß es nicht so, was Matilde getötet hatte? Wer weiß, denn schließlich und endlich würde ein anderes Wort, Karzinom, zum Beispiel, auch zum Töten da sein. Vielleicht schloß Doña María Moliner das Wort Melanom aus, weil jede Art Krebs nur eine Folge von Schwermut ist: Melancholie ... Mela ... Schwarz. Trauer. Aber nicht Angst, denn heute schien ihm zum ersten Mal der Tod weniger erschreckend, als in der Gesellschaft der Großen gelebt zu haben, wenn auch nur als Zaungast dieses Banketts. Ja, alles schwarz, außer Federico Fox, strahlend und gerötet, der, nachdem sie in den Patio hinuntergestiegen waren, ihm noch den Kauf seiner Seele anbot, zum guten Preis eines gierigen Sammlers, um wer weiß wie viele Lutscher seinem sabbrigen, kindlichen Halsschmuck hinzuzufügen. Freddy nahm ihn beim Ellenbogen, gestikulierte überredend, allen überlegen, weil man ihn nicht strafen konnte. Die Menge schien durch seine Anwesenheit aufgewühlt, jemand machte ihm von anderen Seiten des Schattens her groteske Zeichen, aber er konnte natürlich, angesichts einer möglichen günstigen Transaktion mit Don Celedonio, seinen Eifer nur auf ihn konzentrieren. Etwas weiter entfernt hielt Freddy mitten in einem Satz inne, seine Gesten in der Luft gefroren, als wäre alles in ihm innerhalb einer Sekunde zu einer gallertartigen Materie geworden. Auch Don Celedonio blieb stehen und folgte Freddys Blick, der die dunklen Gestalten am anderen Ende des Patios zu erkennen suchte: Lopito machte dem Bankier Zeichen. Er stand neben Judit, warf die von Speichel feuchte Zigarette weg, und sein Lachen verbeißend, ging er durch die Gasse der Menschen, die sich geöffnet hatte, auf Freddy zu, die Daumen in seinen Gürtel geklemmt; schnaufend, als mache es ihm Mühe, sich schlurfend vorwärtszubewegen, den schwankenden Gang eines Wildwest-Killers nachäffend, der sich seinem Duellgegner zuwendet, kam Lopito durch die Menge auf Federico Fox zu und zwinkerte bösartig mit einem Auge. Man lachte, als man begriff, daß Lopito den Bankier meinte, als er die Finger in seinen zahnlosen Mund steckte, der wie ein Höllenbaby aussah, daran lutschte und jammerte. Judit Torre, deren Anwesenheit ihn mutig zu machen schien, folgte ihm.

»Lopito . . .!« rief Don Celedonio.

Lopito ging weiter auf Freddy zu, der unter all den Blicken erstarrte, die ihn gefangenhielten, und ihn daran hinderten, seinem Impuls zu folgen und auf die Straße zu fliehen, denn wer weiß, wozu dieser wildgewordene Lopito fähig war. Nicht zu begreifen diese Freundschaft, die Ju mit diesem Kriminellen verband, diesem Terroristen, den man auswei-

sen müßte! Die pensionierten MIR setzten sich nie wirklich zur Ruhe. Er hat die arme Ju in den Marxismus hineingezogen! Fliehen war das einzige. Aber wie sollte er sich bewegen, wenn das Monster näher kam, vor aller Welt an seinen Fingern lutschte, von Ju bestärkt, deren Schlangenblick ihn wie einen für das Opfer bereiten Vogel festhielt. Was waren die Torre-Mädchen früher einmal gewesen! Auf den Ländereien von Colchagua sprachen sie in Organdy-Kleidern mit der Mademoiselle französisch und stickten während der Siesta in den weißen Rohrsesseln auf dem Rasen, zum Spott der Landkinder von den benachbarten Gütern, die von den Pferden fielen und aufgeschlagene Knie hatten und in den schlammigen Pfützen badeten und kahlgeschoren werden mußten, weil sie voller Läuse waren. Aber nicht die Torre: Wenn die anderen herumtobten, machten sie mit der Mademoiselle unter den Kastanien *petit-point*.
»Freddy, mein liebster Freund!« rief Lopito mit seinem sauren Atem. »Wie viele Erinnerungen aus unserer Jugend verbinden uns! Ah, die juristische Fakultät war ein Paradies zu unserer Zeit! Viel, viel zu kurz für mich . . .!«
Sicher! Kurz! Vier Monate, und man warf ihn raus, weil er die Rücklagen der Studentenvereinigung gestohlen hatte! Jeder hatte seine Geschichte. Lopito mehr als alle anderen. Als er aber seinen besoffenen Atem im Gesicht spürte, konnte Freddy ihm nicht entgegentreten, ihm war, als erstarrte sein Herz, und die Worte verdrehten sich ihm, er wandte ihm den Rücken zu und floh mit großen Schritten zur Tür, gefolgt von Lopito, der ihn packen würde, bevor er aus diesem verdammten Kommunistenhaus heraus war; Lopito, sabbernd vor aller Augen, die Finger wie Lutscher im Mund, halb tot vor Lachen, und alle wußten genau, was diese Albernheit bedeuten sollte.
Kurz vor der Steintreppe fühlte Freddy sich erwischt: Lopito packte ihn von hinten am Jackett. Freddy zerrte an seinem schönen Prince-of-Wales-Jackett von Hermengildo Zegna, um es aus den schmutzigen Händen des Feindes zu befreien. Bei dieser Anstrengung verlor sein großer Körper das Gleichgewicht und stürzte die Treppe hinunter. Er schlug

sich sein Knie an einer Treppenstufe auf und zerriß sich die Hose. Oben an der Treppe lachte Lopito, zeigte sein scheußliches, violettes Zahnfleisch, seine grünen Zähne und stieß Rauch aus wie ein Räuchermännchen, ein sarkastisches Monster, das mit gespielter Freundlichkeit fragte, warum Freddy vor ihm weglaufe, er wollte doch nur gemeinsam mit ihm an die glückliche Studentenzeit zurückdenken und Ju an die Zeit ihrer unschuldigen Kindheit, die sie zusammen verbracht hatten.
Judit ging, trotz des Ausdrucks von Ekel, mit dem sie den Sturz ihres Cousins beobachtet hatte, hinunter, um ihm in einer mechanischen Reaktion von Solidarität, die in völligem Gegensatz zu allen ihren Prinzipien stand, denn Gefallene wie Freddy Fox mußte man bluten lassen, auf die Füße zu helfen. Fausta eilte herbei, tadelte Lopito, weil er Unruhe stifte, und nahm Freddy mit in die Küche. Sie wischte ihm das Blut mit Wasserstoffsuperoxyd vom Knie und legte ihm ein Pflaster auf. Mit einer Sicherheitsnadel befestigte sie den Riß in seiner Hose, damit er einigermaßen anständig aus Matildes Haus treten konnte und sein Chauffeur nicht über ihn lachte, wie das jetzt sicherlich alle Anwesenden taten.

7

Unerträglich dieser Lopito. Woher hatte er den Alkohol? Kaum war er hier, hat er sich in alles eingemischt, sich mit jedem angelegt, selbst mit Don Federico Fox. War er etwa, ohne daß sie es bemerkt hatten, in die Küche gegangen um herumzuschnüffeln, und hatte eine Flasche gefunden? Aber Lopito war natürlich ständig betrunken, auch ohne zu trinken, und dann diese Atemnot, die einen so erschrecken konnte, weil es so aussah, als würde der Ärmste platzen, oder als würde ihm der Atem wegbleiben, dachte Ada Luz, während sie sich überlegte, ob sie ihm ein Zimmer in ihrem Haus vermieten sollte. Nein, mit seinem Schnarchen würde er sie nicht schlafen lassen. Nach Don Federico Fox' Abgang

war er wieder wegen des Zimmers um sie herumgeschwänzelt, Adita hier und Adita da, aber zum Glück gab es so viel im Patio zu tun, daß es einfach war, ihn loszuwerden. Doch jetzt, da die Leute langsam auf dem Weg nach oben waren, schien er sich wieder für das Zimmerthema zu interessieren, und er nahm seine Verfolgung wieder auf, bis Ada Luz durch den Patio floh und sich in der Küche verkroch. Zum Glück wurde Lopito plötzlich durch das Erscheinen eines sehr großen und sehr mageren Fremden abgelenkt, der eine Tasche aus sehr feinem Leder und eine Mähne bis auf die Schultern trug – Ada Luz sah ihn nur von hinten: ausländischer Hippie, fand sie, wegen irgend etwas Undefinierbarem in seiner Art, überrascht über die Begeisterung, mit der sich Lopito mit großen Gesten und Geschrei ihm in die Arme warf und sein aufgewühltes Gesicht an seiner Brust barg, während alle Anwesenden sich überstürzten, den gerade Angekommenen zu umarmen, ihm auf die Schulter zu klopfen und auch zu streicheln, besonders die Mädchen.
»Muß das sein?« dachte Ada Luz.
Da Lopito abgelenkt war, konnte sie die Küchentür öffnen, hineingehen und die Tür hinter sich schließen. Ihre Kehle war trocken; sie wollte ein Glas Wasser. Da Ema heute Portier war und die anderen Mädchen sich wer weiß wo herumtrieben, traf sie niemanden in der Küche an. Sie wich im Dunkeln den Möbeln aus, versuchte keinen Lärm zu machen und ging zum Wandschrank, in dem die Alltagsgläser standen. Ohne Licht zu machen, holte sie eines heraus. Lieber kein Licht. Sie wollte einen Augenblick ausruhen, Señora Fausta sollte sie nicht irgendwohin schicken, Don Celedonio, der vorgab, sie um nichts zu bitten, sollte sie auch um nichts bitten, Lisboa sie nicht überwachen, damit sie nichts über die Messe für Señora Matilde sagen könne, der klettige Lopito sollte ihr nicht nachrennen. Er konnte sich ausrechnen, daß sie es war, die in der Küche herumwirtschaftete, und die Vorstellung, irgendwo mit Lopito eingeschlossen zu sein und ganz nah seinen mühevollen Atem zu hören, verursachte ihr eine Gänsehaut. Sicher, sie bekam leicht eine Gänsehaut, aus Angst, Unbehagen, Lust, Rüh-

rung, alles zeigte sich sofort auf ihrer Haut, vor allem oberhalb ihrer Schenkel und auf ihren rundlichen Oberarmen. Noch immer fiel es ihr schwer, diese Lustgefühle, wie Pater Anselmo sie nannte, als sie klein war, voneinander zu unterscheiden. Aber nicht, wenn es um Lopito ging! Dieser aufdringliche Kerl war seit drei Uhr in Señora Matildes Haus, obwohl ein Beileidsbesuch nie lange dauern sollte, und jetzt dürfte es schon fast neun Uhr abends sein. Immer unbeholfen, dieser Lopito, witzig, obwohl schwer auszumachen war, wann er im Spaß und wann im Ernst sprach. Sie wußte nie, woran sie bei ihm war, dachte Ada Luz und trank in der Dunkelheit neben der Geschirrspüle in kleinen Schlucken ihr Glas Wasser. Sie mußte unbedingt mit Judit sprechen, um ihr die Nachricht zu geben, die Don Cesar vorhin für sie brachte, als er auf seinem Rollbrett zum Betteln loszog. Die Einzelheiten der Verabredung mußte sie ihr jetzt mitteilen, denn sie fand heute nacht statt: blauer Mercedes, Las Hortensias, ab 24 Uhr. Es war jedoch unmöglich gewesen, allein mit der Ju zu sprechen, weil Lopito ihr nicht von der Seite wich, und sie mußte irgendeine Möglichkeit finden, ihr zu sagen, daß sie heute nacht bei ihr auf sie warten sollte. Als er Ada Luz traf, sagte Lopito zu ihr, hübsches Kind – zu ihr, hübsches Kind! Also so was! Und dann Lopito! –, hübsches Kind, ich möchte bei Ihnen wohnen und Sie glücklich machen, Sie werden sehen, wie zärtlich ich bin. Die Vorstellung, Lopito könnte sie streicheln, drehte ihr den Magen um vor Ekel, ein Ekel, der ihr nur verging bei dem Gedanken an Lisboa, der gut aussah. Mit grauem Haar und seinem Schnurrbart und seinen blauen Augen war er als Sohn spanischer Eltern herrisch, ja, und er liebte sie nur bei Gelegenheit, denn richtig liebte er seine belgische Frau. Sie stellte gerade das Glas umgekehrt auf das Zink der Geschirrspüle, als das Licht in der Küche anging.

»Señora Ada Luz! Was tun Sie hier im Dunkeln?« fragte Ema.

»Und Sie? Haben Sie nicht den Auftrag, auf die Jungen an der Haustür aufzupassen?«

»Ja, aber weil dieser Herr Mañungo gekommen ist und alle

völlig aus dem Häuschen sind und die arme Señora Matilde vergessen haben, sagten sie, sie würden sich wieder um die Tür kümmern. Möchten Sie etwas? Soll ich Ihnen einen Tee machen? Sie sehen müde aus.«
»Ich werde mich hier einen Augenblick auf die Erde setzen. Nein, danke.«
»Ich mache mir einen, denn ich kann nicht mehr.«
Und Ema begann, in ihrer gewohnten Umgebung mit den sparsamen Bewegungen dessen zu hantieren, der in seinen eigenen vier Wänden ist. Sie goß sich Tee auf, murmelte, auch sie sei ganz erschöpft, so viele Menschen, den ganzen lieben Tag lang, und die Totenwache würde die Ausgangssperre überdauern; das war viel. Ada Luz hielt ein neues Glas Wasser auf ihrem Schoß, ohne zu trinken.
»Woran denken Sie?« fragte Ema.
»Ich verstecke mich hier vor Lopito.«
»Warum verstecken Sie sich? Den schreien Sie einmal an ... Dieser Angsthase! Ich habe mal gesehen, wie Señora Matilde ihn verwarnt hat, da sind ihm die Tränen gekommen, wie bei einer Frau. Wenn er Sie belästigt, schreien Sie ihn an, und er ist weg.«
»Er will ein Zimmer bei mir mieten.«
»Sagen Sie einfach nein, er kann doch nicht bezahlen, und Sie brauchen ein festes Einkommen ...«
»Ja, aber ich weiß nicht. Es ist, als hätte Ju, als hätten alle, ich auch, Angst vor ihm, Angst, ihn kaputtzumachen, glaube ich, denn kommen Sie mir nicht damit, Lopito sei zum Fürchten, außer weil er so häßlich ist ...«
»Er kann einen erschrecken.«
»Er sagte: ›Ich schwöre Ihnen, Adita, ich werde ordentlich sein wie eine Nonne.‹ Was weiß der von den Nonnen, he? ›Ich schwöre Ihnen, ich helfe überall‹, ging es weiter, ›das Haus sauber zu machen, zu fegen, einzukaufen, ich werde auch kochen. Ich werde Ihnen sogar beim Stricken helfen.‹ ›Wie das, Lopito?‹ fragte ich, ich Närrin. Und er sagte, er würde sich neben mich setzen auf ein Korbschemelchen und die Wolle halten, wie er es auf dem Land bei seiner Großmutter gemacht habe, damit ich sie aufwickeln könne

und wir uns über alles unterhalten können, und er würde mir von all dem Leid seines Lebens erzählen, während er mit den Händen so hin und her fahren würde, die Arme auseinander, so, damit ich die Wolle gut aufwickeln könne . . .«
Als sie sah, wie Ada Luz langsam und rhythmisch die Arme vor ihrer Brust hin und her bewegte, eine imaginäre Wolldocke haltend, und dabei ein Gesicht machte wie Lopito, mußte Ema bei dem Gedanken an dieses Monster bei so glücklicher häuslicher Tätigkeit laut loslachen. Sie lachten beide noch, als Fausta hereinkam, um sich einen Kaffee zu machen; als sie aber die Köchin sah, bat sie diese, ihn zuzubereiten. Die Sache draußen werde durch die Ankunft Mañungo aufregend, sagte sie, er habe die Leute ganz verrückt gemacht. Wie lächerlich, eine solche Aufregung in einer Nacht wie dieser! Die drei Frauen schweiften rasch ab zu der Vorstellung von Lopito, wie der mit Ada Luz Wolle aufwikkelte, häkelte, mit einer Schürze mit Volants eine gerade fertiggestellte Arbeit bügelte . . . bis Fausta ihr berühmtes Lachen ausstieß, das die Gläser im Schrank klirren ließ, während sie den letzten Schluck Kaffee hinuntergoß: Es war zu komisch, sich Lopito bei der geschickten weiblichen Arbeit vorzustellen, mit Kettenstich und Noppenmuster beschäftigt oder damit, ob die Dünne drei oder vier Westen des gleichen Modells für ihre Boutique haben wolle. Als Fausta ihren Kaffee ausgetrunken hatte, nahm sie einen Schluck Wasser aus dem Glas von Ada Luz, um nicht aufstehen zu müssen. Lopito war noch das kleinere Übel: Sie mußte sich auf eine anstrengende Nacht vorbereiten wegen Mañungo Vera, der hoffentlich nicht bleiben würde, um bei Matilde zu wachen, denn dann würden alle aus lauter Neugier die Ausgangssperre hier abwarten. Warum ging Ada Luz nicht nach Hause zum Schlafen und kam morgen früh wieder, sie würde sie bestimmt brauchen? Und Ema, warum legte sie sich nicht hin? Ihr mußte ja der Rücken vor Müdigkeit weh tun, nach allem, was sie den Tag über gearbeitet hatte. Ema ging zur Tür des Patios und öffnete sie halb:
»Gut. Aber vorher will ich noch ein bißchen gucken«, sagte sie, »ob der berühmte Mañungo Vera wirklich so toll ist.«

8

Der König ist tot. Es lebe der König? fragte sich Lisboa, als er von oben an der aus Baumstämmen gefügten Treppe die Unruhe beobachtete, die das Erscheinen des Idols verursachte; ein falsches Idol, sicher, aus Gips und Pappmaché, ein Trugbild, ein kommerzielles Produkt der europäischen Massenmedien für ein Publikum, das nach dem Überfluß nun Revolutionen und Protest konsumieren wollte, ein Gut, mit dem Lateinamerika wie früher mit dem Guano die Abnutzung der hochentwickelten Länder mildern konnte. Unecht war Mañungo, leer. Und trotzdem fürchtete Lisboa eifersüchtig, der Enthusiasmus dieser Leute, die unfähig waren zu entscheiden, könnte Mañungo auf den Platz stellen, den früher Pablo besetzt hielt, ohne vorher die Qualität des einen mit der des anderen zu vergleichen. Seine Ankunft hatte einen Augenblick, als habe man einen Theaterscheinwerfer angemacht, die im Patio herrschende Andacht gestört, sie gab dem Patio eine Festtagsatmosphäre, und alle eilten herbei, als handele es sich um eine wundertätige Ikone, ekstatisch, gläubig hängten sie sich an ihn wie in der Hoffnung, daß wer weiß welche Bitte in Erfüllung gehen würde dank des guten Einflusses dieses hochgewachsenen, mageren Heiligen mit dem schwarzen Bart, den Jeans und dem hellblauen Hemd, der Uniform einer ganzen Generation, wenn man so will, die als gesellschaftlicher Gleichmacher hatte dienen sollen. Das aber war nicht gelungen. Irgend etwas in der Darstellung von Mañungos Uniform, eine gewisse Ungezwungenheit, ein Stil – vielleicht war es nur eine äußerst kostspielige, professionelle Exklusivität im Schnitt seines Haares oder seines Hemdes – setzten ihn mit einem für die einheimische Jugend unerreichbaren ästhetischen Wesen gleich; auch sie trugen Bärte und Jeans, aber in ihrem Fall unterstrichen diese freilich wie mit einem dicken roten Bleistift die Beschränktheit ihrer Mittel. Was Mañungo so sympathisch machte, war die Kombination von Ausstrahlung und Schüchternheit – eine affektierte Schüchternheit, sagte sich Lisboa, denn welches Recht hatte er, schüch-

tern zu sein, die Taschen voller Geld und mit all den Frauen, die sich, wie man wußte, ihm anboten –, in der Art und Weise, wie er bescheiden in den Patio trat, obwohl die Wächter, die ihre Posten verlassen hatten, jubelnd vor ihm herliefen, um ihn auszurufen. Was blieb ihm anderes, als sein Lächeln zu verschenken, da man ihn auf solche Weise begrüßte, trotz seiner Bitte, niemand solle ihn beachten – eine ebenfalls affektierte Bitte, versteht sich, denn wie sollte man ihm glauben, er habe gedacht, nach zwölf Jahren Abwesenheit unbeachtet zu bleiben, wenn sein Bart, seine Blässe und seine winzige goldene Brille ihn in ein von der Jugend angebetetes Heiligenbild verwandelt hatten? Nein. Lisboa fiel auf diese Unaufrichtigkeit nicht herein.
Nach zehn Minuten stellte sich jedoch im Patio wieder eine gewisse Ruhe ein. Die Begeisterung des ersten Augenblicks nahm einen gedämpften Ton an. Die Leute kamen aus dem Salon herunter, wo sie Matildes sterbliche Überreste allein ließen, um einen Vorgeschmack auf dieses nationale Phänomen zu bekommen. Der einzige Mann nach Neruda, der den Namen unseres Landes auf internationaler Ebene hochgehalten hat, wiederholte man. Aber... war er wirklich so toll? Handelte es sich da nicht um eine gefährliche Übertreibung, beharrte Lisboa sich selbst gegenüber. Er konnte nicht abstreiten, daß er, wie alle anderen, sehr enttäuscht gewesen war, als Mañungo offiziell ablehnte, in die Jota einzutreten, weil er nichts *sein* konnte, erklärte er damals, bevor er etwas *getan* hatte, das ihn auszeichnete, und er habe noch nichts getan. Als er von der Universität von Concepción nach Santiago kam, ein lumpig gekleideter Riesenkerl, der, die Gitarre auf dem Rücken, Musiklehrer werden wollte und in die Kurse für Literatur und Philosophie abdriftete, war es die Partei gewesen, die ihm den ersten Anstoß gab. Er sang seine Lieder zuerst bei den Tanzfesten für die Jungen der Jota, die ihn nicht nur beköstigten und unterbrachten, sondern auch seine ersten Bewunderer waren. Als er sich aber bekennen sollte, sagte Mañungo »Nein« zur Partei:
»Ich bin für Kuba, für die UP, für die Revolution, aber ich

bin zu durcheinander. Ich will Herr meiner Zweifel sein, um sie von innen heraus zu lösen, denn für mich bedeutet Künstler sein, im Augenblick jedenfalls, jedes Etikett abzulehnen. Ich muß wissen, muß mich erkennen, muß reisen, lesen und die verschiedensten Menschen kennenlernen, muß lernen, bevor ich wählen und mich festlegen kann. Kleinbürgerlicher Individualismus? Ich gebe es schmerzlich zu, wenn auch mit dem Wunsch, mich loszukaufen. Ich teile alle volkstümlichen Begeisterungen meiner Generation, aber ich bin noch nicht bereit, mich in eine einzige Idee zu verschließen. Vielleicht später ...«

Aber es kam kein »später« für Mañungo Vera: Er ging nach Europa, um mit dem Wort »Revolution« zu siegen, ohne freilich an ihr teilgenommen zu haben, wie die echten Exilanten, die nach dem 11. September im Durcheinander der Niederlage versprengt wurden. Diese Verfolgungen und diese Tode hat Mañungo niemals kennengelernt, es sei denn aus Berichten der verzweifelten Grüppchen in exotischen Städten, wo man Tag für Tag beim Lesen der chilenischen Presse oder von ›Le Monde‹ mit der Sehnsucht und der Solidarität ein paar traurige Trugbilder der Heimat rekonstruierte und wo in dieser weinseligen und freundschaftlichen Wärme die Geschichte jedes einzelnen eine gewisse Bedeutung gewann und eine Intensität, die zumindest fürs Überleben reichte. Mañungo wurde zum Klischee des Revolutionärs, der revolutionärer war als alle anderen, der Revolution verkaufte, obwohl er sie nicht kannte. Wie konnte man immer noch bestreiten, Mañungo habe die Partei benutzt, um Karriere zu machen, man brauchte sich doch nur daran zu erinnern, daß er dank einer Einladung der Partei zu einem Festival in San Francisco, Kalifornien, ein Jahr vor dem 11. September Chile verlassen konnte? Bei der Gelegenheit sang er mit Joan Baez, was das ferne Chile, das den Umschwung vorbereitete, in den Zeitungen miterlebte: Es waren die heldenhaften Zeiten von Vietnam, der Che-Mützen, der »Tauben« mit den bis zur Taille reichenden Strähnen, der marihuanisierten Tauben, die sich ungeniert in den Parks liebten, während Mañungo zum »Super-Täuberich« des Exports wurde, Musterpuppe all der Möglichkeiten dieses Bildes, die damals unendlich zu sein schienen. Seine Lieder waren flammend revolutionär. Nach dem 11. schrieb man ihm, er solle nicht zurückkommen, es sei gefährlich, vor allem für ihn, der mit dem, was er sang, den Namen des neuen Chile im Ausland in einem so schlechten Licht darstellte, und die Obrigkeit sorgte dafür, daß alles, was als Kommunist gelten konnte, ausgerottet würde. Er solle abwarten, bevor er zurückkomme. Für ihn war es leicht zu warten, zu Chile-Festivals nach Havanna, Mailand, Berlin und Paris eingeladen, wo er seit einiger Zeit seinen festen Wohnsitz hatte, sein Name entlastet von Neruda, bis der Dichter nach Chile zurückkehrte, um an Trauer zu sterben. Sechs, sieben Jahre lang ging der Stern von Mañungo Vera auf den europäischen Bühnen auf; ›ein neuer Neruda‹, jubelten die Mädchen, die die Seele des Märtyrer-Landes nicht zu differenzieren wußten. Bis die Zeit verging und Chile nicht mehr so interessant war, denn die Konsumenten von Spektakeln mögen Aktion, Schüsse, Blut, und wenn es keine Tumulte gibt, langweilen sie sich und verlassen das Kino oder machen den Fernseher aus. Nicaragua war jetzt viel aufregender, während Chile mit seinem Diktator, in innere Kämpfe verstrickt, die nur politische Experten aufschlüsseln konnten, aus der Mode kam, wie Stroessner und Paraguay, und das Publikum vergaß es nach und nach, zusammen mit Mañungo Vera, und die Partei unterstützte ihn nicht wie andere Musiker, denn schließlich war Mañungo nie Parteimitglied gewesen, und die Partei schuldete ihm nichts. Lisboa erinnerte sich, daß er, zehn Jahre älter als Mañungo, einer der ersten war, der sich seiner annahm, als er aus Concepción kam, als er den Kopf voll hatte von den uralten Mythen seiner Insel, wohin seine Gedanken und seine Musik mit sympathischer Eigenwilligkeit abzuschweifen pflegten. Darum, weil das gewesen, fiel es ihm jetzt so schwer, ihm zu verzeihen. Zu Anfang hatte er ihn zu sehr bewundert, hatte mit zu großem Eifer an ihn geglaubt. Sein Mangel an Engagement oder, besser, seine Unfähigkeit dazu, schmerzte ihn wie persönlicher Verrat an seiner Hoffnung, daß Mañungo, wie jeder große Künstler, als Instrument dienen könnte, die Welt zu retten. Bevor Mañungo nach San Francisco fuhr, sprachen sie schon nicht mehr miteinander. Und in Europa, als Lisboa im Exil war, in einer Stadt nicht weit weg von Paris, hatten sie sich nicht gesucht.

Jetzt genügte es, Mañungo da unten im Patio zu sehen, eine gezierte Puppe ohne Leidenschaft, für jene ein Bügel für die berühmte Uniform, die zu den ärmlich gewordenen Liederabenden der Intiillimani und der Quilapayún kamen, wo leere Schatten wie er sich in der Illusion versammelten, es genüge, am Karnevalsgeschrei mit den gleichen Masken wie früher teilzunehmen, um Revolution zu machen, obwohl sie Arbeit war, stilles und langsames Opfer innerhalb oder außerhalb des Landes, die aber sehr selten den Glanz erster internationaler Klasse gewann. Nur die großen Narzisse wie Mañungo, der inzwischen mehr ein Name, eine Marke denn eine Person geworden war, wurden noch ausgestellt, als die chilenische Sache aus der Mode kam. War Mañungo diese Tragödie, gegen die man unbedingt etwas tun mußte, bewußt? Nein. Man brauchte ihn nur anzusehen, wie er sich wie ein Luxusobjekt vor aller Augen spreizte und dabei so tat, als wolle er das gar nicht, da unten im Patio von Matilde, zwischen gedämpften Lichtern und den Menschen. Auf seinem Aussichtsposten zwischen den Pflanzen hatte Lisboa Lust, ihnen zuzuschreien:

Mañungo ist völlig unbedeutend! Macht euch nichts vor! Er ist ein Versager, weil er sich nicht engagieren konnte. In Europa vergessen, kommt er jetzt, um sich in Chile zu verkriechen, weil in Europa niemand mehr etwas mit ihm zu tun haben will. Seine Musik bewegt die Massen nicht mehr, weil sie wissen, sie ist falsch. Glaubt ihm nicht, er will sich an unserem Kampf nähren und an unserem Opfer, um sich wieder aufzurichten, ohne uns etwas dafür zu geben. Macht euch nichts vor, Mañungo Vera ist völlig unbedeutend.

Außerdem war seine Ankunft tatsächlich bedeutungslos, verglichen mit dem Unsinn – einem transzendentalen Unsinn, aber immerhin –, den Ada Luz ihm eine halbe Stunde vorher über Matildes Wunsch, ihr eine Totenmesse zu lesen, anvertraut hatte. Indem er seinen Ärger gegen Mañungo richtete, war es ihm möglich, seine von einem anderen Unsinn hervorgerufene Bestürzung zu ertragen. Die Vorstellung, daß die Witwe von Pablo Neruda in einer Klinik in Houston gebeichtet hatte, war ihm unerträglich. Von seinem Beobachtungsposten oben an der Treppe sah Lisboa Ada Luz in die Küche gehen. Er wollte ihr folgen, um sie einem gnadenlosen Verhör zu unterziehen und sie, was diese Messe betraf, mit den schrecklichsten Einschüchterungen lähmen, als er sah, daß Fausta Manquileo ihr folgte. Das war eine richtige Besprechung; zehn Minuten waren sie nun schon hinter geschlossener Tür, wahrscheinlich eine Hexenverschwörung über die Messe, deren politische Auswirkungen alle Pläne der Partei für die Beerdigung morgen zunichte machen würden. Es wäre durchaus möglich, daß Fausta jeden Augenblick herausgerannt kam und halb Santiago verkündete, was ihre Phantasie in die aufsehenerregende Konversion Matildes zum Katholizismus verwandeln würde, und die politischen Möglichkeiten der Angelegenheit erfassend, würde sie mit kirchlichen Würdenträgern konferieren und eine gewaltige Totenmesse organisieren, von einem revolutionären Priester gelesen, und so der Partei die Führungsrolle entreißen. Diese Beerdigung, davon war Lisboa fest überzeugt, mußte zur ersten politischen Manifestation der Linken im Chile des Ausnahmezustands werden, ein Frontalangriff auf das Regime, die Gründung eines endlich aktiven Widerstands – nicht einer passiven Dissidenz –, an dessen Spitze die Partei stehen mußte, denn sie war darauf vorbereitet. Auf dem Friedhof würden die Militärs nicht eingreifen, was man auch immer rufen würde, und Lisboa würde schon dafür sorgen, daß es an Parolen nicht mangelte. Wegen der Namen Pablo und Matilde Neruda müßten sie untätig zusehen. Denn welche unberechenbare internationale Aufregung würde ein Vorgehen mit Bomben auf dem Friedhof während des Begräbnisses der Witwe eines Nobelpreisträgers hervorrufen, auch wenn es nur Tränengasbomben wären? Lisboa spannte sich vor Begeisterung bei dieser Aussicht, von der er wußte, daß sie leider unmöglich war. Don Celedonio und Mañungo umarmten sich unten. Mañungo überschwenglich, als hätte er so viele Extremitäten wie eine Spinne, Don Celedonio künstlich, eingekapselt in seinen dunklen Anzug, die feine Zeichnung seiner Augenhöhlen von den lebhaften weißen Augenbrauen beschattet. Auch er, der so kritisch sein sollte, der Anbetung des Idols hingegeben? Viel konnten sie nicht miteinander sprechen, denn Fausta kam ohne sichtbare Erregung – zum Glück hatte Ada Luz geschwiegen – aus der Küche, und nach einem kurzen Wortwechsel begleitete sie den Greis auf seiner Abschiedsrunde, denn sie fand, er sei erschöpft. Fausta gelang es, ihn davon zu überzeugen, sie könne sich hier um alles kümmern, während Ada Luz, die ebenfalls gehen müsse, ihn im Taxi nach Hause begleiten würde. Sie führte ihn zu Ada Luz, die ihm den Arm reichte, und beide verschwanden die Treppe zur Straße hinunter.

Was Lisboa keineswegs befriedigte. Da beide so gelassen waren, hatten Fausta und Ada Luz das Thema, das ihn beunruhigte, ganz sicher nicht berührt. Aber Ada Luz konnte Don Celedonio im Taxi davon erzählen, denn der war genauso einflußreich wie Fausta und durchaus in der Lage, den Plan mit der Messe morgen aufzugreifen. Aber er sah ihn, dessen Aufmerksamkeit nicht mehr wach genug für dramatische Beschlüsse war, erschöpft hinaustaumeln. Auf jeden Fall war es notwendig, noch einmal mit Ada Luz zu sprechen, sich ihres Schweigens zu versichern und sie einzuschüchtern, damit sie alles abstreiten werde. Er beschloß, nach einer Weile fortzugehen, sobald Ada Luz seiner Berechnung nach zu Hause wäre; sie wohnte nicht weit.

Fausta hatte Mañungo am Arm gefaßt, und beide kamen sehr langsam, gefolgt von einer Gruppe, die Treppe herauf; Lisboa wollte eine Sekunde lang dem Gefühl nachgeben, Mañungo entgegenzutreten und ihn mit der gleichen Herzlichkeit zu umarmen wie Don Celedonio. Aber er widerstand seinem Wunsch und verbarg sich in einem Winkel. Er ließ sie dicht an sich vorübergehen, ohne daß der Zug sich herabließ, ihn zu bemerken, was in seinem Sinne war.

Da er jedoch nicht gewillt war, sich die tragikomische Szene zu versagen, die sich oben abspielen würde – wie viele von deklamatorischer Romantik verbrämte Lügen würde Fausta Mañungo erzählen, statt ihm die harten Fakten der nationalen Tragödie mitzuteilen? –, schloß sich Lisboa so unauffällig wie möglich dem Ende des Zuges an. Als er sah, daß zwei Mädchen und zwei Jungen in roten Hemden an den vier Ecken des Sarges Wache hielten, beglückwünschte er sich ob der humanen Größe, die ihre Disziplin andeutete. Sicher, die Herzlichkeit, die Begeisterung, die Träne im Auge, die Neugier halten so lange wie die Blume im Schnabel des Truthahns, heißt es. Dieses hier aber, das Befolgen bestimmter Verhaltensnormen und nüchterner Strategie der Autorität, die das Volk auf ein bestimmtes Ziel hinführen will, dauert länger. Lisboa blieb hinten in der Gruppe, während Fausta allein mit Mañungo an das Fußende des Sarges vortrat, ihn fast berührte, so weit, wie es der Blumenkranz am Fuß des Sarges erlaubte.

9

Mañungo senkte, verwirrt von dem greulichen Parallelepiped aus schwarzen Brettern, den Kopf. Durch das offene Fenster hörte er das Brüllen, nein, das Ächzen des armen Zoolöwen. Oder war es das Lamento des Plüschlöwen, weil er seine Herrin verloren hatte, die er nun aus der Kiste, in die man ihn mit den Mottenkugeln verpackt hatte, rief? Was wird aus diesem prächtigen Spielzeuglöwen von vor ... ja, dreizehn Jahren? Wo war er, was war aus ihm geworden? Welche nicht identifizierbaren Motten – wie alle Motten seit Hunderten, Tausenden Generationen von Motten – hatten ihn unter dem nichtigen Vorsatz, sich zu vermehren, zerfressen? Aber war es der Plüschlöwe, der so schrecklich klagte, oder war es die Stimme der Alten, die von den Stränden von Cucao her greinte, ihn auf die Insel rief, den Boden wieder zu betreten, der, auch wenn er ihn erbte, niemals

ihm gehören würde, weil er ihn nicht wollte, damit er die Ulda, die ihm das Singen beigebracht hatte und nun nicht mehr so jung sein würde, besuche und seinen Vater, bevor es zu spät war?
Oder war das, was er hörte, das Brüllen der Brandung, die gegen die Felsen von Isla Negra brach, als ihn die Nerudas das erste Mal für ein Wochenende aufnahmen? Matilde mit ihrer Löwenmähne und ihrem himmelblauen Badeanzug kam eines strahlenden Morgens an den Strand herunter und warf sich ins Meer, in der Durchsichtigkeit einer Schnecke aus grünem Bernstein gegen das Licht gehoben, eine tausendjährige Libelle, Fisch, Vogel, Sirene, Mythos, der im Bernstein der Erinnerung flog oder schwamm und brutal die jungen Gefühle Mañungos zur Lust an dem lauen, salzigen Duft weckte, an der Musik eines heiteren Pazifiks, an dem Licht, an der Großartigkeit, vor allem aber an diesem herrlichen, reifen Frauenkörper, der sich voller Vergnügen in den aufeinanderfolgenden mächtigen Wellen bewegte, die ihn, nachdem sie ihn wieder und wieder umwarfen, in ihrem durchsichtigen Element wieder emporhoben, damit er ihn betrachte und sich die herzzerreißende Frage stellte, ob er irgendwann einmal in der Lage sein werde, mit dieser Vollkommenheit zu lieben, wie diese Frau von dem Dichter geliebt und besungen wurde, und er spürte in diesem Augenblick flüchtig, daß er niemals eine Frau so lieben würde wie sie. Mañungos Liebe lebte so lange, wie die Wellen an jenem Morgen und die Freundschaft dauerten.
Oder war es das rauhe Lachen Matildes, was Mañungo vor dem schwarzen Sarg hörte, wie sie auf dem Teppich im Salon der rue de la Motte-Piquet sitzt, dem Palast der Botschaft, den Kamm in der Hand und die Mähne des Plüschlöwen kämmend, der so viel Zärtlichkeit verdient? Es war nicht ihr Lachen, was er vor dem Kranz aus weißen Chrysanthemen hörte, es war der Tinnitus dessen, was zu gewaltig war, als daß es ein Organismus hervorbringen könnte, und er hörte ihn wie einen bösartigen Ausbruch zum ersten Mal, seit er das Flugzeug in Orly bestiegen hatte, um nach Chile zu fliegen, ein Stöhnen, das aus dem Sarg drang und

wie ein Raubtier aus der Höhle des Todes sprang, um sich mit eisernen Krallen in seiner Gurgel festzukrallen, sie zu zerfetzen, damit er nie wieder singe, denn es war unmöglich, nach Matildes Tod noch zu singen.
Um das Grauen zu beschwören, da seine Kehle unbrauchbar geworden war, stieß Mañungo ein Stöhnen aus – haben es die in seinem Gefolge ein paar Schritte hinter ihm gehört? –, das eine in das Schweigen der gerade unter der Hand versteckt ansteigenden Tränen umgesetzte Klage war, denn die Erinnerung an jenen Morgen am Meer gehörte nur ihm, war unübertragbar. Das war das Ende.
Bis hierher ging die Geschichte. Um an solchen Tragödien teilzunehmen, war er nach Chile zurückgekommen? Vor wenig mehr als einem Jahr war Matilde in Paris gewesen. Für ein paar Tage wohnte sie in einem herrlichen Hotel in der Innenstadt, um von dort aus endlich die Veröffentlichung des Gesamtwerks von Pablo in der *Bibliothèque de la Pléiade* zu regeln, die wegen der Schwierigkeiten, bestimmte Anmerkungen zu vervollständigen, so lange hatte auf sich warten lassen. Als ahnte er, daß dies die letzte Gelegenheit war, sie zu sehen, und obwohl er wußte, daß sie Kinder nicht mochte, hatte Mañungo sie angerufen und sie gebeten, Juan Pablo mitbringen zu dürfen, weil er ihn ihr vorstellen wollte. Sie stimmte zu. Im Taxi, auf der Fahrt zu ihr, erklärte Mañungo dem Kind, es würde jetzt eine Königin kennenlernen. In seinem Land, in Chile, gab es keine Königinnen, hatte es nie welche gegeben wie in der Geschichte Frankreichs und in den Märchen, aber für Chilenen wie ihn war diese Dame, die er jetzt kennenlernen würde, eine Königin. Er solle sich gut benehmen, der Besuch werde nicht lange dauern. Es hieß, die Königin sei sehr schwach, und es sei ratsam, Rücksicht zu nehmen. Er wollte noch hinzufügen, daß er sie vielleicht etwas streng finden werde, aber dann fiel ihm ein, daß Jean-Paul Nadjas Sohn war und an eine Strenge gewöhnt, die Matilde gegen niemanden walten lassen würde, wenn sie gefallen wollte, und sie würde ihr Bild nicht wegen der Dummheit eines unbedeutenden Besuchers in Gefahr bringen. Als sie durch die Allee zu dem

Hotel kamen, sah das Kind das Haus von in der Sonne leuchtenden Flaggen gekrönt.
»Ce sont des drapeaux chiliens?«
»Comment? Tu ne connais pas le drapeau chilien?«
»Oui. Mais si la dame était vraiment reine, on aurait ôté tous les autres drapeaux et on aurait mis seulement des drapeaux chiliens.«
Während dieses freundlichen Besuchs hatte er bemerkt, daß Matilde sich bereits verurteilt wußte. Juan Pablo hatte sich so gut benommen, daß die Königin während der achtzehn Minuten, die das Gespräch dauerte, keine Zeichen von Ungeduld erkennen ließ. Mañungo sagte sich, daß Jean-Paul sich vor allem so benimmt, weil er die Witwe des Dichters schön und luxuriös findet, genau wie das Hotel und die Bedienung – was soll man da machen, hatte er Nadja bei früheren Gelegenheiten voller Unbehagen gefragt, als er die bei dem Kind gleiche Neigung bemerkt hatte? Woher hatte er diesen Geschmack, oder war das natürlich? Jean-Paul war leicht von schönen Menschen und Umgebungen und prächtigen Dingen zu verführen. Jedenfalls war er sicher, daß Matildes Bild dem Kind im Gedächtnis bleiben würde, und sei es nur aus diesem Grund, und wenn er, einmal erwachsen, an diesen Besuch zurückdenken würde, würde er spüren, daß sein Vater ihn das Ende der Geschichte hatte miterleben lassen.
Mañungo trocknete sich verstohlen mit dem Ärmel die Tränen. Das Blitzlicht eines Fotografen brachte ihn wieder an den Ort zurück, an dem er sich befand, nicht an den Strand von Isla Negra, nicht in das große Hotel in Paris, sondern an den Fuß des Sarges, der die Überreste von Matilde einschloß. Von der Wand lächelte sie ihm spöttisch und doppelköpfig zu. Zu seinen Füßen der Kranz aus weißen und roten Blumen. Man hatte ihn neben dieser Opfergabe fotografiert. Wer? Die CIA oder der KGB? Egal, gegeneinander gerichtete und doch nebeneinander arbeitende Institutionen. Wenn dieses Foto via Satellit um die Welt ging – und vor vier oder fünf Jahren, als er auf der Höhe seines Ruhmes stand, wäre das auch zweifellos geschehen –, würde sein Agent wütend

werden, jetzt war es egal. Er könnte protestieren ... nein, das wäre zu lästig, sich so wichtig zu machen und gegen etwas zu protestieren, was vielleicht nicht ganz harmlos, doch unnütz war, wenn seine Kehle lebendig bliebe, um wie der Löwe oder wie die Brandung des Ozeans, in dem sich Matildes Flug kristallisiert hatte, zu brüllen.

10

Als er hinunterging, merkte er, daß er länger am Sarg gestanden hatte, als er geglaubt hatte – sich erinnernd, nachdenkend oder vielleicht, ohne es sich vorgenommen zu haben, auf seine laienhafte und sinnlose Art betend? –, denn als er in den Patio zurückkam, bemerkte er eine gewisse Erschöpfung, zumindest im Vergleich zu der Stimmung zuvor. Die Menschen gingen nach und nach und überließen den Raum den Schatten der engsten Freunde, denen nicht in den Sinn kam, daß etwas anderes möglich sei, als die Freundin bis zum Ende zu begleiten; ein Trupp junger Leute von der Parteijugend blieb ebenfalls wegen der Ausgangssperre.

Am Fuß der Treppe umringten Mañungo die Mädchen: Fragen nach Autogrammen, singen solle er, wie Paris sei, warum er mitten in den Ausnahmezustand zurückgekommen sei, mit der Ausgangssperre um 12 Uhr nachts, ob er einer Partei angehöre, ob er eine Freundin habe. Er gehörte nicht zu ihrer Generation, sie waren nur wenig älter als Backfische, aufgewachsen in der quälenden Heimlichkeit, zu der die Diktatur zwang, während für Mañungo dies der erste Tag solcher Erfahrung war, das merkte er voller Schrecken, als er die erste Frage einer Interviewerin beantwortete: »Welches Gefühl haben Sie dabei, in einer Diktatur zu leben?« Darum war er vollkommen anders als alle, die ihn umringten. Trotzdem spürten die jungen Leute, daß Mañungo sie repräsentiere – er repräsentierte vor allem den Ehrgeiz jenes mythischen goldenen Zeitalters, das die Unidad Popular für die Jugend der Linken darstellte, jene paradiesische Begeisterung ohne Strafen oder Grenzen, reine Beschleunigung, Impuls, Geschwindigkeit, die sie nur in der Form einer sie betörenden Legende kannten, zu der sie alle zurückkehren wollten –, und darum imitierten viele unbewußt den Stil von Mañungo Vera. Das andere Bild, das neue – das sich vorübergehend an *Police* oder Ökologie orientierte, was seiner Erfahrung und seinem Herzen fremd war und seinen früheren, ausgeprägten Stil mit dem so vieler anderer zweitklassiger Sänger austauschbar machte, indem sie ihr Heil in jeder neuen Mode suchten –, dies neue Bild bewahrte sein nationales Prestige allein dadurch, daß es das Kennzeichen dessen trug, was hier als »modern« galt. Als einer der jungen Männer das Fernsehen anrufen wollte, um eine Exklusivmeldung zu machen und Kameras anzufordern, sagte Mañungo:

»Ich glaube, das ist nicht der richtige Augenblick dafür.«

»Warum nicht? Das kommt noch in die Spätnachrichten. Eine echte Bombe: Mañungo Vera bei der Totenwache für die Witwe von Neruda.«

»Ich bin im Fernsehen verboten. Die Zensur in diesem Land mag mich nicht.«

»Sie mag auch dieses Haus nicht.«

»In der Tat.«

Der Journalist bestand jedoch darauf, diese tolle Neuigkeit durchzugeben. In dem Augenblick, als sich am anderen Ende der Leitung jemand meldete, riß Fausta ihm den Hörer aus der Hand und schrie ins Telefon, daß sie nicht zulassen würde, dieses Haus am Trauertag zur Bühne für das Fernsehen zu machen. Wenn sie mit Mañungo sprechen wollten, sollten sie ihn in seinem Hotel aufsuchen. Sie hing ein, ohne zu sagen, in welchem Hotel er abgestiegen war. In der Gruppe um den Sänger bedrängte ihn eine Volontärin, Papier und Bleistift in der Hand, mit Fragen, um ein Interview für ihre Zeitung zu bekommen, das ihr berufliches Entrée werden sollte: »Glaubst du an den Nutzen des bewaffneten Kampfes gegen dieses Regime?« »Nein, denn sie haben die Waffen, und Gewalt um der Gewalt willen ist ein Zeichen von Hoffnungslosigkeit.« »Hast du eine Freundin?« »Viele, und ich bin allen treu.« »Welche Lösung schlägst du für die aktuellen politischen Probleme des Landes vor?« »Das weiß ich noch nicht. Ich glaube auch nicht, daß das, was ich vorschlagen könnte, viel Gewicht haben würde. Ich bin zu lange fortgewesen, um wirklich zu wissen, was hier vorgeht.« »Hast du im Ausland aktiv am Widerstand teilgenommen?« »Ja, bis zu einem gewissen Grad. Du hast mich singen gehört...« »Wieso bis zu einem gewissen Grad?« »Weil ich im Augenblick nichts sicher weiß.« »Hast du keine Überzeugungen?« »Nur die grundlegenden.« »Bist du schwach?« »Im Gegenteil. Ich wage zu zweifeln und zu zögern und fühle nicht, daß mich das kaputt macht.« »Denkst du daran, dich festzulegen?« »Vielleicht. Laßt mir Zeit, zu sehen und nachzudenken. Wenn ich in Chile geblieben wäre, wüßte ich vielleicht mit Sicherheit, was ich will, und ich hätte mich dem angeschlossen, was zu einer Definition führt, aber aus der Ferne kann man nur sympathisieren, bewundern, aufmuntern, helfen, glauben...« »Woran glaubst du?« Mañungo lachte: »Weiß ich nicht. Wenn ich hier singe, werde ich es wissen.«

Das Interview war viel kürzer, als die junge Journalistin es sich gedacht hatte, denn Mañungo stellte sich nicht. Seine Antworten waren weder polemisch noch kämpferisch, das einzige, was für einen Journalisten zählt. Sie steckte Bleistift und Papier wieder ein und dachte, es sei vielleicht besser, einen Bericht über die Totenwache zu schreiben und Mañungo nur nebenher zu erwähnen, einige seiner am wenigsten verfänglichen Sätze zu zitieren, um zu beweisen, daß er hier war und daß sie mit ihm gesprochen hatte. Auf jeden Fall fragte sie sich, als sie zusammen mit den anderen Neugierigen, die das Idol umlagerten, von Faustas Autorität fortgeschoben wurde: Das ist Mañungo Vera? Mit dieser viel zu stilisierten und gepflegten Sprache? Uniformiert, unbestimmt und jedem mutigen Zugriff ausweichend? Das war das Idol? Wo war sein brennendes Engagement, das auch sie mit seinen alten Platten entflammt hatte, wo seine Begeisterung, sein Versprechen, und wo würde sein goldenes

Zeitalter als Zukunft möglich sein, vergleichbar dem goldenen Zeitalter der Vergangenheit? Wo war der Mut, der Kampfwille, wo die Kraft? Diese Fragen stellte auch der Riesenengel, der aussah, als stünde er kurz vor seiner ersten Kommunion, seinem Genossen mit dem dünnen Bärtchen, mit dem er vorher über den Wert von Fausta Manquileos Werk gestritten hatte: Mañungo sei weich, sagte er, dekadent, kleinbürgerlich, eine Enttäuschung. Sein Gesprächspartner riet ihm zur Mäßigung, obwohl er seine Meinung und vor allem seine Enttäuschung teilte.
»Er ist ein Verräter...!« rief der Engel mit vor Wut rauher Stimme.
»Verräter, weiß ich nicht. Jedenfalls ein Feigling.«
»Verräter. So viel Zweifel ist nichts als der Vorläufer von Verrat. Jetzt ist der Augenblick, sich um die absoluten Wahrheiten zu kümmern: Strategie ist das entscheidende, die Ungerechtigkeit, der Hunger...«
»Was weißt du von Hunger, dein Vater ist Arzt, und du lebst in einem Haus mit Garten und Hunden im oberen Stadtteil.«
»Du glaubst, du bist besser als ich, weil du in einem Slum lebst?«
Die Gemüter der beiden Freunde erregten sich, als Fausta zu der Gruppe trat, die sich um sie gebildet hatte, um sie zum Schweigen zu bringen, denn endlich hatte Lopito Mañungo davon überzeugt, daß er jetzt, da nicht mehr so viele Menschen da waren, zum Gedächtnis an Matilde ein Lied singen sollte. War es nicht eine sehr chilenische, eine sehr ländliche Tradition, etwas Altes, Würdevolles, bei einer Totenwache das Ruhmvolle und Göttliche zu besingen?
Man hörte kaum vernehmbar in der Nacht den Anschlag des Musikers, der die Eigenheiten einer Gitarre, die ihm nicht gehörte, ausprobierte. Eifrig setzten sich die jungen Leute im Halbkreis um Mañungo auf den Boden, die anderen verteilten sich auf den Bänken, den Steinpfosten, unter den Bäumen. Ihre Schatten wurden ruhig, und einige Silhouetten erschienen oben an der Treppe. Lisboa hörte vom Fenster aus zu. War es nicht eine Respektlosigkeit, jetzt zu

singen und den Sarg allein zu lassen? Warum? hatte Fausta ihn gefragt. Jeder wußte, daß Matilde in ihrer Jugend Sängerin war. Die Gitarre nahm das ganz persönliche Motiv der Matilde-Musik auf, unübertragbar ihr Motiv, nicht nerudianisch, ihre Persönlichkeit hervorhebend, damit man sie als eine eigenständige, von dem Dichter nicht abhängige Person erkenne. Lopito flüsterte Judit ins Ohr, er wette, daß Mañungo trotz seiner vielen Jahre in Europa nicht in der Lage sei, zum Beispiel *Ich grolle nicht* zu singen. Der blonde Riesenengel des Streitgesprächs ging zu Mañungo und schlug ihm etwas vor – mit allzu herausfordernder Absicht, wie Judit fand, die im Schutz des Kakibaums saß –, was Mañungo verlegen machte. Da der Riesenengel, erneut auf ihn einflüsternd, darauf bestand, erklangen die Akkorde. Der volltönende, fast greifbare Bariton Mañungos – dachte Lisboa, als er frohlockend die Melodie erkannte, die Mañungo singen wollte – hatte jetzt, nach zwölf Jahren, einen stählernen Unterton, einen mächtigen, schmerzhaften und ganz persönlichen Zugriff, der ihn erstickte, seiner Stimme jedoch Emotion gab, die nicht nur Gefühl war, sondern Kraft, Bitterkeit, Hunger nach Gerechtigkeit:

Yo pisaré las calles nuevamente
de lo que fue Santiago ensangrentado,
en una hermosa plaza liberada
me detendré a llorar por los ausentes.

Judit spürte sofort physisch, wie Mañungos Stimme ihr ans Herz griff, den endgültigen und eindeutigen Beweis für die Musikalität des Interpreten: Die Schwarzen besaßen diese Kunst, ohne Umschweife die emotionale Komponente eines Liedes darzubieten, und jetzt, da sie ihn nach so vielen Jahren wiedersah, hatte Mañungo mit seinen viel zu langen Armen und Beinen etwas von einem Afrikaner. Aber diese Unmittelbarkeit seines Timbres, die auf natürliche Weise mitriß, hatte sie nie vorher gespürt – vielleicht, weil Stimmen jetzt für sie einen Schlüssel zum Leben oder Tod enthielten, den sie früher nicht besaßen? –, auch nicht auf seinen Kassetten oder Schallplatten, die sie bei den Zusammenkünften der jüngeren Leute hörte, selbst aber nicht kaufte. Sie mochte die »Neue Welle« und Pop-Musik im allgemeinen nicht besonders. Eine Beschränkung, sicher, aber was sollte sie machen, wenn ihr wirklicher Geschmack in Richtung Schubert und Schumann ging. Diese Strophen jedoch, die in bestimmter Weise auf Judits Biographie anspielten, denn sie waren die Biographie einer ganzen Generation, für die sie alles andere als typisch war, aber dennoch irgendwie dazugehörte, gaben ihr, nicht in den Worten, aber in den Zwischentönen, alle die Antworten, die Mañungo der dummen Journalistin, die ihm keine einzige Frage nach seiner Musik gestellt hatte, nicht gegeben hatte: Mañungo war stark, trotz aller Gerüchte über sein kürzliches Versagen, stark, auch wenn er zerbrach, stark, weil er zerbrach, stark, auch wenn er in tausend Stücke zerfiele. Ob es möglich war, mit ihm zu sprechen? Jedenfalls war es vorzuziehen, sich jetzt im Schatten zu halten, und außerdem mußte sie bald gehen, weil Ada Luz sie zu Hause erwartete. Mañungo fuhr fort:

Vendré del desierto calcinante
y bajaré a los bosques y a los lagos
y en un hermoso cerro de Santiago
me detendré a llorar por los ausentes.

Yo mido al que me hizo mucho y poco,
al que quiere la patria liberada,
dispararé las primeras balas más temprano
retornarán las canciones, los libros
que quemaron las manos asesinas . . .

Der Patio füllte sich mit den Worten von Pablo Milanés, mit der Trauer des Hauses, der Trauer aller, und Judit, die anfangs widerstanden hatte, gab sich Mañungo vollkommen hin, erstaunt über seinen Mut, ein solches Lied hier zu singen. Aber Lisboa, der Wächter auf seinem Ausguck oben an der Treppe, kam langsam herunter, um seinem Idol näher zu sein; er wußte, daß dies der echte Mañungo war. Er hatte

ihn falsch eingeschätzt: Dieser Mut, hier *Santiago ensangrentado* zu singen, heute nacht, gab ihm seinen Respekt vor Mañungo zurück. Bei den Worten »Mörder-Hände« jedoch, der Zuspitzung des Themas, hielt die Stimme inne, und die Saiten verklangen.
Fausta war in der Gruppe, die um ihn herum saß, aufgestanden und schritt, ihre theatralischen Gewänder nach sich ziehend, ohne Zeremoniell zwischen den auf dem Boden sitzenden jungen Leuten hindurch auf den Sänger zu, der auf ein Zeichen von ihr schwieg. Fausta beugte sich zu Mañungo hinunter und erklärte ihm etwas mit entschiedenen Gesten, was der Sänger zu verstehen und zu billigen schien. Fausta blieb neben ihm stehen, er versuchte andere Akkorde, wechselte den Stil, das Tempo, und sie zog sich wieder zurück in ihren Winkel im Dunkeln. Nach dem nicht zu Ende gesungenen Lied sang Mañungo Verse, die Neruda Matilde gewidmet hatte, und die er vertont hatte:

Vienes de la pobreza de las cosas del sur,
de las regiones duras con frío y terremoto
que cuando hasta sus dioses rodaron a la muerte
nos dieron la lección de vida en greda.

Nachdem er den ersten Vierzeiler beendet hatte, standen der Riesenengel und sein Freund auf, damit alle sehen konnten, wie sie durch den Halbkreis an dem Sänger vorbeigingen, der sie weder ansah noch zu singen anhielt. Sie gingen die Steintreppe zur Straße hinunter und schlossen mit einem Knall die Haustür. Lisboa folgte ihnen, während Mañungo weitersang, und nur er, der am Treppenabsatz stehenblieb, um zu lauschen, hörte die vom Gehsteig gerufenen Schimpfworte:
»Feigling.«
»Gekaufter.«
»Verräter.«
»Dispararé las primeras balas más temprano, / retornarán las canciones, los libros / quequemaron las manos asesinas«, sangen die beiden jungen Leute auf der Straße.

Lisboa hätte es gefallen, wenn man im Haus diese Rufe gehört hätte. Aber die Musik übertönte den Unmut der beiden, die gegangen waren. Fausta war schuld: *Nous serons modérés quand nous serons vainqueurs,** hatte ihm sein Meister in der Zelle im Exil in Brüssel oft gesagt. Dies war nicht der Augenblick, gemäßigt zu sein. Es wird ein Kampf auf Leben und Tod werden, denn diese grausame Frau und alle Leute wie sie, die die unverdiente Macht hatten, die Wahrheit zum Schweigen zu bringen wie hier *Santiago ensangrentado,* forderten durch den Tod von Matilde eine frontale Auseinandersetzung heraus, indem sie zwei verschiedene Lebens- und Denkweisen einander gegenüberstellten: Sie, die Gemäßigten, waren die Feinde, die wirklichen Mörder, denen gegenüber nur Gewalt und Blut, das sie so sehr fürchteten, die richtige Methode war. Mañungo fuhr fort:

> Eres un caballito de greda negro,
> de barro oscuro, amor, amapola de greda,
> paloma del crepúscolo que voló en los caminos,
> alcancía con lágrimas de nuestra pobre infancia.

Mañungos Lied war, trotz der Verse von Neruda, fade, hob sich aus dem Patio und verging ohne eine andere Spur als die Asche der Andacht. In der sehr kurzen Stille zwischen den Strophen, die der Sänger absichtlich zu verlängern schien, wünschte Lisboa, die feurigen Jungen von der Straße würden in diesem Augenblick, da alle es hätten hören können, noch einmal schreien: Feigling, Schlappschwanz, Verräter, wie sie einige Minuten vorher geschrien hatten, damit sich das kurze Schweigen, das Mañungo »künstlerisch« um sich verbreitete, mit der Feindseligkeit der Wahrheit füllte. Es war nicht so, daß Lisboa unempfänglich war für das hübsche Lied, das die Trauer im Patio festhielt. Im Gegenteil: Auch er teilte diese Gefühle. Aber der Unterschied, der entscheidende Unterschied war, daß diese Gefühle sich mit äußerster Kraft aufluden, wenn sie sich dem

* Werden wir gemäßigt sein, werden wir Sieger sein. (Anm. d. R.)

unauslöschlichen, strengen, volkstümlichen, absolut unpoetischen System eines »*Und er wird fallen, er wird fallen; ein einig Volk wird nie besiegt*« verschrieben, das er morgen auf dem Friedhof über alle Reden und Klagen hinweg hören wollte, um die Menge zu entflammen und zu bewegen und sie – im Idealfall – während der Abschiedszeremonie zur direkten Aktion zu führen. Mañungo schloß:

Muchacha, has conservado en tu corazón de pobre
tus pies de pobre acostumbrados a las piedras,
tu boca que no siempre tuvo pan o delicia.

Eres el pobre sur, de donde viene mi alma:
en el cielo tu madre sigue lavando ropa
con mi madre. Por eso te escogí, compañera.

11

Lopito hatte Mañungo gesagt, das Telefon befinde sich im Eßzimmer, als ob er das nicht seit je gewußt hätte. Er würde ihn begleiten. Er machte das triste, vom Widerschein anderer Zeiten fremde Licht an. Die Geister der Nerudas, das Echo der Menschen, die auf diesen Stühlen gesessen, an diesem Tisch gegessen und getrunken hatten, lebten nicht mehr in den jetzt unbedeutenden Gegenständen. Er sah das Telefon auf einem Bistro-Buffet. Er zwängte sich zwischen dem Buffet und der an der Wand stehenden Bank hindurch, während Lopito mit Zigarette im Mundwinkel auf ihn einsprach. So sehr man ihn auch schätzen mochte, so konnte man doch nicht umhin, Lopito reichlich abstoßend zu finden. Was wäre gewesen, wenn er, zum Beispiel, in Paris aufgetaucht wäre und die Vertrautheit anderer Zeiten eingefordert hätte, gefordert hätte, daß er ihm Freundinnen vorstellte, Freunde, wenn er die studentische Kameraderie zwangsläufig wieder hätte aufleben lassen, die Unordnung, den Riesenrummel, die nicht mehr seine Art waren? Was

hätte Nadja in ihrem Kampf gegen jede Form von Chaos gesagt? Er wählte die Nummer des Holiday Inn und verlangte die Verbindung zu seinem Zimmer.
»Jean-Paul?« fragte er.
»Jean-Paul!« wiederholte Lopito und verschluckte sich an dem Rauch seiner Zigarette. »Verdammt...!«
»Comment vas-tu? C'est jolie, la télé au Chili? C'est Dallas? Mais tu as déjà vu ça. Il n'y a pas d'autre chose à voir? Ah... c'est vrai... Er sagt, er sieht lieber Dallas, weil er das schon in Paris gesehen hat und darum versteht, was sie auf spanisch sagen, nicht wie bei etwas Neuem. Tu n'as besoin de rien? Tu a bien bouffé? Bien, Jean-Paul. J'accroche tout de suite pour que tu puisses voir Dallas. Je voulais seulement savoir si tu étais bien.«
»A quelle heure vas-tu rentrer, Papa?«
»Je ne sais pas.«
»Ne viens pas trop tard.«
»Mais si tu es en train de t'amuser...«
»Mais je n'aime pas être seul.«
»Je rentre dans une heure environs. Je suis avec des très bons amis que je ne voyais pas depuis douze ans.«
»Une heure c'est trop, Papa.«
»Alors, trois quarts d'heure.«
»Non, une demi-heure. Quand Dallas finira.«
»Ça va. À bientôt, Jean-Paul. Jean-Paul... Jean-Paul... Er hat aufgelegt, verdammter Bengel. Von mir verlangt er, ich soll sofort da sein, aber weil er damit beschäftigt ist, Dallas zu sehen, verabschiedet er sich nicht einmal von mir.«
»Ja«, meinte Lopito, »die Kinder haben wohlerzogen zu sein und sich zärtlich von ihrem Väterchen zu verabschieden.« Und Lopito hustete wieder mit ganz ernstem Gesicht. So ernst, daß es unmöglich war, seinen Ernst nicht als Spott zu begreifen. Mañungo zog es vor, darüber hinwegzugehen. Er stand auf in dem engen Raum zwischen der Bank und dem Buffet, sein Gesicht ganz nah der Maske von Lopito, die Rauch ausstieß wie ein präkolumbianischer, ritueller Gegenstand von kaum erkennbar anthropomorpher Gestalt. Als Lopito endlich aufhörte zu husten, sagte er:

»Aber Mañungo, mein alter Freund ...!«
»Was?«
»Das ist die Höhe, was du da tust...«
»Was, bitte?«
»Du sprichst französisch mit deinem Jungen! Verdammt!«
»Er versteht kaum Spanisch. Seine Mutter ist Französin. Er hat immer bei ihr gelebt. Ich habe versucht, ihn Spanisch lernen zu lassen, aber in der Schule und auf der Straße... unmöglich. Außerdem, unter den gegenwärtigen Umständen, die Aufregung der Reise, die ihn ganz nervös gemacht hat, will ich ihn nicht zwingen, was dies angeht.«
»Verdammt, du bist ein richtiger Vater geworden, Mañungo! Es macht Freude, dich zu hören. Du hast ein wohlerzogenes Söhnchen, das weiß, daß es sich respektvoll von seinem Papa verabschieden muß, weil sein Papa ihm alles gibt, das fließend Französisch spricht und bei Aufregungen ganz nervös werden kann. Soll ich dir einen guten Therapeuten empfehlen, damit er sich um ihn kümmert, solange du hier bist? Was willst du? ›Gestalt‹, Lacan oder einen schrecklichen Kleinianer? Weißt du, wir haben, wenn das hier auch der Arsch der Welt ist, von diesen Herren gehört. Glaub nur nicht, wir wären völlig unwissend.«
Mañungo sah ihn scharf an, und Lopito hielt seinem Blick stand. Ohne ein Wort drehte Mañungo sich um, stellte das Telefon wieder auf seinen Platz hinter Lopito, der sich nicht rührte. Nach einer Weile sagte er sehr langsam und sehr leise:
»Du hast dich sehr verändert, Mañungo.«
»Wie soll ich mich nicht verändert haben?« fragte dieser heftig. »Zwölf Jahre außer Landes, eine Ehe kaputt und ein Kind auf dem Hals und der Erfolg, der zwar nicht mehr so groß ist, aber immer noch Erfolg, und die Reisen und alles, was Europa mir gegeben hat, da soll ich mich nicht verändern? Ich soll noch sein wie der, der ich vor fünfzehn Jahren an der Universität war?«
»Das war der große Mañungo Vera.«
»Der heute kann nicht groß sein, weil er anders ist?«
»Laß uns was trinken gehen. Dann werden wir sehen.«

»Ich habe keine Lust auf Examen.«
Lopito legte seinem Freund herzlich einen Arm um die Schulter:
»Niemand wird dich examinieren, mein lieber Alter. Hier lieben und bewundern dich alle. Was für ein Examen sollen wir dir abnehmen, wir, arme Teufel, halbtot vor Neid, weil wir nie über Quilicura hinaus nach Norden gekommen sind? Keine Angst.«
»Ich habe keine Angst. Zwölf Jahre draußen haben mich gelehrt, mich vor nichts zu fürchten.«
»Zwölf Jahre gutes Leben können jeden stark machen, um auszuhalten, was immer es sei.«
Mañungo wollte die Faust heben und Lopito ins Gesicht schlagen, aber wie er ihn so sah, aufgedunsen von so vielen Schlägen, hielt er sich zurück. Das war ein böser Anfang. Was blieb dann noch für später? Warum sollte er sich aber Aggressionen dieses Typs gefallen lassen? Nur weil sie vor dreizehn Jahren Freunde waren, beide als ganz andere Menschen?
Er hätte es voraussehen müssen. Lopito war die reine Mißgunst. Ein dreckiger Sabberer – nun ja, das ist er immer gewesen, aber damals waren alle mehr oder weniger dreckig –, unausstehlich, idiotisch, unbeholfen, provinziell, gescheitert... nein, nicht gescheitert. Er hielt inne, biß sich auf die Zunge, um das letzte unaussprechliche Wort zu verschlucken, das er nicht einmal gedacht haben wollte, es gelang ihm aber nicht, seine Zunge rechtzeitig zu verknoten, um ihn nicht zu verachten, weil er gescheitert war. Er verbot sich, die Gescheiterten zu verachten. Sein eigener Erfolg zeigte ihm, daß dieser eine zu große Portion Glück enthielt, denn über eine ausreichende Gesundheit zu verfügen, um nicht den zahlreichen Versuchungen zu verfallen, sich selbst zu zerstören, ist die größte und ganz und gar zufällige Gabe, und auf dem Kamm der Welle des Glücks zu reiten, genau in diesem Augenblick, bevor diese Welle umkippen wird, ist der reine Zufall. Es ist verboten, die Gescheiterten zu verachten, die nicht die Gabe dieser Kraft hatten, es ist verboten, die in irgendeiner Weise Schwachen zu verach-

ten, die Verletzbaren, die, die wollten und nicht konnten und scheiterten und in Selbstmitleid ertranken und in Sehnsucht nach dem, was sie erträumten und nicht erreichen konnten! Die Mißgunst, die Lopito ihm gegenüber empfand, war die Mißgunst des Gescheiterten. Jawohl. Warum auch nicht? Wie gut kannte er diese Mißgunst, aber wie hart war es, sie anzunehmen, und wie schwer, sich dagegen zu wehren, ohne sie zu verletzen oder zu verachten! Ah, Lopitos Leben! In Paris hörte er von seinem Abstieg von Besäufnis zu Besäufnis, von kleinen zu großen Schulden bis in die Hölle, diese makabren Neuigkeiten, die bis nach Europa durchsickerten. In diesem Augenblick fühlte er sich auf ekelhafte Weise schuldig, weil er ihn wegen seines gescheiterten Lebens verachtete und weil er selbst mehr Kraft hatte als Lopito. Schlimmer noch, er haßte ihn, weil er ihn sich schuldig fühlen ließ wegen des – *hélas!* so vorübergehenden – Erfolgs seines eigenen Lebens. Vielleicht kam jetzt für ihn der Moment der Selbstzerstörung, den andere erlebten, noch bevor sie anfingen. Er kannte zu schmerzlich seine Schuld, vor allem seinen weniger glücklichen Kameraden in Europa gegenüber. Darum hatte er sich abseits gehalten, war ihnen immer mehr ausgewichen, bis er sie ganz aus den Augen verlor. Man munkelte: Mañungo hält sich für einen Potentaten, uns schätzt er nicht mehr, wir sind nur arme Teufel, er gehört zum Jet-Set, mit uns will er sich nicht sehen lassen, er trinkt nicht einmal mehr. In letzter Zeit, da er wegen seiner Probleme immer verletzbarer wurde, tuschelte man, er sei ein Schwächling geworden, er verkehre überhaupt nicht mehr mit seinen Landsleuten. Er blieb allein, ohne Kontakt zu den Dingen, die seine Heimat betrafen, und allein suchte er die Nachrichten über Chile in ›Le Monde‹, wenn er morgens nachdenklich einen Kaffee in einem Lokal trank, wo ihn niemand kannte.
»Ich muß gehen«, sagte er zu Lopito. »Heute nacht kann ich nicht ausgehen und trinken. Außerdem trinke ich jetzt wenig. Ich muß zu meinem Sohn. Er ist noch sehr klein und ganz allein. Er wird sich fürchten.«
Sie verließen das Eßzimmer. Es waren nur noch wenige

Menschen im Patio, da die Ausgangssperre, wenn auch noch fern, sich bereits am Horizont der Nacht abzeichnete. Auf einer Bank saß Fausta Manquileo und sprach mit einer Blonden, die ihm halb den Rücken zuwandte, ihr Gesicht hinter dem Vorhang ihrer Mähne versteckt, aber sie war viel zu mager, als daß ihr Anblick ihn getröstet hätte.

»Was soll das, Mañungo«, beharrte Lopito, »an deinem ersten Abend in Chile, wo alle dich mit soviel Herzlichkeit empfangen haben, obwohl wir gerade heute besonders traurig sind, wirst du doch nicht Kinder hüten gehen? Er kann auch allein fertig werden. Oder ruf an im Hotel. Wo wohnst du?«

»Im Holiday Inn.«

»Donnerwetter! Wenn du im Holiday Inn wohnst, wo du sogar für unausgesprochene Wünsche zahlst, können sie dir einen Babysitter schicken, der sich um den Kleinen kümmert, wenn er so neurotisch ist, wie du sagst.«

»Ich habe nicht gesagt, daß er neurotisch ist.«

»Gut. Streiten wir nicht, es ist nicht wichtig. Ich habe Durst, laß uns eine Flasche Rotwein trinken, mein Alter, damit du mir alles erzählst. Mein Gott, was wir uns alles zu erzählen haben!«

»Ich hab dem Kleinen versprochen ...«

»Ach, erzähl mir nichts. Sieh mal, mein Alter, ich verstehe ein bißchen Französisch. Ich bin nicht so ungebildet wie du denkst, um nicht mitzukriegen, daß du dem Bengel gesagt hast, du würdest in einer halben Stunde gehen. Wenn du in einer Stunde kommst, wird ihm auch nichts passieren, und wir trinken ein Fläschchen in einer Kneipe hier an der Ecke. Wie findest du das?«

12

Die Frau, deren Haarvorhang ihr Gesicht vor Mañungo verdeckte, war Judit Torre, die mit Fausta über das Verhalten des Sängers sprach. Den Ellenbogen auf dem Knie, hielt sie mit der Hand ihr Kinn, um der Freundin aufmerksam zuzuhören. Die sich abzeichnenden Knochen ihres Körpers bildeten eine Silhouette aus Jeans und schwarzem Hemd, die eckig, aber harmonisch war, während Fausta die Arme über die Rückenlehne ausgebreitet hatte; auf ihrer Brust, die die Jahre schlaff und fett gemacht hatten, galoppierte ein Silbergehänge. Die beiden kritisierten Mañungos Unvorsichtigkeit bei der Auswahl seines ersten Liedes. Im Gegensatz zu Fausta besaß Judit, leicht wie eine Feder, diese Zartheit, diese Vollendung von Plan und Zeichnung. Die Linien ihres beachtlichen Kopfes – Don Celedonio versicherte, daß die Paleontologen, die in einigen tausend Jahren ihre Reste ausgraben würden, auf Grund dieser meisterhaften Knochenformung das perfekte Modell der Frau der privilegierten Klassen in Lateinamerika rekonstruieren könnten –, diese Linien hätten hart wirken können, wenn ihre Augen, ihre Brauen, ihre Wimpern, ihre blonde Mähne nicht einige Töne bleicher gewesen wären, als es ihrer Schönheit guttat, ein Mangel, der, obwohl leicht zu korrigieren, sie nicht zu stören schien. Ihr Haar hatte nicht mehr die Vitalität der frühen Jugend, und dem Blond mischten sich die ersten grauen Fäden ihrer dreißig Jahre bei, die durch Färben zu verbergen sie verächtlich ablehnte. Um diese Abendstunde, da die Lichter von Abschied und Trauer gedämpft waren, blieben diese Fäden unsichtbar. Fausta, unverändert großzügig in ihrer Bewunderung, dachte, Judit sei ein Noguchi besserer Zeiten, so fein ziseliert, ein luxuriöses und strahlendes Geschöpf, das auf irgendeine undefinierbare Weise zu vertrocknen begann, ohne geblüht zu haben, obwohl es mehr als ausreichend Saft dazu hatte. Neruda, der sie bewunderte, hätte sie gern etwas irdischer und erreichbarer gesehen. Und Celedonio, als er noch etwas für Feste übrig hatte, fröhlicher. Aber Judit war intelligent, ironisch, wenn sie in Fahrt war, zu ironisch, als daß die Menschen sie nicht ein wenig fürchteten. Doch sie erzählte wundervolle Anekdoten, die sie in ihrem Gedächtnis, das so weit zurückführte wie das einer alten Frau, bewahrte. Es hieß, sie sei eingebildet, weil sie ihre Privatsphäre eifersüchtig hütete – wer wußte zum Beispiel, wie das war, als sie vom MIR zu den Kommunisten überging und die Gruppe dann später auch verließ, und was machte sie jetzt? Oder welche Spur ihr heldenhafter Mann Ramón in ihrem Leben hinterlassen hat, der, wie man jetzt weiß, Hilario Vilaró hieß und von dem Judit nie sprach und den in ihrer Gegenwart niemand zu erwähnen wagte? Und diese unglaubliche Freundschaft zu Lopito? Und Marilú? Warum erlaubte Judit, daß Marilú bei den Eltern ihres Mannes lebte? Und die Böswilligen versicherten, Judit Torre sei passé, weil sie die Geheimnisvolle spiele, das Original von *Der Sphinx ohne Geheimnis*. Und dann diese seltsame Sekte, irgend etwas mit Magie oder Esoterik, der sie, wie man munkelt, anzugehören schien; eigentlich kein Wunder, daß sie dahin abgeglitten war, wenn man ihre jugendlichen Flirts mit dem politischen Extremismus bedenkt – man brauchte doch nur zwei Worte mit ihrer dämlichen Freundin Ada Luz zu wechseln, um zu wissen, daß das nichts Interessantes sein konnte –, und wenn sie sich mit Ada Luz und anderen Frauen manchmal einschloß, dann nur, um fernzusehen wie jedes andere Mädchen auch und um zu stricken, denn dafür hatte Ada Luz Geschick. Judit war wenig weiblich, schloß man, denn für eine normale Frau ist die Realität real, wenn sie sie mit einer Freundin durchsprechen kann, und sie besprach niemals etwas mit irgend jemandem. Ja, Fausta hätte eine Judit, die aufgeschlossener war, an die man auf anderen Wegen als über die reine Intelligenz herankommen konnte, besser gefallen, nach allem, was sie zusammen erlebt hatten. Matilde versicherte, wenn sie herzlich von ihr sprach, Judit sei aggressiv, grausam in einem verwirrenden Doppelspiel, als wolle sie ihren Gesprächspartner vor der Schärfe ihrer eigenen unterdrückten Kritik schützen. Aber ihre Art, sich zu geben, hatte eine trügerische Oberfläche, sanft wie weiches Leder. Sie war außerdem eine gute Fragerin und hervorragende Zuhörerin, etwas Seltenes unter den Frauen, die noch voller Lust sind, aber keinen Mann haben und ihr Publikum mit Reden von sich selbst betäuben, um ihre ein wenig pathetische und ein wenig lächerliche Existenz zu rechtfertigen.

»Du hast ihn früher nicht gekannt, obwohl er zu deiner Generation gehört?« sagte Fausta.
»Nein.«
»Nicht daß Mañungo verloren hätte, aber er hat sich verändert. Sicher, er ist noch so attraktiv wie früher. Diese Wärme, die er ausstrahlt, diese Stimme, die ihm plötzlich vor Erregung bricht ... man möchte ihn küssen. Er singt wunderschön, trotz allem, was dieser Dummkopf Lisboa erzählt. Früher hat er mit seinen Liedern gepredigt, und das mögen sie, sie sind wie die Jesuiten. Jetzt ist es, als interessiere ihn seine eigene Verletzlichkeit nicht, und die unter einer rauhen Schale verletzlichen Männer gefallen mir sehr, mein Kind.«
Eine Frage der Mode, sagte sich Judit, eine Epoche, der Faustas Geschmack in Sachen Männer wie in Sachen Kleider entsprach: die harten, aber verwundbaren Männer der Zeit des Postexistentialismus, das Camus-Bogart-Belmondo-Modell, der Mann, der am Ende des Filmkunst-Films den Kragen seines Regenmantels hochschlägt und mit einer klassischen Geste stehenbleibt, um sich eine Zigarette anzuzünden, und der sich dann durch die regennasse Straße entfernt, ohne sich nach der Piaf oder der Greco umzudrehen, die am Fenster stehen und ihm seufzend nachsehen. Das gefällt Fausta – sie glaubt jedenfalls, es gefiele ihr, denn ihre vierzigjährige Treue gehört einem Mann von ganz entgegengesetzter Art – und erfüllt sie mit Sehnsüchten nach wer weiß wem. Man konnte eigentlich nicht behaupten, Mañungo gehöre zur Schule Camus-Bogart-Belmondo. Er kam aus einer anderen Generation, einem anderen Kontinent. Aber irgend etwas dieser »Retro«-Männer mit Regenmantel, die sich in regennassen Filmen entfernen, war an ihm hängengeblieben, in der Art wie er seine Tasche über der Schulter trug, obwohl die von Fausta geliebten Helden keine Hängetaschen trugen. Alle waren jedoch, wie Fausta sagen würde, Männer mit »Stil«, etwas, was der arme Ramón niemals gehabt hatte, denn der heterogene und gejagte aktive Revolutionär verlangte eine ästhetische Blindheit, die ausschließlich zur Kampfbereitschaft paßte, erregend, das ja, aber von

einer solchen moralischen Strenge, die eine Art leeren Raum für die Ästhetik ließ, den Judit – das gestand sie nur ihrem Kissen – füllen zu müssen glaubte, um sich zu verlieben, wenn es diese viel begackerte Sache überhaupt gab. Sie bewunderte Ramón, wahnsinnig, wie man nur jemanden bewundern kann, der täglich sein Leben riskiert. Ramón eregte sie. Ramón inspirierte sie und lehrte sie. Aber wegen ihrer eigenen nicht einzugestehenden Portion Frivolität, nämlich ihres Ästhetizismus – sie traute sich erst jetzt, nach so vielen Jahren, dies zuzugeben –, liebte sie ihn nie wirklich, obwohl die Spuren, mit denen er sie gezeichnet hatte, so wichtig waren wie die Liebe, wie man sagt.

»Damals war Mañungo nicht so interessant wie jetzt, sondern einfach nur gutaussehend«, fuhr Fausta fort. »Toll. Mit einem gewissen Schuß Indio oder Exotik, aber nicht so viel, daß er zu einem Objekt von ethnologischem Interesse geworden wäre ... und seine langen Beine und seine langen Arme und seine herrlichen Hände; und wie gut er die Gitarre umfaßte, als sei sie eine Frau ... alle fühlten wir uns ein bißchen wie Gitarren damals, sage ich dir, selbst so alte Frauen wie ich, die zu Veranstaltungen strömten, um ihn zu sehen und zu hören. Er habe keine Wohnung, hieß es. Er wohne bei den Frauen, seinen vorübergehenden Liebschaften, oder bei Freunden, und sein einziger Besitz, außer seinen Notenheften und seiner Gitarre, sei sein Schlafsack, mit dem er von einem Ort zum anderen zog. Er sei Mitglied des MIR, hieß es. Einer von den Gefährlichen, die ihre Haut riskierten und Bomben legten. Kannst du dir vorstellen, was der mit den armen Hormonen der revolutionären Täubchen von damals angerichtet hat? Als er aus dem Süden kam, brachte er die Caleuche und die Pincoya und das Imbunche in Mode, von denen alle Welt sprach, und die Kleidung von Chiloé. Die jungen Leute schrien sich heiser, wenn sie seine revolutionären Lieder beklatschten. Casa de las Américas lud ihn nach Kuba ein, und die KP zu einem Festival der Jugend nach Warschau, ich weiß nicht, wieso, denn der MIR war nicht in der Unidad Popular und konnte die Kommunisten auf den Tod nicht leiden. Aber, nun ja, damals, du wirst

dich erinnern, schien alles eine solche Kohärenz zu besitzen, daß Chaos und Begeisterung aus einem Stück waren trotz der Auseinandersetzungen und aller Unterschiede, ein einziger Plan, zu dem Mañungo gehörte. Mañungo hatte aber nicht das Zeug zum Militanten. Er war ein großer Egoist wie alle authentischen Künstler. Später, als er in Europa war, kam raus, daß er, obwohl er als MIR-Mitglied galt, nie der Partei angehört hatte, nie Bomben gelegt hatte, die man ihm nachgesagt. Niemand verzeiht ihm, daß er draußen geblieben ist, obwohl er kein »L« im Paß hat, nur weil es gut für die Karriere war. Ich würde mich freuen, wenn du ihn kennenlerntest. Soll ich ihn dir vorstellen?«
»Nein, meine Liebe. Wozu? Ich muß gehen. Es ist spät. Außerdem kann ich Stars nicht ausstehen.«
»Das ist wahr. Pablo sagte immer: ›Diese Judit tut zu geheimnisvoll, dabei kann sie so amüsant erzählen. Es wäre schön, wenn sie sich öfters sehen ließe. Diese Kleine ist irgendwie altmodisch, sie glaubt noch an die Bedeutung des Privatlebens, und das tut man heute nicht mehr.‹ Da. Da kommt Mañungo. Jetzt kannst du nicht ausweichen.«
Mañungo kam von Freunden umringt herunter, nachdem er seinen letzten Abschiedsgruß dieser Nacht Matildes Sarg gewidmet hatte. Die gegenseitigen Vorstellungen waren, wegen der vielen Menschen, so oberflächlich, durcheinander und unaufmerksam, daß es Judit gelang, sich im Hintergrund der Gruppe zu verbergen. Mañungo küßte Fausta die Wange, um sich zu verabschieden und sich für morgen auf dem Friedhof zu verabreden und dann für später, irgendwann, sehr bald, sobald sie Zeit hatte, denn sie würde viel Arbeit haben mit dieser Stiftungsangelegenheit, die nach Intrigen der Regierung roch, weil nichts lief, sie könnten dann zusammen essen, und mit wem immer er wolle. Als Judit sah, daß Lopito sich auf die Gruppe stürzte, verschwand sie, bevor er sie erreichte, und ohne daß irgendwer es bemerkte, verließ sie das Haus, ihre Handtasche unter den Arm geklemmt, als wollte sie ihren Abgang noch schneller, noch unsichtbarer machen.

13

Judit sah auf die Uhr. Halb zehn. Auristela hatte sie um neun Uhr bestellt, um Zeit genug zu haben, sie zu kämmen und zu schminken und dann noch nach Hause zu kommen, in ein Viertel am anderen Ende der Welt, wo selbst die Anwohner nachts Angst hatten, weil man jetzt nicht nur niedergeschlagen wurde, sondern in den Bergen Barrikaden aus Autoreifen brannten und Aufruhr herrschte, der langsame Vormarsch der Slums, von dem die Zeitungen nicht berichteten. Aus Angst davor, wie alle Frauen der Gruppe, schlief Aury manchmal bei Ada Luz, die in der Nähe des Salons wohnte, in dem sie als Friseuse arbeitete, aber in letzter Zeit ging sie seltener zu ihr, weil ihre Freundin in sentimentale Geschichten verstrickt war und sie es vorzog, diskret zu sein. Judit ging immer hin, weil sie alles wissen mußte. Heute nacht war jedoch ihre Neugier über Mañungos Rückkehr stärker als ihr tyrannisches Engagement mit ihren Frauen, so daß sie sich verspätet hatte und sich beeilen mußte.

Bellavista war ruhig, der Todesfall von heute morgen schon innerlich verarbeitet, verdaut, vergessen wie jeder Todesfall, bevor die Beerdigung die sterblichen Überreste fortschaffte. Der Berg breitete seinen leichten Duft nach Pinien über die gesegnete Frische der Sommernacht in den Straßen, als ob eine Tür nach dem chemischen Dunst des Tages aufgegangen war, der die Ränder der Blätter, die Hornhaut und die Haare der Frauen ansengte. An den steilen Berghang gestützt ruhte die Seilbahn, die Judit liebte, weil sie sie an Eiffel denken ließ. Die Ozelots, die Ibisse, die Kakadus, die großen unausrottbaren Dickhäuter schliefen ihr Lebenslänglich in den Zellen ihres Gefängnisses. Einige Bürger kehrten friedlich durch die dörflichen Straßen zum Abendessen nach Hause zurück, und durch die Scheibengardinen – welche waren echt und welche waren Kitsch und *Revival*? fragte sich Judit, ein Werk der Mittelklasse des Viertels, die niemals der Mode folgte, die sie abgeschafft hatte. Man konnte sie unmöglich unterscheiden, obgleich die falschen

sicher hübscher waren als die echten, sah sie Familien auf Plastikstühlen an den Eßtischen sitzen oder in hier nicht herpassende Küchen im »amerikanischen Stil«, auf ruinierende Raten gekauft, was eine melancholische, kaum durch das Fernsehen gemilderte Stimmung verbreitete. Um diese Zeit gab es kaum Verkehr, und einige Jungen spielten noch im Licht der Laternen auf der Straße Ball, und in den Bars und Restaurants verzehrten die Bürger *Barros Jarpas* und *Barros Lucos* – was war eigentlich der Unterschied? Judit verwirrten diese Namen von Personen, die mit ihrem Großvater befreundet gewesen waren, und mit denen man Sandwiches benannte, die für Männer bestimmt waren; im Gegensatz dazu waren die mit Schinken belegten zeitgemäß unisex –, dazu tranken sie aus schlanken Kelchen schaumiges Gold. Man sah nicht viele Menschen diese bescheidenen Köstlichkeiten genießen: Die Zeiten waren nicht für überflüssige Ausgaben, und man hielt sich besser an das häusliche Linsengericht.
Ada Luz erwartete sie in ihrem Haus, das aussah wie eine Karikatur dessen, was in Bellavista gerade Mode war: das saubere Holz, das Stroh, die Schirmständer, die Pflanzen, aber alles mit Plastikblumen kombiniert, die mit Zellophan abgedeckt waren, um sie vor möglichem Staub zu schützen, und auf dem Tisch eine Wachstuchdecke mit der Wiederholung von Betty Boop in drei Farben. Betty Boop! Bewußt *Revival* oder Zwiebelgeschmack, wie die Jungen heute in ihrer unzugänglichen Sprache sagten, die sich jeden Monat änderte. Trotz alledem hatte Ada Luz' Haus eine dichte Atmosphäre von Vertrautheit, mütterlichem Schutz und zärtlicher, weiblicher Wärme, alles weich und heimlich, viel gestickte Kissen, viel Rüschen, wo man sie nicht brauchte, Ecken und Kanten versteckt, Beine unter Faltenröcken, die Körbe mit Cretonneresten gefüttert, die das edle Material versteckten, übervoll mit bunter Wolle, die Ada Luz verstrickte oder den Strickerinnen aushändigte, die zu Hause arbeiteten, die ihr halfen und die sie beschützte, indem sie ihnen Arbeit gab, während Judit sie wiederum unterstützte, indem sie ihr Aufträge bei ihren Bekannten beschaffte, die

in Providencia Boutiquen besaßen. Judit verwirrte so viel klebrige Weiblichkeit. Es handelte sich dabei jedoch um eine intellektuelle, eine künstliche Irritation, denn nach einer Viertelstunde in der gemütlichen Wohnung von Ada Luz, hinten in einem Hof, wohin die Geräusche der Straße nicht drangen, sahen sich ihre ästhetischen, puritanischen und sozialen Widerstände, die sie zwar stets zu verheimlichen suchte, von dieser Atmosphäre eingenommen, so sehr, daß sie manchmal, wenn sie sich ganz besonders von ihren Dämonen umzingelt fühlte, kam, um sich in den Kissen von Ada Luz zu versenken und mit ihr zusammen irgendein dummes Fernsehprogramm anzusehen – die Verleihung der Oscars, zum Beispiel, oder die Wahl der Miß Universum.
Ada Luz seufzte erleichtert auf, als sie die Tür öffnete. Gott sei Dank war es nicht Lisboa, sondern sie. Sie hätte, als sie mit Don Celedonio am Arm das Haus von Señora Matilde verließ, bei ihm so etwas wie eine Drohung bemerkt, erklärte sie, etwas wie ein Zeichen, daß er später – also jetzt – kommen würde.
»Ist er schon früher gekommen, ohne Verabredung?«
»Natürlich, Ju. Du weißt doch, daß er verheiratet ist und kommen muß, wenn er wegkommen kann.«
»Bist du verliebt?«
»Nein. Oder, ich weiß nicht . . .«
»Glaube nicht, daß es mir gefällt, daß er hier einfach so auftaucht.«
»Möchtest du einen Tee?«
»Ja, gerne.«
»Mit Keksen?«
»Zeig mal. Ja bitte, meine Liebe. Es sieht so aus, als würde diese Nacht sehr lang für mich.«
»Möglich.«
»Und der Abend bei Matilde war tödlich.«
Was würde Ju, so ungläubig wie sie ist, zu der berühmten Messe sagen? Nachdem Señora Matilda ihr dieses Geständnis gemacht hatte, wollte sie ihr von dem Geheimnis erzählen . . . jetzt, als sie den Tee auf dem Öfchen bereitete, hatte sie dasselbe Bedürfnis. Aber es demütigte sie dieser Zwang,

Ju alles erzählen zu müssen. Das zum Beispiel. Das machte sie wichtig. Wenn sie jedoch schwieg, konnte diese Geschichte, die ihr allein gehörte, der Wind davontragen, ohne eine einzige Spur zu hinterlassen, und das wäre sicher das beste.
Während das Wasser kochte, beglückwünschte sich Ada Luz dazu, Lisboa mit ihrer Mitteilung über die Messe für Señora Matilde, die wie ein Gerücht klang, irritiert zu haben. Das bedeutete, daß sie ihn in den Klauen hatte und nicht er sie. Wenn er heute nacht käme, würde sie ihm nicht öffnen. Und wenn sie ihn doch hereinließe, würde sie ihn an der Nase herumführen und sagen, sie habe mit Don Celedonio über die Sache gesprochen, und morgen würde die Meldung in allen Zeitungen stehen, und der Kardinal würde die Totenmesse lesen. Dann würde Lisboa die halbe Welt anrufen, ohne zu merken, daß er selbst die Nachricht verbreitete, die er geheimhalten wollte:
»Zu komisch!« flüsterte sie, während sie die Kekse auf einen Teller legte.
»Was?«
»Nichts. Gar nichts.«
Judit spürte den Anflug von Ärger, den ihr Ada Luz gelegentlich machte. Sie war ganz und gar anämisch, wie wenn nach einem Attentat das Stromnetz schwach wird und der Hausrat sich auflöst und in der Dunkelheit versinkt, die sich der Räume bemächtigt. Wieder konnte sie nicht umhin, sie dumm zu finden – unsympathisch sogar –, aber genau darum war sie nützlich: wegen ihrer Unfähigkeit, die Folgen ihrer Taten ermessen zu können. Judit drückte die Augen zu, um ihre bösen Vorurteile einer Freundin gegenüber abzuwehren, mit der sie durch die Hölle gegangen ist, ein Umstand, der ausreichen sollte, sie zusammenzuhalten. Es war nicht zulässig, daß ihre eigene Arroganz sie verriet, indem sie Schuld zuwies, die jetzt anders verteilt sein sollte. Ihr Haß mußte sich selbst genügen, mußte ihre Gewißheit sein, seit jener Mann mit der kehligen Stimme und der feuchten Hand sie einschließen ließ: Beleidigungen, Gebell, Stöhnen, Gelächter von Männern, Schimpfworte, und in den Stim-

men der Frauen erkannte sie die ihrer Gefährtinnen, mit denen sie seit Tagen in einer stinkenden, winzigen Zelle eingepfercht war: Ada Luz... Senta... Domitila... Aury... Beatriz... eine Gruppe, aus der der Mann mit der kehligen Stimme und der weichen, verschwitzten Hand sie ausgeschlossen hatte, denn sie war die einzige, die nicht das ganze Martyrium hatte durchmachen müssen. Ihr Haß blieb ohne bestimmte Person, in eine Art Narzismus verwandelt, der den Platz des echten Hasses wie den der Liebe einnahm. Ada Luz reichte ihr die Tasse und das Tellerchen mit den Keksen und einer ärgerlichen dreieckigen, übertrieben mit spitzen Zickzacks geschmückten Serviette. Als Ada Luz sich neben sie setzte, um eine blauviolette Weste zu strikken, fragte Judit:

»Warum hast du vor Lisboa Angst?«

»Weil er sich überall einmischt.«

»Lüg nicht. Das tut er gar nicht.«

Ada Luz, im Vollbesitz der Macht ihres Geheimnisses, war nicht gewillt, sich von irgend jemandem manipulieren zu lassen, nicht einmal von der bewundernswerten Judit Torre.

»Lisboa hat mir versprochen, mir zu helfen, daß Daniel nach Chile kommen kann, damit ich mein Enkelchen kennenlerne.«

»Welche Macht hat Lisboa denn? Keine. Das weißt du so gut wie ich. Er ist ein zweitrangiger Gott der Partei, ohne Einfluß, der nur bestimmte Bereiche der Jota unter sich hat. Du kannst dir nichts mehr vormachen: Daniel wird nicht kommen, meine Liebe, auch wenn man dir rät, die Hoffnung nicht zu verlieren. Besser, du stellst dich den Tatsachen. Er wird nicht kommen. Nicht weil er nicht kann, sondern weil es sich für ihn nicht lohnt, von Kanada hierherzukommen. Dort geht es ihm großartig, er hat ein schönes Haus, ist mit einer Gringa verheiratet, hält an der Universität von Saskatchewan, wo man ihn sehr schätzt, Vorlesungen über Marxismus. Was meinst du, soll er hier tun, wo Philosophen als Taxichauffeure arbeiten, weil sie keine Arbeit finden? Dort hat er sein kleines Gringokind und die Gringa, mit der er

verheiratet ist. Natürlich würde es ihm was ausmachen, sein Haus zu verlassen und Tausende von Dollars auszugeben, um in dieses beschissene Land zu kommen, wegen einer Frau, die ihm ehrlich gesagt schnuppe ist...«
Ada Luz weinte beim Stricken:
»Wie herzlos du bist, Judit!«
»Alles andere macht mich fertig.«
»Wenn jemand so herzlos mit dir wäre wie du mit den anderen, wie würdest du das finden?«
Judit warf ihr einen Blick zu. Kannte diese Frau ihre Lüge und teilte aus Mitleid mit ihr ein Leben, in dem man voraussetzte, daß Judit nackt, mit einer Kapuze über dem Kopf, in jener Zelle das gleiche Schicksal erlitten hatte wie alle anderen, daß sie eins der Opfer war, und daß ihre Rache darum alle rächen würde?
»Ich werde sparen, um zu ihm fahren zu können.«
»Das scheint mir wesentlich realistischer.«
»Ja, sicher! Realistischer! Du kommst aus einer reichen Familie, darum denkst du, es ist leicht, Geld zusammenzukriegen. Aber ich, wie soll ich das anstellen, so wie die Dinge stehen? Ich habe Angst, daß sie nachforschen, wenn ich eine Ausreise beantrage. Wahrscheinlich bin ich in der Kartei, und dann lassen sie mich nicht wieder in Ruhe, mich nicht, dich nicht, keine von uns. Und dann ist mir, ich weiß nicht, wie, wenn ich mir vorstelle, ihm und seiner Frau könnte es peinlich sein, mich zu sehen. Ich kann kein Englisch, nichts.«
Judit fiel ein Keksstückchen auf den Boden. Aus Versehen trat sie darauf, aber mit einigen knappen Bewegungen nahm sie es auf, wischte die Krümel fort. Ju hat sich im Lauf der Jahre verändert, dachte Ada Luz, wenig war von ihr geblieben außer dieser Präzision der Bewegungen und Worte, während das Leuchten ihrer blauen Augen immer heller wurde und immer kälter, als hätte sie sie auf ein tausendjähriges Schneegestöber gerichtet, das auf sie zukam, um sie zu erdrücken. Es klopfte an die Tür.
»Lisboa ...!« rief Ada Luz erschrocken.
»Wir warten doch auf Auristela!«

»Stimmt.«
Ada Luz öffnete die Tür einer lächelnden, kleinen Frau; sie war stark geschminkt und lebhaft, obwohl reiferen Alters, mit hohen Absätzen und einer modernen, komplizierten Frisur, nach einem aufgedonnerten Modell von *Carita*, das in einer Wochenzeitschrift abgebildet war, dachte Judit. Busen und Po waren eingeklemmt, die Kurven zur Schau gestellt, und sie hatte die Sicherheit einer Frau, die weiß, daß die Männer an den Ecken sich umdrehen, um ihre großzügig bemessenen Gaben zu bewundern; die vulgären Komplimente waren verdient. Auristela konnte alles fehlen, sogar das Brot, was ihr auch mehr als einmal fehlte, niemals jedoch fehlte ihr diese kostenlose Nahrung. Judit ärgerte sich, daß man ihr auf der Straße nicht nachpfiff, obwohl man lüstern ihre stilisierten Proportionen bewundert hatte: lange Beine, blonde Mähne, ihre besondere Art zu gehen, die Blöße ihrer nackten, vom Haar gestreichelten Ohrläppchen. »Na, du läufige Dünne!« hatte die kehlige Stimme gerufen, die sie seitdem suchte. Eine Sekunde lang hatte die verschwitzte Hand auf ihrem Knie gelegen und sich sofort wieder zurückgezogen, ohne das angedrohte Versprechen einzulösen, sie zu seinem Opfer zu machen.
In der Frauengruppe – lächerlich übertrieben, dachte sie, weil sie nichts anderes kannten – war ihre Schönheit unwidersprochen trotz der Melancholie, die diese Schönheit abzunutzen begann, und ihre von ihrer bescheidenen Kleidung unabhängige Eleganz regte die Phantasie der anderen an, und sie schrieben ihr die Fähigkeit zu, übernatürliche Verführungswunder vollbringen zu können. Judit war das perfekte Instrument, den Racheplan auszuführen, den ihre eigene Intelligenz erarbeitet hatte und der ihre Gefährtinnen derart begeisterte, daß sie sich als ein Teil dieses Plans fühlten, der auf Unterwerfung oder auch Tod hinauslaufen sollte. Sie wollten das ins Wanken bringen, was dringend fallen mußte, denn sie spürten, daß die Gewalt, auf die sie immer weiter zutrieben, nichts anderes war als schiere Hoffnungslosigkeit, in die sie die gegenwärtige Situation hineinstieß. Der Plan war also mehr noch als annehmbar, er war

notwendig. Selbstbefleckung, ein Bedürfnis nach heroischen Taten, das sie trotz ihrer Zurückhaltung und Hingabe an die anderen für sich selber suchte? Vielleicht. Aber was konnten die Frauen ohne Bildung, ohne Mut, ohne Geld beitragen außer ihrer manchmal unbequemen Bewunderung für Judit, um ihrer Rache vollen Nachdruck zu geben? Wer außer Judit sollte Rache üben, wenn sie die einzige war, die, wie sie meinten, über den Zauber von Heldinnen verfügte? Aury trug eine große, braune Tasche am Arm, von der ein in Patchwork gesticktes, dummes Kind grinste:
»Aury!«
»Adita! Ju . . .«
Sie küßten sich auf die Wangen. Aury setzte sich neben Ju auf das Sofa, während Ada Luz in die Küche ging, um noch einen Tee mit Keksen zuzubereiten; die Tür ließ sie offen, damit ihr kein Wort des faszinierenden Gesprächs entging: Make-ups, Frisuren, Shampoo, Farbe. Aury wollte Judit eine völlig neue Frisur mit einem sehr modernen Schnitt machen. Wie gut, daß sie sich ihre Haare gewaschen hatte, es sah wunderhübsch aus! Sie begann Röllchen und kleine Geräte für Schnell-Frisuren aus ihrer Tasche zu holen. Judit bestand darauf, ihr stünden merkwürdige Frisuren nicht. Sie hatte sich ihr ganzes Leben lang immer gleich gekämmt. Es genügte ihr wirklich, wenn sie ihr die Spitzen der Mähne ein bißchen nach innen rollte, über den Ohren, damit sie ihr locker und schwer herunterfalle, wie immer. Die Enttäuschung machte die Friseuse traurig. Sie sah auf die Uhr.
»Gut«, sagte sie, »dann haben wir mehr Zeit. Viertel vor zehn. Adita hat dir doch gesagt, daß du um zwölf dasein sollst? Die Nachricht von Don Cesar heißt, blauer Mercedes in Las Hortensias, Ecke Los Leones ab zwölf Uhr.«
»Haben sie es dir bestätigt?«
»Alles bestätigt.«
»Wer hat es bestätigt?«
»Man nennt das Wunder, aber nicht den Heiligen. Aber du kannst ganz ruhig sein. Im Mercedes ist dein Mann.«
»Unser Mann.«
»Unser Mann.«

Wie eine Zigeunerin, die ihr aus der Hand liest: »Dein Mann wird kommen, mit schwarzem Schnurrbart und grünen Augen, er wird dein Schicksal sein.«
Trotzdem spürte Judit, vor dem Spiegel sitzend, während Auristela sie kämmte und Ada Luz, einen Kekskrümel an der Oberlippe, der sich bewegte, als sie die Maschen der Weste zählte, daß der Rest des Alptraums, der sich über die ganze Nacht hinziehen würde, nur ein Bild sein würde, ein bildliches Ereignis, nur zweidimensional auf dem Hintergrund des Spiegels existierend, die Wiederholung der Wiederholung der Wiederholung. Wie oft hatten sie ihr »ihren Mann« angekündigt? Sie war ausgegangen, um ihn zu suchen, in einer Schlange vor einem Bankschalter, Rücken an Rücken im Café Haiti, wo alles parfümiert und eilig ist, zwei Reihen weiter vorn in einem Kino, zu einer bestimmten Zeit in einer bestimmten Straße, und nie war er es gewesen. Nie war er es gewesen, weil sie keinen Mann hatte, also wer konnte der angekündigte Mann sein? Sie war die einzige aus der Gruppe, die keinen hatte, und darum mußte sich ihr Haß ohne Bild verzehren, eine reine, traurige Spekulation. ›Dein Mann‹, hatte ihr Auristela gesagt, die nicht wußte, daß Judit keinen Mann hatte. Auch die anderen Frauen, deren Schreie sie im Gefängnis gehört hatte, wußten es nicht. Sie hatte ihre Stimmen erkannt, eine nach der anderen: Ada Luz... Senta... Domitila... Beatriz, alle Stimmen, nur nicht ihre, die auf den Mann wartete, der sie wie die anderen zum Schreien bringen sollte, der ihr aber nur seine Hand aufs Knie legte, damit sie vor Grauen aufschreie. Die kehlige Stimme jenes Mannes verschonte sie. Und belastete sie mit der Schuld, dieser Lüge, damit ihre Gefährtinnen sie nicht ausschlossen. Die anderen hatten einen Mann: die Grausamkeit, die Demütigung materialisierte sich in der Person des Henkers, mit unterschiedlichen Zügen, für jede einen. Sie hingegen war verschont worden. Woher wußten sie, woher wußte Don Cesar, daß in dem blauen Mercedes ab zwölf Uhr – Beginn der Ausgangssperre – der Mann kam, der sie verschont hatte, wenn nicht einmal sie wußte, wer dieser Mann war? Als könnte sie ihre Gedanken lesen,

erklärte Aury, während sie ihr die Lockenwickler aus dem Haar nahm:
»Ricardo Farías. Er hatte den Befehl über das ›Zentrum‹ genau in der Zeit, in der wir da waren. Er geht heute nacht mit anderen Freunden Canasta spielen, aber nur bis zwölf Uhr, denn er möchte die Ausgangssperre nicht überschreiten. Er ist sehr pflichtbewußt, sagt man. Seine Frau und seine Kinder sind in der Sommerfrische, darum ist es sicher, daß er allein nach Hause kommt.«
»Wird er es sein?«
»Der Kontaktmann von Don Cesar sagt ja. Aber in jedem Fall kannst nur du es sagen, meine Schöne. Nur du kannst ihn identifizieren.«
»Glaubst du . . .?«
Sie stellte dumme Fragen, die die Angst ihr eingab: Die Information über den Mann im blauen Mercedes ab zwölf Uhr in Las Hortensias, das wußte Judit, kam aus dem Bauch der Stadt Santiago ohne Licht, wo die Leute Dinge wußten, die sie nicht für gefährlich hielten, denn die Gefahr war ihr natürliches Lebenselement, genau wie der Terror, genau wie die Tatsache, daß sie umzingelt waren von der Polizei, von den Nachbarn, von ihren Brüdern, von ihren Kindern, in verworfenen Spielhöllen und heimlichen Bars, in Slums, um die Feuerstelle sitzend, solidarisch mit allen, die gegen die Obrigkeit waren: ein rauher Chor von Stimmen, die Geheimnisse trugen, die der Haß beschleunigt über ein Netz von Kontaktleuten leitete, die allein durch das Bedürfnis der Rache, einem jeder Ideologie fremden Impuls, miteinander verbunden waren. Eine Stunde, nachdem die Information wer weiß in welcher Fäulnis und Krankheit und Lumpen zustande gekommen war, wurde sie aus dem Bauch der Stadt über eine Kette wütender Wesen weitergegeben, von einem zum anderen und weiter, bis, schon fast an der Oberfläche und in den beleuchteten Zonen, Don Cesar, der Krüppel, zu hören war.
Er gab die Nachricht an Auristela weiter, und Aury gab sie Judit: In dem blauen Mercedes kommt dein Mann. Nach Mitternacht würde er aus Los Leones in Las Hortensias ein-

biegen, wo sie ihn identifizieren könnte – wie, wenn er doch nur eine kehlige Stimme, eine verschwitzte Hand war? – und sich rächen. Wie die Dinge standen, würde niemand Gerechtigkeit walten lassen, wenn sie es nicht selbst tat. Der Mann durfte sie nicht erkennen. Wie sollte er das nach zwölf Jahren? Sie hatte ihn nie gesehen, denn während des Verhörs hatte man ihr die Augen mit Klebestreifen verschlossen, bevor man ihr schwarze Binden auflegte und dann den ganzen Kopf in eine Kapuze steckte, ihr nackter Rücken zitterte gegen die Wand: Sie wartete auf ihn. Wann hatte sie diesen Mann gesehen? Warum hatte er sie gewählt?

»Ganz schön läufig, meine Dünne!«

Vielleicht war ihm ein flüchtiger Blick, bevor man ihr das Gesicht verbarg, im Gedächtnis geblieben, und er hatte angeordnet, die Dünne dem Chef zu überlassen. Nun ja, jetzt, nach so vielen Jahren, würden die Zeit und Auristelas Künste, die sie gerade schminkte, wie sie sich nie im Leben geschminkt hätte, dafür sorgen, daß er sie nicht erkannte; sie sollte soweit wie möglich jede Ähnlichkeit mit der Gefangenen auslöschen, die in Jeans und olivgrünem Hemd ankam und die Fausta und Don Celedonio acht Tage später abholten, zerschunden, in Lumpen, mit blutigen Händen. Aury beendete ihr verrücktes Make-up, während Ada Luz auf dem Bett mit einer Sorgfalt, mit der man ein Brautkleid zurechtlegt, ein beigeseidenes Kleid ordnete, das sie aus Aurys Tasche geholt hatte, dazu hochhackige Schuhe und Handtasche.

Als sie sagte, alles sei bereit, zog Ju sich das Kleid ohne großes Aufheben über. Die beiden Frauen lachten jedoch und schalten sie wie ein Kind, zupften hier und da, legten die Falten über ihren Körper, die schließlich hübsch über ihre Hüften fielen und die, trotz ihrer Magerkeit, das Kleid mit der zarten Berührung ihrer Formen füllten und es belebten. Sie knöpften es vorn zu und ließen die letzten Knöpfe offen, damit man ihre Knie sah. Judit konnte nicht umhin, Lust daran zu empfinden, wie ihr Haar um ihre Ohren und ihre hellen Augen wallte und wie die Seide um ihren Körper glitt.

»Du bist wunderschön!« rief Ada Luz und faltete ihre Hände

voller Bewunderung, und während Auristela die letzten Striche des Make-ups anlegte, setzte sie sich wieder mit ihrem Strickzeug.
»Fertig«, sagte die Friseuse endlich.
»Es ist spät«, murmelte Judit. »Ich gehe, ich möchte etwas Luft schnappen und rechtzeitig da sein.«
»Vorsichtig. Laß dich hier in der Gegend nicht sehen, die sind sehr gerissen«, warnte Aury.
»Ich glaube, in dieser Gegend nicht, die ist ziemlich anständig«, sagte Ada Luz. »Kommt, Mädchen.«
Sie folgten ihr ins Schlafzimmer. Aus der Schublade ihres Nachttisches von bescheidenster Art deco, rissig und fleckig und mit Resten von Bakelitverkleidung, holte Ada Luz zwei in geblümte Taschentücher gewickelte Gegenstände. Sie wickelte den ersten aus: sechs Patronen, die sie auf die Glasplatte ihrer Frisierkommode legte. Sie setzte sich auf die Bettdecke aus bläulichem Taft, wo, an ein Kissen gelehnt, die spanische Puppe sie beobachtete. Nur die Lampe der Kommode brannte. Die Gesichter von Judit und Aury blieben in der Dunkelheit jenseits des beleuchteten Kreises, auf den Ada Luz ihre Konzentration gerichtet hatte. Sie wickelte das andere geblümte Tuch aus, das mit einem Gummiband zusammengehalten wurde: eine Pistole. Ada Luz zog das Magazin auf und schob eine Patrone nach der anderen hinein, beugte sich vor, um eine aufzuheben, die auf den Boden gefallen war, und brachte sie dann sorgfältig an ihren Platz. Sie schloß die Waffe. Sicherte sie. Sie reichte sie Judit, und Aury sah zu, wie diese die Waffe in ihre Handtasche legte.
»Sie ist gesichert«, sagte Ada Luz. »Entsichere sie nicht, bevor du sie nicht gebrauchen willst.«
»Ich glaube nicht, daß ich sie gebrauchen werde.«
»Für den Fall, daß du dich verteidigen mußt, meine ich.«
Was war das für eine Rache, die sie ausführen sollte? Ihn verführen, sich ihm hingeben, damit sich endlich dieser Teil ihrer Phantasie erfüllte? Nein. Ada Luz war dumm, aber nicht naiv: Während sie ihr erklärte, daß dieses die Pistole war, mit der man Daniel verhaftet hatte, und er darum ins

Exil mußte, spürte Judit erstens, daß sie nicht die Wahrheit sagte, und zweitens, daß sie ihr die Waffe in der Hoffnung gab, daß sie sie für etwas anderes benutzte als eine einfache Verteidigung in den Straßen von Santiago während der Ausgangssperre. Judit sagte:
»Ich habe sie nie benutzt.«
»Wer weiß. Vielleicht dieses Mal.«
»Ich weiß nicht. Es hängt in jedem Fall von den Umständen ab. Ich weiß nicht, was ich will, und werde es auch nicht wissen, bevor ich ihn sehe.«
»Wegen der Ausgangssperre sind sie wie wilde Tiere.«
»Gut«, sagte Judit. »Ich gehe. Ich weiß nicht, warum, aber ich ersticke hier.«
Ja, sie erstickte am Gefühl, daß sich in diesem Zimmer mit der sie beobachtenden spanischen Puppe und dem Geheimnis ihrer Plastikmantille etwas zusammenbraute, was man nicht aussprach, was sie zu einer Tat drängte, die sie nie, selbst in ihrer militanten Zeit, nicht gewagt hätte. Aber diese ungebildeten, machtlosen Frauen waren dabei, sie, ohne daß es so aussah, heimtückisch und böswillig zu überzeugen, obwohl sie von anderen Dingen sprachen, während die ruchlose Stimmung um Ada Luz sie hineinzog und auf einen einzigen Höhepunkt hinzielte, ohne ihn zu benennen. Warum nicht, wenn es das war, was sie im Grunde wollte? Ada Luz nahm ihr Strickzeug wieder auf. Sie zählte blauviolettfarbene Maschen. Der Krümel, der ihr an der Lippe geklebt hatte, war abgefallen. Endlich, seufzte Judit. Dieser Krümel hatte sie irritiert. Sie erinnerte sich genau an den Moment, in dem er herunterfiel: Es war, als Ada Luz die vierte Patrone in das Magazin schob. Sie brachten Judit an die Tür.
»Warte«, sagte Aury, bevor sie sie öffnete.
Und Judit, die die Pantomime kannte, die die beiden Frauen erwarteten, äffte die eingefallenen Wangen eines Mannequins nach, streckte einen Arm aus und lehnte sich an den Türrahmen, die andere Hand mit der Handtasche in der Taille, ließ ein Knie aus dem offenen Rockschlitz in einem übertrieben, aber höchst eleganten Winkel herausragen.

»Du siehst wirklich aus wie eine Frau in ›Paula‹!« lachten beide.
»Wenn der sich nicht in dich verliebt, ist er verrückt«, sagte Ada Luz.
»Laßt mich bloß mit diesen Albernheiten wie Liebe in Ruhe!« lachte Judit.
»Das langweilt mich! Aber wenn er sich verliebt, bringe ich ihn um.«
Das war das erste Mal, daß dieses Wort ausgesprochen wurde, und es war Judit, die es sagte.

14

»Ich habe keinen Hunger«, antwortete Lopito, als Mañungo Vera meinte, er solle bei der zweiten Flasche Wein etwas essen. »Ich habe nie Hunger.«
»Darum bist du so mager.«
»Du bist auch nicht gerade fett.«
»Mein Agent läßt mich nicht zunehmen. Aus beruflichen Gründen.«
»Wie kannst du aushalten, daß sie dir sogar vorschreiben, was du ißt?«
»Sogar, mit wem ich schlafe.«
»Das macht nicht dick.«
»Nur die Frauen macht es dick.«
»Wenn es ihnen in den Kram paßt.«
»Wie soll ich das wissen!«
In der Kneipe von Pío Nono saßen sie auf zwei bequemen Hockern an der Theke, die in eine Bierstube überging. Mañungo hatte ein »Gedächtnis-Sandwich« mit Fleisch gegessen – Sehnsucht der ewig hungrigen Studenten aus der Provinz, die nie mit dem mageren Monatsscheck gestillt werden konnte; in Mañungos Fall kam er aus Chiloé und reichte nur eine Woche –, das ihm, nachdem er zwölf Jahre im Ausland davon geträumt hatte, eins zu essen, nun ungenießbar schien. Lopito, der begeistert Nostalgien pflegte, bestellte

sich auch eins, von dem er aber nur einmal abbiß und ein Durcheinander von angebissenem Brot, Sauerkraut, Tomatensauce und Senf auf dem Teller zurückließ. Mañungo bestellte ein Bier, klar, groß, frisch, das er mit Genuß trank, denn der Sommer schien in dem Lokal ohne Lüftung eingesperrt zu sein. Lopito bestellte noch eine Flasche Rotwein, sein Gefährte drängte ihn, vom Besten zu bestellen. Er hatte schon die Hälfte der zweiten Flasche hinter sich, seine schwere Zunge machte unbeholfen, was ihm noch an Gedanken geblieben war. Er erzählte Anekdoten: so amüsant wie immer, spitz, bösartig, über alles informiert, was in den verborgensten Winkeln der Stadt vor sich ging, aber seit etwa einer Viertelstunde bemerkte Mañungo, daß sein Witz sich mit einer zunehmenden Dosis Böswilligkeit auflud, und da es ihn Mühe kostete, die passenden Worte zu finden, schien er tölpelhaft Schläge nach allen Seiten auszuteilen. Bis dahin war alles gut gegangen, dachte Mañungo, meine Zuneigung zu Lopito bleibt unberührt, und ich werde ihn wiedersehen, denn ich mag mit ihm zusammensein, obwohl ihn nichts interessiert, was in den letzten Jahren draußen geschehen ist, ihn nur die lokalen Ereignisse und die neuen Bekannten, deren Namen ich nicht kenne, begeistern. War er nach Chile zurückgekommen, um Freundschaften wie die mit Lopito zu suchen? Besser wäre es, sich zu verabschieden, bevor alles endgültig vorbei war. Im Hotel wartete Juan Pablo auf ihn. Seit einer halben Stunde sollte er bei ihm sein.

»Ich muß gehen«, sagte er und sah auf seine Rolex.

Lopitos Augen wurden schmal. Seine von Schmutz oder Krankheit fleckigen Hände zitterten, als er das Glas an den Mund hob und in einem Zug leerte, mit den Lippen schnalzte und ausrief:

»Bah! Natürlich! Ich habe Jean-Paul vergessen!«

»Was macht das?« fragte Mañungo den Kellner und ging nicht auf den sarkastischen Unterton ein, mit dem Lopito den Namen seines Sohnes französisch aussprach. Es war ratsam, Lopito ein paar Tage lang nicht zu sehen, bis er sich eingerichtet hatte und an seinem Freund nach und nach Vergnügen hatte.

»Nein, nein, ich bezahle«, rief Lopito. »Was fällt dir ein, Mañungo? Ich bin hier zu Hause in Chile, und ich lade ein. In Paris lädst du ein.«
»Du hast mir gerade gesagt, du hättest keinen Pfennig.«
»Ich hab hier doch Kredit, oder?« fragte Lopito den Kellner.
»Ich werde den Chef fragen.«
»Sei kein Esel, Lopito, laß mich bezahlen, und wir gehen. Juan Pablo wartet schon eine ganze Weile.«
»Komm mir nicht mit der Geschichte, daß du wegen deines Sohnes gehst.«
»Wieso? Du hast doch gehört, wie ich mit ihm telefoniert habe.«
»Du willst gehen, weil du dich mit mir langweilst. Kellner, bringen Sie noch eine Flasche.«
»Trink nichts mehr, Lopito. Gehen wir. Ich langweile mich nicht mit dir, aber es kann sein, daß ich es bald tue.«
»Ist das eine Drohung?«
»Du hast keinen Grund, es so zu verstehen.«
»Nein. Ich weiß schon, mein Alter. Du bist ein guter Kerl! Alle Welt ist voll deines Lobes. Und ich bin ein Scheißdreck. Geh nur. Wozu vertust du deine Zeit mit einem armen Kerl wie mir?«
Mañungo wollte gehen, als Lopito fortfuhr:
»... einem verdammten Versager wie mich?«
Es war, als hätte Lopito in seiner betrunkenen Ungeschicklichkeit die empfindlichste Stelle seines Freundes erraten, und er wiederholte das Wort: ›Versager!‹. Mañungo bestellte noch ein Bier. So durften die Dinge nicht stehenbleiben. Das Wort Versager fesselte ihn an den Hocker und an Lopito. Er konnte nicht leugnen, daß er ihn haßte, weil er schmutzig war und abstoßend, selbstzerstörerisch und ein Versager, aber er haßte sich noch mehr, weil er nicht in der Lage war, über das alles hinwegzusehen und um der Erinnerung an den gemeinsamen Kampf und die Freundschaft ihrer Jugend willen seinen Widerwillen gegenüber Lopitos Ruin zu überwinden. Seine Unfähigkeit, sich mit der Kraft dieser Erinnerungen zu überzeugen, daß er ihn zu Recht haßte, daß er ein Recht hatte, ihn zu verachten, ihn, der er ihn da-

zu brachte, sich auf zermürbende und völlig ungerechte Weise schuldig zu fühlen, erstickte ihn. Er beschloß, dieses Gefühl durfte seine Haltung nicht bestimmen, und er trank einen langen Schluck, während Lopito neben seinen dreckigen Essensresten zusammenzufallen begann, bis der Kellner kam, um den Teller fortzunehmen, bevor er vom Tresen fiel.

»Kann ich das wegnehmen?«

Mañungo nickte. Die Gäste an den Tischen erkannten Lopito, denn er war hier Stammgast. Sie sahen mit jener Nachsicht zu ihm herüber, mit der man harmlose Betrunkene betrachtet, wenn sie abends durch die Bars ziehen. Lopito erwachte, erbost über den weggenommenen Teller.

»Ich habe nicht gesagt, daß man ihn wegnehmen soll.«

»Willst du noch eins?«

»Nein. Ich will meins.«

»Es tut mir leid, mein Herr. Man hat es schon weggeworfen.«

»Hier werden Lebensmittel weggeworfen? Das ist die Höhe! Darum steht es mit unserem Land so schlecht! Sind Sie verrückt geworden? So viele Menschen sterben vor Hunger, und Sie werfen Lebensmittel weg? Natürlich, wer in Europa war und eine tolle Zeit gehabt hat, kann sich keine Vorstellung von dem Elend der Leute hier machen. Viele Protestliedchen, trallala, trallala, viele hübsche, engagierte Romane, viele kleine flammende Interviews, viele Vorträge, viele Lesungen, aber, mein Alter, wir sind hiergeblieben, um auszuhalten und Demütigungen und Folter und Hunger zu leiden. Uns haben sie angeschissen, und wir mußten den Hohn ertragen, und wir haben gekämpft, und uns haben sie verfolgt, und uns haben sie geschunden, während ihr Stipendien genossen habt und mit tollen Bienen, von denen man hier nicht einmal zu träumen wagt, Merecumbé getanzt habt . . .«

»An welcher Front hast du gekämpft, Lopito?« schrie Mañungo ihn an und stand wieder auf. »An der Theke?«

»Pst, pst, schrei nicht so, Mann. Siehst du nicht, daß du die Leute erschreckst, die sich in diesem Leprahaus erholen?

Der Alkohol kann auch eine Front sein, wenn es keine andere gibt.«
Als wolle er diese Überzeugung untermauern, trank Lopito noch ein Glas Rotwein, das ihn noch düsterer und sein Gesicht noch fleckiger zu machen schien. Die Gäste, die etwas weiter weg am Tresen saßen, hatten aufgehört, sich zu unterhalten, um dem Gespräch zuzuhören.
»Und die, die gehen mußten, weil man sie verfolgte?« fragte Mañungo und wollte bezahlen und gehen, »die, die ihr Leben riskieren mußten mit falschen Pässen oder sich mit Kortison aufschwemmen ließen, damit man sie nicht erkannte, die, die nicht das berufliche Glück hatten wie ich, haben die auch Merecumbé getanzt?«
Jetzt richtete sich Lopito auf, lächelte, strahlte und schlug seinem Gefährten mit seraphischer Liebenswürdigkeit auf den Rücken:
»Glück? Aber Mañungo, Mann, mach dich doch nicht so klein! Red nicht von Glück in deinem Fall, sei nicht so bescheiden! Du weißt sehr gut, daß es mehr als Glück war, daß dein Erfolg von deinem Talent kommt und deinen Anstrengungen ... daß es dein Genie war, doch, doch, laß mich das sagen, du bist ein Auserwählter. Nein, ich liebe dich zu sehr, um zuzulassen, daß du in deinem Fall von Glück redest und dich auf mein Niveau herunterziehst. Sieh mich doch an. Ich bin ein Scheißdreck und wäre immer ein Scheißdreck geworden, hier oder da, egal. Selbst das größte Glück der Welt hätte mich nicht retten können. Weißt du noch, wie ich mein Buch herausbrachte?«
»Natürlich erinnere ich mich. Diese Gedichte waren wie eine Bibel für unsere Generation.«
»Danke für das Kompliment, mein Alter. Sicher, eine Bibel für sechs Monate, und dann erinnerte sich keiner mehr an sie. Und so ist es geblieben. Heute kannst du kein einziges Exemplar davon auftreiben. ›Wie kurz ist die Liebe und wie lang das Vergessen‹, sagte Neruda. Oder ist das ein Tango? Bei Neruda weiß man das nie. Jedenfalls war die Ausgabe meiner Gedichte, die die Unidad Popular gebracht hat, von so schlechter Qualität wie alles, was die Unidad Popular

gemacht hat, weil das für ein Volk genügen mußte, eine Scheißregierung, aber es war unsere Regierung, so daß meine armen kleinen Bücher beim ersten Lesen zerfledderten und der Wind die Seiten verwehte, daß man sie in einen kaputten Schuh stopfte und so weiter... Schlimm ist nur, daß ich nicht weiterschrieb. Seit zehn Jahren keine einzige Zeile. Keine einzige, mein Alter, keine einzige! Mir zittern die Hände, der Kopf ist verwirrt, ich verliere meine Federmäppchen, ich habe tierischen Durst, ich streite mich mit meiner Frau oder bumse sie lustlos, nur damit ich nicht schreiben muß, und dann werfe ich ihr vor, daß sie mich nicht schreiben läßt, weil sie eine ewig läufige Hure ist. Alles, nur nicht schreiben, das ist die größte Folter der Welt. Außer *nicht* Schreiben. Über zehn Jahre lebe ich in dieser Hölle. Das liegt an diesem Regime, sagen meine wohlmeinenden Freunde. Und natürlich ist das alles eine Lüge, denn hier gibt man der Regierung die Schuld an allem, sie hat ja auch an fast allem schuld, aber nicht daran, daß ich ein Scheißdreck bin. Denk dir, in der Zeit des wirtschaftlichen Aufschwungs habe ich gearbeitet und gut verdient. Du hättest sehen sollen, wie ich angezogen war. Ich sah aus wie ein Fürst, ich habe sogar meine erste Zahnarztrechnung bezahlt, um meine Zähne in Ordnung zu bringen. Aber dann fing er an, mir Zähne zu ziehen, weil ich halb verfaulte Zähne hatte, und dann bin ich nicht wieder hingegangen, weil ich Angst vor den Spritzen ins Zahnfleisch hatte, und ich habe das Geld verloren, ganz schön viel, und dann noch mehr Geld, und die Werbefirma, in der ich arbeitete, ging pleite, und ich wurde rausgeworfen, und dann hat man mich aus der KP rausgeworfen und dann überall, weil ich betrunken war und weil ich nicht zu den Versammlungen kam, und ich bin mit meiner zweiten Frau verkracht, die du nicht kennst. Häßlich, meine Frau. Aber im Winter, wenn es kalt ist, ist sie gut, um sich an ihr zu reiben. Und dumm. Stell dir vor, sie kann Rimbaud nicht leiden.«

»Deine erste Frau habe ich auch nicht gekannt.«

»Nein. Natürlich. Auch nicht. Du hast nichts versäumt. Nun ja, ich weiß nicht einmal, ob ich eine erste Frau hatte.

Oder ob diese die erste ist. Einige habe ich geheiratet und andere nicht. Ich weiß es nicht mehr, und ihnen ist es egal, denn weder sie noch ich sind das, was man eine gute Partie nennen könnte. Und stell dir diesen Zufall vor: Alle kommen zu dem gleichen Schluß.«

»Zu welchem?«

»Daß ich eine Schande für die Gesellschaft bin und auch für die Partei.«

»Für welche Partei?«

»Wie soll ich das wissen, für welche Partei? Glaubst du, heute weiß noch jemand irgend etwas über politische Parteien? Es gibt doch keine politischen Parteien mehr, mein Alter. Das ist die Schande, nicht in der Lage zu sein, mit irgend etwas einverstanden zu sein, sie sagen jedenfalls, das sei die Schande, ich lebe im Augenblick ein bißchen abseits des öffentlichen Lebens, sage ich dir. Alle sind wie ich, wir erzählen uns die Geschichte von dem einigen Volk, das nie besiegt wird, obwohl wir seit über zehn Jahren besiegter sind als was weiß ich, Mañungo. Das ist die totale Niederlage. Sie haben uns geschafft. Und wir können keinen Finger mehr heben. Eine kleine Bombe hier, eine andere dort, die nichts bewirkten, aber es wird geschworen, daß die feindlichen Proteste und die Opposition und das einige Volk und so weiter und so weiter. Sie haben uns das Rückgrat gebrochen, Mañungo. Das ist geschehen.«

»Was bleibt dann noch?«

Schweigend trank Lopito den letzten, großen Schluck Wein: »Freunde wie du. Und der Wein.«

»Danke. Aber ich fühle mich nicht stark genug, mit dem Most zu wetteifern, um die Niederlage meiner Generation zu rechtfertigen.«

». . . die guten, die alten Freunde, denen gegenüber ich mich manchmal wie eine dreckige Ratte fühle, wie eine Ameise, ein schleimiger Wurm. Doch, mein Alter, ich habe dir die Nacht verdorben. Ich verderbe sie allen meinen Freunden, und darum will niemand mehr etwas mit mir zu tun haben. Mañungo, mein Lieber, ich möchte dich um Entschuldigung bitten, weil ich dich belästigt habe, doch, doch, streite nicht ab, daß ich dich belästige und daß du dich langweilst und daß du gehen willst, denn du, Mañungo, gehörst zu den Großen dieser Welt, zu denen, die davonkommen, und darum verdienst du eine Ehrung. Jetzt, vor allen diesen Fossilien, die uns mit offenem Mund ansehen, werde ich dir die Schuhe küssen, wie du es verdienst.«

Bevor Mañungo, total perplex, oder irgend jemand anderer es verhindern konnte, rutsche Lopito vom Hocker, kniete nieder und wollte Mañungo, der wütend aufgestanden war und ihm nun den Rücken zukehrte, die Füße küssen.

»Ich ertrage dich nicht mehr«, schrie er. »Ich gehe. Ich verlasse Chile.« Aber da Lopito auf dem Boden zusammenfiel, half er ihm, von einem Kellner unterstützt, auf die Füße und sprach begütigend auf ihn ein, und der Kellner bat ihn, diesen armen Kerl nach Hause zu bringen.

»Ich weiß nicht, wo er wohnt«, sagte er.

Er sah verzweifelt zur Tür in der Hoffnung, irgendwer möge sie öffnen, damit wenigstens ein bißchen frische Luft hereinkäme, um diese verbrauchte Luft zu erneuern. Als Mañungo in den Spiegel des Tresens sah, erkannte er plötzlich eine Sphinx, die aus ferner Vergangenheit hervorbrach, ein jetzt reifes Gesicht, sehr verändert, aber es war das Gesicht von Judit Torre, trotz des Make-ups und ihrer dreißig Jahre, die ihre Züge geprägt hatten. Sie kam mit der frischen Luft herein, die dem Betrunkenen guttat, und eilte auf sie zu, denn von außen hatte sie den umgefallenen Lopito erkannt bei der Wiederholung eines in seinem Leben ganz normalen Ereignisses. Kam sie herein, um ihn zu retten? Sie wischte ein bißchen Staub von Lopitos Jackett, während der Kellner und Mañungo versuchten, ihn aufrecht zu halten.

»Judit!« rief Mañungo und mühte sich, seinen Freund zu bewegen.

»Hilf mir. Ich nehme ihn mit nach Hause, hier gleich um die Ecke.«

»Begrüßt du Mañungo gar nicht?« fragte Lopito, sehr um die gesellschaftlichen Formen des Wiedersehens bemüht.

»Hallo! Du bist lästig, Lopito!«

Sie setzten ihn wieder auf den Hocker. Lopito hob Judit die

Arme entgegen in einer theatralischen Geste der Bewunderung:
»Visi d'arte! Schönste unter den Schönen! Virginia Woolf der gesellschaftlichen und poetischen Pikareske Chiles, wenn auch viel, viel schöner als jene unterkühlte Dame! Trinken wir auf die Ju! Kellner, noch eine Flasche! Wie du aussiehst heute nacht, Flaquita. Wie fürs Messer!«
Der Kellner, bei dem der Betrunkene eine neue Flasche bestellt hatte, sah Judit und Mañungo an, bevor er sie brachte, um die Bestellung zu bestätigen. Judit sagte ja und erklärte, Lopito würde mit noch ein paar Gläsern bis morgen durchschlafen, ohne jemanden mit dem Geheul eines Betrunkenen – das wäre sonst die nächste Phase – zu stören. Es wäre besser, ihn so schnell wie möglich vollkommen betrunken zu machen.
»Was möchten Sie, meine kleine Hündin?« fragte Lopito galant.
»Ich habe dir verboten, mich so zu nennen«, herrschte Judit ihn an.
»Aber das Gebell in der Nachbarzelle? Das war Rüdengebell, nicht das einer Hündin. Das ist ganz anders.«
»Halt den Mund!«
»Wovon redet er?«
»Ich habe keine Ahnung«, entgegnete Judit.
»Wie elegant du bist!« fuhr Lopito fort. »Willst du etwas essen? Ober, die Karte. Das Beste für Frau Judit Torre, eine verwöhnte Dame, sie hat in ihrem Leben nur das Feinste kennengelernt, Langusten, Trüffelpasteten, Haifischflossen, alles das, was Mañungo in Europa jeden Tag gegessen hat, das wir aber nur aus den Romanen kennen, die wir gelesen haben, als es uns noch aufregte, Romane mit Trüffelpasteten und Champagner zu lesen und nicht diese Albernheiten mit Diktaturen und Revolutionen und Hunger und lateinamerikanischem Elend, die mir bis hier oben stehen und die ich nicht mehr ertragen kann . . .«
»Ich werde ein Glas von deinem Wein trinken«, sagte Judit, »und du trink noch eins, und dann gehen wir.«
»Nein. Nein. Bestell, Judit. Keine Angst. Was du willst. Du

siehst doch diesen Herrn Millionär, dieses Mitglied des Jetset, er bezahlt alles, um seine lumpigen einheimischen Freunde zu beschämen! Siehst du, wie er seine abgenutzte, aber äußerst feine Geldtasche herauszieht? Laß mal sehen? Das sind die neuen Reiseschecks? Die habe ich noch nie gesehen. Bist du verrückt, mit Dollars zu bezahlen? Sieh dir an, wie dick die ist. Bestell, bestell dir was, Judit . . .«
»Gehen wir, Lopito, du bist ekelhaft«, versuchte ihn Judit noch einmal zu überreden.
Mañungo bezahlte und entschuldigte sich mit einer liebenswürdigen Geste für das Benehmen seines Freundes. Der Wirt meinte, es sei nicht wichtig. Man kannte Lopito gut. Er war ein netter Mensch, und man war an ihn gewöhnt. Mañungo hörte seine Stimme nicht mehr und auch nicht mehr die anderen, denn er hörte nur noch das Schrillen seiner Neu-ro-se im linken Ohr, wie eine ihn quälende Kassette, die durch Lopitos Existenz für immer dort eingesetzt worden war, mächtiger als das Gebrüll aller Löwen in allen zoologischen Gärten. Dies war jedoch nicht der beste Augenblick, um an seine Neu-ro-se zu denken. Judit hatte einen Arm Lopitos um ihre Schultern gelegt, Mañungo nahm den anderen, und so zogen sie ihn aus dem Lokal. Die Luft auf der Straße richtete Lopito mit einem Schlag auf, wie Gas einen Ballon aufbläst. Sie gingen einen Block weiter zu Judits Wohnung und legten ihn in das Bett im Mädchenzimmer; dabei berührte Mañungo zufällig Judits Finger, die eiskalt waren. Als wäre kein einziger Tag seit ihrer Studentenzeit vergangen. Mit einer Art Scham, warum, wußte er nicht, indessen hinderte sie ihn daran, sie direkt anzusehen, beobachtete er sie aus den Augenwinkeln; so wollte er seinen forschenden Blick verheimlichen. Judits Wohnung war nüchtern, gewollt arm, aber mit dieser Vornehmheit, die Judit immer umgab; der Tisch war aus Fichte, aber aus schönstem Fichtenholz, alt, gewaschen, geputzt, patiniert und abgenutzt; die Gardine aus leicht gestärktem Tocuyo, so daß sie ein bißchen steif hing und sich dort faltete, wo sie den Boden berührte: ›Ich bin mit Mies van der Rohe geboren und werde mit Mies van der Rohe sterben, was soll ich ma-

chen, wenn ich den Postmodernismus nicht verstehe‹, pflegte sie zu Lopito zu sagen, wenn er ihr fehlenden Humor in dem guten Geschmack ihrer Wohnung und ihre Intoleranz gegenüber dem Ornament, dem Überflüssigen und dem Kitsch vorwarf. Als sie ihn hinlegten, merkte Mañungo, daß Lopito weinte; auch ächzte er, als schmerze ihn das Atmen, er schnaubte wie ein Gewitter und bewegte die Lippen, als schnappe er nach Luft, während Judit, offensichtlich geübt in diesen Dingen – wie viele Männer und welche und in welcher Beziehung zu ihr hatte sie schon so ins Bett gebracht? –, ihm den Gürtel löste, damit ihm, dem mit Wein gefüllten, nichts geschehe.

»Was sagt er?« fragte Mañungo.

»Ich weiß nicht. Nichts Besonderes. Seit Jahren sagt Lopito nichts mehr, was zu hören sich lohnt.«

Aufmerksam lauschend, während Judit das Licht ausmachte, verstand Mañungo die Litanei der Traurigkeit:

»Ich sterbe, und niemand kümmert sich darum . . . der Magen tut mir weh . . . krank . . . Magengeschwür der Lumpen, von dem man Krebs kriegt, kein Darmgeschwür wie anständige und neurotische und sensible Leute, wie es sich gehört, alles nur wegen diesem beschissenen Land, und ich sterbe, ohne meine Tochter noch einmal zu sehen . . .«

»Hör auf mit der Geschichte«, befahl ihm Judit. »Das ist die Geschichte, die ich am wenigsten ausstehen kann. Deine Tochter ist dir völlig gleichgültig.«

»Deine interessiert dich auch nicht.«

»Nein. Aber ich erzähle mir nicht den Kitschroman von der Mutterliebe und laß sie in Frieden bei ihren Großeltern leben, die sie anbeten.«

»Wen hast du geheiratet?« fragte Mañungo von der anderen Seite des Bettes her und deckte im Dunkeln die unechte Leiche Lopitos, die zwischen ihnen lag, mit dem Laken zu.

»Ich habe nicht geheiratet. Er hieß Ramón.«

»Gelogen«, murmelte Lopito. »Er hieß Hilario Vilaró, was sich natürlich nicht so gut anhört wie sein Deckname, Ramón, eine Art Volksheld, der unter der Folter umgekommen ist. Du solltest ein Lied auf ihn komponieren, Mañun-

go. Vielleicht verlieren sie dann die Wut auf dich. Denn hier, das sage ich dir, liebt dich keiner.«
Du liebst mich nicht, dachte Mañungo. Vielleicht liebt mich wirklich niemand. Der Schmerz, den ich empfinde, wenn du das sagst, kann gerechtfertigt sein.
Warum sollten sie mich lieben? Aber als er versuchte, sich selbst davon zu überzeugen, daß dieser Neid ganz normal sei, stieß ihm ein Messer ins Fleisch und ließ es bluten. Vielleicht sollte er sofort nach Paris zurückkehren, um dort ein von dieser Geschichte freier Mann zu sein.
»Und deine Tochter?« fragte er Judit.
»Sie ist nicht mütterlich, die arme Ju«, mischte sich Lopito wieder ein, die Silben vom Schlaf verschwommen.
»Sei still, Lopito, und schlaf, ich bitte dich. Natürlich bin ich nicht sehr mütterlich. Wenn ich es wäre, bliebe ich hier und pflegte dich heute nacht. Was zu tun ich nicht die geringste Absicht habe. Ich habe Interessantes vor. Außerdem hast du sieben Leben genau wie eine Katze, und dir passiert nichts. In fünf Minuten schläfst du fest.«
Lopito schnarchte, bevor Judit zu Ende gesprochen hatte. In dem grünlichen Licht war seine Maske auf dem Kissen abstoßend, die schwarzen Strähnen auf dem weißlichen Schädel, die tiefen Ringe unter den Augen, die Zahnstummel, die Schmutzringe um den Hals, sein Kopf auf dem makellosen Bezug des Gästebettes in dem spartanischen Appartement von Judit Torre.
»Ich muß gehen«, sagte Mañungo. »Hast du Telefon?«
»Ja.«
Er rief das Holiday Inn an. Nach dem Fernsehen hatte Jean-Paul beim Room-Service eine Coca-Cola bestellt – Coca-Cola nach sieben Uhr abends hatte Nadja verboten, weil das Kinder wach hielt –, aber vor fünf Minuten sei das Mädchen vom Dienst heruntergekommen und hatte gesagt, der Kleine schlafe wie ein Engelchen. Er solle sich keine Sorgen machen, sagte man ihm. Das Mädchen mochte den Kleinen, der nicht Spanisch konnte, sie würde auf ihn aufpassen! Jean-Paul habe seinem Vater die Nachricht hinterlassen, er solle ihn wecken, wenn er nach Hause komme, egal wie

spät es sei. Das Kreischen im linken Ohr hörte auf, sobald Lopito eingeschlafen war. Jetzt war es nur noch das Rauschen der Wellen von Cucao. Wer wußte, wann er dorthin fahren würde?
»Gehen wir«, sagte Judit und legte die Schlüssel auf die Kommode. »Wie alt ist er?«
»Jean-Paul? Sieben. Es interessiert dich überhaupt nicht, oder?«
»Nicht sehr. Aber dich, und ich bin wohlerzogen.«
»Gehen wir.«
Sie gingen durch die Purísima bis an den Fluß und sprachen darüber, wie seltsam es war, daß sie zusammen durch dieses Santiago wanderten, das so vertraut und doch so weit weg von jener Zeit lag. Auch sie war sehr fern. Sie war nicht wiederzuerkennen!
»Ich bin schrecklich alt geworden. Darum hast du mich heute nachmittag in Matildes Haus nicht erkannt.«
»Du warst da?«
Judit lachte über seine Verwunderung. Ihr Gesicht hatte, besonders wenn sie lachte, die Umrisse eines Totenschädels: reine Architektur, die die unverwechselbare Gegenwart des Todes hinter dem Leben verkörperte und daran erinnerte, daß diese verwirrende, geometrische Harmonie von Judits Zügen wieder werden würde, was sie von jeher hatte sein sollen, und dieser vergängliche Schmerz ihrer Schönheit nur ein anrührendes Licht war, nur das wundervolle Aufblitzen einer kurzen Mutation in der Wasserstoff-Kohlenstoff-Hydrokette, die die Materie, aus der wir gemacht sind, transzendiert.
»Du hast das Lachen einer Mumie aus dem Anthropologischen Museum«, pflegte Mañungo zu ihr zu sagen.
»Gestern hast du gesagt, ich hätte das Lachen einer Piratenfahne«, pflegte Judit zu antworten, der es gefiel, wenn man ihr etwas als Kompliment sagte, das sich nicht so anhörte. Jetzt sah er sie an: Sie war attraktiver denn je, und er sagte es ihr.
»Das kommt, weil ich in Kriegsaufmachung bin. Reine Seide.«

»Ja, das habe ich bemerkt.«
»Woher weißt du das?«
»Nun ja, drüben gewöhnt man sich an so etwas.«
»Ja, die Schauspielerinnen, mit denen du zusammen warst.«
»Mein Agent hat es verlangt, damit ich mit ihnen fotografiert werde. Bei jeder Verabredung haben mir die Paparazzi aufgelauert.«
»Ich habe auch eine Verabredung.«
»Wann?«
»Jetzt.«
»Verabredung? Keine Einladung?«
»Um diese Uhrzeit hat eine Dame Verabredungen, keine Einladungen.«
»Richtig.«
»Oder bin ich zu alt für eine nächtliche Verabredung?«
»Nein. Ich habe dich bei Matilde nicht erkannt, weil du früher dunkleres Haar hattest, glaube ich. Hast du es gefärbt? Sag die Wahrheit.«
»Bist du verrückt? Niemals. Als Kind war ich fast ein Albino.«
»Du hast dich damals nicht so geschminkt und warst immer in Jeans.«
»Jeans und olivgrünes Hemd.«
»Wie wir alle. Und kunstgewerbliche Hängetaschen.«
»Nicht wie die, die du jetzt trägst. Gucci?«
Mañungo lachte:
»Gucci.«
»Natürlich. Aber von dem guten Gucci aus der Via Condotti, nicht dieser Abklatsch-Gucci der Dritten Welt.«
»Gucci aus der Via Condotti. Aber wie sollte ich dich erkennen, wenn du so geschminkt bist?«
»Weil ich zwölf Jahre älter geworden bin und nicht in allen Zeitungen der Welt abgebildet wurde wie du, damit meine Freunde die langsame Entwicklung meines körperlichen und politischen Verfalls verfolgen können?«
»Sprechen wir nicht vom körperlichen Verfall.«
»Nein. Besser nicht.«

»Auch nicht vom politischen.«
»Gut. Noch nicht. Aber ich warne dich, wenn wir noch zehn Minuten zusammen sind, sprechen wir nur noch davon. Hier ist es immer so: Die Diktatur hat uns die Politik als einzig brauchbares Thema für alle Gespräche aufgezwungen, alle anderen Themen verdrängen wir und besetzen den Horizont vollkommen mit dieser politischen Besessenheit und lassen keinen anderen Gedanken aufkommen.«
Sie gingen auf der Eisenbrücke über den schmutzigen Fluß, die von den fleißigen Schergen des Regimes mit Balustraden, Blumenkästen und Ranken geschmückt worden war, und blieben einen Augenblick stehen, um die von wem auch immer mit weißem Glanz erhellten Kordilleren, der sie mitten im Sommer verschneit erscheinen ließ, zu betrachten. Vulkan, meinte sie. Mond, sagte er. Die Rührung hatte Mañungo übermannt wie ein süßes Leid, das niemals heilen wollte, unter den Platanen des legendären Parks der Jugend von Nicanor Parra und Pablo Neruda und der nächsten Generation, der vor Mañungo, als sie anfingen zu schreiben oder zu malen oder zu singen, und deren Angehörige jetzt bifokale Brillen trugen und Schlaganfälle hatten und ein bißchen lispelten wegen der beschämenden halben Prothese. Ein langer Block nach links, die Plaza Italiana. Sie gingen schweigend nebeneinander her. Auf den dunklen Bänken hinter den Büschen im Park drängten sich die Paare mit den ewigen Küssen aneinander, und auf der Avenida fuhren die Autos in Richtung Barrio Alto. In der Stille hörte Mañungo das anschuldigende Kreischen in seinem Ohr, das ihm zeigte, daß er stumm war, statt zu Judit zu sprechen.
»So. Hier verlasse ich dich«, sagte sie, als sie bei der Fuente Alemana waren.
»Schön. Auf Wiedersehen. Aber . . . hör mal . . .«
»Was?«
»Kann ich dich anrufen in den nächsten Tagen? Ausgehen? Wir haben so viel zu besprechen.«
»Diese Gelegenheit hast du nicht genutzt.«
»Vielleicht hat mich die Emotion eingeschüchtert?«
»Oder wir haben uns gar nichts zu sagen.«

»Du bist gräßlich.«
»Nein, Mañungo!« sagte sie, kam dicht an ihn heran und streichelte ihm den Bart, und er umarmte sie leicht um die Taille.
»Es gefällt mir so, kürzer, weniger klettig. Das war ein Scherz! Ich würde mich freuen, dich wiederzusehen! Aber nicht um auszugehen. Du bist zu auffällig, und alle Welt wird reden, weil sie dich wiedererkennen. Komm zum Essen zu mir an einem der nächsten Tage. Schreib dir meine Nummer auf.«
Sie setzten sich unter eine Laterne neben der Fuente Alemana, ohne diese rhetorische Konstruktion aus Wasser und Bronze zu beachten, die Wasser mit der falschen Kraft des Optimismus ausstieß. Eine leichte Schicht zerstäubten Wassers erfrischte ihre Gesichter, während sie ihre Telefonnummern aufschrieben. Als sie ihre Notizbücher einsteckten, kam ein Hund heran und suchte schnuppernd eine verlorene Spur. Judit konnte eine abwehrende Geste nicht unterdrücken und neigte sich zu Mañungo, brach diese Bewegung jedoch ab.
»Magst du Hunde nicht?«
»Ich kann sie nicht ausstehen.«
»Ich dachte, dein Vater hat Boxer gezüchtet?«
»Darum mag ich sie nicht. Gehen wir?«
»Damit ich dich vor den Hunden beschütze?«
»Gehen wir ein Stück zusammen, wenn du willst.«
»Mußtest du nicht eilig zu deiner Verabredung?«
»Ich kann sie ausfallen lassen . . . oder später gehen. Es ist egal. Ich habe Zeit. Gehen wir?«
»Wohin?«
»Unwichtig.«

II
Nacht

15

Caleutún, »sich verändern«. *Che,* »Menschen«, in der alten Sprache vergessen, wie die Namen der Götter und der Vulkane. *Caleutún-che:* möglicher Ursprung des Wortes *Caleuche,* das »veränderte oder verwandelte Menschen« bedeutet. Als er klein war, beobachtete Mañungo von den sanften, grünen Küsten des Archipels aus die Wolkenbank und träumte von den Lichtern des Schiffes der Kunst, das man *Caleuche* nannte, mit seiner Besatzung aus Zauberern, die ihn fortbrachten, um ihn zu einem anderen zu machen. Zauberschiff, Künstler, Zauberer: für die Inselbewohner die richtige Bezeichnung für jene, die die Kunst der Verführung, der Rache und der Verwandlung beherrschen. Nun zurückgekehrt, hatten sie ihn so rasch nach der Ankunft wieder verwandelt? Dieser hier war er auch? Oder war diese von Geißblatt und Jasmin duftende Straße nur eine Darstellung von Laubwerk, zu den Erfahrungen eines Mannes gehörend, der er noch nicht war?

Seine Betroffenheit rührte nicht daher, daß sich seine Schritte denen Judits anpaßten und die Judits den seinen und das Echo ihrer Schritte von ihrem Gespräch aufgenommen wurde in dieser Nacht, die sie überall hinführen konnte, während sie ein paar Häuserblocks weit in Richtung Süden gingen. Es war eher wie damals, als der Blick aus seinem Fenster in der rue Servandoni ihn jedesmal aus der Fassung brachte, wenn es den bleigrauen Wolkenreigen von Achao auf den Himmel von Paris warf, es war die Wucht des Grüns dieser Straßen, verstärkt noch von der feuchtkühlen Nachtluft, vom Boden aus faulem Laub unter wie Leder wirkendem Geäst: feuchter Rasen hinter Gittern, die heulende Hunde zurückhalten; Wassertropfen vom Pitosporus; der Ilang-Ilang umschlingt den Block, mit der Extravaganz seines Duftes übertrifft er sogar den Geruch des besprengten heißen Gehsteigs; die Wucht dieser Straßen hatte seine Gefühle getroffen und hinderte ihn, für Judit Paris mit seiner nostalgischen Stimmung wiedererstehen zu lassen; denn darum bat sie ihn, oder zumindest wollte er glauben, sie wolle dies wissen und nicht Einzelheiten aus seinem Leben, den in der Presse nicht ausposaunten Teil wie zum Beispiel was er zu tun gedenke, wenn Matilde in ein paar Wochen seinen Gefühlen ferngerückt sein würde, und was er sein würde, in wen verändert, und wie und wo? Auf dem Weg von der Costanera bis Providencia unter den ausgewachsenen Bäumen an den pompösen Villen mit ihren nach Osten sich ausdehnenden Gärten vorbei, konnte Mañungo Paris nicht als Vorwand nehmen, um Judit keine ihn bloßstellende Antwort zu geben. Statt dessen gab er ihr eine ermüdende Aufzählung von prächtigen Plätzen mit ansehnlichen Namen, die nach seiner Vorstellung bei nächtlichen Spaziergängen beredt zu ihm sprachen, oder nach der Liebe, wenn er die oft wechselnde Hand in der seinen barg und von der rue Servandoni zur rue Monsieur-le-Prince, bis zum Odéon, St. Germain-des-Prés und rue de Seine schlenderte. Zu Anfang war es Begeisterung, das Nicht-glauben-Können, wirklich hier zu leben, das ihn vergessen ließ, was in seiner Heimat geschehen war und noch geschah. Hier haben sie gelebt, hier leben sie, hier lebe ich, solange ich will; beim Gang durch die rue de Seine unter den Fenstern von Sartre, der vielleicht gerade schrieb hinter einem angelehnten Fensterladen bei einem Schimmer Licht. Auch wenn die Leute etwas ganz anderes glaubten, war es so – und in Zeiten, die einen nötigen, alles dem politischen Image zu opfern, ist es besser, einen so unwesentlichen Schwindel nicht aufzudekken –, daß er seinen Sohn Juan Pablo nicht zu Ehren Nerudas auf dessen Namen getauft hatte, sondern zu Ehren Sartres. Er hatte Sartre in so vielen Nächten auf seiner Studentenbude gelesen, daß er die vom Fluß heraufkommenden

Ratten nicht hörte, die die Bretter des Hauses annagten und mit ihren winzigen Krallen in Zwischendecken herumstöberten. Marx ja, das Notwendigste. Aber mehr Bakunin. Mehr Lenin. Aber vor allem Sartre mit seinen Fragen nach den schnell wechselnden Ansichten der Jugend, eine fast vergessene substantielle Kraft, seit er ihr durch seine Karriere, die seine Zeit mit Beschlag belegte, entfremdet war, dessen Lehre aber den kargen Boden, aus dem er gewachsen, weiter befruchtete. Wer zum Teufel aber war Thayer Ojeda, dessen Name die vom Astwerk verdunkelte Straße ehren sollte? Was konnte der gute Herr Thayer Ojeda zu seiner unendlichen Betroffenheit beitragen; vielleicht war er ein angesehener Minister irgendeiner Regierung gewesen oder ein Landrichter mit weißen Koteletten auf einem für alle verschwommenen Bild außer für jene, die sich an ihn erinnerten, wenn sie gemütlich durch die Straße schlenderten, vom Licht eines Autos angestrahlt, das wieder hinter einer Biegung verschwindet und die Silhouette von Mañungo und Judit auf dem Laubwerk der Ulmen zurückläßt, auf denen die Drosseln schlafen.

Dieser Mañungo war ein anderer. Jedenfalls war er nicht der, der in der rue Servandoni in den Regen sah, den Sturm des Tinnitus in seinem gequälten Ohr, und glaubte, es regne über die Pfahlbauten, in denen seine Mutter bei dem Meerbeben starb, wenige Monate nachdem sie ihn zur Welt gebracht hatte. Jetzt gab es kaum noch genug Pfahlbauten, um die Postkarten zu illustrieren, die ihm sein Vater jedes Jahr zu Weihnachten von Chiloé schickte. Aber wie die Vergangenheit keine eigene, sondern eine durch die Erinnerung anderer gebrochene Erfahrung ist, so erinnerte Mañungo sich mit Hilfe der Erinnerung von Don Manuel an den kosmogonischen Leichnam seiner Mutter, der von Neunaugen glänzte und mit Algen und Huiros bekränzt war, als man ihn in der Nacht nach dem Beben aus der Bucht holte. Das war am Fuß der Castroberge, in einem Dorf auf Stelzen im Wasser, mit Gassen aus Holzbrettern, unter denen der Mond die Fluten steigen ließ, mit Läden, in denen man das Lebensnotwendigste kaufen konnte und wo die Eingeborenen ihre Ware in Booten bis zu den Lagertüren brachten: was sie gefischt und gesalzen, gejagt oder gesammelt hatten, und was in dem aromatischen blauen Rauch der Patios getrocknet, gehäutet oder gebraten wurde. Mit diesem Holzdorf, das Mañungo nicht mehr kannte, weil es im Brand nach dem Beben unterging, hatte er seine Erzählung begonnen; sie endete, lange bevor sie zur Straße Hernando de Aguirre kamen, wo sie beim Abbiegen von den Scheinwerfern eines Autos geblendet wurden, das dort hielt und dann die Lichter löschte. Judit blieb stehen. Sie hielt Mañungo in der Dunkelheit eines Vorhangs aus Bougainvilleas zurück und drängte sich an ihn. Wie in einem dunklen Glas sahen sie sich in dem anderen Paar widergespiegelt, das aus dem Auto stieg. Judits Hand suchte in ihrer Handtasche, obwohl der Wagen kein Mercedes und nicht blau war. Es war noch nicht zwölf Uhr. Dies war nicht Las Hortensias. Als die beiden Fremden in dem Haus verschwunden waren, schloß Judit ihre Tasche und sagte:

»Gehen wir?«

Sie hängte ihre Tasche wieder über die Schulter, und beide gingen weiter. Wohin, fragte sich Mañungo, da er an Jus Schritten ein Ziel erkannte, das aber auch nur darin bestehen konnte, sich zu verlaufen. Der Brand hinterließ nur noch einen Kranz von Pfahlhäusern am Ufer – erzählte er und zwang sich, nicht von Paris zu sprechen – und einen Laden, den von Basilio: Das Feuer hatte ihn verschont, flüsterte man, weil Don Basilio, ein Spitzel der Zauberer, seine schöne Tochter der *Caleuche* geschenkt hatte; und dieses Schiff der Kunst mit seinen weißen Segeln und goldenen Masten, das in der Phantasie der Inselbewohner leuchtete, machte sie als Lohn dafür, daß sie an seinen Festen teilnahm, unsterblich. Auf diesem Schiff hatte sich der Sänger mit den anderen Zauberern eingeschifft und unter vielen illustren Masken Pablo und Matilde als Hauptpassagiere. Mañungo machte Musik für bulgarische Dichter auf der Durchreise oder für kubanische Schauspielerinnen oder wenn ein Wahlsieg gefeiert wurde oder Senatoren, von einem Plenum in Budapest zurückgekehrt, empfangen wurden, während wunderschöne Frauen in ausgeschnittenen Seidenkleidern sich erregt im Contredance drehten. Fausta tanzte trotz ihrer Jahre auf der *Caleuche*, eine groteske Maske mit grellen Farben, begierig, an diesem Fest teilzunehmen, denn wer dort tanzte, wurde niemals alt. Jetzt, als Überlebende, fest in der Realität Stehende, mühte sie sich, den Nachlaß von Neruda zu sammeln. Mañungo hatte Don Celedonio am Nachmittag in dem Trauerpatio von der Angelegenheit sprechen hören. Er wußte von den Schwierigkeiten der Stiftung, denn viele Chilenen, die in den Cafés in Paris saßen, sprachen mit Sorge – aus Ehrerbietung im Gedenken an den Helden, aus Abscheu gegen das Regime und weil sie selbst vielleicht davon profitieren konnten, wenn aus der Stiftung etwas würde – darüber, daß die Angelegenheit möglicherweise im Dreck des politischen Ränkespiels stekkenbleiben könnte. In den melancholischen Gesprächen der Opfer des Exils, die nicht verzeihen und nicht vergessen, aber auf schmerzhafte Weise wissen, daß die Karten, die zählen, an ganz anderen Tischen ausgespielt werden als an den lärmenden Tischen ihrer Cafés, fand Mañungo jedoch ein paar Dinge, an denen man sich aufrichten konnte: Rachsucht, als erstes, Nostalgie und die Unmöglichkeit zu verzeihen bildeten ein gemeinsames Vokabular, das wenigstens temporär als Sprache funktionierte. Diese flüchtige Identität, Resultat unmittelbarer Zornesausbrüche, die jeder Nachricht von neuen Übergriffen folgten, diente ihm, um den eigenen Weg nicht zu verlieren, bevor er zu sich selbst fand, anders als die anderen wurde und deshalb jetzt nicht neben dieser Freundin töricht schweigen wollte, die mehr von ihm erwartete, als sein schlanker Schatten im Vorbeigehen auf die Gitter und die Büsche projizierte. Aus einem hohen, erleuchteten Fenster hörten sie vom Radio eines der Lieder spielen, die so traurig sind wie alles, was nur einen Sommer lang gesungen wird, und einen Block weiter trällerte es jemand beim Rasensprengen. Wie schwierig war es in diesem Augenblick, das aufgeregte Leben dieser zufälligen Cafés aufzunehmen, oder jenes des Passagiers auf dem Schiff der Kunst, das, aus der Tiefe der uralten Erinnerung

der anderen zurückkehrend, die eigene Erinnerung blendete! Die einzige Wirklichkeit war die zweifelhafte Gegenwart seines Ganges durch diese dunkle Straße, die den Namen eines Mannes trug, den Judit als Sekretär der Konservativen Partei gekannt hatte, als ihr Großvater Vizepräsident war. Bevor sie die Straße überquerten, auf deren anderer Seite eine Laterne die Umrisse eines Ginsterbusches verzerrte, verstummten sie und sahen, wie sich in der Dunkelheit eine Figur zwischen dem Blattwerk bewegte. Ein Kind. Ein seltsamer Pflanzenzwerg. Vielleicht ein Buckliger, ja, er hatte etwas Verkrüppeltes. Judit ließ den Blick nicht von ihm.
»Was kuckst du?« flüsterte Mañungo.
»Nichts.«
»Wer ist das?«
»Ich weiß nicht.«
Sie hörten in der Stille das betäubende Geräusch von Rollen auf der Straße, als der untersetzte und vermummte Zwerg, einen Karren voller Zeitungen und Kartons hinter sich herziehend, zu den Abfallsäcken des nächsten Eingangs rollte. Während er unter den Bäumen darin herumsuchte, bellte ein Hund hinter dem Gitter wie wahnsinnig, aber der papiersammelnde Zwerg fuhr unbeirrt in seiner Arbeit fort und rollte sich dann auf seinem lärmenden Brett weiter, und der Hund schwieg hinter der Hecke aus Pfaffenkäppchen, die er mit seinem Hinundherrennen verwüstete. Der Papiersammler rollte weiter, um im Müllsack des nächsten Anwesens zu stöbern. Ein Auto fuhr über die Kreuzung, hielt einen Augenblick der Vorfahrt wegen und beleuchtete die Gestalt. Weder Zwerg noch Kind: ein unheimliches Wesen, von der Taille abwärts amputiert und auf ein Rollbrett montiert, ein Krüppel, der einen Schal um den Hals gewunden und einen Calaneser in die Augen gezogen hatte. Das Auto fuhr weiter. Der Papiersammler rollte von Müllsack zu Müllsack, als wäre er in ein vitales Geschwindigkeitssystem einbezogen, das sich von dem der Autofahrer unterschied, und sah sich dabei unruhig nach allen Seiten um, als fürchte er auf frischer Tat ertappt zu werden.
»Ist das verboten?« fragte Mañungo.

»Nein, aber dies scheint nicht sein Block zu sein. Er wird Angst haben, daß die, die hier das Sammelrecht haben, ihn verprügeln.«
»Wer bestimmt, wer wo sammeln darf?«
»Sie selbst, nehme ich an. Sie gehorchen ihren eigenen Gesetzen, je nachdem wo sie wohnen, glaube ich, oder nach Verwandtschaft. Man sagt, sie zahlen sogar für das Recht, einen Block mit gutem Ruf abzusammeln. Sie achten sehr auf ihre Rechte. Siehst du, wie unruhig er ist? Don Cesar hat hier nichts zu suchen. Er hat den Block weiter unten. Ganz schön dreist. Warte auf mich. Ich muß mit ihm sprechen.«
Judit überquerte die Straße, um den Krüppel zu begrüßen, der, seinen Karren hinter sich herziehend, bis an die Ecke ihnen gegenüber gerollt war. Sie gab ihm die Hand, was Mañungo verwirrte. War das alles nicht etwas Gefährliches? Hieß es nicht, die Stadt sei durch die Arbeitslosigkeit gefährlich geworden, und jeder könne überfallen und totgeschlagen werden für ein Stück Brot oder ein paar Pesos? Nein, beruhigte er sich. Mit diesem Verkrüppelten war keine andere Beziehung möglich als Mitleid. Aber um diese Zeit, elf Uhr, wie Mañungo auf seiner Rolex feststellte, eine Stunde vor Beginn der Ausgangssperre, wurde es ruhiger, da alle, Opfer des ihnen tyrannisch aufgezwungenen künstlichen Stundenplans, sich beeilten, in irgendeinem Loch Zuflucht zu finden. Woher kannte Judit dieses Monster? Warum gab sie ihm die Hand? Wieso bestand zwischen den beiden eine Beziehung, die über bloßes Mitleid hinausging? Warum dauerte ihr Gespräch mit ihm so lange? Mañungo wartete, wachsam auf mögliche Gefahren achtend. Aber welche Gefahren? Was sollte man von diesem Gespenst fürchten, das unten in einem Gestell aus einem Tablett mit Rollen endete? War seine Europäisierung schon so groß, daß er für Judit den Kontakt mit diesem Bruchstück eines Mannes fürchtete, der mit seinem Hut und dem Stolz seines Schnurrbarts trotz seiner Lumpen die Art eines Gecken nachäffte? Judit hob eine schwarze Plastiktüte auf und hängte sie sich über die Schulter. Während sie dem Krüppel zuhörte, der sie zu warnen schien. Als er am Kantstein an-

langte, nahm er mit einer bewundernswert geschickten Bewegung sein fahrbares Gestell unter seinem Körper hervor, setzte es auf die Straße, stieß sich mit einem knappen und präzisen Schwung mit beiden Händen vom Boden ab, hob seinen Rumpf und setzte ihn wieder auf das Tablett. Mit einer Hand auf dem Boden gab er sich Schwung und ließ sein Rollbrett hinter Judit quietschen; beide bewegten sich auf jenen Häuserblock zu, wo ihm das Recht zustand, Papier zu sammeln. Nein, dieser Typ war nicht irgendwer. Er verdiente mehr als nur Mitleid, sagte sich Mañungo, als er sah, wie sie ihm die Tüte aushändigte und sich verabschiedete.

»Wer war das?« fragte Mañungo und hörte die Rollen in der Nacht verschwinden.

»Ein Freund.«

Ein Freund, weiter nichts. Misch dich nicht ein. Stelle keine Fragen. Faß mich nicht an, denn alles geht nur bis zu einem gewissen Punkt, und dann schlage ich dir die Tür vor der Nase zu. Keine Vertraulichkeiten. Wer war das? Ein Freund. Auch wenn dieser Freund Don Cesar war, ein grotesker Auswuchs der durch die Ausgangssperre verkrüppelten Nacht dieser Stadt. Was bist du geworden, Judit Torre, nach unserem ersten Jahr in der Universität? Wer, daß du dir schmutzige und groteske Freunde aussuchst? Misch dich nicht ein. Laß mich. Das ist meine Sache, sagst du. Sie identifizierte sich in jenen stürmischen Zeiten in einem gewissen schematischen Vitalismus mit der Jota, die mehr als ihre eigene Wahrheit eine Sehnsucht verkörperte, sich von außen zu ordnen, wegen der Unfähigkeit, dies von innen zu können. Sie verschrieb sich den Zehn Geboten: Man hatte optimistisch und konform zu sein, begeistert und feinfühlig und sollte intellektuelle Bürger verachten, psychologisierende, europäisierende und unfruchtbare Depressionen ablehnen und die großen Trinker, Fresser und Liebhaber verehren, um der Arbeiterklasse als Spiegel und Anregung zu dienen und sich auf diese Weise auf die kommende Revolution vorzubereiten. So hatte er sie verlassen: die engagierte Militante, sie, Judit Torre, das attraktiv-arroganteste Mädchen, das

Mañungo Vera in seinem Leben kennengelernt hatte. Nachts in seinen Armen, ihr herrliches Kinn sah streng aus und ihre zu hellen Augen waren von albernen Tränen gerötet, gestand sie ihm jedoch, daß sie nicht wußte, was sie eigentlich war. In zwei geteilt – in vier, in sechzehn? –, gab sie ihm nur stückweise ihren Körper, den sie nicht mit sich selbst in Einklang zu bringen wußte, und ließ Mañungo außerhalb des Wirrwarrs ihres persönlichen Fiaskos. War das nicht genau das, was die triumphalen Vitalisten als morbides, dekadentes bürgerliches Übel brandmarkten? Als Mañungo nach San Francisco fuhr, um bei dem von Joan Baez organisierten Konzert für Vietnam zu singen, agitierte Judit an der Universität von Antofagasta noch vor der allgemeinen Wahl für die Stadtratswahlen. Mañungo hatte die Einladung überraschend erhalten, kurzfristig, so daß sie sich nicht verabschieden konnten, um wenigstens eine karge Bestandsaufnahme der Gegenwart zu machen im Hinblick auf eine gemeinsame oder nicht gemeinsame Zukunft. Sie erklärte sich nicht bereit, zurückzukehren und ein kollektives Projekt wie das in Antofagasta wegen einer sentimentalen Angelegenheit zu zerstören, die man auch am Telefon klären könne. Dann schrieb Mañungo ihr aus dem Ausland. Sie antwortete nicht. Er schrieb noch einmal, Monate später, als er hörte, daß Judit aus der Partei ausgetreten war, um in einer Gruppe von revolutionären Aktivisten zu kämpfen, die typisch für die Jugend seiner Generation waren. Er bat sie, ihm zu erklären, warum, wieso, wozu, da ihre Gründe ihm helfen konnten, seine eigene Ablehnung der Schemata zu analysieren. Sie antwortete wieder nicht, und zwölf Jahre lang wußte Mañungo nicht, wer Judit Torre war.
Während sie unter den Bäumen gingen, zeigte ihm Judit Jungen, die aus den dunklen Winkeln der Nacht auftauchten, stumme Schatten, uralte Gespenster, einen Bärtigen, über Müllsäcke gebeugt, Karren hinter sich herziehend oder improvisierte phantastische Zwei- und Dreiräder, die sich plötzlich in der Vegetation auflösten oder wie Transparente von Autoscheinwerfern durchleuchtet wurden. In den wegen der näherrückenden Ausgangssperre immer einsamer

werdenden Straßen stießen sie auf mehr und mehr Karren von Papiersammlern, die Gefährte wurden immer phantastischer, die Gesichter unförmiger, immer lumpiger die Kleidung, die Anhäufung der Beute, Gebilde wie gewaltige Torten, bis sie zur wilden Flucht wurden vor den sie verfolgenden Patrouillen. Er würde es bald sehen, sagte sie. Dies sei das grüne Getto der Privilegierten, erklärte sie, als könne sich Mañungo nicht mehr daran erinnern, das von zwanzigmal größeren, hundertmal feindseligeren Slums belagert wurde, in denen die Rachsucht die verzückte Ruhe aus aromatischen Pflanzen und Grabmalarchitektur verdrängt hatte, eine Welt, die von draußen anwächst und sich ausdehnt und deren Haß diesem von seiner eigenen Schönheit hingerissenen Grün mit der Auslöschung droht. Die Menschentraube, die hier im Abfall herumsuchte, war die vorsichtige Vorhut, die nachts in diese Zitadelle eindrang, um die Abfälle der Privilegierten als ihren Teil des Banketts einzufordern, während die Welle, die am Ende über alles hereinbrechen und alles hinwegreißen würde, noch Kräfte sammelte, um den endgültigen Vormarsch antreten zu können. Von Angst und Schuld geschüttelte Schatten, gebeugte Gestalten, gespenstische Karren hinter sich herziehend, hustend, erschöpft, Blut spuckend, auf Fahrrädern mit einem Karren dran, Greise mit Brettern auf ungleichen Rädern, die von anderen Gefährten abmontiert worden waren, Kinder, die der Not ihrer Phantasie entsprungene Wagen schoben, sie verschwanden rasch um die Ecke oder wurden eins mit einem Baumstamm oder lösten sich in einer Gasse auf, während Judit und Mañungo Hand in Hand einen Wohnblock nach dem anderen abwanderten, die ob dieser Keckheiten wachsam waren. Wütende Hunde bellten hin und wieder hinter den Gittern.

»Kusch, Zar!« schrie Judit einen Dobermann an, der sich heiser bellte.

»Kennst du den?«

»Nein.«

»Wieso nennst du ihn *Zar*?«

»Viele dieser Hunde heißen *Zar*! Sie sind gemein!«

Judit trat an das Gitter. Wild nach ihrem Frauengeruch, bellte der Hund zwischen den Contoneaster des gesprengten Gartens. *Zar! Zar!* reizte sie ihn, immer näher herangehend, und schwang ihre Handtasche vor der Nase des Tieres auf der anderen Seite des Gitters hin und her, das sie von seiner blutrünstigen Wut und der Hitze seines Atems trennte, ihre Hand immer nur wenige Zentimeter von seinen ohnmächtigen Fängen. Mañungo wollte sagen: Vorsicht, Judit, er kann dir die Hand mit einem Biß abreißen, sieh dir die Kraft seiner sabbernden Kiefer an, seine blanken Reißzähne . . ., aber seine Warnung wäre sinnlos gewesen, denn bei aller Kraft, die das Biest haben mochte, sie würde nicht ausreichen, das Gitter aus eisernen Lanzen niederzureißen und Judit an den Hals zu springen. Sie schwang ihre Handtasche vor ihm, mit einem haßerfüllten, spottenden Singsang, zischte, berührte fast die Nase von *Zar*, der schnaubte und sich aufbäumte; sie lachte über ihn und seine Wut und spielte das Spiel, um ihn zu quälen, verwandelte die Folter in ein Spiel, denn die Gefahr war durch das Gitter gebannt. Verzaubert vom Spielerischen, war Judit die Gefangene der Folter, die sie gegen den Hund anwendete. Mañungo hatte das Gefühl, daß seine Freundin Gefahr als Voraussetzung für das Spielerische begriff, und fürchtete um Judit, vor allem weil ihn ihre Unausgeglichenheit berührte. Zum ersten Mal in dieser Nacht fühlte er sich von Judit angezogen. Sie nehmen, wie früher – ja –, aber jetzt mit einer gewissen Traurigkeit, denn alle waren so gebrochen, vor allem diese von ihrem eigenen Spiel verurteilte Frau. *Zar* sprang, heulte, bellte sich heiser. Mañungo nahm Judit am Arm, um sie fortzuziehen, sie wollte sich aber nicht wegbewegen. Erst als er sie mit Gewalt umdrehte, sah Mañungo, daß ihr Gesicht von Tränen überströmt war.

»Judit!« rief er, weil er das nicht erwartet hatte, und umarmte sie.

Schluchzend ließ sie sich umarmen und küssen und streicheln, und sie umarmte und küßte ihn, suchte Mañungos Lippen wie jemand, der ein Betäubungsmittel sucht, nicht wie jemand, der Liebe sucht. Wenige Zentimeter von ihren umschlungenen Körpern entfernt spottete die Bestie über dieses Trugbild, knurrte und sprang und biß in die Luft. *Zar! Zar!* Sein Name drang durch die Wände, Stimmen hetzten ihn auf, der Schrei einer Frau. Welche der fünf? Und sie, nackt, eine Kapuze über dem Kopf, wartend in ihrer Zelle auf den Vergewaltiger, der nicht kam. *Zar,* hetzten die Stimmen, und der wildgewordene Hund warf sich auf eine, erklärte Judit Mañungo und starrte auf das durch ihre Tränen verschwommene Pflaster, aber niemals wußte man, auf welche der fünf: Sie sprachen nicht darüber. Als wollten sie den Schmerz teilen und auflösen, indem sie diese Unbekannte nicht preisgaben. Das Gebell vermischte sich mit Schimpfworten, die *Zars* Triumph mit Gelächter und männlichen Angebereien feierten, die reine Brutalität, Worte des Terrors, hohl klingend wegen der Abwesenheit von Erotik, Sexualität durch die Angst ersetzt, man würde sie auf Befehl des Mannes mit der kehligen Stimme, der sie verschonte, endlich holen. Unbewegliche Stunden in der Kälte. Nackt. Blind unter ihrer Kapuze. Die Wand, an der ihr Rücken lehnte, war feucht, kalt, speckig. Ein Knebel erstickte sie. Sie wartete auf *Zar.* Hinter den Wänden behandeln die Männer den Hund wie ihresgleichen, beglückwünschen ihn zu seiner Verführungskunst. *Zar!* In der Ferne hören sie das Gebell von Zar hinter dem Gitter in dem Garten, den sie hinter sich lassen, und dann hören sie es nicht mehr.

16

War es ganz einfach die unglückselige Zeitgeschichte, und untrennbar in ihr das Kapitel seiner eigenen Geschichte, was für Mañungo das Bild des Caleuche mit den goldenen Masten überschattete und zu etwas anderem verwandelte? *Ca:* »anders.« *Calén:* »ein anderer sein«. *Caleún:* »sich in ein anderes Wesen oder eine andere Sache verwandeln« – hält ein von der Etymologie Begeisterter fest, als wolle er demonstrieren, daß die Magie der Inselbewohner die Macht

habe, Metamorphosen durchzuführen. Und es stimmte, denn als er alle Hoffnung verloren hatte, irgendwie zur Unsterblichkeit zu gelangen, schwamm das Schiff der Kunst, im Exil einmal in Mañungos Träumen in eine grausame, plündernde *Caleuche* verwandelt, mit einer Besatzung von Ausländern mit mongolischen Augen und brachte sie alle nicht zu der von der Legende versprochenen herrlichen Stadt, sondern schleppte sie unter dem schwarzen Segel wie Tiere zur Arbeit; alle waren Galeerensklaven mit durch Zauberei verdrehten Köpfen, die sie daran hinderten zu fliehen. Fausta winselte in ihren von Erbrochenem beschmutzten Gewändern, Don Celedonio war an sein Ruder gekettet, Judit lag im Sterben, nachdem sie von der Besatzung vergewaltigt worden war, Pablo und Matilde lagen mit faulenden Pestbeulen in einem Winkel, Nadja wimmerte vor Hunger und Jean-Paul vor Angst vor der lumpigen Pracht der Masten, Lopito zitterte in der Kälte des Schiffes, das ächzend gegen den Hurrikan der kollossalen Wellen anfuhr, die Kuppen der weißen Vulkane röteten den Himmel mit ihrer Lava, und von den Inseln flehten die Bewohner, sie mitzunehmen, weil sie nicht wußten, daß die *Caleuche* ihre Passagiere in diesen Zeiten nur in den Tod beförderte.
Mañungo erzählte Judit seinen eisigen Alptraum, von Stürmen und Dunkelheit im Antarktischen Meer, als sie durch die unter den Akazien schlafenden Straßen wanderten. In der Allee vor ihnen sahen sie einen beleuchteten Autobus vorbeifahren: langsam, leer, majestätisch, offenbar von seiner Gespensterbesatzung und seinen Passagieren verlassen. Seine kurze Fahrt endete bei einer Bank aus Pflanzenschatten, in denen er zu versinken schien. Und wenn sie loslaufen würden, um diesen Zauberbus zu erreichen, schlug Mañungo vor, und in dieser städtischen *Caleuche,* die ohne Führung herumirrte, eine Fahrt durch die Stadt machten?
»Ja, los«, lachte Judit.
Und Mañungo nahm sie an die Hand und rannte mit ihr über die Straße, die Augen zugekniffen, weil ein automatischer Rasensprenger sie bespritzte. Auf der anderen Seite

angekommen, erfrischt, die Seide ihres Kleides klebte Judit am Körper wie eine Chlamys aus Ton, lachten sie und trockneten sich gegenseitig die Gesichter, die Kleider und Mañungos winzige Brillengläser mit den Händen und mit dem feuchten Kleid, egal, sie wollten sich nur berühren, lachen, sich küssen, sich trinken, und erwachten verwandelt und zitternd, denn die Nacht war nicht mehr kühl, sondern kalt geworden. Sie erschauerte, als er sie wieder um die Taille faßte. Um weitergehen zu können, drängte sie sich dicht an Mañungos Körper, als wäre dies die natürlichste Haltung, um zu horchen, wie er ganz leise *Vocalise* sang. Judit lachte, auch sehr leise, und lobte ihn, weil er Rachmaninow sehr lateinamerikanisch vortrug und mit antiimperialistischem Inhalt und so, sagte sie . . ., vielleicht, weil es sich um ein Lied ohne Text handelte. Trotz der Ironie begriff Mañungo, daß es seine Stimme war, nicht ein Kälteschauer, der seine Gefährtin erzittern ließ: Es mache ihm Freude, flüsterte er, daß seine Stimme sie erzittern lasse.

»Sie hat mehr Timbre«, meinte sie. »Ich mag tiefe Stimmen, so wie deine jetzt ist, voll, wie die eines Schwarzen. Es scheint, du bist reifer geworden – du könntest jetzt Richard Strauss oder Mahler singen.«

»Verlange nicht zu viel von mir. So etwas singe ich nie.«

»Schade.«

»Früher warst du nicht so empfänglich für Musik.«

»Oder so empfänglich für Stimmen.«

»Für Stimmen und nicht für Musik?«

»Für Musik auch. Aber wenn man die Augen verbunden hat, bilden die Stimmen ein ganzes Universum und bekommen unverwechselbare Züge, wie die Züge eines Gesichts. Hast du einmal diese »Phantombilder« gesehen, die die Polizei benutzt, um Verbrecher zu identifizieren? Ich wäre in der Lage, eine Person am »Phantombild« ihrer Stimme, nicht an ihren physischen Zügen, zu erkennen: nicht schön, nicht heiser, nicht voll, eine Diskantstimme, sehr chilenisch, zögernd und voller Diminutive trotz der Brutalität des Tons und der Umstände. Aber eine verletzte Stimme. Diese Stimme wagte nicht, mir zu nahe zu treten. Mit den anderen war

sie autoritär, niederträchtig: Zieh sie aus, nimm ihr den Knebel raus, damit sie schreit, und laß *Zar* los, mach schon, du Schlappschwanz, beeil dich, nein, warte, leg *Zar* den Maulkorb an und nimm ihn mit, er hat Hunger, ich will nicht, daß er die Dünne beißt, ich will sie so haben, ganz weiß. Sein Ton beleidigte. Aber als er sich an mich wandte, verlor diese unverwechselbare Stimme ihre Schärfe, und irgend etwas wie eine Schale löste sich davon, ohne daß die anderen es bemerkten, ich schon, denn ich bin, wie du sagst, für Stimmen sehr empfänglich geworden.«
»Mein Gott, wovon sprichst du, Judit?«
Sie kam sofort wieder zu sich, als träte sie aus dem Dunkel ans Licht: »Immer von der gleichen Sache. Seit Jahren spreche ich von nichts anderem mehr. Wie alle in diesem Land. Alle anderen Themen habe ich vergessen, nur nicht die, die mit der Ungerechtigkeit und dem Mangel an Freiheit zu tun haben, oder mit dem Elend und der Gewalt. Ich fühle mich schuldig, wenn ich von etwas anderem spreche, und mein ganzes Bewußtsein hat sich darauf beschränkt, was diese Dinge angeht, immer genau Bescheid zu wissen. Ich würde zum Beispiel gern von Musik sprechen. Aber im Innersten weiß ich, es wäre frivol.«
Sie gingen, umschlungen und ohne den Blick vom Pflaster zu heben, über eine Kreuzung, denn jetzt waren kaum noch Autos unterwegs, die Straßen waren menschenleer, abgesehen von dem einen oder anderen ärmlichen Papiersammler. Mañungo sagte Judit, daß Lopito ihn an diesem Abend mit Schuldgefühlen beladen habe, indem er ihn fühlen ließ, daß er seinen Erfolg auf Kosten des Leids derer errungen habe, die geblieben waren: und zum Teil habe er recht, das war es, was zu seiner Niederlage geführt habe. Ja, zu seiner Niederlage. Er bat Judit, ihm zu verzeihen, wenn er ihr zartes marxistisch-leninistisches Herzchen erschrecke und ihr gestehe, daß er sich drei Jahre lang einer Psychoanalyse hatte unterziehen müssen – »was sollte ich machen, wenn ich plötzlich mitten in einem Konzert ganz steif wurde und keine Stimme mehr hatte und man mir sofort irgend etwas spritzen mußte, vor 40000 Menschen, und mich auf der Trage hinaus-

schleppte?« –, um sich mit der Niederlage abzufinden und zuzugeben, daß die Leute nicht aus Neid über seinen Popularitätsverlust sprachen, sondern weil es so war: Das Klischee will nicht weiter funktionieren, sobald die Leidenschaft nachläßt, aus der es sich nährte. So enttäuschte der monolithische Mañungo Vera, der gute revolutionäre Bursche Mañungo Vera, das Symbol Mañungo Veras, sein Publikum im Theater, indem er ihm öffentlich demonstrierte, daß er nicht war, was sie glaubten und liebten, daß er... Hysterie? Ja, daß er hysterisch war. Eine Schande! Und in der Öffentlichkeit! Wie hatte ihn sein Agent zornig beschimpft! Und da hörte er auf, Symbol zu sein, denn den Berichten über den Fall »Mañungo Vera« nach litt der Sänger unter »ernsten psychologischen Problemen und einer starken ideologischen Krise«, und das sind Dinge, die ein Symbol nicht haben darf, nicht haben kann. Mañungo wollte damals nicht darüber sprechen. Er gab keine Interviews, darum kümmerte sich Nadja, das mußte man ihr lassen, mit aller Zurückhaltung. Sie wisse nichts, absolut gar nichts, war das einzige, was sie tatsächlich antworten konnte. Nein, kein Alkohol über das normale Maß hinaus; Geldsorgen, natürlich nicht; Liebesgeschichten, nein; Drogen nur so viel wie normal; nein, er will nicht darüber sprechen. Ihre Antworten waren wenig interessant, und nach einer Woche kümmerten sich die Reporter nicht mehr um ihn, was seinen Agenten zur Verzweiflung brachte, der versuchte, die negative Situation zu kapitalisieren. Die Wahrheit war, daß nicht nur Mañungos Protest, sein Pam, Pam, Pam, nach all den Jahren nichts Neues sagte, es fiel ihm auch schwer, weiter an seine eigenen Leidenschaften zu glauben, und darum löste er sich vor 40 000 Zeugen auf, damit er nicht mehr zurück konnte: 40 000 Augenpaare sahen ihn aus dem Halbrund an und forderten, daß sein Glaube an die Revolution die Hauptrolle in seiner Erfahrung spielen solle, genau wie vor zwölf Jahren, daß seine Begeisterung genauso sei wie immer und daß sich wie immer seine Hasenzähne herzerweichend zwischen seinem Bart und seinem Schnurrbart zeigten, daß sein Haar nicht aus seiner Stirn zurückweiche, daß er sich selbst gleich bleibe, das feste Bild, außen wie innen. Äußerlich konnte er das gewünschte Klischee halten, aber von innen war alles zerfallen und untergrub jene Begeisterung, die die 40 000 Augenpaare von ihm verlangten, die 40 000 Ohrenpaare, die 40 000 Münder, die ihm ihre Zustimmung schrien und eine Leidenschaft wollten, die er nicht mehr spürte, sondern nur noch Schuld, weil er sie nicht mehr fühlte. Sein von der Presse so oft kommentiertes Schweigen fand in den Cafés des Exils zahlreiche Interpretationen, keine war günstig, aber auch keine so komplex, daß das Publikum ihn ganz fallenließ. Und als er ein Come-back versuchte, paßte ihm der Anzug seines öffentlichen Images nicht mehr, er taugte nichts mehr, weil er anders war als seine eigene, jetzt bestimmte Form. Und er ging nackt hinaus, um zu singen, denn er fand keinen anderen Anzug, und er schämte sich, daß die 40 000 Augenpaare ihn nackt sahen und daß die 40 000 Ohrenpaare seine Stimme hörten, und er floh, und nun war er hier und schlenderte mit Judit unter den flüsternden Platanen. Die Begeisterung für die chilenische Sache hatte sich unterdessen in andere Gebiete verlagert: Nach Mittelamerika vor allem, denn in Chile hatten die massiv blutigen Ereignisse der ersten Zeit aufgehört, und diese lange Folge von langsamer Verarmung, von Chaos und Angst ohne spektakuläre Dimensionen für den romantischen Zirkus derer, die von außen zusehen, diese Agonie war viel zu ernst, um die Massen bewegen zu können. Ernsthaft sein hieß für sie, von Revolution und Politik singen, über Revolution und Politik schreiben, von Revolution und Politik leben, an Revolution und Politik denken, sich in die kollektive Tragödie versenken und jeden Anflug eines bescheidenen individuellen Problems verbannen und verfluchen. Er, Mañungo, konnte nicht mehr. Er wollte eine Privatperson sein, wie sie, das hatte er einmal sagen hören, vor seiner Zeit existiert haben, obwohl er jene Zeiten nicht kannte. Die Lust, das Spiel, die Erotik hatten jetzt keinen Platz, sie waren nicht nur obszön, sondern reaktionär. Das einzige, was zählte, war das Adrenalin des wütenden Protests. Alle waren sie zu Puritanern geworden,

die nur die Litaneien des kollektiven Schmerzes schätzten, denn alles andere war schwach, und alles Zögern wurde verachtet von einer gewissen Jugend, die unfähig war zu akzeptieren, daß dies Komplexität bedeuten und auch wertvoll sein könnte. Nein, jetzt wollte er etwas anderes singen.
»Schwierig«, murmelte Judit.
»Warum?«
»Es gibt keinen Raum mehr für persönliche Probleme.«
»Wie lebt ihr dann?«
»Wir leben nicht. Wir überleben. Und das auch nur so eben, wenn du das Glück hast, von der Kugel eines ›Terroristen‹ oder eines ›kleinen Scharmützels‹ verschont zu bleiben. Die Knebel haben, unter anderem, die Menschen radikalisiert, sie sind sehr aggressiv und fühlen, daß man alles setzen muß, denn man hat wenig zu verlieren.«
Nach einem kurzen Auflachen fuhr Mañungo fort:
»Ein Schwächling: so haben sie mich genannt, weil ich auf der Bühne verstummte. Aber vor allem, weil ich mich einer Analyse unterzog und die trotz-allem-optimistischen-und-hoffnungsvollen Versammlungen mied und meine Gitarre als Maschinengewehr verbannte. Ich wollte mein Recht, mich zum Sterben zu legen. Und mein Ruhm begann zu schwinden, als das Gerücht umging, dieses Regime habe nichts gegen meine Rückkehr nach Chile, weil ich nie alles gewagt hatte. Meine Lieder seien immer schlapp gewesen, entdeckten sie plötzlich, und meine Angriffe auf das Regime seien nie mutig oder direkt gewesen: Mañungo Vera war, als Guerillero verkleidet, ein bürgerlicher Individualist, der sie zehn Jahre lang mit seiner Maske betrogen hatte. Was wollte ich, fragten sie, als Märtyrer durchgehen?«
An einer Ecke, wo Chlorophyll jede Spur der täglichen Chemie verwischt hatte und die Sterne klar an dem Stück Himmel erscheinen ließ, das zwischen den Zweigen zu sehen war, blieben Judit und Mañungo stehen, um sich zu küssen; ein Auto fuhr rasch vorbei. Was würde aus diesen Küssen werden? Wohin würden sie gehen nach dieser von so viel Duft und Zärtlichkeit erfüllten Stille? Egal, sagte sich Mañungo. Jetzt fühlte er sich gedrängt, Judit alles zu erzählen,

um sich ihm endlich zu stellen und es vielleicht zu begreifen.

»... es war, als hätte ich mir den schmerzlichsten Teil der Geschichte meiner Generation erspart. Ich fing an, mich besessen für diese Geschichte zu interessieren, die ich nicht gelebt hatte, die mich amputiert und unvollständig fühlen ließ. Darum, glaube ich, bin ich zurückgekommen, um zu sehen, ob ich diese abgetrennten Teile zurückbekommen kann, regenerieren, wie den Schwanz einer Eidechse. Ich möchte mich wieder einreihen in die Geschichte meiner Generation, um wieder singen zu können, aber nicht wie eine Puppe mit berühmtem Markenzeichen. Während des Ausnahmezustands nach Chile zurückgehen heißt, mich in den Irrsinn eines zweiten Putsches zu begeben, da ich den ersten nicht erlebt habe.«

»Willst du sagen, deine Rückkehr ist so etwas wie eine Läuterung?«

»Genau.«

»Du bist ein ekelhafter Romantiker! Was hast du denn zu läutern?«

»Ich nehme an, meinen Abscheu vor der Pflicht, nur Themen des politischen Protestes und der kollektiven Erfahrung zu singen. Ich habe diese Themen tief in mir, aber ich glaube nicht mehr an sie als einzige Form. Ich kann mich nicht von ihnen befreien, und trotzdem verabscheue ich sie, da siehst du meine Widersprüchlichkeit. Ich ersticke, weil ich keine andere Nahrung finde: So viele Jahre Revolution und Protest haben mich von allen anderen Quellen getrennt. Ich bin soweit, daß ich die Enthaltsamkeit hasse, aber was soll ich machen, wenn ich stumm bleibe und mich schuldig fühle, sobald ich mich davon entferne. Ich träume ständig von verzauberten Schiffen, von Sirenen, fliegenden Zwergen, Kindern mit zugenähten Körperöffnungen, vor allem von dieser seltsamen Gleichsetzung von Zauberer und Künstler, von der ich singen möchte.«

»Tu es doch ...!«

Mañungo lachte wieder.

»Ich bin erst seit ein paar Stunden in meinem Land und habe nicht nur ins ideologische Fettnäpfchen getreten, indem ich *Santiago ensagrentado* sang und dann wieder nicht, sondern habe es auch nicht geschafft, aus dem ewigen Diskurs herauszukommen, der uns unterdrückt. Sagtest du nicht, hier könne man über nichts anderes reden? Da siehst du es.«

Judit war mit ihren Gedanken abgeschweift. Es war, als wäre es ihr unmöglich, sich für Abstraktionen zu interessieren, obwohl die Wechselfälle, was das Überleben in einer Nacht wie dieser anging, sie mit dem dunkelsten Kern der zu dieser Stunde von wandelnden Gestalten bevölkerten Stadt verband, die zwischen den Stämmen auftauchten und wieder verschwanden, beladen mit ihren Schätzen aus den Abfällen. Als sie um die Ecke bogen in eine wie von einer Pflanzengalerie umschlossene Straße, winkte Judit dem letzten Papiersammler, der eine mit Kartons und Zeitungsbündeln beladene Karre auf drei unterschiedlich großen Fahrradrädern zog. Es war ein barfüßiger Junge, bereit, im Notfall sofort wegzurennen. Judit hielt ihn an:

»Dario! Warum so eilig? Du hast doch Zeit.«

»Señora Judit! Was machen Sie hier?«

»Du hast mich hier oft gesehen.«

»Hat Don Cesar Ihnen nichts gesagt?«

»Nein. Was denn?«

»Mein Papa muß dringend mit Ihnen sprechen. Was Don Cesar mit dem blauen Mercedes sagt, ist gelogen. Es ist ein Volvo.«

»Wo?«

»Ich weiß nicht. Mein Papa weiß es.«

»Wo treffen sie sich heute nacht?«

»An einem neuen Platz, Sie kennen ihn nicht. Kommen Sie mit. Es ist hier in der Nähe, aber es wird spät.«

Der Junge balancierte seinen Karren aus, um ihm Schwung zu geben und trabte los. Weit hinter ihm gingen Mañungo und Judit durch die waldartige Straße, ohne ihn einzuholen. Vor einem Tor entdeckte Dario auf dem Gehsteig, halbversteckt in den Büschen, eine Kiste. Unfähig, der Versuchung zu widerstehen, sie seiner Beute zuzuschlagen, kroch er zwischen die Büsche, um sich den letzten Gewinn dieser Nacht zu holen. Zwei schwarze Gestalten sprangen heraus, eine Klinge blitzte auf, man hörte Schreie, einer der Männer packte den Jungen von hinten, hinderte ihn an jeder Bewegung, während der andere auf die Straße rollte, um die jämmerliche Beute des Karrens auf seinen eigenen zu laden.

»Don Cesar!« schrie Judit.

Judit wollte sich, um Dario zu retten, auf den anderen Mann stürzen, der ihren Freund festhielt. Mañungo mußte sie mit einer Umarmung daran hindern, in das Messer zu laufen. Sie weinte und schrie, er solle sie loslassen, sie trat ihn und stieß ihm ihre hohen Absätze ans Schienbein, biß, kratzte, das polternde Rollen von Don Cesars Pritsche in ihren Ohren, während dieser fortfuhr, Darios Karren zu entladen, er solle sie loslassen, was wisse er schon, Idiot, er solle sie aus dieser Umarmung befreien, in der sie sich nicht bewegen könne, ich will nicht, daß du mich umarmst, ich will nicht, daß man mich anfaßt; ich will nicht, daß du die Dünne anfaßt, sagt er, als er sieht, wie sie in den Armen des Kerls zappelt, der sie festhält, faß sie nicht an, ich will nicht, daß irgend jemand diese Dünne anfaßt, auf die ich schon als sie gekommen ist ein Auge geworfen habe, sie ist für mich: Laß sie, Judit, die Unberührbare, die Unberührte. Warum hast du nicht zugelassen, daß man mich anfaßt? Ich möchte schreien, wenn ich mich nicht weiter wehren müßte. Warum hast du mich nicht dem gleichen Schicksal überlassen wie die anderen eingesperrten Frauen? Warum das Privileg, für den Chef reserviert zu sein, durch diese kehlige Stimme, die ich nie wieder gehört habe, außer vielleicht eine Stunde bevor Fausta und Don Celedonio mich in das Flugzeug nach Caracas setzten? Mañungos Stimme versucht, mich zu beruhigen, aber ich lehne mich auf, strample in seiner Umarmung, um den Kleinen aus der Umarmung des Fremden zu befreien, der ihn festhält, während Don Cesar seinen Karren leert. Die kehlige Stimme, die lauwarme, feuchte Hand hat die anderen nicht verschont, die durch die Hölle mußten, die alle durchlitten haben, außer mir. Faß die Dünne nicht an! Du hast dich mit mir in der Zelle eingeschlossen.

Du bist Klasse, Kleine! Ganz schön läufig, meine Dünne! Wir sitzen uns gegenüber, dein Knecht hat mich in seinen Armen dahingeschleift, ich bin nackt, ohne körperliche Empfindungen wie die, die ich jetzt in Mañungos Armen zappelnd habe, dessen festen Körper ich dicht an meinem in allen Einzelheiten spüre. Er legt seine Hand auf mein nacktes Knie, um das, was man unsere Beziehung nennen könnte, einzuleiten. Und er zog sie fort, getroffen von der Berührung. Schrei! Ich gehorche und schreie. Schrei, als würde ich dich bumsen und du willst nicht! Schrei lauter, lauter! Ich warte auf die Hand, meine ganze Haut wartet darauf, von dieser schwabbeligen, lauwarmen Hand gestreichelt zu werden, die mich nicht wieder berührte, obwohl die kehlige Stimme flüsterte, schrei lauter, schrei, als hättest du Lust, als wolltest du mehr, als täte ich dir weh, aber du willst mehr, und ich schrie mich heiser, heulte wie eine Hündin, denn ich empfand eine schuldhafte Lust, die ich nie zuvor erlebt hatte, auch nicht mit Ramón. Schrei, schrei, wiederholte er, und ich schreie um Hilfe, denn sein Flüstern droht mir, wenn ich nicht schreie, und ich schreie aus Angst vor mir selbst, denn in dieser total unerotischen Situation schreie ich aus Scham über meine Lust, während in den anderen Zellen meine Gefährtinnen heulen wie ich, aber unter anderer Folter als der des Verschontwerdens. Ich schrie, um ein demütigendes Geheimnis zu wahren, das unter uns bleiben mußte, aber mein Schrei war auch ein Schrei der ersten Lust, die mich verriet und mich von den anderen trennte. Ich schrie nicht wegen der Tragödie der anderen. Ich habe nicht teilgenommen an dem Fest der majestätischen kollektiven Form, von der die schlaffe Hand mich ausschloß, um wer weiß welche Phantasien eines impotenten Monsters zu befriedigen, das von mir verlangte, mit immer größerer Überzeugungskraft zu schreien, ohne zu wissen, daß mein Schreckens- und Lustgeschrei echt war. Mañungos Arme halten mich zurück. Ich beiße und schreie aus Angst, sie könnten Dario verletzen. Immer ohnmächtig? Oder warum siehst du etwas in mir, das dich gefrieren läßt und was du fürchtest? Wenn du mich im Patio beobachtet hast, ohne daß ich dich sah, sagtest du dir: Diese Dünne da ist die beste, die Beute für den Chef, und das bin ich. Schmutzig, geprügelt, nackt, selbst so schleppe ich den Mantel meiner Privilegien mit mir. In dem Augenblick, da du deine Hand auf mein Knie legtest, muß mich plötzlich etwas als Symbol einer von deinen beschämenden Unzulänglichkeiten verehrten Welt ausgezeichnet und dir vor Unsicherheit ein Schwindelgefühl verursacht haben, und es war deine eigene Geschichte, die sich vor deine Gelüste stellte und dich bei mir impotent machte, ängstlich und noch verletzlicher und entsetzter als ich, weil Kollegen von deiner Unfähigkeit erfahren und hinter den Betrug kommen könnten. Ich fragte mich, wo und wie du mich gesehen hast. Von welchem schmutzigen Fenster aus hast du meine kultivierte Stimme gehört, in welchem Patio, in welchem Gang hast du bemerkt, daß meine Art anders ist als die der Frauen, die du kennst, denn nichts davon konntest du in meiner Nacktheit und unter meiner Kapuze erkennen? Man sagt, ich bewege mich wie ein Rassepferd, ich schwinge mein schweres blondes Haar wie ein afghanischer Windhund, alles Gemeinplätze, die die Abstraktion meiner Herkunft beschreiben. Du hast das alles wahrgenommen, du Ärmster, du bist sensibel und zahlst dafür einen schmerzhaften Tribut. Vielleicht hast du mich gehört, als ich mit meinen Gefährtinnen sprach, hast mich hinter den Mauern, die Augen und Ohren haben, belauscht und hast dir wer weiß welche Geschichten mit mir ausgedacht, die du, als es soweit war, nicht in die Tat umsetzen konntest. Darum hast du mich nicht mehr angefaßt, du hast mich respektiert, nicht gewagt, die Sünde zu begehen, dich meiner zu bemächtigen, was Mañungo jetzt tut, indem er mich schlägt wie eine Hysterikerin, damit ich aufhöre zu kreischen und mich beruhige und er dem Kleinen helfen kann, der weint, weil man ihm seine Beute gestohlen hat. Sensibel, diese Kanaille mit der kehligen Stimme. Zerbrechlich unter seiner brutalen Art. Seine Sensibilität hat mir das Recht auf Haß und Rache genommen. Ich habe keinen Vergewaltiger, obwohl alle glauben, ich hätte einen, und er der Mann ist, den ich suche. Ich habe keinen Folterer.

17

Als Don Cesar und sein Kumpan unter dem Lärm des Rollers und mit der Beute ihres Überfalls verschwanden, setzte Judit sich an den Kantstein und tröstete Dario, der sein verlorenes Gut beweinte, und legte ihm den Arm um den Hals. Mañungo verwunderte die fast zärtliche Geste, denn er glaubte, seine Freundin sei nur zu anderen Formen einer Beziehung fähig, wie die in dem Spiel mit *Zar* zum Beispiel, und sie bleibe auf sich bezogen, wenn es keine solche Situation gab. Jetzt war es jedoch so, als zöge mit Dario etwas noch viel Unverständlicheres in die Eingeweide dieser verdammten Stadt, und die Klagen einer unterernährten Ratte wie dieses Kleinen wurden zur Klage der gesamten Bevölkerung. Judit konnte sich gewiß für große allgemeine Probleme engagieren, war aber zu etwas so Elementarem wie einer Herzensregung unfähig. Bestimmt war es in Darios Fall nicht Zärtlichkeit, was sie ihm ihren Arm um den Hals legen ließ, sondern Solidarität. Der Energiefluß, zu dem es dadurch kam, dauerte nur einen Augenblick. Er brach ab, als Judit ihren Arm zurückzog und jeder wieder im Umkreis seiner eigenen Pläne für diese Nacht verharrte.

»Wir müssen gehen«, drängte Dario und stand auf.

»Wohin?«

»Du siehst doch, daß man einem so gemeinen Kerl wie Don Cesar nicht glauben kann? Gehen wir zu meinem Papa.«

»Gehen wir.«

»Wie spät ist es, Herr?«

»Fünf vor halb zwölf.«

Judit schüttelte ihr Kleid, auf dem sie gesessen hatte.

»Dann habe ich keine Zeit mehr, mit deinem Vater zu sprechen. Ich gehe direkt nach Las Hortensias.«

Dario zerrte sie am Kleid, um zu verhindern, daß sie einen Irrtum begehe: »Ich habe doch gesagt, es ist nicht dort, und es ist kein Mercedes. Das sind Lügengeschichten von Don Cesar.«

»Warum sollte er mich anlügen? Er ist seit vielen Jahren mein Freund.«

»Der ist kein Freund! Er will nicht mit Ihnen gesehen werden, er sagt, Sie werden wieder gesucht.«
Judit lachte:
»Ich glaube nicht, daß man mich sucht, aber seit man mich damals bei Don Cesar verhaftet hat, werde ich beobachtet. Das ist doch nichts Neues für ihn, er ist mein bester Informant.«
»Besser als mein Papa, der Kontaktmann von Lisboa ist?«
»Was weißt du von Lisboa?«
»Nichts. Er ist der Chef, sonst nichts. Und er hilft uns. Gehen wir, Señora Judit. Gehen wir zu meinem Papa. Er weiß alles.«
Er nahm seinen Karren. Er brauchte ihn nicht auszubalancieren, denn leer war er nicht schwer, und lief die Straße hinunter, entgegengesetzt der Richtung, in der Don Cesar verschwunden war. Judit zog die Schuhe mit den spitzen Absätzen aus, um hinter dem Kleinen herzulaufen. Als sie auf den Essensresten, die aus einer von Katzenkrallen zerfetzten Plastiktüte gefallen waren, ausrutschte, nahm sie Mañungos Hand, um Dario zu folgen. Sie bogen in Straßen gleich engen baumbestandenen Tunnels ein, liefen durch Alleen mit Quecksilberbogenleuchten, die alles in einen leicht diffusen, orangefarbenen Nebel hüllten; die wenigen Autos flohen auf der Suche nach einem Unterschlupf, bevor die Drohung Gesetz sein würde; ein Papiersammler schoß in die entgegengesetzte Richtung fort und sah sie nicht einmal an; das Dröhnen eines Hubschraubers, der über einen Außenbezirk flog; die Bedrohung machte sich durch die Sirenen von Polizeiwagen oder Ambulanzen bemerkbar, weit entfernt den Plätzen, von denen verschwiegene Straßen abgingen, wo jeder Garten in seiner eigenen Stille versank, jedes Haus sich zwischen seinem Baumbestand versteckte, wo ein Lachen oder Musik erklangen, denn noch verbot kein Befehl, daß man lachte oder Musik hörte.
In der Mitte einer der stillen Straßen verlangsamte Dario seinen Lauf, Mañungo und Judit hinter ihm. Noch fünfundzwanzig Minuten bis Mitternacht. Sie waren weniger als zehn Minuten gelaufen, keuchten aber nicht nur der körper-

lichen Anstrengung wegen. Die Gebäude dieses Viertels hatten Lanzengitter, von innen mit Metallplatten verkleidet, undurchdringlich für spähende Augen und für Hände, die versuchen wollten, Schaden anzurichten. Dario hielt vor einem dieser Gitter, das zweifellos das luxuriöse Privatleben eines Gartens, einer Familie, einer Lebensart schützte. Er schob seine Hand durch eine versteckte Öffnung in der Eisenplatte neben dem Schloß. Beim Öffnen kreischten die Scharniere des Tores wie ein Neugeborenes. Dario winkte, sie sollten ihm folgen.
Es gab dort kein Haus. Ein leerer Platz, auf dem sie nach einer Weile die Reste eines Schwimmbeckens entdeckten, aus dem die Kacheln herausgerissen waren. Die Ruine einer Pergola, einer Terrasse und einer Balustrade, das Kreuzwerk aus Beton und alten Kellerräumen, in denen sich Ableger von Ailanthus und Agaven und Grasbüschel breitmachten.
Viele Häuser dieser Gegend, mit Säulen, Freitreppen und Amphoren geschmückt, die mit dem neuen Lebensstil nicht mehr übereinstimmten, waren aufgekauft und abgerissen worden, um Mietshäusern Platz zu machen. Die Grundstücke, auf denen dann doch nie gebaut wurde, lagen gestrandet zwischen den Villen, die überdauert hatten, und den erleuchteten Hochhäusern in der Dunkelheit.
Wer hereinkam, verlor sich in den Thujas und Eiben und Macrocarpas, deren wilde neue Triebe ihre elegant beschnittenen Formen verunstalteten. Ein pyramidenhafter Buchsbaum bewegte sich, ein Mann kam auf sie zu. Hinter ihm verloren zwei weitere Büsche ihre statisch dekorative Gestalt und bewegten vorsichtig ihre Massen in abgerissenen Mänteln, die eher das Elend als die kalte Sommernacht betrogen.
»Papa!« rief Dario.
»Señora Judit«, grüßte einer der Büsche.
»Gut, daß Sie gekommen sind! Es ist kaum noch Zeit. Und du? Was ist los? Denkst du, ich besorge dir den Karren, damit du spazierenfährst?«
Er wollte seinem Sohn eine Kopfnuß verpassen, doch dieser

erklärte, noch ehe der Schlag ihn erreichte, den Überfall von Don Cesar.
»Dario sagt, das mit dem blauen Mercedes und Las Hortensias ab zwölf Uhr sei gelogen«, sagte Judit.
»Natürlich ist es gelogen.«
»Was hat Don Cesar gegen mich?«
»Man hat mir gesagt, er ist jetzt Denunziant.«
»Nein. Ich kenne ihn zu gut und er mich. Ich habe in seinem Haus gewohnt, als man mich verhaftet hat, und er ist der Bruder eines verschwundenen Schwagers von Aury. Er klaut vielleicht, aber ein Verräter ist er nicht, er nicht und nicht seine acht Söhne und nicht seine zweite Frau.«
»Warum hat er dann die Nachricht, die er Ihnen über Aury gegeben hat, geändert? Fürchten Sie nicht, es könnte eine Falle sein?«
»Und wenn Lisboa mir eine Falle stellt?«
Darios Vater trat einen Schritt zurück und zögerte einen Augenblick, bis er sich gefaßt hatte, um dann zu antworten:
»Aber Don Cesar hat Sie zur Ausgangssperre bestellt, und das ist gefährlich: Da Don Cesar den Treffpunkt kennt, wäre es sehr leicht, Sie heute nacht zu fassen.«
Judit sah Mañungo an: Er solle ihr helfen zu entscheiden, wem sie glauben solle, ob diesen oder den anderen Angaben. Mañungo legte seinen Arm um sie – zwischen den beschnittenen Büschen des Jardin de Luxembourg, wohin er mit Jean-Paul an den entnervenden Tagen, an denen er sich um ihn kümmern mußte, zum Taubenfüttern ging. Er solle ihn nicht in der rue Servandoni einschließen, ermahnte ihn Nadja, das Kind brauche frische Luft; sie könne ihn nur selten zu einem Spaziergang mitnehmen. Er solle ihn zum Bois oder nach Vincennes mitnehmen, denn nachts höre sie ihn husten. Aber vor allem in letzter Zeit, als Mañungo aus Lustlosigkeit mehrere Engagements ausgeschlagen hatte, die seinen Agenten begeistert hatten, reichte seine Willenskraft nicht aus gegen Jean-Pauls Hartnäckigkeit, sich wieder in der rue Servandoni zu verkriechen, um mit der Stereoanlage zu spielen. Ein Musiker, er auch? Oder elektronikbegeistert, wie alle Kinder? Oder nur der Wunsch, sich abzu-

schotten, damit Nadja und er ihn in Ruhe ließen? Nadjas Körper, erinnerte sich Mañungo, füllte seine Umarmungen voller aus als dieser Körper einer zerbrechlichen Frau, der sich nicht mit der notwendigen Bestimmtheit für ihren wahrscheinlich gemeinsamen Weg zu einem nächtlichen Ziel, das so rätselhaft war wie die Chiffren der unbeschnittenen Eiben und ungeputzten Thujas, an ihn schmiegte. Was sollte das heißen, was diese von ihrem zu großen Mantel entstellte Figur zu Judit sagte? Sie solle das mit dem blauen Mercedes ab zwölf Uhr nicht glauben, sondern ihm, der darauf bestand, daß es in Wahrheit ein grüner Volvo in Lota, Ecke Suecia sei, daß Lisboa, also die Stimme der Partei, sich für die Information verbürge. Welche Verbindung hatte sie zum Untergrund, wo es Informanten, Kontaktmänner, Verhaftungen, falsche Pässe gab? Sprach Judit von einem Paß, sagte sie, er sei falsch, oder hatte er das nur aus seiner Phantasie hinzugefügt, weil es in diese Verschwöreratmosphäre paßte? Oder hatte Judit ihn bewußt in diese Situation hineingezogen, um ihn zu benutzen? Ihn zu benutzen und ihr zu helfen, ihn zu verstricken und sie zu schützen? Nichts war spontan und unbedacht an ihr; also alles Teil eines Plans? Als er auf seine Rolex sah, bemerkte Mañungo, daß der Strich, der die Gefahr heraufbeschwor, sehr nah war, es fehlten zwanzig Minuten bis Mitternacht, und von jetzt an ging alles hopplahopp, es gab nur halbe Erklärungen, es fehlte die Zeit zum Analysieren und Abwägen und um Verabredungen oder Verpflichtungen einzuhalten, bevor man sich selbst in Sicherheit brachte. Darios Vater drängte Judit, sich zu beeilen. Sie solle ihm glauben, nicht Don Cesar, einem Anarchisten, der zu jedem Verrat fähig sei. Sie solle nach Lota gehen, Ecke Suecia, um Punkt zwölf Uhr die seit langem versprochene Rache zu üben.
»Was haben Sie bei sich?« fragte Darios Vater.
Judit griff in die Tasche und streckte den Arm aus, der in etwas Blankem endete, das Mañungo zuerst nicht erkennen konnte, aber sobald er begriff, was es war, stürzte er sich auf Judit, um es ihr zu entreißen. Bei dem Hund hinter dem Gitter mit der Gefahr zu spielen war eine Sache, aber etwas

ganz anderes war es, mit einer Pistole in der Handtasche herumzulaufen. »Hysterisch!« schrie er sie an. Wen alles wolle sie mit hineinziehen in ihren Wahnsinn! Die schwarzen Büsche griffen ihn an, um Judit, die die Pistole fallen ließ, zu befreien. Als man sie trennte, hob sie sie wieder auf und steckte sie ein.
»Beeilen Sie sich!« sagte Darios Vater. »Wir kümmern uns um den hier. Gehen Sie in die Suecia. Da sind Freunde, die Ihnen helfen.«
Judit rührte sich nicht, während er sie drängte:
»Beeilen Sie sich.«
»Die Verabredung ist um Punkt zwölf Uhr.«
Sie wandte sich an Mañungo:
»Du mußt mich nehmen, wie ich bin.«
»Du bist verrückt!«
Nach einer Weile fragte Judit ihn:
»Willst du mitkommen?«
»Ja.«
»Laßt ihn los.«
Sie nahm ihn bei der Hand, zog ihn zum Tor, öffnete es; sie traten hinaus, und sie zog ihn eilig zur Carlos-Antúnez-Straße, wo sie mit ein wenig Glück ein Taxi finden konnten, das sie bis Las Hortensias bringen würde. Denn Judit hatte beschlossen, dorthin zu fahren, da sie sich nicht der falschen Protektion von Lisboa anvertrauen wollte, der vielleicht plante, sie zu benutzen. Überdies konnte die eine wie die andere Information völlig wertlos sein: es waren nur noch zehn Minuten bis Mitternacht.

18

»Blauer Mercedes ab zwölf Uhr« bedeutete blauer Mercedes irgendwann während der Ausgangssperre, und das Warten konnte bis zum Morgen dauern, während die gepanzerten Mannschaftswagen wie eine Kette Kakerlaken unheimlich durch die menschenleeren Straßen zogen und plötzlich ir-

gendwo am städtischen Horizont das Geheul einer Sirene aufbrach, die dann ersterbend verstummte, und die Nacht erfüllt war von dem Knattern der Hubschrauber als einzigem Zeichen von Überleben.
»Ab Mitternacht...« hatte ihr Don Cesar über Aury mitgeteilt, die Lisboas Sektierertum haßte und sich vorgenommen hatte, sowohl seine Idylle mit Ada Luz, die sie für ihre Gruppe für gefährlich hielt, wie auch sein Prestige zu zerstören: Don Cesar, ihr geschätzter Verwandter mit vier Söhnen in der Stadtguerilla, die sich in den Randgebieten zu formieren begann, war das beste Vehikel, ihn zu entwaffnen, damit er die arme Ada Luz endlich in Ruhe ließ. Da Don Cesar wußte, wie auffällig sein Roller und sein über das Auge gezogener Calneser waren, verließ er selten die Slums, wo die Obrigkeit im Augenblick kaum einzudringen wagte, aber Anfragen, Boten, Kontaktmänner, Befehle der oberen Kader gelangten zu ihm, und er gab sie weiter, indem er seine Söhne mit den Nachrichten durch die ganze Stadt schickte; er selbst zog nur nachts als Papiersammler los. Die Leute gingen ans Fenster ihrer Hütten, wenn sie ihn auf seinem lärmenden Roller hörten. Ein Dieb, sicher, das war Don Cesar immer gewesen. Aber nie ein Verräter: Judit hielt seine Angaben für echter als »Lota, Ecke Suecia, um Punkt zwölf Uhr«; das »Punkt« war zu genau und typisch für Lisboa, als daß es stimmen konnte, anders als die Angabe von Don Cesar, die Ungenauigkeit und Warten einkalkulierte. Da es sich um die Zeit während der Ausgangssperre handelte, mußte der Mann in dem blauen Mercedes in einer bestimmten Beziehung zu den Offizieren stehen, denn in dieser Zeit mußte man nicht nur mit einer Geschwindigkeit von weniger als 35 Kilometer pro Stunde fahren und den Wagen innen beleuchtet haben – wenn nicht, durfte geschossen werden –, sondern man mußte auch mit einem Passierschein versehen sein, der nur einflußreichen Personen ausgestellt wurde. Sie hatten zwanzig Minuten gewartet, oder fünfundzwanzig, fast eine halbe Stunde. Zuerst hatten sie sich in dem dunkelsten Eingang von Las Hortensias versteckt – nicht in dem von Don Cesar angegebenen

Haus, sondern in einem anderen, nahe Ecke Los Leones, um den Mercedes rechtzeitig sehen zu können –, wo sie unter dem Geißblatt dicht aneinandergedrängt hockten und den Sockel des Gitters als Bank benutzten. Mañungo streichelte Judits von ihrer Mähne gewärmten Hals, legte ihr den Arm um die Schulter, um sie an sich zu ziehen, und mit dieser Hand in ihrem Ausschnitt zupfte er an ihrer weichen Brustwarze, als wäre sie eine Schnur, sie reagierte aber nicht, denn ihr ganzer Körper war so sehr mit etwas anderem beschäftigt, daß er nicht unter dem Streicheln seiner geschickten Finger erschauerte.

»Wie lange werden wir warten?« fragte Mañungo.

»Ich weiß nicht.«

»Können wir nicht zu dir gehen?«

»Das ist um diese Zeit sehr schwierig, wegen der Wachen«, entgegnete Judit und dachte, daß Lopitos Schnarchen ihre ganze Wohnung ausfüllen würde. »Wir werden uns hier bis zum Ende der Ausgangssperre versteckt halten müssen.«

»Auf was warten wir?« Mañungo glaubte sich berechtigt, danach zu fragen, denn schließlich begleitete er eine Frau mit einer Pistole in ihrer Handtasche.

»Setzen wir uns auf den Rasen«, schlug Judit vor.

Etwas entfernt von der Straßenecke setzten sie sich in Las Hortensias auf den Rasen der dunklen Anlage; versteckt hinter Bärenklau legte Judit ihren Kopf auf Mañungos Schenkel und rauchte. Aufmerksam auf kleinste Geräusche horchend, die zur nächtlichen Stille gehörten, konnte sie in dieser Ruhe Entfernungen nicht abschätzen: ferne Schüsse oder ein brechender Zweig? Blättergeraschel oder fernes Seufzen? Widerhall legaler Verbrechen in dieser Stunde ohne Zeugen, zu der man Opfer auf die Straße werfen konnte, erklärte sie Mañungo, der ihr eine neue Zigarette anzündete. Es gab jetzt wohl kaum noch etwas zu erwarten, nur die Lethargie nach der Entzauberung. Der blaue Mercedes würde nicht mehr auftauchen, und sie wußten nicht, wie sie die Bruchstücke dieser Nacht voller Sterne in den violetten Ästen der Pflaumenbäume wieder zusammensetzen sollten. Mañungos Glied spürte die Nähe von Judits Kopf, der ge-

gen die Hose drückte. Er schob ihn nicht fort, zitternd, und genoß die langsame erotische Zeit, die diese Nähe brauchte, um sich auszudehnen und in etwas mehr zu verwandeln, denn auch sie wollte die einhüllenden Modulationen jener Zeit und jener Nähe spüren und sie genießen. Sie sprachen zusammenhanglos, aber obwohl sie sich so viel zu sagen hatten, kam es zu keinem konkreten Gespräch: das Zentrum beider lag weit entfernt von den Worten, eher in dem Schenkel, der so gespannt war, daß eine falsche Bewegung, eine Silbe zu viel, ein winziger Irrtum der Sinne das zerbrechliche Netz des Verlangens, das sich so zart zu spinnen begann, zerrissen hätte. Judit drehte, nachdem sie eine Rauchwolke ausgestoßen hatte, ihren Kopf zu ihm, um ihm irgend etwas Unwichtiges zu sagen, was sie dann nicht sagte, denn eigentlich wollte sie sein Glied berühren und mit ihren Haarspitzen streicheln, was ihn wahnsinnig erregte, aber Mañungo bewegte sich nicht. Er rührte sich nicht, weil sie, als sie ihren Kopf drehte, darauf gekommen war, ihm beim Sprechen ihren tabakgetränkten Atem durch den Stoff der Hose hindurch auf das Glied zu blasen, und er ließ sie sprechen, ihn eine Weile brennen, bis er merkte, daß weder er noch sie es länger aushalten konnten. Da strich sie sich, nachdem sie den letzten Zug genommen und die Zigarette fortgeworfen hatte, mit der gleichen Hand die Haare zurecht und berührte dabei sein Glied und blies ihm jetzt in voller Absicht den heißen Rauch des letzten Zuges über seine gespannte Härte. Sie öffnete ihm die Hose, ließ ihre Haare mutwillig darüberfallen und ihn streicheln, rückte sich ein wenig zurecht, warf ihr Haar nach hinten und nahm ihn in den Mund. Mañungo stöhnte tief auf, wie mit seinem ganzen Körper. Er versuchte sie zu streicheln, während Judit ihn verschlang, aber sie wehrte ihn ab:
»Laß mich.«
Und wieder verschlang sie ihn, jetzt nicht mehr so langsam. Judit, die ihm verbot, an dieser Lust teilzuhaben, die zu einem Teil doch wohl die seine war, war zwischen seinen Beinen versunken; unter dem Bärenklau die Hände hinter sich im Gras aufgestützt, seinen Körper zurückgelehnt, ließ Ma-

ñungo es mit sich geschehen, denn seine Aufmerksamkeit zwischen der Angst, irgendein Fußgänger könnte sie von der Kreuzung aus sehen, und seine Erregung über die Gier dieses Rachens und die feuchte Zärtlichkeit dieser rauhen Zunge und des seidigen Gaumens erlaubte ihm nur, seine Lust zu teilen. Ein Auto hielt an der Ecke. Mañungo duckte sich, denn vielleicht würde man schießen, und rollte mit Judit unter die Büsche.

»Nimm ihn mir nicht weg«, bat Judit mitten in der Gefahr und bemächtigte sich wieder gierig seines Gliedes, ohne zu fürchten, der Scheinwerfer des Autos, der die Dunkelheit des Straßenzuges absuchte, könnte sie entdecken.

»Vorsicht«, flüsterte er.

Mañungos ganzer Körper vibrierte mit den Motoren der unsichtbaren Hubschrauber, die die Nacht erfüllten; die Stimme der Alten heulte mit den Wellen von Cucao, die Spitze des Tinnitus ritzte das Glas, bevor sie es zerbrach, eine Trommel, der Schlag von tausend Trommeln dröhnte in das feuchte Geheimnis von Judits Mund, während der Scheinwerfer des Autos die gezahnten Lackblätter des Bärenklaus absuchte, das Herz, der pulsierende Hubschrauber, die Intimität schlagend, die sie nur so teilte, der Scheinwerfer hielt über ihnen, ohne zu entdecken, daß in diesem bestürzenden Augenblick die Welle brach, Judits Mund ertränkend: Wenn sie auch seine Zärtlichkeit zurückwies, fand Mañungo doch flüchtig das Wort Liebe wieder, das Nadja in der Vergangenheit aus seinem Sprachschatz gestrichen hatte. Das Auto löschte seinen forschenden Scheinwerfer und fuhr davon, und beide blieben auf dem Rasen liegen.

Als Judit sich endlich rühren konnte und sich aus Mañungos Beinen in seine Arme gleiten ließ, die sie umfingen, wußte er, daß er sie nicht mehr liebte. Diese Zärtlichkeit jetzt war ganz anders als der Taumel, der sie trotz der Weigerung, sich zu erkennen, sich zu verlieren, eine Minute vorher gleichgestellt hatte. Verglichen mit jenem lustvollen Abheben war die Gegenwart dieser Umarmung dürftig.

»Worauf warten wir ...?« wiederholte er und nahm ein weit zurückliegendes Gespräch wieder auf, bewegt von Judits

Unfähigkeit, die beiden Hälften der Lust geteilt zu suchen, um sie wieder zusammenzubringen, als könnte man das, auch wenn es seit wer weiß wie langer Zeit schon zu spät war.

Warten auf was? Mußte er wirklich diese Frage stellen? Ihre Antwort würde ganz allgemein sein, völlig gleichlautend für alle Fragen, die mit Judit zusammenhingen, die unweigerlich auf die gleichen Elemente hinausliefen: Heimlichkeit, Flucht, Festnahme. Vielleicht auch Vergewaltigung? Das tragische Klischee, das die Wunden der Vergangenheit vorzeigte, der Vergangenheit, die immer vergangener und persönlicher wurde und ohne kollektiven Impakt in den Gitarreliedern des Exils, konnte auch dazu dienen, diese Judit zu erklären, die in seinen Armen lag und Ruhe suchte vor Kräften, zu gewaltig, als daß sie sie mit der früheren Sicherheit angehen könnte, vor allem da Matilde am Südhang des Berges in einem schwarzen Kasten ruhte und nur Carlitos sie hinter den Stäben seines Käfigs auf und ab wandernd bewachte. Würde Judit den Löwen zum Brüllen bringen können, so wie sie den Hund zum Brüllen gebracht hatte mit ihrer Handtasche und Mañungo mit ihrem Mund, wenn sie im Spiel mit ihm tanzte? Er würde gern sehen, wie die Bestie die Stäbe des Käfigs zerbrach und sie ansprang: denn Mañungo, unter dem Bärenklau liegend, hielt sich nicht für bösartig, weil ihm die Vorstellung, daß Judit vergewaltigt wurde, einen Schauer der Lust bereitete. War das ihr Schicksal . . .? Man brauchte sie nur anzusehen, die Geschmeidigkeit ihrer blonden Mähne in seinem schwarzen Bart, um sich zu erinnern, daß die Möglichkeiten, sich selbst zu zerstören, zahlreich gewesen waren. Darum und um ihre Erbschuld auszutreiben, hatte sie mit Lopito geschlafen. Aus Mitleid, das ist wahr. Aber vor allem aus Neugier, ob sie die Kraft hatte, diese Erfahrung auszuhalten, und sie posaunte ihren Triumph in den Klassen aus, als hielte sie die Kokarde eines wohlverdienten Preises hoch. Lopito und seine Freunde führten sie durch alle Niederungen jener Zeit, begeistert über die aufeinanderfolgenden Höllen, in denen sie Läuterung suchte, bis ihre Genossen einen Überfall auf eine Tankstelle machten, um Geld zu stehlen, und das Foto von Judit Torre mehrere Tage auf der ersten Seite der Zeitungen und auf dem Bildschirm erschien – *Dame der Gesellschaft als gemeine Straftäterin.*

»Das mit der Tankstelle stimmt nicht«, sagte sie Mañungo ins Ohr. »Solche Anschuldigungen gab es viele, um die Parteien der Linken anzuschwärzen und die Leute davon zu überzeugen, daß ihre Mitglieder gefährlich sind, sogar für die unteren Schichten. Aber dieser Überfall hat mich aus den Klauen der politischen Polizei befreit und mich als gemeinen Straftäter in die Hände der normalen Justiz befördert. Im öffentlichen Gefängnis war ich etwas sicherer, von dort verschwindet man nicht. Innerhalb von höchstens fünf Tagen muß die Anklage erfolgen oder der Gefangene freigelassen werden. Daran haben Fausta und Don Celedonio sich festgekrallt und mich rausgeholt. Das mußte schnell gehen. So schnell, daß sie sich nicht einmal mit meiner Familie verständigt haben, weil die nur mit formalen Verzögerungen gekommen wären, die uns kostbare Zeit gekostet hätten.«

»Wieso Zeit?«

»Nun ja, meine Mutter, die Ärmste, war schon tot. Sie hatte Angst vor mir. Ich mache jedem angst. Arme Frau.«

Die Geschichte von Judit und ihrer Mutter stammte aus der Zeit vor ihrem Eintritt in die Universität. Sie war vierzehn Jahre alt, hatte sehr helles Haar und eine Zahnspange, die sie sich eines Tages vor den Augen ihrer Mutter aufsässig herausnahm. Die Mutter tadelte sie deswegen und warnte, wenn sie sie nicht sofort wieder einsetze, würde sie nicht die perfekten Zähne der Familie Fox bekommen. Judit in ihrer blauen Uniform und den Kniestrümpfen warf ohne ihren kristallklaren Blick abzuwenden die Klammer in eine Ecke des Schlafzimmers: Sie wolle nicht die Zähne der Fox bekommen, erklärte sie, die sie für die häßlichsten Zähne der Welt hielt. Tatsächlich verabscheute sie alle Mitglieder der Familie, angefangen bei ihr, ihrer Mutter, mit der sie nicht die geringste Ähnlichkeit haben wollte. Sie würde so anders wie nur möglich werden als sie und ihre älteren

Schwestern, und sie würde auch ihre Autorität nicht anerkennen, weil sie sie für dumm, ungebildet, feige, phantasielos und uninteressant hielt, sie warne sie also, nur ja nicht zu versuchen, sie zu beherrschen, es würde ihr doch nicht gelingen. Sie gedenke, ihr Leben nach ihrem eigenen Geschmack einzurichten. Um es ihr zu beweisen, stellte sie sich vor die drei ovalen Spiegel der grau lackierten Louisseize-Kommode, die das Gesicht der Mutter und der Tochter vervielfältigten, und schnitt sich mit einer Schere aus dem Handarbeitskörbchen, ohne die Augen zu senken, die Zöpfe ab und ließ gerade noch die schlohweißen Stoppeln dran, die während der ersten Jahre ihrer Militanz typisch für sie waren. Ihre Mutter wagte nichts dagegen zu sagen. Sie ließ sie gewähren, weil sie, so dumm sie auch sein mochte, doch bemerkt hatte, daß sie verloren hatte. Zur Essenszeit machten weder ihre Eltern noch ihre Schwestern irgendwelche Bemerkungen über ihr Aussehen und löffelten ihre Suppe wie gewöhnlich, während das Dienstmädchen die Teller wechselte. Beim Nachtisch meldete Judit sich zu Wort, um ihnen mitzuteilen, daß sie, da sie in allen Fächern die besten Noten ihrer Klasse bekommen hatte und ihr das Lernen leichtfiel, diese Gaben in einer Schule nutzen wollte, wo sie zu etwas nützlich seien. Sie habe sich daher von der Nonnenschule abgemeldet, in der ihre Mutter erzogen worden sei, und sich in einem öffentlichen Lyzeum angemeldet, in einem Viertel, das ihnen abscheulich kleinbürgerlich vorkam. »Laß dich wenigstens morgens vom Chauffeur hinbringen!« wagte ihre Mutter sich vor.

»Sei still, dumme Gans!« zischte der Vater ihrer Mutter zu, während Judit ihren Stuhl fortschob und hochmütig und schweigend und ohne sich zu entschuldigen das Eßzimmer verließ, angewidert von dieser abstoßenden Szene, die ihre Familie, hätten andere sie aufgeführt, für schrecklich vulgär gehalten hätte.

Mañungo war Zeuge und Teilnehmer der unmittelbaren Fortsetzung dieser Geschichte. In dem begeisterten politischen Brodeln der Oberschulen zu Ende der Amtszeit von Präsident Frei studierten die jungen, früher unschuldigen, jetzt radikalen Leute nicht, sondern sie diskutierten und erlebten Politik, und Judit wurde in dieser ersten jugendlichen Freude von dem Mathematiklehrer, mit dem sie ging und der sie in die Kommunistische Jugend einführte, mitgerissen. Die Erregung der Aufmärsche, Versammlungen der Zellen, die Unterweisungen, ideologischen Kontroversen waren als Stimulantien nicht mit Euklid zu vergleichen. In der Málaga-Straße, im Haus ihrer Eltern, vermutete man, daß Judit »in irgend etwas steckte«, aber man wagte nicht, sie zu fragen. Als sie aus der Schule kam, widmete sich Judit derart den Aktivitäten der Jota, daß sie einwilligte, sich in die Fakultät für Wirtschaftswissenschaften einzuschreiben, nicht, weil sie Neigung für dieses Fach zeigte, sondern weil die Partei Wirtschaftler brauchte. Da sie sich der Agitation und der Teilnahme an Diskussionen widmete, legte sie keine einzige Prüfung ab, sah in kein einziges Textbuch. Das Leben spielte sich entschieden in anderen Dingen ab. Sie kam spät nach Hause – in ihrer Familie akzeptierte man, daß sie als Studentin einen anderen Stundenplan hatte, so daß sie so gut wie nie ihre Verwandtschaft sah –, aber niemand wußte, mit wem sie zusammen war, obwohl ihre älteren Schwestern der Mutter mit geschmacklosen Geschichten kamen, sie hätten die verrückte Ju im Zentrum gesehen, unmöglich angezogen und wie eine Wahnsinnige grölend, während sie zusammen mit unmöglichen Bärtigen, die sich mit der Polizei herumprügelten, Unanständigkeiten an eine Wand schmierte.

»Es kommt der Tag...« prophezeiten die Schwestern zu Anfang, aber dann hörten sie auf zu prophezeien, denn sie heirateten und verloren jedes Interesse an Judit.

Die Mutter, Opfer eines namenlosen Leidens, legte sich endgültig im größten und dunkelsten Schlafzimmer des Hauses ins Bett, wo sie sich unter den hohen Stuckdecken ihre eigene Welt des Nähkästchens schuf. Da man Judit dessentwegen, was man übereingekommen war, ihr »Studium« zu nennen, selten im Haus sah, merkte niemand, daß sie gar nicht mehr dort wohnte, sondern bei einem Sänger, der großen Erfolg auf den Festivals und den politischen

Zusammenkünften der Linken hatte. Nach kurzer Zeit jedoch, als der Sänger in die USA fuhr und Judit mit ihrem früheren Mathematiklehrer zusammenzog, der die KP verlassen hatte, um sich dem MIR anzuschließen, der die Jugend mitriß und neue Verhaltensformen einführte, gab es der Familie nichts mehr zu erklären. Eines schönen Tages kam sie und holte ihre Sachen in der Málaga-Straße ab mit dem friedfertigen Vorhaben, sich ihnen wenigstens ein bißchen begreiflich zu machen. Als sie schließlich der Köchin, die schon ewig im Haus war, die Dinge erklären wollte, fragte die sie, ob sie verrückt geworden sei, und glaubte ihr kein Wort. Ihr Vater war an der Börse, weil dort die Hölle los war, und ihre Mutter ließ ihr von dem Mädchen bestellen, sie könne sie nicht empfangen, da sie sich nicht wohl fühle, es wäre günstiger, morgen, bevor sie in die Vorlesung zur Universität gehe, mit ihr zu sprechen.

19

Ein Auto hielt an der Ecke. Judit löschte die Zigarette, damit man das Glimmen nicht sähe. Wenn dieser Block so stark bewacht wurde, bedeutete dies, daß ein hoher Bonze hier lebte. Las Hortensias und der blaue Mercedes waren also richtig! Als das Auto eine Minute später wieder abfuhr, sagte Judit, sie könnten hier nicht liegenbleiben, denn so könnten sie den Mercedes nicht abfangen, auch wenn um diese Zeit nur noch wenig Hoffnung bestand, daß er kam.
»Abfangen?« rief Mañungo. »Ist das hier ein Krimi?«
»In gewisser Weise. Alles in Santiago ist ein Krimi.«
»Willst du den Typ, der da drin sitzt, umbringen?«
»Ich weiß nicht. Ich will seine Stimme hören, damit ich weiß, ob es der Typ ist, den ich suche. Ich werde abwarten, was passiert, was ich fühle.«
»Du bist wahnsinnig! Die ganze Nacht hast du von Stimmen gesprochen. Wieso willst du die Stimme von einem Typ hören, der in einem Mercedes kommt? Gib mir die Pistole.«

»Ich habe einen Plan. Du wirst mir helfen. Du wirst mir als Lockvogel dienen.« Mehr erklärte sie nicht. Sie standen auf. Als sie sich wieder auf den Sockel des Gitters setzten, knöpfte Judit die unteren Knöpfe ihres Kleides auf, das auseinanderfiel, als sie ein Bein über das andere schlug, und dabei ihr zartes Knie und einen Teil des Schenkels zeigte. Er legte eine Hand um eine ihrer Brüste, die von der Berührung der Seide erregt waren. Sie trug, wie eine Dirne auf dem Kriegspfad, keine Unterwäsche, was Mañungo anfangs schockierte und dann erregte. Sie sollten doch bitte ihr absurdes Himmelfahrtskommando hier abbrechen und sich überlegen, wie sie nach Hause kämen. Judit antwortete ihm nicht. Die Nachricht von Don Cesar lautete, auf den Mercedes zu warten »ab zwölf Uhr«, und darum war es schwierig, sich geschlagen zu geben.

»Ramón war schon verschwunden, als Luz geboren wurde«, sagte sie zu Mañungo, als sie sich an das Gitter setzten.

»Wie alt ist sie jetzt?«

»Warte. Ich spreche von ungefähr zwei Jahren nach dem Putsch, zehn, zwölf, ich vertue mich immer mit den Monaten.«

»Älter als Jean-Paul.«

»Sie lebt bei Ramóns Eltern.«

»Nicht bei dir?«

»Nein. Ich sehe sie selten, denn sie regt mich ziemlich auf. Sie mag mich nicht, genau wie ich meine Mutter nicht mochte. Sie verurteilt alles, was ich tue. Sie hält mich für eine verrückte Alte, »pingelig« nennt sie mich, weil ich darauf bestehe, sie Luz zu nennen, das ist ihr richtiger Name, und nicht Marilú, wie ihre Freunde sie nennen. Das einzige, was sie interessiert, sind Klamotten von Fiorucci und so was. Ramóns Familie ist sehr bescheiden, es ist also bis zu einem gewissen Grad verständlich, daß Luz sich für solche Dinge begeistert. Daß ich das begreife, macht sie mir aber nicht sympathischer. Aber sie ist nicht dumm, und vielleicht gehen diese Albernheiten vorbei.«

»Was sagt Ramón dazu?«

»Ramón haben sie umgebracht. Er war mehrere Monate untergetaucht. Dann stand eines Tages sein Name auf einer Liste in der Zeitung: »Argentinische Polizisten töten illegale Chilenen wie Ratten«, was heißen sollte, diese Mitglieder des MIR, die auf der Liste, seien heimlich nach Argentinien geflohen, dort mit Polizisten zusammengestoßen und niedergemacht worden. Aber wir haben Nachforschungen angestellt. Dort hat man sie nicht umgebracht. Ramón ist nie in Argentinien gewesen. Sie haben ihn hier getötet, und seine Leiche ist verschwunden.«

Mañungo wurde es eiskalt bei dieser in ganz normalem Ton vorgebrachten Antwort. Das war eine konkrete Tatsache, mit der sie nichts mehr zu verbinden schien, sie wollte weder Nachsicht noch Respekt für ihre Trauer. Ihren Mann oder Lebensgefährten, jedenfalls den Vater ihrer Tochter, hatte man umgebracht, wie man die Männer oder Gefährten so vieler anderer Menschen, die sie kannte, umgebracht hatte. Während der elf Monate, die Ramón untergetaucht war, hatten sie sich nur ein einziges Mal getroffen, nachts auf einem unbebauten Grundstück, wo sie sich über einen der Gefolgsleute von Don Cesar verabredet hatten. Sie liebten sich unter freiem Himmel. Er verlangte von ihr, keine einzige Frage über seine Aktivitäten und die seiner Genossen zu stellen, ihr Nichtwissen sollte sie beschützen. Aus dieser Begegnung wurde Luz geboren, zwei Monate nach Ramóns Tod. Judit wies diese Bilder von sich. Und als wollte sie sie fortwischen, lächelte sie in Gedanken an die begeisternden Tage der Unidad Popular, der Verjüngung, des Wagemutes, der Vitalität. Sie lebte damals, als alle Welt glücklich zu sein schien, mit Ramón in einer Hütte in den Slums und arbeitete als Gewerkschaftsführerin in einer Möbelfabrik in Maipú. Sie ging nicht zur Universität. Nie war sie sehr fleißig gewesen, außer beim Agitieren, da die politische Militanz das stärkste Angebot an die Jugend jener Jahre war. Sie organisierte Proteste, Aufmärsche und Streiks, bis schließlich die Gewerkschaft unter ihrer Leitung die Fabrik besetzte und sie begannen, auf eigene Rechnung Möbel zu produzieren. Judit, der noch ein gewisser Glanz geblieben war, und dies trotz ihrer Jeans und dem olivgrünen

Hemd – »War dein Haar wieder gewachsen?« »Ja, es war gewachsen, ungefähr so wie jetzt, nicht wie damals, als du mich kennenlerntest« –, sprach mit den Beamten in den Ministerien und reizte den »Genossen Minister« so lange, bis sie Erleichterungen für ihre Gewerkschaft bekam, die zu denen gehörte, die sich in den Jahren am besten entwickelte. Judit war damals sehr glücklich, ganz erfüllt. Es machte ihr nichts aus, daß sowohl die Funktionäre der UP, die ihre Eingaben annahmen, wie ihre Genossen in der Gewerkschaft mißtrauisch waren und sich ein bißchen über sie lustig machten, eine Dame, die, trotz aller Anstrengungen dies zu verbergen, in ihrem ganzen Auftreten die Herkunft aus der Klasse der Privilegierten verriet. Die Genossen mühten sich nicht, zu verheimlichen, daß es ihnen idiotisch vorkam, daß sie auf die Annehmlichkeiten und die Sicherheit, nach denen sie sich sehnten, verzichtete, um sich dem Kampf für die abstrakte Idee einer sozialen Gerechtigkeit hinzugeben.
»Als sie Ramón umgebracht hatten, mußte ich in den Untergrund, weil die Polizei hinter mir her war; ich sollte ihnen Auskünfte über den Aufenthalt der anderen geben. Jeden Tag verschwanden Genossen, und von überallher kamen makabre Gerüchte über Folterungen. Meine Eltern ließen mich, ich glaube, um überleben zu können, für tot erklären, und Fausta brachte meine Tochter zu Ramóns Eltern, brave Leute, trotz der Dummheiten, die sie ihr beibringen, in eine winzige Wohnung in einem dieser Viertel hinter dem Stadion. Ich bin von Haus zu Haus geflohen, von Slum zu Slum, immer einen Sprung vor meinen Verfolgern, die oft die Häuser durchsuchten, in denen ich mich versteckt hatte, außer einigen ganz geheimen, die man aber nicht oft benutzen durfte, weil sie sonst entdeckt worden wären. In den eineinhalb Jahren, die ich im Untergrund gelebt habe, verlor ich nach und nach die Verbindung zu meinen Genossen aus der Partei, war schließlich völlig isoliert von den wenigen, die noch die Ideologie und die Hoffnung hochhielten, die Genossen, mit denen ich die Mythen, die Gefahr, den Glauben, das Abenteuer, den Hunger und das Bett geteilt hatte, bis ich sie ganz aus den Augen verlor und unerträglich al-

lein war. Das Regime hatte uns auseinandergerissen, es gab nichts mehr, niemanden, nicht einmal etwas, womit wir uns wieder von neuem hätten zusammensetzen können. Don Cesar habe ich schon immer gekannt, er hieß der ›perrero‹, weil er als Kind in Lota auf die fahrenden Kohlenzüge aufgesprungen war, wenn sie bei den Steigungen langsam fuhren, und seinen genauso jungen Freunden, die neben dem Zug herliefen, ›perros‹ – das heißt große Stücke Kohle – hinunterwarf, die sie dann gut verkauften. Und bei einem dieser Abenteuer ist Don Cesar heruntergefallen, und der Zug hat ihm die Beine weggerissen. Das hinderte ihn jedoch nicht daran, ein Draufgänger und Frauenheld zu werden, und bettelarm, wie er war, verliebte er sich in ein hübsches zwanzig Jahre jüngeres Mädchen, mit dem er neun Kinder hatte. Eine Tochter und drei Söhne sind gestorben oder verschwunden. Der Haß, den er und seine Kinder auf das Regime haben, ist nur vergleichbar mit dem Haß auf die Partei; deshalb arbeitet er auf eigene Faust, ohne irgend jemandem Rechenschaft zu geben. Warum auch nicht, wenn Gewalt die einzige Antwort derer ist, die keine Hoffnung mehr haben? Und wenn ich nachts, da er bei Tag selten unterwegs ist, sein Rollbrett in der Nähe meiner Wohnung höre oder wenn ich ihn zur Dämmerstunde sehe, sommers wie winters mit seinem Schal und dem Schlapphut über dem Auge, als wollte er sich verstecken, obwohl ihn das nur noch auffälliger macht, weiß ich, daß er eine Nachricht für mich hat oder einen Vorschlag. Er gibt sich nicht damit zufrieden, daß ich mich aus dem Kampf heraushalte, nachdem ich so viel gekämpft habe, denn es ist unser Kampf, von jedem von uns, und unsere Mission heißt, Chaos zu schaffen. In meiner Untergrundzeit, mit Menschen wie Don Cesar in seiner elenden Kate, einen Strohsack auf der Erde mit seinen Söhnen teilend, von deren einem ich flüchtig die Geliebte war, wenn das auch keine Spuren hinterläßt, oder auf dem Boden anderer Häuser, blieben mir drei oder vier Tage, bevor ich wieder in ein anderes Viertel fliehen mußte, damit meine Verfolger meine Spur verloren. Das waren die Zeiten des Terrors. Jene, die wie Don Cesar dachten, und darum glaube ich ihm das mit dem blauen Mercedes, waren bereit, in allem zu helfen, und sie gaben mir Unterschlupf und einen Teller Suppe dafür, daß ich leise und im Dunkeln von jenem Haß mit ihnen sprach, der auch mein Haß war. Er baute ein zuverlässiges Netz von Informanten auf, ein geheimes Gespinst aus Kontaktleuten, die bis in die äußersten Winkel der Stadt vorstießen, wo Rachsucht kochte, die ihnen Kraft zum Überleben gab und zum Verstecken und Helfen, wobei sie alles riskierten. Manchmal, wenn ich den Schmutz und den Hunger, die mich beinahe umbrachten, nicht mehr aushalten konnte, traf ich mich über solche Kontaktleute mit Fausta und Celedonio auf einer Wiese am Stadtrand oder an der Ecke zu einem der Slums, wo sie mich im Auto abholten und sich meiner für ein paar Tage annahmen. Sie haben mich nie etwas gefragt, trotz des Risikos, das sie auf sich nahmen, wenn sie mich versteckten. Sie kämpften am anderen Ende der Linken, das mit dem vom Regime tolerierten Zentrum verschmilzt, und man belästigte sie nicht, obwohl man nie aufgehört hat, sie zu überwachen. Fausta wurde bei der Landreform von Frei, den sie haßte, fast vollständig enteignet. Und was man ihr damals nicht weggenommen hatte, verschwand später durch die Landbesetzungen unter Allende, den sie nicht haßte, ich glaube vor allem, wie das in unserem Land zu sein pflegt, weil sie einmal bei Pablo und Matilde zusammen gegessen haben. Das Regime mißtraute Fausta nicht, weil man mit ihrer Wut auf die UP rechnete, die ihre Ländereien verschlungen hatte. Sie war jedoch immer noch reich, obwohl sie bei Manifestationen der Linken in der ersten Reihe mitmarschierte. Wenn ich den Untergrund verließ, um sie zu besuchen, baten sie und Celedonio mich inständig, Geld von ihnen anzunehmen und aus Chile zu fliehen, das zu einer Hölle geworden war für Menschen wie mich, die wir ein Recht auf unsere Ideen hätten. Ich wußte, für mich würde es unmöglich sein, Chile zu verlassen, weil ich als Mitglied des MIR registriert war. Ich zweifelte nicht daran, daß mein Name auf den Listen an den Flughäfen stand, obwohl ich dafür keine Beweise hatte. Zur Ausreise benötigte man außer einem Paß, den ich nicht hatte, ein Führungszeugnis, das ich unmöglich beibringen konnte. Dann sollte ich mich wenigstens in ihrem Haus versteckt halten, bedrängte mich die mitfühlende Fausta. Es sei grauenhaft, mich so mager zu sehen, mit dem Blick einer Irren, voller Grind, Zecken und Flohstiche. Nein, wiederholte ich, ohne daß sie mich verstanden. Ich muß das Schicksal meiner Leute leben, ich muß weiter von Haus zu Haus fliehen, eine Nacht nach der anderen, hungrig und voller Grind, damit in mir kein Funke des Hasses erlischt auf die, die meine Genossen umbringen, auf die, die Ramón haben verschwinden lassen, den ich nicht geliebt habe, mit dem ich aber eine politische Verschwörung teilte, die manchmal stärker ist als Liebe. Ich kann nicht im Schutz deines warmen Hauses bleiben, wie du von mir verlangst, Fausta, dieses herrliche Privileg würde meine Schuld denen gegenüber wachsen lassen, die es nicht besitzen. Außerdem darf ich dich und Celedonio nicht durch meine Anwesenheit kompromittieren. Ihr gehört einer anderen Generation an, einer anderen Welt, und diese unsere makabre Faszination für gefährliche Ideen und für den Tod gehört ausschließlich den Menschen unseres Alters. Aber warum nur, weinte Fausta, ohne zu verstehen, was ist denn deine Schuld? Welche Greuel mußt du abbüßen? Hast du nicht schon genug gelitten? Ich ging dann, ohne ihr antworten zu können, denn Fausta ist eine romantische Frau, im Grunde sehr gefühlsbetont und schlicht, und es ist unnütz, sie in das Dickicht zu ziehen, das einen zu Handlungen bewegt, die man rational weder verstehen kann noch soll. Und wenn ich ging, versprach ich, hin und wieder aus meinem Dunkel aufzutauchen, um bei ihnen ein paar Tage auszuruhen, wenn ich es nicht mehr aushalten konnte. Eines Tages traf Celedonio meinen Vater in der Bibliothek im Club de la Unión. Sie grüßten sich nicht, aber ihre Hände stießen aneinander, als sie beide die letzte Nummer von *Time* vom Tisch nehmen wollten. Mein Vater griff mit einer solchen Arroganz des Herrn dieser Welt zu, denn jetzt waren es wieder seine Leute, die die Rechte der Sieger beanspruchten, daß Celedonio, automatisch defensiv, seine Hand zurückzog und meinem Vater die *Time* überließ. Beschämt über diese Niederlage rief er Fausta an, sie möge ihn abholen. Er fühle sich so alt, so schwach, daß er keinen Augenblick länger allein sein wolle. Er sagte, er müsse mich unbedingt treffen, er wolle sehen, ob eine Erklärung von mir ihn bis zu dem Grad entflamme, um mein Bedürfnis nach Zerstörung begreifen zu können und nicht wie jetzt länger vernünftig zu bleiben und Maß zu halten. Ich hatte ihnen einen Kontakt zu Don Cesar genannt – Ada Luz, die ich später im Gefängnis kennenlernte, wo meine Frauenverbindung entstand –, eine Verwandte von ihm, die als Verkäuferin an einem Muschelstand auf dem Großmarkt arbeitete. Wie ein Maulwurf in der Nacht die Stadt durchwühlend, gelang es ihnen, mich ausfindig zu machen mit einer Botschaft, man würde mich um die und die Zeit in einem grauen Citroën an einer bestimmten Ecke der Avenida Brasil abholen. Ich ging zu der Verabredung, denn ich war in jenen verzweifelten Tagen drauf und dran, vor Hunger, vor Angst und vor Einsamkeit zu zerbrechen, und sehnte mich danach, daß sich jemand um mich kümmerte; ich wollte gut essen, mich beschützt und geliebt fühlen, Musik hören, ein Wunsch, das weißt du besser als ich, der manchmal tyrannischer ist als der Hunger. Fausta hatte Fleisch, erinnere ich mich, ein Steak, ein Mordsstück, beinahe argentinisch, mit Eiern, viel aufbauendes Protein und einen exzellenten Rotwein. Nach dem Essen – wie soll ich das je vergessen! – zogen wir uns in der gesammelten Stille der Nacht in das Arbeitszimmer von Celedonio zurück, mit seinen bekannten dunkelgrünen Wänden und den Empire-Möbeln und den Stapeln französischer Zeitschriften in den Ecken. Ich merkte, daß Celedonio mich etwas fragen wollte, aber die Bitte nicht aussprechen konnte und sich absichtlich, wie mir schien, um nicht weiterreden zu müssen, in andere, weniger dringende Themen verstrickte. Draußen hörte ich die Stadt, die nichts von uns wußte, und den Regen, in den ich wieder hinaus mußte, da er mich rief. Aber dort in dem Arbeitszimmer unter dem alten Licht des *Tôle-Schirms* merkte ich, daß Celedonios Unentschlossenheit nichts als eine Form von Luxus war. Wir hörten Arrau die *Papillons* von Schumann spielen – Celedonio und ich, wir sind große Schumann-Anhänger, Mañungo, wie du –, und eine Weile freute es mich so sehr, so viel Stille um mich zu haben, so viel Zeit, zu lauschen und Lust zu spüren, daß ich fürchtete, mein Haß verginge. Aber als *Papillons* zu Ende war, konnte ich mit dem unausgewogenen Strudel der *Kreisleriana* meinen Groll wiedergewinnen. Ich mußte die schmelzende Transzendenz des Schönen und des Leichten vergessen. Mein Weg war härter, und man mußte sich für immer in ihn versenken wie in den musikalischen Fluß des Wahnsinns. Jedenfalls schloß er das Recht auf so harmonischen Schmerz und so verschwimmende Komplexitäten wie die der *Papillons* aus. Celedonio war in einer Ecke des Ledersofas eingeschlafen. Fausta strickte irgend etwas Violettes, um mich damit zu bekleiden, obwohl ich sie anflehte, daran nicht weiterzustricken, weil diese Farbe mich in der bleigrauen Armut der vom Nebel verhangenen Slums zu einer Zielscheibe machen könnte. Dann gingen wir zu Bett. Ich konnte nicht einschlafen. Ich hatte kein Recht dazu. Während die schlaflosen Stunden dahingingen, dehnte sich mein Groll auf Fausta aus, auf Schumann, Celedonio, alle Komplizen, alle Mitwisser der Ungerechtigkeit und alle Feinde. Nachdem Celedonio das Licht gelöscht hatte und ich Fausta schnarchen hörte, sie hatte eine Flasche Rotwein getrunken, voller Erinnerung an die Zeit, da sie mit ihrem Vater ihre Ländereien im Süden abgeritten war, stand ich auf, stahl Fausta unbesonnen alles Geld, das sie in ihrer Tasche hatte, und floh. Nicht durch die Tür, wie ich es hätte tun können, sondern indem ich eine Scheibe zerschlug wie eine Diebin, wie eine Feindin, denn so wollte ich es, und so sollte es sein. Die sollten mich solcher Sachen wegen hassen, um mir den Rückweg zu versperren und mir das Recht auf die Schwäche des Ausruhens und auf Schumann abzusprechen, auf Dinge, die ich vergessen mußte, wenn ich nicht wollte, daß sie meine Überzeugungen untergruben. Sicher, mein Diebstahl war eigentlich keiner, denn Fausta hat mir immer alles angeboten, was sie hatte, alles Geld, was ich wollte, um mich zum Beispiel in einem Gebirgsdorf zu verstecken, um von dort zu Pferd über die Anden nach Argentinien zu fliehen, wie Neruda es in der Zeit von Präsident Videla gemacht hat. Ich habe alle ihre Angebote abgelehnt, denn mein Schicksal sah anders aus, war verbunden mit der Unbill, mit Rache und Gerechtigkeit. Außerdem – das sah ich in dem Moment, da ich auf der Suche nach Faustas Portemonnaie ihre Tasche durchwühlte – war es notwendig, vor allem kein Geld als Geschenk anzunehmen, denn das würde mich zu ihrem Komplizen machen, die im Grunde, da sie gemäßigt waren, die eigentlichen Korrumpierer waren, die wirklich Schuldigen. Ich durfte nicht einmal den Gedanken akzeptieren, daß Fausta mir Geld ›geben‹ könnte, denn ›ihr‹ Geld gehörte genauso mir, und ich hatte ein Recht, es zu nehmen, wann ich es wollte. Warum sollte ich sie darum bitten oder ihr dafür danken? Ich mußte es stehlen, sie beleidigen, verletzen, und verschwinden. Ich ging nach La Hermida, wo, versteckt in Don Cesars Haus, die auf mich warteten, die mich verhafteten. Ich habe dir schon erzählt, wie das mit mir im Gefängnis war und mit den fünf Frauen, die ich dort kennengelernt habe ... ich hörte ihre Stimmen durch die Wände schreien ... Aury, Senta, Ada Luz, Beatriz, Domitila ... die größte Kraft, die ich jetzt besitze, ist die, die mich mit ihnen verbindet, und mein Bedürfnis nach Rache ist, sie zu rächen, die glauben, ich sei ihnen gleich; aber ich bin es nicht, sie dürfen nicht wissen, daß ich nicht bin wie sie, denn dann sagen sie: Warum? Warum du, wenn du keine von uns bist?«

20

Seit vielen Jahren war die mögliche Verleihung des Nationalpreises für Literatur an Fausta Manquileo Thema leidenschaftlicher Kontroversen. Während der Amtszeit von Frei empfahl sich ihr araukanischer Name der Demagogie als Kandidatin. Als es aber soweit war, den Preis zu verleihen, meinte man, es gäbe ältere Schriftsteller, die ihn eher verdienten oder doch wenigstens vor ihr, was keineswegs falsch war. In den Jahren der UP disqualifizierte man sie als Reaktionärin. Zum einen hatte sie nicht in der Revolution mitgekämpft, und zum andern besaß sie immer noch beachtliche Ländereien im Süden, während es unter den Genossen Schriftstellern mit wenig Geld, aber brennender Treue welche gab, die diesen Preis zum Überleben brauchten. Nach 1973 beschuldigte man sie, wie so viele Gemäßigte, Kommunistin zu sein, denn in jedem Gemäßigten steckt ein potentieller Kommunist, und man verweigerte ihr wieder den Preis, um ihn den Schriftstellern zu geben, die sich im Dunstkreis der Macht bewegten.

Trotzdem war Fausta Manquileo einer der angesehensten Namen der chilenischen Literatur, auch wenn die Literatur jetzt im Leben der Nation nicht viel galt. Fausta war die letzte Größe aus der Vergangenheit, als das Wissen von den Dingen unseres Landes und die noble Zeugenschaft davon das große Thema unserer Erzähltradition war. Mit Fausta verschob sich das Maß für ihre literarischen Vorfahren ein wenig, das ist wahr, aber was sollte man machen, das lag an den Zeiten. Für das Regime war es jedenfalls bequem, daß Fausta seit zehn Jahren nichts publiziert hatte. So konnte sich wenigstens, trotz ihrer Vertrautheit mit den Nerudas und ihrer auffallenden Rolle bei politischen Protesten, ihr unschuldiger erster Roman *Fenster über dem Weizenmeer* im Spanischprogramm der Oberschulen halten, denn wenn man ihn gestrichen hätte, hätten die berühmten Gemäßigten ziemlich unangenehm werden und von Zensur oder Menschenrechten reden können, und die naiven Yankees hätten, wenn es um neue Anleihen gegangen wäre, unbequem werden können. Ihre späteren Romane, die kaum neu aufgelegt worden waren, fand man nur hin und wieder in den Regalen der Antiquariate.

Das Ambiente von Santiago war, wie Don Celedonio meinte, im Grunde ländlich; so sehr sich die Dinge auch verändert hatten, blieben die traditionellen Bande der Familie, der Schule, des Wohnviertels, der Sommerferien bestehen

und konnten in Augenblicken der Not zu wichtigen Verbindungen werden. Fausta und Celedonio wurden »von aller Welt empfangen«. Ihre in den Straßen der Hauptstadt und auf den Empfängen der Botschaften unverwechselbaren, nicht zusammenpassenden, aber immer zusammen auftretenden Gestalten standen für literarisches Prestige. Eben deshalb, damit das Prestige, das ihre Namen genossen, nicht gestört wurde, wenn sie Judit öffentlich eines so dümmlichen Diebstahls bezichtigten, zog Fausta es vor, nicht die Polizei zu verständigen, als sie mit dem Geld verschwunden war. Schamlose Diebin! Schlechte Freundin! Das war ihre erste Aufwallung, gleichwohl der Diebstahl unbedeutend war. Oft hatte sie ihr das Doppelte, das Dreifache, das Zehnfache angeboten, ohne daß sie es angenommen hätte. Warum jetzt, und auf eine so gemeine Art? Fausta, die wenige Menschen mochte, zählte die verrückte Judit Torres zu ihren Lieblingen; wie sollte sie dieser Verrat an ihrer Freundschaft nicht kränken? Don Celedonio, ein feinsinnigerer Theoretiker als sie, ließ sie, während er sich rasierte, darüber nachdenken und beruhigte sie dann mit einer nüchternen Analyse der Krise dieser Generation. Die große Schriftstellerin beschloß in Tränen aufgelöst diesen Morgen auf ihrem Bett, im Durcheinander ihrer Zeitung, ihrer Kleider und ihres Frühstückstabletts, und sie schwor, sie würde alle ihre Leidenschaft daransetzen, die arme Ju aus diesem tragischen Kreislauf, der sie ersticke, herauszureißen.
Die ganzen folgenden acht Tage konnte sie Ju nicht ausfindig machen. Die Verbindungen schienen abgeschnitten zu sein, die Kontaktleute, die Boten wie vom Erdboden verschluckt, alle Adressen, Angaben und Namen waren plötzlich falsch, denn niemand kannte niemanden mehr. Wo war Ju geblieben? Was, zum Teufel, war los? Bis am Morgen des neunten Tages ihr Bild in der Zeitung erschien: *»Bekannte Extremistin und Dame der obersten Gesellschaft als gemeine Straftäterin verhaftet.«* Sie rissen sich die Seiten aus der Hand, um die Geschichte zu lesen: Judit Torre war in der vergangenen Nacht mit einer Bande von Mitgliedern des verbotenen MIR verhaftet worden, als sie in Pudahuel eine Tankstelle über-

fallen wollten. Bei dem Zwischenfall gab es zwei Verletzte und einen Toten. Wenn man als Mitglied des MIR bezeichnet wurde, hieß das, daß man in eines der berüchtigten Lager für politische Gefangene gebracht wurde, wo die Spitzel mit brutalen, in Panama und in Brasilien praktizierten Techniken die Gefangenen zwangen, ihre Untaten zu gestehen und den Aufenthaltsort ihres Anführers zu verraten. Wer durch diese Mangel gegangen war, starb oder wurde wahnsinnig. Die meisten verschwanden. Wenn es sich aber um einen »gemeinen Straftäter« handelte, brachte man ihn ins öffentliche Gefängnis, wo die normale Justiz ihn aburteilte. In jener Zeit, da man in jeder Familie diese Unterschiede den eigenen Kindern vorsorglich klarstellte, wußte jeder, daß normale Straftäter nicht länger als fünf Tage festgehalten werden durften, ohne einem Richter vorgeführt zu werden. Wenn es sich zeigte, daß der betreffende Fall »unbedeutend« war, wurden sie mit einem Führungszeugnis »Ohne polizeiliche Vorstrafen« entlassen. Wenn man jedoch etwas an dem Fall fand, wurde der Delinquent als Strafgefangener ins öffentliche Gefängnis gebracht. Obwohl das Gefängnis in dem üblen Ruf stand, verdreckt zu sein, voller Laster, Rauschgift- und Menschenhandel, ohne ausreichende Ernährung, ohne Hygiene und ohne Decken, war es doch nicht so gefürchtet wie die Lager für politische Gefangene. Denn die Experten für das Verschwinden hatten keinen Zugriff zum öffentlichen Gefängnis.
Fausta und Celedonio zogen sich eilig an, um zum Frauengefängnis zu gehen. Man brachte ihnen Judit, mißhandelt, stammelnd und aufgelöst, die blauen Augen so blaß und ausdruckslos, als wären sie ihr aus dem Gesicht gefallen, obwohl sie blutunterlaufen waren, ihr Körper von blauen Flecken und Wunden übersät, abgemagert von Pein, die Hände und Nägel durch raffinierte Foltermethoden, denen Faustas Phantasie lieber auswich, blutend. Man hatte sie am Vorabend verlegt, erklärte sie, während der Ausgangssperre, wenn in dieser Stadt alles Geheimnis ist und man die Untaten des Schreckens in der Stille begeht und man kein einziges Flüstern in den Straßen im Barrio Alto hört, durch

die sie in dem versiegelten Zellenwagen wahrscheinlich gefahren ist – doch, doch, es war das Barrio Alto, ihr Barrio Alto; nichts in der Welt konnte man mit dem Duft einer Sommernacht in jenen Straßen vergleichen, dachte sie, als sie es mit dem Schmerz dessen erkannte, der es zum letzten Mal auf dem Weg zum Schafott erlebt, nichts in der Welt roch wie die vom Sprengen feuchten Pitosporos und die Geißblattkaskaden und die abgeschnittenen Äste-Haufen der Makrokarpas, die die Gärtner am nächsten Tag fortschaffen würden. Jetzt, vor ihrem Tod, begriff sie in ihrem Zellenwagen, daß es unmöglich war, eine Sommernacht im Barrio Alto mit irgendeiner anderen Nacht an irgendeinem anderen Ort der Welt zu vergleichen – zusammen mit weiteren fünf »Extremistinnen«, ihren Genossinnen, die nichts vom Wunder dieser Straßen wußten. Sie selbst, erklärte Judit, begriff nicht, warum man sie zum zweiten Mal verlegte. Zuerst hatte man sie drei Tage woanders festgehalten, und dann in ein anderes Lager gebracht, damit sie sich erholten, bevor man sie ins öffentliche Gefängnis schaffte.
»Das erste war entsetzlich. Man hat mich verhaftet, als ich von euch kam in der Nacht, in der ich das Geld genommen habe. In dem zweiten Lager war ich fünf Tage.«
»Im ganzen acht Tage«, sagte Don Celedonio und wischte sich den Schweiß von der Stirn. »Hör mal, Ju ... hör mal zu ...«
Sie antwortete nicht.
»Judit«, drängte Don Celedonio noch einmal.
Erst dann hob sie den Blick und fragte: »Ja?«
»Man hat dich also nicht gestern morgen verhaftet?«
»Nein. Vor acht Tagen. Gestern morgen war ich in dem zweiten Lager eingesperrt.« Als Fausta die Zeitung aufblätterte, um Judit die Meldung zu zeigen, schien sie wieder aufzuleben. Nichts davon sei wahr. Alles Lüge. Sie hatte diese Namen nie gehört und die Gesichter nie gesehen. Zu der in der Zeitung für den Überfall angegebenen Zeit war sie mit fünf Genossinnen in ihrer Zelle. Sie hatte Zeugen, um das zu beweisen. Jede ihrer fünf Genossinnen konnte beschwören, daß sie die Wahrheit sagte.

»Wenn sie dich gestern abend hierhergebracht haben, haben wir Zeit, dich herauszuholen, bevor sie dich ... dich belästigen«, sagte Don Celedonio.
»Nein«, sagte Judit, obwohl das nicht stimmte. Sie erkannte jedoch diesen als den ersten Augenblick, in dem sie dem Bedürfnis, ihre Lüge zu zimmern, nicht widerstehen konnte. »Im ersten Lager, in den ersten Tagen, ist mir das Schlimmste schon geschehen.«
»Mein Schatz! Du Ärmste!« rief Fausta aus. »Du mußt mir nachher alles erzählen. Jetzt müssen wir dich hier erst einmal herausholen. Du kannst hier nicht bleiben.«
Judit klammerte sich an Fausta:
»Ja. Aber sie sollen mich nicht wieder in das erste Lager bringen! Bitte, sie sollen mich nicht wieder dahin bringen!«
Manche Menschen blieben Jahre in jenen Lepralagern des öffentlichen Gefängnisses, verfielen und kamen vorzeitig gealtert und abhängig von Lastern nach einer so langen Zeit wieder heraus, die sich unmöglich schätzen ließ. Und selbst das war den Lagern für politische Gefangene noch vorzuziehen. Was hatte dieses Hin und Her in Judits Fall zu bedeuten, die in der Zeitung angegebenen falschen Daten und Fakten, die die Situation verdrehten? Sie mußten so schnell wie möglich klarstellen, ob Judit politische Gefangene war oder Strafgefangene. Der Obrigkeit war ein Irrtum unterlaufen, sicher nicht ganz ohne Hintergedanken, als man Judit eines Deliktes beschuldigte, das zu einer Zeit begangen wurde, zu der sie, das konnte man beweisen, eingesperrt war. Wenn man aber beweisen konnte, daß die Meldung in der Zeitung falsch war und Judit keine gemeine Straftäterin war, würde das Lager für politische Gefangene sie sicher wieder aufnehmen und sie wieder in die Isolation versenken, zu der nicht einmal die Anwälte Zugang hatten, und auch wenn sie ihn hatten, war es für sie und für jeden anderen unmöglich, das Netz der schrecklichen, widerstreitenden Mächte zu entwirren.
Fausta und Celedonio folgten dem Zellenwagen in ihrem Auto bis zum Gericht, das im Barrio Bajo tagte, in einem respektablen, mit prätentiösen Schnörkeln der Jahrhundert-

wende geschmückten Adobebau, dessen Stuck aber brach und dessen Farbe abblätterte. Vor der Tür flüsterte voller Unruhe eine Herde von Verwandten der Verhafteten. Judit wurde mit anderen Gefangenen aus dem Zellenwagen herausgeholt und im Gebäude eingesperrt, bis sie an der Reihe war und ein Gerichtsschreiber sie aufrief. Fausta und Celedonio, trotz ihrer Erschöpfung unerträglich unruhig, stiegen abgetretene Treppen hinauf und hinunter, liefen durch ungepflegte Flure, setzten sich zum Ausruhen auf die freien Bänke und warteten, bis man Judit ausrief und sie, wie die anderen Gefangenen mit Handschellen, einem Richter in einem Cubiculum vorgeführt würde. Sie sahen die Gefangenen von den Gegenüberstellungen zurückkommen, um wieder von den Gendarmen mit lautem Schlüsselgerassel und Riegelkrachen eingeschlossen zu werden, während die Unruhe der zum Verzweifeln sich hinziehenden Zeit sich in den Gesichtern wiederholte. Gruppen von Männern vor der Tür des Gerichts rauchten, sprachen leise miteinander, sahen den Himmel an, sprachen über den Smog, lauschten den Glocken von Gratitud Nacional, von San Lázaro. Niemand beantwortete Faustas und Celedonios Fragen präzise, höchstens mit:
»Sie sind dran, wenn der Richter sie aufruft.«
Sie hatten bereits alle möglichen Prognosen für Judit durchgesprochen, und davon wieder anzufangen, riß ihnen an den Nerven. Die erste Möglichkeit war, daß sich der Irrtum der Zeitung über Judits Straftat aufklärte und sie wieder der politischen Polizei übergeben würde. Diese Lösung fürchteten sie am meisten, aber sie war die wahrscheinlichste. Die zweite Möglichkeit war, daß man sie trotz der Beweise zum gemeinen Straftäter erklärte und sie einsperrte, bis sie in der Pestilenz des Gefängnisses verfault war. Die dritte Möglichkeit war, daß man ihren Fall als unerheblich erklärte und sie freiließ, einfach so, ohne Begründung, egal ob zum Guten oder zum Bösen, wie die Justiz im Augenblick zu sein pflegte, und man ihnen erlaubte, sie mitzunehmen. Was dann? Was sollten sie mit der freien Judit anfangen? Zulassen, daß sie wieder in den Untergrund ging, von Hütte zu Hütte flie-

hend, das Auge des Regimes nun noch schärfer auf jeden ihrer Schritte gerichtet?
»Sie muß Chile sofort verlassen«, erklärte Fausta zum tausendsten Mal; was ihren Selbsterhaltungstrieb anging, war sie ganz sicher, was die Methoden betraf, in die Praxis umzusetzen, jedoch unsicher.
»Sie kann nicht«, erwiderte Don Celedonio ebenfalls zum tausendsten Mal an diesem Morgen; sicher, was seine Logik anging, war er sicher, was ihre Effektivität betraf jedoch verwirrt. »Sie hat keinen Paß, kein Führungszeugnis, und ihr Name steht bestimmt auf der Liste der gesuchten Personen, die am Flughafen Padahuel ausliegt.«
Fausta stand auf, richtete sich das Haar und sagte:
»Erkundigen wir uns.«
Genau in diesem Augenblick war es, dessen erinnerte sich Fausta später, daß alles sich auf eine verrückte Weise zu beschleunigen begann, wie in einem Film, über den man die Kontrolle verloren hat. Sie nahmen das Auto und fuhren zur venezolanischen Botschaft, wo der Botschafter Don Celedonio höflich nachsah, daß er keine Freundschaftszigarre mit ihm rauchen wollte; als er aber hörte, was ihn hierher gebracht hatte, wurde er sehr ernst, entschuldigte sich und schloß sich mit seinem Telefon ein. Nach zwanzig unendlich langen Minuten, in denen die Welt auf ihrer aus dem Lager geratenen Achse stillgestanden zu haben schien, kam er heraus, um ihnen mitzuteilen, daß dieser Name in keinem Flughafen Chiles auf der inkriminierenden Liste stand, sie sollten ihn aber nicht fragen, wie er das erfahren habe. Dies sei ein ganz besonderer Gefallen, den er nur ihnen getan habe, aus Hochachtung vor so berühmten Persönlichkeiten. Außerdem reichte er ihnen ein Schriftstück, das jener Dame als Visum zur Einreise in Venezuela dienen würde. Fausta und Celedonio schieden mit dem Schriftstück und der Hoffnung, um mit Jus Vater zu sprechen. Er war auf einer Geschäftsreise in den USA. Sie gingen zu einem Anwalt, der bereit war, die Sache zu übernehmen, sie sollten ihn in einer halben Stunde im Gericht erwarten. Als er jedoch erfuhr, wer die Verhaftete war, deren Foto am Morgen in allen Zei-

tungen erschienen war und deren Name aus allen Nachrichten dröhnte, sagte er, wenn er es recht bedenke, habe er an diesem Morgen ziemlich viel zu tun, und da diese Prozesse sich gewiß eine Ewigkeit hinzögen, genüge es, wenn er gegen vier Uhr nachmittags im Gericht sei. Da sie fürchteten, man könne Judit in ihrer Abwesenheit aufrufen – »Aber wieso?« fragte der Anwalt. »Wozu soll Ihre Gegenwart denn nützen? Beruhigen Sie sich.« –, eilten Don Celedonio und Fausta, mit zerzauster Frisur und von Hitze und Schweiß verwischtem Make-up, in die nächste Bar und tranken im Stehen einen Whisky, weil sie glaubten umzukommen, und erreichten in dem Augenblick das Gericht, in dem der Gendarm Judit in Handschellen dem Gerichtsschreiber zur Vernehmung vorführte. Sie folgten ihr bis an den Saal, wo das Geklapper der Schreibmaschinen zu hören war, man ließ sie jedoch nicht hinein. Sie konnten Judits Gestalt verschwommen durch das geschliffene Glas der Tür erkennen, die ein Gendarm bewachte. Wenn jemand sie öffnete, wurde die Tür von den Verwandten der Gefangenen, die hineinsehen wollten, bestürmt, und zwischen diesen Köpfen hindurch sahen Fausta und Don Celedonio Judit mit gesenktem Kopf vor dem Tisch des Schreibers stehen, der ihre Aussagen mitschrieb, und langsam und monoton sprechen. Warum erschien der Anwalt nicht? Wie sollte er, es war noch nicht einmal Mittag, und er hatte gesagt, sie sollten ihn nicht vor vier Uhr erwarten. Sollten sie einen anderen Anwalt anrufen? Wen? Wo? Sie konnten die Arme doch nicht allein lassen, so schmutzig, zerlumpt und hilflos. Fausta solle sich beruhigen, sagte Don Celedonio und drängte sich in die Gruppe, die der Gendarm zurückzuhalten suchte. Keine Aufregung, es sei nicht eilig, diese Verhandlungen dauerten tagelang, ewig, jedenfalls kamen sie einem so vor, diese fünf Tage, bis der Richter darüber entschied, ob ein Fall Bedeutung habe oder nicht und ob es eine Verurteilung des Gefangenen gäbe. Der Anwalt hatte also Zeit genug, wenn er um vier Uhr hier war, und sie konnten, wenn sich nachher die Richter zurückgezogen hatten und man die Gefangenen ins öffentliche Gefängnis zurückbrachte, wo sie die

Nacht verbringen würden, in aller Ruhe hochstehende Persönlichkeiten anrufen, die sie kannten, damit sie ihnen mit ihrem Einfluß halfen. Sie sollten warten wie alle anderen. Fausta und Celedonio ließen sich auf eine Bank fallen; sie fächelte sich und gelegentlich auch Don Celedonio, der am Rauch der stinkenden Zigaretten der Leute zu ersticken drohte, mit der Zeitung Luft zu, und Don Celedonio sagte immer wieder:

»Daß ihr Name nicht auf der Liste in Pudahuel steht, ist schon etwas. Meinst du nicht? Vielleicht ist es auch nur, weil sie die Delinquenten von gestern abend noch nicht drauf haben. Ob diese Art Visum, das der Botschafter uns gegeben hat, gültig ist?«

»Und das Führungszeugnis?« fragte Fausta.

»Der Richter wird es ihr geben, wenn die Verhandlung beendet ist.«

»Das ist das polizeiliche Führungszeugnis. Aber das politische?«

Don Celedonio zuckte die Achseln, ohne zu antworten. Wer sollte so etwas wissen? Wer wußte überhaupt irgend etwas in der Hölle dieses Landes? Er schloß die Augen und lehnte sich mit dem Rücken an die Wand. Erst dann flüsterte er sehr leise, mit einem Seufzer:

»Ich weiß es nicht.«

»Und der Paß?«

»Ich weiß es nicht. Ich sage dir doch, ich weiß es nicht.«

Wenn sich die Tür einen Spalt öffnete, sahen die strengen und zurückhaltenden Gerichtsschreiber von ihren Schreibmaschinen zu den draußen Versammelten und riefen, sie sollten sich ruhig verhalten. Die Gendarmen führten die Gefangenen, die keine Argumente mehr zu ihrer Verteidigung hatten, fort und schlossen die Türen mit Ketten. Um Viertel nach zwölf Uhr rief man Fausta und Celedonio auf, in dem winzigen Zimmer des Richters zu erscheinen, wo Ju auf sie wartete. Der Richter teilte ihnen mit, der Fall Judit Torre Fox sei ohne Bedeutung.

»Kann ich sie mitnehmen?« fragte Fausta.

Der Richter sah sie über die mit Schreibmaschinenschrift ge-

füllten Blätter, die er fast vertikal vor sich hielt, an und sagte, leider nicht, denn die Festgenommene Torre Fox werde, trotz ihres wohlklingenden Namens, ins öffentliche Gefängnis zurückgebracht, um dort vom Festnahmezentrum für politische Gefangene abgeholt zu werden, denn dorthin gehöre sie, obwohl jene Herren ihnen, der Ziviljustiz, die Verantwortung aufladen wollten. Der Fall könne als abgeschlossen angesehen werden – zweifellos handelte es sich wieder einmal um eine bösartige Falschmeldung der Journalisten –, aber es blieben da noch gewisse Unklarheiten, über die die Ziviljustiz sich nicht mit der politischen Polizei verständigen könne. Wer weiß, wer bei diesem unglückseligen Geplänkel als Verlierer hervorgehen würde! Er für seinen Teil wasche seine Hände in Unschuld: er gebe die Festgenommene Judit Torre Fox an die politische Polizei zurück. Fausta ahnte die Niederlage. Sie nahm Judits gefesselte Hände. Der Richter reichte Fausta das Schriftstück und bat sie:
»Unterschreiben Sie bitte hier, gnädige Frau.«
Während sie unterschrieb, sie wußte nicht, was und wozu, beobachtete Fausta den Richter aus dem Augenwinkel und überlegte, wie viele Minuten oder besser Sekunden ihr noch blieben, um Judit zu retten; wie, wußte sie nicht. Ihr fiel nichts ein, womit sie diesen zartfühlenden Jungen mit der goldgeränderten Brille und zwei wie Lupen dicken Gläsern, in denen seine ängstlichen Augen wie riesige schwarze Fische schwammen, verführen konnte. Er war mager, aber es zeigte sich der Ansatz eines festen Bäuchleins, und er hatte die talgige Haut des frisch Verheirateten, den seine Frau bereits über den Magen beherrscht. Als Fausta ihm das Papier zurückgab, versuchte der Richter die Unterschrift zu entziffern:
»Was heißt das hier?« fragte er, ohne den Blick zu heben.
»Fausta Manquileo.«
Der junge Mann ließ das Blatt auf den Schreibtisch fallen, und seine überraschten Augen schwammen in den Gläsern zurück und blieben auf der Höhe von Fausta stehen. Feierlich erhob er sich:

»Das kann ich nicht glauben!« rief er, jetzt ohne Zurückhaltung, trat auf Fausta zu und reichte ihr die Hand.
Judit und ihren Fall und auch Don Celedonio hatte er vergessen. Er hörte das Klappern der Schreibmaschinen nicht mehr, nicht das Kommen und Gehen und die Stimmen im Nebenraum. Wie jeder, sagte er zu der Schriftstellerin, habe er *Fenster über dem Weizenmeer* in der Schule gelesen, und seine Begeisterung sei groß gewesen, und er habe nicht nur eine Cousine geheiratet, die ihrer Heldin, der Nélia, ähnelte, sondern darüber hinaus in den Antiquariaten in der Straße San Diego alle ihre Bücher aufgestöbert, bis er die Sammlung komplett hatte: er glaube, er besitze ihr Gesamtwerk. Sie könne sich vorstellen, welche Ehre es für ihn sei, sie kennenzulernen, und dieses Glück . . .! Er bat Fausta, einen Augenblick ihm gegenüber Platz zu nehmen. Doch, doch, er habe genügend Zeit, die anderen könnten warten. Er ging mit der Schriftstellerin Titel für Titel all ihrer Bücher durch und die Daten ihres Erscheinens. Er schreibe auch, gestand er. Die schwarzen Fische rührten sich nicht; an die dicken Gläser seiner Lupen geheftet, waren sie aufmerksam auf jede Reaktion seiner berühmten Besucherin gerichtet:
»Bei einer Arbeit wie dieser«, meinte das Bürschchen von einem Richter, »erlebt man sehr viel, und es fehlt nicht an packenden Themen, um sie in einem Werk zu behandeln . . .«
Er würde seine Arbeiten zu gern jemandem zeigen, der davon etwas verstehe, denn er lebe in einem stumpfsinnigen beruflichen Ambiente, fern jeder geistigen Anregung, und seine Kollegen würden über ihn lachen, wenn sie erführen . . .! Ja? Wirklich? Welch eine große Ehre, wenn sie ihm ihre Meinung sagen würde! Ja, sehr gern, entgegnete Fausta und sah, wie die Zeit verrann, ohne sie festhalten zu können, ohne mit der armen Ju fliehen zu können, die neben ihr zitterte, nicht vor Kälte. Außerdem, fügte Fausta hinzu, könne sie ihm den einen oder anderen kleinen Band erotischer Gedichte schenken, die vor, nun ja, vor vielen Jahren in begrenzter Auflage erschienen sind, als sie noch jung war, natürlich, und wenn er wolle, könne sie ihm seine

Sammlung signieren. Danke! Danke! Der Richter meinte, es sei außerordentlich dringend, daß man den Nationalpreis für Literatur Fausta Manquileo zuerkenne, da dieser Preis allmählich seinen guten Ruf verliere, weil er nur noch nach politischen Gesichtspunkten vergeben würde, wie so viele Dinge, die in der jüngsten Vergangenheit die moralische Struktur des Landes zerstört hätten.
Sie hatten ungefähr eine halbe Stunde geplaudert. Ab und zu brachte man Akten, die sich auf einer Ecke des Schreibtisches häuften, oder ein Schreiber kam herein, um den Richter daran zu erinnern, daß draußen noch eine Schlange von Menschen warte, er möge diesen Fall endlich abfertigen. Der Richter schrie wütend, man solle die Tür schließen, und setzte seine angeregte literarische Unterhaltung mit einer so wichtigen Persönlichkeit fort, während seine Gesprächspartnerin spürte, wie seine Welt langsam zusammenbrach. Morgen würde sie ihm das Bändchen schenken, ein wirklich seltenes Stück, versicherte Fausta, und wenn er ihr morgen den Gefallen tue, seine Arbeiten zu bringen, so würde sie einen Blick darauf werfen und ihm ihre Meinung darüber sagen.
»Außerdem«, fügte Fausta hinzu, wischte sich den Schweiß ab und stotterte, weil sie wußte, daß sie alles schrecklich übertrieb und viel zuviel anbot, sich aufdrängte, so daß der Richter mißtrauisch werden könnte, »außerdem kenne ich Leute bei den Verlagen, so daß ich Ihnen da vielleicht behilflich sein könnte. Sicher, nur wenn ich meine, daß Ihre Arbeiten es verdienen, denn, Sie werden verstehen, daß ich mein berufliches Prestige nicht aufs Spiel setzen kann, indem ich irgend etwas empfehle . . .«
Selbstverständlich! Das verstehe sich doch von selbst! Das wäre das Letzte, zu erwarten, daß eine Persönlichkeit von Ihrer Bedeutung sich wegen etwas Zweifelhaftem kompromittiert. Das wäre, als bäte man ihn, etwas zu unterschreiben, das er nicht für rechtens halte, das wäre unmöglich. Was den Fall Judit Torre angehe, sähe er sich gezwungen, sie der politischen Polizei zurückzuschicken und diesen Herren damit zu zeigen, daß sie inkompetent seien und ver-

logen und daß er, als Repräsentant der Ziviljustiz, ihnen kein einziges Wort glaube.
»Sie glauben also nicht an diesen Überfall?« fragte Don Celedonio und trat an den Schreibtisch.
»Natürlich nicht. Ich glaube nicht an den Überfall, unter anderem.«
Zur Überraschung von Fausta schwang sich Don Celedonio nun zu einer schwindelerregenden Rede gegen die politische Polizei auf, beschuldigte sie, mit diesen Betrügern von Journalisten gemeinsame Sache zu machen, die veröffentlichten, was ihnen gerade in den Kopf kam, um alles zu verdrehen und die altehrwürdigen Institutionen zu beschmutzen, die in ihrem Kern gesund waren. Glaubte der Herr Richter wirklich, daß der Irrtum, was den Fall Judit Torre Fox anging, tatsächlich ein Irrtum war? War das nicht vielmehr eine Absprache, eine üble Intrige dieser beiden Institutionen – zweifelhafter Art, um sich vorsichtig auszudrükken –, um die Ziviljustiz zu beschmutzen und ihr Schwierigkeiten zu machen, eine Institution von so edler Tradition in unserem Land? Wäre da nicht auch die Meinung zu vertreten, daß, wenn diese ganze Sache eine Lüge der Polizei war in Zusammenarbeit mit betrügerischen Journalisten, auch die Festnahme von Judit Torre Fox unter der Anklage politischer Delikte, für die es bis jetzt, so viel er wisse, noch keinen einzigen Beweis gäbe, falsch sei oder Teil eines Ablenkungsmanövers oder eines Racheaktes gegen Dritte?
Fausta, der Richter, der unter der betäubenden Wirkung der Gegenwart seiner Lieblingsschriftstellerin immer mehr Dokumente in dreifacher Ausführung unterschrieb, und selbst Judit, die bei Don Celedonios Streitrede aufzuleben schien, schwiegen verdutzt und betrachteten wie jemand, der dem Vorbeiritt einer Reitergruppe zuschaut, die unanfechtbare, in militärischer Formation aufgefächerte Ordnung der Argumentation des zweitrangigen Dichters, die endete in einem schneidenden:
»Judit Torre Fox muß sofort freigelassen werden. Diese internen Kämpfe zwischen den Kräften, die die Ordnung in unserem Land aufrechterhalten sollten, untergraben sie

vielmehr, und ihre Auseinandersetzungen, ihre Rivalitäten, ihr gegenseitiger Haß werden am Ende die Sicherheit des Staates zerstören und nicht, wie sie sagen, der Terrorismus oder die Linke, die, das wissen wir doch alle, zerschlagen worden ist. Es ist eine Schande und läßt mich um mein Vaterland fürchten! Wenn die Angelegenheit der politischen Polizei nicht in Ihren Kompetenzbereich gehört, Euer Ehren, scheint es mir nur logisch, daß die Festgenommene nach Ihrem Urteilsspruch und mit dem polizeilichen Führungszeugnis, das Sie gerade unterschrieben haben, freigelassen wird. Was will man noch von ihr? Soll die politische Polizei so weitermachen und Ihnen, die Sie ganz unschuldig sind, nachher die Schuld zuschieben? Sollen die Journalisten weiter ihre schmutzigen Nasen in Ihre Angelegenheiten stecken und tölpelhafte Vorfälle erfinden, um Sie mit Schmutz zu bewerfen? Nein! Nein! Das darf man nicht zulassen! Man muß bedenken, wenn die Polizei nicht Maßnahmen ergreift, die auf olympische Weise über die politische Polizei hinweggreifen, wird diese zu glauben wagen, Sie hätten Angst vor ihr, Sie würden sie für mächtiger halten, und so wird sie sich für unangreifbar erachten, weiter so vorzugehen, wie sie zum Beispiel in diesem Fall vorgegangen ist, und über Sie lachen, ohne jeden Respekt, mit dem Überlegenheitsgefühl, das Leute auszeichnet, deren Hände nicht ganz sauber sind, und so wird sie weiter die Institution, die Sie repräsentieren, behindern und in Verruf bringen.«

Fausta konnte es nicht glauben: Alles war einfach zu brillant, aber auch auf so schwachen Fundamenten, daß es mit einer falschen Bewegung, einem Wort zu viel oder zu wenig zusammenfallen und nicht nur Judit, sondern sie alle ins Gefängnis bringen konnte. Sie wollte die Sache mit ihrem liebenswürdigen Lächeln, soweit es möglich war, beschleunigen.

»Also, dann morgen, mit Ihren Manuskripten?«

Der Richter stempelte die Papiere. Dann, ohne noch etwas zu sagen, läutete er. Ein Gendarm erschien, den er mit einer Handbewegung anwies, der Festgenommenen die Handschellen abzunehmen. Fausta redete ohne Pause, ohne zu

wissen, was sie sagte, nur um den Richter an jedem weiteren Gedanken zu hindern, denn natürlich konnte sie nicht glauben, was ihre Augen sahen. Sie begriff, daß Judit niemals hier herauskommen würde und verloren wäre, wenn sie sie nicht sofort aus dem Gericht brachten, die Verzauberung nutzend, mit der die beiden schwarzen Fische in den Gläsern, ohne etwas zu sehen, die Szene betrachteten. Die Vorzüge der poetischen Prosa, die falschen Werte, zweitklassige Schriftsteller, die sich für erstklassige hielten, Nerudas Haus auf Isla Negra, die Eitelkeit der Dichter, die sich in diesem Land für wichtiger halten als die Prosaisten, Publikationen, Stipendien: die Zahl der Themen, die Fausta in ihrer nervösen Verwirrtheit einfielen, war nicht abzusehen, um die sehr kurze Zeit zu überbrücken, die die Operation dauerte, Judit die Handschellen abzunehmen, was sie gar nicht zu sehen vorgab, auch nicht die Unterschrift auf den letzten Dokumenten. Bis die Festgenommene endlich die Augen hob mit einem winzigen Anflug von Belustigung über den Roman, mit dem Fausta die erstaunten Ohren des Richters vollstopfte, indem sie das Gerüst ihrer Biographie benutzte, um daran eine bewegende Geschichte der Unschuld aufzuhängen, die gewiß nicht die ihre gewesen war. Der Richter händigte die Dokumente, das Urteil und das Führungszeugnis für Doña Judit Torre Fox aus.
»Morgen?« fragte er Fausta und kam um den Schreibtisch herum, um ein letztes Mal an diesem Tag die berühmte Hand zu schütteln.
»Um diese Zeit?«
Don Celedonio blieb mit Judit im Hintergrund, denn er wußte, daß Fausta jetzt die Hauptrolle gebührte, und nur sie, mit ihrer Haltung einer Adligen, war in der Lage, einen triumphalen Abgang zu inszenieren.
»Um diese Uhrzeit, wenn es Ihnen paßt.«
»Sehr gern. Vergessen Sie nicht, Ihre Originale zu bringen.«
»Was fällt Ihnen ein!«
»Vielen Dank für alles.«
»Ihnen vielen Dank. Das war eine so unerwartete Ehre für mich!«

»Und für mich ein Vergnügen. Bis morgen. Gehen wir Ju?« Fausta mußte ihre Fäuste ballen und ihre Zehen in ihren sehr hochhackigen Schuhen einziehen, um ihrem Impuls widerstehen zu können, so schnell sie konnte aus dem Gerichtsgebäude zu rennen, bevor man ihr Judit wieder entriß. Aber beide gingen mit langen und schweren Schritten durch die düsteren Gänge, gefolgt von Don Celedonio, der ihnen an seinem Stock humpelnd kaum folgen konnte. Gelobt sei Gott, gelobt sei der Gott der Ungläubigen, murmelte Fausta beim Hinausgehen und auf dem Weg zum Auto, das einen Block weiter geparkt war, gelobt sei der wunderbare Gott der Gottlosen, der ihre Bitten erhört hatte, wie immer, wenn sie ihn anrief, wenn sie kurz davor war zusammenzubrechen, gelobt seien Celedonio und seine wirkungsvolle Redekunst.
Sie setzte sich ans Steuer. Celedonio setzte sich neben sie, und Judit mit etwas, das aussah wie der Schatten eines Lächelns, setzte sich auf den Rücksitz. Als das Auto anfuhr, öffnete sie das Fenster zu beiden Seiten, damit die Luft über sie hinwegwehte, ihr das Gesicht erfrischte und das von Schmutz klebende Haar, was ihr eine Art hysterisches Lachen verursachte, während sie im Vorbeifahren ungläubig die Namen der Kirchen und öffentlichen Gebäude wiederholte, als wollte sie beweisen, daß sie sich nach allem, was ihr geschehen war, noch auf ihrem alten Platz befanden.
Was jetzt? Darüber sprachen Fausta und Celedonio in den Vordersitzen, aber Judit achtete nicht auf sie, weil sie die Straßen beobachtete. Was jetzt? Was nützte es, daß Judit in Freiheit war – eine Freiheit, die jeden Moment zu Ende sein konnte, denn die politische Polizei würde sie jagen und sie auch, als Mitwisser –, wenn ihnen nicht einfiel, was sie mit ihr machen sollten! Sie hatte ein polizeiliches Führungszeugnis, das war richtig. Aber kein politisches. Ihr Name hatte vor zwei Stunden noch nicht auf den Listen in Padahuel gestanden, aber wer weiß, ob nicht jetzt . . .? Don Celedonio gab ihr Geld, das sie würde brauchen können. Am Flughafen könnte man leicht einen Flug nach Caracas buchen und dort mit dem Diplomatenvisum einreisen, das der

Botschafter ausgestellt hatte. Sie fuhren im Zentrum herum, durch Staus und Abgase, und diskutierten den nächsten Schritt, der zu tun war. Judit sagte, sie habe einen Freund, der ihr einen falschen Paß besorgen könnte. Nein, keinen falschen Paß! Das war viel zu riskant, und außerdem dauerte es mehrere Tage, und sie müßte jetzt sofort weg, so schnell wie möglich! Für den Fall könnte man aber ein paar Fotos machen? Sie parkten im Zentrum und gingen in einen Foto-Kiosk *»In einer Minute«*: zehn verzweifelte Minuten, bevor sie eine Reihe von Fotos der heruntergekommenen Judit hatten, mit schmutzigem, ungekämmtem Haar, mager, mit blauen Flecken, aber unverwechselbar Judit Torre. Sie stiegen wieder in den Wagen und wiederholten immer, nein, kein falscher Paß, das nicht, das dauerte zu lange, Judit mußte Chile mit dem nächsten Flugzeug verlassen. Es gab einen Flug von Swissair um vier Uhr – während die Frauen in dem Kiosk auf die Fotos warteten, war Don Celedonio in das Reisebüro nebenan gegangen, um sich zu erkundigen –, eine Air-France-Maschine um fünf Uhr, der Flug einer US-Gesellschaft um 5.30 Uhr. Swissair um vier Uhr. Aber das wichtigste, der Paß? Wie bekam sie einen Paß? Sie redeten wie verrückt: ohne Paß war alles sinnlos.
»Und Kleider«, sagte Fausta. »In diesem Aufzug kannst du nicht reisen.«
»Bist du verrückt, dich in dieser Situation um Modefragen zu sorgen!« schrie Don Celedonio sie an.
Judits Aussehen war beklagenswert: ein lumpiger Rock, fleckig, zerknüllt, der ihr am Körper hing, da sie sehr abgemagert war. Und ein Hemd, an dem Knöpfe fehlten und ein Ärmel aufgerissen war. Fausta und Celedonio begannen eine Diskussion, in der sie sich gegenseitig der Oberflächlichkeit und Feigheit bezichtigten, eine Diskussion, bei der es nicht um diese Bewertungen ging, sondern um etwas ganz anderes, und die sie nur benutzten, um auf alte Zerwürfnisse anzuspielen, denn ihre Aggressionen richteten sich auf Dinge, die in ihren privaten Geschichten verborgen blieben und nicht genannt wurden. Oder stritten sie aus Angst um ihr Leben, wie mehr oder weniger jeder in diesem Land, das

jeden Tag dem Punkt näherzukommen schien, wo es kollabierte, zu versinken und mit ihnen allen zu verschwinden schien?
»Zwanzig Minuten vor zwei«, las Judit laut, als sie an der Uhr der Universität vorbeifuhren. »Das Einwohnermeldeamt schließt um zwei Uhr.«
»Ja, und?«
»Schön«, erklärte Don Celedonio, um einzulenken. »Judit hat recht. Das einzige, was wir sicher haben, ist das Führungszeugnis, und wir wissen, daß heute morgen ihr Name nicht in Padahuel registriert war. Wir müssen zum Einwohnermeldeamt und den Paß besorgen.«
»Du bist völlig verrückt geworden!« rief Fausta.
»Nein, gehen wir«, sagte Judit so bestimmt wie jemand, der eine Entscheidung über sein eigenes Leben fällt, so daß Fausta sofort in Richtung General-Mackenna-Straße zum Einwohnermeldeamt fuhr. Den Rest des Weges legten sie schweigend zurück. Um zehn vor zwei Uhr kamen sie vor dem Amt an, zehn Minuten vor Schluß. Die letzten, die abgefertigt worden waren, kamen heraus, ihre Dokumente freudig in der Hand.
Ein Polizist hielt Don Celedonio an.
»Wir schließen«, sagte er.
Don Celedonio log ihn so ruhig, wie er nur konnte, an, es ginge nicht um einen Paßantrag, er käme nur, um ein Dokument, das schon fertig sei, abzuholen. Während sie zwei Minuten damit verloren, den Polizisten zu überzeugen, sah er in dem großen Saal in einer Reihe hinter ihren Schreibtischen zehn Angestellte, die ihre Papiere ordneten und sich zum Gehen fertig machten. Würden sie länger als zehn Minuten brauchen, um das Dokument für sie auszustellen? Der Polizist sah Judit an, die den Blick senkte, als wollte sie damit ihre Identität verbergen.
»Gehen Sie«, sagte der Beamte.
Die drei blieben im Eingang des großen Saals vor der Reihe der Schreibtische stehen, von wo aus die Angestellten, die ihre Schreibmaschinen zugedeckt hatten, sie ansahen. Es war, als wollten sie von der Tür aus unter diesen zehn An-

gestellten denjenigen auswählen, dem sie Judits Schicksal anvertrauen wollten: Sie sollten entscheiden. Und Judit wandte sich an irgendeinen, an einen, der seinen Tisch ziemlich in der Mitte der Reihe hatte, nicht, weil er ihr der Wichtigste oder gar der Verständigste schien, sondern aus einem dieser Zufälle heraus, die ihr Leben bestimmten. Es war ein korpulenter Mann mit olivfarbenem, dickbackigem Gesicht, schweren Lidern und einem dünnen, stark zurückgeschnittenen Schnurrbart, der in seiner Proportion zu unbedeutend für die Breite des Gesichts und des Körpers war. An diesem Morgen hatte er sich nicht rasiert. Wie andere Angestellte hatte er sich die Jacke ausgezogen, die über der Lehne seines Stuhles hing; er trug ein ehemals weißes, vom häufigen Tragen grau gewordenes Hemd, und der Stoff, vom vielen Waschen dünn geworden, ließ seine behaarte Brust dunkel durchscheinen. Über seinem Kopf, in der Nähe der leicht gewölbten Decke des Saales, zeigte eine wie ein Zirkusartist dort schwebende große Uhr sieben Minuten vor zwei. Sie traten zu ihm, Don Celedonio neben Judit, Fausta ein wenig dahinter.
»Was brauchen Sie?« fragte der Mann mit einer etwas näselnden Stimme, als hätte er eine dieser scheußlichen Sommererkältungen, die einem die Laune verderben.
»Einen Paß für das Mädchen.«
»Es ist gleich zwei Uhr. Das geht nicht mehr.«
»Noch sechs Minuten«, meinte Don Celedonio so liebenswürdig wie möglich.
Der Mann mit der näselnden Stimme sah Judit fest an. Erkannte er sie von dem Foto in den Zeitungen heute morgen? Vielleicht hatte er noch keine Zeit gehabt, Zeitung zu lesen. Aber irgend etwas setzte sich in diesem Blick in Bewegung, in dem Grund seiner seidigen, feuchten, dicht bewimperten Augen, die wie verloren in seinem gewöhnlichen Gesicht waren, als wären sie aus dem einzigen Grund schön geblieben und zärtlich, um Judit mit ihrer Zärtlichkeit zu lähmen: der sie in der Zelle verschont hatte, der mit der näselnden Stimme, mußte solche Augen haben. Seine dicklichen Hände ordneten, sortierten, schoben einen Haufen Papiere auf

dem Schreibtisch hin und her, als stünde diese leere Tätigkeit in keiner Beziehung zu der Tiefe dessen, was in seinem Gesicht vorginge. Waren seine Hände weich, feucht? Hatte er sie wiedererkannt...? Hinter dem nächsten Tisch erhob sich ein Angestellter und zog sich langsam seine Jacke an. Don Celedonio bemerkte das unter den Achseln verfärbte Futter. Einer der Angestellten verstaute Papiere in seiner Schublade, die beim Schließen einer Lade Lärm machte, der durch den ganzen großen Saal hallte. Hinter ihren Tischen boten sich zwei Angestellte, während sie miteinander sprachen, Zigaretten an und gaben sich Feuer.

»Die Fotos?«

Während Don Celedonio sie in seiner Brieftasche suchte, sah der Mann mit der näselnden Stimme hinter seiner Schreibmaschine Judit aufmerksam an. Sie hielt seinen Blikken stand: Entweder erkannte er sie wegen des Fotos heute morgen oder erkannte sie trotz der Kapuze, und er war es – doch, doch, er war es, er mußte es sein, und er würde sie wieder verschonen! –, oder er erkannte sie nicht und ließ sie durchgehen. Jetzt prüfte er die Fotos einen Augenblick länger als nötig, fast als wollte er eins für sich als Erinnerung aussuchen. Dann hob er wieder den Kopf:

»Führungszeugnis?« fragte er.

Fausta reichte es ihm. Von den anderen Tischen sahen die anderen Angestellten schweigend herüber. Wer waren diese Männer, die sie unauffällig beobachteten? Wollten sie ihre Flucht verhindern, weil sie sie erkannt hatten? Der Verschoner zögerte hinter seiner Schreibmaschine, ohne sich entscheiden zu können, ob er sie dieses Mal wieder verschonen sollte. Er hatte die näselnde Stimme aller Vergewaltiger und die weichen Hände: Judit sehnte sich danach, diese Hand, von der Kraft ausging, auf ihrem Knie zu spüren. Die anderen Angestellten deckten ihre alten Schreibmaschinen, die schwarz wie Särge waren, wie Singer-Nähmaschinen, wie Wandtelefone, mit ihren schrecklich abgegriffenen schwarzen Wachstuchhüllen zu. Der Verschoner mit der näselnden Stimme aber tat nichts dergleichen. Als sähe er so ein Führungszeugnis zum ersten Mal in seinem Leben und nicht zehn-, zwanzig-, fünfzigmal am Tag, jeden Tag seines tristen Lebens, prüfte er das Dokument: keine polizeilichen Vorstrafen. Aber nichts über politische Vorstrafen. Er hob seine glasigen Augen. Trank er?

»Hör mal«, wandte er sich an seinen Kollegen am Nebentisch.

»Was?«

»Ist das in Ordnung?« er beugte sich hinüber, um ihm das polizeiliche Führungszeugnis zu zeigen.

Der andere sah einen Augenblick darauf und sagte:

»Nehme ich an.«

»Natürlich ist das in Ordnung«, mischte sich, ohne näher zu kommen der ein, der sich gerade die Jacke angezogen hatte, und rückte sich die Krawatte vor einem winzigen Spiegel neben einer Tür zurecht. Er schien nicht einmal gemerkt zu haben, daß sie hereingekommen waren, und noch weniger, um was für ein Dokument es sich handelte. Trotzdem sah er alles, als wäre alles erschreckend durchsichtig. Der Mann mit der näselnden Stimme öffnete eine Schublade und holte einen leeren Paß heraus. Er erfragte Name, Geburtsdatum, Geburtsort und gab nicht zu erkennen, daß er alle diese Daten bestimmt kannte, da sie heute morgen in der Zeitung gestanden hatten. Das Schweigen wurde so groß wie der Saal, und keiner der Beamten rührte sich; sie schienen durchsichtig, abwartend.

»Verheiratet?«

»Ja.«

»Heiratsurkunde.«

»Habe ich nicht . . .«

Von einem anderen Schreibtisch sagte eine scharfe Stimme nicht laut, sondern sanft, aber mit dieser Sanftheit einen verzweifelten Schrei erstickend:

»Mach schon, Medinita. Beeil dich. Wie lange sollen wir noch hierbleiben.«

Darauf sagte Medina und schrieb:

»Schreiben wir ledig.«

War das eine Absprache? fragte sich Judit. Waren das Leute von der Linken, die im Paßamt arbeiteten und wußten, wer

sie war, und ihr halfen, aus dem Land zu fliehen, damit man sie nicht umbrachte? Waren das Beamte aus der Zeit der UP, die noch auf ihren Posten geblieben waren, damit sie ihre Familien ernähren konnten trotz der Demütigung ihrer Aufgabe, derer sie sich entledigten, indem sie einer der ihren zur Flucht verhalfen? Oder hatten die zehn in ihr wahrgenommen, was der Verschoner mit der näselnden Stimme wahrgenommen hatte, den sie in ihrer Nacktheit in der Zelle erschreckt hatte und der es nicht wagte, ihre Privilegien anzutasten, und ihr nur die Erinnerung an eine warme und feuchte Hand auf dem Knie ließ?
In der Absicht, ihr die Finger für die Abdrücke zu schwärzen, nahm Medina endlich ihre Hand. Judits Herz erstickte fast vor Erwartung: Es war nicht die Hand. Sie war muskulös, trocken. Es war nicht die näselnde Stimme. Diese seidigen Augen gehörten einem anderen, sie sahen etwas anderes in ihr. Dann, ohne sie die Hände waschen zu lassen, sagte er:
»Unterschreiben Sie hier.«
Der Stift fiel Judit aus der schmerzenden Hand. Medina bückte sich, um ihn aufzuheben, wischte die Stempelfarbe ab und reichte ihn ihr.
»Danke«, sagte Judit und unterschrieb.
»Jetzt muß noch der Chef unterschreiben«, sagte Medina und stand auf, »warten Sie einen Augenblick.«
Fausta trat einen Schritt vor:
»Bitte, können Sie sich nicht beeilen?«
»Señora, wir tun Ihnen hier einen Gefallen. Wir wissen nicht, ob der Chef um diese Zeit unterschreiben will. Vielleicht ist er schon weg.«
»Sagen Sie ihm, ich bin Fausta Manquileo.«
Der Angestellte, der es eilig hatte, sah sie hochmütig an, als wollte er in der Unordnung ihres Make-ups irgendeine Identität entdecken:
»Und wer ist Fausta Manquileo?«
Und Fausta trat schweigend einen Schritt zurück.
»Beeil dich schon, Medinita«, flüsterte es von mehreren Schreibtischen.

»Der Chef ist nicht da, Medina, er ist schon gegangen«, sagte einer, der vorher nichts gesagt hatte. »Ich unterschreibe. Wem wird das schon auffallen?«
Medina brachte ihm den Paß.
Fast alle waren aufgestanden und beobachteten schweigend die Szene. Einer sagte:
»2000 Pesos. Soll ich den Schein ausstellen, Medina? Damit es schneller geht, meine ich. Es sind drei Minuten nach zwei.«
»Ja, bitte, Lorca.«
Lorca schrieb. Die anderen sahen zu, richteten ihre Einstecktüchlein, kämmten sich, zogen die Manschetten zurecht, räumten ihre Akten fort. Medina kehrte mit dem Dokument an seinen Schreibtisch zurück, fächelte es in der Luft, damit die Tinte trocknete.
»Da . . .« sagte er und gab es Judit, nachdem er den Stempel trocken, hart und unerbittlich wie Folterinstrumente daraufgesetzt hatte.
»Und das Führungszeugnis?« bat Don Celedonio.
»Ach, ja«, sagte Medina, faltete es und reichte es ihm zurück.
»Danke«, sagte Don Celedonio zu Medina.
»Danke«, fügte Fausta hinzu.
Auf Judits »Danke« wartend antwortete Medina nicht »bitte«, und Judit dankte nicht, denn die Hand war nicht die Hand, auch die Stimme war nicht die Stimme. Die Verschwörer in dem großen Saal sahen ihnen schweigend nach, als sie um vier nach zwei hinausgingen, Fausta voran mit Judit am Arm, sie stützte sich, sie konnte es nicht glauben und fühlte sich sehr alt nach dieser ganzen Angelegenheit und sehr müde und fürchtete, ohnmächtig zu werden. Don Celedonio humpelte an seinem Stock hinter ihnen her. Um den Sieg zu feiern, zündete er sich eine Zigarre an, als er um fünf Minuten nach zwei Uhr die Treppe des Einwohnermeldeamts hinunterging. Sie nahmen den Wagen und fuhren nach Pudahuel. Das Grauen hinter sich. Und um 15 Uhr 30 bestieg Judit einen Jumbo der Swissair nach Caracas, ohne Gepäck, mit blauen Flecken, hungrig, denn die Angst,

man könnte sie erkennen oder ihr Name stünde nun doch in den Listen, hatte sie gehindert, etwas im Flughafenrestaurant zu essen.

21

Müde vom Berichten schliefen Judit und Mañungo Arm in Arm unter den Bärenklaupflanzen ein. Die Nacht war ruhig geworden, weder von Passanten noch von streunenden Hunden gestört, und selbst die Sterne schienen ihren Lauf angehalten zu haben. Nach Mitternacht gingen in den Gärten die Lichter der Gebäude aus, die nun wie Wachposten vor dem bewegten Himmel standen. Die Angst hatte endlich die Straßen von denen leergefegt, die nicht hierher gehörten, sie verkrochen sich still in ihre Schlupfwinkel und dachten darüber nach, wie sie die Privilegien, die dieses Viertel auszeichneten, brechen konnten. Die Geschichte, die Judit erzählt hatte, gehörte zu der Angst, die die Stadt von einem Ende zum anderen aufwühlte, eine wütende Stadt, die sich enthauptet, machtlos, ohne Stimme fühlte, ohne anderen Herzschlag als das Dröhnen der Hubschrauber, die vorhin noch die Nacht erfüllt hatten, jetzt jedoch nicht mehr zu hören waren. Umschlungen am Wegrand zwischen üppigen, wie Fleischfresser wirkenden Pflanzen waren Judit und Mañungo, eingehüllt von ihrer dünnen Kleidung, seltsames Gegenteil dessen, was gerade eben Liebe und Traum aufdeckt.

Ein Mercedes kam endlich um die Ecke. Er verlangsamte seine Fahrt und fuhr lautlos in die Dunkelheit unter den Pflaumenbäumen, denn da es spät war, durfte man die Hunde der Nachbarschaft nicht wecken. Im Innern des Wagens war Licht. Ein Mann mit einem großen mexikanischen Schnurrbart saß am Steuer, neben ihm eine filmstarblonde Frau und auf dem Rücksitz, wachsam hechelnd, ein kleiner Hund mit beschnittenen Ohren und spitzer Schnauze, ein Miniaturdobermann, der wie die auf ihr eigentliches Maß reduzierte Grausamkeit aussah. Vor Las Hortensias Nr. 2788 hielt der Mercedes an. Er setzte zurück und fuhr auf den Gehsteig. Mit der Nase berührte er sanft das Tor, als wäre er ein schnupperndes Tier. Der Mann stieg aus, um das Tor zu öffnen. Der Hund folgte ihm und entfernte sich ein wenig, um die vertrauten Urinspuren zu beschnuppern, die die Fundamente der Säulen zu beiden Seiten des Eingangs gelb verfärbt hatten, während sein Herr das Tor öffnete. Er beschnüffelte noch und hob das Bein, um zu pinkeln, als sein Herr wieder in den Wagen stieg und in das Grundstück fuhr. Eine Minute später kam er mit der gähnenden Blonden und einer Taschenlampe in der Hand wieder auf die Straße und rief den Hund.

»*Boris!*«

»*Boris,* komm ...«

Der gehorchte nicht. Er beschnupperte den Boden, die wohlbekannten Büsche, das Gitter. Er entfernte sich langsam, und sie folgten ihm eingehakt und leuchteten mit der Taschenlampe. Hin und wieder riefen sie ihn, aber ohne Erfolg, und schüttelten warnend die Kette, die sie in der Hand hielten, als der Hund dabei war, die Straße zu überqueren. Bei den Bärenklaubüschen blieb er stehen. Gespannt wie ein Bogen wagte er sich vor und brach in immer höher werdendes hysterisches Gebell aus und deutete mit der Schnauze auf etwas, das er unter den Pflanzen sah: ein Paar, blaß und übernächtigt. Die Frau mit langem, schimmerndem Haar reckte sich mit der Langsamkeit von Märchengestalten, die nach hundertjährigem Zauberschlaf endlich erwachen. Sie richteten sich auf und saßen im Gras. Der Strahl der Taschenlampe fuhr dem Mann und der Frau in die Augen, die inmitten der Pflanzen gähnten, die durch dieses Licht nicht mehr ornamental, sondern gefährlich, ursprünglich wirkten. Das waren keine Bettler, was man normalerweise hätte fürchten müssen bei Leuten, die nachts neben der Straße schlafen, sie würden sie nicht angreifen. Da man gegen sie keinen Schutz brauchte, rief der Mann:

»*Boris!* Aus, genug!«

»Aus!« befahl die Frau und suchte mit der Taschenlampe die Gesichter des Paares ab.

»Was machen Sie hier um zwei Uhr nachts?« drohte der Mann. »Wissen Sie nicht, daß Ausgangssperre herrscht? Soll ich die Polizei rufen?«
Keiner der beiden Figuren antwortete. Sie standen langsam auf, halfen sich gegenseitig, als hätte der jahrhundertelange Schlaf in einem so harten Bett sie ganz steif gemacht. Als der Hund sah, wie sie sich weiß zwischen den schwarzen Blättern erhoben, bellte er wieder los, ohne auf seinen Herrn zu achten, der ihn anschrie, er solle still sein. Der Mann ging einen Schritt auf Mañungo zu und verlangte:
»Weisen Sie sich aus.«
Mañungo runzelte die Stirn:
»Warum soll ich mich vor Ihnen ausweisen?«
Die Blonde hielt Mañungos Gesicht im Schein der Lampe gefangen, als hätte sie eine für solche Fälle vorgeschriebene Rolle. Der Mann griff in die Tasche und holte einen Apparat mit einem roten Lichtpunkt heraus und sprach hinein:
»Kommen.«
»Kommen«, antwortete das Ding.
Der Mann sprach wieder:
»Dringend, Patrouille 661.«
»Zu Befehl«, antwortete das Ding.
»Hier Farías.«
Die Blonde zupfte ihn am Ärmel und flüsterte:
»Du, Ricardo . . .«
»Sei still!« schrie Farías die Frau an und dann den Hund, der die beiden Figuren anheulte, die Hand in Hand zwischen den Büschen standen: »Du halt auch das Maul, verdammt . . .!«
»Ricardo . . .«
»Kommen. Hier Farías in Las Hortensias . . .«
»Findest du nicht, er sieht . . .?«
Sie hielt Mañungo in ihrem Lichtstrahl fest:
»Wer denn, Liliana?«
»Dieser Mann.«
»Kommen. Ich brauche dringend . . . laß schon, Liebling. Wem sieht er ähnlich?«
»Dem Sänger . . .«

Der Mann ließ einen Augenblick verstreichen, während er die Person ansah, und sagte dann entschieden:
»Du bist verrückt, Blondi. Er sieht überhaupt nicht so aus. Meine Töchter haben mir erzählt, er lebt im Exil in Paris. Was soll er hier um zwei Uhr morgens in Las Hortensias machen?«
Farías, Ricardo: endlich bekam das Ziel ihrer Rache, außer der belegten Stimme, Gesicht und Namen. Seine Stimme. Oder nicht? Näselnde Stimmen sind undeutlich, wollig, winterlich, man nimmt sie wie warmes Streicheln auf dem Leib wahr. Diese hier war jedoch eine martialische Stimme, die nicht einmal erkältet den Charakter jener Stimme haben konnte, die sie vor Jahren verschont hatte. Aber Ricardo Farías Stimme war näselnd. Und es war verführerisch, daß das Ziel ihrer Rache nun Name und Gesicht mit Schnurrbart und Haus und Familie und Adresse erhielt. Und auch eine weiche, vor Ängstlichkeit feuchte Hand? Judit knöpfte sich die Knöpfe ihres Kleides zu, wo Mañungo sie gestreichelt hatte, ließ aber die unteren Knöpfe offen. Die ganze Straße schien in dieser unruhigen Nacht mit ihrem Duft bereit, die Voraussagen preiszugeben. Judit bückte sich, um ihre Tasche aufzuheben. Bevor sie die Bewegung beenden konnte, schrie die Frau:
»Halt!«
Judit richtete sich auf.
»Was machen Sie da?«
»Ich hebe meine Tasche auf. Darf ich?«
»Heben Sie sie auf.«
Sie öffnete sie, nahm ihren Kamm heraus und fuhr sich damit durch das Haar, dabei hielt sie die Tasche offen vor sich, um sich im Spiegel anzusehen: Wenn sie fertig war, würde sie den Kamm wieder einstecken und die Pistole herausholen und ihn töten. Denn er war es, und der Augenblick der Rache war gekommen, und der konnte nicht anders aussehen, als daß sie ihn tötete. Sie, Senta, Ada Luz, Beatriz, Aury, Domitila. Die Blonde ließ die Taschenlampe in den Augen der beiden funkeln, wandte sich an Mañungo und leuchtete ihm ins Gesicht:

»Wer ist das?«
»Er heißt Mañungo Vera«, antwortete Judit und stellte ihren Lockvogel vor.
»Mañungo Vera«, rief Farías und machte mit einem Klick den roten Punkt seines Apparates aus, der seit einigen Minuten vergeblich das Wort »kommen ... kommen ... kommen ...« wiederholt hatte.
»Das ist doch nicht möglich«, rief die Blonde triumphierend. »Was macht Mañungo Vera um zwei Uhr morgens auf einem Rasen in Las Hortensias?«
»Wir waren auf einem Fest, und es ist zu spät geworden«, erklärte Judit und merkte, als sie die Blonde und Farías lächeln sah, daß der Fisch angebissen hatte.
Das Lächeln, das das Eis auf dem Gesicht der platinblonden Frau brach, war das einer Person, die gerade die Sprache zu verstehen beginnt, die diese beiden Reisenden von einem anderen Planeten sprechen. Farías legte Boris die Kette an und riß ihn zu sich, damit er zu bellen aufhöre, denn jetzt waren sie doch Freunde.
»Mañungo Vera auf der Rolle«, lachte Farías. »Na so was! Liegt um zwei Uhr morgens auf der Straße! Wenn ich das denen vom Sicherheitsdienst erzähle, glaubt mir das keiner.«
Judit erschauerte.
»Ist dir kalt, meine Liebe?« fragte die Blonde.
»Das Gras war feucht.«
»Ganz schön unbekleidet läßt dich dieser Mañungo herumlaufen! Warum bietest du ihnen nicht einen Schluck an, Ricardo?«
Farías zog einen Flachmann aus der Gesäßtasche. Er schüttelte ihn an seinem Ohr, aber er war leer. Er sagte zu der Blonden:
»Du hast meinen ganzen Chivas ausgetrunken, Blondi.«
»Ich? Natürlich! Selbstverständlich! Bist du etwa nicht wie Löschpapier? Warum lädst du sie nicht ins Haus ein? Da hast du Chivas für ein ganzes Regiment.«
»Warum kommen Sie nicht auf einen Schluck herein? Später laß ich Sie mit der Patrouille nach Hause bringen, damit Sie

sich nicht erkälten. Oder haben Sie einen Wagen. Nein, Sie haben keinen. Wenn Sie einen hätten, würden Sie nicht hier auf dem Rasen Unfug treiben.«
»Mañungo Vera!« sagte die Frau und nahm ihn am Arm. Farías zog den Hund an der Kette hinter sich her. »Wer wollte das glauben! Leben Sie nicht in Miami?«
»In Paris«, antwortete Mañungo. »Aber ich bin heute um sechs Uhr angekommen. Nein, gestern.«
»Ist das Ihre Frau...«
»Nein, eine Freundin.«
Liliana lächelte maliziös:
»Eine Freundin, kaum daß er aus Paris angekommen ist. Keine kann mit den Chileninnen mithalten, nicht wahr, Mañungo?«
»Diese Künstler«, kommentierte Farías, »die haben ein Glück bei den Frauen...«
»Danke«, sagte Judit und nahm diese Worte, als wären sie ein Kompliment für sie. »Und die Militärs sind sehr liebenswürdig mit den Damen.«
»Ich bin kein Militär.«
»Was dann?« fragte Mañungo.
Farías klappte sein Revers zurück, um ihm ein Abzeichen zu zeigen. Mañungo pfiff bewundernd, aber Judit wußte, ohne es gesehen zu haben, was es war. Nachdem er das Tor geschlossen hatte, ließ Farías den Hund im Garten frei. Seine Kette hinter sich herschleifend rannte er los, kratzte an der Tür des Bungalows und fiepte.
»Er wird die Familie wecken«, sagte Judit.
»Es ist niemand da. Du glaubst nicht, wie viele Jahre es mich gekostet hat, bis er mich einlud, wenn Cristina nicht da ist.«
»Meine Familie ist in den Sommerferien in Viña«, erklärte Farías.
Mañungo zuzwinkernd sagte die Blonde:
»Die Bahn ist frei, damit wir uns so schlecht benehmen können, wie wir wollen. Und wenn Ricardo sich schlecht benimmt, benimmt er sich wirklich schlecht! Jetzt wollen wir feiern, daß Mañungo Vera aus Europa zurück ist und wir

das große Los gewonnen haben, weil wir ihn vor dem Haus auf der Straße liegend gefunden haben. Du wirst uns etwas singen, nicht, Mañungo, nur für uns?«
»Wenn du dich gut benimmst, Liliana«, sagte Farías.
»Ich benehme mich immer gut, wenn die Herren sympathisch sind.«
Auf dem Sofa neben Judit sitzend vertraute Liliana ihr an, sie habe ein großes Problem, denn sie sei die beste Freundin von Cristina, Ricardos Frau, der reizendsten Frau der Welt. Darum, obwohl sie zusammen arbeiteten und sich täglich sahen, hatte Ricardo sich bis zu diesem Sommer, in dem er in Santiago bleiben mußte, weil mit der Ausgangssperre viel Arbeit auf ihn zukam, dagegen gewehrt, die Abwesenheit Cristinas zu nutzen und sie einzuladen. Ihr eigener Mann – der fast immer im Dienst war, wenn Ricardo frei war, denn er hatte den gleichen Rang – war der beste Freund von Ricardo, und die vier gingen oft zusammen aus zum Essen und zum Tanzen. Man sagte, Ricardo sei ein Frauenheld, das stimme aber gar nicht, denn er verehre Cristina, und mit seinen Eroberungen – vielen, denn er sei sympathisch und ein hohes Tier – ginge er bis hierher und nicht weiter. Aber sie würde es schon schaffen, denn wenn sie sich etwas vorgenommen habe, sei sie in der Lage, selbst Steine zu zerbröseln. Sicher, das war alles recht kompromittierend. Sie würden sich ziemlich zurückhalten müssen, wenn die Sache weitergehe. Die Chefs sahen es nicht gern, wenn sich solche Beziehungen zwischen den Angehörigen des Sicherheitsdienstes anbahnten, weil sie nur zu Indiskretionen führten.
»Natürlich ändert sich jetzt alles«, sagte Liliana und malte sich die Lippen nach. »Weil ich ihn mit Mañungo furchtbar eifersüchtig machen werde. Weißt du, Mañungo gefällt mir.«

22

Der zweite Whisky wurde langsam warm in ihrer Hand, und sie hörte ihn sehr ruhig am anderen Ende des Salons sprechen, seine Stimme, die sich wie ein Teppich ausbreitete, war zu erkennen, während er sein Glas füllte neben Mañungo an der Bar, die auf Fässern konstruiert und mit einem nordamerikanischen Öldruck – zwei wilde Tiere, die über die Prärie laufen – geschmückt war. Sie hatte eine Erleuchtung erwartet, die ihr das Universum mit einer lodernden Flamme erhellen würde, als sie ihn endlich hörte, und in einem Akt absoluter Gewißheit, der sie befreien sollte, würde sie nicht zögern zu schießen. Aber Judit konnte nichts weiter tun, als das fast geschmolzene Eisstück, das noch in der bernsteinfarbenen Flüssigkeit schwamm, in ihrem Glas klingeln zu lassen.

»Also nein! So attraktive Männer wie Mañungo frei rumlaufen zu lassen, ist unmoralisch! Den werde ich mir angeln, und wenn es nur für einen kleinen Flirt ist. Der ist genau mein Typ.«

Als sie sah, daß die Blonde sich nach dieser Erklärung vom Sofa erheben wollte, hielt Judit sie zurück und sagte:

»Weißt du, mich interessieren mehr die etwas älteren Männer, wie Ricardo zum Beispiel, mit mehr Entschiedenheit, mehr Erfahrung.«

»Das glaube ich dir nicht. Ein Mann wie Ricardo Farías gefällt dir besser als Mañungo Vera? Du bist verrückt!«

»Viel besser. Er hat so etwas, nun ja, so etwas Männliches, ich weiß nicht, ein bißchen brutal.«

»Ricardo Farías brutal? Ein Mann, der eine solche Angst vor seiner Frau hat, als habe sie ihn in der Hand, weil sie irgendein Geheimnis von ihm kennt! Bring mich nicht zum Lachen! Ricardo ist alles, nur nicht brutal! Du hast keinen guten Blick für Männer, meine Kleine!«

»Er hat aber so etwas Bestimmtes in der Stimme, das ich mag, vor allem seine Art zu sprechen ...«

»Was ist daran Besonderes, daß er ein bißchen näselt? Du bist komisch, weißt du.«

»Ich weiß nicht. Ricardo macht mich an.«
»Spielen wir also heute Bäumchen-wechsel-dich. Ricardo, mein Herz, leg ein bißchen Musik auf, damit wir tanzen können.«
Ricardo gehorchte und setzte sich, nachdem er die Kassette eingeschoben hatte, wieder auf seinen Hocker hinter der Bar, um weiter mit Mañungo zu plaudern. Er führte seinen Dobermann auf der Theke vor, zog ihm die Lefzen herunter, um seine Zähne zu zeigen, spreizte seine Zehen, um sich mit der Feinheit und Kraft seiner Pfoten zu brüsten. Liliana stand auf, ging zur Bar und stützte sich mit dem Rücken zu Judit neben Mañungo auf die Ellenbogen: Aus dem Dunkel sah sie in dem Rechteck des Barlichts im Vordergrund zwei dunkle Rücken und dahinter Ricardo, der seinen Hund auf dem Tresen zur Schau stellte. Diese Frau eine Komplizin? Was wußte sie? Wußte sie, daß seine weiche Hand schwitzte, wenn er sie auf das Knie einer Frau legte, die ihm stark vorkam? Genoß Cristina, ausgeschlossen wie sie, seltsame Privilegien als Entgelt dafür, daß sie Ricardos Geheimnis hütete? Liliana wußte nicht, daß sie, wenn sie mit ihren Absichten auf Ricardo Glück haben würde, ebenfalls zum Ausschluß verdammt sein würde: die Komplizenschaft zwischen den beiden war recht dürftig, gewöhnlich, eine Halbheit, was sie nicht verwundern sollte, da es sich um gewöhnliche Wesen handelte, die nur im Widerschein einer Flamme der Grausamkeit Leben erlangen. War es möglich, daß dieser Mann mit der hohen, auf täuschende Weise edlen Stirn, dem kräftigen Hals, dem schwarzen Schnurrbart über gesprächigen Lippen, der in einem Vortrag über den auf dem Tresen stehenden *Boris* befangen war, bezahlen sollte, weil er sie ausschloß, als sie in der Dunkelheit, in der sie tat, als wolle sie ihr Make-up auffrischen, bevor sie sich zu ihnen gesellte, um zu tanzen, indessen mit ihrer Pistole auf ihn zielte und alle Ausschlüsse rächte, selbst den Ausschluß der unbedarften Liliana? Denn von Anfang an – schon im Haus von Ada Luz, und sie und Don Cesar und alle Frauen wußten das – hatte es sich nicht darum gehandelt, zu verführen, sondern zu schießen.

Das sei ein wirklich großartiger Hund, sagte Ricardo. Er habe auf den Ausstellungen, auf denen seine Tochter Cristy ihn vorgeführt habe, alle Preise gewonnen. Zwergdobermänner seien keineswegs gewöhnliche Hunde, zwar so wild wie die Standards, aber viel leichter zu erziehen, obwohl es anfangs notwendig war, sie zu strafen, damit ihnen der Unterschied klar wird zwischen dem, was erlaubt ist, und dem, was nicht erlaubt ist. Sie hatte Farías mit der schlimmsten der vorstellbaren Strafen bedacht. Nein, nicht bestraft. Verurteilt, denn seit ihrer Rückkehr aus Caracas konnte sie inmitten der Reste ihrer durch die Jahre und die Ferne zerbröckelten Ideologie ihr Gefühl auf nichts anderes konzentrieren als darauf, den an den Vergewaltigungen Verantwortlichen zu suchen, um ihn zu reizen und zu demütigen oder mit einem Schuß niederzumachen. Bei ihrer Rückkehr hatte sie das Netz ihrer Komplizen aus der Zeit im Untergrund neu geknüpft und in die städtische Nacht ausgeworfen: Don Cesar vor allen anderen, mit seinen Kontaktleuten und Verwandten, der alle Witze und alle Bars kannte; Aury mit dem Geklatsche im Frisiersalon; Darios Vater und Dario selbst mit den Jungen aus dem Slum; und Ada Luz – um zu zerstören und so bei Null wieder beginnen zu können. Aber immer waren es falsche Spuren gewesen, bei allen Verabredungen, und sie und die anderen waren stets mit leeren Händen zurückgekehrt. Er war es nie. Bis sie endlich, ein Jahr nach ihrer Rückkehr aus Caracas, auf die Spur von Medina stießen, der ihr damals den Paß geschenkt hatte; er war als einer entdeckt worden, der von der Linken ins Einwohnermeldeamt eingeschleust worden war, war verschwunden und wurde totgesagt. Seine Witwe, die auf einem Stuhl vor der Tür ihres Häuschens in Lourdes saß und die Hemden ihrer Söhne flickte, hob den Blick nicht einmal von ihrer Arbeit, als Judit versuchte, sie für die Rache zu gewinnen, und sagte, sie wisse nichts und wolle auch nichts damit zu tun haben. Sie wollte nicht sprechen und nicht angesprochen werden: Medina, vom Terror ausgelöscht, für immer, unwiederbringlich für seine Frau und seine Söhne, grundlos. Aber in gewisser Hinsicht weniger

unwiederbringlich für sie, denn sie würde auch ihn rächen, indem sie den Mann mit der näselnden Stimme auslöschte, der sie zu einem Leben ohne komplexere Bedeutung als die Vereinfachungen der Besessenheit verurteilt hatte. Sie steckte die Hand in die Tasche: Der Schuß würde sauber zwischen den beiden Nacken im Vordergrund hindurch genau die Stirn des Schuldigen treffen, der voller Stolz die Schnauze und den Schwanz von *Boris* festhielt, um die unübertrefflichen Linien des Champions zu zeigen.
»Er ist dünn«, sagte Farías.
Dünn. Meine Dünne. Er näselte, ja, aber es war nicht dieselbe Stimme, obwohl es zweifellos notwendig war, ihn zu zerstören. Denn welches Recht hatte dieser Mann, zu verschonen? Aus welcher plötzlichen Kraft leitete er sein Gesetz ab, auszulöschen wie zu verschonen, was dasselbe war? Niemand gab ihm das Recht über Leben und Tod, Verurteilung oder Schonung. Darum mußte er sterben. Judit zog die Pistole aus ihrer Handtasche. Sie entsicherte sie. Hob den Arm in der Dunkelheit, zielte zuerst versuchsweise auf den Nacken von Mañungo. Sterben! Das wünschte sie ihnen in diesem Augenblick: die Erfüllung, zu der sie nie fähig gewesen war. Nur mit diesem schrecklichen Mann in der Zelle, diesem impotenten Schatten, der sie Lust und Schmerz gleichzeitig spielen ließ, um sich zu retten, indessen war es doch gar keine Verstellung, sondern die wilde Überraschung eines Orgasmus ohne Erotik, physiologisch, traurig, einsam, zu dem ein Henker mit näselnder Stimme und feuchter Hand sie bringen konnte. Darum war es notwendig, ihn zu töten. Am Ende des ausgestreckten Arms begann die Pistole, auf das Bild der drei Personen, die im Licht am anderen Ende des Salons einen Hund betrachteten, schwer zu werden. Sie ließen das Tier los. Weil ihr keine Zeit blieb abzudrücken, versteckte Judit die Pistole. Mañungo und die Blonde begannen sehr eng umschlungen zu tanzen. *Boris* tänzelte in der Mitte des Parketts und folgte den Schritten Ricardos, der nur mit seinem Hund tanzte: sie sei seine Partnerin, seine Hündin. Er sei nur ein junger Hund, erklärte er, während beide sich zur Musik von *Police* ver-

renkten, drehten und wiegten, aber die Dobermänner seien eine privilegierte, ganz besondere Rasse, künstlich entwikkelt vom deutschen Heer im Zweiten Weltkrieg, um die Juden zu verfolgen, die aus den Konzentrationslagern flohen. Schnaufend setzte sich Farías zu Judit auf das Sofa, und der Hund sprang seinem Herrn auf die Knie und rollte sich darauf zusammen.

»Benutzt man sie hier auch dazu?«

»Hier gibt es keine Konzentrationslager.«

»Auch keine Gefangenenlager?«

»Nein. Das sind Erfindungen der Kommunisten.«

»Ach, natürlich...«

Die große Versuchung zu glauben, das alles gäbe es nur in den Lügengeschichten der Fanatiker einer Ideologie, die nicht mehr die ihre war... die Zelle, in der sie Stunde um Stunde auf ihn wartete, gab es nicht, auch nicht das Gebell, nicht den Widerhall der Schreie ihrer Freundinnen... es gab auch nicht den Augenblick der Schuld, als sie etwas empfand, was Lust sein konnte als Entladung der Angst, nur weil die Hand auf ihrem Knie unsicher war, weil sie sie zu bitten schien, seine Unfähigkeit zu verschweigen, und mit diesem verhaßten Mitleid beide ihre entsprechenden Verstellungen begannen.

Boris hatte Ricardo mit dem Tanz seines kleinen muskulösen und sensiblen Körpers auf seinem Weg von der Bar abgefangen, er wollte ihm unbedingt Zärtlichkeit zeigen, trotz der Strafen oder vielleicht gerade deswegen. Mañungo und Liliana tanzten um den zwischen ihnen herumtänzelnden kleinen Hund. Mañungo lachte. Sollte sie ihn töten, weil er mit den banalen Zufällen dieser Nacht zufrieden war? Ihre Geschichte war ihm also nicht ans Herz gegangen? Die Lust ließ ihn Matilde vergessen, seinen Sohn, Chiloé, Schumann, der wegen etwas Schlimmerem als dem Tinnitus verrückt geworden war, die erschöpfende Nacht mit ihr, um sich dem billigen Vergnügen hinzugeben, sich an den Jeans der gefärbten Blondine zu reiben, Jeans, die nur ihr Alter und mehrere Entbindungen deutlicher machten. In Judit stieg ein solcher Haß gegen Mañungo auf, weil er so ober-

flächliche Lust empfinden konnte, daß sie sich schwor, wenn der Mann ihr noch einmal seine feuchte Hand aufs Knie legte, würde sie ihn nie wieder gehen lassen. Sie schlug die Beine übereinander, so daß das Seidenkleid nach beiden Seiten auseinanderfiel und ihr zartes Knie und einen Teil ihres Schenkels zeigte. Sie lächelte Ricardo an. Er lächelte sie an und legte ihr die Hand auf das Knie, wie jemand, der seiner guten Erziehung entspricht und das Minimum dessen tut, was man von einem Gentleman in einer solchen Situation erwartet. Es war seine Hand, ein wenig zitternd, warm, feucht. Judits Gefühl drängte diesem Kontakt entgegen, konnte ihn aber nicht erreichen, da die Absicht der Hand nicht die gleiche war wie damals und Gefühle sich nicht wiederholen, nur in der Einsamkeit. Aber Mañungo und Menschen wie er konnten sie wiederholen; jene, die ohne Nachdenken genießen und die im Grunde die Schuldigen sind. Schuldig woran? An allem. Am Blut, zum Beispiel. Mañungo tanzte eng mit der Blondine, die mit jedem Takt älter zu werden schien, mit jedem Druck, als presse ihr jede Umarmung die Luft heraus. Sie fielen zusammen auf das Sofa, das sie aufnahm, und küßten sich, während Ricardo neben Judit ihnen zufrieden zusah, als wäre es eine große Ehre für sein Haus, und die Hand von Judits Knie nahm. Hörte Mañungo in diesem Augenblick den Tinnitus in seinem gestörten Mittelohr, die Stimme der Alten von den Stränden von Cucao? Der Gastgeber war so zufrieden über die Küsserei seiner Gäste, daß er Judit vergaß.
»Mañungo«, hörte sie die Stimme von Liliana liebevoll bitten.
»Was?«
»Jetzt singst du uns etwas!«
»Was soll er für dich singen?« fragte Ricardo.
»Etwas Hübsches.«
Mañungo stand auf und tanzte mit dem Hund und balancierte das Whiskyglas auf seinem Kopf. Liliana, breitbeinig auf dem Sofa sitzend, versuchte mit müdem Gesicht sich aufzurichten und brachte mit ungeschickten Griffen ihr zerzaustes, chemiefarbenes Haar in Ordnung.

»Judit«, sagte Mañungo und stellte sein Glas auf eine Konsole, »ich glaube, es ist Zeit zu gehen.«
»Warum wollt ihr gehen?« fragte Liliana. »Seid keine Spielverderber!«
»Ich muß zu meinem Sohn.«
»Was für einen Sohn?«
»Ich habe meinen siebenjährigen Sohn aus Paris mitgebracht. Er wartet im Hotel auf mich. Ich habe ihm versprochen, nicht so spät zu kommen. Diese Ausgangssperre macht ihm angst. Man sagt, es wird geschossen.«
»Alles Kommunistengeschwätz.«
»Aber er hat Angst.«
»Ach, was«, rief die Blondine plötzlich eiskalt und versuchte, ihre gewaltige zerzauste Mähne mit einem roten Kamm zu bändigen. »Niemand verläßt das Haus. Wir haben dich eingeladen, haben dir Chivas angeboten und dich nicht ins Gefängnis geschickt, weil du dich um zwei Uhr morgens auf der Straße herumtreibst. Also, mein Schatz, wirst du die Gastfreundschaft bezahlen und ein paar Liedchen singen, die ich aufnehmen werde, mit einer Widmung als Beweis, daß du hier warst und nachher nicht herumerzählst, beim Sicherheitsdienst beachte man die Menschenrechte nicht.«
»Ohne die Erlaubnis meines Agenten darf ich nichts aufnehmen.«
Die Blondine stand auf, umkränzt von ihrer großen gebleichten und zerwühlten Mähne, eine Furie wie zum Angriff bereit, den blutfarbenen Kamm wie eine Waffe schwingend, die schon viele Opfer gefordert hat:
»Auch nicht für uns?«
»Wer ist ›uns‹?«
»Nun mach mal einen Punkt!«
Als Judit sich zu Mañungo an der Tür gesellen wollte, schnitt ihr der Hund den Weg ab und bellte, während Liliana in ihrer Predigt fortfuhr:
»Und diese Dürre hält sich gefälligst ganz ruhig, während Mañungo Vera uns etwas vorsingt, denn selbst die Steine wissen, daß er ein Kommunist ist. Ich weiß nicht, wieso man den reingelassen hat.«

»Ich war nie im Exil«, protestierte Mañungo.
»Warum bist du denn nicht eher zurückgekommen, du Feigling?«
»Sie haben kein Recht, so mit mir zu sprechen.«
»Lilianita hat in meinem Haus das Recht zu sagen, was sie will«, mischte sich Ricardo Farías ein.
»Danke. Siehst du, mein Schatz, so stehen einem die Kameraden vom Sicherheitsdienst bei. Es heißt, du hast dir da draußen ein feines Leben gemacht.«
»Ich bin schon vor dem Putsch weg.«
»Was hat das zu bedeuten? Jetzt werde ich aber wütend, hör dir das an, Ricardo! Von was für einem Putsch redest du da, du Scheißkerl? Pronunciamiento heißt das, damit du es weißt. Du hast ziemlich schlecht über unser Land geredet da draußen, also keine Geschichten jetzt.«
Der Blondine gelang es, ihre gewaltige Mähne zu bändigen und die metallisch spröden Spitzen in Form einer Glocke zu ordnen. Die Beine auf der Sofalehne und einen Whisky in der Hand erwartete Ricardo die Reaktion auf das stolze Auftreten seiner Gefährtin.
»Gehen wir, Judit«, sagte Mañungo; er hielt die Situation für äußerst brisant, und es war notwendig, so schnell wie möglich zu verschwinden.
»Hast du eine Gitarre, Ricardo?« fragte Liliana.
»Die Mädchen haben eine, glaube ich. Aber sie haben sie bestimmt nach Viña mitgenommen. Laß mich mal nachsehen, ich würde auch gern den berühmten Mañungo Vera singen hören, vor allem, wenn er sich bitten läßt, der Schatz.«
»Nein, ich gehe. Du paßt auf sie auf, mit diesen beiden Vögeln können wir uns toll amüsieren. Die Nacht hat erst angefangen, und wir haben Zeit, sie zum Singen zu bringen. Danach schicken wir sie mit der Patrouille, wohin wir wollen, denn umsonst herrscht nicht Ausnahmezustand.«
Die Blondine verschwand im Innern des Bungalows. Judit, eine Hand in ihrer Handtasche, stellte sich neben Mañungo, der, als er merkte, was sie vorhatte, warnte:
»Vorsicht.«

Judit zog die Hand nicht aus der Tasche, weil Ricardo sich aus seiner bequemen Lage auf dem Sofa erhoben hatte und sie ungeschickt um die Möbel herum verfolgte, dabei umständlicher in seiner Bewegung als erforderlich; Judit und Mañungo näherten sich nach und nach der Tür, die nach draußen führte, *Boris* bellte und sprang an den Hosenbeinen seines Herrn hoch, um zärtlich danach zu schnappen, begriff nicht, was los war, ob dies ein Spiel war, oder ob er angreifen sollte. Ricardo stieß gegen das Sofa und fiel breitbeinig darauf. Mañungo und Judit nutzten dies, um die Tür zu öffnen, und eilten hinaus. Judit holte die Pistole hervor:
»Nein«, warnte Mañungo.
»Doch«, antwortete sie. »Er ist es.«
Durch die Gardinen der Fenster sah sie die Blondine mit der Gitarre zurückkommen und Ricardo beschimpfen, weil er sie hatte entkommen lassen. Er gab dem Hundchen einen wütenden Tritt, es solle still sein. Jaulend und sich mehr aus Unverständnis denn vor Schmerz krümmend, verkroch er sich unter dem Tisch, während Liliana immer lauter keifte und immer heftiger tobte, bis Farías versuchte, ihr einen Stoß zu versetzen, sie jedoch verfehlte. Judit mußte ihren Henker töten, der wirklich Ricardo Farías hieß. Alles andere: Make-up, Frisur, Seidenkleid waren lediglich die Maskerade zu einer Verführung, aber sie und Ada Luz und Don Cesar und Aury wußten, daß sie – auch wenn sie es nicht wollte, weil sie sich von allen Aktionen fernhielt – die einzige war, die sie rächen konnte. Wieso auch nicht, wenn die Hand auf ihrem Knie heute nacht dieselbe Hand gewesen war wie die auf ihrem Knie damals? Rache durch Verführung gab es nicht. Die einzige annehmbare Rache war das Eisen in ihrer Hand, das langsam warm wurde; die gleichzeitige Kälte der Nacht, die ihr Knie berührte, war etwas Klares, Erlaubtes, Positives.
Judit hob die Pistole und zielte durch die Gardinen in die Mitte des Salons auf diese hohe Stirn, die nur zur Zielscheibe für eine Kugel taugte. Aber das eisige Gegenstück der Lust, die sich ihr bei allen versagte, nur nicht bei diesem Mann, führte ihre Hand, und statt auf die Höhe seiner Brau-

en zu halten, zielte sie immer höher und schoß nach oben, gegen die Dachfenster. Überraschung lähmte den Hausherrn und brachte das Gebell von *Boris* und das Geschrei der Frau zum Schweigen, und Mañungo und Judit ‰flohen auf die Straße, noch bevor die zerschossenen Scheiben herunterfielen.

23

Das Boot, das einmal, gelegentlich zweimal in der Woche den Huillinco-See überquerte, der mit dem Cucao-See eine liegende Acht bildet, die die Pazifikküste berührt, war das einzige Verbindungsglied zwischen der Westküste der großen Insel mit der Außenwelt, hinter kalten Coriariawäldern, die sich hinter Nebel- und Regenschleiern an den Ufern beider Seen kilometerweit erstrecken. Beim Verlassen des klapperigen Busses, der von Castro nach Huillinco fährt, traf der Reisende an jenen Tagen, an denen das Boot fuhr, ein Gedränge von Menschen auf dem Schiff, das viel zu zerbrechlich aussah, um so viele Passagiere aufnehmen zu können, die, lange vor der Abfahrt, aneinander gezwängt darin warteten.

Da der Regen das natürliche Element der Gegend ist, hatten wenige der auf die Abfahrt Wartenden sich besonders gegen das Wetter geschützt. Sie trugen höchstens eine gestrickte Mütze, die gewohnten braunen Ponchos und großkarierte Schals um die Schultern geschlungen, Tücher gegen den Wind fest um die Köpfe der Frauen, die plattnasige, polynesische Züge hatten. Männer und Frauen sprangen vom Ende des hölzernen Landungsstegs in das dabei beinahe kenternde Boot und setzten sich mit ihren Einkaufspaketen zurecht, denn der kleine Ort Huillinco am östlichen Ende des Sees war das Einkaufszentrum für Cucao. Eine dicke, kurzbeinige Frau mit von Miedern eingezwängten Brüsten und gelber Stirn rückte, fast ohne ihm ihre Schlitzaugen zuzuwenden, beiseite und machte dem Jungen, der vom Bus

heruntergelaufen kam, um das Boot noch zu erreichen, neben sich auf der überfüllten Bank Platz.
Das Boot ließ, eine Pestwolke von Treibstoff ausstoßend, den Landungssteg hinter sich. Ein Regenschauer verbarg die Häuser für kurze Zeit. Nebel zog einen Augenblick auf, und dann fiel wieder dichter Regen. Das Gespräch drehte sich um alltägliche Themen: das lahmende Pferd, das sich erholt hatte, ein Brief war von dem Sohn, der in Rio Gallegos wohnt, angekommen. Zucker und Tee waren dieses Jahr teuer, vielleicht würde die Straße gebaut. Das Vorschiff, dicht besetzt mit den unter dem Regen geduckten Passagieren, schnitt durch den Nebel. Fetzen von Helligkeit ließen das Profil einer Person in der Gruppe auftauchen, die Bommel einer Mütze, eine schützend gegen den Wind gekrümmte Hand, um eine Zigarette anzuzünden. Der Nachbar der Dicken auf der Bank nutzte einen Augenblick, da der Regen aussetzte, um sich wie der Steuermann im Vorschiff eine Viceroy hinter vorgehaltener Hand anzuzünden, und bot seiner Nachbarin das Päckchen, die annahm, ohne hinzusehen. Dann kauerte sich der Junge wieder über die Gitarre. Abwesend, mit tränenden Augen, im Schoß einen durchlöcherten Schuhkarton voller Küken, sagte die Frau eine ganze Weile nichts, als horche sie, bis sie endlich murmelte:
»Die Stimme der Alten ... es wird aufreißen ...«
Zehn Minuten später klarte der Himmel auf. Noch vor Mittag, als man durch die Enge zwischen dem Huillinco-See und dem Cucao-See hindurchfuhr, nahm der Junge sich unter einem sanftblauen Himmel die Wollmütze ab und ließ sein schwarzes Haar bis auf die Schultern fallen. Da fragte ihn die Dicke:
»Bist du Mañungo Vera?«
»Ich wollte, ich wär's«, erwiderte der Bengel mit der Gitarre und bot seiner Reisegefährtin lachend noch eine Zigarette an, die sie annahm und sagte:
»Er muß älter sein als du. Sieht aber genauso aus.«
»War er von hier?«
»Nein. Von Dalcahue. Oder Curaco de Vélez. Ich weiß nicht mehr.«

Doña Petronila Quenchi sprach für den Rest der noch langen Reise kein Wort mehr mit dem falschen Mañungo Vera. Obwohl sie vormittags von Huillinco abgefahren waren, würden sie in Cucao erst ankommen, wenn die Sonne schwächer wurde. Doña Petronila sparte die Kraft, die ihr nach der Nacht im Freien geblieben war, nachdem sie ihr Cochayuyo, ihre Algen, an die Japaner verkauft hatte, für den vierstündigen Marsch am Strand entlang nach Süden bis zu ihrer Hütte in den Dünen vor der Robbenbank. Beim Anlegen in Cucao halfen ihr die, die vor ihr ausstiegen, und der Junge, der im Boot blieb, weil er an das andere Ufer wollte, ihre Sachen auszuladen. Sie schnaufte, als sie sie auf den Rücken lud und die Pakete zusammenband, um sie über dem Arm zu tragen, aber die anderen Reisenden ließen sie sich allein abmühen, denn Doña Petronila war eine gefürchtete Hexe. Die Gruppe wanderte auf den Ort zu, verlief sich dann im Sand der kaum wahrnehmbaren Straßen, wo vereinzelt zehn oder fünfzehn vom Salz der Brecher verkrustete Holzhäuser standen.
Doña Petronila folgte ihnen, noch als man nicht mehr sehen konnte, wem man folgte. Sie war müde, aber sie trug alles, was zu kaufen sie sich vorgenommen hatte. Es war die sechste Fahrt, die sie dem Besitzer des Bootes schuldig blieb, einem gewissen Barrientos, aber nicht den Barrientos von hier, sondern irgendwelchen Barrientos von anderswo, dem sie gesagt hatte, daß ihr jüngster Sohn – »es sind nicht meine Kinder, aber es sind mehr als meine Kinder« –, wenn es zehn Fahrten wären, ihn mit Ladearbeiten bezahlen würde. Ein heimtückischer Wind war aufgekommen, einer von diesen gemeinen, die den lüsternen Weibern unter die Röcke fahren und sie schwängern. Doña Petronila bückte sich gegen den Wind. In den Straßen waren alle Türen und Fenster verschlossen. Man sah keine Menschenseele. Natürlich, bei diesem Sturm und diesem Seegang, der den Planeten so hoch hob, als wollte der Pazifik bis hinauf in die Krümmung des gewaltigen Horizonts, um sich gleichzusetzen mit dem Himmel, der sehr, sehr hoch begann.
»Scheißwind«, brummelte Doña Petronila.

Als sie um die Ecke eines Holzhauses bog, das von einem Windstoß geborsten und so stehengeblieben war, traf sie plötzlich auf eine schwarzgekleidete Frau, und beide begrüßten sich. Doña Petronila zog sie mit sich in den Schutz einer Häuserwand.

»Hör mal, Ulda«, sagte die Hexe. »Ich wollte dich etwas fragen.«

Ulda wußte wohl, daß es Unglück brachte, wenn man Doña Petronila in einer leeren Straße traf. Sie zögerte einen Augenblick, bevor sie ihr folgte und ihr half, die Lasten abzusetzen, um zu schwatzen. Sie nahm den Karton mit den Küken auf den Schoß und setzte sich in den Sand. Doña Petronila suchte in den Tüchern, in die sie sich eingewickelt hatte, und bot Ulda eine Zigarette an, die sie ablehnte. »Hör mal, Ulda«, wiederholte die Hexe, als sie ihre Zigarette angezündet hatte. »War Mañungo Vera aus Dalcahue oder aus Curaco de Vélez?«

Ulda verbarg ein Lächeln. Ihre reifen, schwarzen Augen waren zu dicht bewimpert, zu aufmerksam in dem weißen und frischen Gesicht. Ihre dichten Brauen runzelten sich, als sie fragte:

»Willst du das wissen, um ihm etwas Böses zu tun?«

»Nein. Um ihn zu rufen: Ich glaube, er war aus Dalcahue.«

»Nein. Ich war nie Lehrerin in Dalcahue. Mañungo war aus Curaco de Vélez, dort geboren und aufgewachsen, bis er nach Concepción und nach Santiago ging und dann nach Paris, als die andere Regierung kam und man mich hierher versetzte, als verdächtig ...«

»Curaco de Vélez? Ich kenne Curaco de Vélez nicht. Weit weg wahrscheinlich ...!«

»Und Dalcahue?«

»Auch nicht. Man sagt, du hast Mañungo nach Santiago geschickt und läßt ihn nicht zurückkommen.«

»Ich habe nicht solche Kräfte wie du. Wer sagt das?«

»Im Schiff redet man davon«, log Doña Patronila, die als Hexe die Gabe besaß, ihre Lügen Wahrheit werden zu lassen, denn als sie jung war, so erzählt man sich, ist sie auf der *Caleuche* gefahren, dort hat sie ihre Kräfte gelernt.

»Warum hat man von Mañungo gesprochen?«
»Weil in dem Boot einer saß, der genauso aussah.«
Neben der unförmigen Gestalt Doña Petronilas und ihrem aufgedunsenen asiatischen Gesicht wirkte Ulda Ramírez wie ein Stahlstich, so klar, eine reine Linie, nichts als Selbstbeherrschung. Oder doch nicht, denn als sie die Worte der Alten hörte, kam ein Lächeln aus ihrem feingeschnittenen Mund, das ihr kantiges Gesicht verjüngte.
»Woher weißt du, daß er genauso aussah, du kennst ihn doch gar nicht?«
»Glaubst du, du bist die einzige, die Mañungo Vera kennt, weil du seine Lehrerin warst? Und mehr als das, sagen böse Zungen. Wieso soll ich ihn nicht kennen, meine Gören haben in der Küche ein Poster von Mañungo an die Wand genagelt. Sie haben auch eine Kassette mit seinem Gesicht und seiner Stimme, die haben sie von der letzten Goldwäsche gekauft. Sogar die Stimme war wie seine, stell dir das vor. So, Mädchen, jetzt muß ich gehen.«
Sie warf die Kippe fort, erhob sich mit Uldas Hilfe und lud sich ihren Kram wieder auf. Ulda beschwor sie, ihre schon erwachsenen Kinder endlich in die Schule zu schicken. Die Alte sagte nein, denn dieses Jahr gäbe es viel Gold zu waschen. Sie sei zu alt, sich um so viel Arbeit kümmern zu können, und sie habe Angst, ihre Gören würden in den Norden ziehen und nie wiederkommen, genau wie Mañungo. Ulda ließ sich nichts anmerken, aber der Rest Weiblichkeit in Doña Petronila spürte das endlose Warten hinter dieser weißen Maske, so daß sie beschloß, heute nacht ihren mächtigen Zauber zu machen, damit dieser Mañungo aus dem Norden zurückkäme, um Ulda zu besuchen, die ihn liebte, seit sie ihm, 14 Jahre war er alt, Gitarrenunterricht gegeben hatte, und mehr als das, das sah Doña Petronila im Inneren von Uldas durchsichtigem Herzen. Lorbeer, Mollusken, Honig vom Ulmo, Haare vom Steinbock, Papageienkot. Und vom Fußnagel ihres ältesten Sohnes, den sie ihm heute nacht, wenn er schlief, abschneiden würde, wenn der Junge, ohne es zu wissen, hart war von den Visionen nackter Frauen, die frenetisch auf der *Caleuche* tanzten.

Doña Petronila verabschiedete sich mit einem Nicken von Ulda und ging auf den Strand zu. Ulda wandte sich zu ihrem Haus im Nebel. Bevor die Entfernung zwischen beiden so groß war, daß man hätte laut rufen müssen, drehte Doña Petronila sich um und, ohne ihre Lasten abzusetzen, rief sie:
»Hör mal, Ulda ...«
Ulda blieb stehen und sah zu der Alten hinüber:
»Ja?«
»Ich wette, demnächst wird Mañungo hier erscheinen, in Fleisch und Blut, nicht sein Gespenst, wie der, den ich auf dem Boot gesehen habe.«
»Und was hab ich zu tun damit?«
»Na, sei nicht gleich beleidigt, ich meine ja nur ...«
Der von den Wellen aufgeworfene und wie eine Matratze auf dem Sand aufgeschichtete Dunst verhüllte zuerst die Füße, dann die Beine der Frauen, die sich, jede in ihre Richtung, entfernten und, nachdem sie beide eine Weile über dem Nebel schwebten, verschwanden.

24

Aller Verkehr war in den Straßen des Barrio Alto erstorben, das Blattwerk der Platanen und die an den Gräsern hängenden Tropfen waren erstarrt wie auf einer Fotografie. Mañungo spürte, daß nur, was jenseits der Wahrnehmungskraft lag – die Stimme eines Insekts, so fein, daß ein menschliches Ohr sie nicht vernimmt; das heimliche Aufblitzen winziger Augen, die aus den Erdlöchern hervorlugen; die Bewegung der Schnecken, mit ihrer Spur die zarte Unterseite der Blätter zeichnend – das Leben bis zum Morgen verlängerte und sie die Stunden über gefangenhielt, sie daran hinderte, zu Judit nach Hause zu fliehen. Nicht, weil man sie verfolgte. Ricardo Farías war von dem Schuß nicht getroffen worden. Er stürzte lediglich ans Fenster und schrie Gemeinheiten hinaus, weil er sie nicht sehen konnte, als sie fortliefen, als genüge es, in die gewaltige Nacht hinauszuschreien, um sie

festzuhalten. Das Paar floh zur Avenida Lyon, die so gerade und so breit war, daß man schon von weitem sehen konnte, ob jemand kam und man Zeit hatte, sich im Eingang eines Gebäudes, in einem offenen Garten oder unter Büschen zu verstecken. Der Schuß war keine so schwerwiegende Angelegenheit, um deswegen eine Polizeiaktion im ganzen Stadtteil zu organisieren; die würde letztlich nur die Aufmerksamkeit auf das inkorrekte Verhalten von Mitgliedern des Sicherheitsdienstes lenken, so daß Ricardo Farías es sich zweimal überlegte, ob er in seinen Apparat mit dem roten Punkt hineinschreien sollte, um die Patrouille auf sie zu hetzen. Zum Glück war nichts Gewichtiges geschehen. Er würde die zerschossene Scheibe auswechseln lassen, ehe Cristina dumme Fragen stellen konnte, wenn sie aus den Ferien zurückkam. Mañungo Vera sei auf andere Weise viel leichter zu fangen, sagte er zu seiner nun etwas ruhiger gewordenen Gefährtin; man werde Vertrauensleute finden, die ihm in den nächsten Tagen eine Falle stellen würden, dann sei er eine viel sicherere Beute als bei einer simplen nächtlichen Verfolgungsjagd.
Bei dem geringsten Geräusch, dem geringsten Laut oder Schatten, der sich bewegte, einem Licht, das in der Straße auftauchte, drückten sich Judit und Mañungo an eine Wand oder versteckten sich hinter einem Busch oder hinter einer Säule. Wie sollten sie zu Judits Wohnung nach Bellavista kommen? Wie durch die Straßen, ohne entdeckt zu werden? Und über die Avenida Providencia, die Straße 11. September, durch den Park, über die Brücken ans andere Flußufer gelangen, ohne daß man sie sah? Das einzige, wonach sich Mañungos Körper sehnte, war Schlaf, tagelanger Schlaf, eingehüllt in Judit wie in eine Stola, um sie zu beruhigen, und sie wollte dasselbe, um in Mañungos Armen zu weinen und zu weinen. Es war halb vier Uhr morgens. Sie hatten also die Nacht zusammen verbracht.
»Ich bin fertig«, flüsterte Judit und blieb in einer Schattenhöhle stehen.
»Wir müssen weiter.«
»Ich kann nicht mehr. Legen wir uns hier hin.«

Und sie warf sich im Eingang eines Gebäudes unter die Eiben ins Gras, in deren Schutz man die gerade von Norden nach Süden und von Süden nach Norden verlaufende Avenida übersehen konnte, eine glatte, blaue Oberfläche wie ein zugefrorener Fluß. Aber als sie ins Gras fielen, war es Mañungo, der sofort in tiefen Schlaf eintauchte, so tief wie der Arktische Ozean: er betrachtete die schwarze Gestalt, die von weitem näher kam, am Strand entlang, wo die Brecher den Boden erschütterten, als schlage ein großes Herz von unsichtbaren Hubschraubern durch die Nacht. Schweigend beugte die schwarzgekleidete Frau sich über ihn, schnitt ihm heimlich einen Fußnagel ab, ohne ihm den Schuh auszuziehen, und rief ihn ohne Stimme, aber er weigerte sich, ihr zu folgen, weil er ihr Gesicht nicht sah, und sein Herz und sein Glied pulsierten nicht mehr; er blieb unter der dichten Decke des Schlafs liegen. Nur die Stimme der Alten hörte er, den hartnäckigen Tinnitus, die vom Ozean her Veränderungen ankündigte.
Judit konnte nicht einschlafen. Sie setzte sich neben ihren unter dem Busch schlafenden Freund. Sie umschlang ihre Knie mit den Armen, die Handtasche hing ihr an der Hand. Sollte sie jetzt nach Hause gehen und Mañungo beweisen, daß sie sich aus reiner Lust hingeben konnte, nicht um irgend etwas zu beweisen, obwohl das ein Widerspruch war? Sie sah in Mañungos schlafendes Gesicht. Wie unbeugsam war er mit seiner mythologischen Geschichte, ein Erbe von so stolzem Alter, in dem er sich nicht akklimatisieren konnte. Es war nicht wichtig, ob er nach Chiloé zurückging oder nicht – er konnte genausogut nach Paris gehen und dort finden, was er in der Phantasie der Inselbewohner gefangen glaubte! –, denn Mañungo gehörte zu denen, die sich nur vorübergehend verlieren, und sie würde er außerhalb seiner zukünftigen Mythologie belassen.
Es gab jedoch eine Rettung, nämlich daß diese Mythologien sich nicht erfüllten. Sie zog die Pistole hervor, roch an ihrem Lauf. Sie war nicht gesichert. Sie legte die Waffe Mañungo an die Schläfe: er sollte nie mehr aus seinem absurden, innigen Traum erwachen. Aber das würde überhaupt nichts

bringen. Wie es nichts gebracht hätte, wenn sie Ricardo und die von der chemischen Sonne ihrer Frisur welk gewordene Blondine getötet hätte. Die Waffe an die eigene Schläfe haltend dachte sie, daß es auch keine Lösung war, wenn sie sich selbst umbrachte, weil ihre Schuld in den ungerächten Frauen weiterleben würde, in dem Gebell von *Zar* in anderen Ohren, in der feuchten, von einem anderen Knie besiegten Hand. *Zar! Zar! Zar* war ein riesiger *Boris*, von der deutschen Armee so fein gezüchtet, um Mörder in der Nacht von Santiago zu verfolgen, wie die lächerliche Miniatur, die Ricardo auf dem Tresen seiner Bar zur Schau gestellt hatte. Die nächtlichen Schritte von *Zar* klangen durch die unter der Großartigkeit ihrer Platanen schlafende Allee. Ein streunender Hund kam von der anderen Straßenseite herüber, seine gedämpften Schritte klangen in der Stille mit der Entschiedenheit eines kräftigen Pulses. Ungestraft konnte dieser Hund nach Beginn der Ausgangssperre ohne Angst durch die Straßen gehen und tun, was er wollte; aber, wie gewöhnlich das noch so bescheidene Persönliche auf das Politische übertragend, mußte Judit erkennen, daß sie beide nicht einmal die Freiheit hatten, nach Hause zu gehen, um einander umarmend in einem Bett zu schlafen, weil ein Gesetz ihnen dies verbot.
Sie stand auf, um, hinter dem Busch versteckt, den Hund zu beobachten. Er war nicht nur ein Hund, der da ging. Vier, nein acht, zehn, zwölf, fünfzehn Hunde fauchten wie in einem Alptraum aus den stillen Straßen und folgten einer weißen Hündin, die als erste tänzelnd die Straße überquerte und auf dieser Seite zitternd die anderen Hunde erwartete. Fünfzehn, zwanzig aufmüpfige Hunde verschiedener und vermischter Rassen, mit zweifelhaften Stammbäumen und unterschiedlichem Fell, raubgierig knurrend, mit glänzenden Augen, sabbernden Lefzen und schmutzstarrenden Pfoten. Sie drängten sich winselnd um die zerbrechlich weiße Hündin mit glattem Fell und feinem, gepudertem, großäugigem Gesicht. Sie hockte sich geziert in das Gras, auf der anderen Seite der Eibe, hinter der Judit stand, und sie beobachtete und pinkelte mit einem affektierten Getue, das ver-

stellen sollte, was sie tat, wohl wissend, daß dies die Viecher verrückt machte, die ihre Zurückhaltung natürlich nicht glaubten. Sie beschnupperten sie, heulten mondsüchtig auf, wild gemacht von ihrer Ausscheidung. Ein fuchsroter Hund mit dem Auftreten eines Anführers drückte sie ungeschickt mit der Pfote zu Boden, ein anderer hob mit seiner spitzen Schnauze ihr Hinterteil, sie versuchten, sie zu besteigen, sie zu lecken, zu beißen, sie bissen sich gegenseitig, wild und bösartig, riesige Hunde und rohe Hunde und dicke Hunde mit Flecken und fahlfarbene Hunde, blonde, schwarze, aufgewühlt von der schlichten biologischen Tatsache, daß die weiße, fast haarlose Hündin mit dem eingefallenen Gesicht und den blauen Augenrändern läufig war. Von Liebe keine Spur. Sie folgten den geheimnisvollen Befehlen der Natur, denn sie war weiblichen Geschlechts, und die Macht ihres Geruchs rief diese Bestien aus einem weiten Umkreis zusammen. Eine helle Dogge drängte sich mit der Eitelkeit des Totschlägers durch die anderen, und mit einem einschüchternden Knurren packte er die weiße Hündin zwischen seinen ungeschickten Pfoten, die es sich gefallen ließ, freilich ohne ihm entgegenzukommen, ganz sicher, daß sich die Absichten des Hundes mit dem Gehabe des Anführers nicht erfüllen würden. Und wenn dieser Totschläger sie doch befruchtete? Wenn er sie mit seinen Spermen schwängerte und in ihr Welpen seiner Größe zeugte, so daß bei deren Geburt aus diesem Leib, der nicht dazu geschaffen war, Hunde dieser Größe zu gebären, ihre zarten Fortpflanzungsorgane zerrissen? Es war nicht Mitleid, sondern Empörung, was Judit trieb, ihr Versteck zu verlassen und sich auf das Rudel erregter Hunde zu stürzen, die mit wachen Instinkten ungestüm und außer Rand und Band wer weiß von welchem Teil der nächtlichen Allee und aus welchen stinkenden Winkeln und heimlichen Dünsten auftauchten; welche Gitter übersprangen sie, welche Hecken zerstörten sie, welche Löcher gruben sie, und welche Türen zertrümmerten sie, um der Verlockung nach der Ausscheidung dieser Hündin mit den veilchenfarbenen Augenringen und dem gepuderten Gesicht einer Chansonette zu folgen, die sich ein Lächeln über diesen unvernünftigen Tumult zu verkneifen schien. Die Hunde stoben auseinander, als Judit plötzlich auftauchte, liefen jedoch nicht davon, vielmehr ließen sie sich vom Wechselspiel der Schritte der Hündin mitreißen, keiner war bereit, sie zu verschonen. Hunde können nicht verschonen. Sie hörte ihr Gebell, ihr Winseln, ihr gräßliches Lärmen, ihr erbarmungsloses Knurren, aber keiner näselte. Die ganze Meute wollte die Hündin vergewaltigen und verschlingen, einer nach dem anderen, und sie wußte es und wollte es und floh, indem sie nur aus Koketterie dem üblichen Verlauf ihrer Läufigkeit auswich; es war nur ein Spiel mit der Tyrannei ihrer Regel. Judit lief hinter der Hündin her über die Straße, ohne sich darum zu kümmern, daß man sie nach Süden und Norden viele Blocks weit sehen konnte, und daß man die Polizei benachrichtigen konnte, daß eine Verrückte eine Meute Hunde verfolgte.

»Judit!«

Mañungo stürzte hinter den Büschen hervor. Was sie da mache, rief er. Wollte sie, daß man sie festnahm? Sah sie denn nicht die Gefahr? Die Patrouille war bestimmt schon benachrichtigt, die Sirenen bereit, die Walkie-talkies, die Polizeipfeifen. Judit schrie ihm zu, er solle verschwinden, er würde doch nichts verstehen, sie wolle nie wieder mit ihm sprechen, ihn auch nie wiedersehen, weil er überhaupt nichts begreifen könne. Sie mußte die weiße Hündin vor ihren Vergewaltigern retten. Die Hunde flohen, denn sie wußten, wie man seitwärts im Gebüsch verschwindet. Als Mañungo Judit erreichte, nahm er sie in den Arm, und beide gingen umschlungen durch die Straßen, ihr Kopf mit seinem seidigen Blond an seiner Schulter.

Eine Ecke weiter sahen sie auf dem gegenüberliegenden Gehsteig das Gewühl der Hunde. Der riesige, erregte Hund war darunter, und sich leckend erwartete die weiße Hündin, daß die Bestie ihrem Trieb folgte. Die übrigen Hunde bildeten lauernd einen wilden, streitsüchtigen Kreis um sie und um den Rüden, dem es nicht gelang, sie zu bespringen. Als sie die Hündin sah, riß Judit sich mit einem Schrei von Mañungo los und rannte über die Straße, ohne sich darum zu kümmern, ob man sie sah oder hörte, und rief, verschwindet, laßt sie in Ruhe, verschont sie. Aber die Hunde waren nicht bereit, die Hündin auszulassen, deren Augenringe noch tiefer und lasterhafter zu sein schienen, ihr Gesicht noch konzentrierter und blasser, bereit, alle Hunde anzunehmen, die sie bespringen wollten. Sie drehten Judit ihre dicken Köpfe zu, knurrten sabbernd, fletschten die Zähne, um ihr Recht zu verteidigen, Wildheit in ihren blutunterlaufenen Augen; sie aber schlug mit ihrer Handtasche auf die beschnittenen Ohren und die schwitzenden Körper ein und bahnte sich einen Weg zwischen den Tieren hindurch, die ihr das Kleid zerrissen, um ihr den Eintritt in ihren Kreis zu verwehren. Der große Hund, schweißig und heiß, mit vor Anstrengung zitternden zusammengepreßten Schenkeln, die gewaltige rosige Zunge aus der Schnauze heraushängend, suchte verzweifelt mit seinem Körper das Geschlecht der Hündin, die bereit war, es zuzulassen, aber seine gierige Ungeschicklichkeit ließ ihn versagen. Mañungo schrie Judit von außerhalb des Kreises zu, sie solle sich fernhalten, solle die Hunde ihrem widerlichen Trieb überlassen. Aber seine Stimme drang in kein Bewußtsein, genau wie in der Einsamkeit von Cucao. Die Hunde sprangen um Judit herum, zerrten ihr an den Ärmeln, am Rock, beschmierten sie mit ihrem Sabber, ihren Ausflüssen, ihrem Blut, bereit, sie zu vergewaltigen, und die kleinsten klammerten sich erregt an ihre nackten Beine und masturbierten. Mañungo bahnte sich einen Weg in das Gewühl, das vorher auf die Hündin konzentriert gewesen war und jetzt auch auf Judit und auf die Düfte, die sie ausströmte, und die die Hunde wahrnahmen. Glänzende Fänge hatten ihr die Tasche entrissen und zerfetzten sie, stritten sich darum unter lautem Gebell, als wäre sie ein Teil von Judit. Die Handtasche ging auf und die Pistole fiel heraus. Sie konnte sich bücken und sie aufheben. Sie zielte auf die Hunde. Es waren viele. Alle gleich. Alle mußten sterben, ununterscheidbare Rüden, die sich an sie preßten und sie beschmutzten. In der Mitte der Meute aber die weiße Hündin, allein, zart, ironisch, als geschehe dies alles in einem ihrer würdigen Sa-

lons; sie konzentrierte ihre entfachte Wut in der Müdigkeit ihrer Augenringe und in dem melancholischen Lächeln dessen, der weiß, daß er seinem Schicksal nicht entrinnen, aber wenigstens spielen kann. Judit konnte nicht an die Hündin herankommen, weil die Tiere ihr in die beschmutzten Beine bissen. Sie war einige Meter von ihr entfernt. Zwischen ihr und der Hündin tobten die sich drängenden Hunde, ohne daß die weiße Hündin sich aufzulösen schien, denn zwischen den Pfoten des fahlroten Hundes im Mittelpunkt des Teufelskreises lächelte sie zart, rein und müde Judit zu, ihrer Komplizin, ihrer Retterin, ihrer Schwester, die mit der Pistole auf ihren Kopf zielte und schoß. Der Körper zuckte zusammen, und die Hündin fiel leblos zu Boden.
Der Hund, der sie vergewaltigte, löste die Kraft seiner zusammengepreßten Schenkel und ließ dieses Ding zwischen seinen Beinen fallen. Er beschnupperte sie und ging dann und roch ein wenig weiter weg am Gras. Auch die anderen Hunde beschnupperten sie uninteressiert. Einige leckten an der kleinen Blutlache, bevor sie sich entfernten. Einer näherte sich dem Körper und beroch als letzte Aufmerksamkeit kurz ihr Geschlechtsteil, als wollte er prüfen, daß es jetzt zu nichts mehr taugte, und dann ging er und schnupperte an den Müllsäcken aus schwarzem Plastik, fetzte sie auf, um sie, bevor er verschwand, zu entweiden.
»Idiotin!« rief Mañungo und riß ihr die Pistole aus der Hand.
»Laß mich!« erwiderte Judit, als er sie beim Handgelenk packte, um sie fortzuziehen.
Mañungo warf mit einem weiten Schwung die Pistole über das nächste Gitter, über eine Lorbeerhecke in einen unbekannten Garten, wo man die Waffe erst finden würde, wenn der Tag bereits weit vorgeschritten war und sie beide auf der Beerdigung von Matilde sein würden. Er nahm Judit fest bei der Hand, um ein Versteck zu suchen, aber er fühlte, wie sie sich wehrte. Die Hunde hatten sich verlaufen. Der blutige Kadaver lag allein auf dem Gehsteig. Judit trat hinzu. Sie setzte sich an den Kantstein und nahm ihn in den Schoß, streichelte ihn und flüsterte unverständliche Dinge.

Über eine der Alleen – vielleicht die Avenida Lyon von dieser dunklen Seitenstraße aus gesehen, in die sie sich auf der Suche nach den Hunden verlaufen hatte – fuhr die Patrouille vorbei und heulte auf wie eine läufige Bestie. Die Hündin hartnäckig in den Armen, als wäre sie eine bei einer Tombola gewonnene Puppe, drückten sie sich Schutz suchend in einen Eingang. Eine Weile rührten sie sich nicht. Warum zog das beleuchtete *Caleuche* nicht mit seinen weißen Segeln und seinen goldenen Masten majestätisch durch die Dunkelheit am Ende der Straße, damit sie dort einsteigen und gerettet von dem Zauberschiff in der Ewigkeit versinken konnte?
»Gehen wir«, sagte er.
»Wohin?«
»Weiß ich nicht.«
»Uns zu verstecken.«
»Wo?«
Judit sagte schließlich ja, gehen wir, ich weiß, wohin. Und sie ging, den Hund auf dem Arm. Er bat sie, den toten Körper auf der Straße liegen zu lassen. So ein Blödsinn, während der Ausgangssperre mit dem Kadaver einer Hündin auf dem Arm im Morgengrauen durch die Straßen von Santiago zu gehen, ohne zu wissen, wohin, weil es für sie verboten war, um diese Zeit herumzugehen, nicht aber für die Tiere. Judit blieb an einer Ecke stehen. Sie sah die Straße hinauf und hinunter. Dann, mit der Sicherheit eines Seemannes, der in die Luft geschnuppert hat und nun weiß, woher der Wind weht, sagte sie:
»Hier entlang.«
Sie bogen in eine Prachtstraße Richtung Norden ein, die Mañungo wiedererkannte, ohne ihren Namen nennen zu können. Sie waren hier schon einmal gegangen, heute nacht. Sie ließen eine Blutspur hinter sich auf dem Gehsteig. Es würde leicht sein, ihrer Spur zu folgen. Am Horizont, im Westen jetzt, sangen verendende Sirenen, die langsam verhallten.

25

Im Nebel der frühen Morgenstunde gewann der idyllische Garten mit den pyramidenförmigen Lebensbäumen, den Buchsbaumkugeln, den schwarzen Eiben und Lorbeerobelisken, die so ausgewachsen waren, daß es schwer war, die ihnen ursprünglich zugedachte Form zu erraten, Leben durch die Bewegungen der zerlumpten Gestalten, die ihnen entgegenkamen und die Symmetrie dessen, was Garten war, schwächten. Darios Vater sprach als erster, während die anderen sich hinter ihm aufstellten.

»Wir haben Schüsse gehört.«

»Mehr als einen?« fragte Mañungo.

»Ja, einen im Osten und einen ein bißchen südlich . . .«

»Ein ausgezeichneter Orientierungssinn!«

»Das macht die Übung.«

»Das war in Las Hortensias, denn wir sind doch nach Las Hortensias gegangen.«

»Haben sie ihn umgebracht, Señora?«

»Nein. Nur die Hündin.«

»Und der andere ziemlich in der Nähe, noch nicht lange her.«

»Das war für die Hündin.«

Sie setzten sich, ließen die Beine in das in Trümmern liegende Schwimmbad baumeln und erzählten. In dem weiter zurückliegenden hohen Gebäude im Nebel ging ein Licht an, wer weiß warum um diese Zeit, und nach ein paar Minuten, in denen sie ihr Gespräch unterbrachen, um es zu beobachten, ging das Licht ohne Erklärung wieder aus. Darios Vater sagte zu Judit, wenn sie auf ihn gehört hätte und nicht auf Don Cesar, hätte sie sich diesem Idioten Ricardo Farías nicht zu zeigen brauchen, der tatsächlich in dem Lager für politische Gefangene gewesen war, als sie dort waren, sie aber nicht verurteilt haben konnte, weil ihm die Männerabteilung unterstand. Das stimmt nicht, dachte Judit, denn sie hatte diese unverwechselbare Hand auf ihrem Knie gespürt. Die Angaben, die er ihr gemacht hatte, sagte Darios Vater, seien dagegen viel glaubwürdiger, weil sie sich auf den bezogen, der damals für die Frauenabteilung zuständig war. Die Mitglieder des Sicherheitsdienstes hatten einen großen Teil der Nacht zusammen mit ihren Freundinnen die Abwesenheit ihrer guten Ehefrauen gefeiert und waren dann weggefahren, der eine in dem blauen Mercedes nach Las Hortensias und der andere in dem grünen Volvo nach Lota. Einer der Büsche, der die Geschichte von den beiden Schüssen mitangehört hatte, sagte zu Judit:

»Geben Sie mir den Hund, Señora, damit ich ihn begraben kann.«

»Nein!«

»Bevor er anfängt zu stinken«, insistierte ein Lorbeerbaum hinter ihr.

»Bei dieser Kälte verwest er nicht.«

Während Mañungo seinen Bericht über die Schüsse beendete, deren Widerhall die Einsamkeit der Nacht bis hierher getragen hatte, lehnte sich Judit an seine Schulter; sie war sehr müde und wollte schlafen.

»Ich bin müde.«

»Ich auch«, flüsterte Mañungo.

»Sie müssen heute nacht hier schlafen. Es ist unmöglich, bei den Wachen durch die Stadt zu kommen«, sagte ein Buchsbaumobelisk aus der Dunkelheit.

»Darum bin ich hierhergekommen.«

»Sie haben auch einen guten Orientierungssinn, Señora.«

»Als ich klein war, habe ich in dieser Gegend gewohnt. Aber es gibt kaum noch Häuser von damals. Alles ist sehr verändert. Manchmal hat man mich zum Spielen in diesen Garten gebracht. Er ist sehr schön gewesen.«

Sie standen auf. Ein Schatten oder ein verwachsener Lebensbaum oder ein Mann streckte den Arm nach den Resten der Hündin aus, als er sah, daß Judit sich neben einem Busch, der ihren Schlaf beschützen sollte, niederlegen wollte. Der Nebel wurde dichter, es war kurz vor Tagesanbruch. Die Sirenen sangen ihr todbringendes Lied am Horizont, und der Rest der Nacht schien wieder vom Knattern der unsichtbaren Hubschrauber zu bersten. Judit weigerte sich, den Kadaver herzugeben. Das kleine gepuderte Gesicht

schlief überdrüssig in ihren Armen. Sie legte sich auf den Boden, ohne die Hündin loszulassen. Mañungo legte sich neben sie.
»Wollen Sie etwas zum Zudecken?« fragte Darios Vater.
»Nein«, antwortete sie, den möglichen Schmutz ihrer Dekken fürchtend.
»Danke«, sagte Mañungo.
Sie legten sich nebeneinander. Er bat sie, den Kadaver einem ihrer geheimnisvollen Gefährten zu übergeben. Aber Judit drückte die Hündin an sich und legte ihren blonden Kopf auf die Erde. Wollte sie etwas haben, um es sich als Kissen unterzulegen?, bot man ihr an. Nein. Sie hatte zu oft geschlafen, ohne etwas zu haben, um sich daraufzulegen, und sie antwortete nicht, schloß die Augen, um alles, was sie umgab, abzuwehren; sie versuchte einzuschlafen. Mañungo legte sich hinter sie und nahm sie in den Arm, mit seinem Körper ahmte er die zusammengerollte Haltung ihres Körpers nach und umfaßte ihn. Einen Arm schob er unter ihren Kopf, den anderen legte er um ihre Taille und zog sie an sich. Genauso hielt Judit den Körper der weißen Hündin umarmt. Vom leichten Nebel umhüllt, entfernten sich die zerlumpten Büsche, auch sie, um zu schlafen, bevor der Tag anbrach und die Ausgangssperre aufgehoben war. Dann würden sie die ersten sein bei der Papiersammlung am Morgen.
»Ju?« flüsterte Mañungo.
Sie antwortete nicht.
»Komm mit mir nach Paris.«
Sie unterbrach ihre gleichmäßigen Atemzüge, um sehr leise zu antworten:
»Versuch nicht, mich zu erlösen.«
»Warum nicht?«
»Ich will nicht.«
»Liebst du mich nicht?«
Sie wartete so lange mit ihrer Antwort, daß Mañungo befürchtete, sie sei wieder eingeschlafen.
»Ich weiß nicht«, antwortete Judit nach einer Weile.
Die Atemzüge beider waren ruhig geworden, bevor sie wie-

der aufwachte, um die schon sehr steif gewordene Hündin an ihrem Körper zurechtzurücken, und Mañungo, der ebenfalls wach geworden war, fragte:

»Und du . . .?«

Er wußte, was sie ihn fragte, und antwortete darum sofort:

»Ich glaube nicht.«

»Du möchtest aber, daß wir zusammen schlafen, nicht wahr?«

»Ja. Aber laß diese Hündin los.«

»Nein.«

»Ja, aber wie sollen wir dann . . .?«

»Wenn es hell wird, lassen wir sie begraben, und wir gehen zu mir. Willst du . . .? Dann ist es egal, daß wir uns nicht lieben, nicht wahr?«

»Es ist auch jetzt egal.«

»Richtig.«

Er schlief sofort wieder ein. Und als Judit ihn ruhig atmen hörte, konnte sie endlich die Hündin umarmen, wie sie wollte, und einschlafen.

III
Morgen

26

Sie wachten vom unebenen Boden mit schmerzenden Gliedern auf; die Sonne brannte ihnen in den Augen. Die erste Bewegung Mañungos, als er sich aufrichtete, war, auf die Uhr zu sehen, aber die Uhr befand sich nicht an seinem Handgelenk.

»Sie haben mir meine Uhr gestohlen!« rief er und sprang auf.

Als er seine Kleidung untersuchte, stellte er fest, daß in der Nacht auch sein Geld verschwunden war, und weder seine Hängetasche noch Judits zerfetzte Handtasche da waren. Ihm war nur eine kleine Rolle warmer Geldscheine in der Tasche seiner Jeans geblieben, zu der sich, dank seiner Lage während des Schlafs, die Diebesfinger nicht vorgewagt hatten. Ein Dieb, aber kein Verräter war Don Cesar, und das waren bestimmt alle; es war der Ehrenkodex der Elenden.

»Und meine Papiere?« rief Mañungo beunruhigt und schüttelte seine Kleider, aber seine Sorge war von kurzer Dauer, denn er fand seine Papiere und die von Judit nicht weit von dem Platz hingeworfen, wo sie geschlafen hatten. »Sie haben uns das Geld gestohlen«, sagte sie und setzte sich auf den Boden neben den Körper der weißen Hündin, der steif war wie ein Holzspielzeug, und zog trockenes Gras und kleine Zweige aus ihrem Haar. »Aber sie haben uns unsere Papiere gelassen. Trotz allem wollten sie uns nicht schaden.«

Sie waren allein auf dem Grundstück, das bei Tageslicht zu einer Müllhalde geworden war mit Dosen und Papier und Lumpen zwischen dem Gestrüpp; der Boden war fleckig von den schwarzen Spuren kleiner Feuerstellen, wo man trockene Yuyos verbrannt hatte, um das Essen aufzuwärmen. Auf einem Balkon des Gebäudes im Hintergrund goß eine Frau im Morgenrock ihre Pflanzen, und auf einem anderen, völlig gleich aussehenden Balkon ohne Verbindung zu dem mit den Pflanzen polierte eine andere Frau einen bronzenen Blumentopf, der in der ersten Sonne glänzte. Judit sagte, Mañungo solle sich keine Sorgen machen, die Rolex, gewiß, das sei schade, aber er habe seine Papiere, das sei das wichtigste. Sie hatte nichts Wertvolles in ihrer von den Hunden zerfledderten Handtasche. Auf dem Boden sitzend, sich die Mähne mit den Fingern kämmend, drehte sie der weißen Hündin den Rücken zu. War ihre Überempfindlichkeit letzte Nacht also Verstellung, diese Emotion, die mit dem Mord an der Hündin einherging? Als sie aufstand, fand Judit es so selbstverständlich, daß Mañungo ihr nicht half, daß ihn diese Gleichgültigkeit gefrieren ließ und er, als sie versuchte, ihn zu umarmen und zu küssen, nur steif reagieren konnte. Eine Unbekannte versprach ihm die Glückseligkeit ins Ohr, die sie ihm nicht geben konnte, und bat ihn flüsternd, mit zu ihr nach Hause zu kommen und bei ihr zu bleiben.

»Und der Junge? Was mache ich mit dem Jungen?«

»Du kannst ihn von mir aus anrufen.«

»Gehen wir.«

Unerträglich das Geheul von Jean-Paul, vor allem, wenn er das Problem Judit zu erledigen hatte, bevor er sich ihm stellte! Das Kind würde ihn diese Eskapade teuer bezahlen lassen, bestimmt mit monatelangem Gemaule und mit allen nur möglichen Forderungen.

Aber mit Jean-Paul würde sich jetzt alles ändern. Es war gut, daß er sich an eine andere Fügung gewöhnen mußte, ohne so viel Ersatz für die Fehler seiner Eltern, denn in unterentwickelten Ländern haben Eltern mehr Rechte, sogar das Recht, sich nicht rechtfertigen zu müssen; Kinder müssen die Dinge so hinnehmen, wie sie sind. In diesem Fall etwa hatte das Kind keinen Grund, sich zu beklagen; wenn sein Vater auch nicht zu der vereinbarten Zeit zurückge-

kommen war, hatte er sich doch darum gekümmert, daß man ihm eine chilenische Amme schickte, die sich im Holiday Inn um ihn kümmerte, so daß Jean-Paul ihm seine wundervolle erste Nacht in Santiago nicht mit Vorwürfen verderben sollte. Aber war es wirklich eine wundervolle Nacht gewesen? War das Erlebte, vom nächsten Morgen her gesehen, nicht eher morbid und unheimlich? Konnten er und Judit sich lieben, denn das schien ihnen dieser Morgen ja eigentlich vorzuschlagen?
Vielleicht war es etwas zu früh für solche Überlegungen. Wenn auch der Himmel mit der goldenen Haut eines Granatapfels erwacht war, bekam das Licht rasch diese feine, flimmernde Schicht, und heute mittag bei der Beerdigung würde die Sonne von einem unbarmherzig blauen Himmel herunterscheinen. Sie nahmen in der Providencia, in der das Leben noch nicht erwacht war, ein Taxi. Sie fuhren nach Bellavista; er würde sie nach Hause bringen, bevor er ins Hotel fuhr. Denn welche Verpflichtung band ihn an sie? Keine. Er konnte genausogut gehen und ›ciao!‹ sagen, und das war es. Im Norden hatte der San Cristobal gerade seinen Schatten abgelegt. Genau wie am Nachmittag zuvor – war es möglich, daß alles in einer einzigen Nacht passiert war? Das alles, die Hunde und der Hubschrauber und Farías und die Totenwache und die Geschichte, die Judit ihm unter dem Geißblatt erzählt hat, und ihre unter dem Bärenklau vereinten Körper, eine ganze Welt, ein ganzes Leben, zwei Leben, denn seines zählte ja auch, und Paris und Chiloé, daß das alles in diese Handvoll Zeit gepreßt werden konnte? Daß Matilde noch keine vierundzwanzig Stunden tot war und man sie in sechs Stunden beerdigen würde? –, genau wie am Nachmittag zuvor bog das Taxi in das um diese Tageszeit ernüchternde Viertel ein, mit Kindern, die zur Schule, und Frauen, die mit Einkaufstaschen zum Markt gingen. Das Taxi hielt. Sie legten die wenigen Pesos zusammen, die ihnen die Diebe gelassen, und nachdem sie bezahlt hatten, stiegen sie umschlungen die Treppe hinauf, eine Hand auf dem Geländer, das dort, wo es die Hände vor ihnen poliert hatten, wie eine Kastanie glänzte. Vor Judits Tür wurden sie

vom Geruch frisch gebratener Spiegeleier überrascht. Sie klopften.
»Wer...?« konnte Judit gerade noch fragen, bevor Lopito die Tür öffnete. Natürlich, fiel ihr enttäuscht ein, Lopito. Wer sonst sollte ihre Pläne durchkreuzen und ihre Vorstellungen zerstören. Lopito empfing sie gewaschen, gekämmt, parfümiert, der liebenswürdigste Hausherr, angetan mit Judits blauem Frotteebademantel. Als sie die Tür hinter sich schloß, sah sie ihn bestürzt an. Er ging zur Stereoanlage, bat sie, sich zu setzen und sich ganz *at home* zu fühlen, und drehte die Kassette um.
»*Die beiden Grenadiere*«, erkannte Mañungo.
»*Elementary, Watson*«, nickte Lopito, »gesungen von Fischer-Dieskau, der mir, muß ich gestehen, nicht ge...«
»Was tust du hier?« schrie Judit ihn an, rasch aus der Überraschung zur Hysterie übergehend, vor allem, weil sie sich, als es schon zu spät war, es zu verhindern, zu gut daran erinnerte, was Lopito hier tat. Denn es war keineswegs Judits Art, am frühen Morgen nach einem Liebesabenteuer nach Hause zu kommen, so daß es ihr gar nicht in den Sinn gekommen war, dieses absurde Hindernis könne sich ihr in den Weg stellen, wenn sie – als Heilmittel für all ihr Leid – Tage und Tage in Mañungos Armen verbringen wollte. Die Gegenwart des unsterblichen Lopito, der, ausgeschlafen und frisch gewaschen in ihr Privatleben eingedrungen war und sich wie in seinem eigenen Haus als verständnisvoller Ehemann aufführte, konnte sie im Augenblick nicht verkraften.
»Weißt du, im Grunde langweilt mich Fischer-Dieskau«, sagte Lopito zu Mañungo, ohne auf Judits Frage zu achten. »So monoton! Er läßt einem aber keine Wahl, denn da er die gesamte musikalische Bandbreite für männliche Stimmen aufgenommen hat, kommt man an ihm gar nicht vorbei: Ekelhaft! Schumann klingt auf diese Weise genau wie Ravel und Fauré wie *Adelaide*. Musikalische Diktatur, nennt man so etwas. Im Grunde ist er eine vulgäre Krämerseele. Nun ja, ihm gehört die »Deutsche Grammophon«, und er kann aufnehmen, was ihm aus dem Arsch kommt! Es sind die be-

sten Aufnahmen der Welt, das muß ich zugeben. Was die »Deutsche Grammophon« wohl jetzt mit den Compact-Discs macht? Hast du von den Compact-Discs gehört? Sie sind die absolute Wahr ...«

»Was tust du hier, Lopito, frage ich dich?« wiederholte Judit ihre Frage lautstark, obwohl sie das nur zu genau wußte, aber sie glaubte, sie könne ihre Spannung loswerden, wenn sie diese Frage wiederholte. »Ich brauche mein Privatleben.«

Lopito sah sie an:

»Ach ja? Erinnerst du dich nicht, meine schöne chilenische Virginia Woolf? Du hast mir den Schlüssel gegeben, damit ich heute nacht hier schlafe, unter der Bedingung, daß ich mich wasche. Ich habe schon gebadet, und ich sage dir, im Grunde ist das keine unangenehme Erfahrung. Laß mich noch eine Weile diese Oase genießen, bevor ich in die widerliche Welt der Realität zurückkehre, gegen die deine Wohnung ein so zivilisiertes Gegengift ist. Vor dem Onkel Lopito braucht ihr nicht rot zu werden, weil er euch überrascht hat, nachdem ihr euch rumgetrieben habt. Ich versichere euch, ich bin der perfekte Kuppler. Soll ich euch das Bett machen? Soll ich die Dusche anstellen oder das Bad einlassen? Was habt ihr lieber? Soll ich euch Rühreier machen, damit ihr genug Proteine habt, um den Liebesmorgen vor der Beerdigung auch richtig genießen zu können? Ah, ich habe eine dringende Nachricht für dich, Ju. Don Celedonio hat angerufen, du möchtest ihn bitte zurückrufen. Und auch Ada Luz. Es scheint, die beiden wollen dir irgend etwas sagen, was mit der Beerdigung von Matilde zusammenhängt, sie sind völlig durchgedreht. Sie sagen, Lisboa rennt rum wie ein Basilisk. Was mag das sein, ein Basilisk? Hör mal, hör mal, wie wunderschön ist Schumann, der plötzlich ausrutscht und in der *Kreisleriana* völlig dem Wahnsinn verfällt und sich nicht wieder er ... Hör zu, dieser Mann ist die absolute Wahrheit!« Mañungo ärgerte sich vor allem, daß Lopito sich Judits blauen Bademantel angezogen hatte, als wäre diese Benutzung ein fester Bestandteil seiner Gewohnheiten, und daß er damit eine fast eheliche Vertrautheit zur

Schau stellte. Das Vernünftigste wäre jetzt, daß er, Mañungo, ginge und Lopito die Wohnung überließe, dachte er. Welche wegen seiner zwölfjährigen Abwesenheit ihm unbekannten Umstände verbanden diese beiden? Untergrund, Tod, brutale Veränderungen, Hunger, Kälte, gegenseitiger Verrat und gegenseitiges Vergeben, Trost...? War der Gipfel dieser Gemeinheiten nicht vielleicht das, was man Liebe zu nennen pflegte? Und die Illusion und dann die Desillusion von jeder Ideologie, mit der sie allein zurückblieben und nun blind um sich schlugen, denn unter den gegenwärtigen Umständen, in die das Regime sie gedrängt hatte, gab es nichts anderes. Beide lasen die gleichen Romane zur gleichen Zeit, litten unter der, vielleicht vorübergehenden, Ansteckung von Schumann, zitierten die gleichen Gedichte, um parallele Situationen darzustellen, und verbrachten lichtlose Nächte zusammen, denn sie hatten nicht einmal mehr Kerzen, und teilten eine Decke und den letzten Apfel und gehörten zusammen in die gleiche Landschaft, mit oder ohne Liebe, in all den für Mañungo verlorenen Jahren. Der blaue Bademantel war alt, denn da es keinen anderen gab, hatte ihn auch der »Gatte« getragen. Nadja verstand es nicht, alte Bademäntel mit irgend jemandem zu teilen. Alles war dein oder mein. Hatten Judit und Lopito zusammen geschlafen, irgendwann nach jenem lange zurückliegenden einen Mal, das Judit in der Universität wie einen Sieg, wie einen Akt der Unerschrockenheit herumposaunt hatte während der heroischen Jahre, in denen jeder größer sein mußte als er war, weit über seinen eigenen Schatten hinaus. Nein! Er konnte diesen Gedanken nicht ertragen! Aber hinter der Vertraulichkeit dieser beiden erriet Mañungo, daß Judit sich ihm hingeben wollte, damit er ihr half, ihre Zwiespältigkeit herauszufinden, die Verlegenheit, die nur zu überwinden war, wenn sie sich liebten. Jetzt sofort! Lopito verabschieden und sich des blauen Bademantels bemächtigen. Wie konnte Judit mit einem so ekelhaften Kerl wie Lopito schlafen? Die Antwort war, weil sie selbst ekelhaft war. Der Drang, Lopito hinaus und Judit aufs Bett zu werfen und ihr alle diese Fragen zu stellen, wurde unerträglich.

In der Küche machte sie wahrscheinlich Kaffee und dachte darüber nach, wie sie Lopito loswerden konnte, der sich damit amüsierte, über die Vorstellung zu spotten, Schumann habe sich mit seinem Nachttisch als Gewicht in den Rhein gestürzt. Das war eine von Don Celedonio erfundene surrealistische Geschichte! Obwohl die Idee eigentlich nicht schlecht war. Schade, daß die Nachttische heute für diesen Zweck nicht geeignet waren; sie waren viel zu leicht, schwammen oben. Heute hatte man ja nur Bambustischchen, keine soliden Konstruktionen aus geschnitztem Mahagoni mit vielen Schubladen und Bronzebeschlägen. Man sollte die Fabrikanten von Nachttischen darauf aufmerksam machen, wenn sie ihre Kunden nicht verlieren wollten. Gewiß, die Geschichte mit dem Nachttisch passierte ja nicht, als Schumann sich wirklich umbrachte. Das war nur ein Selbstmordversuch, so unwichtig wie irgendein Selbstmordversuch von Menschen wie du und ich, obgleich es heute nicht in Mode war, sich dazu an einen Nachttisch zu binden. Sicher, auch war der Mapocho nicht der Rhein, und in seiner Vaterrolle war er ausgesprochen unansehnlich. Der Rhein dagegen veredelte alles, versicherte Lopito und hustete, während er die gefährlichen Passagen der *Kreisleriana* trällerte. Er hob den Hörer des Telefons, als es klingelte:
»Die Residenz von Don Juan López.«
»Laß den Quatsch, Lopito«, rief Judit aus der Küche. »Wer ist es?«
»Freddy, mein Liebster!« sagte Lopito und machte dazu obszöne Gesten. »Welch eine Freude! Oh, du wußtest nicht, daß Ju und ich seit Jahren in wilder Ehe leben? Doch, du hast drei hübsche Neffen López Torre, leider gesprenkelt, weiß von der Ju und schwarz von mir, schade, daß sie nicht die Farbe von Milchkaffee bekommen haben, das ist so exotisch. Aber es sind gute Kinder, mit einer Eins in Betragen, und sie sprechen Französisch wie Jean-Paul. Wer Jean-Paul ist? Das spielt keine Rolle. Warum Ju mich liebt? Das ist doch sonnenklar: ihre »amour pour la boue«, so ehrenwert wie deine Vorliebe für Schnuller, obwohl ich denke, daß das

eine überwundene Phase deiner sexuellen Entwicklung ist. Nun ja, die Liebe ist reine Phantasie, wie man weiß, egal ob Priamus oder Eselskopf...«
Und wenn dieser scheußliche Witz von Lopito wahr ist? Wenn im nächsten Augenblick drei gesprenkelte Zwerge zur Tür hereinkämen mit Judits Kinnbacken und Lopitos grünlichen Zähnen? dachte Mañungo, der beunruhigt die Tür nicht aus den Augen ließ. Judit lehnte sich an Mañungo. Vorsichtig wich er ihrem Körper aus, denn er war nicht bereit, irgendeine Vertraulichkeit zu akzeptieren, bevor die Dinge nicht klargestellt waren. Schließlich bemächtigte sie sich fast erstickt vor Lachen des Telefonhörers:
»Nein, Freddy, ich gebe dir keine Erklärung dafür, daß Lopito bei mir ist, um acht Uhr früh und noch dazu unangezogen. Ja, er hat hier geschlafen. Ich werde dir nichts weiter dazu sagen, denn diese Rolle des älteren Vetters, der über die Reinheit der weiblichen Verwandtschaft wacht, kann ich nicht ausstehen.« Lopito warf sich mit Lachkrämpfen auf den Teppich. Mañungo ging in die Küche und nahm sich ein Glas Wasser, das er nicht trank. Er blieb im Türrahmen stehen und hörte der Komödie zu.
»Gut. Genug. Was willst du, Freddy? Du weißt sehr gut, daß ich mit so einem Scheißkerl wie dir nichts zu besprechen habe. So dringend kann es kaum sein. Nichts auf der Welt ist so dringend, jetzt wo Matilde tot ist. Warum heute, da ist die Beerdigung und so viel zu erledigen. Ich bin mit Celedonio und Fausta im Haus von Matilde verabredet und darf nicht zu spät kommen. Vorher mit dir? Nein, ich will nicht, daß du hierher kommst. Damit du nachher herumgehst und sagst: ›Wenn man bedenkt, wie die Eltern gelebt haben, ganz zu schweigen von unseren Großeltern, und so lebt jetzt die Ärmste?‹ Nein. Du hast vollkommen recht, ein Kerl wie du kann mir schaden. Aber warum hast du es so eilig, Freddy? Nein, ich gehe auch nicht in dein Büro in diesem Gebäude ganz aus Glas, das ich abscheulich finde. Warum kannst du nicht bis morgen oder übermorgen warten?«
Sie hörte ihm ein paar Minuten aufmerksam zu. Mañungo goß in der Küche zwei Tassen Kaffee ein. Er wußte nicht,

wem er die Tasse geben sollte, die nicht für ihn selbst war. Er hätte drei eingießen sollen, aber ihm fehlte eine Hand. Die zweite Tasse konnte für Judit sein oder für Lopito. Er stellte die Musik leiser, damit er hören konnte, was Judit sagte, die plötzlich den Worten ihres Vetters aufmerksam lauschte. Bis er sie schließlich sagen hörte:
»Gut. In zwanzig Minuten.«
Und sie hängte ein, ohne sich zu verabschieden. Sie murmelte:
»Ich habe kaum Zeit zum Duschen.«
»Wohin gehst du?« fragte Mañungo, in jeder Hand eine Tasse mit dampfendem Kaffee.
»Freddy, der Kretin, muß über irgend etwas dringend mit mir reden, auf ›höherer Ebene‹, wie Journalisten sagen. Ich habe keine Ahnung, was das sein kann. Lopito, tu mir einen Gefallen und ruf Don Celedonio an, während ich mich anziehe. Sag ihm, ich bin in einer Stunde im Haus von Matilde. Daß wir uns dort treffen. Und da es durchaus möglich ist, daß ich mit Freddy Fox komme, möchte er die jungen Leute informieren, damit sie ihn nicht erschrecken.«
»Diese Hottentotten werden sich erschrecken!« meinte Lopito, als habe er nie zu der übereifrigsten Gruppe dieser Horde gehört.
Zehn Minuten später war Judit, erfrischt und mit feuchter Mähne, fertig zum Gehen. Sie verabschiedete sich von ihren Freunden mit Küßchen auf die Wange – zwei völlig gleiche Küsse, konnte Mañungo nicht umhin zu bemerken, zwei Küsse, die die Nacht auslöschten, die sie gerade gemeinsam verbracht hatten und von der zu glauben er so naiv war, sie würde ihre Kreise berühren, jedenfalls für kurze Zeit. Sie nahm Mañungo eine Tasse Kaffee aus der Hand, trank einen Schluck und gab sie an Lopito weiter. Für wen war nun die andere Tasse, die er eingegossen hatte in einer unbewußten Anstrengung, ein Paar darzustellen? Als Judit hinausging und die Tür schloß, schlürfte Lopito den Kaffee und gab dann Mañungo die Tasse zurück, der in die Küche ging, um, sehr europäisch, beide Tassen abzuwaschen. Die Geschirrspülmaschine barst schier unter dem schmutzigen Ge-

schirr von Lopito. Wie konnte er allein so viel Geschirr schmutzig machen?

»Was hast du hier angerichtet, du Schwein!« murmelte er leise, um den Freund nicht anzugreifen.

»Wozu beeilst du dich? Wohin kann man in dieser Stadt heute gehen außer auf den Friedhof? Siehst du? Die Stadt ist es, die uns nur Beerdigungsprogramme anbietet ohne eine einzige vitale Alternative. Wir sind Bewohner der *Toteninsel.*«

»Ich gehe zu meinem Sohn.«

»Zu Jean-Paul?« Der bösartige Unterton erreichte den Höhepunkt des Spottes. Ebenso unerträglich wie die Tatsache, daß er sich nicht wenigstens angeschickt hatte, Judits blauen Bademantel auszuziehen.

»Ja, zu Jean-Paul.«

»Und wann wirst du mir das Monster vorstellen?«

»Er ist kein Monster.«

»Entschuldige«, sagte Lopito und machte eine Verbeugung wie ein Musketier. »Ich habe vergessen, daß VIPs absolut jeden Sinn für Humor verlieren.« Mañungo fühlte sich verloren, beschämt, eingekreist; er wußte weder, wie er da herauskommen, noch in welchem Ton er das wenige wiederaufnehmen konnte, was noch als Unterhaltung mit Lopito möglich war. Einen letzten Versuch mußte er machen:

»Gut, Lopito. Willst du, daß wir alles auswischen und noch einmal anfangen, *da capo*? Also. Laß mich beginnen, vielleicht kannst du mir folgen. Es ist nicht so schwer, nicht feindselig zu sein. Ich werde dir meinen Sohn Jean-Paul auf dem Friedhof vorstellen«, sagte er und haßte ihn, weil er ihn dazu brachte, vollständig zu kapitulieren.

»Prima. Ich werde Moira mitbringen, damit sie sich kennenlernen und sich anfreunden, denn mit uns scheint es etwas schwierig zu werden.«

»Wer ist Moira?«

»Moira López, meine sechsjährige Tochter, bekannt als Lopita, wenn ich sie hüten muß, weil Flora arbeitet, und ich sie mitnehme in irgendeine Bar, um mir die Zeit zu vertreiben, denn zu Hause ertrinke ich in Depressionen. Lach nicht, ich gebe zu, für Moira ist der Name ein bißchen zu groß. Und da sie sie *Lopita* nennen, haben sie sie bereits fertig gemacht, genau wie mich.«

Schon an der offenen Tür konnte Mañungo das Grinsen bei seiner Rache nicht unterdrücken:

»Moira! Mein Gott, du Arsch! Wenn man einem armen unschuldigen Ding einen solchen Namen gibt, muß man ja schizophren sein. Und wenn sie dir ähnlich sieht . . .!«

»Ja. Sie ist häßlich. Aber sie weiß nicht, daß sie häßlich ist, weil ich ihr sage, daß sie hübsch ist, und mir glaubt sie alles. Aber sie ist häßlich, die Arme.«

»Der Apfel fällt nicht weit vom Stamm.«

»Hör auf, Mañungo, oder ich hau dir eine rein!«

»Du mir? Daß ich nicht lache! Deine Hände zittern, und du schnaufst wie eine kaputte Kaffeemaschine . . .«

Bevor er die Tür schloß, sagte er noch:

»Bring die Moira mit zum Friedhof, wenn du dich traust.«

»Mañungo . . .«

Lopitos Stimme war rauh, flehend.

»Was willst du noch?«

»Sei nicht so.«

»Was?«

»Wenn ihr sie kennenlernt, du und Jean-Paul, lacht nicht über sie. Bitte. Versprichst du mir das?«

Mañungo schloß die Tür mit einem mitleidigen »Ja«, das er nicht ertragen konnte, denn Lopito machte ihn fertig, und erst als er an der Ecke war, konnte er sein Taschentuch herausholen und sich schneuzen.

27

Er entschied, daß das Lächeln des Portiers, als er ihn hereinkommen sah, nicht der in die Heimat zurückgekehrten Persönlichkeit Mañungos galt, sondern echt war. Die allgemeine Liebenswürdigkeit hatte ihn bereits in Erstaunen versetzt, die beinahe übertriebene Bereitwilligkeit der Kellner und Taxifahrer, die sich in dieser Sanftheit ausdrückte, die

Mißtrauen war bei tatsächlicher Aggression, Mißtrauen, das in Europa ein fast ausgestorbener Luxus war. Nicht, daß dort die Portiers nicht lächelten. Aber sie taten es berufsmäßig, was nicht der Fall war bei dem Hoteldiener, der die morgendliche Unordnung in der Lobby aufräumte und ihn, als er an ihm vorbeikam, mit einer Herzlichkeit grüßte, die unter der Schicht Höflichkeit hervorkam, die in seiner Welt, in seinen Slums bestimmt abgelegt würde, wenn es darum ging, Rache zu wittern. Dieser Bursche, gehörte er zu derselben Sorte wie die wandelnden Schatten letzte Nacht, deren Hände Messer zückten und die ihm seine geliebte Rolex entwendeten? Möglich. Vielleicht war er das notwendige Gegenstück, zum Beispiel von Lopitos Groll, der stets so leicht aufbrach, daß er fragwürdig wurde. Auf jeden Fall war es nicht schlecht, daß Juan Pablo, ein Kind, das mit der Strenge von Nadjas gallischem Pflichtbewußtsein und dem erbarmungslosen Konkurrenzdenken der Schulen und Kinder dort aufgewachsen war, diese Herzlichkeit kennenlernte.

»Señor«, sagte der Portier. »Guten Morgen . . .«

»Guten Morgen, Zimmer 978.«

»Der Junge ist unten.«

»Spielt er?«

»Nein. Er schläft. Hier im Büro«, und er öffnete die Tür, um Mañungo hineinzulassen.

»Was ist mit ihm?«

In karierte Schals gewickelt, schlief Juan Pablo auf dem kunstledernen Sofa.

»Warum ist er hier?« fragte Mañungo beunruhigt. Und er gab ihm einen Kuß, um ihn zu wecken, und sagte: »Jean-Paul . . .«

»Wir mußten ihm ein Diazepam geben . . .«

Mit einem Aufschrei, der nicht Wiedersehensfreude, sondern Angst ausdrückte, fiel das Kind in den Armen seines Vaters aus dem Schlaf in lautes Weinen:

»Tu es en retard. Tu m'as dit que tu vas rentrer bientôt. Papa, Papa! Rentrons chez nous, je ne veux pas être ici . . .«

Und während Jean-Paul schluchzte, erklärten der Portier

und andere Angestellte, die sich um den Vater mit seinem sich hysterisch an ihn drängenden Sohn versammelt hatten, die Situation: In der letzten Nacht hatte ein, im Vergleich zu den in Chile sonst üblichen Beben, leichter Erdstoß das Kind erschreckt, und es hatte angefangen zu weinen und zu schreien, denn ein Zimmer im neunten Stock erzitterte natürlich schon bei dem geringsten Beben erheblich. Außerdem war der Strom ausgefallen, so daß das Kind, wie übrigens das ganze Hotel, im Dunkeln saß, bevor die Generatoren in Gang gesetzt werden konnten. Die Ausländer waren so erschrocken, daß eine Gruppe kanadischer Botaniker ihre Reiseroute geändert hatte und schon heute abreisen würde, obwohl sie für vier Tage gebucht war. Sie wollten nicht noch einen solchen Schreck erleben wie den letzte Nacht. Es war kein besonders starker Stoß, verglichen mit unseren Stößen – der Portier sprach von den Punkten auf der Richter-Skala mit dem Stolz eines Champion –, aber ein Kind wie Jean-Paul, das arme Kerlchen, das noch nie so etwas erlebt hatte, mußte sich natürlich erschrecken. Er hatte nicht mehr oben in seinem Zimmer bleiben wollen. Auch nicht mit dem freundlichen Mädchen, das sich bemühte, ihm auf seine Art diese seltsamen Naturereignisse zu erklären. Er hatte geschluchzt und wollte unbedingt nach unten, festen Boden unter den Füßen haben, er ist sogar eine Weile im Garten geblieben, ohne darauf zu hören, daß es im Fall einer Wiederholung draußen viel gefährlicher ist, weil sich nämlich Ziegel von den Dächern lösen und aus großer Höhe herunterstürzen könnten, während drinnen doch alles aus Stahlbeton war, beste nordamerikanische Konstruktion. Der Junge jammerte nach seinem Vater, er sollte kommen und ihn nach Hause bringen in die rue Servandoni, bis sie ihn schließlich zum Schlafen in das Büro im Parterre gebracht haben.

Mañungo hatte überhaupt keinen Erdstoß gespürt. Er nahm Jean-Paul auf den Arm, um ihn in sein Zimmer zu bringen, und versuchte, ihn im Aufzug nach oben zu beruhigen. Das war nur seine Schuld, seine, Papas Schuld, er hatte gelogen, nur weil er von diesem verdammten Kontinent kam mit

Erdbeben und Beerdigungen und Revolutionen! Er wollte hier weg! Warum konnten sie nicht sofort wegfahren?
Mañungo ließ das Wasser in die Wanne laufen, zog Jean-Paul aus, setzte ihn hinein und wusch ihm als erstes sein verheultes Gesicht. Dann bestellte er das Frühstück. Während er eingeseift und gewaschen wurde, beruhigte sich der Junge ein wenig und es gelang Mañungo, ihn endlich aus dieser Welt der Katastrophen herauszuziehen, die Jean-Paul als vollkommen feindlich erkannte und von der man ihm noch nie etwas erzählt hatte. Wie sollte Mañungo ihm erklären, daß die verschneiten Kordilleren und die Zersplitterung in Inseln, die er auf ihrer Reise nach Süden sehen würde, Wasserarme, durch die die *Caleuche* mit vom Wind geblähten Segeln fuhr, das Ergebnis früherer, schon lange wieder erstarrter Katastrophen wie dieser waren, nur von viel größerem Ausmaß? Er konnte nicht unterlassen, daran zu erinnern, daß man, wenn man an einem klaren Tag nach Dalcahue hinunterkam, die verwirrende Nähe der Geologie beinahe ertasten konnte, die Gegenwart des Mesozoikums, das anderswo nur ein schönes Wort war, hier aber eine Realität aus Zeitaltern, lange bevor es Menschen und Sprachen gab. Weit und breit Wasserarme, kleine grüne Inseln wie geologische Trümmer im Schutz der Bucht von Castro und im Hintergrund der durchscheinenden Atmosphäre der Rücken der großen Kordilleren, strahlend von schneebedeckten Gipfeln ... Ja, an dieses Gefühl eines durchdringenden Gesprächs mit der Zeit erinnerte sich Mañungo, und vielleicht sehnte er sich danach, auch wenn er es sich nicht immer so verdeutlichte. Nach dem Meerbeben, das dem Leben seiner Familie an der Küste ein Ende gesetzt und die Zahl der Familienmitglieder stark dezimiert hatte, nahm sein Vater ihn mit, um sich auf sein Land in Curaco de Vélez zurückzuziehen, das wenigstens soviel erbrachte, um ihm die Schule und später gerade noch die Universität in Concepción zu ermöglichen. In Curaco de Vélez wurde alles auf dem eigenen Land produziert und konsumiert; in seiner Erinnerung eine harte Lehrzeit, die unendlich langen und unendlich zerstörerischen Unwetter ohne großen Schaden

zu überstehen. In der Dorfschule brachte ihm die Ulda das Gitarrespiel bei, um die Dunkelheit der einsamen Abende zu beschwören, denn Ulda kam aus einer Gegend weiter im Norden, wo die Musik fröhlich ist und die Menschen aufgeschlossen sind. Nachdem sie ihm zwei Jahre Musik und Liebe geschenkt hatte, schickte sie ihn fort, als wäre sie ein Tierweibchen, das weiser ist als der Mensch: Geh, hatte sie gesagt, du bist zu intelligent, wenn du hierbleibst, wirst du ersticken und verhungern, es ist mir egal, daß ich vor Sehnsucht umkomme, ich werde immer jemanden finden, der wenigstens deinen Körper ersetzen kann, und ich werde lernen müssen, damit zufrieden zu sein, aber ich bin nicht mehr jung und erwarte nicht mehr viel, und in einem Jahr würdest du sowieso mit den Augen, die ich dir geöffnet habe, den Jüngeren nachsehen, darum geh, wichtig ist nur, daß du davonkommst. Ob Ulda sich in fünfzehn Jahren sehr verändert hatte? Ob ihr schwarzes, nach verbranntem Holz duftendes Haar grau geworden war? Gestern nacht, als er mit Judit im Arm auf dem Grundstück schlief, hatte er gespürt, wie dieser Geruch der Vergangenheit ihn umwehte, stärker als der Schlaf, und in ihn eindrang. Mürrisch erwachte er mit dem Gefühl, daß zum erstenmal in all den Jahren Ulda auf der Insel wer weiß welche Kräfte bewegte, um ihn zu rufen. Er nahm Judit fest in den Arm und die weiße Hündin, klammerte sich an sie, um sich nicht von dem südlichen Nebel fortziehen zu lassen, vor dem ihn Ulda selbst früher gewarnt hatte, zu dem sie ihn jetzt aber rief. Nur wenig konnte er in Europa von dem erfahren, was auf der Insel geschah, denn Don Manuel schickte ihm kaum Neuigkeiten, und wenn, dann berichtete er hauptsächlich über seine Tiere oder die Ernte des Jahres. Für den alten illiteraten Mann war jeder Brief mit größeren Schwierigkeiten verbunden, denn er mußte dafür eine Reise nach Castro unternehmen und dort einen vertrauenswürdigen Briefsteller aufsuchen, der die kargen Geheimnisse, die er zweimal im Jahr seinem Sohn mitteilte, nicht verriet. Jean-Paul dagegen, noch bloß und naß, eingewickelt in ein Frottiertuch, das seinen Gefühlen in gewissem Grade ein heftiges Vergnügen bereitete, konnte nicht nur schreiben und lesen, er sprach auch französisch und englisch. An seiner Hand durch die rue de Seine unter den gepriesenen Fenstern von Sartre vorbei hatte der Junge ihm einmal gesagt, er wolle, wenn er groß sei, Elektronik studieren, um die Apparate bauen zu können, die Musik machten, aber diese Vertraulichkeit war sehr zufällig gewesen, denn der Junge sprang nie über die Barriere von Mickymaus und *Au claire de la lune, mon ami Pierrot*, Vergnügungen, für die er entschieden zu alt war. Wie wäre es, mit ihm an der Hand von dem Ziegeldachhaus seines Vaters zur Bucht hinunterzugehen, die Kleider auf einem Haufen unter einer blutroten Waldfuchsie liegen zu lassen und aus Vergnügen in diesen durchsichtigen Strom zu tauchen, der, wenn das Kind eingeseift wurde, um den kleinen weißen Körper herumtriebe wie ein pulsierender Froschbauch? Diese von Pejerreyes und Jureles wimmelnde Strömung brachte manchmal einen Stunden oder Tage oder Wochen hohl schnaubenden Seewolf bis an das gegenüberliegende Ufer, eine Strömung, die dann alles mit sich riß, sogar die Guaitecas und den Isthmus von Ofqui weiter im Süden in der Gegend der Eisberge und der Wale, wo die Erosion die Topographie immer weiter verändert und auf den namenlosen Bergen Herden von Guanacos galoppieren und seit Jahrhunderten Generationen von Seevögeln die Hänge mit ihren Exkrementen anreichern.

Der Junge hatte schon seine Jeans an und sein Hemd, die väterliche Aufmachung im Kleinformat, und genoß ein Frühstück, das ihm keine Bemerkung wert war. Jean-Paul verhielt sich trotz der Freundlichkeit, mit der er zu ihm sprach und ihn tröstete, Mañungo gegenüber streng, fragte ihn aus, wo und mit wem er die Nacht verbracht habe, bezichtigte ihn so direkt und vorwurfsvoll – wie Nadja bei seinen Eskapaden, als ihre »Sklavenseele« ihn mit allzu oft wohlbegründeten Beschuldigungen quälte –, und forderte von ihm Antworten ohne Umschweife, Namen, Uhrzeiten, Daten, so wie sie es gern hatte. Mañungo erklärte dem Jungen, daß er, da es die erste Nacht in seiner Heimat war, mit einer sehr lieben Freundin durch die Stadt gewandert sei.

Jetzt erwarte er jeden Augenblick ihren Anruf, damit sie zusammen zur Beerdigung von Matilde Neruda gingen, jener »Königin« – erinnerte er sich noch? –, die gerade gestorben sei. Es handelte sich dabei nicht nur um eine Sache des Gefühls, sondern um ein öffentliches, historisches Ereignis, von dem man seinen Enkeln noch erzählen wird, vielleicht war es sogar das letzte Mal, daß sich in diesem Land so etwas ereignete, denn seine unglückliche Heimat war gefangen im »Ausnahmezustand«, und man verhaftete die Menschen einfach so, und die Zeitungen verbreiteten Lügen, weil dem Regime die Zeitungen gehörten, die darum nur veröffentlichten, was dem Regime gefiel, und es herrschte Angst und Ausgangssperre ...
»Couvre-feux?« fragte Jean-Paul plötzlich begeistert. »Comme dans ›Vingt ans après‹?«
»Comme dans ›Vingt ans après‹. Mais ici c'est douze ans après, et pire qu'au début.«
»De quelle heure à quelle heure, le couvre-feux?«
»Minuit jusqu'à cinq heure le matin.«
»Tu as donc été avec cette femme de minuit jusqu'à cinq heure du matin!«
»Cette dame, Jean-Paul, pas cette femme.«
»Tu vas donc l'épouser et nous restons ici?«*
Er wollte Jean-Paul wegen dieser Unverschämtheit eine Ohrfeige geben. Aber worin bestand eigentlich die Unverschämtheit? Er enspannte seine geballte Faust und strich ihm über den feuchten Goldschopf, ohne ihm noch sich selbst eine Antwort zu geben, denn das war natürlich auch eine Möglichkeit. Könnte Judit seinen Sohn so streicheln, seinen armen Sohn, der das so nötig hatte, und den er nur sehr selten und nur wenn er sich schuldig fühlte, streichelte? Vielleicht war das die Beleidigung, die er aus dem Heiratsvorschlag seines Sohnes heraushörte, der ganz Antenne, ganz Feingefühl war. Aber er konnte nur Frauen ohne Zärtlichkeit lieben, wie Judit. Wie Nadja. Aber bei Nadja war die Kälte eine Frage der Willkür, der Ästhetik, ein Expe-

* »Du wirst sie also heiraten, und wir bleiben hier.« (Anm. d. R.)

rimentieren mit den eigenen Grenzen und den Grenzen der anderen, während sie bei Judit ein schwindelerregendes Schicksal war, das der Einsamkeit hinter Barrieren – vielleicht hinter ihrer Herkunft, obwohl Mañungo sehr deutlich erkannt hatte, daß sie und die, die so waren wie sie, diesen Unterschieden mehr Bedeutung beimaßen als die, die nicht an diesem Spiel teilnahmen –, die irgendwer aufgestellt hatte. Da ihre Auflehnung von ihrer Herkunft bestimmt war, wäre Judit eine wenig zeitgemäße Gefährtin, im Grunde zurückgeblieben, da sie sich von etwas kennzeichnen ließe, das so kleinlich war, daß es weder zum Guten noch zum Bösen reichen sollte. Es machte ihn zornig zu sehen, wie sie zerstört wurde von ihren Bemühungen, idiotische Schulden ihrer Klasse zu bezahlen, die ihr keine Kraft mehr übrigließen für die Feste der Lust, für die die Zärtlichkeit ein Hauptbestandteil war.

Jean-Pauls Frage hatte ihn verletzt. Ja. Warum sollte er Judit nicht heiraten? Warum sollte er nicht heiraten, wenn es stimmte, daß ihn Frauen anziehen, die von ihren Hirngespinsten gefangen sind? Jean-Paul fuhr in seinem Verhör fort:

»Dis-moi la vérité. Il y aura la révolution cet après-midi? J'ai très peur. J'ai vu des choses comme ça dans la télé. Et on mange même les enfants quand il y a la famine.«

»On ne mange pas les enfants au Chili. Nous sommes civilisés.«

»Ça n'est pas vrai. J'ai vu les uniformes à la télé. Il sont très beaux, comme dans Tin-Tin, pleins d'or. Et que me dis-tu de ces tremblements de terre? Est-ce qu'on peut dire qu'un pays est civilisé quand il tremble comme ça? Et les révolutions... Non, n'est-ce pas?, partons, papa... allons chez nous. Laisse cette femme ici et partons...«

»Je t'ai dit de ne pas l'appeler femme. Dame, merde, alors.«

»Dame.«

Nach seinem Aufbrausen versuchte Mãnungo ihn zu trösten. Sie würden gleich nach dem Frühstück ausgehen und einen Spaziergang durch einen sehr hübschen Park in der Nähe des Hotels machen, bevor sie zur Beerdigung fuhren.

Sie hatten noch Zeit. Der Junge wollte nicht ausgehen, nicht zur Beerdigung, er wollte nichts. Das heulende Kind mit sich ziehend und schiebend verließ er das Hotel. Um den Jungen zu beruhigen, gab Mãnungo ihm seinen wundervollen Fotoapparat. Wenn er sich gut benehme, würde er ihm erlauben zu fotografieren, was Jean-Paul, nachdem er seinen Film belichtet und einen Knopf zerbrochen hatte, einmal verboten worden war. Das Gewicht des Apparates an seinem Hals tröstete den Jungen.
Um die Mittagszeit war der Deutsche Brunnen im Park auf dem Gipfel seiner triumphalistischen Geschwätzigkeit aus Wasser und Bronze, er glänzte von metallenen Faltenwürfen und Brüsten, falschen Kanonen und Seelöwen, Girlanden, Felsen und Lichtfächern, durch die aus den Mäulern mythologischer Tiere die Wasserbögen strömten. Das Wasser, das sich in Kaskaden, in Rosenkränzen verlief, begeisterte Juan Pablo, der meinte, der Brunnen erinnere ihn an einige Denkmäler in Paris – Mãnungo zog es vor, ihn nicht zu bitten, genauer zu sagen, welche er meinte, denn der Junge nahm zu leicht jede Ironie in seiner Stimme wahr – und wollte den Brunnen mit dem Apparat seines Vaters fotografieren. Als er ihn herumhantieren sah, berichtigte ihn Mañungo ärgerlicher- und unnötigerweise, denn Juan Pablo wußte von Geburt an mit jedem Apparat umzugehen und haßte es, wenn man ihn berichtigte. Es gab Streit, und sie kehrten, der Apparat wieder am Hals des Vaters, schweigend ins Hotel zurück, um abzuwarten, bis sie zur Beerdigung mußten. In seinem Zimmer auf seinem Bett liegend blätterte Mañungo in der Zeitung und versuchte, nicht auf Juan Pablo zu achten, der genau wie drüben aus dem Fenster sah.

28

Wer nie unter den Platanen im Parque Forestal für seine Prüfungen gelernt und nie im Schatten ihrer Blätter hitzköpfig seine Ideen verteidigt hat, wer nie *Zwanzig Liebesgedichte*

gelesen oder im Schutz der Büsche die Hand einer Kommilitonin gehalten hat, der kennt nicht das umwerfende Gefühl, daß man endlich erwachsen ist und frei, hinausgeschleudert auf die Straßen der Stadt, die einem als Student endlich offenstehen.
Die sonnenüberfluteten Rasenflächen, die Wälle und Treppen, ein bescheidenes Belle-Époque-Monument, Sammelplatz von Tauben und Unkraut und bärtigen Studenten, die die Welt in Ordnung bringen, sind der ständige Schmuck dieses Parks gewesen, der wie eine enge grüne Scheide neben dem rosigen Schwert des Flusses liegt, der die Stadt in zwei Teile teilt. Ein städtischer Park trotz seiner Üppigkeit, still und zurückgezogen trotz des Lärms der Autos, die zu beiden Seiten seiner schmalen Säbelform entlangrasen, und in der Nacht durchsichtig für die Lichter und für die Augen der Polizisten, die ihn bewachen. Der Stadtrat hätschelt liebevoll den Parque Forestal, weil er das ansehnlichste Gesicht der bleigrauen Stadt ist – die kleine »grüne Lunge«, wie man heute sagt, des Zentrums –, Außenansicht, würdig, als Beispiel unserer vorgegebenen Tradition herausgestellt zu werden. Dieser Park ist für mehrere Generationen eine Heimat in der Heimat gewesen, so stark, weil er trotz aller Vergewaltigungen und Veränderungen seine Eigenheit bewahren konnte.
Freddy Fox hatte alle seine Verwandlungen als eigene Angelegenheit miterlebt und sich mit dem Park identifiziert, von seinen ersten Ausfahrten im Kinderwagen mit seiner Nanny, an seiner Halskette aus Lutschern sabbernd, bis zu Spaziergängen als kurzsichtiger Student, mit seinen juristischen Texten ebenso beschäftigt wie mit der Untersuchung irgendeiner Kommilitonin, die sich in seine Reichweite begeben hatte. Später war er es, der die Razzien gegen die Marihuanaraucher organisierte, die in der Zeit der Unidad Popular aus den Vorstadtvierteln auftauchten und Gebäude und Ufermauern des Flusses mit unanständigen Zeichnungen beschmierten. Bis die augenblickliche Situation endlich die Unterwerfung und Rückbesinnung des Bürgertums gebracht hat, das nun bereit war, sich auf Gebieten, in denen

es sich nicht auskannte, führen zu lassen, ein gewaltsamer Reifeprozeß, der ihm nicht fremd war. Während er dem Museum gegenüber auf der Bank auf Ju wartete, sagte er sich befriedigt, daß Gegenwart und Zukunft »seines« Parks jetzt von seiner Autorität, von seinem Geschmack bestimmt wurden, denn die von Kennern am meisten gefeierten Maßnahmen der Gartenbaupolitik gingen von ihm persönlich aus oder waren zumindest auf der einen oder anderen Stufe ihrer Entwicklung von seiner Genehmigung abhängig.
In gewisser Weise war, alle patriotische Eitelkeit beiseite, das Museum der Schönen Künste besser proportioniert und weniger pompös als sein Vorbild, das Petit Palais. Seit Anfang dieses Jahrhunderts, als mit dem neuen Bergbau Vermögen gemacht wurden, war dies Gebäude – seinerzeit eröffnet mit einem großen Ball, von dem er eine Reihe interessanter Fotos besaß, seine Großmutter väterlicherseits, eine der großen Schönheiten der Zeit, hatte daran teilgenommen – das Kernstück des Parks. Eine recht triviale Tatsache, aber eine von so vielen, die ihm das Gefühl gab, fest mit der Geschichte seines Landes verwachsen zu sein und aus dem seine Verachtung für jene Emporkömmlinge wuchs, die versuchten, sich ein Stückchen Macht anzueignen über das hinaus, was er ihnen hinwarf, damit sie es gemein begakkernd aufpickten. Daß Neruda Autographe und Handschriften sammelte, in Ordnung. Neruda war ein Genie, aber letztlich hatte Neruda für ihn zu sammeln, für Freddy Fox, dessen Großmutter in einem Gewand aus weißem Krepp und mit einem Fächer aus Federn 1910 mit Präsident Pedro Montt eine Mazurka getanzt hat, um dieses Museum einzuweihen. Am Ende hatte in Chile alles etwas mit Politik zu tun, ob Federfächer von Großmüttern oder Autographensammlungen, und wer nicht auf der Seite der Macht stand, blieb außerhalb des Stroms der Geschichte, der so reißend und so schmutzig war wie der Lauf des kleinen städtischen Flusses, der sich ruhelos zwischen seinen hohen Ufermauern herabstürzte.
Bevor er die Frau, die in der Ferne über die Purísima-Brücke ging und nun unter den Bäumen auf ihn zukam, als Ju er-

kannte, flüsterte eine sehr leise Stimme seinem Herzen, dem wankelmütigen Herzen eines fetten Mannes, zu, daß dieser weibliche Körper, der da auf ihn zukam, von so perfekter Konstruktion und so herrlichen Bewegungen war und die Sehnsucht seines eigenen unförmigen Leibes auf ästhetische Weise befriedigte ... Ja, diese mögliche Partnerin besaß Kräfte, die vielleicht in der Lage waren, seine Gier nach mehr und immer noch mehr, ohne daß irgend etwas ihn befriedigte, zu stillen. Erst nachdem er dies wie einen Peitschenhieb empfunden hatte, erkannte er Ju – ›ich werde langsam blind‹, dachte er und putzte seine Brillengläser mit dem Zipfel seiner schmalen Krawatte, die schräg über seinem vorstehenden Bauch lag – und ging der Silhouette entgegen, die über die Rasenfläche schritt, die früher einmal das Bett eines Teiches mit Schwänen und kleinen Ausflugsbooten gewesen war.

Da Judit die Großmutter mit dem Federfächer und der Mazurka mit ihm teilte, war die Geste, sie neben sich auf der Bank Platz nehmen zu lassen, wo das Licht durch die Kastanien das leichte Flirren der Wasser-Vergangenheit nachahmte, so normal wie der Kuß auf die Wange. Obwohl er wußte, daß ihn diese spröde und schweigsame Verräterin ihrer Klasse haßte, wußte er auch, daß sie Macht über ihn besaß, die sich in der Metapher einer Schönheit verkörperte, die er übertrieben fand, die ihn aber vielleicht deshalb von klein auf dazu getrieben hatte, sie mit seinen großen rohen Händen zu zerstören, sie mit der Geilheit seines ungeschickten Glieds zu quälen.

Aber seine tyrannische Phantasie gab, wenn es um Judit ging, diesem Drang ein Recht, diese lebendige Anklage zu vernichten, diese unerbittliche Richterin zu zwingen, sich zu rechtfertigen und diese Zeugin seiner Schandtaten zum Schweigen zu bringen, auch wenn es dazu bereits zu spät war. In der Unabhängigkeit, mit der Judit ihre Zigarette anzündete, ohne auch nur mit der Möglichkeit einer wohlerzogenen männlichen Geste zu rechnen, zu der Freddy gar nicht erst kam, las er ihre Nichtachtung gegenüber allem, was ihn betraf, vor allem dessentwegen, was er an »Veraltetem«, »Präfreudianischem«, »Prämarxistischem«, »Präfeministischem« an sich hatte, wie sie ihm einmal vorgeworfen hatte, und was seinen Mangel an Komplexität bestimme. Sie warf ihm vor, nur weil er in eine Klasse hineingeboren worden sei, die gewohnt war, sich mit Kultur zu beschäftigen, halte er sich für deren Diktator.

»Da bin ich«, sagte Judit, ohne ihn zu begrüßen.

»Wie schön, dich zu sehen! Wie geht es dir?«

»Lassen wir den Smalltalk, Freddy. Ich habe zwanzig Minuten Zeit. Was ist?«

»Immer in Eile.«

»Was willst du? Soll ich dir erzählen, wie es Lopito, meinem augenblicklichen Liebhaber, geht?«

»Erzähl mir nicht, du gehst wieder mit diesem dreckigen Kerl.«

»Nein, Freddy. Das war nur ein Scherz.«

»Ein geschmackloser.«

»Wenn du ein einziges Mal mit Lopito geschlafen hättest, wüßtest du, von welch schlechtem Geschmack. Wie alles, was ich tue.«

»Du spinnst, Ju. Dein Geschmack ist so unerbittlich wie meiner. Wie geht es dir?«

»Das siehst du doch. Ich werde alt.«

Freddy wischte sich den Schweiß von den Wangen, der, wie Judit bemerkte, nicht so sehr von der Hitze des Morgens kam als von noch nicht ausgesprochenen Problemen.

»Alles Koketterie«, antwortete er. »Du siehst blendend aus.«

»Danke, aber ...«

»... es gibt Menschen, die in verschiedenen Abschnitten ihres Lebens in Lichtquellen ein- und austreten, die sie erleuchten, als fänden sie für eine kurze Zeit ihr endgültiges Gesicht. Deine Schönheit ist, glaube ich, auf einem dieser Höhepunkte.«

Hübsch, dachte Judit. Und gut beobachtet. Obwohl der Glanz, auf den er anspielte, ironischerweise die Folge ihrer Nacht ohne Schlaf war. Jedenfalls war das, was Freddy gesagt hatte, als Gedanke zu ausgefeilt. Vielleicht hätte es sie

bewegt oder wenigstens gefreut, wenn es ein anderer gesagt hätte, unter anderen Umständen und mit anderen Worten, mit weniger langen Nebensätzen ... auch weniger einfach. Und da sie merkte, daß Freddy im Grunde ziemlich schlicht war, antwortete sie ihm nicht und beschloß, sich in keiner Weise mit ihm einzulassen.
»Wie geht es dir?« fragte Freddy, der in eine verzückte Betrachtung nicht Judits, sondern seiner eigenen Beobachtung verfallen schien.
»In welcher Hinsicht möchtest du etwas von mir wissen? Was die Politik angeht, siehst du, daß ich lebe und nicht wegen meiner angeblichen subversiven Aktivitäten im Gefängnis bin, was schon sehr viel bedeutet für eine Dissidentin in diesem beschissenen Land. Und was die Erotik angeht ...«
»Das Gefühlsleben heißt das bei uns, Ju ...« verbesserte Freddy und beide grinsten.
»Also das Gefühlsleben ...« Aber als sie zum zweitenmal zögerte, bevor sie ihr Gefühl beschreiben wollte, merkte Judit, daß sie zu einer Lüge ansetzte: Nach dieser unerwarteten Nacht würde ihre Antwort genau entgegengesetzt der Wahrheit ausfallen, denn sie entdeckte jetzt, daß sie erfüllt war von Mañungo, und ihr Herz begann bei dieser Erkenntnis heftig zu klopfen. Trotzdem zog sie es vor, die übliche Antwort zu geben: »Gefühlsmäßig gleich Null. Wirtschaftlich an der Überlebensgrenze, wie fast alle Menschen in Santiago, außer solchen Schweinen wie du.«
»Was nennst du überleben? Es gibt so viele Abstufungen ...«
»Schön: sagen wir, ich wäre glücklicher, auf einer höheren Stufe überleben zu können als auf jener, auf der ich mich befinde.«
»Und was tust du, um zu überleben?«
»Was für eine schäbige Frage, mein Gott, Freddy! Jedenfalls bin ich kein Geheimagent und stecke auch nicht in dunklen Geschichten, die das Leben des Landes verändern werden.«
»Und du würdest dich gern verändern?«
Sie erriet, daß sie in der Falle saß, deretwegen ihr Vetter sie in den Park bestellt hatte. Er wollte sie kaufen, denn für ihn

gab es niemanden und nichts, was nicht käuflich war, vor allem Dinge und Personen, die beschädigt waren, und daß sie beschädigt war, das war kein Geheimnis. Um Zeit für ihre Entgegnung zu gewinnen, beugte sie sich vor und hob eine glatte Eichel auf. Dieser Augenblick des Schweigens, der durch ihre Geste entstanden war, diente Freddy dazu, scheinbar das Thema zu wechseln:
»Wie geht es Celedonio? Ich fand, er sah gestern gar nicht gut aus.«
»Matildes Tod hat ihn sehr mitgenommen.«
»Weißt du, ich mache mir etwas Sorgen um ihn. Und um das Schicksal der Pablo-Neruda-Stiftung. Glaubst du, er schafft die Arbeit, Ju? Es hat schon so lange gedauert mit der Genehmigung! Und wenn Celedonio uns stirbt?«
»Vergiß nicht, für das Regime ist die Stiftung ein Teil eines düsteren kommunistischen Komplotts.«
»Vielleicht hast du recht. Man weiß nie. Aus dem einen oder anderen Grund verzögert sich diese Angelegenheit, die Papiere, die die Stiftung genehmigen, liegen wahrscheinlich in einem Berg Akten bei irgendwelchen Gremien, ohne daß die Angelegenheit jemals erledigt wird. Es wäre ein großer Verlust für das Land, wenn aus der Stiftung nichts würde. Aber gestern abend habe ich darüber nachgedacht, und ich hatte eine Idee, die vielleicht gar nicht schlecht ist, für den Fall, daß die Regierung, wie du sagst, oder sonst wer, die Angelegenheit zu lange hinziehen sollte.«
»Ah, ja? Was für ein Engel du doch bist, Freddy, eine schlaflose Nacht zu verbringen wegen einer Idee, die, da sie von dir kommt, sicherlich zum Wohl der Menschheit dienen soll.«
»Du bist bösartig!«
»Und du ein Tölpel! Ich weiß, worauf du hinaus willst.«
»Mag sein. Kann aber auch sein, daß du nicht so schlau bist, wie du glaubst. Soll ich weiterreden? Schon, wie ich sagen wollte, hatte ich heute morgen den Gedanken, daß es, sollten die Verhandlungen wegen der Stiftung steckenbleiben, vielleicht gar nicht so schwer wäre, irgendeinen legalen Weg zu finden, die Dinge so zu regeln, daß die Testamentsvoll-

strecker eine Vollmacht erhalten, Nerudas Besitz in einer öffentlichen Auktion anzubieten und dann mit dem Erlös dieser Auktion, sagen wir, der Universität eine sehr großzügige Spende zu machen, die niemand anfechten oder ablehnen könnte. Das hat mich beschäftigt, und darum wollte ich mit dir sprechen.«

»So eilig?«

»Ja. Vor der Beerdigung.«

»Ich verstehe nicht, warum.«

»Bevor die Kommunisten Celedonio und Fausta herumgekriegt haben und die Angelegenheit so behandeln, wie es ihnen in den Kram paßt. Ich fand sie gestern abend in Bellavista ziemlich aufmüpfig, und wenn man nicht aufpaßt, kann dieser ungebildete Haufen alles zerstören. Wenn die Stiftung nicht schnellstens durchkommt, schicken diese Horden alles nach Moskau, wenn sie es nicht gar verbrennen.«

Judit konnte sich ein Lachen nicht verbeißen. Freddy stellte sich vor ihr auf, die Hände unruhig in den Taschen seiner Hose, die einen verwirrend hohen Schritt über seinem Bauch hatte; das nach hinten gezogene offene Jackett ließ seine Hosenträger hervorsehen.

»Was hast du?« fragte Freddy und war sich bewußt, daß ihr Gelächter der reine Sarkasmus war.

»Ich kann nicht glauben, was du da sagst.«

»Wieso?«

»Daß ein Mann von deiner Intelligenz so paranoide und lächerliche Gemeinplätze nachplappern kann!«

»Und eure Gemeinplätze? Wie heißt es bei euch Kommunisten: Der Yankee-Imperialismus versorgt uns mit Waffen, um das Volk während der Ausgangssperre zu durchlöchern, die CIA steckt mit unter der Decke ... Wie findest du die Gemeinplätze?«

»Ich sehe nicht, warum du mich zu der Partei rechnest, in der ich nur sechs Monate war und die mich anödet. Danach war ich im MIR, aber schon eine Ewigkeit nicht mehr. Das weißt du alles.«

»Das stimmt nicht. Du warst in der Partei, bis sie vor zwei

Jahren zum bewaffneten Kampf aufrief, da bist du ausgetreten, wozu ich dir gratulieren möchte. Wir wissen auch, daß du nicht im MIR bist, dafür aber in einer Gruppe, die wir nicht identifizieren konnten, die unabhängig ist und, wie es scheint, äußerst gewalttätig, obwohl wir nicht verstehen, was du bei denen machst, wo du bewiesen hast, daß du gegen die Gewalt bist und die Partei genau in dem Augenblick verlassen hast. Und diese Gruppe, die offenbar durch nichts signifikant ist...«

»Durch Rachsucht.«

»Noch schlimmer. Ich wußte, daß wir uns wieder in die Haare kriegen.«

»Warum hast du mich dann so eilig hergerufen?«

»Weil ich dich brauche.«

»Ach nein, Freddy, ich werde in keiner deiner unanständigen Machenschaften den Vermittler spielen.«

Vor ihr stehend, sagte Freddy trocken:

»Versteh mich richtig: du bist frei, weil wir wissen wollen, was du treibst und mit wem, und wer die Leute sind und wie viele.«

Er setzte sich wieder neben sie, und in anderem Ton, jetzt bittend, nahm er ihre Hände, die Judit ihm entzog, während er mit einem neuen Ausbruch ekelhafter Vertraulichkeiten auf sie einsprach:

»Hör zu. Sei doch nicht dumm. Hast du nicht gesagt, du wolltest auf würdigere Weise überleben? Dann hilf mir. Ich bin dein Vetter. Ich begreife nicht, warum du gegen mich bist und für einen Haufen kaputter Typen, die niemand kennt. Hör doch. Das einzige, worum ich dich bitte, ist, daß du Fausta und Celedonio den Rat gibst, eine Auktion zu veranstalten, was, ehrlich gesagt, das beste wäre, besser noch als diese alberne Stiftung. Ach, Judit mein Schatz, ich habe ganz vergessen, dir zu sagen, daß ich dir heute morgen bevor ich wegging eine großartige Anlage geschickt habe, eine von denen, die meine Firma importiert hat, bevor sie pleite ging, ich weiß doch, wie sehr du die Musik liebst...«

Judit stand abrupt auf; er saß da, die Arme über die Rückenlehne der Bank ausgebreitet. Ihre Entrüstung war so groß, daß Freddy fürchtete, sie würde ihn mit ihrer Handtasche schlagen; er beobachtete sie wachsam, um ausweichen zu können, sollte sie tätlich werden. Aber in dem Maße, in dem die Anschuldigungen seiner Kusine an Gewicht und Gemeinheit zunahmen, untermischt mit schmutzigen Kindheitserinnerungen und groben Ausfällen, die ihn für die Demütigungen, die das Land durchleiden mußte, verantwortlich machten, wuchs auch in Freddy die Wut; Judits Verblendung, ihre Dummheit unter der Maske der guten Absichten, ihre falsche Naivität, ihr auf Lügen aufgebauter gesellschaftlicher Groll, im Grunde alles subtilere Formen des Terrorismus und Verrat, und es sei höchste Zeit, sie fertig zu machen. Ihm sollte diese Ju nicht kommen: Sie sei ein gefährliches Element für die Gesellschaft mit ihrem Getue von Reinheit und Rückforderung, und irgendwann würde sie in irgend etwas drinstecken, und dann würde herauskommen, daß sie das Land illegal verlassen habe und wer weiß wie wieder hereingekommen sei, und dann würde die Justiz über sie herfallen und vielleicht auch über ihre seltsame Gruppe, die die Polizei noch nicht verfolgte, weil man zu wenig von ihr wußte, aber bald würde die Jagd auf sie losgehen ... Nein, Ju habe kein Recht, ihn zu beleidigen und ihm Dinge ins Gesicht zu werfen, denn selbst die Steine wüßten doch, daß Ju eine Hure sei, die mit der ganzen Partei schlief und nur einen Millimeter davon entfernt war, daß man sie verschwinden ließ, was gar keine so schlechte Idee sei ...

»Damit du auf der Auktion alles bekommst?«

»Wäre das nicht besser, als daß das ganze Material nach Rußland oder nach Kuba geht? Oder daß für den hypothetischen Fall der Stiftung diese Herrlichkeiten von Studenten und Dichterlingen mit schmutzigen Fingern und Mundgeruch zerfleddert werden? Ich würde alles pflegen ...«

»Ich ziehe es ehrlich gesagt vor, daß die Mäuse auch das letzte unveröffentlichte Manuskript von Pablo fressen, während man auf die Genehmigung für die Stiftung wartet, als daß deine dicken, verschwitzten Hände auch nur ein einziges dieser Blätter berühren!« schrie Judit.

Verschwitzte Hände. Weiche, erschrockene Hände, die ihre Angst versteckten, indem sie sie als etwas anderes ausgaben. Lauwarme, ein wenig zitternde Hände. Gestern die andern, jetzt seine, die Hände der Verschoner sind immer die gleichen. Diese unbarmherzigen Hände verschonten sie für den Augenblick, zum einen, weil Judit seine Kusine war, zum anderen, weil sie die Spur einer Gruppe aufnehmen wollten, die noch heute aufgelöst werden mußte. Freddys Hände waren verschwitzt und pervers, aber ganz anders als die, die sie verschont hatten, obwohl auch diese Hände einmal Angst vor ihrem Frauenkörper hatten. In diesem Augenblick des Schweigens glaubte Judit gewonnen zu haben. Aber Freddy sagte:

»Leider muß ich dir sagen, daß es ausschließlich von mir abhängt, wer das Material berührt und wer nicht.«

»Was meinst du damit?«

»Die Papiere, die die Stiftung genehmigen, liegen auf meinem Schreibtisch und warten auf meine Unterschrift.«

»Du blockierst sie?«

»Ich blockiere sie. Im Augenblick. Danach werden wir sehen, was passiert...«

»Ich verstehe nicht, was du gewinnst bei so etwas...«

»Es ist nicht so gemein, wie es aussieht. Ich habe mir nur vorgenommen, wenigstens ein Stück dieser Sammlung zu bekommen. In meinen Händen ist sie besser aufgehoben als irgendwo sonst, denn in diesem Land bin ich der einzige Mensch, der wirklich weiß, was sie wert ist. In einer Stiftung, die ziemlich chilenisch und dämlich gehandhabt werden wird, darauf kannst du Gift nehmen, wird die Sammlung schlecht katalogisiert und schlecht untergebracht werden, und nach und nach werden Stücke verschwinden, geklaut, kaputt gemacht oder verschlampt, wie alles, was wertvoll ist in diesem Land voller Wilder. Und ich bin sicher, daß weder du noch ich wollen, daß dieser Schatz, der allen Chilenen gehört, nach Moskau geht. Ich halte es allerdings für angebracht, Celedonio zu raten, keine aufsehenerregende Aktion von internationalem Niveau zu veranstalten, denn wenn er das tut, mit Sotheby zum Beispiel, die hervorragende Kataloge drucken werden, um die Fachpresse in Paris, London und New York aufmerksam zu machen, könnten des großen Pablo Nerudas unschuldige bürgerliche Liebhabereien eines raffinierten Sammlers unvorteilhafte Kommentare über die Echtheit der Gefühle dieses Poeten des Volkes provozieren...«

»Mit anderen Worten, du meinst, wenn eine Auktion stattfindet, dann nicht von Sotheby's veranstaltet, damit nicht die millionenschweren internationalen Sammler kommen, die die Preise nach oben treiben, denn dann könntest du nicht alles bekommen, und es wäre nicht billig...«

»Ehrlich gesagt ist das meine Vorstellung, meine Liebe. Ah, ich wollte dich noch etwas fragen. Stimmt es, daß unter den Papieren von Neruda ein wichtiger Briefwechsel mit Trotzki ist? Ich fürchte, daß diese Sammlung zum Beispiel für die stalinistische Position Nerudas kompromittierend sein könnte und die führenden Kommissare in Chile diese Beweise verbrennen werden, um Pablos Bild rein zu halten; auf diese Weise würden sie verlorengehen. Er hat die Existenz dieser Briefe immer abgestritten, aber...«

Etwas verstört von der Hitze und Freddys kleinlicher Gier erzählte ihm Judit, daß sie nichts darüber wisse, da solche Dinge sie nie interessiert hätten. Irgendwann hatte man ihr die Sammlungen gezeigt, und wie jeder, der ein wenig Gespür besitzt, konnte sie nicht umhin, beeindruckt zu sein, als sie die Briefe von Isabelle Rimbaud in der Hand hielt, in denen sie ihrer Mutter über den scheußlichen Syphilistod des Dichters in einem Spital in Marseille berichtet, den die Mutter gerade verlassen hatte, obwohl sie ihn todkrank wußte, weil sie es für wichtiger hielt, nach der Kartoffelernte auf ihren kargen kalten Äckern in Charlesville zu sehen. Und *Leaves of Grass* von Walt Whitman mit der Hand geschrieben..., und so vieles, was bestimmte Dinge der Kultur ganz unmittelbar machte und sie bewegt hatte. Aber nicht die Papiere selbst. Sie empfand, sagte sie, eher einen gewissen Widerwillen gegenüber Sammlungen irgendwelcher Dinge und gegenüber Sammlern ganz generell, so, als wäre es denen unmöglich, irgend etwas zu bewundern oder zu lieben, das sie nicht bekommen konnten, und diese besitzergreifende Manie habe bestimmte gierige Züge, die ihr Ekel verursachten. Als sie diese Gedanken vor einem aufmerksamen und keineswegs bewegten Freddy äußerte, sah Judit, plötzlich von einer Gewißheit geblendet, in der sie einen Hauch kitschiger Romantik, den sie später auslöschen würde, wahrnahm, daß sie, wenn sie Mañungo in diesem Augenblick liebte und mit dem seltsamen Gedanken spielte, ihn zu heiraten oder vielleicht nur mit ihm zu gehen, dies zum Teil deshalb so war, weil Mañungo absolut nichts besaß, nur seine Musik, sonst nichts, seine Kassetten, seine Gitarre, seine Noten, ja, eine auf romantisch gefärbte Vision von Freiheit: eine Nacht im Haus eines Freundes, die nächste nach einem Fest im Haus eines gastfreundlichen Paares oder bei einer Frau, in deren Armen er eine Woche schlief und dann ging. Ein alter Hippy, dachte sie und lachte herzlich über das pathetische Klischee so vieler, die nicht siegen konnten und sich in diese Verkleidung verkriechen mußten. Jedenfalls keine Bücher. Keine Kleider. Nichts, was eine Last sein konnte. Judit wußte, daß Mañungo in Paris ein schönes Appartement besaß, zentral gelegen, aber praktisch, und daß er sich selbst versorgte, damit niemand ihn lähmte. Die Lust, Dinge zu besitzen, kannte er nicht, denn er hatte nie eine Halskette aus Lutschern. Trotzki? Nein. Sie wußte darüber nichts. Obwohl sie sich entfernt erinnerte, daß Celedonio irgendwann einmal etwas über Trotzki gesagt hatte. Zu ihrem Cousin sagte sie, sie sei nicht bereit, irgendeine Information zu geben. Freddy kratzte mit seinem Schuh in dem fahlen Kies des Weges, während er ihr zuhörte; eine dünne Staubschicht bedeckte die Spitze aus Lackleder. Als Judit ihren Widerwillen ausgedrückt hatte, setzte Freddy sich neben sie, nahm wieder seine ganze Sanftmut zusammen und erklärte:

»Ich nehme dir nicht übel, daß du von diesen Dingen nichts verstehst. Aber ich nehme dir übel, daß du die verurteilst, die Vergnügen an Dingen haben, die nicht genauso sind wie deine. Ich weiß, daß du jedem, der es hören will, erzählst, du hättest an überhaupt nichts Spaß, und ich sei daran schuld. Das stimmt aber nicht. Deine Probleme, meine Liebe, stammen aus einer Zeit vor meiner kleinen Intervention in deiner Kindheit und sind davon völlig unabhängig. Vereinfache die Dinge nicht wie alle Freudianer, obgleich ich nicht sehe, wie Freud und dein Marx zusammenpassen, obwohl sie beide so dogmatisch sind. Es verwirrt dich mein kleiner ›hang-up‹, wie die Amerikaner sagen, mit Trotzki? Das ist ganz einfach. Trotzki war Stalins Feind, ein gebildeter und sensibler Intellektueller, den man bewundern muß. Wir teilen diese Bewunderung, Cousinchen, denn hier, streite es nicht ab, treibst du dich im Augenblick mit der ›permanenten Revolution‹, wenn nicht mit dem Unfug des reinen Nihilismus, herum... Nun ja, darüber reden wir noch. Ich bin sicher, daß Trotzki einer echten Revolution zum Sieg verholfen hätte, vor allem, wenn es stimmt, was die Stalinisten gesagt haben, nämlich, daß Trotzki von William Randolph Hearst bezahlt worden sei, was gar nicht unwahrscheinlich ist, denn dieser Gringo war wirklich ein echtes Genie. Wenn Stalin ihn nicht hätte umbringen lassen, würde es das Chaos, in dem wir leben, nicht geben. Vielleicht ein anderes, schlimmeres Chaos, aber nicht dieses. Neruda hat Trotzki gekannt. Jedenfalls hat man das gesagt, und Celedonio weiß es. Alle Kommunisten, die damals in Mexiko gelebt haben, kannten ihn. Es heißt, dieser vom Kreml bezahlte Kretin Siqueiros hat ihn umgebracht. Er war ein so schlechter Maler, daß es mich nicht wundern würde! Es gibt ein Gerücht, allerdings heftig dementiert, daß Neruda, mit dem ganzen Schwarm von Kommunisten damals in Mexiko befreundet, in den Mord verwickelt war und daß der Kreml ihn gedeckt hat, Siqueiros meine ich, durch seine Geheimdienste. Ich habe verschiedene Dokumente, die auf diese Verbindung Siqueiros-Neruda-Trotzki anspielen, aber sie klären leider gar nichts. Es fehlten noch ein paar Briefe, die Trotzki wahrscheinlich an Neruda geschrieben hat. Sage nicht, die Korrespondenz von jemandem, der wie Trotzki die Weltgeschichte hätte verändern können, sei nicht faszinierend! Du als antistalinistisches MIR-Mitglied wirst ihn besser kennen als jeder andere...«

Erschöpft kniff Judit die Augen so fest zu, bis sie am hellichten Tag Sterne sah. Sie schüttelte den Kopf, um die Stimme ihres Cousins auszutreiben und die Worte dieses Mannes abzuschütteln, der jetzt wieder vor ihr stand, die Hände in den Hosentaschen, unruhig, als masturbiere er. Sein weiches, weißes, langes Glied, sie erinnerte sich daran wie an ein schleimiges Reptil, war auf der Höhe ihres Mundes, ganz nah, zum Hineinbeißen: es ihm abreißen, ihn vor Schmerz aufheulen lassen und nicht mehr zuhören.
»Nein, nein, nein!« schrie Judit und sprang auf.
»Was, nein?«
»Was willst du mit den Trotzki-Papieren machen, wenn es sie überhaupt gibt?« Freddys Hände hörten auf, sein Glied zu streicheln, und Judit sanft bei den Schultern nehmend, sagte er, seine blauen Augen von Fox in dem blauen Blick von Fox, seiner Cousine:
»Wenn sie mir jetzt die Trotzki-Papiere geben, sofort, bevor das Inventar der Neruda-Sammlung gemacht wird, nur die Trotzki-Papiere, denn ich bin sicher, daß ich in ihnen den Beweis dafür finden werde, daß nicht nur er, sondern viele der damaligen Hierarchen bei Hearst und der amerikanischen Regierung in der Schuld standen, dann verpflichte ich mich, die offizielle Genehmigung für die Pablo-Neruda-Stiftung ausstellen zu lassen und sie gegen jeden zu verteidigen, der sie in Frage stellen oder bekämpfen will. Ich glaube, ich könnte die Stiftung in, sagen wir, zehn oder zwölf Tagen in Kraft setzen lassen. Sag Celedonio, daß ...«
Heimtückisch hob Judit abrupt ihr Knie und trat Freddy damit brutal in die Geschlechtsteile.
»Rohling!« kreischte er.
»Das habe ich in dem Trainingslager des MIR gelernt, damit du es weißt«, sagte sie, drehte sich um und ging sehr schnell über den Rasen den Weg zurück, den sie gekommen war, auf die Purísima-Brücke zu, die sich im Licht des Wassers eines schon reifen Morgens unter den Bäumen spiegelte. Sie sah sich nicht um. Mit langen Schritten ging sie ohne zu denken über das Gras, ohne mehr zu fühlen als blinden Haß auf Freddy, Ekel für seine Welt der Machenschaften

und Vetternwirtschaft, des Ausnutzens und der Korruption, der Manipulationen und Einflußnahmen, der habgierigen Beschaffungen und Aneignungen. Es war schon spät. Freddy hatte sich länger damit aufgehalten als versprochen, um seine Scheiße über ihr auszugießen, und sie sollte sich mit Fausta im Haus von Matilde treffen, jetzt vor allem, um Ada Luz und ihre Frauen zu warnen, die in Gefahr waren, sie wurden beobachtet, sie mußte sich beeilen, vor allem, um diese gemeine Person zu vergessen und die letzten, ernsten Rituale der Zuneigung für Matilde mit einiger Würde ausführen zu können. Nach kurzer Zeit hörte sie Freddy hinter sich herlaufen und sie rufen:
»Ju! . . . Ju!«
Judit blieb stehen und drehte sich zu ihm um. Er war verschwitzt von dem ockerfarbenen Staub, der sich unter seinen laufenden Füßen erhob und an seiner fettigen Haut hängenblieb wie Puder; sein blaues Hemd war durchnäßt, der Kopf gesenkt, als wäre er bereit, sein Urteil anzuhören, ohne Berufung. Judit sagte zu ihm:
»Sobald ich mit der Beerdigung fertig bin, werde ich dir deine Anlage zurückschicken. Vergiß nie, daß du und ich Feinde sind«, drehte sich wieder um und wollte weitergehen.
»Ja, ich weiß, daß wir Feinde sind, meine Liebe, aber nicht, weil ich diese Position bezogen habe. Soll ich dich begleiten?«
»Wohin?«
»Zu Matilde.«
»Warum?«
»Ehrlich gesagt, weil man mich ohne dich wahrscheinlich nicht hineinläßt, und ich möchte mit Celedonio sprechen.«
»Hör auf zu nerven und geh.«
Sie drehte sich um und ging, ohne Freddy anzusehen, der ihr auf den Fersen blieb. Ihr Cousin folgte ihr noch, als sie über die Brücke ging, und von der anderen Seite der Avenida Bellavista bogen sie in die Gassen des Viertels ein. Ein halber Mensch mit einem theatralisch in die Augen gezogenen Hut schien auf sie zu warten, den Rücken an eine Wand gelehnt, die Hand bettelnd ausgestreckt. Sie gab ihm mit ei-

ner winzigen Geste zu verstehen, er solle sich davonmachen, und als sie ihn hinter sich gelassen hatte, hörte Judit mit Erleichterung, daß Don Cesars fahrbarer Untersatz in die entgegengesetzte Richtung davonrollte und schließlich im allgemeinen Rauschen der Stadt untertauchte.

29

Ada Luz konnte nicht mit Ju sprechen, um ihr zu erzählen, was sie ihr erzählen mußte, weil sie sah, daß sie mit dem nicht sehr liebenswürdigen Don Federico Fox kam, und sie nicht wagte, zu ihr zu gehen. Ju sah mitgenommen aus, zweifellos wegen irgendeines widerwärtigen Zwischenfalls bei ihrem nächtlichen Abenteuer, vermutete sie, obwohl sie an einer gewissen Niedergeschlagenheit in ihrem ganzen Auftreten die ihr bekannten Zeichen dafür erkannte, daß die Ärmste wieder einmal nichts als die üblichen, bei ihrer Jagd häufigen Trivialitäten erlebt hatte, einer Jagd, die nie eine Beute brachte, weil die gesuchte Beute nur in ihrer Einbildung existierte und eine »ihrer fixen Ideen« war, meinte Ada Luz.
Sie bemerkte jedoch, daß ihr irgend etwas anderes als sonst passiert sein mußte, wenn auch nichts von dem, was zu erwarten gewesen wäre. Mutlos war sie, ja, aber so schön wie nie, in einer Erregung befangen, die sie bei ihr nicht kannte, ganz so, als käme das Gebrüll von Carlitos, das durch die gelbe Markise über dem Patio hereindrang, nicht aus der Kehle des Tiers, sondern auf geheimnisvolle und wunderbare Weise aus Ju, wie so viele Dinge, die die Frauen aus der Gruppe auf Distanz hielten. Carlitos Brüllen schien sein schlichtes Raubtierherz vor Abschiedsschmerz zu zerreißen. Ein sensibles Gehör wie das von Judit vernahm ferner, daß dieser Vormittag, der so still zu sein schien, voller Geräusche war: Tierstimmen, die, durch die Bäume des Berghangs gefiltert, so gedämpft waren, daß sie sich eher wie Blätterrauschen anhörten denn wie Papageien- und Affen-

gekreisch, Gebell von auf unerklärliche Weise eingesperrten, unglücklichen Hunden, Eselsgeschrei und Gebrummel von Kamelen, die so ihren Wunsch kundtaten, auch an der letzten Ehrung einer so berühmten Nachbarin teilnehmen zu wollen. In der Hoffnung, einen Augenblick mit ihr sprechen zu können, lief Ada Luz hinter Ju her ins Eßzimmer, wo sie sie eine Telefonnummer wählen sah. Falsch verbunden ..., oder es antwortete niemand. Sie legte auf. Ungeduldig, ungeschickt wählte sie noch einmal und verwählte sich, und Ada Luz registrierte ihre Verlegenheit. Dies sei nicht nur, weil sie die Waffe verloren habe, wie sie ihr zu verstehen gab, ihren Bericht bröckchenweise von sich gebend, während sie sich wieder verwählte, lauter Nichtigkeiten über das, was in der Nacht vorgefallen war. Aber das, was sie auf so seltsame Weise verschönte, verwehrte Judit den fünf Frauen, und als Ada Luz diese Sorge um diesen ganz privaten Bereich spürte, bewirkte eine Art Reflex, daß sie sich wie eine Muschel verschloß und ihrem Impuls, Judit wegen Lisboas Besuch gestern abend um Rat zu fragen und wegen des Verlaufs der Sache mit der Totenmesse für Señora Matilde, nicht nachgab.

»Wir müssen dringend miteinander reden«, sagte Judit, während sie wartete, daß sich jemand am Telefon meldete.

»Über gestern nacht?«

»Zum Teil. Und über uns, euch, Don Cesar. Es ist möglich, daß ich nach Frankreich gehen muß ... Sag nichts, ich weiß es noch nicht genau, aber es kann sein, man überwacht uns ...«

»Mit Mañungo«, erriet Ada Luz.

Aber bevor sie ihr widersprechen konnte, entlud Judit ihren Ärger darüber, daß man sie so leicht demaskieren konnte, indem sie ihre Tochter, die sich endlich meldete, anschrie, sie lasse nicht zu, daß sie nicht zu der Beerdigung erscheine, obwohl eine Beerdigung für diesen Sommerferientag das langweiligste Programm der Welt sei. Nicht alle Kinder hätten das Privileg, an der Beerdigung einer so symbolträchtigen Gestalt teilnehmen zu dürfen wie dieser Verkörperung der Hoffnung, die verlorenen Rechte wiederzuerlangen, ei-

ner Hoffnung, die mit ihrem Tod, der wie ein zweiter Tod von Pablo sei, endgültig untergehen könnte. Ihre Bewunderung für Judit ließ Ada Luz, während sie ihr zuhörte, erschauern. Wie sie die Dinge begriff und sie anderen begreifbar machte! Wie präzise waren die Vorstellungen ihrer verführerischen Freundin! Unvollkommen, das war sie, aber fähig, einem alltäglichen Ereignis wie dem Tod dieser distinguierten Dame eine unendliche Dimension zu geben, und selbst sie, die alles andere als eine Intellektuelle war, zu der Erkenntnis zu bringen, daß jeder, wenn er es nur wagte, eine Inkarnation der Geschichte sein konnte. Doch, sie mußte Judit um Rat fragen, ihr erzählen, daß Lisboa, dieser Kerl, gestern, nachdem Aury gegangen war, bei ihr erschienen war und ihr gedroht hatte, nie wieder mit ihr zu schlafen, wenn sie es wagte, irgendwem die Geschichte mit der Beichte von Matilde zu erzählen oder von ihrem Wunsch, daß ein revolutionärer Priester eine Totenmesse für sie las. Erst als sie geweint und Lisboa geschworen hatte, daß sie nichts sagen würde, willigte er ein, die Nacht bei ihr zu verbringen. Judit würde ihre Verlegenheit bestimmt verstehen und ihr zeigen, wie sie sich richtig verhalten könne. Andererseits verging die Zeit, und mit jeder Sekunde würde es schwieriger werden, Matildes Wunsch nachzukommen, denn bald war keine Zeit mehr, irgend jemanden zu benachrichtigen, der Trauerzug mußte aufbrechen. Die Verantwortung dafür, daß diese letzten Minuten richtig genutzt würden, war eine Last, die sie völlig durcheinanderbrachte und keinen klaren Gedanken zuließ. Sie wollte sich an Judit klammern, damit die ihr sagte, was zu tun sei.
Sie solle alles sein lassen, befahl Judit ihrer Tochter durchs Telefon, Freundinnen, Kino, Spiele, was auch immer, und zum Friedhof kommen. Aber, mein Gott, wer soll das Mädchen bringen? fragte die Großmutter. Für sie sei das zu anstrengend. Sie müsse sich um ihren von der Parkinsonschen Krankheit gequälten Mann kümmern, der so stark zittere, als schneie es auf seinen armen Körper, und der seit Jahren am Fenster saß, das auf einen von Paraffinfässern und einem Drahtverschlag für die Hühner umgrenzten Hof hin-

ausging. Die Großmutter bestand darauf, daß ein junges Mädchen wie Marilú nicht allein zu einer von so vielen besuchten Beerdigung gehen konnte, bei der es sicher zu Zwischenfällen kommen würde, die sowohl Judit wie sie und auch das Mädchen leider zu genau kannten. Ada Luz stimmte dem zu, trotz Judits Einwand, wenn Marilú alt genug sei, zum Tanzen zu gehen, sei sie auch alt genug, einen Bus zu nehmen und ihre Mutter unter den Menschen auf dem Friedhof zu suchen.

Auf der anderen Seite der Marmorplatte der Kommode, auf die Judit ihren Ellenbogen gestützt hatte und rauchte, während sie mit ihrer Tochter haderte, spürte Ada Luz, daß Judits Sicherheit von ihrer Hartherzigkeit herrührte, und plötzlich, sich halb umdrehend, beschloß sie, ihr nichts von ihren Sorgen zu gestehen. Sie nahm sich vor, ihr Geheimnis von der Messe nur dem zu erzählen, dem sie es erzählen wollte, und sonst niemandem. Es dauerte noch eine halbe Stunde, bis die ersten Teilnehmer an der Trauerfeier eintreffen würden, eine Zeit, in der sie – Herrin eines Talismans, der sie in dem Bewußtsein, daß ihre Entscheidung, davon zu erzählen oder nicht, den Lauf der Geschichte verändern konnte, mächtig machte – die Wahrheit über das, was in der letzten Nacht geschehen war, aus Judith herausbringen konnte, alles, was sie nicht mit ihnen, die sie, sage man, was man wolle, für minderwertig hielt, teilen wollte. Sie dagegen, gerüstet mit dem Talisman des Geheimnisses von der Messe, war ihr nun nicht mehr unterlegen. Judit legte wütend den Hörer auf.

»Verdammte Göre!«

»Wenn du willst, hole ich das Mädchen nachher ab und bringe es in einem Taxi zum Friedhof«, bot Ada Luz ihr an.

Judit trat aus dem Eßzimmer, geblendet vom Gelb des großen Sonnendachs über dem stickigen Patio, daß ihre von der falschen Sonne so gereizten Pupillen fast schmerzten, als sie sich zusammenzogen. Draußen neben der Eßzimmertür stehend, während Ada Luz in der Maschine Kaffee zubereitete und die superstarken Burschen von der Jota die Kränze herunterbrachten und in großen Haufen neben der

Treppe zur Straße stapelten, öffnete sie ihre Handtasche. Sie nahm ihre Bürste heraus und fuhr sich damit durchs Haar. Das Gespräch mit Ada Luz machte sie schließlich so nervös, daß sie, während sie versuchte, Ada Luz die Gefährlichkeiten von Freddys Umtrieben zu erklären und die Notwendigkeit, die Gruppe aufzulösen, sich ihr Haar total verklettete, ohne daß es ihr gelang, ihrer Freundin mehr zu verstehen zu geben, als daß sie ihnen zu etwas mehr Vorsicht riet. Aber das war es nicht. Es war viel ernster. Es war das Spiel um Leben und Tod, um Recht und Unrecht, um Henker und Opfer. Mehr als das Nichtbegreifen ihrer Freundin reizte sie jedoch, daß diese alles durch unerträgliche Diminutive reduzierte. Das war aber nur eine Irritation, die ihr ihre eigenen Grenzen zeigte.
Freddy Fox am anderen Ende des Patios, wo er Celedonio wer weiß welche bösartigen Fallen des Sammlers stellte, würde die Sprache mit Eleganz beherrschen. Der Wunsch, hinüberzugehen und an jenem Gespräch teilzunehmen, war eine Flucht vor den geschmacklosen Diminutiven ihrer Freundin, um sich aufs Ufer der gepflegten Sprache zu retten. Pablo und Matilde, so erinnerte sie sich, sprachen sehr komisch, indem sie ganz bewußt das Volkstümlich-Ländliche aus seinem losgelösten Ursprung mit der kultiviertesten, saubersten Sprache mischten und mit deftigen, hausgemachten Neologismen würzten. Am Anfang, als sie sie gerade kennengelernt hatte, lachten die Nerudas über sie und fragten, ob sie ihre zu präzise Ausdrucksweise geschmacklos fände, im Gegensatz zur unscharfen strukturlosen Sprache, die Judit im Umgang mit dem Dichter und seiner Frau, mit Fausta und Celedonio und ihrem Kreis immer mehr annahm, sogar den leichten nerudianischen Singsang, mit dem der Dichter seine Freunde ansteckte. Sie packte ihre Bürste ein und schloß die Handtasche.
»Judit!«
Lisboa, der den riesigen Chrysanthemenkranz mit Hammer und Sichel aus roten Nelken trug, war stehengeblieben, um sie zu begrüßen, wie in der übertriebenen Absicht, ihr – einer Renegatin – das Totenopfer zu Füßen zu legen. Es han-

delte sich um den wichtigsten Kranz der Beerdigung, der von jemandem wie ihm getragen wurde, der die Autorität besaß, ihm einen bedeutenden Platz unter den übrigen Kränzen zu verschaffen. Die Plazierung vorzunehmen war seine Aufgabe, denn, genau wie Ada Luz, war Lisboa nur an der Bedeutung von Matildes Tod interessiert und wollte ihn ausnutzen, dachte Judit, wieder gereizt in Erinnerung an ihre Freundin. Ada Luz Matilde ausnutzen? Wie? Wozu? Für was wollte die arme Ada Luz Matilde benutzen? Nein, nicht Ada Luz, es sei denn, Lisboa schleppte sie mit. Er würde den Kranz an einen hervorragenden Platz legen und das uralte Ritual des Todes zu einem gemeinen Spiel der Macht umfunktionieren.
»Ja, Lisboa?«
»Und Adita?«
»Sie macht im Eßzimmer Kaffee.«
»Hat sie Ihnen erzählt, daß . . .?«
Ihn fest ansehend, sicher, ganz sicher, daß er eine Finte plante, die der entscheidende Zug sein sollte, damit alle Figuren fielen, ließ Judit einen Augenblick verstreichen:
»Hat mir was erzählt?«
»Haben Sie da drinnen nicht miteinander gesprochen?«
»Haben Sie uns belauscht? Worüber sollten wir sprechen, hinter verschlossenen Türen?«
»Nun, über den letzten Wunsch von Señora Matilde.«
»Nein. Ich wußte nicht einmal, daß Matilde etwas gesagt haben soll. Warum hätte sie es Ada Luz sagen sollen, meine ich, und nicht Fausta oder mir? Ich werde sie danach fragen.«
Lisboa hielt sie am Arm, heftiger als zulässig, und sagte, ohne daß Judit ihm auch nur ein einziges Wort glaubte:
»Ich vermute, sie wollte, daß man etwas singt, wenn ihre sterblichen Überreste dieses Haus verlassen. Adita und ich haben gedacht, daß Sie das vielleicht Mañungo Vera sagen könnten . . .«
Lächerlicherweise errötete Judit und ärgerte sich, als sie fühlte, daß ihr das geschah. Sie erwiderte:
»Ich habe keine Ahnung, ob Mañungo heute morgen

kommt. Ich bin nicht so befreundet mit ihm, um ihn darum bitten zu können.«
Mañungo, hatte sie gesagt. Nicht Mañungo Vera, wie Lisboa, wie das Publikum, wie die Morgenzeitungen, denen Mañungo Vera gehörte. Sie waren ein Paar, sie beide, die Erwählten. Jeder, der auch nur eine mittelmäßige Einbildungskraft besaß, wäre in der Lage, sie beide, die Unabhängigen, die Einsamen, miteinander in Verbindung zu bringen, sie, die, um die Statur von Helden zu haben, es nicht für notwendig hielten, sich den Direktiven der politischen Parteien noch den gesellschaftlichen Konventionen zu beugen. Es genügten das Talent, die Schönheit, die Arroganz, die zufälligen Gaben wie das Einzelgängertum von Mañungo. Sie markierten selbst ihre Wege, erfanden ihre Gesetze: Mañungo mit seiner gefeierten Stimme, Judit mit ihrem bekannten Martyrium, das sie für die Legende schon fast zu einer weltlichen Heiligen der Linken gemacht hatte. Niemand hat die gräßlichen Narben auf ihren Schenkeln gesehen. Es hieß, sie bliebe ohne Partner, weil sie sie verstecken wollte. War es nicht endlich genug mit dem kollektiven Schmerz? War es nicht an der Zeit, nach Paris zu gehen, fern aller Gefahr?
»Wenn Mañungo heute morgen nicht angerufen hat, glaube ich nicht, daß er kommt. Wahrscheinlicher ist, daß er den Trauerzug auf dem Friedhof erwartet«, sagte Judit.
Mañungo, sein Name klang frei durch den Patio, als Lisboa sich entfernte. Aber ihr blieb das unangenehme Gefühl, daß sie ihm die nicht formulierte Frage, die zu beantworten er sie hatte zwingen wollen, beantwortet hatte, ohne zu wissen, wie die Frage lautete noch was sie als Antwort gegeben hatte.
»Mañungo«, sagte sie leise, um zu sehen, ob der Name frei wie ein Vogel durch den Patio fliegen und sich wieder in ihren Mund zurückziehen konnte.

30

»... Und ich sage dir, Freddy, dieser Hexenmeister der Poesie war auf ungehörige Weise auch ein Hexenmeister in Gelddingen. Stell dir vor, seine Witwe hinterläßt ein viel größeres Vermögen, als du wahrscheinlich hinterlassen wirst, trotz all deiner Manipulationen und Schweinereien. Ich möchte mir nicht einmal denken, was man von diesem kommunistischen Dichter sagen wird, einem Dollarmillionär, wenn man die Höhe seines Vermögens erfährt! Das wird alle Schemata der Rechten sprengen, die ihn nicht nur nicht verstanden, sondern immer gehaßt hat. Auf jeden Fall finde ich die Lektion auf köstliche Weise ironisch, die der Dichter euch von eurem eigenen System bankrotten und mit Schulden beladenen Bankiers, Wirtschaftlern und Managern gibt, während die Witwe dieses stalinistischen Dichters mit Vermögen in Millionen Dollars aus respektablen Autorenrechten stirbt, völlig frei von Lasten, weil er Aalsuppe und Tomatensalat mit Zwiebeln besungen hat. Findest du das nicht zum Totlachen? Und das ist nur sein Barvermögen, ganz zu schweigen von seinen Besitzungen und seinen Sammlungen, wie zum Beispiel seiner Sammlung seltener Bücher, deren Wert um ein Hundertfaches gewachsen ist, nicht wie dieses Schmutzzeug von Aktien und Obligationen und solchen Sachen, die euch in tausend Stücke zerfallen und keinen Heller mehr wert sind. Komisch, nicht wahr? Es bereitet mir ein gewisses Vergnügen, mir das Gesicht vorzustellen, das die guten Bürger bei dieser Nachricht machen werden, und was dieses beschämend bankrotte Regime anstellen wird, um an den Besitz dieses Barfüßigen aus Temuco heranzukommen, der seinen Kommunismus mit den höchsten Ehren der Poesie und Millionen von Dollars in Einklang zu bringen verstand. Es ist zum Lachen, aber Pablo war natürlich in ausgefallenen Kombinationen dieser Art, die nur er begriff und die auch nur bei ihm funktionierten, geübt. Wenn die zuständigen Behörden die Pablo-Neruda-Stiftung genehmigen, werden wir sie hier einrichten, wie Matilde es in ihrem Testament festgelegt hat, in diesem Haus, das nach ihr La Chascona benannt worden ist. Man wird eine Zeitschrift herausbringen, nehme ich an, und einen Lyrikverlag gründen, Vorträge halten und berühmte ausländische Schriftsteller einladen, damit sie uns zurechtstutzen, Stipendien für junge Schriftsteller ausgeben, alles um dieses Haus herum, das zu einem internationalen Zentrum der Kultur werden soll. Der Star wird natürlich die wirklich außergewöhnliche Bibliothek sein, mit einer Unzahl bedeutender Editionen. Autographe ...? Nein. Jedenfalls nicht viele, glaube ich. Autographe haben Pablo eigentlich nicht interessiert, auch Handschriften nicht. Er hat auch, und das ist wirklich schade, wenige Briefe aufbewahrt, auch nicht die von bedeutenden Personen. Nicht wie ich, der alle aufgehoben hat, denn würde ich sie nicht bewahren, hätte ich keine Gewißheit, überhaupt existiert zu haben. Ja, natürlich habe ich drei oder vier Briefe von Trotzki, das habe ich dir gestern schon gesagt. Aber ich habe meine Absicht geändert und werde sie dir nicht verkaufen, denn ich gedenke noch nicht zu sterben. Meine Briefe sind aus der Zeit, als Pablo gerade nach Mexiko gekommen war und mich bat, in seinem Namen an Trotzki zu schreiben, um einen Kontakt herzustellen und möglicherweise als Vermittler zwischen ihm und den Stalinisten zu dienen, die vollständig durchgedreht hatten. Aber diese ökumenische Haltung war von kurzer Dauer, sage ich dir, denn in demselben Hotel Montejo, wo er bei seiner Ankunft abgestiegen war, versammelte sich die Camarilla der stalinistischen mexikanischen Maler und Schriftsteller, die Trotzki über alles in der Welt haßten, weil sie ihn für einen Konterrevolutionär und Reaktionär hielten, für einen Feind des ersten großen Landes, das den Sozialismus aufbaute, der heiligen Sowjetunion. Diese Künstler waren Pablos Freunde, sie hatten zusammen im Spanischen Bürgerkrieg gekämpft, in dessen Verlauf so viele nach Amerika gegangen waren, und es dauerte nicht lange, bis sie ihn in den Strudel ihres Hasses gegen Trotzki mit hineinzogen. Noch vor Ablauf eines Monats bat Pablo mich, den Briefwechsel abzubrechen. Der ganze Konflikt kam nur daher, daß die mexikanischen Stalinisten

auf Präsident Lázaro Cárdenas wütend waren, weil dieser Trotzki in Mexiko Asyl gewährt hatte und noch dazu Polizeischutz für das Haus in Coyoacán, in dem er lebte und wo er schließlich ermordet wurde, nahe dem Haus von Diego Rivera und Frida Kahlo, die damals Trotzkisten waren.*
Wie sollten sie Trotzki nicht hassen, den Erzfeind Stalins, wenn Stalin im Bürgerkrieg der Sache der Spanischen Republik geholfen hatte, einer Sache, der sich die Mexikaner zutiefst verbunden fühlten? Sie behaupteten unter Eid gegenüber jedem, der es nur hören wollte, daß es Trotzki gewesen sei, der mit dem nordamerikanischen Geld des Zeitungskonzerns von Hearst von Coyoacán aus den blutigen Aufstand der Trotzkisten des POUM**, der Arbeiterpartei der Vereinigten Marxisten, in Barcelona organisiert habe, bei dem 5000 Menschen ums Leben gekommen sind und außerdem 30 000 Mann in diese unnütze Auseinandersetzung gezogen wurden, die gegen Franco hätten kämpfen sollen.
Sie versicherten, wegen dieses Abzugs von Truppen seien die Front am Ebro zusammengebrochen und Katalonien und Spanien Franco in die Hände gefallen. Die mexikanischen Stalinisten legten die Niederlage der Republik als eine direkte Folge der Intervention Trotzkis und der Amerikaner aus, die ihn in Mexiko unterstützt haben müssen, und in diesem Sinne war Mexiko, dessen Regierung dem Schuldigen Asyl gewährte und ihn schützte, schuld an der Niederlage. Das war ein großer Makel, den einige verrückte Mexikaner glaubten reinwaschen zu müssen, indem sie Trotzki beseitigten. Höre auf zu behaupten, Pablo sei in die Sache verwickelt gewesen, Freddy, sei kein Idiot, ich war damals mit ihm zusammen, es stimmt einfach nicht! Er war mit einigen, die dazugehörten, die er im Hotel Montejo traf, befreundet, weiter nichts, das wird in den Briefen aller Leute

* Trotzki, zunächst eng mit Rivera und Frida Kahlo befreundet, lebte eine Zeitlang in deren Haus und zog dann wenige hundert Meter weiter in die Calle Viena 45, wo er sich nach dem ersten Attentatsversuch bunkerartig verschanzte. (Anm. d. R.)

** *P*artido *O*brero *U*nificado de *M*éxico = Vereinigte Arbeiterpartei Mexikos. (Anm. d. R.)

von damals bestätigt. Jetzt erinnere ich mich, einmal hat Siqueiros ihm ein Paket mit dem Briefwechsel Trotzki–Frida Kahlo, Kahlo–Diego Rivera geschenkt, Briefe, die eigentlich das Paar Diego–Frida direkt belasteten, was die Sache des POUM in Barcelona betrifft. Seit Jahren habe ich die nicht gesehen und weiß auch nicht einmal, wo diese Briefe sind. Nein, er hat sie nicht gekauft. Ich sage dir doch, Siqueiros hat sie ihm geschenkt, mit bösen Hintergedanken übrigens, denn er haßte Frida und Diego, unter anderen, weniger edlen Motiven auch, weil sie Trotzkisten waren. So hat man Pablo viele Dinge geschenkt, die er aber nur aufbewahrte, wenn er sie für wichtig hielt, wie zum Beispiel die berühmten Briefe von Isabelle Rimbaud, die Eluard ihm geschenkt hat. Wie kommst du auf die Idee, ich könnte dir etwas verkaufen, wenn alles der Stiftung gehört? Spinnst du? Gestern habe ich ja gesagt? Das bezweifle ich. Ich erinnere mich nicht. Jedenfalls haben wir Alten das Recht auf ein schlechtes Gedächtnis und darauf, uns zu widersprechen und unsere Meinung zu ändern, und heute verkaufe ich sie dir nicht. Um dir zu demonstrieren, wie gering Pablo Handschriften einschätzte, erzähle ich dir, wie ich ihn einmal zu einem Buchhändler in der rue des Saints-Pères begleitet habe, der in einer winzigen, dunklen Höhle sein Geschäft hatte, aber einer der wichtigsten Buchhändler von Paris war. Pablo hatte gerade *Lokis* von Prosper Mérimée gelesen. Er war von dieser seltsamen Geschichte des Wolfsmenschen, der die Phantasie der Romantiker entzündet hat, begeistert. Pablos großes Raffinement bestand darin, seine Lieblingsautoren in exquisiten Ausgaben zu lesen, nicht des Luxus wegen, sondern wegen der Authentizität, und er fragte den Buchhändler in der rue des Saints-Pères, ob er *Lokis* hätte. Der Buchhändler antwortete ihm, er habe leider sein *Lokis,* das er seit zehn Jahren besäße, ohne daß jemand es auch nur angesehen hätte, in der vorigen Woche verkauft. Pablo wollte wissen, was für eine Ausgabe es gewesen sei, worauf der Buchhändler, von professionellem Eifer gepackt, antwortete, es seien die Handschriften von *Lokis* gewesen, die er besessen habe, die Originale, *bien sûr,* keine Edition. Als

Pablo enttäuscht sagte, Handschriften interessierten ihn nicht, fing der Buchhändler an zu schreien, ein Ignorant wie er, der unfähig sei, ein Original von Mérimée zu schätzen, sollte seinen Laden nicht betreten. Natürlich, wenn es eine Erstausgabe gewesen wäre, hätte Pablo alles getan, sie aufzuspüren und sofort zu kaufen! Das heißt, nicht sofort, denn er hatte nie viel Geld in der Tasche. Er ließ, was ihn interessierte, zurücklegen und machte eine Anzahlung. Ich sage dir, das ist eine in Frankreich sehr angesehene Art zu kaufen, jedenfalls war es das zu meiner Zeit. Und dann, wenn er Geld hatte, ging er hin, um den Rest zu bezahlen und seine Bücher mitzunehmen. Ich erinnere mich, daß wir 1965, Pablo, Matilde und ich, in seinem Hotelzimmer in Paris waren, als er ein Telegramm erhielt, er solle das Geld seines Viareggio-Preises kassieren, 7000 Dollar waren es, glaube ich. Sofort steckte er das Telegramm in die Tasche, und Matilde und ich sahen ihn vom Fenster aus das Hotel verlassen und in seinem typischen Gang zur Bank gehen, um den Scheck zu kassieren. Eine Stunde war er fort. Er kam mit einem Arm voller Erstausgaben zurück, die er in verschiedenen Antiquariaten von Paris hatte reservieren lassen und die er jetzt mit dem Viareggio-Preis einsammelte. Du kannst ganz sicher sein, die Qualität seiner Bibliothek ist wirklich erstaunlich, Freddy. Ich teile deine Meinung, daß wir hier in Chile, weil wir nichts haben, glauben, daß alle Zusätze wie etwa ›Schule von‹ etwas Großartiges sind, und es bleibt uns nichts, als alles aufzublasen, wie die jungen Leute heute sagen, von unseren Tennis- und Fußballspielern bis hin zu unseren Erdbeben und unseren Revolutionen – und ganz zu schweigen von unseren Dichtern und Schriftstellern, denen gegenüber wir jedes Maß verlieren. Nimm zum Beispiel Gabriela Mistral, Nobelpreisträgerin, heute als Lyrikerin absolut unwiederbringlich, finde ich – nicht, was ihre Prosa betrifft, sagt man. Ich weiß das nicht, ich habe nie Prosa von ihr gelesen, und ich kann nicht sagen, daß der Gedanke, sie zu lesen, mich reizte. Und Huidobro ist ein gewaltiger Langweiler mit seinen Witzchen, und außerdem hat er die chilenische Dichtkunst mit dem ›französischen Übel‹ des

Surrealismus angesteckt, von dem sich die späteren Dichter nicht haben erholen können. Ja, hier wird alles aufgedonnert, Imitationen und Fälschungen, aber was sollen wir tun, hier hat es nie etwas gegeben. Die Leute ahnen nicht einmal den Wert von Pablos Bibliothek. Sicher, sie machen die Dinge auch klein aus lauter Neid oder um sie zu einem niedrigeren Preis zu bekommen, auf Auktionen. Und es wird keine Auktion geben, Freddy, das versichere ich dir. Ich blähe mich auf? Oder man bläht mich auf? Wer? Es kennt mich doch niemand mehr. Selbst Fausta vergißt manchmal, daß es mich gibt. Und zu Recht erinnert sich niemand, denn meine Bilanz sagt, daß ich nichts geschrieben habe, das bleiben wird, und ich akzeptiere das. Was soll's? Was sind ein paar Jahrhunderte, ein paar Jahrtausende Erinnerung, wenn man das gewaltige Ausmaß der Zeit bedenkt, die danach kommt? In meiner Jugend hielt ich mich für den chilenischen Lautréamont. Warum auch nicht, wenn ich seine Dichtung so sehr liebte und bereit war, kein eigenes Gesicht zu haben? Und dann Mallarmé ... und Saint-John Perse. Ich mußte bis zum Wahnsinn diese literarischen Masken, die ich mir aneignete, lieben, um mich lebendig zu fühlen. Mir bleibt meine Liebe zur Poesie – und die ist ewig und vergeht nicht mit den Jahrhunderten – so sehr, daß ich manchmal denke, sie sei eine größere Gabe als die, sie zu schreiben. Wenn ich etwas, das mir gefällt, richtig genieße, von Quevedo zum Beispiel, denke ich, daß es vielleicht nicht so schrecklich ist, kein großer Schöpfer zu sein, daß es aber wirklich grauenhaft gewesen wäre, unfähig zu sein, den finsteren und wurmstichigen Quevedo zu lieben, der trotz allem sagt ›*Morir vivo es última cordura*‹. Es muß schrecklich sein, wie du zu sein, armer Freddy, der nur weiß, wieviel die Dinge kosten, und sie nur darum schätzt. Wieviel kostet zum Beispiel ein Sonett von Quevedo oder eine Ode von Keats? Nichts. Das ist die Überlegenheit der Literatur, daß sie nichts kostet. Armer Freddy! Und wie geht es deiner Mutter? Sie ist gestorben? Wann? Nein, so etwas. So schön, wie sie war ...«

31

Es schlug zehn Uhr, und der Trauerzug sollte um elf Uhr aufbrechen, zur Zeit der größten Hitze. Immer mehr Personen kamen, um Don Celedonio zu begrüßen, der unter dem gelben Sonnendach saß, seine Zigarre im Mund und die Hände auf den Griff seines Stockes gestützt; dann stiegen sie zwischen den Büschen hindurch die Capri-Treppe hinauf, um noch einen Augenblick am Sarg zu verweilen, bevor er hinuntergebracht wurde. Von Lisboa angewiesen, organisierten die jungen Leute dieses Unternehmen, das schwierig werden würde, und gingen in kleinen flüsternden Gruppen zwischen dem oberen Treppenabsatz, der Küche und dem Patio hin und her und bis auf die Straße, um nach dem Leichenwagen Ausschau zu halten; einige von ihnen trugen rote Nelken in den Händen, als wären sie Komparsen bei einer Zarzuela, die auf das Zeichen des Inspizienten warteten, um auf die Bühne hinauszutreten. Der Efeu, der die Felsen rund um den Patio bedeckte, die schwarz glänzenden Büsche, ja selbst das Pflaster: alles war feucht, als hätten sich diese fleißigen Heinzelmännchen in der Nacht darum gekümmert, daß alles gegossen und frisch war für den letzten Tag Leben in diesem Haus, das sich langsam mit Journalisten füllte, mit Schülern, Kritikastern, Glaubensgenossen in der politischen und literarischen Schlacht, Musen der Vergangenheit und Anwärterinnen auf den Musenstatus für irgendeinen zukünftigen Helden. Trotz des nächtlichen Sprengens war der Patio stickig, und ein großer Schwarm Fliegen kreiste wild geworden in der Mitte des Raumes. Don Celedonio hatte immer zu Pablo gesagt: ›Viele Fliegen hier, Pablito, vielleicht dieselben, die die monströsen roten Hinterteile der Affen im Zoo besuchen.‹ Und Pablo hatte erzählt, daß diese Viecher mit den extravaganten Hinterteilen eines Nachts aus ihren Käfigen geflohen waren, weil der Wärter sich betrunken hatte, und in Bellavista eingedrungen waren und spielende Kinder bei Anbruch der Nacht erschreckten, weil sie sich von den Bäumen auf ihre Schultern fallen ließen, oder die Hausfrauen,

indem sie ihre scheußlich sarkastischen Masken in die Fenster hielten. Die Behörden jagten sie, bis sie in die Wälder der Berge flohen, wo sie sich wie im tropischen Urwald vermehrten und seitdem einen zweiten wilden Angriff auf Bellavista vorbereiten, das ihnen nicht wird widerstehen können und schließlich vor der Herrschaft der Affen kapitulieren würde. Diese Geschichte war sicher nur eine der Erfindungen, mit denen Pablo die Welt veränderte, indem er den Skeptikern versicherte, er höre von seinem Bett aus das Geschwätz der Nachkommen dieser Flüchtigen, die »die Freiheit gewählt hatten«, dem Gemeinplatz entsprechend, mit dem die Yankee-Presse die sowjetischen Dissidenten beschreibt, die sich weigern, in die UdSSR zurückzukehren.
Da vor Don Celedonio noch ein langer Tag lag, ging Fausta ohne ihn als Gastgeberin herum, ließ den verdienstvollen zweitrangigen Dichter in Freddys und Judits Obhut ausruhen, damit sie seine Kräfte einteilten. Fausta trug mit dem Anspruch auf strenge Trauer lange Drapierungen, die wegen ihres angeborenen Mangels an Zurückhaltung und wegen ihrer theatralisch wirkenden Arme und ihrem klimpernden Gehänge eher an ein Klageweib erinnerten, das einer protzigen Illustration des 19. Jahrhunderts für *Salambo* zu entstammen schien. Judit hörte nicht auf, eine gewisse Nostalgie nach dieser üppigen Neigung zu empfinden, die Freddy ihr ins Ohr flüsternd kommentierte:
»Es gibt keine kitschigere Kitschfigur als eine Kitschfigur in Schwarz.«
Aber Freddys Begriffsvermögen war entschieden begrenzt vom guten Geschmack und unfähig, den Salto, vielleicht mortale, in die Phantasie zu tun. Judit hingegen erschien Faustas Ausstaffierung bei dieser rituellen Gelegenheit, und auch weil sie etwas ihr so Fremdes war, auf seltsame Weise passend, obwohl ihr Rock eine Staubwolke aufwirbelte, wenn er über den Boden schleifte. War die Essenz der Weisheit des Alten nicht nur seine Toleranz allem gegenüber, was Fausta betraf, sondern das Zelebrieren ihrer Einfälle, ohne zu versuchen, sie zu kontrollieren? Zu Freddy sagte sie:

»... Pablo ist deswegen oft kritisiert worden. Ihr Reaktionäre seid die schlimmsten. Es ist, als würdet ihr spüren, daß er euch mit seinem intelligenten Mangel an Sektierertum bei euren Spielchen unterstützte, obwohl er aus dem gleichen Grund aus dem anderen Lager, innerhalb der Partei, kritisiert wurde. Das sind natürlich diejenigen, die Pablo am wenigsten verstehen, vor allem, weil die Welt der Ideologie eine essentiell puritanische Welt ist. Für die Ideologen hat das Vergnügen keinen Platz im Leben, auch nicht die Kunst und nicht die Poesie, weder Gemütsbewegung noch Sensibilität – es sei denn eine *bestimmte* Gemütsbewegung und eine *bestimmte* Sensibilität –, denn was sie angeht, dürfen Künstler weder spielen noch zweifeln, sich nicht widersprechen und nicht sie selbst sein, sie müssen sich vielmehr direkt mit einer gegebenen ›Wahrheit‹ gleichschalten. Alles ist Pflicht, Nützlichkeit, reiner Tanatos, nichts von Eros. Es stimmt, daß der arme Pablo uns ein kulturelles Erbe von gewaltiger Bedeutung hinterläßt mit seiner Poesie, die unvergänglich sein kann, weil sie die Lust und das Spiel in sich trägt. Er hat aber auch andere Dinge hinterlassen, kleinere, geheimnisvollere, seltsame Echos seines Wesens, die vielleicht nicht zu entschlüsseln sind. Die Dinge, die er gesammelt hat zum Beispiel, womit er sich zu umgeben liebte, um etwas Kindliches, das noch in ihm war, auszuleben, das auf irgendeine Weise mit der für alle Kinder typischen Habgier zu tun hatte. Er suchte diese Dinge in allen Winkeln der Welt, seine Talismane, seine Fetische, Symbole von recht verschwommener Bedeutung, Spielzeug des armen Kindes, das es, als es im Laufe seines Lebens zum reichen Kind wurde, kaufen konnte. In diesem Besitz verkörperte sich seine Lust an den materiellen Dingen, am Grundlosen, am Oberflächlichen, am Spiel, das wenig Platz hat in den Schemata des Puritanismus der Ideologen, die innerhalb irgendeines ihrer verdammten Systeme alles rational rechtfertigen müssen. Etwas ganz Typisches an Pablo war sein Antipuritanismus. Man hat ihn so sehr kritisiert, weil er ›wenig kommunistisch‹ war! Sie haben das Wesentliche einfach nicht begriffen, nämlich, daß seine Vorstellung von einem Bankett

etwas sehr altes war, ein komplexes und äußerst intelligentes Ritual, voller kultureller Echos, die weit über seine ›elementaren Oden‹ hinausgingen, die einfach als ›elementar‹ und folkloristisch interpretiert worden sind. Die Oden sind jedoch ein Zelebrieren, das nichts mit der krassen Schlichtheit des tellurischen Menschen zu tun hat, in den die Linke versuchte den echten Pablo zu verkleiden, um ihn zu einem Säulenheiligen zu machen, indem sie seine verteufelten Widersprüche und seine Verschmitztheit simplifizierte. Weißt du noch, wie er ein Haus mit einem hübschen Ziegeldach kaufte, das alle Welt bewunderte, und er als erstes die Ziegel abnehmen und das Haus mit Zink decken ließ, zum Entsetzen aller einheimischen Ästheten, die um ›unsere Sache‹ besorgt waren, und er erklärte, er habe das getan, weil er so gern den Regen auf dem Zinkdach hörte . . .?«
Die drei lachten noch in Erinnerung an diese Begebenheit, als Ada Luz zu Don Celedonio trat und ihm Kaffee anbot, ein unerträgliches »Käffchen«, dachte Judit.
»Soll ich ihn Ihnen hierher bringen?«
»Ja, danke, Ada Luz«, erwiderte er.
Judit sagte, sie und Freddy würden auch gern einen Kaffee trinken, sie sollte ihn aber nicht im Patio servieren, weil sonst alle Besucher auf diese Idee kommen würden. Sie folgten Ada Luz ins Eßzimmer. Lisboa öffnete die Tür und ließ zuerst Fausta eintreten, die hinzukam, als sie den Duft des Kaffees roch, während Ada Luz in die Küche ging, um die Tassen auf ein Tablett zu stellen. Ob sie für sich auch ein Täßchen dazustellte, überlegte sie sich. Nein. Sie gehörte nicht dahin, es stand ihr nicht einmal zu, sich an das andere Ende des langen Eßzimmertisches zu setzen. Ein Täßchen für Lisboa? Mit welchem Recht ging Lisboa in das Eßzimmer und setzte sich zu »den feinen Leuten«? Um sie zu demütigen, sie zu zwingen, ihn zu bedienen, als wäre sie seine Angestellte? Lisboa hielt sich für ihren Vorgesetzten, nicht, weil er gestern nacht mit ihr geschlafen hatte – ein bis zu einem gewissen Grad akzeptierbarer Grund für Überlegenheit –, sondern wegen seines widerlichen Triumphes in der Art der Totschläger, der sie gezwungen hatte, ihm zu gehor-

chen und niemandem von Señora Matildes Wunsch zu erzählen. Ich bringe dich um, wenn du das jemandem erzählst, hast du verstanden? – gestern im Bett duzte er sie, sein lässiger Akzent, entstanden durch ein Jahrzehnt fremder Sprachen, sein stählerner Körper, voller Feuer ohne Zärtlichkeit –, ich bringe dich um, Ada Luz, ich komme nie wieder zu dir, du wirst für immer allein bleiben und an mich denken, weil du schon zu alt bist, einen anderen zu kriegen, und Daniel und seinen Enkel wirst du auch nie sehen, wenn ich dir nicht helfe. Der Kaffee kochte heftig und brodelte in der Maschine. Ada Luz goß die Tassen ein und zitterte in der Vorahnung von etwas Schrecklichem, das in dieser Stunde geschehen konnte, bevor der Trauerzug aufbrach. Sie nahm die für Lisboa gedachte Tasse vom Tablett. Welches Recht hatte er? Er hatte sie schwören lassen, niemandem etwas zu sagen, weder Don Celedonio noch Fausta oder Judit. Warum nicht zum Beispiel Don Federico, den Lisboa in seiner Wut gestern nacht nicht erwähnt hatte und der jetzt nachdenklich den Zucker in der Tasse rührte, die sie vor ihm aufgestellt hatte? Vor wie vielen?, vor acht Tagen hatte Señora Matilde ihren letzten Wunsch geflüstert, ein revolutionärer Priester sollte ihr eine Totenmesse lesen, und sie, dumme Gans, hatte niemandem etwas davon gesagt, weil sie die Bedeutung gar nicht erkannt hat, bis Lisboa gestern im Dunkel der Treppe ihr das zu verstehen gab. Zu blöde, ihm ihr Geheimnis zu verraten. Aber wie konnte sie in einer Bemerkung einer sterbenden Frau so viele politische Zusammenhänge erkennen? Das war etwas für Verrückte. Obwohl es auch richtig war, daß sie sich, als Lisboa sie gestern abend auf derselben Stufe belehrte, daß keine Bemerkung der Witwe des Nobel- und Stalinpreisträgers Pablo Neruda nur eine einfache Bemerkung sei, wie von einem Hurrikan getroffen fühlte, der sie in eine Geschichte hineinzog, die um vieles größer war als ihre bescheidene Person, die weder danach trachten konnte, sie zu kontrollieren noch sie zu begreifen oder sich selbst zu schützen. Lisboa ja, Judit ja, aber sie nicht. Sie stellte ein Glas Wasser vor Lisboa, wie er es gern zu Kaffee trank, da er in Europa gelebt hatte, und trug dann den Kaffee ans andere Ende des Tisches, wo Don Federico einen Kommentar über die Stiftung fallenließ. Er sagte, wer weiß, ob ihm irgend etwas einfallen würde, um die juristische Abwicklung zur Genehmigung der Stiftung zu beschleunigen, indem er seinen Einfluß, seine Millionen, seine Macht, seine guten Dienste anbot, um die Akte aus der miesen bürokratischen Falle herauszuholen, in der sie festgehalten wurde. Schwierig, in dieser politischen Situation, aber, nun ja, er würde alles tun, was in seiner Macht stand.

»Wieviel wirst du dabei kassieren, Freddy?« fragte Judit.

»Ich tue das nicht aus Eigennutz, sondern aus Hochachtung vor Pablo und Matilde.«

»Daß ich nicht lache.«

»Judit«, rief Don Celedonio sie zur Ordnung. »Was verstehst du davon, Kind? Das kann unsere Rettung sein. Setz dich und halte dich ruhig. Also, Freddy ...« Judit setzte sich und erklärte Fausta und Don Celedonio erhitzt, daß Freddy bei den Abwicklungen für die Stiftung nicht nur helfen konnte, sondern daß es ausschließlich von ihm abhing, ob diese sich verzögerte oder nicht, daß dieser bestechliche Reaktionär, dieser Spitzel des Regimes die Macht hatte, den herrlichen Traum der Nerudas zu zerstören, etwas intellektuell Hervorragendes und von ganz anderem Ausmaß als die miesen, provinziellen, ärmlichen und abhängigen Projekte, die man in Chile gewohnt sei. Darum schmerze sie Freddys Handlungsweise so sehr.

»Welche Handlungsweise, Judit?« fragte Fausta.

In diesem Land, erwiderte sie, mache man alles über Kontakte und Vetternwirtschaft, jeder glaube sich in der Nähe der Macht und im Recht und der Pflicht, sie auszuüben. Freddy halte die Papiere der Neruda-Stiftung fest, um Pablos Projekt zu entwerten, nicht nur aus einer dunklen Eifersucht heraus, sondern weil es sich um ein Projekt von Leuten handele, die er als Kommunisten bezeichne, die indessen lediglich Kritiker dieses Regimes waren. Freddy verzögere das Projekt aus reinem Haß, sagte Judit.

»Wie gut du mich verstehst, Cousinchen! Kein Wunder, wir

sind von gleichem Blut. Aber sei nicht so schneidend, erinnere dich, heute morgen sagte ich dir, ich würde großzügig sein und helfen . . .«
»Ich verstehe dich nicht, Freddy«, sagte Fausta.
»Ganz einfach«, erklärte Judit vor Empörung knisternd und setzte sich wieder. »Weder ihm noch dem Regime paßt es, daß aus der Neruda-Stiftung etwas wird, das eine kontinentale Bedeutung haben und der KP Prestige verleihen wird. Heute morgen rief Freddy mich an, um mir mitzuteilen, daß er bereit sei, das, was wir seine politischen Ideale nennen könnten, ein bißchen zu verraten, für den Fall, daß es sich lohnt. Mit anderen Worten: Schmiergeld, ordinäres Schmiergeld.«
»Wozu willst du Geld, Freddy?« fragte Don Celedonio.
»Er will kein Geld. Er will die Briefe von Trotzki.«
»Meine stehen dir zur Verfügung, wenn die Abwicklung beschleunigt wird«, bot Don Celedonio an.
»Nein«, sagte Freddy, »ich will nicht deine, obwohl ich sie nicht unterschätze und der Augenblick noch kommen wird, wo ich sie kassiere. Wenn du sie zu dem Paket gibst, um so besser. Aber die, die ich haben will, die ich seit Jahren suche, sind die Briefe von Trotzki an Diego Rivera und Frida Kahlo, in denen er halb Mexiko und vielleicht halb Lateinamerika schuldig spricht am Blutbad der Anarchisten des POUM in Barcelona.«
»Die gehören der Stiftung.«
»Du hast gesagt, das Inventar sei noch nicht vollständig und niemand habe sie gesehen.«
»Du schlägst uns vor, diese Briefe zu stehlen und sie dir für deine Intervention bei den Behörden zu geben?« fragte Fausta verblüfft.
Man klopfte an die Glastür. Lisboa, der aufmerksam der Diskussion gelauscht hatte, stand auf und ließ den Jungen von der Jota herein, der die Ankunft des alten, vor kurzem aus dem Exil zurückgekehrten Ex-Senators Jualterio Larrañaga meldete, und zu den hier Versammelten meinte, es wäre höflich, wenn sie ihn einlüden, einen Kaffee mit ihnen zu trinken.

»Nein«, sagte Ada Luz aus ihrer Ecke und legte ihr Strickzeug auf einen Stuhl.
»Warum nicht?«
»Weil es Viertel nach zehn ist und der Trauerzug hier um elf Uhr aufbrechen soll. Wir haben keine Zeit.«
Lisboa verließ das Eßzimmer in der Absicht, die Persönlichkeit, deren Bedeutung diese Frivolen, die über einen Haufen alter Papiere stritten, gar nicht kannten, mit der gebührenden Hochachtung zu empfangen. Ada Luz stieß beim Forttragen der leeren Tassen mit ihrem Tablett gegen den zornig hinauseilenden Lisboa; es fiel ihr aus der Hand, und die Tassen und die Zuckerschale gingen in Scherben. Lisboa würdigte sie nicht eines Blickes, als er hinausging und mit seinen schweren Sohlen den Zucker und die Splitter des falschen Kristalls zertrat, ohne auf Ada Luz' Vorwürfe zu achten, die sich niederhockte und weinend die Scherben aufzusammeln versuchte.
»Was ist los?« fragte Judit und ging zu ihr, um ihr zu helfen.
»Nichts.«
»Lisboa ...?«
Der Name bewirkte, daß Ada Luz sich abrupt aufrichtete, um ihn nicht hören zu müssen, und jetzt schluchzte sie mit tränenüberströmten Gesicht. Und sich schneuzend ging sie zu Don Celedonio, Fausta und Freddy, während Judit in die Küche ging, um einen Besen zum Auffegen des Zuckers zu holen.
»Entschuldigen Sie, entschuldigen Sie!« bat Ada Luz winselnd wie vor einem Tribunal, das sie verurteilen sollte.
»Aber das macht doch nichts! Warum regst du dich so auf?« sagte Fausta großmütig, trank den letzten Schluck Kaffee und sah auf die Uhr. »Es ist zwanzig nach zehn. Der Leichenwagen muß gleich da sein. Ada Luz, mein Mädchen, man sollte Bescheid sagen, daß der Sarg hinuntergebracht wird. Aber mein Gott, was hast du denn ...? Warum weinst du so über diese Albernheit?«
Ada Luz' seltsam heftiges Weinen wischte alle anderen Sorgen weg. Judit ließ ihren Besen stehen und setzte sich solidarisch mit ihr aufs Fensterbrett. Sie weine nicht über die

Zuckerschale, stammelte sie, sondern weil sie bereue, alles bis jetzt verschwiegen und nur diesem gemeinen Lisboa gesagt zu haben. Er habe sie zu schweigen gezwungen. Wenn nicht die Drohungen dieses Kommunisten gewesen wären, hätte sie schon lange alles erzählt, log sie und belog sich tröstend damit selbst.
»Da siehst du, wie die Kommunisten überall ihre Finger mit drin haben!« sagte Freddy amüsiert über das, was sich zu einer Posse verwandelte mit verliebten Dienstmädchen, gestohlenen Dokumenten und allen übrigen Konventionen dieses Genre.
»Sei still, Freddy! Was mußt du erzählen, Ada Luz?« fragte Fausta, ungeduldig mit dieser Geschichte, die keine sehr interessante Auflösung versprach, weil die handelnden Personen so uninteressant waren.
Ada Luz ließ sich auf einen Stuhl fallen, versteckte den Kopf in ihren Händen und erzählte mit Schluckauf und Stöhnen die ganze Geschichte: die Salbung in Texas und den Wunsch, den Matilde kurz vor ihrem Ende geäußert hatte, daß nämlich ein Priester, einer von denen, die in den Slums leben, ihr eine Totenmesse lesen sollte.
»Warum zu Ada Luz und nicht zu mir?« fiel Fausta ein, offen ihren gekränkten Stolz zeigend.
Don Celedonio war aufgestanden und ging auf seinen Stock gestützt durch das Eßzimmer, langsam humpelnd, wie immer, wenn er aufgewühlt war. Die Zuckerkörner, die unter seinen Schuhen knirschten, ließen Ada Luz den Kopf heben, aber als sie Don Celedonio erklären hörte, das soeben Enthüllte sei tatsächlich etwas von größtem Ernst, das eine große Bedeutung im historischen Leben des Landes haben könnte, versteckte sie ihr Gesicht wieder im Haufen ihres Strickzeugs. Der Greis bestätigte, daß die Angelegenheit in diesem Augenblick doppelt wichtig sei, denn sie hätten wenig mehr als eine halbe Stunde, um die Anordnungen der Verstorbenen zu erfüllen, und niemand tue etwas . . .
»Jetzt ist es unmöglich, noch etwas zu tun«, meinte jemand.
Der zweitrangige Dichter bestand darauf, daß vielleicht noch etwas möglich sei! Wenn der Trauerzug wie vorgese-

hen um elf Uhr aufbrach, das heißt in achtundzwanzig Minuten, dann hatten sie eine Stunde, nämlich die Stunde, die man zu Fuß hinter dem Leichenwagen zum Friedhof ging und in der sie, die engsten Freunde, alles organisieren konnten, damit dort in der Friedhofskapelle eine Messe gelesen wurde, an der die Menge teilnehmen konnte. Das wäre herrlich! Die Behörden würden Maulaffen feilhalten! Die Opposition bei einem politischen Akt unter dem Zeichen des Kreuzes vereinigt! Fausta fragte Ada Luz über die Einzelheiten dessen aus, was Matilde ihr gesagt hatte, ohne sich Mühe zu geben, ihre Eifersucht auf die Empfängerin eines so gewaltigen Geständnisses zu zügeln, das sie vielleicht, weil sie von ihrer Krankheit so sehr geschwächt war, jemandem gemacht hatte, der ihm aus lauter Unwissenheit seinen verdienten Rang gar nicht hat geben können. Ada Luz hatte nicht nur fast die Absicht der Verstorbenen verraten, sondern beinahe eine Entwicklung politischer Positionen vereitelt, die den Weg der Eintracht und Mäßigung weisen konnten. Judit, nicht mehr so solidarisch mit Ada Luz wie noch einen Augenblick zuvor, schüttelte sie an den Schultern und fragte sie, warum sie geschwiegen habe.

»Lisboa. Er hat mir gedroht.«

»Womit hat er dir gedroht?«

Statt zu antworten warf Ada Luz sich Judit in die Arme und wiederholte in zusammenhangloser Form ein über das andere Mal Lisboas Name. Verliebt, die Ärmste. Wie dämlich! Welchen Blödsinn man doch aus Liebe macht! Wäre sie, Judit, in der Lage, sich so gehen zu lassen wegen Mañungo? Sie zitterte, als sie sich die Frage mit Nein beantwortete. In keinem Fall, nicht einmal wegen Ramón; damals, als alles Kameradschaft und Begeisterung und Martyrium gewesen war mit den dazu gehörenden verzweifelten Tränen, selbst damals war das Leben nicht in dieser Weise in Unordnung geraten, die etwas... etwas so Drüsenhaftes, so zutiefst Abstoßendes hatte. Nun ja, wer war Ada Luz? Wieso war sie plötzlich zur Hauptfigur in Pablos Haus geworden, der sie nicht einmal gekannt hat? Sie war ein Eindringling, eine Hysterikerin.

Das war die zivilisierte Diagnose aller Mitglieder der kleinen, nicht ganz neidlosen Versammlung. Fausta flüsterte Freddy zu, daß Ada Luz für so etwas eigentlich zu alt sei, als sie bemerkte, daß Don Celedonio ihr ein Zeichen machte, das sie sofort verstand. Nachdem sie in ihrem Notizbuch geblättert hatte, rief sie einen befreundeten Priester an, der in einem der Slums lebte, einer jener Priester, die erschossen werden von Leuten, die nie identifiziert werden und deren Tod ein von anonymer Hand mit einem Kreidekreis ummaltes Einschußloch in einer Mauer hinterläßt. Die Pest der Kirche, murmelte Freddy, Priester, die nur Unruhe stiften, wo alles ohne ihre Einmischung deutlich schwarz oder weiß wäre! Mit seinem Zeigefinger tippte er die auf dem Tisch verstreuten Zuckerkörnchen auf und lutschte sie. Fausta legte auf.
»Er ist nicht da«, sagte sie.
»Es bleibt keine Zeit mehr«, warnte Freddy.
»Ruf einen anderen Priester, Fausta«, drängte Don Celedonio.
In dem Augenblick, in dem Fausta wählte, stand Freddy auf. Er ging auf sie zu und nahm ihr sanft den Hörer aus der Hand, den sie ihm verblüfft überließ. Er spielte mit der schwarzen Telefonschnur, während er sprach:
»Ruf nicht an«, sagte Freddy, wie jemand, der einer lieben Freundin einen Rat gibt.
»Tu nicht, was er sagt!« rief Judit.
»Rufen Sie an, rufen Sie an!« kreischte Ada Luz von ihrem Stuhl und hob ihr tränennasses Gesicht. »Um Gottes willen, rufen Sie an, damit Señora Matildes Seele gerettet wird, die durch meine Schuld verdammt werden kann, und damit Gott mir vergibt!«
»Ruf nicht an!« befahl Freddy und hielt Faustas Hand fest, die sich anschickte, eine andere Nummer zu wählen. »Ich gebe zu, diese Sache mit der Messe ist wichtig! Da die Kommunisten noch keinen Dispens haben, die Messe zu lesen, obwohl sie ihn, wie die Dinge stehen, zweifellos in Kürze erhalten, läßt Lisboas Verhalten erkennen, daß sie Matildes Begräbnis in einen eigenen Karneval verwandeln wollen.

Was uns vielleicht sogar genehm ist, da solche spontanen Karnevalsveranstaltungen am Ende immer denen schaden, die sie beschwören. Es muß aber verhindert werden, daß sie Matilde zum Symbol der vereinigten Opposition machen, denn nichts darf die Opposition einigen. Das wäre um vieles schlimmer als irgendein Karneval. Vielleicht hat Ada Luz' Verschwiegenheit uns gerettet. Ruf nicht an, Fausta.«
»Im Gegenteil. Nachdem, was du gerade gesagt hast, will ich erst recht anrufen. Laß meine Hand los, Freddy! Laß mich los, wenn du nicht willst, daß ich dich mit Fußtritten hinauswerfen lasse!«
»Damit in den Zeitungen steht, daß der distinguierte Finanzmann Freddy Fox von den Extremisten, die das Haus der Witwe des Nobelpreisträgers besetzt hatten, auf gemeine Weise hinausgeschmissen worden ist? Nein. Du wirst mich nicht mit Fußtritten hinauswerfen. Das ist nicht gut für dich«, sagte er lachend, ließ ihr Handgelenk los und spielte weiter mit dem Telefonkabel.
»Zwanzig vor elf«, sagte Fausta und wählte, »und du hast nur noch wenig Zeit für deine Machenschaften, Freddy.«
Nachdem er sie losgelassen hatte und während Fausta den Teilnehmer anwählte, der nicht antwortete, setzte sich Freddy auf die Ecke des Eßzimmertisches, der unter seinem Gewicht ächzte. Freddy war beunruhigt und löste beim Sprechen das schwarze Kabel vom Tischbein, und während er das tat, sagte er mit einem solchen Ernst, daß Fausta, um ihm zuzuhören, aufhörte zu wählen, den Finger aber nicht von der Scheibe nahm:
»Ruf nicht an, Fausta. Hier mein letztes Angebot. Das ist wirklich das letzte, das sage ich euch, und wenn ihr es nicht annehmt, dann ist die nächste Etappe eben der offene Krieg. Das ist mein Angebot: Wenn du deinen Priester nicht anrufst, damit er die Messe liest, schwöre ich dir bei meiner heiligen Mutter, daß ich auf direktem Weg von hier zu meinem Büro gehe und in einer halben Stunde die Dokumente unterschrieben habe, die die Pablo-Neruda-Stiftung genehmigen, Papiere, die in diesem Augenblick und seit geraumer Zeit auf meinem Schreibtisch liegen, damit ich darüber

entscheide. Diese Leute sind, wie ihr begreifen werdet, recht primitiv und verstehen nicht viel von diesen Dingen, also schieben sie sie mir zu. Und sobald ich die Papiere unterschrieben habe, setze ich mich zum Wächter über die Stiftung ein, damit unter meiner Führung alle Klippen sicher umschifft werden. Als Gegenleistung werdet ihr, die sogenannten Gemäßigten, die Gefährlichsten von allen, keine Totenmesse arrangieren, sondern zulassen, daß die Kommunisten als führende Veranstalter auftreten und, wenn sie wollen, einen zurückhaltenden Krawall inszenieren.«

»Was ist dein Preis?« fragte Judit. »Daß wir die Trotzki-Briefe aus dem Neruda-Nachlaß stehlen, um dich damit zu bezahlen?«

Freddy lachte. Während er sprach, machte er eine Art doppelter Schleife mit dem schwarzen Telefonkabel, ohne daß er zu sehen schien, was seine unruhigen Hände taten:

»Trotz aller Greuel, die du durchgemacht hast, bist du im Grunde schlicht, Judit. Weder die Trotzki-Briefe noch sonst etwas von dem, worüber wir hier gesprochen haben, hat eine mehr als zweitrangige Bedeutung im Vergleich dazu, daß ich die Macht haben will, sie verteidigen will, nicht loslassen will, um nichts in der Welt, um keinen Preis. Ich füge mich der Tatsache, daß ich die Trotzki-Briefe verliere ... im Augenblick. Sie müssen großartig sein, und ich hoffe, Celedonio, daß du sie mir eines Tages zeigen kannst! Es tut mir sehr leid, daß du sie mir nicht verkaufen willst, sie mir nicht ... nicht überlassen willst. Aber ich bin zufrieden, denn dieses Mal habe ich einen guten Kauf getätigt. Ich habe euer Schweigen gekauft, und ich zahle, indem ich euch die kleine Stiftung gebe.«

Da gab es nicht viel zu überlegen. Freddys Zynismus war erstickend. Zweifellos wäre die Sache mit der Messe – falls man sie überhaupt noch arrangieren könnte, was bei der verstreichenden Zeit immer unmöglicher wurde – sehr auffällig, sicher, aber nur – wie soll man sagen – vorübergehend publikumswirksam, etwas, das nach einem Tag überquellender Begeisterung vergehen würde und dann, wie alles in diesem Land, selbst die unglaublichsten Missetaten,

verschwiegen und, mit dem Erscheinen einer schlimmeren Missetat, vergessen sein würde. Die Stiftung dagegen war etwas Solides, Reales, etwas für die Zukunft von vielen Generationen, die in diesem Hause, wo dank des Testaments von Pablo alles kohärent und positiv werden würde, lernen konnten. Sich kaufen lassen, indem man zuließ, daß die Messe, Matildes letzter Wunsch – so sagte es jedenfalls diese unbekannte Person Ada Luz ohne andere Zeugen –, verschwiegen wurde? Es lohnte, sich für diesen Preis kaufen zu lassen. Nachdem die Sache unter ihnen entschieden war, ohne Ada Luz zu fragen, die eingeschlafen war, den Kopf in ihrem Nest aus grüner Wolle, fragte Don Celedonio Freddy:
»Sind wir also alle schamlos, weil wir alle unseren Preis haben?«
»Wenn du das in deinem Alter und nach allem, was du gesehen hast, nicht weißt, wird es niemand jemals wissen, Celedonio. Auf jeden Fall ist es besser, nichts zu dramatisieren, meinst du nicht auch?«
»Doch. Wenn du tust, was du versprochen hast, schenke ich dir meine eigenen Trotzki-Briefe als Trostpflaster. Meine armseligen vier Briefe sind nicht vergleichbar den Briefen von Frida und Diego, aber sie sind besser als nichts ...«
Don Celedonio war nicht zu alt, um die Ironie in Freddys Augen zu übersehen, als der ihm für seine Spende dankte. Er beschloß in diesem Augenblick, daß er, zu Hause angekommen, als erstes seine Trotzki-Briefe verbrennen würde, weil sie nicht einmal den bescheidenen Wert besaßen, den er ihnen gegeben hatte: Sie würden Freddy zum Lachen bringen; für ihn wären sie bloß Papier, denn er gab sich nur mit Angelegenheiten von wirklicher Bedeutung ab. Trotzdem sagte der Finanzmann:
»Ich werde sie zu gegebener Zeit kassieren.«
Durch die Tür sahen sie, daß sich in den vergangenen Minuten, je näher die Zeit für den Aufbruch des Trauerzuges rückte, eine Menge Menschen versammelt hatte, die die Kränze und Sträuße trugen. Judit ging zu Ada Luz und weckte sie, damit sie Marilú abhole und zum Friedhof bringe.

»Lisboa«, rief Fausta und sah auf die Uhr.
»Ja.«
»Vier vor elf! Man muß den Sarg herunterbringen.«
»Wer wird ihn heruntertragen?« fragte Freddy.
Alle sahen sich an und haßten sich.
»Die Jungen von der Jota«, ordnete Don Celedonio an, und Lisboa ging, um seine Befehle zu geben.
»Gut«, sagte Freddy.
»Gut«, nickte Don Celedonio.
»Aber welche Sicherheit habe ich?« fragte Freddy, der noch am Tisch saß, plötzlich, »daß nicht einer von euch, sobald ich euch den Rücken zuwende, einen eurer kommunistischen Priesterchen anruft?«
»Freddy, um Gottes willen!«
»Was fällt dir ein!«
»Natürlich fällt mir das ein. Jetzt sind die Dinge nicht eine Frage von Abmachungen unter Gentlemen, sondern von Opportunität, von Intrige. Alles kann geschehen«, sagte Freddy, zerrte heftig an dem Telefonkabel, mit dem er die ganze Zeit gespielt hatte, und riß es ganz aus der Wand, wobei ein Teil vom Verputz mit herunterfiel. »Um Versuchungen zu vermeiden«, erklärte er.
Faustas überraschter Aufschrei und ihr Schluchzen kamen gleichzeitig; das Gesicht überströmt von Tränen des Schreckens vor einem solch willkürlichen Vorgang, lief sie in der prallen Sonne die Capri-Treppe hinauf. Unten hörte man ihre Seufzer; sie bewegte, ein wenig automatisch, die Lippen, als sammele sie ihre Erinnerung an irgendeine von den Gebeten der Frauen vergessene Fürbitte, die oben um den Sarg die traditionellen Litaneien rezitierten. Judit blieb unten und sah zu, wie man diese finsteren schwarzen Bretter ungeschickt herunterbrachte. Sie dachte an die Todesstarre der weißen Hündin gestern nacht, die sie hatten liegenlassen, und an Matildes Körper, jetzt auch schon steif, der sich zum letzten Mal bewegte: Objekt zwischen dem weißen Taft des Todes.

32

Als Mañungo mit Jean-Paul an der Hand aus dem Fahrstuhl kam, sah er Lopito, der sich auf den Portier stützte und ihn etwas fragte. Sein erster Impuls war, sich vor ihm zu schützen, umzukehren, ihm auszuweichen oder zu fragen, ob man ihm nicht einen anderen Ausgang zeigen könne, um das Hotel zu verlassen. Sein zweiter Impuls war – verbunden mit der Erkenntnis, Lopito zu fürchten, sei absurd, da der den Auftritt von heute früh bei Judit sicher schon vergessen hatte –, Jean-Paul vor jener Aggressivität zu schützen, die sich bei seinem Freund, seit er ihn wieder in Chile hatte auftauchen sehen, zweifellos gegen ihn aufgestaut hatte. Seit wie vielen... sechzehn, achtzehn Stunden? Achtzehn Stunden! Unglaublich! Alles hatte sich in dem kurzen Zeitraum von achtzehn Stunden zugetragen! Selbst sein durch die Vernachlässigung seines Sohnes, dessen Mißtrauen ihn jetzt quälte, angezettelter phantastischer Heiratsantrag! Er ging auf Lopito zu, ohne daß der ihn sah. In seiner Begleitung an Matildes Beerdigung teilzunehmen, war weder unbedingt die angenehmste noch die feierlichste Vorstellung für ein Ereignis, bei dem er Ruhe vorgezogen hätte. Lopito würde sich zweifellos seiner bemächtigen, ihn führen und anweisen, wen er grüßen dürfe und wen nicht, wer ein Verräter sei und wer nicht, wer dumm sei und wer nicht, welche Frauen zu haben seien und welche nur so aussahen... Nun ja, Lopito würde ihn monopolisieren und ihn vor allem daran hindern, einen spontanen Kontakt zu Kameraden aufzunehmen, die er sicherlich nach so langer Zeit wiedertreffen würde, die alle erfreut wären, wenigstens einen Teil seines Wiedersehens mit der Stadt mit ihm zu bestreiten.

Gerade bevor er Lopito an der Schulter berühren und ein gütiges Begrüßungslächeln auf den Lippen andeuten wollte, überkam ihn der Wunsch, den er jedoch unterdrückte, diese Schulter nicht zu berühren und mit seinem Sohn direkt nach Chiloé zu fliehen, um den Regen auf das Dach schlagen zu hören und neben den Alten am Feuer die Er-

zählungen aus uralter Zeit wieder zu lernen, die vom vielen Wiederholen geglättet waren wie rundgehobelte Ecken, statt sich diesem traurigen Tag in Lopitos Begleitung zu stellen und an dem Begräbnis teilzunehmen, das der tölpelhafte politische Kampf seines gefühlsmäßigen Widerhalls berauben würde.
»Lopito!«
Lopito drehte sich brüsk um, als greife man ihn an, als ob sich sein ganzes Leben auf die einzige, armselige Geste der Verteidigung reduzierte. Als er seinen Freund erkannte, ließ er jedoch sofort alle damit einhergehende Vorsicht fallen und begrüßte ihn herzlich. Mañungo hielt Jean-Paul fest an seiner Hand. Der Junge sah Lopito mit der Verblüffung dessen an, der ein Naturphänomen betrachtet, das gefährlich sein könnte.
»Ist das Jean-Paul?« fragte Lopito.
»Juan Pablo, mein großer Freund Lopito.«
»Bonjour, Monsieur.«
Juan Pablo. Nicht das spöttische, fehlerhaft ausgesprochene Jean-Paul. Der kleine Ölzweig, angeboten als morgendliche Gabe seiner guten Absichten, seines Bedauerns, seiner Zerknirschung. Die Dinge würden letztlich doch nicht so schlecht ausgehen, wenn er diese Haltung beibehielt. Es war offensichtlich, daß es seine Absicht war, die Szene bei Judit vergessen zu lassen und neu anzufangen. Er war peinlich sauber, das Haar naß gekämmt und in der Mitte gescheitelt, wie ein Kind, das in die Schule geht, bevor der Trubel der Prügeleien des Tages sein gesetztes Aussehen verändert; Krawatte, geputzte Schuhe, alles an ihm predigte guten Willen. Seine kleinen Augen mit zu den Schläfen abfallenden Winkeln glänzten nicht wie sonst, weil seine Pupillen wie zwei dunkle Scheiben waren, die das Schuldgefühl hinter seinen dichten Wimpern verbargen. Juan Pablo beobachtete ihn wie ein Tier im Zoo und notierte, was ihn anders machte, als er war.
Ja, erklärte Lopito, er sei gekommen, um sie abzuholen, denn Santiago sei in den letzten Jahren sehr gewachsen, und sie würden nicht allein zum Friedhof finden. War es

nicht unglaublich nett von ihm, daß er sich so um sie kümmerte? Lopito schnaubte beim Sprechen, aber Mañungo fiel ein, daß er immer ein wenig geschnaubt hatte, und überdies zündete er sich schon wieder eine Zigarette an.
»Und ratet mal, wen ich mitgebracht habe«, fragte er strahlend.
Eine schreckliche Sekunde lang fürchtete Mañungo, daß Lopito in seiner Lust, ihn in schwierige Situationen zu bringen, eingefallen war, Judit mitzuschleppen, was über die Peinlichkeit hinaus, ihr zum ersten Mal nach gestern nacht vor Dritten zu begegnen, ohne vorher ihre Situation geklärt zu haben, bedeuten würde, daß er Jean-Paul die Anwesenheit seiner Freundin erklären müßte, der es dann schon schaffen würde, diesen Tag, der sowieso nicht der einfachste in seinem Leben sein würde, unerträglich zu machen.
»Wen?«
»Moira.«
Zuerst sagte Mañungo der Name nichts. Lopito bemerkte es und erklärte: »Moira López.«
Lopita. Natürlich. Wieso erinnerte er sich nicht dieses prätentiösen Namens einer kubanisch-New Yorker Primaballerina? Natürlich, diese Lopita hatte einen noch pittoreskeren, deftigeren Namen, von kreolisch pikareskem Klang. Er versuchte positiv auf diese Ankündigung zu reagieren, aber er zweifelte nicht daran, daß ihre Gegenwart den Tag noch unangenehmer und Jean-Paul noch schwieriger machen würde, wenn Lopita so häßlich war, wie er befürchtete. Lopito war rot geworden, wie ein Bräutigam, der seine Braut aus der Provinz mitbringt, um sie seiner vornehmen Familie vorzustellen. Er erklärte, daß er sie nicht nur mitgebracht habe, damit sie an dem Begräbnis von Matilde teilnehme, sondern damit das Mädchen Juan Pablo willkommen heiße und sie zusammen spielen könnten.
»Wo ist sie?« fragte Mañungo.
»Da drüben«, erwiderte Lopito leise, als wolle er niemanden stören, und deutete in einen entfernten Winkel der Lobby. »Sie sieht fern. Das mag sie zu gern. Wir haben keinen Fernseher.«

Mañungo und Jean-Paul, der seine Hand nicht losließ, drehten sich gleichzeitig um. In einem dunklen Winkel der Halle sahen sie, ruhig wie eine Puppe auf einem riesigen Kissen vor dem Fernsehapparat sitzend, ein in lilafarbenen Kattun gekleidetes Mädchen, dem zwei dünne und steife Zöpfe mit weißen Schleifen stolz auf den Rücken hingen. Sie war regungslos und schien nicht einmal zu atmen, um nur nichts zu versäumen, was sich auf dem Bildschirm abspielte. Mañungo sagte zu Jean-Paul, er solle zu ihr gehen und sie begrüßen und sie mitbringen, weil er Moira López kennenlernen wolle. Aber als er sah, wie er die Hand seines Vaters losließ, nahm Lopito die Hand des Jungen. Lopitos Gesichtsausdruck hatte sich verändert. Er lächelte Jean-Paul mit einer so echten Sanftheit an, daß dieser nicht anders konnte, als ihm mit der Andeutung eines Lächelns zu antworten. Darauf ging er vor ihm in die Hocke und bat ihn sehr vorsichtig:

»Lache bitte nicht über sie, wenn du sie häßlich findest, ja? Nein, natürlich wirst du das nicht, du bist schon ein Mann und tust ihr nicht weh. Außerdem kann sie dich unterhalten, mit Pirouetten, die kann sie schon, denn wenn sie groß ist, will sie Tänzerin werden. Ich gebe zu, die Ärmste sieht ein bißchen lächerlich aus, wenn sie Entrechats macht, aber ich denke, vielleicht kann man ihr komische oder schreckliche Rollen geben. Geh nur, Juan Pablo. Du bist intelligent und verstehst, worum ich dich bitte. Schön, sie ist auch intelligent und versteht alles. Mehr, als ihr in ihrem Alter guttut, die arme Kleine. Aber lache nicht über sie, denn ich habe sie davon überzeugt, daß sie wunderschön ist. Was sie am meisten schmerzt ist, mir weh zu tun. Verstehst du? Also, ich wollte dir das sagen, für den Fall, daß du verstehst, obwohl ich weiß, daß du nur Französisch verstehst. Geh ...«

Mañungo reichte Lopito die Hand und half ihm auf und meinte, es sei gar nicht gut, so mit Kindern zu sprechen. Zum Glück verstehe Juan Pablo kein Spanisch, so daß er wahrscheinlich den ganzen Unfug nicht verstanden habe, den er über Lopita gesagt habe. Das beste sei, den Jungen

selbst handeln zu lassen, denn es genüge, daß ein Erwachsener ihm etwas sage, damit er genau das Gegenteil tue. Außerdem sei Jean-Paul zivilisiert genug, um sich gegenüber einem kleinen Mädchen, das er gerade kennengelernt habe, anständig zu benehmen. Zu Jean-Paul sagte er, auf Moira López deutend, die sie noch nicht gesehen hatte:
»Allez-y, donc. Elle s'appelle Moira.«
Sie sahen ihm nach, auch der Portier sah ihm nach. Juan Pablo ging schnell, wich mit Pirouetten einem Kissen, einem Sessel, einem Tischchen aus, aber weiter hinten, im Dunkeln, wurden seine Schritte kontrollierter, je näher er zu dem Mädchen kam, bis er schließlich unbeweglich hinter ihr stehenblieb, während sie hingegeben auf den Bildschirm sah. Dann berührte er ihre Schulter. Das Mädchen drehte sich um. Mañungo konnte sie von dort, wo er stand, nicht sehen, so daß er die Richtigkeit dessen, was Lopito über das Aussehen seiner Tochter gesagt hatte, nicht überprüfen konnte. Er konnte aber erkennen, daß das Mädchen, zwischen seinen Kattunflügeln auf dem Kissen sitzend, zu Juan Pablo sprach und ihre Händchen bewegte, um zu unterstreichen, auszudrücken, zu erklären, und Juan Pablo sah sie an und hörte ihr aufmerksam und erstaunt zu. Immer noch redend rutschte sie von dem Kissen. Sie drehte sich rasch, so daß ihre Zöpfe und ihre Volants während der Drehung horizontal lagen. Dann verbeugte sie sich vor ihrem neuen Freund und setzte sich wieder auf das Kissen und rutschte zur Seite, damit Juan Pablo sich neben sie setzen konnte, was er ohne Umstände tat. Die Väter der beiden gingen nicht zu ihnen, riefen sie auch nicht, obwohl sie zu spät zur Beerdigung kämen, weil sie gespannt auf die Silhouetten ihrer Kinder vor dem Bildschirm starrten. Mit dem Rücken zu ihnen auf dem Kissen sitzend, sprach Moira weiter, als erkläre sie, was auf dem Bildschirm geschah, mit so lustigen Bewegungen ihrer kleinen Hände, Hände einer Schauspielerin, daß Jean-Paul laut auflachte.
»Das erste Mal, seit wir in Chile sind«, sagte Mañungo.
»Ein gutes Zeichen«, nickte Lopito.
Mañungo fürchtete, daß sein Sohn über Moira López ge-

lacht hatte, genau das, was er nicht tun sollte. Ihr Vater bemerkte Mañungos Unbehagen und sagte ihm, er solle ganz beruhigt sein, er sei ein Experte, was das von Lopita provozierte Gelächter angehe – ob man *mit* ihr oder *über* sie lache –, und dieses Lachen, das könne er ihm versichern, bedeute, daß Jean-Paul *mit* ihr lache, und das sei sehr schön. Die Kinder rutschten dann, nachdem sie den Fernsehapparat ausgeschaltet hatten, von dem Kissen – Juan Pablo nahm Moira López' Hand, eine Aufmerksamkeit, für die sie mit einer höflichen Verbeugung dankte – und gingen zusammen zu ihren Vätern. Als sie herankamen, machte das Mädchen vor Mañungo wieder eine Pirouetten-Verbeugung, wobei sie die Volants ihres Sonntagskleides mit den Fingerspitzen hielt. »Das sind Affigkeiten, die ihr ihre Mutter, die dumme Flora, beibringt, damit sie an ich weiß nicht welchen idiotischen ›lebenden Bildern‹ im Stadtteil mitmachen kann«, erklärte Lopito.
»Bezaubernd!« log Mañungo.
»Guten Tag«, sagte sie. »Sind Sie der Papa von Jean-Paul?« Sie sprach den französischen Namen des Jungen vorsichtig aus, als hätte sie es gerade erst gelernt und als gute Schülerin den ganzen Morgen geübt.
»Ja. Und du bist Moira López, nicht wahr?«
»Ja. Das ist ein Name für eine Tänzerin. Nicht wahr, Jean-Paul?«
»Ja«, wiederholte der auf spanisch.
Lopita war wirklich außergewöhnlich häßlich. Das uralte Aussehen ihres langen und dunklen asiatischen Gesichtes – das Gesicht ihres Vaters – bewirkte, daß ihr Kopf viel zu groß wirkte für den zarten Rumpf und die dünnen Beine eines siebenjährigen Mädchens. Ihre Zahnwurzeln waren lang und violett wie bei ihrem Vater; die Nase ragte scharf heraus. Die Schlitze ihrer Augen waren noch schmaler als bei ihrem Vater, so daß Mañungo zunächst die Seele in ihnen nicht erkennen konnte. Aber als Lopita lächelte und den Film erklärte, der im Fernsehen gelaufen war, leuchteten diese Augen auf und verwandelten das Gesicht dieses häßlichen Mädchens in eine glorreiche groteske Maske mit

einer unglaublichen Sensibilität für Kunst, für Kultur. Mañungo und Juan Pablo hatten Masken wie diese in gotischen Dachtraufen und an umbrischen Ecken italienischer Gärten gesehen, und es war leicht, sie als Stil, als Kunst zu erkennen und zu bewundern. Andererseits trug Lopita ihr Sonntagskleidchen mit großer Sorgfalt, blitzsauber und das Haar straff, keine Strähne unordentlich, feucht und nach Kölnisch Wasser duftend, so daß ihre Häßlichkeit die Perfektion einer Idee verkörperte, nicht viel anders als Gegenstände vollkommener Schönheit. Ihr Lächeln, als sie die Hand ihres Vaters nahm, war so vertrauensvoll, als wolle sie mit ihrer Freude die große Unsicherheit dieses Mannes beruhigen. Sie war es, nicht er, die mit der Unsicherheit zu leben gelernt hatte.

Jean-Paul fing zuerst an:

»Son papa dit qu'elle est moche, mais ça n'est pas vrais. Elle n'est pas moche du tout. Elle est étrange, comme un personnage de fabliau, plutôt mignonne, comme un gnome. Ou une gnomesse. Gnomesse est le féminin de gnome, papa? Elle est rigolette. Je comprends tout ce qu'elle dit . . .«

»Das geht gut mit den beiden«, sagte Mañungo lachend, wenn auch mit einem Fünkchen Besorgnis.

»Gefalle ich dir als Mitschwiegervater?«

»Allons-y, papa?«

»Où ça?«

»Au cimetière.«

»Je croyais que tu ne voulais pas y aller.«

»Je veux voir la révolution, dont Moira parle.«

»Ziemlich politisiert, meine Kleine, he.«

». . . et le couvre-feu«, fügte Juan Pablo begeistert hinzu.

»Er wird fallen . . ., er wird fallen . . .« sang Lopita und klatschte dazu in die Hände.

»Gehen wir zur Revolution, Jean-Paul?«

»Je peux aller avec Lopita, papa?«

»Elle s'appelle Moira.«

»Elle m'a dit de l'appeler Lopita, si je veux.«

»Bon.«

»Gehen wir?« lud Lopito ein.

Und sie gingen zum Ausgang des Hotels, die beiden Kinder, sich hüpfend an den Händen haltend, vor ihren Vätern, die ihnen zufrieden folgten.

33

Sie waren der letzte Schrei in Sachen Raffinement, diese grauen Autos mit den getönten Scheiben, die es vielleicht schon früher gegeben hatte, deren Auftauchen aber erst in letzter Zeit bemerkt wurde, hier und da zwischen gewöhnlichen Fahrzeugen parkend, zwischen denen sie sich versteckten. Ihre Scheiben waren nicht vollständig getönt, nur der obere Teil jedes Fensters und die Windschutzscheibe, um die Gesichter der Insassen zu verbergen, die, so wurde gemunkelt, neben anderen noch unheimlicheren Dingen damit beauftragt waren, sich über Funk mit einer zentralen Datenbank in Verbindung zu setzen, die über die ganze Bevölkerung, die heute zum Friedhof strömte, Auskunft zu geben in der Lage war. Die dunklen Scheiben verdeckten nur die Gesichter und ließen die steifen Oberkörper kopfloser Schaufensterpuppen frei, die mit ihren muskulösen, über der Brust gekreuzten Armen den Augenblick erwarteten, über die Menge herzufallen, die aus den Nebenstraßen zur Recoleta-Allee strömte, um an dem Begräbnis von Matilde Neruda teilzunehmen; eine Menge, die an den grauen Autos vorbeiging, ohne ein Wort über sie zu wagen.
Ohne Angst – oder mit einer anderen Art von Angst – sprach man dagegen von den grünen Mannschaftswagen, die, gespickt mit Helmen und Maschinenpistolen, in den Straßen um den Friedhof aufgestellt worden waren, und über die Uniformierten, die an einigen Ecken Wache hielten. Die Leute blieben stehen und kauften ein Eis, einen fuchsienroten Luftballon, um ihn zu verschenken, eine Tüte Erdnüsse, ein Päckchen Popkorn, rosa und gelbe Zucker-

mandeln, Turrón*, Mote con huesillos**, und sahen die gefürchteten Polizisten – wenn auch nicht so sehr gefürchtet wie jene, die ihre Gesichter hinter den Autofenstern verbargen –, ohne mit der Wimper zu zucken, an.
Was wollten die hier, was war an einem Tag wie heute ihr besonderer Auftrag? Man sah diese grauen Wagen oft an verschiedenen Stellen der Stadt auf irgend etwas warten, bereit, heimlichen Alarm zu schlagen und sich untereinander mit so geheimnisvollen Geräten, den Antennen der Nachtfalter gleich, in Verbindung zu setzen. Selten fuhren sie in die Außenbezirke, wo Nacht für Nacht Barrikaden aus Autoreifen brannten, und wo die Wände einiger Wellblech- oder Holzhütten das Einschußloch einer Kugel aufwiesen, mit dem berühmten Kreidekreis, der die Kugel kennzeichnete, die an einem nie aufgeklärten und nie verziehenen Tod schuldig war. Sie lauerten an Tagen, an denen Protestmärsche oder Streiks stattfanden, eher im Umkreis der Häuser, in denen Prominente wohnten, in den ruhigen bürgerlichen Vierteln mit militärischem Flair, warteten unauffällig unter den Bäumen an den Kreuzungen oder in der Nähe von Plätzen, an die sie eine Bombendrohung gelockt hatte, kreisten um eine Ecke, an der ein Opfer von seinen Häschern liegengelassen worden war.
Die hinter diesen Scheiben versteckten Augen sahen den Krüppel aus dem Bus der Linie Matadero-Palma kommen. Nachdem die Fahrgäste an der Ecke der Friedhöfe ausgestiegen waren, hob er sich, während er mit dem Chauffeur scherzte, an seinen langen Affenarmen von der Plattform auf das Trittbrett hinunter, setzte zuerst sein Rollbrett auf das Pflaster und ließ dann seinen Rumpf darauf fallen. Dann verabschiedete er sich fröhlich winkend vom Chauffeur – hinter den dunklen Scheiben versteckt, notierte jemand die Nummer des Busses –, stieß sich mit den Handflächen auf dem Boden ab und verlor sich in der Menge auf dem Gehsteig.
Das Taxi hatte Mañungo mit Lopito und den Kindern einige

* Süßigkeiten aus Mandeln oder Nüssen mit Honig (Anm. d. R.)
** gekochter Mais mit Dörrpfirsich (Anm. d. R.)

Blocks vom Friedhof entfernt abgesetzt. Es war ihnen lieber so, denn der Verkehr in diese Richtung wurde immer stokkender. Da sie zu früh da waren, schlug Lopito vor, noch ein bißchen die Alleen entlangzuschlendern, damit sein Freund sich wieder an Chile gewöhne; den Wert dieses Chilenisierens zog er allerdings in Zweifel, so wie die Dinge im Lande standen. Unsere einzige Zukunft, sagte er, sei im Augenblick wohl, geknebelt, gefesselt, gequält und versklavt zu verschwinden. Es bleibe einem nur noch, Nihilist zu sein und jede Ideologie, die eine Lösung verspreche, zu verwerfen. Wozu die Bemühungen um Eintracht, wenn die einzige Antwort aus den Maschinenpistolen komme? Welche Möglichkeit sehe Mañungo für diese passive, unterwürfige Menge um sie herum? Bemerke er nicht, daß das Elend so groß sei, daß es leicht sei, die Menge mit einem Glas Mote con huesillos zu erobern, um nicht zu sagen, zu verführen oder zu kaufen, mit dem gemeinen Duft von ein paar über Holzkohle gebratenen Blutwürsten, mit einem Witz, der einen Minister lächerlich macht? Das ganze Leben dieser Unschuldigen, die in ihrer nach verschwitzten Kleidern riechenden Flut sie mitreißen würde – erklärte Lopito, als ließe ihn die Hitze nicht genauso riechen –, sei mit Politik durchsetzt wie mit einer ätzenden Flüssigkeit, die sie am Ende auffressen würde. Weder in der Liebe noch in der Kunst, noch im Handel, nicht einmal im Sterben, wie heute deutlich werde, sei es möglich, sich der Politik zu entziehen, indessen könne man auch nicht daran teilhaben, weil das Regime über das Monopol verfüge, und so, ohne verwirklicht zu werden, bräuchten sich die Ideen auf und die Leidenschaften würden schäbig bei dieser Prozedur hinausgezögerter, verbaler Masturbation.

»Beginnen wir, zum Beispiel, jetzt ein Gespräch über irgendein Thema«, fuhr Lopito fort. »Über den Genossen Schumann, der, Spaß beiseite, uns viel mehr interessiert als die verdammte soziale Gerechtigkeit. Gut. Was glaubst du, wieviele Minuten unser Gespräch dauert, ohne daß es politisch wird?«

Lopitos Kraushaar, noch eben von der morgendlichen Wäsche glatt gestrichen, hatte sich wieder aufgerichtet. Hin und wieder beschleunigte er seine Schritte, atmete schwer und fürchtete, die Kinder, die ein wenig vor ihnen gingen, könnten sich verlaufen. An einem Stand blieb er stehen, um seinem Freund einen Becher Mote con huesillos anzubieten. Mañungo wagte diesen nicht anzunehmen und bezahlte selbst für seine und Jean-Pauls Coca-Cola, während Lopita vor einem der verführerischen eisgekühlten Fläschchen zögerte. Aber als sie sah, mit welchem Genuß ihr Vater aß, entschied sie sich auch für das Einheimische.

»Mote con huesillos.«

»Möchtest du probieren, Juan Pablo?« bot Lopito ihm an.

»Lieber nicht«, mischte Mañungo sich ein. »Man hat uns vor der Chilitis gewarnt.«

»Ah, natürlich, die Chilitis«, murmelte Lopito und hielt sich mit beinahe sichtbarer Anstrengung zurück, nicht der Neigung zum Sarkasmus zu folgen, die dieses Thema so ausgiebig anbot. »Ist dein Mais lecker, meine Schöne?«

»Ja, sehr lecker.«

An der Ecke teilte sich die Blumen kaufende Menge um einen Polizisten mit Maschinenpistole; hinter ihm floß der Strom wieder zusammen.

Pam, pam, pam, schoß von der Bühne sein Gitarre-Sex-Maschinengewehr! Aber seine Schüsse töteten niemanden, nur die unvorsichtigen Tauben, die zu niedrig flogen – bis er und die Tauben aufhörten, an die Wirksamkeit seiner Geschosse zu glauben. Die Maschinenpistolen von heute, diese hier, waren hingegen echt, sie töteten, ohne über eine einzige Kugel Rechenschaft abzulegen. Würden sie heute eingreifen, mit oder ohne Grund? fragte sich Mañungo, und sein Herz stand vor Schrecken still; er hätte gern gewußt, ob diese Gedanken auch in den Köpfen der anderen tausend Menschen herumschwirrten, die herbeiströmten, um Matilde zu begraben. Drei anmutige Zigeunerinnen bahnten sich einen Weg durch die dichte Menge, unberührt von dem, was diesen Menschenstrom zusammenführte; sie entstammten einem anderen Kulturkreis, hatten andere Märtyrer und Heilige. Niemand war daran interessiert, sich aus der Hand lesen zu lassen, denn heute ging es um etwas anderes, und so verloren die sich mit ihrem Plunder in der Menge, die sie nicht beachtete. In der Nähe des Friedhofs erkannte Lopito einige Freunde: Barpoeten, Nachtschwärmer, Stadtteilmusen, Trunkenbolde, ewige Studenten, militante Mitglieder kurzlebiger politischer Parteien, denen er sich flüchtig angeschlossen hatte, junge Männer im roten Hemd oder wenigstens mit einem Abzeichen in dieser Farbe, und wenn es nur eine rote Nelke war. Lopito meinte lauthals, das ihm von allem am meisten Verhaßte sei der Optimismus – »Sieh dir das an, Mañungo, rote Blumen tragen, wo hat man das schon gesehen! Es fehlt nur noch, daß sie *Clavelitos* singen« –, um wer weiß wen davon zu überzeugen, daß alles bestens ausgehen werde, und nach jedem Rückschlag des Regimes wiederholen sie, ›Seht ihr? Es bricht zusammen‹, und es bricht überhaupt nicht zusammen, auch wenn ganze Stadien bei Fußballspielen brüllen: *Und er wird fallen, er wird fallen,* und jede Greueltat und jeder Skandal wird im Staub des Vergessens begraben, auf daß alles so weitergehe, abgekapselt, monolithisch, und alles auf den monotonen Austausch vollkommen gleicher Personen hinauslaufe. Wir haben alle einen zu kurzen Zeigefinger, sagte Lopito, wie die spanischen Republikaner, die vierzig Jahre lang im Exil auf den Tisch getrommelt haben: *Dieses Jahr stürzt Franco . . ., dieses Jahr stürzt Franco . . .,* und die Abnutzung bei diesem sinnlosen Eifer hat ihnen den Zeigefinger verkürzt, und Franco stürzte nicht, und den armen Roten blieb nur die Hoffnung, die sie von innen her verfaulte, während ihre Parteiführer starben und die Leidenschaften sich wandelten und die Ideen alterten – genauso gehe es den Chilenen, die sich mühten, die Hoffnung nicht zu verlieren, die das einzige sei, was man verlieren müsse, um neu zu beginnen und die jetzt in sporadischen und sinnlosen Ausbrüchen von Gewalt manifestierte Hoffnungslosigkeit anzunehmen, zu der die unerträgliche Unterdrückung durch das Regime sie trieb.

Mañungo war sehr groß, selten für einen Chilenen; er war

der einzige in dem Gedränge um ihn herum, der eine Mähne bis zu den Schultern trug, eine auffallende Gestalt in der Menge. Eine lästige Gruppe Schülerinnen ging lachend hinter ihm. Mit Lopito und den Kindern blieben sie bei den Garküchen und den Steinmetzen vor dem Friedhof stehen, und die Mädchen umringten Mañungo und fragten ihn, ob er der sei, der wie er aussah. Das Idol schenkte ihnen sein gewinnendes Hasenlächeln, ein wenig schüchtern, er wußte, das mochten sie, und nickte. Sie gingen hinüber zum Hauptfriedhof und wichen den wild hupenden Bussen aus, einen Schwanz von Schülerinnen hinterher, die Mañungo auf der anderen Straßenseite zwischen den mit Rosen, Nelken und Gladiolen vollgestopften Blumenständen bestürmten und Hefte und Zettel schwangen, um Autogramme von ihm zu fordern. Sie riefen immer mehr Mädchen und immer mehr nicht so junge Neugierige heran, die ihn erkannten, als sie seinen Namen hörten, und auf ihn zeigten und ihn hochleben ließen. Junge Leute in roten Hemden versuchten, die Begeisterten auseinanderzudrängen, die ihre Zettel schwangen und sich schubsten, um zu ihrem Idol zu gelangen, das sich nun weigerte, noch mehr zu unterschreiben, weil es einfach zu viele waren. Das beste wäre, meinten die Jungen von der Jota, ihn auf den Schultern fortzutragen. Nein, danke, sagte Mañungo. Er wolle sich seinen Weg lieber allein bahnen. Die Mädchenhorde folgte ihm, berührte ihn zuerst vorsichtig, wie jemand, der die Gewänder eines Heiligenbildes berührt, warfen Blumen, aber zwischen den Blumen warf jemand einen Klumpen Erde, der ihn nicht traf. Die Menge rief seinen Namen, steckte ihm Blumen ins Haar, in die Kleider, riß an seinem Hemd, stieß ihn, schlug ihn, griff ihn an, riß ihn an den Haaren, an den Kleidern, zerriß sie, mehr Blumen, mehr Schläge, eine Ohrfeige, einige Steine, Stöße, immer gezielter aus der kompakten Masse der Bewunderer, gegen die er sich nicht wehren konnte, da er überhaupt nicht wußte, was sie von ihm wollten. Verschwitzt und zerzaust stolperte er, fiel auf die Erde, und der Tumult überwältigte ihn. Zwei Polizisten mit Maschinenpistolen bahnten sich mit der schwarzen Spitze ihrer Waffen

einen Weg. Bei ihrem Anblick wurde die Menge, die sich um den auf dem Boden liegenden Mañungo drängte, still und teilte sich, um sie hindurchzulassen. Die Uniformierten halfen ihm auf, während die Zuschauer, wer weiß in welcher Absicht, Ma-ñung-go, Ma-ñun-go, riefen. Die Polizisten lächelten dem gefallenen Idol zu, halfen ihm seine Kleider zu richten und fragten, ob er irgend jemanden wegen dieser Übergriffe anzeigen wollte.
»Nein«, antwortete er.
Einer der Uniformierten entfernte sich, um darauf zu achten, daß der Zustrom zum Friedhof geordnet verlief. Der andere reichte Mañungo die Hand und sagte:
»Schön, Sie zu sehen, Herr Vera.«
»Danke.«
»Auf Wiedersehen.«
»Wiedersehen.«
Innerhalb des Friedhofs, drei, vier Schritte entfernt, hatte Lopito einige Kumpane getroffen, und mit verzücktem Gesichtsausdruck stürzte er einen Rotwein hinunter, bis seine Freunde ihm die Flasche entrissen. Lopita und Jean-Paul, an Mañungos Gürtel gekrallt, heulten wegen des Vorfalls und versuchten das Opfer von dem Uniformierten fortzuziehen; der die Reaktion der Kinder bemerkte. Was für Lügen erzählten diese Marxisten-Leninisten ihren Kindern über sie, die doch schließlich nur ihre Pflicht taten? Der Uniformierte war sehr braun, die Wangen rauh von den Narben einer noch nicht sehr weit zurückliegenden jugendlichen Akne. Die schwarze Schwalbe seiner gerunzelten Augenbrauen verbarg seine Augen und gab alles Leben in seinem Gesicht an den weichen Mund und das freundliche Lächeln.
Mañungo sah, wie der weiße Stahlhelm sich entfernte und an der Ecke auf einen anderen Stahlhelm traf; beide verloren sich in Erfüllung ihrer Pflicht zwischen den gegen die Sonne ungeschützten Köpfen, die sich am Friedhofstor ansammelten. Lopito schüttelte wegen Mañungos Umgang mit der Obrigkeit tadelnd den Kopf. Die Kinder noch an seinen Gürtel geklammert, versuchte er zu der Gruppe von Lopito und den lärmenden Goliards zu gelangen. Sie klopften

ihm auf die Schulter und umarmten ihn, während er versuchte, sich in ihren inzwischen verwitterten Gesichtszügen ihre Identität aus ferner gemeinsamer Vergangenheit zu vergegenwärtigen. Lopito hielt wieder die Flasche. Seine Tochter zerrte an seinem Hemd. Ohne sie anzusehen, entfernte er ihre Hand mit einem unaufmerksamen Klaps, als verscheuche er eine Fliege. Lopita begann leise zu weinen, kaute an ihren Nägeln, und ihre sonst hüpfenden Zöpfe waren nun unordentlich und schlaff. Jean-Paul versuchte, sie zu trösten. Aus einer Gruppe, in der man eine untergetauchte Parteigröße erkannte, die zu diesem Ereignis aus ihrem Versteck gekommen war, rief Lisboa ihnen zu, sie sollten den Eingang zum Friedhof freimachen, denn in spätestens fünf Minuten würde der Trauerzug eintreffen. Lopito lachte ihm ins Gesicht und weigerte sich, den Platz zu verlassen, an dem er mit seinen Freunden den Zugang blockierte. Dieser Idiot Lisboa, sagte er, der sich, seit zum bewaffneten Kampf aufgerufen wurde, für einen General ohne Schulterstücke halte und glaube, Matildes Begräbnis sei lediglich ein Akt der Solidarität mit der KP. Und die Jungen, eifrig und von dem Vorschlag überzeugt, versuchten seine Befehle zu befolgen und den Zugang freizumachen! Vor Widerwillen, den Lisboa ihm verursachte, bat Lopito noch einmal um die Flasche und, seinen großen Kopf in den Nacken werfend, ließ er den Rotwein in sich hineinfließen, damit er seine vom Staub und von ungelösten Problemen rauhe Kehle erfrischen konnte. Mañungo und Juan Pablo gelang es nicht, Lopita zu trösten, die schluchzte und den Gürtel ihres Vaters nicht losließ, weil sie wußte, daß man ihn bremsen mußte.

Die im Zenit stehende Sonne warf nur einen Schattenfleck unter die Zypressen am Eingang zum Urnenhain. Der von Tausenden von Füßen der Besucher aufgewirbelte Staub milderte das Licht nicht, wie vorgestern in Paris, erinnerte sich Mañungo, als der leichte Regen dort den Widerschein der Sonne in Silber tauchte und die Entfernungen verschwimmen ließ, nicht um Luftspiegelungen zu schaffen, sondern Klarheit, doch ohne die Stimmbänder geschmeidig zu machen, um wie in Chiloé zu singen, wo die sanfte Luft die Trockenheit in der Nase löste, die ihn hier quälte. In dieser Trockenheit könne er keinen einzigen Ton singen, stellte er endgültig fest. Wieder aufbrechen auf der Suche nach etwas anderem? Hier, für immer stumm. Kaum atmen. Die Luft seiner Lungen nicht kontrollieren können, schnaufen, husten wie Lopito, die Stimme nur zum Schreien rauher Parolen gebrauchen, wie sie jetzt um ihn herum aufbrachen. *Und er wird fallen . . ., er wird fallen. . .,* und weiter entfernt stimmte jemand an: *Er tritt ab . . ., er tritt ab . . .* Aber ihn, ja, ihn hinderte die Pranke des Plüschlöwen, die sich in seine Kehle krallte, auch nur einen einzigen Ton, ein einziges Wort auszustoßen. Salven von Gerüchten spalteten die Menge um ihn herum. Es soll eine Totenmesse für Matilde gelesen werden . . . Es soll keine Messe gelesen werden . . . Federico Fox wird am Grab reden, weil ohne seine Gegenwart die Behörden alles verboten hätten. Was, alles? Kann man ein Begräbnis verbieten? Natürlich konnten sie es nicht verbieten, aber sie hatten den Friedhof mit Maschinenpistolen, Polizisten, Mannschaftswagen und Autos umstellt, um sofort, sobald Matildes sterbliche Überreste da waren, alles abzuriegeln, einzudringen und die versammelte Linke auszuschalten; ein beispielhaftes Blutbad auf dem Friedhof, wo heute, in diesem Augenblick, das aufgewühlte Herz Santiagos schlug. Die Menge drängte sich zusammen, bildete Gruppen, die sich an beiden Seiten des vermutlichen Einzugs in Reihen zu ordnen suchten, sich aber bald wieder auflösten, weil der Trauerzug noch auf sich warten ließ. Darío, in aus dem Müll ergatterten Turnschuhen, bereit, mit seinen Kinderkommandos zu fliehen, sobald die Polizei angreifen würde, oder um selbst anzugreifen, diskutierte mit einem Anführer der Jota, weil Vertreter der Frente de Liberación Manuel Rodríguez helfen sollten, den Sarg zu tragen. Sie sollten eigentlich dabeisein, doch, das sollten sie, behaupteten sie, denn heute zeige sich die Front zum erstenmal öffentlich als geschlossene Gemeinschaft. Nein. Der Trauerzug läßt auf sich warten. Er kommt noch nicht. Er wird sich verspäten, hörte Aury den Herrn neben sich sagen und bahnte sich mit ihren Ellenbogen und Brüsten einen Weg, um sich dort, wo die erste Reihe zu sein versprach, neben den Ex-Senator Larrañaga aufzustellen, der gelb und zerfurcht vom Klima des Exils im Schatten der Pinie stand, die ihn vielleicht bald für immer bedecken würde, denn deshalb war er schließlich zurückgekommen.

34

Lopitos Manschette war violett, weil er sich jedesmal, nachdem er getrunken hatte, den Mund damit abwischte, und er reichte die Korbflasche Mañungo, der so tat, als tränke er, denn ein vorgetäuschtes Besäufnis konnte ihm als Passierschein dienen, um an dem Spektakel der Gruppe teilnehmen zu können. Er tat aber nur so, denn er begriff, daß sich ihm eine Gelegenheit bot, Zeuge seiner selbst zu sein und sich zu verstehen. Die Vernebelung durch den Wein würde ihn jedoch hindern, seine Fähigkeiten in der unglaublichen Gegenwart, in die er sich verstrickt sah, einschätzen zu können. Verstrickt? War es richtig, sich als verstrickt zu betrachten, wenn seine Euphorie nur vorgetäuscht war, während die anderen bereits darin versunken waren? Nein. Das war seine Rolle, dabeizusein und nicht dabeizusein, sich sehen zu können und sich nicht sehen zu können, dazu verurteilt, alles vom Rand her zu betrachten und dieser schmerzlichen Lösung seiner Konflikte unterworfen zu sein. Nicht, um die Klarheit zu bewahren, die auf der Bühne ein »Mañungo Vera« fabrizierte, sondern dieses andere Licht, die schmerzliche Hellsichtigkeit, die er sich jetzt abforderte, um seine Insichgekehrtheit zu zerstören. Auf dieser so ganz anderen, so weiten Bühne – die rohe Gegenwart dieses außer Kontrolle geratenen Begräbnisses; der brennende Atem der fordernden und rufenden Menge; das staubige Durcheinander von verschwitzten Gesichtern, jedes einzelne die persönliche Gültigkeit seines Plakats oder seiner Parole einfordernd, heiser vom Schreien; die von der Sonne geröteten Stirnen

unter dem Hut aus Zeitungspapier oder dem an den Ecken geknoteten Taschentuch –, auf dieser Bühne war ihm klar geworden, daß er, indem er sich auf dieses alles bezog, dahin kommen mußte, sich selbst einzuschätzen, denn er war nicht in sein Land zurückgekehrt, um den einheimischen Fundus alter Lieder wiederaufzunehmen. Das war eine zu einfache Aufgabe für ihn, der unglücklicherweise nicht einfach war.
Und Judit auch nicht. Das war die Parallele, die der hellsichtige Juan Pablo früher erkannte als er, und darum hatte er sie zu einem Paar gemacht, nicht unter dem Begriff Liebe, was für das Kind übrigens ein Wort ohne Wert war, sondern in der unglücklichen Verbindung eines offiziellen Paares: *Du wirst diese Frau heiraten, und wir müssen in diesem Land mit Beerdigungen, Revolutionen und Erdbeben bleiben,* hatte Jean-Paul lapidar gesagt. Aber sie würden nicht bleiben. Inmitten dieser Menschenmenge, in der er sich fremd fühlte und in der er Judit auftauchen und auf ihn zukommen sah, war sein einziger Wunsch die Rückkehr in die rue Servandoni, dieses Mal mit ihr, die er nicht liebte, schränkte er ein, die er aber als seine im Augenblick nicht austauschbare Partnerin erkannte. Kinder pflegen, was ihre Eltern angeht, einen sechsten Sinn zu haben, sagt man; eine Behauptung, der er nicht beistimmte, da er sie für egoistisch und besitzergreifend hielt. Es war aber eine Fähigkeit, die in dieser Situation bei Juan Pablo anzuerkennen er sich gezwungen sah.
Judit kam dorthin, wo er sie erwartete, und zog die drei Kinder hinter sich her, verzweifelt bemüht, sie zu bändigen, obwohl Ada Luz in der Lage gewesen wäre, die kleine Herde zu zügeln. Judits frische Augen, deren Iris so hell war, daß das Licht sie verwischte, wie die einer klassischen Marmorstatue, diese Augen gefielen ihm unendlich gut, besonders als er sie, lächelnd und ruhig, mit dem stürmischen Aufruhr der Menge verglich. Sich zu Marilú hinunterbeugend, um ihr einen Kuß auf die Stirn zu geben, dachte er, diese Kleine ist ein Wesen aus einer anderen Welt, obwohl Judit sie geboren hatte: düster – wie der verstorbene revolutionäre Vater gewesen sein mußte –, das Gesicht eine Maske aus Schmin-

ke, die ihre gutgeschnittenen Züge, Beitrag ihrer Mutter, verzerrten, um Handgelenke und Hals klimperte falscher Schmuck, was nicht zu einer Tochter von Judit Torre paßte. Er sagte, er freue sich, sie kennenzulernen, da er ein sehr guter Freund ihrer Mutter sei.

»Das wußte ich nicht. Ich hatte keine Ahnung, daß meine Mutter Freunde hat, die man vorzeigen kann.«

Sie wußte es nicht. Seine Vergangenheit mit Judit hatte also nicht die geringste Spur hinterlassen, nicht einmal so viel, um vor ihrer Tochter mit ihrer jugendlichen Beziehung anzugeben. War die Zukunft, die sie bald antreten mußten – vielleicht morgen, auf jeden Fall sehr bald, in weniger als einer Woche –, auch dazu bestimmt, sich unter später für das Gedächtnis unerreichbaren, dunklen geologischen Schichten zu verlieren? Lohnte es, sich hinzugeben, wenn sie es nicht konnte; lohnte es, sie zu bitten, ihm zu erlauben, sie zu berühren und zu streicheln, wie sie es ihm unter den Büschen in La Hortensia nicht erlaubt hatte, und ein Schwindel das einzige blieb, was sie verband?

»Rede keinen Unsinn, Luz«, sagte Judit, küßte der immer noch weinerlichen Lopita die Wange und nahm sich vor, mit Juan Pablo nur sehr flüchtig zu sein, dem sie ansah, daß er jede ihrer Bewegungen, die eine Annäherung ausdrücken mochten, sofort ausweichen würde. »Ich habe dir gesagt, du sollst dir dein Gesicht abwischen. Du bist viel zu jung, um so geschminkt herumzulaufen.« Marilú beachtete ihre Mutter nicht und spielte bewundernd mit Juan Pablos blonden Haaren, während Ada Luz die weißen Schleifen in Lopitas Zöpfen wieder richtig band, die ihre kleinen, über die Ausschweifungen ihres Vaters beunruhigten Finger auseinandergezupft hatten. Marilú nahm den blonden Jungen an die Hand, in der Absicht, ihn aus der Gruppe der Alten und dieser häßlichen Kleinen zu entfernen. Wenn sie groß war, wollte sie Kosmetikerin werden; in ihrem Viertel schminkte sie schon ihre wenig dankbaren Freundinnen, die danach wie Prinzessinnen aussehen sollten. Juan Pablo weigerte sich wegzugehen, weil er hören mußte, was sein Vater mit Marilús Mutter sprach. Ihn konnten sie nicht täuschen, sie

hatten die Nacht zusammen verbracht, ihretwegen würden sie in diesem Trauerland bleiben müssen unter bösartigen Menschen, die schrien und schubsten. Der Menschenandrang um sie herum wurde immer größer und erregter, zusammengedrängte Körper, herausgeschriene Grobheiten, der Boden von zertretenen Blumen glitschig, die Gesichter gespannt auf das, was geschehen würde, wenn der Sarg eintraf. Der Zug sollte sich ordnen, der Leichenwagen kommen, die Parolen sollten ausgegeben und die Lieder angestimmt werden. Aber Matilde ließ auf sich warten. Lopito hob wieder die Korbflasche an den Mund. Lopita, an seinen Gürtel geklammert, weinte und bettelte, er solle keinen Wein mehr trinken und daran denken, wie er sich dann fühlen würde, er sei gar nicht gut für sein armes Herz.
»Hat deine Mutter dir meine Pillen gegeben?«
»Ja. Hier.« Sie holte ein zusammengeknotetes Taschentuch aus ihrer Tasche und knotete es auf.
»Zum Teufel mit meiner Medizin!« schrie Lopito mit einem wilden Gelächter und verpaßte ihnen einen Hieb, daß sie wegflogen, wobei seine Tochter ihm auswich und er vor Anstrengung keuchte. Mañungo hob Lopita hoch und setzte sie sich rittlings auf die Schultern, wie einen Drehorgelaffen, mit ihrem lilafarbenen Röckchen und ihrer verweinten Schmerzensmiene, die sich nach und nach wieder in ein Lächeln verwandelte. Als er mit ihr auf den Schultern durch die Menge drängte, applaudierten ihm die Leute, wenn sie ihn erkannten; die Kunde von seiner Anwesenheit hatte sich ausgebreitet, Mañungo Vera solle singen, ein Protestlied, damit die Polizei mit Gewalt in den Friedhof eindringen müsse, um diese Manifestation mit Bomben auseinanderzutreiben und ein Blutbad anzurichten. Jetzt kam der Trauerzug tatsächlich, er war nur noch einen Block weit entfernt. Hinter Lopito her, der die Korbflasche wieder in der Hand hatte und Grüße und Schimpfworte rief, stolperte und sich mit den Ellenbogen einen Weg bahnte, drängte die ganze Gruppe um Mañungo herum, der Lopita wie eine Fahne auf den Schultern trug, über die überfüllte Straße. Sie forderten freien Durchgang, und Lopita verteilte von ihrer

Höhe aus Grüße nach rechts und links, liebenswürdig wie eine Trapezkünstlerin, die nach einer meisterhaften Darbietung den Ovationen dankt, während Marilú sich an Mañungo klammerte und an seinem Hemd zerrte:
»Jetzt ich. Jetzt bin ich dran!«
Mañungo beachtete sie nicht. Lopita war die vom unheilvollen Schicksal Auserwählte, die wenigstens einen Augenblick des Glücks erleben sollte, denn vielleicht würde es für sie keinen anderen mehr geben. Auf der anderen Straßenseite trafen sie im Schatten einer Pinie Fausta und Celedonio, die leise von dem berichteten, was vor einer Stunde in Matildes Haus vorgefallen war, während Ada Luz etwas beiseite ging und auf die Kinder aufpaßte. Lisboa hatte die Erfüllung des letzten Wunsches der Verstorbenen verhindert, und Freddy Fox wollte als Gegenleistung für ihr Schweigen, was die Messe anging, die Sache mit der Stiftung erledigen. Wo war dieser miese Kerl, Freddy Fox, damit man ihn umbrachte, ihn kastrierte, wenn er es nicht schon sei? schrie Lopito. Seine Freunde beschworen ihn, den Mund zu halten. Sah er denn in der Menge nicht aufmerksame Augen hinter schwarzen Brillengläsern und wache Ohren, die alles aufnahmen und jedes Wort notierten, sich Gesichter und Gruppen merkten? Lopitos Wut richtete sich nun wie ein Stock gegen die eigenen Freunde, weil sie Freddys Erpressung nachgegeben hatten. Jawohl, Erpressung, genau das sei es und nichts anderes, das wolle er hier und jetzt feststellen, mitten in der gedankenlosen Menge um sie herum, damit jeder, der Ohren habe, es höre, jawohl, er wolle erklären, daß er, Juan López, diese ganze schmutzige Geschichte um die Stiftung für eine senile und narzißtische Idiotie des Dichters hielt, und der Zirkus, den er hinterlassen habe, diene nur dazu, die Geier zu füttern, die immer hungrig die Abfälle der Linken umkreisten. Die Messe hingegen, die sie dummerweise abgelehnt hätten, von einem revolutionären Priester gelesen, einem von denen, die zahm wie Lämmer wirken, hätte einen unmittelbaren Sturm entfacht, der die Kraft der verrückten Rodriguisten zunichte gemacht hätte, die er andererseits auch wie-

der nicht angreifen wolle, denn schließlich sei die brutale Unterdrückung durch das Regime allein für die extremistischen Manifestationen verantwortlich. Typisch für die Mentalität der Bürgerlichen, der Mandarine, der arroganten Erwählten und Gesalbten, elegante Lösungen auf lange Sicht wie diese Stiftung zu fördern und die unmittelbaren Mittel zu opfern, die in einer Situation wie dieser die einzig wirksamen wären.

»Wir Bürger, und du das perfekte Abbild des auf Schumann und Duchamps spezialisierten Proletariers?« unterbrach ihn Fausta, gereizt von der Hitze und dem Gedrängel. »Warum hörst du nicht auf, dir ständig zu widersprechen, Lopito, und entscheidest dich ein für allemal?«

»Der einzige Luxus, den ich mir im Leben leisten konnte«, erwiderte der Angesprochene, »ist der, mich absolut zu entscheiden. Aber, beruhige dich, Fausta. Jetzt, in diesem Augenblick, für später kann ich nicht garantieren, bin ich gegen Gewalt. Das schmerzt mich ein wenig, denn vielleicht liegt das lediglich an einem physiologischen Problem. Ich bin zehn Jahre älter als damals, als wir uns in der Garage eines Freundes damit amüsierten, hausgemachte Bomben herzustellen. Weißt du noch, Virginia Woolf?«

Eine Feindseligkeit, jeder gegen jeden, war in der Gruppe aufgebrochen, keiner war einverstanden mit dem anderen, jeder ein Feind, den man haßte, verachtete, in Frage stellte und seine Fehler ins Riesenhafte aufblähte, was jede Aussöhnung unmöglich, jedes Einverständnis undenkbar machte, da es von irrationalen Stürmen weggerissen würde. Es war plötzlich unbegreiflich, daß sie bis vor wenigen Minuten Freunde gewesen waren, daß sie geglaubt hatten, auf derselben Seite zu stehen. Mañungo murmelte einige freundlich versöhnliche Worte. Er habe sich in den »Guten Helden« verwandelt, sagte sich Lopito verächtlich, angewidert von der soliden Ausgeglichenheit, die seinen Freund, der nicht mehr sein Freund war, in allen Dingen zu leiten schien und die tollen Ausschweifungen, die sie in ihrer gemeinsamen Vergangenheit entflammt hatten, auslöschte. Wie konnte er so singen? Wäre es möglich, Judit als seine

Rettung anzusehen? Denn zweifellos hatte sich in diesen Stunden eine Beziehung zwischen den beiden angebahnt, eine gewisse arrogante Symmetrie, die man ihnen ansah, auch wenn sie selbst dies noch nicht erkannt hatten oder benennen konnten, und Judit stürzte sich, trotz ihrer Vernunft, in jeden Strudel, der sich ihr bot. Vielleicht könnte sie Mañungo in die Zerstörung und damit später zur Wiederherstellung führen.
Das Geraune, daß der Leichenwagen sich nähere, lenkte sie ab. Hinter dem Zug, am Friedhofstor, hoben die Jungen in den roten Hemden, vollkommen Herr der Situation, den mit Blumen und Kränzen bedeckten Sarg mit der sterblichen Hülle aus dem Wagen und nahmen ihn auf die Schultern. Alles Rufen und der Singsang der Marktschreier und Händler verstummte, und eine Sekunde lang war alles still, selbst der im Licht tanzende Staub, obwohl einige später sagten, sie hätten so etwas wie das engelhafte Rauschen von Flügeln gehört. Dann brach spontan eine Gruppe los: *Matilde Neruda, für uns bist immer du da; Matilde Neruda, für uns bist immer du da, Matilde . . .* Andere Gruppen schlossen sich an und immer weitere, und die Flut der Stimmen schwoll an, bis sie alles verschlang. Die Ordnungskräfte waren außerhalb des Friedhofs geblieben. Dies war Frei-Land, wo das Volk zum erstenmal ohne Sanktionen zusammenkommen und schreien konnte, was es wollte, ein Stück Freiheit, vielleicht das letzte vor dem endgültigen Ersticken, die letzte Gabe Matildes an das Volk. Die kommunistischen Jugendgruppen der verschiedenen Stadtteile hoben vor den verblüfften Augen der weniger waghalsigen Versammlung Plakate und schrien: *Ein einig Volk wird nie besiegt*, und setzten sich langsam hinter dem Sarg, der seinen Einzug in die Menge hielt, in Bewegung, und einige Mitglieder des wiederauferstandenen MIR zogen unheimlich vermummt mit. Ein in der Menge verlorener, linker Priester, derjenige, der die Messe für Matilde hätte zelebrieren sollen, meinte, es sei ungebührlich von der Linken, den Kommunisten vorzuwerfen, daß sie ihre Parolen schrien, nur weil alle anderen nicht in der Lage seien, die ihren zu brüllen. Sie sollten schreien!

Hier hätten sie die ersehnte Gelegenheit dazu! Warum erhoben die Radikalen nicht ihre feigen Stimmen, warum nicht die Christdemokraten? Warum waren alle, außer den Kommunisten, schwach, unentschlossen, uneinig und fürchteten sich vor der Aktion? Wie eine spontane und wilde Woge flutete die *Internationale* über die Menge zum Friedhofstor, wo der Trauerzug begann, und nahm ihr verlorenes Recht, in diesem Land gehört zu werden, in Anspruch. Der Priester wollte statt der *Internationale* die *Hymne an die Freude* anstimmen, die jedoch keiner mitsang, weil alle dabei waren, das Allergewagteste zu schreien: *Sie sind bald am Ende, mit uns ist Allende,* und weiter drüben rief eine andere Gruppe: *Die vereinigte Linke wird nie besiegt,* unter dem Jubel der verschwitzten jungen Burschen, die mit dem Sarg auf den Schultern unter einem Regen roter Nelken im Staub herankamen. Von den wenigen Bäumen herunter, von den Gängen der Urnenhäuser, den Dächern der Kapellen und Mausoleen, den Miniaturgrabmälern und Spielzeugtempeln mit uralten, von den Tympana abblätternden Namen begrüßten die Menschen mit Geschrei den Vorbeizug des Sarges: Matilde gehörte ihnen, Neruda gehörte ihnen, auch wenn sie nicht eine Zeile von ihm gelesen hatten, vor allem diese Gelegenheit gehörte ihnen, sie würden das Land retten, denn *Ein einig Volk wird nie besiegt,* und sie und Pablo und Matilde waren das Volk, so schien es jedenfalls in diesem Augenblick des Triumphes, als der Sarg an ihnen vorbeizog. Auch Mañungo gehörte ihnen. Sie zerrten ihn, Lopita auf seinen Schultern, die nach allen Seiten grüßte, denn dies war ihr Fest, zu der Gruppe um den von Nelken bedeckten Sarg. Ein junger Mann wollte Mañungo seine Sargecke zum Tragen überlassen, aber als der sah, wie Lisboa sich mit einem roten Tuch in der Hand durch die Menge zu ihm drängte, sagte er entschlossen: »Nein.«

Er wußte, daß es nicht gut war, zuzulassen, daß sie sich des Sarges bemächtigten – aber was sollte er allein tun, wie und mit wem und in wessen Namen seine Handlungsweise rechtfertigen? – und ihre Embleme die Hauptsache bei dieser Beerdigung waren, diese Embleme, die bereits die befürchtete Bedeutung bei denen gewonnen hatte, die als Gegenmittel gegen diesen unglückseligen Eifer der Partei Matilde eine Messe lesen lassen wollten. Er war jedoch nicht in der Stimmung, einen Streit zu beginnen, da seine eigene Position so verschwommen war. Außerdem kannte er sie zu gut, diese wohlmeinenden Opportunisten, seit langer, langer Zeit, schon damals an der Universität und dann in den Cafés im Exil, wenn sie entrüstet die Zeitung mit Nachrichten aus Chile schwangen... Und doch..., und doch..., manchmal schienen ihre Worte, ihre tragischen, von Gewißheiten – die sie trotz allem mühsam aufrechterhielten – erstickten Stimmen eine realistische Annäherung an die von so vielen gewünschten totalen Veränderungen anzubieten, die er jedoch gerade wegen solcher Dinge, die sich jetzt vor seinen Augen abspielten, nicht teilen wollte, wegen dieses Gedränges und der Bösartigkeit, wegen der Zusammenstöße, dem Dogmatisieren und der Forderung nach blinder Gefolgschaft allem und jedem gegenüber. Sie waren entschieden nicht dieses *alles*, was sie, schubsend und sich gierig der Situation bemächtigend, so gern wären; natürlich waren sie ein Teil, den aus dem Dialog ausschließen zu wollen kriminell wäre. Aber ihre Ansprüche auf Totalität fand er so schädlich wie jedes System, das seiner Gefolgschaft den Himmel versprach. Warum sich also mit Rot schmücken? Warum seine Stimme mit ihren Stimmen vereinen, mit ihrer Naivität, ihrer Kraft, wo er doch nicht naiv war und aus dieser Verbindung auch keine Kraft schöpfen konnte? Der Sarg kam auf den Schultern der jungen Leute in den Friedhof hinein und entriß die vorübergehende Starrolle Mañungo und Lopita, die er nach ein paar Schritten in der Gruppe ihres Vaters absetzte, wo sie von Marilú, die sie vorher verachtet hatte, mit Fragen und Schmeicheleien empfangen wurde.

Mañungo blieb hinter seinen Freunden in der Menge, die an ihm vorbeiströmte, zurück. Er wollte bei diesem Begräbnis allein sein, die donnernden Wellen von Isla Negra und den Plüschlöwen hören, der die schreckliche Barriere des Tinnitus brach und wie die Vorfahren von Carlitos brüllte, die

den Verlust von Matilde, die jetzt als Idol in der grünen Bernsteinschnecke der Erinnerung verwahrt blieb, in Cucao im Chor beweinten. Dort vorn, weit entfernt, an der Spitze des Trauerzuges, führten Fausta und Celedonio die Kohorte der Ehrengäste an. Zwei Blocks weiter zurück löste sich das turbulente Treiben eines politischen Begräbnisses auf und nahm die lustlose Stimmung eines ärmlichen Jahrmarktes an. Eisverkäufer riefen ihre Lutscher aus, Windmühlenhändler boten ihre lustige Ware feil, die Kinder entzogen sich der Aufsicht der Erwachsenen, um Wettfahrten von Papierschiffchen in der offenen Wasserleitung zu veranstalten. Wenn jemand *El que no salta es Pinochet** schrie, fingen die Besucher zu Mañungos Verwunderung und Beschämung an herumzuhüpfen, mit einem blöden Lächeln der Verlegenheit und gleichzeitig der Befriedigung auf den Lippen. Die Persönlichkeiten aus Politik und Kunst, für die nicht von vornherein eine Rolle am Grab vorgesehen war, blieben in der Menge zurück, hatten das Jackett über dem Arm gefaltet und die Krawatte gelockert, leckten an einem Eis oder fächelten sich mit einer Morgenzeitung Luft zu, die nicht einmal zu solchen Aufgaben nützlich war. Man unterhielt sich mit leiser Stimme über Themen, die mehr mit Politik oder den nahen Sommerferien zu tun hatten als mit Matilde. In der Ferne hielt die Prozession endlich an und brachte in Wellen den ganzen Zug bis zur Nachhut, wo sich Mañungo befand, zum Stehen. Von weitem erkannte er neben dem Sarg und den Blumen eine eindrucksvolle, feierliche und bewegte Frauengestalt, Fausta Manquileo, die sich an eine Estrade lehnte und sehr lange ihre Rede vorlas. Sie war zu entfernt, als daß Mañungo sie hätte hören können. Er sah nur die edlen Gesten ihrer Arme, die die Schleier und Silberarmbänder von legendärer Herkunft bewegten. Die erste der Leichenredner im Turnier der offiziellen Genies. Wie viele würde man über sich ergehen lassen müssen?
»Mañungo.«
Judit, die ihn an der Schulter berührt hatte, lächelte ihn an.

* Derjenige, der nicht herumhüpft, ist Pinochet. (Anm. d. R.)

»Man versteht kein Wort.«
»Zum Glück.«
Sie blieben beieinander stehen. Nach Fausta leierten andere hochgestellte Persönlichkeiten unhörbar Litaneien auf dem Podest neben der Nische ab, in der Matilde gleich ihren endgültigen Einzug halten würde. Mußte man dieses Schauspiel mitansehen? War das nicht das banalste Ende eines jeden Lebens, so banal, daß es schon oberflächlich wirkte, wenn man bei diesem Ritual, das mehr eine Abwicklung denn ein Ritual zu sein schien, Ergriffenheit zeigte, fragte Mañungo seine Freundin.
»Es ist heiß«, antwortete sie.
»Komm. Da drüben ist Schatten«, und er führte sie zu einem ausgedorrten Rasenstück neben der Wasserleitung.
Als Judit sich unter den dichten Zweigen, die sie versteckte, an den Stamm lehnte, teilte Mañungo, sich an sie drängend, ihr mit, er ginge fort.
»Nach Chiloé?«
»Ein paar Tage, um meinen Vater zu besuchen. Von dort direkt nach Paris, mit drei Stunden Aufenthalt in Santiago.«
»Wann?«
»Morgen«, improvisierte Mañungo.
Judit zögerte ein wenig, bevor sie sagte:
»Schade. Wir sind nur so kurz zusammen gewesen . . .«
Das stimmte nicht. Dreizehn von den achtzehn Stunden Mañungos in Santiago waren sie zusammen gewesen. Als er ihr antwortete, zögerte er, vor allem weil er begriff, daß sie gern länger mit ihm zusammen gewesen wäre:
»Warum kommst du nicht mit nach Paris?«
Judit lachte:
»Aber Mañungo! Du überraschst mich! Soll ich das als eine feurige Liebeserklärung auffassen?«
»Ich weiß nicht ob als Liebeserklärung. Jedenfalls bitte ich dich zum zweitenmal.«
»Du bist also verliebt in mich?«
»Nein. Das habe ich dir schon gestern gesagt, und es hat sich nichts geändert. Diese Dinge passieren mir nicht, glaube ich, oder ich kann sie nicht erkennen oder benennen,

wenn sie mir passieren. Aber ich weiß, daß ich mit dir schlafen möchte, nächte- und wochen- und monatelang, ohne daß irgendwer uns stört und ohne Ausgangssperre, die uns daran hindert. Und ich denke auch, daß ich gern mit dir leben und mit dir spazierengehen würde ... Deine Wohnung hat mir gefallen, dein blauer Bademantel ... Ich glaube nicht, daß ich unseren nächtlichen Spaziergang so leicht vergessen werde. Ich weiß nicht, ob für immer. Aber jetzt, im Augenblick, will ich es. Solange es geht, das wünsche ich mir mehr als alles auf der Welt. Meinst du nicht, es wäre herrlich, eine Zeitlang zusammen in Paris zu leben?«

»Bis wann?«

»Ist es das Ende, vor dem du Angst hast?«

»Das Ende wovon, wenn es zwischen uns keine Liebe geben wird, die aufhört? Woher werden wir wissen, daß etwas zu Ende ist, wenn gar nichts da war?«

»Ehrlich gesagt, das weiß ich nicht, Ju. Ich will daran auch nicht denken. Aber, bitte, komm mit mir, und denke du auch nicht daran.«

»Ich bin nicht die Lilianita«, warnte sie.

»Die wer ...?«

Als er sich zu ihr beugte, um sie zu küssen, hielt Mañungo inne und erinnerte sich:

»A propos Lilianita. Ist das nicht Ricardo Farías, der in dem kaffeebraunen Gabardineanzug und der dunklen Brille, da drüben im Trauerzug? Er sucht uns.«

»Hier gibt es viele Menschen, die jemanden suchen.«

Mañungo hob die Zweige, um besser sehen zu können, aber vor allem, damit sie sehen konnte; es kam Judit so vor, als ob dieser Mann, wie ein Echo von gestern nacht, ihn alles erraten ließ, was sie ihm nicht erzählt hatte. Aber nein. Der Mann, den Mañungo ihr in der Menge zwischen den vermummten Gesichtern zeigte, war nicht der von gestern nacht, aber genauso und genau wie der Mann in ihrer Geschichte und vielleicht wie alle. Sie erriet seine von der durchzechten Nacht blutunterlaufenen Augen, wie sie sich hinter den polarisierten Gläsern seiner schwarzen Brille hin und her bewegten und sie suchten. Sie wollte nicht hierbleiben. Ja, ja, Mañungo, gehen wir, weit weg von denen, die hinter mir her sind, weit weg von Lopitos Argumentationen, weit weg von den sterblichen Überresten von Matilde, um die ich heute nicht weinen kann! Fortgehen, gleich morgen nach Chiloé, Mañungo, ohne uns von irgendwem zu verabschieden, dann nach Paris, wo niemand mich kennt, und alles erleben, um zu sehen, ob es Liebe ist und ob die Liebe sich lohnt oder ob es nur ein Krampf ist, wie der, den ich damals mit jenem Mann mit der polarisierten Brille empfunden habe, der, jetzt in der Menge gehend, mir die Hand auf das Knie legte und mir befahl, vor Lust einer gar nicht vollzogenen Hingabe zu schreien. Ein blödes Wort, Liebe, passend für Ada Luz! Sie selbst wollte etwas ganz anderes, nicht diese Verwirrung. Wie sollte sie das alles ordnen? Trotz der Klarheit, mit der sie gestern nacht unter dem dunklen Glanz der Bougainvilleas Mañungo ihre Geschichte erzählt hatte, hatte sie ihm doch nicht alles erzählt, nicht einmal das Wichtigste. Wo sollte sie anfangen? Wo fing ihre Geschichte tatsächlich an, und wo würde sie aufhören? Sie hatte sich niemals berühren, verliebt machen lassen können, nicht nur wegen des kotig üblen Geruchs dieses Begriffes, sondern aus dem entscheidenden Grund, aus dem vernünftige Menschen sich weigern, sich noch einmal zu verlieben, nämlich, um nicht noch einmal die eigene Geschichte von Anfang an erzählen zu müssen und zu bemerken, daß der Anfang verlorengegangen ist und nicht mehr dort ist, wo er war oder wo er sein sollte. Die Aussicht auf diese stumpfen Wiederholungen dämpfte plötzlich ihre Begeisterung, Mañungo nach Paris zu folgen, denn wenn sie das tat, mußte sie den Anfang ihrer Geschichte suchen und einen roten Faden sowie für das Herz glaubwürdige Daten und Personen herstellen. Sie machte eine Anstrengung, um die Lawine abzuwenden, die aus ihrer Geschichte wild über sie herfiel, um ihre Flucht mit Mañungo zu vereiteln. Sie mußte diese Lawine annullieren, mutig sein und ohne eigene Geschichte und ohne Liebe abreisen. So würde sie die Verfolgungen durch die Feinde, die sie aus ihrer Erinnerung einkreisten, bereit zu neuer Begeisterung, zurückwerfen, das

Gebell in der Nacht und die Angebote im Morgenlicht des Parkes, und würde alles zurücklassen, in schlaffen Plunder verwandelt, zusammen mit dem senilen Gebrabbel von Celedonio und Fausta über Messen und Stiftungen und dem erregten Schreien der Menge um sie herum.

»Wir gehen also nach Paris?«

Judit lachte:

»Nichts überstürzen. Man muß das besprechen.«

Alles mußte besprochen werden. Und als sie diese Bedingung für die Reise setzte, verschleierten sich ihre Augen mit Tränen, die sie zurückdrängte und wegwischte, weil sie begriff, daß sie anfing, sich in der Wiederholung ihrer eigenen Geschichte zu verstricken.

»Bleiben wir bis zum Schluß?«

»Die hören nie mehr auf zu sprechen, und man versteht kein Wort. Gehen wir.«

»Wohin?«

Und Judit antwortete:

»Ich will dir die Grabstelle meiner Familie zeigen.«

35

Nachdem sie über die Wasserrinne hinter dem Rasenstück gesprungen waren, die Trauerversammlung und die großen Gebärden der Reden hinter sich, gingen sie durch jenen Teil des Friedhofs, in dem Kreuze standen, die lediglich mit einem Namen oder mit »NN« und »1973« oder gar nicht gekennzeichnet waren, und die trotz solcher Anonymität mit verwelkten Blumen, einem Kranz vertrockneter Blüten der Untröstlichkeit geschmückt waren. An den Rändern dieses Totenfeldes sahen sie die Ruhestätten der Mausoleumsbewohner unter zerzausten mit holzigen Früchten beladenen Zypressen. Zwischen den Kreuzen hindurchzugehen war, als verlöre man sich im Vorspann eines Traumes. Genau wie in den Träumen war die in der geringen Variation der Kreuze ausgedrückte Tautologie des Todes so monoton, daß es

ihnen vorkam, als kämen sie zwischen ihnen gar nicht vorwärts, und von weitem drangen Bruchstücke von Stimmen zu ihnen, die erschöpft waren vom langen Herumirren, ohne ein Gehör zu finden, bereit, sie aufzunehmen.
Das sei es nicht, sagte Judit, was sie ihm zeigen wolle, denn der Teil des Friedhofs, in dem sie steckengeblieben wären, sei nur ein Alptraum von flüchtig auszumachenden Wesen und besitze nur so lange Gültigkeit, wie irgendeine persönliche Erinnerung reiche; dann nach Ablauf der Zeit, für die man das Grab gekauft habe, sei sie verloren und die Gebeine dazu verdammt, im unwürdigen Ozean des Massengrabs zu verschwinden. Das machte Judit wirklich angst – irrational und kindlich, gab sie zu –, denn die Alpträume ihrer Jugend waren Sarabanden gesichtsloser Seelen, deren Tanz, bleich und ohne Wärme wie die leblosen Flammen brennenden Alkohols, die Wände eines mit Gerippen überfüllten Massengrabes beleckte. Das gehörte nicht zu ihr. Ihrer Herkunft, an die sie sich so selten erinnerte, gedachte sie jetzt, damit sie morgen mit Mañungo nach Paris gehen und die Gewißheit der tröstlichen Familiengrabstätten aus Stein mitnehmen konnte, die die Zeit abgeschliffen und die Kalligraphie ihrer Inschriften diskreter gemacht hatte.
Sie kamen zu den Alleen der Zedern, die die gotischen Kapellen und aztekischen oder romanischen Tempel behüteten, standhaft unter dem Wind, der in ihren Ästen Stoßgebete zur Rettung der Seelen anstimmte, die in diesen Höhen herumirrten. Das sei ein Traum ohne Angst, erklärte sie Mañungo lachend, eine feierliche Lethargie, denn mit Grabstellen dieser Kategorie kauften die Familien auch das Privileg, einen nie auslaufenden Vertrag für ihre ewige Ruhe abzuschließen.
Statt Richtung Recoleta, wo der Trauerzug hereingekommen war, gingen sie jetzt Richtung Friedensallee auf dem alten Zypressenweg, senkrecht zu dem, der zu der dürftigen Nische Matildes in der kalten Mauer mit lauter völlig gleichen Nischen führte – hier würde, wenn die Ansprachen beendet und der Körper hinter dem Mäuerchen aus Ziegelsteinen bestattet war, als genüge dies, damit man sich keine

Fragen mehr stellte, niemand den Friedhof verlassen, weil dies ein Umweg gewesen wäre. Auf dem Pfad, der eine seltsame Stimmung von Zeit ohne Zwang ausstrahlte, trafen sie hin und wieder auf kleine Gruppen trauernder Menschen, um einen auf einem Karren – nicht auf den siegreichen Schultern der begeisterten Jugend – herbeigeschafften Sarg stehend, nicht symbolische letzte Ehrung, sondern persönlicher Schmerz um jemanden, dessen Tod nichts »bedeutete«, trotz der Trauernden, die weinten, weil dieser hier der einzig bedeutsame Tod der Welt war. Alles andere waren Pinienduft und unaufdringliche Menschen, die auf den Wegen verschwanden, als gingen sie auf Zehenspitzen, um nicht zu stören.
»Komm, ich glaube, hier ist es«, sagte Judit, als sie zu einem kleinen romanischen Tempel kamen, üppig im Weiß seines Marmors, auch wenn das Profil des Basreliefs von einer feinen Linie aus Staub hervorgehoben wurde. Sie gingen in das Karree hinein, in ein Durcheinander baufälliger Familienkapellen und zur Erinnerung an große Herren mit Taschenuhr und Kette auf einem Sockel errichteter Denkmäler und einer Ansammlung von Minitempelchen und -pyramiden unter flüsternden Kasuarinen. Von Grabstein zu Grabstein über geborstene Chronologien springend, einen Topf mit verwelkten Blumen umstoßend, auf vom Moos überwachsene Namen tretend, versuchten sie das Mausoleum der Torre zu finden. Die Sonne, noch immer unbarmherzig, löste sich von den Architraven, drang in die Säulengänge und rötete Judits empfindliche Haut.
»Ich muß knallrot sein«, sagte sie, »genau wie Miß Hughes, wenn sie Hockey gespielt hat.«
»Wer ist Miß Hughes?«
»Sie ist in dem Mausoleum bestattet. Sie war gräßlich.«
Sie sprangen in großen Schritten über die halb eingesunkenen, geborstenen Grabplatten, zwischen unkenntlich gewordenen Trümmern; denn durch die Hohlwege der Kuppeln und der geschlossenen Krypten zu gelangen, wäre schwierig gewesen, bis sie in einen Raum zwischen der Wölbung einer kleinen gotischen Konstruktion und einer

Pyramide aus grünlichem Granit gerieten. Im durch die Nadeln der Pinien gefilterten Zwielicht sahen sie, daß in diesem Raum im Schatten der bescheidenen, mit einem hohen Rosettenfenster versehenen Kuppel eine Grabplatte lag, von Moos weich wie ein Bett, daneben ein Wasserhahn, der in eine schlammige Pfütze tropfte. Sie tranken, erfrischten ihre Gesichter und suchten weiter zwischen den Bauten. Das Labyrinth endete in einem kleinen Raum, aus dem nur herauskam, wer den verworrenen Rückweg zu finden vermochte.

»Das hier ist nicht der Platz meiner Vorfahren«, sagte Judit. Wie dämlich, sich hier zu verlaufen! Dieser Ort hatte absolut nichts mit ihrer Kindheit zu tun – am 1. November wurden sie herausgeputzt, um teurere Blumen als die ihrer Cousins ans Grab ihrer Großeltern zu bringen. Judit streckte sich auf der warmen Grabplatte aus; das Moos hatte die Identität der darunter ruhenden Gebeine ausgelöscht. Aber die Lässigkeit, mit der sie sich des Steins als Lager bediente – ihr Körper ist zum erstenmal katzenhaft, dachte Mañungo, tierhaft – gab diesem Ort des Todes Leben. Mañungo legte sich bäuchlings dicht neben Judit auf den Stein, als lägen sie an einem Strand in der Sonne. Er beugte sich hinüber, um sie auf den Mund zu küssen, zog es dann aber vor, ihre Lippen zart mit den seinen zu streicheln, die flink wie spielende Eidechsen auf dem erwärmten Stein waren, der ihnen als Brautbett diente. Hier würden sie also endlich miteinander schlafen? Das war nicht das Wünschenswerteste. Mit einem Taxi wären sie in zwanzig Minuten zu Hause. Aber wie auch immer, sie wollte es jetzt, das war klar, und mit den Augen sagte sie es ihm. Es war notwendig, daß diese Beziehung über den Punkt, wo sie stehengeblieben war, hinweg kam; stehengeblieben wie dieser angesehene Mann auf dem Marmorsockel, der nicht mehr vorwärtskam. Sie jedoch wollten vorwärtskommen, weitergehen, um ihre sich mischenden Gerüche kennenzulernen, um zu erfahren, wonach ihre Zungen schmeckten und welche Sprache ihr intimstes Vokabular enthielt. Hier im Schutz dieser leblosen Steine drängte es ihn, es zu erfahren. Auf dem Stein, auf dem Judit ruhte, lagen ihre mit Mañungos überkreuzten Beine, jahrhundertealte, aus dem Grab hervorgekommene Knochen, wie auf einer Piratenflagge. Dieses kalkige Gefühl weckte in ihnen eine Sehnsucht nach warmer Haut, die über ihre Haut gleitet, nach der behaarten Brust Mañungos auf ihrer nackten Brust, und sie öffnete ihre Bluse, um sich zu zeigen. Als er sie streichelte, fiel plötzlich zwischen den Ästen ein Bündel Pinienzapfen herunter und zerstörte die Stille. Judit richtete sich erschrocken auf und schloß errötend ihre Bluse. Wieder bäuchlings auf dem Stein liegend, widmete sich Mañungo dem bescheidenen paleographischen Zeitvertreib, mit einem Stöckchen das trockene Moos aus den Buchstaben zu kratzen.

»Das war niemand. Komm«, sagte er.

»Gehen wir. Ich habe Hunger.«

»Sieh mal hier.«

»Was sagst du?«

»Sieht aus wie . . . Policarpo Campodónico.«

»Oder Campocarpo Polodómico?«

»Mag sein. Es ist egal.«

»Ja. Nehme ich an.«

Wie sie über die möglichen Varianten des kuriosen Namens lachten, vergaßen sie die Berührung, die bis vor einer Minute gierigen Münder, und die vom abgekühlten Schweiß frische Haut wurde trocken. Wie ist dein Vater, fragte ihn Judit, neben ihm liegend. Wie sein Haus? Seine Gerüche, seine Gerichte? Inmitten dieses Labyrinths beschädigter Steine, die nicht ihr gehörten und doch ihr gehörten, wollte sie etwas über den Friedhof wissen, auf dem seine Mutter ruhte. War er wie dieser? Nein, sagte Mañungo. Dort war nichts präzise und in die trockene Luft geschnitten wir hier. Alles war Widerschein, aufgelöst im Traum oder in der Vergangenheit, alles silbern, haarig, verregnet und neblig, bärtig von Flechten die Winkel, krebszerfressen von Pilzen die Kanten, und in den vergänglichen Friedhöfen aus Holz an den Ufern der Fjorde stieg die Flut bis zu den Ziegelbauten, die die Gräber schützten, und wenn die Flut sehr hoch stieg oder Stürme tobten, nahm sie diese kleinen Häuser für die

Toten wie die Häuser für die Lebendigen mit sich, und manchmal sah man auf den grünen Fjorden ein schwimmendes Totendorf mit der Ebbe durch die Buchten bis ins Meer ziehen... Nach solchen Fluten waren die Friedhöfe eingeebnet, und man mußte alles neu aufbauen. War seine Mutter noch dort? Er hörte die Queltehues schreien und Regen ankündigen, der sich über die Ernte ergoß und über die Kühe, die sich gegen ihn wehrten, indem sie nur die großen, traurigen Augen schlossen. Die Häuser der Toten auf den Friedhöfen zitterten und klagten im Wind, die Bretter flogen auf, die Ziegel sprangen herunter, die Kreuze und die verzweifelten Seelen kamen heraus, um über die Weiden zu jagen und über die Wasser der Fjorde zu irren. Er wußte nicht, ob die letzten Sturmfluten das Grab seiner Mutter fortgerissen hatten. Er wußte nicht, ob er sie wieder auffinden würde. Er wußte nicht einmal, ob er sie suchen würde. Wozu, wenn diese Seelen ohne Haus dort überall waren und die Luft und die Pflanzen nährten, die die Welt bevölkerten.
Judit war aufgestanden, während Mañungo den Bericht über seine Vorfahren fortsetzte. Sie durchstreifte die benachbarten Wege und untersuchte die simplen, verschiedenartigen Architekturen. Hier waren die herumirrenden Toten nicht in Mañungos grüner Natur aufgelöst, hier bleiben sie in versiegelten Marmorkästen eingemauert, damit die Trauernden in der schlichten Illusion leben konnten, daß weder die Zeit noch der Regen ihre gekaufte Ewigkeit antasten werde. Die Kuppeln und Kapellen wandten dem heimlichen Winkel, in den Judit und Mañungo sich verkrochen hatten, den Rücken. Sie fürchteten, nicht wieder hinauszufinden, sich auf dem Rückweg in den Hohlwegen zu verlaufen; dann würden sie rufen müssen, damit man kam, um sie zu befreien, oder sie müßten die Nacht auf einer Grabplatte verbringen, nicht zu Hause, wie sie es sich wünschten. Das Bedürfnis des Körpers zu befriedigen, lag notwendigerweise vor der wundervollen Zeremonie der Liebe: in der Dunkelheit zu liegen und zu rauchen, und jeder erzählte langsam seine Geschichte, flüsternd, als wäre es das erste Mal.

Mañungo sprach noch vom Süden und vom Regen, aber wie zu sich selbst, fast wie ein Singsang, und Judit bewunderte das hohe Rosettenfenster in der Apsis der gotischen Kapelle, die ihnen ihren kleinen Rücken aus rosafarbenem Stein zeigte. Der Raum zwischen der Zypresse und der Grabplatte, auf der sie sich befanden, lag schon im Schatten.

»Sehr Böcklin, mit so vielen Zypressen«, bemerkte sie.

»Was ist Böcklin?« fragte Mañungo.

»Unwichtig«, sagte sie, begann aber bestimmte Dinge zu fürchten und sich vorzustellen, was Lopito in diesem Fall gesagt hätte. Das bunte Glasfenster in der Apsis war erleuchtet.

»Woher kommt das Licht?« fragte Judit.

»Elementary, Watson ...«

»Bitte sag nicht *Elementary, Watson* zu mir, ich habe es satt, es ewig von Lopito zu hören.«

»Ganz einfach. Also, dies ist die Rückseite der Kapelle. Die Sonne kommt durch die Tür gegenüber und trifft auf diese Fenster und wird im Schatten zu dieser Art Laterne, Kaleidoskop ... Du stehst genau da, wo die roten, grünen, blauen und gelben Strahlen einfallen. Du bist die Heldin einer Legende. Ich werde dich küssen ...«

Sie ließ sich küssen, ohne den Kuß zu erwidern. Sie war mit dem vergänglichen Umhang dieser Märchenfarben verkleidet und wollte vor allem nicht, daß das Licht wanderte, die Farben abschwächte und sie wieder zu dem würde, was sie war und das zu sein sie langweilte. Mit Mañungo würde sie sich verwandeln, sich nicht in dem Nachen von Böcklin einschiffen, sondern auf der *Caleuche,* und die außergewöhnliche Reise antreten, die er ihr anbot. Paris. Überall, wo sie nicht von den Schreien unterdrückt wurde, die Matilde hinwegraffen konnten, weit weg von Freddy, von den Ränken des Mannes im braunen Gabardineanzug, der sie nicht in Ruhe ließ, weit weg von den allgegenwärtigen nächtlichen Papiersammlern.

»Hilf mir mal«, sagte sie.

»Was hast du vor?«

»Faß meine Beine, und hebe mich hoch.«
»Wozu?«
»Ich will hineinsehen.«
Die unheilvollen Untertöne in ihrer Stimme waren verstummt; sie war jetzt jung, verspielt, belustigt. Er nahm sie bei den Beinen. Sie wies ihn an, sie an dem Rosettenfenster hochzuheben, damit sie hineinsehen könne und die Farben noch kräftiger auf ihren Zügen leuchteten. Was war in der Kapelle? Wie sah sie von vorne aus, ihre Fassade, zu der sie nicht gelangen konnten? Mañungo wäre lieber essen gegangen, wie sie selbst es vorgeschlagen hatte, bevor der Flügelschlag aus der anderen Welt diese Neigung unterband, und danach wollte er in ihr Appartement gehen und nach der Liebe den ersehnten blauen Bademantel anziehen, das zur Zeremonie der Vertrautheit gehörende Ornat. Judit kletterte inzwischen hingerissen von ihrem Unfug, von Mañungo abgestützt, mit nackten Füßen in die Ausbuchtung der Apsis greifend, hinauf.
»Du wirst nur die Rückseite der Fenster sehen«, meinte Mañungo. »Ziemlich schmutzig werden sie sein.«
»Macht nichts. Ich will hineinsehen.«
Als ihre Augen in Fensterhöhe waren und Mañungo sie mühsam hielt, denn es war sehr hoch, entdeckte sie, daß das Rosettenfenster so schmutzig war, daß sie nicht hindurchsehen konnte, und da die Sonne ihren glanzvollen Schein aus diesem Mausoleum zum nächsten verschoben hatte, war das Fenster nur noch ein Musterfeld gedeckter Farben. Judit begann die Scheiben mit der Hand abzuwischen, die Piniennadeln und -samen abzukratzen. Dabei drückte sie zu stark gegen ein blaues Glas, das hinunterfiel und zerbrach. Ein Hauch eiskalter Luft kam aus dem Innern und schlug ihr ins Gesicht.
»Du hast es zerbrochen.«
»Schade ...«
»Jetzt kannst du besser hineinsehen.«
»Das waren *Die Versuchungen des heiligen Augustinus*, glaube ich ...«
»Woher weißt du das?«

»Ich weiß nicht. Paßt zu dir, das mit den Versuchungen ...«
Judit sah ins Innere.
»Was siehst du?«
Es war eine Kapelle aus weißem Marmor, die jetzt ganz im Schatten lag; die Sonne, die sie noch vor einem Augenblick durchflutet hatte, war durch das Eisengitter verschwunden und spielte jetzt auf der Wiese draußen, auf der anderen Seite. Judit suchte mit dem Blick aufmerksam die Nischen nach Namen und Daten ab.
»Mein Papa ...!« rief sie aus.
»Wer?«
»Und meine arme Mama ...! Und mein Onkel Carlos und meine Großmutter Emilia. Mañungo, Mañungo, hier ist es, das hier ist das Mausoleum, das ich dir zeigen wollte, nur daß wir nicht von vorn herankommen konnten, ich weiß nicht, warum. Warum haben wir die Vordertür nicht gefunden?«
»Soll ich dich runterlassen?«
»Laß mich nicht los! Ich will alles sehen, denn das werde ich in meinem Leben nicht wiedersehen. Mein Großvater Augustin. Ach, Mañungo, hier fange ich an! Wie schwer ist es, sich zu wandeln, um mit dir nach Paris zu gehen, wenn man in etwas so Festgefügtem beginnt wie diesem hier! Pelequénstein. Rosa. Begreifst du? Das nationale Äquivalent zum Carraramarmor. Begreifst du die Sicherheit und Festigkeit von all diesem?«
Schweigend sah sie eine Weile hinein.
»Judit Torre Fox, 1952 ...« las sie. »Nein, ich will es nicht sehen! Ich bin nicht unter den Toten! Laß mich runter! Gräßlich! Ich will gehen, sofort! Laß mich runter! Ich will nichts mit diesen Leuten zu tun haben, die mich in einer Marmornische einsperren! Gehen wir, bitte, gehen wir, bitte, nimm mich mit, Mañungo, ich ersticke!«
Sie weinte, als Mañungo sie in seine Arme nahm. Sie erzählte ihm, daß ihr Vater ihr gesagt hatte: »Alles mag dir fehlen, Kind, aber nicht der Platz, wo du deine armen Knochen niederlegst, wenn du fertig bist mit all deinen Dummheiten.« Vor Grauen, Ekel und Angst schluchzend fürchtete sie,

plötzliche Reue würde sie überkommen, wenn sie im Schatten dieser rosafarbenen Apsis verweilte. Mañungo solle sie mitnehmen! Er solle sie mitnehmen! Sie gehöre nicht hierher. Das hier war nicht ihr Anfang und nicht ihr Ende. Ihr Anfang war die Schule, die Universität, der politische Kampf, Matilde und Lopito und Ramón und Fausta und so viele andere und Ada Luz und ihre Strickerinnen, nicht diese erstarrten Namen, diese Daten, die nichts bedeuteten, weil sie zu einer anderen Geschichte gehörten. Mañungo dürfe nicht zulassen, daß man sie jemals in diese Nische mit ihrem Namen sperre, die seit eh und je mit offenem Schlund auf sie wartete, um sie zu verschlingen. Die Kälte, die ihr aus dem Innern des Mausoleums ins Gesicht geblasen hatte, lasse sie erstarren, damit sie nicht lebe, denn es war schlecht zu leben, und sie schluchzte und nahm Mañungo das Versprechen ab, daß er sie vor diesem hier retten würde, Mañungo, Mañungo, hilf mir, meine Schuhe anzuziehen, damit wir fliehen, denn ich bin nicht Gefangene meiner Geschichte, auch nicht meines Landes, und als sie die Schuhe anhatte, machte sie sich aus Mañungos Armen los und lief durch das Durcheinander von Kapellen und Denkmälern und zerbrochenen Grabsteinen, bis sie sich ein über das andere Mal in Sackgassen ohne Ausgang verlief, zurückkam und weitersuchte und nichts in diesem Wirrwarr von Toten fand. Bis Mañungo sie schließlich ohne Schwierigkeiten zum Ausgang führte und sie um die Taille nahm, damit sie nicht über die Grabsteine stolpere. Judit weinte nicht mehr. Mañungo gab ihr sein Taschentuch, damit sie sich das Gesicht abwische. Sie öffnete ihre Handtasche, um sich im Spiegel anzusehen:
»Ich sehe aus wie ein Monster.«
Unter den Zedern blieb sie stehen und kämmte sich ein wenig.
»Gehen wir, Judit?«
»Für immer.«
»Die Gräber, die Kinder, den Kampf zurücklassen? Alles?«
»Alles. Versprich mir, daß du mich nie zurückgehen läßt.«
Nie: ein zu langes Wort. Immer: auch. Die Worte, die Ma-

ñungo am meisten haßte. Aber Judit war nicht in der Stimmung für Abhandlungen. Sie wollte nach Hause und ihre Siebensachen packen, um morgen abzureisen. Sie gingen doch morgen, Mañungo, bitte, nach Chiloé? Sie wollte ihn nicht eine Sekunde mehr fortlassen. Sie wollte keinen Tag mehr hierbleiben, wo Freddy und Ricardo Farías und Don Cesar sie umstellt hatten und sie genau wie Lisboa damit bedrängten, daß sie nicht allein sei auf der Welt, sondern Teil eines historischen Moments, einer Auseinandersetzung sei, und das Leben nur wirklich persönlich sei, wenn man sich entschieden habe, in welchem Winkel der Geschichte die eigene Auseinandersetzung stattfinde. Sie wolle von diesen Forderungen nichts mehr wissen. Vielleicht später... »wenn sie groß war«, wie Fausta in ihrem Alter noch so charmant sage, wenn man sie zwingen wolle, ihre auf dekorative Weise unbestimmte Position festzulegen, und alle lachten, wenn sie das hörten, und eine Antwort sei nicht mehr nötig. Mañungo solle sie nach Chiloé mitnehmen, um in den Wasserstraßen bis ins Meer schwimmende Gräber anzusehen. Wolle er nicht, daß sie seinen Vater kennenlernte? Und den in Meeresarmen ertrunkenen Archipel? Ja. Abreisen. Gleich morgen. Man müsse sich beeilen, wenn man nicht wolle, daß ihre Feinde sie jagten. Außerdem habe sie einen Bärenhunger, sagte sie, und es sei ihr jetzt egal, ob man sie in dem feinsten Restaurant von ganz Santiago zusammen essen sähe. Eigentlich sei es sogar ziemlich komisch, wenn man unmittelbar vor ihrem Verschwinden über die Angelegenheit zu reden begänne, vor allem wenn Freddy sie zu Ohren bekäme.

36

Hand in Hand gingen sie durch die Zypressenallee zu dem überdachten alten Eingang des Friedhofs, dessen Kuppelgewölbe sich hinter den Bäumen erhob. Wegen der einfachen Tatsache, daß es nicht mehr gefährlich war, zusammen in ei-

nem eleganten Restaurant zu essen, gewann alles für sie jetzt eine Form. Nichts war mehr gefährlich, alles war leicht, alles war jetzt frei! Wenigstens soweit, wie sie in die Zukunft sehen wollten, die sich ihnen seit einer Viertelstunde in wohlwollendem Licht darstellte, im stillschweigenden Einverständnis, daß sie sich auf nichts festlegten – nicht einmal auf die schrecklichen Dinge, wie sich ewig zu lieben oder außerordentlich glücklich zu sein – außer darauf, morgen früh zusammen nach Chiloé abzureisen, was vielleicht doch eine Verrücktheit war. Als sie aus dem Labyrinth herauskamen, fanden sie Menschen, die in dieselbe Richtung gingen und bei einem Spitzbogen oder dem Bruchstück eines Wasserspeiers stehenblieben, um von persönlichen Dingen zu sprechen; Menschen, die mit einer gewissen Verächtlichkeit in ihrem Gebaren zeigten, daß sie nicht von irgend so einem Begräbnis kamen, bei dem sich die Trauer auf einen schwarzen Anzug reduziert, sondern von der turbulenten Beerdigung Matildes, und daß sie aus diesem Grund den längeren Weg hinaus nahmen und Matilde in einem fernen Friedhof von Santiago allein zurückließen. Ab morgen, von Chiloé aus noch weiter entfernt und später, in Paris, für immer. Wann..., wann würde sie sie wieder besuchen? Nie hatte sie den Riß dieser Trennung bedacht, denn sie hatte sie sich nie vorgestellt, aber jetzt war es unmöglich, die Trauer darüber zu ertragen, daß sie ihr niemals eine Blume bringen oder darüber wachen würde, daß unwissende Hände nicht die sorgfältig stilisierte Armut ihrer Nische zunichte machten. Jemand grüßte Judit im Vorübergehen. Sollte er sie in seinem Wagen mitnehmen ins Zentrum? Nein, nein danke, und sie ließ ihn vorbeigehen, denn er hatte es offensichtlich eiliger als sie, zum Essen zu kommen.
Am Friedhofstor und auf der Straße vermieden sie, von den Gruppen Trauernder aufgehalten zu werden, die auf die Leichen ihrer Angehörigen warteten, um sie zu begraben. Auf der anderen Straßenseite, auf dem kleinen Platz mit den Palmen, wo die Taxis hielten, erkannten sie ihre Freunde; Ada Luz und Lopito stritten, die Kinder rannten über den Rasen, und Don Celedonio und Fausta saßen völlig er-

schöpft auf einer Bank und verscheuchten unwillig die barfüßigen Bettler, die sie bedrängten und ihnen Wässerchen für die nicht vorhandenen Blumen ihrer Toten anboten, und versuchten ihnen klarzumachen, daß die Beerdigungszeremonie für Matilde bereits zu Ende war. Mañungo und Judit gingen über die Straße, sie lösten ihre ineinander verschränkten Hände, damit niemand ihnen Fragen über ihre Beziehung stellte, die zweifellos verblüffen mußte, da sie innerhalb von zwanzig Stunden entstanden war. Lopita stieß ein Jubelgeschrei aus, als sie Mañungo sah, und rannte voller Freude mit ausgebreiteten Armen und fliegenden Zöpfen auf ihn zu, umarmte seine Knie und drückte ihr Gesicht an seine Beine. Marilú und Jean-Paul machten es ihr nach. Alle, selbst der Polizist mit seiner Maschinenpistole, der mit seinem Kollegen auf dem Platz Wache gehen sollte, aber an das Dach eines grauen Autos gestützt Musik hörte, lachten über diese spontane Szene. Auf dem gegenüberliegenden Gehsteig nahm der andere, ordentliche Polizist Befehle von jemandem entgegen, der mit einer Handvoll Männer in dem grünen Mannschaftswagen steckte, aus dem die Schnauzen ihrer Waffen hervorlugten. Umstellt, flüsterte Mañungo. Warum? Wozu? Warum ziehen sie nicht ab? Es war doch alles vorbei, und Matilde war zu einem harmlosen Ding geworden? Umstellt. In Recoleta, hier, überall. Umstellt, um die Drohung aufrechtzuerhalten, obwohl heute gar nichts passierte und jeder nach einer Messe, einem Begräbnis, nach dem Einkaufen, einem Fußballspiel auf dem Acker nach Hause gehen konnte. Die Tür des grauen Autos stand offen, und seine Insassen – Judit glaubte ein Bein in einer kaffeebraunen Gabardinehose zu erkennen, konnte aber nicht feststellen, ob das vom oberen Teil der Windschutzscheibe verdeckte Gesicht dazugehörte – lauschten der Stimme des *Gorrión de Conchalí*. Sie sah sich nicht um, denn als sie auf den Platz zuging, hatte sie den Krüppel erkannt, der, mit dem Rücken an eine der Säulen des halbmondförmigen Bogengangs gelehnt, den Hut ins Gesicht gezogen, die Hand vergeblich bettelnd ausstreckte, denn alle Leute waren zum Essen gegangen. Er, der eine Verbindung zum Haß der Bevölkerung darstellte, riskierte sein Leben, indem er über Judit wachte, um, wenn ihr etwas passierte, die von den Zeitungen unterdrückte Nachricht ins Innere der Stadt zu tragen und die Wut für irgendeinen Ausfall zu schüren. Judit setzte sich zu Fausta und Celedonio und fragte, was sie jetzt vorhätten. Sie wollten die Kinder und Ada Luz zu einem Burgerking einladen, sagten sie, und Jean-Paul hatten sie versprochen, ihm hinterher *Chile en miniatura* zu zeigen, damit er seine Heimat kennenlerne. Das sei aber kein sehr verführerisches Programm, und sie seien so erschöpft, daß sie vielleicht Ada Luz Geld geben würden, damit sie die Kinder begleite. Oder wolle Judit mit ihnen gehen?

»Nicht geschenkt!«

»Hast du mich auf der Beerdigung gehört?« fragte Fausta. »Glaube nicht, ich hätte die Gelegenheit nicht genutzt, um meine kleinen Gifttropfen gegen das Regime auszuträufeln, damit keiner mir nachsagen kann, ich sei reaktionär. Was ist mit dir los, Ju?«

Warum gestand sie der Fausta der großen Leidenschaften und Abenteuer nicht die Wahrheit, da sie, zumindest vordergründig, auf diesem Gebiet diejenige war, die sie am besten verstehen würde? Einfach sagen: Seit gestern nacht liebe ich Mañungo Vera, und ich werde mit ihm nach Paris gehen, wie in den Romanen früher. Wie würde Fausta den Fehltritt feiern, sie endlich diesen romantischen Ausdruck benutzen zu hören, den sie selbst so sehr liebte! Aber dieser Mittag war zu schwül, um ironische Erklärungen abzugeben und die üppigen Ausschweifungen Faustas ertragen zu können, vor allem, da gerade eine Art Erschlaffung den Verkehr auf dem Platz lähmte und sich hier nichts anderes abspielte als die unglaubliche Stumpfheit der Tauben in der blendenden Sonne. Warum jetzt ihre Mitteilung machen, statt bis zum Abend zu warten, wenn sie sie, die Koffer schon gepackt, anrufen würde, um sich nüchtern und herzlich von ihnen zu verabschieden?

»Gehen wir?« sagte sie zu Marilú.

»Ich will nicht gehen.«

»Warum?«
»Ich will bei Jean-Paul bleiben.«
»Bei Jean-Paul, nicht bei Lopita?«
»Nein. Sie ist so häßlich. Bei Jean-Paul. Sie soll weggehen.«
»Alle gehen zusammen, also schrei nicht so.«
Lopita hatte mit der nicht dechiffrierbaren Verführungskunst ihrer grotesken Häßlichkeit alle Aufmerksamkeit auf sich gezogen, die Teil eines schrecklichen Untergrundes, in den wenige vordringen, war, da er von Leid und Demütigung besetzt ist. Mit dem makabren Lachen eines Totenvogels und in ihrer unpassenden Ausstaffierung zog sie, von der Musik angelockt, Mañungo zu dem grauen Auto, an das der Polizist mit den von Akne zerfressenen Wangen sich lehnte. Sie erkannten sich, aber der Polizist zog es vor, ihre kurze Bekanntschaft am Eingang des Friedhofs zu ignorieren, als könne sie ihn vor den Männern mit den von der getönten Windschutzscheibe vermummten Gesichtern kompromittieren. Alle sahen Lopita sprachlos nach, selbst der Krüppel, der, seine Hand ausgestreckt, auf dem anderen Gehsteig etwas näher rollte, als wäre sie etwas Staunenswertes oder Gefährliches, verblüfft über die rätselhafte Erregung, die Haß und Liebe, Gelächter und Achtung, Angst und Aggression hervorrief und die gefesselte Phantasie befreite, um die Schatten, die nie nur das sind, was sie zu sein scheinen, zu ergründen. Gefolgt von Judit wollte Lopito grinsend, aber unangenehm berührt zu Lopita gehen, aber gerade in dem Augenblick, als Mañungo den Polizisten herzlich begrüßen wollte, der offenbar zu schüchtern war, seinerseits das Gespräch wieder aufzunehmen, fragte Lopita ihn:
»Soll ich dir etwas vortanzen, Onkel?«
»Gut, tanze.«
»Nein, nein, Moira«, flehte Lopito und wollte sie daran hindern, wenn Judit ihm nicht dazwischengekommen wäre.
»Nicht hier auf der Straße, Kind..., komm, wir gehen, bitte...«
»Warum nicht? Laß sie doch tanzen. Unterdrück sie nicht.«
Weil es zu heiß ist. Nein, weil sie sich lächerlich macht, woll-

te Lopito sagen, fürchtete sich aber, es auszusprechen, und drehte sich um. Er ging zu der Bank, wo Ada Luz Lisboa nachtrauerte, der ihr auf dem Friedhof zwischen skandierten Parolen endgültig den Abschied gegeben hatte, und trug seinen Kummer an die Peripherie jenes Kreises, der sich um Lopita gebildet hatte. In seiner Mitte – in dem Auto stellte jemand bösartig die Musik lauter, als wolle er die Zuhörer in die Falle locken – klatschte das Mädchen in die Hände, drehte sich wie ein Brummkreisel um sich selbst und begann, ihre Volants greifend, zu steppen, spreizte ihre Hände und wiegte sie und ihr gräßliches Köpfchen. Lopito schloß die Augen. Er bat Ada Luz um die Korbflasche und hob sie an den Mund. Er wollte nur noch die bunten Sterne sehen, die hinter seinen zusammengepreßten Lidern explodierten. Er wollte nicht zusehen, wie die Verführungskunst seiner Tochter nicht nur alle zum Lachen brachte, weil sie so schmerzlich grotesk war, sondern daß diese verfluchten Feiglinge, die nun jeden Augenblick in Gelächter ausbrechen würden, sie benutzten, sich selbst in die mächtige Position von Henkern zu versetzen. Wie konnte er sie retten? Der lauwarme Wein war im Augenblick das einzige, was die trivialen Wunden seiner Liebe linderte, das Herz eines von Kummer gequälten Betrunkenen von Schmerz erfüllt.

»Kummer, worüber denn, Lopito?« fragte Ada Luz.

Wozu dieser Frau anworten, der es an Feingefühl mangelte, das zu begreifen. Sah sie denn seine Tochter nicht, wie sie sich lächerlich machte, wenn sie vor aller Welt tanzte, als wäre es etwas Großartiges? Sah sie nicht ihren gedrungenen Körper, ihre schweren Füße, ihre Unfähigkeit, den Rhythmus zu halten, ihre Taubheit für den Verlauf der Melodie? In einer Minute Tanz enthüllte sie das Drama eines Wesens: für das, was es laut als seine Bestimmung ausruft, nicht begabt zu sein. Lopita war ein kleines Monster mit schweren Füßen, ein lästiges, eigenwilliges Mädchen, das sich zum allgemeinen Gespött machte, weil es so häßlich war, ohne jede Grazie und lächerlich! Wie gern hätte er eine unantastbar schöne Tochter gehabt! Die niemand verletzen oder anfassen konnte! Welch eine Ruhe wäre das, welch eine Sicher-

heit! Wie unmöglich wäre das Gelächter dieser Idioten, ein Gelächter, das um sie herum entstand, das ihr Gemeinheiten, die er lieber nicht hören wollte, zurief, um sie anzustacheln! Statt dessen mußte er die Demütigung hinnehmen, daß dieser mißgestaltete Kobold, unleugbar seine Tochter, seine ganze Liebe besaß. Der Polizist, der am Wagen lehnte, lachte. Ein ungebildeter Rüpel, vor dem man sie schützen mußte. Er würde ihn umbringen, wenn dieses verbissene Lachen zum Gelächter wurde! Er ballte die Fäuste, steckte sie in die Hosentaschen, als suche er ein Messer. Lopita, im Mittelpunkt der Musik, tanzte, angestachelt von den Zuschauern, hingerissen und tölpelhaft. Der in den Nacken geschobene Helm des Uniformierten enthüllte das Innere seines orangefarbenen Mundes. Wie schade, daß er ihn jetzt hassen mußte! Warum schützte er Moira nicht, indem er seine Autorität nutzte, ihr zu befehlen, mit dem Tanz aufzuhören, und die Beleidigung durch so viele Augen verhinderte? Häßlich, ungeschickt, lächerlich! Warum nicht ein anderer Beruf? Schneiderin, Lehrerin, Nonne? Aber die Ärmste spürte diesen Drang zu Festlichkeit und Tanz, ein unwiderstehlicher Ruf, dem ihr Körper nicht entsprach, und sie stolperte herum, und die Fratze, die ihr großes und grünliches Gesicht dazu zog, und das Taumeln ihres untersetzten Körpers, ihrer bleiernen Füße und ihrer kurzen Beine verwandelten das anfangs wohlwollende Lachen in lautes Gelächter.
Vor allem der Polizist, der sich vor Lachen den Bauch hielt. Lopito ballte wieder die Fäuste mit einer gewaltigen Anstrengung seines Verstandes, um sich zurückzuhalten. Warum sollte dieser arme Kerl eigentlich nicht lachen, dessen Uniform ihn zwang, wie ein Henker zu handeln? Er, der Vater der Kreatur, war niemand, konnte also auch keinen Respekt fordern, wie es Mañungo hätte tun können, wäre Lopita seine Tochter gewesen. Aber die Kinder von Mañungo und Judit waren natürlich ganz anders, ätherisch und grazil, begabt für Tanz und Lustbarkeit, wie er es sich für seine Tochter gewünscht hätte. Durch Lopita hingegen mußte seine verletzte Liebe die ständige Wiedergeburt der Häßlichkeit und das Gelächter erleiden, und er mußte sie hassen, obwohl er sie lieb-

te, ein Haß, der so lange dauern würde wie ihr lächerlicher Tanz zur Musik, deren Lautstärke sich im Auto verdoppelte und deren Rhythmus Lopita nicht folgen konnte. Warum nicht, warum nicht, mein Gott? Wenn alle Kinder der Welt einem Rhythmus folgen können, warum nicht auch seine Tochter? Worin bestand ihre Minderwertigkeit? Die Zuschauer lachten. Er mußte diese Beleidigung aufnehmen, denn nur er konnte sie beschützen. Der sich vor Lachen krümmende Polizist lachte über sie, nicht mit ihr, und Lopitos Herz brannte bei dieser Beleidigung. Er bahnte sich durch die kleine Gruppe einen Weg, ging auf den Polizisten zu und fragte: »Worüber lachst du?«
Die Haltung des Polizisten veränderte sich sofort, er richtete sich auf und straffte sich. Mañungo wollte Lopito zurückhalten, aber der machte sich los. Lopita lief zu ihrem Vater, klammerte sich an ihn und zerrte ihn am Gürtel, stellte sich zwischen ihn und den Uniformierten. Das graue Auto hatte seine Tür geschlossen, die Musik abgestellt und verschwand, als wäre sein Status zu erhaben und als hätten seine Insassen viel wichtigere Aufgaben zu erfüllen, als einen kleinen Straßenkrawall zu unterdrücken.
»Nicht, Papa!«
»Laß mich, verdammte Göre!«
Mit einer heftigen Bewegung trat er an den Polizisten heran – aus dem anderen Fahrzeug, dem grünen, stiegen vier Uniformierte mit Maschinenpistolen, um den Betrunkenen, der an einem solchen Tag herumkrakeelte, festzunehmen –, schüttelte seine Tochter ab, schleuderte sie in die Arme von Ada Luz, wo sie abprallte, um sich wieder in den Streit einzumischen.
»Nein, Papa . . .«
Ohne sich von ihr loszumachen, als wäre das Kind ein Auswuchs oder etwas hartnäckig an ihm Haftendes wie eine Klette oder Distel, stellte Lopito sich drohend vor dem immer noch grinsenden Polizisten auf und schrie ihn an: »Was lachst du, du Schwein?«
»Mehr Respekt vor der Obrigkeit, hören Sie!« warnte ein anderer Uniformierter.

»Von welcher Obrigkeit sprichst du, du Mörder.«
»Halt den Mund, Lopito!« riefen Fausta und Judit zu Tode erschrocken, als sie merkten, daß es bereits zu spät war, daß Lopitos Wahnsinn sich in einen Abgrund stürzte, vor dem sie machtlos waren. »Sag doch nicht, was nicht wiedergutzumachen ist!«
»Das hat er schon«, flüsterte Mañungo.
Lopito fuchtelte wie verrückt geworden mit den Armen unkontrolliert herum:
»Warum soll ich das nicht sagen? Ich will es sagen. Mörder, verdammter Mörder!«
Die Polizisten stürzten sich auf Lopito, während Mañungo ihn festhielt, um zu verhindern, daß er die Ordnungskräfte mit seiner kraftlosen Faust des Betrunkenen schlug. Sich windend, tretend, stoßend, beißend, wie er nur konnte, schrie Lopito und keuchte, als wollte ihm das Herz aus der Brust springen und sein Atem stillstehen. »Mörder, verdammte Mörder... Folterknechte... Verkaufte... Arschficker... ihr habt Matilde umgebracht... ihr habe sie alle umgebracht... Verkaufte... Folterknechte...« Seine Stimme wurde vom Tumult erstickt, sein Gesicht von Schlägen und von Blut entstellt, die Kleider zerrissen und verschwitzt; seine Beschimpfungen wurden dem Weinen immer ähnlicher und verwandelten sich schließlich in ein Schluchzen. Fausta, Ada Luz und Judit versuchten, die entsetzten Kinder fernzuhalten. Vom gegenüberliegenden Gehsteig bemühte sich Don Cesar, Judit auf sich aufmerksam zu machen, um ihr anzudeuten, es sei in dieser Situation besser, zu verschwinden, da dieser ordinäre Streit ein Nachspiel haben könnte. Die Uniformierten waren mit Blut und Erbrochenem des Betrunkenen beschmiert, als sie Lopito die Handschellen anlegen konnten, der kurz davor war, ohnmächtig zu werden, aber immer noch unter Schluchzen murmelte:
»Mörder... verdammte Lumpen, eines Tages schneiden wir euch alle die Köpfe ab... Idioten... Folterknechte...«
Unbeachtet, zwischen den Beinen der Polizisten hindurch, war es Lopita gelungen, zu ihrem Vater zu kriechen, um ihn

zum Schweigen zu bringen. Mit den gefesselten Händen holte Lopito zu einem Schlag gegen seine Tochter aus, der sie aber nicht traf, und schrie: »Laß mich in Ruhe, verdammte Göre! Siehst du nicht, daß ich mich nur eingemischt habe, weil du so häßlich bist?«
»Nein, Papa, weine doch nicht. Nicht weil ich häßlich bin. Sagt ihm doch, daß ich nicht häßlich bin, damit er nicht weint, er schämt sich, der Arme...«
»Wieso nicht? Eine häßlichere Vogelscheuche hat man nicht gesehen, genau wie dein Papa, der Kommunist...«
»Kommunist, ich? Natürlich! Geht zum Teufel! Anarchist, Gewalttäter, Extremist, Nihilist mit einer Bombe in der Hand, um die Welt zu zerstören, angefangen bei euch Arschfickern...«
»Schluß jetzt, ab ins Körbchen.«
Mit Fußtritten jagten sie ihn wie ein Tier über den Platz zu dem Mannschaftswagen, während seine Freunde die Polizisten anflehten, doch bitte das unentschuldbare Benehmen von Lopito zu entschuldigen. Die warnten sie jedoch mit vor Wut gefletschten Zähnen, daß sie es jetzt kriegen würden, da sie alle auf der Beerdigung der Señora Neruda mit diesen Besessenen herumgeschrien hätten, mit diesen Kommunisten und denen vom Frente Manuel Rodríguez; der Festgenommene sei auch ein Kommunist, und wenn sie sich nicht verdächtig machen und keinen Ärger haben wollten, sollten sie sich gefälligst davonmachen. Dieser Besoffene würde allerdings teuer bezahlen müssen. Lopita zerrte völlig aufgelöst am Hemd ihres Vaters, ohne daß jemand sie losmachen konnte oder losmachen wollte, weil sie so klein war, daß man sie gar nicht beachtete:
»Bitte, bitte, verzeiht ihm!« In dem Wortwechsel zwischen den Beamten und Don Celedonio und den Einwänden von Fausta und Mañungo, die kaum ihre Wut zurückhalten konnten, hörte man die Klagen der Lopita nicht, die sich an dem Bein ihres Vaters festgekrallt hatte. Man warf ihn in den Wagen und fuhr ab.
Als sie zu ihrer Bank zurückgingen, weinten alle. Don Cesar beobachtete sie, wenige Schritte von ihnen entfernt, jetzt

ohne bettelnd ausgestreckte Hand. Don Celedonio und Fausta ließen sich auf die Bank fallen. Sie waren zu fertig, um zu begreifen, was gerade geschehen war. Warum, warum, warum...? Aber alles in diesem Land konnte man auf »Warum, warum« reduzieren. Damit die Kinder zu weinen aufhörten, beschlossen sie, sofort nach *Chile en miniatura* aufzubrechen und dort Hot-dogs zu essen mit Ada Luz, die aber nicht konnte, weil sie sich mit Lisboa treffen wollte, um etwas Wichtiges zu besprechen.

Judit nahm sie beiseite: »Worum geht es?« fragte sie.

»Darum.«

»Du willst in die Partei eintreten?«

»Na und?«, sagte sie und stieg in den Bus Pila–Friedhof, der neben ihnen hielt. Als auch die alten Leute mit den Kindern fort waren, kam Don Cesar, der sich, für den Fall, daß irgend etwas geschehe, in dem Bogengang des Halbmondes verzogen hatte, aus dem Schatten und rollte, die Tauben aufscheuchend, zu Judit.

»Das ist schlimm«, sagte er.

»Ich weiß.«

»Die Bullen verzeihen solche Worte nicht.«

»Ich gehe aufs Kommissariat, wer weiß, was man tun kann.«

»Gehen Sie nicht.«

»Warum?«

»Sie sind bestimmt registriert, und jetzt mit diesen modernen Maschinen weiß man in Sekunden, was man wissen will... Niemand kann sich heute verstecken...«

»Ich kann Lopito aber nicht im Stich lassen.«

»Wenn sie Sie fangen, fangen sie uns alle.«

»Wie soll ich dann aus Chile herauskommen?«

»Sie kommen bestimmt nicht raus. Sie stehen auf der Fahndungsliste.«

»Ich muß weg. Morgen. Ricardo Farías war auf Matildes Beerdigung und hat mich nicht aus den Augen gelassen, und er wird sie alle suchen, und auch die Frauen... Bitte warnen Sie sie, sofort. Ada Luz ist recht merkwürdig mit diesem Lisboa.«

»Er liebt sie nicht mehr, hat er ihr gesagt, wenn sie nicht in die Partei eintritt.«
»Und sie ...?«
»Ist gerade hingefahren.«
Judit hielt sich die Ohren zu und schloß die Augen:
»Ich will nichts mehr davon wissen, ich will fort.«
»Mit Mañungo?«
»Ja, mit mir«, sagte der.
»Sie wird nicht rauskommen.«
»Ich will raus, Don Cesar! Ich will nicht mehr! Wenn Sie dieses Grab gesehen hätten ...«
»Welches Grab?«
»Egal.«
»Und was wird aus Ihren Frauen? Die verhungern. Ohne Arbeit, ohne Rat, ohne Unterstützung gehen alle in die Partei oder in die Kirche oder in eine dieser indischen Sekten.«
»Das ist mir egal, Don Cesar. Ich kann nicht hierbleiben.«
Don Cesar nahm den Hut ab, er war kahl. Das erste Mal in all den Jahren sah Judit das. Seufzend sagte der Krüppel:
»Also gut. Leute wie Sie finden immer einen Weg. Sprechen Sie zuerst mit Don Freddy Fox. Er hat Sie all die Jahre geschützt ...«
»Woher wissen Sie ...?«
»... es wird ihm nicht schwerfallen, Sie außer Landes zu bringen, damit Sie einen reichen Mann wie Don Mañungo Vera heiraten ...«
Don Mañungo Vera. Nicht Mañungo. Nicht Mañungo Vera, und sie, ein Schützling von Freddy Fox. Ein von der ganzen privilegierten Klasse geschütztes Paar. Don. Don Mañungo. Das war das Urteil aus Don Cesars Mund. Leute wie sie fanden am Ende immer eine Zuflucht, um dem endgültigen Terror zu entkommen, und alles wurde zu einem Arrangement unter gleichen, die im Vortäuschen der Wahrheit geübt waren. Ja, sie wollte mit einer Schmeichelei oder einem kleinen Verstoß, der allein darin bestand, Freddy zu bitten – der die Verbindung mit Mañungo nicht so schlecht finden würde, da dieser berühmt war, reich und gutaussehend, fließend englisch und französisch und deutsch sprach, ein

Herr also, wenn man ihm beibrachte, jeden Tag das Hemd zu wechseln –, ja, Freddy zu bitten, sie rauszuschmuggeln, ihre Vorstrafen zu verbrennen, ihre Vergangenheit auszulöschen, damit sie neu anfangen könne. Ja, sie würde ihm schwören, daß sie ganz von vorn anfangen würde, wenn er interveniere, damit sie Chile verlassen und sich von der eisigen Familiengruft und den rauhen Parteiansprachen und den strickenden Frauen, die sie mit der Gegenwart ihrer Schuld erstickten, entfernen könne. Freddy war also der endgültige, der oberste Verschoner?

»Gehen Sie mit Mañungo, Ju«, sagte Don Cesar.

»Wie bitte?«

»Gehen Sie mit Mañungo. Wollen Sie heiraten, Sie beide?«

Warum bestanden alle auf dieser Frage? Stand es ihr auf die Stirn geschrieben, roch ihr weiblicher Körper nach dem geliehenen Aroma des Männerkörpers, zeigte sich in ihren blauen, harten Augen eine Gitarre, und hörte man in ihrer Stimme den Kontrapunkt eines kraftvollen Baritons? Nein. Natürlich nicht. Wie absurd! Das paßte zu Fausta! Warum sollte sie so sein, wenn sie ihn gar nicht liebte und es ihm auch gesagt hatte und er ihr und sie sich nur danach sehnten, herauszufinden, was mit ihnen passieren könnte, wenn sie so lange zusammenlebten, wie ein Feuer brennt, bis man ihm keine Nahrung mehr gibt. Heiraten? »Nicht im Traum. Nein.«

Aber als sie das sagte, fühlte sie, wie ihr Herz, das sie für immun gehalten hatte, vor Sehnsucht brach, da sie Mañungo und seine Wurzeln aus ihrem Nährboden riß, diesen ganzen Wald aus noch unbekannten unterirdischen Kristallen, die noch gar keine Zeit gehabt hatten, sich in ihr zu bilden. Sie sagte Don Cesar, sie würde mit Mañungo zur Polizei gehen. Der Sänger müsse bei dieser Sache die Hauptrolle spielen. Man müsse Lopito retten. Vielleicht sei Mañungos Berühmtheit so nützlich wie gestern nacht... Doch, doch, für etwas war ein Name wie der seine gut...

Das Taxi brachte sie zum Kommissariat von Santos Dumont, am Nordhang des San Cristóbal, zwischen unbebauten Grundstücken, wo die Straßen ins Ungefähre zu verlaufen

begannen und Häuser immer seltener wurden. Judit sagte, sie würde nicht mitkommen ins Kommissariat, denn seit Jahren führe sie eine etwas verborgene Existenz, nicht direkt im Untergrund, aber doch unauffällig, um die Aufmerksamkeit nicht auf ihre damalige illegale Ausreise zu lenken und nicht auf die Aktivitäten ihrer Strickerinnen.
»Ich muß so zurückhaltend sein ...«
»Man kann nicht behaupten, du seist gestern sehr zurückhaltend gewesen.«
»Das war eine Ausnahme.«
»Wirklich?«
»Werde nicht kokett ...«
»Aber du schwörst mir, daß du alles tust, damit du mit mir gehen kannst?«
»Mit großem Widerwillen, aber ich tu es.«
Er küßte sie, bis Judit die Tränen in die Augen stiegen, als sie daran dachte, was sie Freddy zu sagen hatte. Mañungo meinte: »Wir haben nicht einmal miteinander geschlafen, wie Gott es befiehlt.«
»Und wie befiehlt es Gott?« lachte sie, und lachend umarmten sie sich, denn das Taxi war am Ziel, und Judit sagte beim Aussteigen: »Du gehst am besten rein und sprichst mit ihnen. Ich warte auf der Straße, hier an der Ecke, auf dich, damit sie mich nicht sehen. Sobald du kannst, komm und sag mir, wie es Lopito geht.«
Mañungo betrat das Kommissariat, und Judit versteckte sich in der Nebenstraße. Sie setzte sich in den Schatten auf die Stufen eines bescheidenen Hauses, das nur diese Tür und ein Fenster hatte. Man erriet jedoch eine eindimensionale Tiefe nach innen, sicher eine Gasse mit winzigen Räumen und Patios, wo sich bescheiden ein träges Sonntagsessen abspielte mit Kindern und Großmüttern und dem Geruch von Gebratenem und Zwiebeln und Empanadas, den sie verabscheute, aber als unvermeidlichen festlichen Ritus begriff.
An der Ecke der Hauptstraße hielt ein Taxi. Mit exakten Bewegungen setzte der Krüppel sein Rollbrett auf den Gehsteig und ließ, nicht ohne eine gewisse Grazie, seinen Kör-

per darauf fallen. Judit winkte ihn heran. Don Cesar kam und sagte, er sei ebenfalls registriert und müsse sich darum auch bedeckt halten. Außerdem, welchen Einfluß könne er, ein armer Kerl, nehmen ...? Aber Mañungo war eine Hoffnung, Lopito aus diesen Krallen herauszubekommen, vor allem, da die Schwäche der Leute des Regimes für die bekannt war, die die Flitterkronen der Klatschzeitschriften trugen. Man müsse einwenden, Lopito sei betrunken gewesen, es war schließlich Sonntag, daß er mehr als einmal in einem Entziehungsheim gewesen war. Don Cesar hob sich vom Roller, schob ihn sich unter den Arm und bewegte seinen Körper nur mit den Händen fort. Er führte Judit durch die Seitenstraße, die langsam den Hügel hinaufstieg, einen halben Block später aufhörte, in ein staubiges Feld überging und etwas weiter oben in einen im Staub verdorrenden Abhang mit Disteln und Brombeeren endete. Don Cesar bewegte sich mühsam mit dem Rollbrett unter dem Arm vorwärts, wobei er seine kräftigen Hände an Steinen und Erdklumpen blutig riß. Sie gingen an einem Maschendraht entlang, der eine fast ausgetrocknete Wasserleitung und ein Basketballfeld begrenzte, das auf dem Grundstück hinter dem Kommissariat abgesteckt und voller Pferdeäpfel war, da hier die Tiere bewegt wurden. Auf der anderen Seite des Zaunes hatte man neben der Wasserleitung vor kurzem die Brombeeren geschnitten – die jungen Rekruten wurden gezwungen, idiotische Arbeiten zu verrichten, erklärte Don Cesar, Stämme und Steine weiß anzustreichen, damit die neuen Bullen lernten, was Disziplin ist –; Gras und Unkraut und die frischen Fenchel trockneten in der Sonne, und der Schierling duftete in der Sommerhitze. Judit und Don Cesar machten halt, ohne ein Wort zu sagen, die Hände in die Rhomben des Drahtes gekrallt, und betrachteten das mit grünen Sockeln ausstaffierte Kommissariat und jene rätselhaften, weiß angestrichenen Steine, die in unverständlicher Ordnung herumlagen, als ob sie Ausdruck der polizeilichen Geistesverfassung wären.
»Warten wir«, sagte Don Cesar leise.
»Worauf?«

»Daß etwas passiert.«
Daß etwas passiert. Daß etwas passiert. Wie lange warteten sie schon darauf? Jahre um Jahre der Demütigung und des Schweigens. Während die Minuten verstrichen, sammelten sich in den beiden, die sich dort an das Gitter krallten, nicht nur die Erinnerungen an so viele Verschwundene und Tote, sondern auch der Groll, der aus dem Wissen wuchs, daß es in dieser entsetzlichen Auseinandersetzung, auf die die Hoffnungslosigkeit zutrieb, für viele keine andere Lösung gab als die Gewalt. Judit mußte fliehen, weil sie Gewalt haßte und sich gestern nacht wieder einmal unfähig gezeigt hatte, sie auszuüben. Weder Waffen noch Organisationen, noch Kraft noch Geld. Nur Steine, selbstgebastelte Bomben, einige gestohlene Pistolen, was bedeutete das schon? War das Gewalttätigkeit, oder war es eine naive Befriedigung den mächtigen, importierten Waffen gegenüber, die die armen barfüßigen Rodriguisten dezimierten? Don Cesar versuchte, sie zu überzeugen und auf ihren alten Weg zu bringen, als sie im Untergrund nachts in lichtlosen Häusern unter Weinranken oder heimlichen Büschen bescheidene Höllenmaschinen herstellten, die eigentlich niemanden umbrachten. Fortgehen. Fliehen, dazu war Mañungo hier, um sie von den weichen Schritten von Ricardo Farías fortzureißen, die sich in konzentrischen Kreisen immer enger um sie schlossen. Und jetzt auch um ihn, um Mañungo?
»Natürlich war das Lopitos Schuld«, sagte Don Cesar, sich an dem Draht festhaltend.
»Nein.«
»Wieso nicht? Haben Sie ihn denn nicht gesehen und gehört?«
»Ich hab ihn gesehen und gehört. Aber ich kenne Lopito. Es war etwas anderes.«
»Was...?«
Judit zögerte, dann sagte sie, und merkte schon, als sie es sagte, daß es das Schlimmste war, was sie hätte sagen können:
»Etwas, was Sie nicht verstehen.«
Don Cesar verstand so wenig, daß er, ohne auf ihren Satz zu

antworten, fortfuhr: »Wer hat dann die Schuld? In einer Revolution muß jeder seine Handlungsweise verantworten, und das, was Lopito da gemacht hat, war völlig sinnlos und hat sie nur auf ihn aufmerksam gemacht. Glauben Sie, die in dem grauen Wagen haben Sie und Don Mañungo nicht identifiziert?«
»Mag sein.«
Nahm Don Cesar seine Schuld auf sich? Die Diebstähle, den von gestern nacht zum Beispiel? Die Mißhandlungen von Darío? Die erzwungene Prostitution seiner jüngsten Tochter? Ja, aber er teilte diese Schuld mit der Gesellschaft. Sie hingegen war allein, sie konnte ihre Schuld mit nichts und mit niemandem teilen, weil sie nicht zu den Frauen gehörte; der Verschoner hatte sie ausgeschlossen, seine schrecklichen Schritte, seine Hand und seine belegte Stimme. Fortgehen. Fortgehen. Keine Fragen mehr. Mañungo war da. Er sollte sie mitnehmen. Es blieb nur Lopito, eingeschlossen in diesem beklemmenden Etablissement, dessen Rückseite sie durch das Gitter, in das ihre Hände sich krallten, beobachteten.

37

Als wäre im Kommissariat nichts geschehen. Alles funktionierte, wie es sich gehört, alles war sauber, ruhig und weiß angestrichen und desinfiziert. Hinter einer Barriere schrieb der wachhabende Sergeant an seinem Schreibtisch in ein riesiges Buch, und an einem Tresen wählte ein anderer Polizist eine Telefonnummer, ohne Antwort zu bekommen. Durch den Flur strich ein nach Desinfektionsmittel stinkender Luftzug, und hin und wieder kam ohne Eile ein Uniformierter mit Büropapieren; vier junge Männer sprachen über die Shorts aus grünschillerndem Stoff, die sie in der Hand hielten. Hinter einer Tür hörte Mañungo eine Stimme, die er zuerst mit der von Lopito verwechselte. Er war es jedoch nicht, merkte er bald. Er sprach zu heftig, und dem armen

Lopito würde in diesem Augenblick keine Heftigkeit mehr übriggeblieben sein. Dann entschied er, daß vielmehr eine andere, bittende Stimme, die kaum antwortete, die seines Freundes war, er konnte sie aber, durch die Tür gedämpft, nicht identifizieren. In was für eine Schweinerei hatte Lopito, dieser Idiot, sich da hineingeritten? In was für eine Schweinerei hatte er sie alle hineingezogen? Sein Herz, verwirrt und voller Haß – Haß auf diese Marionetten, die den verzweifelten Rausch von Lopito nicht begriffen, weil sie nur ihre Pflicht kannten, ihn zu verhaften, weil er ihnen seine Salve von Scheiße, ganz nach seiner Art, an den Kopf geworfen hatte, ohne an die Folgen zu denken, und die anderen nun sogar mit ihrer Freiheit für seine Übergriffe geradestehen ließ –, konnte das Ausmaß dieser Schwierigkeiten nicht abschätzen. Bisher war er noch nie in so etwas verwikkelt gewesen.
Er trat zu dem Sergeanten mit dem riesigen Buch, um ihn zu fragen, ob es möglich sei, mit dem diensthabenden Offizier zu sprechen. Ja, sicher könne er das, er möge so freundlich sein und das Ende des Verhörs abwarten, sagte der. Mañungo erklärte ihm, daß man seinen Freund Juan López gerade wegen einer Nichtigkeit verhaftet und hergebracht habe, und wenn es nötig sei, eine Strafe zu bezahlen, sei er bereit, dafür einzustehen. Daraufhin stand der Polizist auf. Er schloß das Buch und ließ den Bleistift als Markierung zwischen den Seiten liegen, so daß die marmorierten Kanten der schweren Blätter sich darüber wellten, und sagte, er werde den Hauptmann rufen. Er möge bitte im Flur Platz nehmen. Er verschwand in der Tür, hinter der man Lopitos Stimme hörte, und so als habe sich das plötzlich durchsichtige Zimmer mit seinen Personen und Geräuschen wie mit einem Zoom genähert, hörte Mañungo das Klappern einer Schreibmaschine, dringende Telefonate, das Geräusch von Leuten, die etwas sagten, sich bewegten, anriefen, antworteten, aber die alte Tür schob ihr Holz dazwischen und ließ nur Laute ohne Bedeutung hindurch.
Mañungo wollte etwas fragen, versuchte den Blick eines Polizisten auf sich zu ziehen, der aber so in seinen Papierkram

vertieft war, daß er den dringenden Wunsch seines Blickes nicht wahrnahm. Als der Hauptmann erschien, erbot sich Mañungo sofort, Lopitos Strafe zu bezahlen.
»Es handelt sich in diesem Fall nicht um eine Geldstrafe.«
»Wieso? Ein Betrunkener am Sonntag...«
»Ist heute Sonntag? Ich kann mich nicht erinnern. Aber stellen Sie sich nicht dumm. Respektlosigkeit und Nichtachtung der Regierung, fehlende Ehrerbietung, extremistische und subversive Ideen..., und außerdem fühlen die Beamten sich beleidigt. Also, das Schlimmste. Wir haben keine Zeit, uns mit Trunkenbolden, die gewalttätig sind und sich politisch gebärden, zu beschäftigen. In diesem Land passieren zu viele schlimme Dinge, mein Herr, als daß wir unsere Kraft für Dummheiten wie diese verschwenden könnten. Delinquenten wie Juan López müssen wie ungezogene Kinder zur Abschreckung bestraft werden, denn wir müssen uns unterdessen gegen reale Dinge verteidigen, mein Herr, gegen gefährliche. In den Vorstädten bringt man uns um wie die Fliegen, und niemand läßt sich dazu herab, auch nur ein Wort zu unserer Unterstützung zu sagen. Man haßt uns, ohne zu merken, daß wir nur das Volk vor bösartigen sowjetischen Infiltranten schützen wollen... Jawohl, man verfolgt uns, schwört uns Rache, und dieser Spaßvogel, blau wie eine Strandhaubitze, der sich obendrein noch als Intellektueller ausgeben will, hat uns mit seinen Beleidigungen und Anschuldigungen reizen wollen. Soviel Protest gegen die Regierung..., und was tut er? Verse schmieden.«
»Wer von uns hat noch nie auf die Regierung geschimpft, wenn er betrunken ist? Das ist so chilenisch, so typisch für uns, ist es immer gewesen...«
»Dieser Fall war anders. Setzen Sie sich bitte dorthin und warten Sie.«
Mañungos Stimme zitterte, als er fragte: »Was werden Sie mit ihm machen?«
Es war das Furchtbare. Der Alptraum, von dem alle wußten, daß er kam. Über Lopitos Person stürzte das Undenkbare auf Mañungo ein. Folter? Vielleicht doch keine Folter. Vielleicht nur die Schmach der Prügelstrafe, einige Tage Ge-

fängnis bei Wasser und Brot, wenn das Delirium tremens die Zelle, in der sie ihn, das arme, irre Gesicht jaulend ans Fenster gedrückt, festhalten würden, mit ekelerregendem Getier, riesigen, aggressiven Käfern bevölkerte – Entzugserscheinungen, die Lopito schon kannte. Vielleicht nur das. Aber es rechtfertigte die Angst, die begann, die Stadt zum Kochen zu bringen. Was würden diese Rohlinge dem Rohling Lopito antun? Würden sie seinen zerbrechlichen Freund den Foltermethoden unterwerfen, die sie in schrecklichen Verliesen bei den Dissidenten anwendeten, die, wenn sie verstümmelt, verblödet oder so voller Haß wieder herauskamen, daß ihnen nur das Bejahen der Gewalt Genugtuung geben konnte, einen seltsamen Heiligenschein bekamen, Dämonen aus den Alpträumen der gesamten Bevölkerung, die sich plötzlich, wie eben jetzt, im Alltäglichen verkörpern? Es stimmte, daß Lopito gemein und gewalttätig gegen die Ordnungskräfte gewesen war, grundlos, das mußte er zugeben. Aber wie sollte er nicht so sein?
Aber wirklich grundlos? Lopita war also nichts? Als der Polizist über sie lachte, zog sich die dünne Haut ihres Vaters schmerzhaft zusammen. Daß der Polizist mit den von Akne aufgerauhten Wangen über Lopita lachte, war viel schmerzhafter, als wenn er über Lopito gelacht hätte, denn es schien, als würden seine geheimsten Wünsche offenbar, sich über einen unerträglichen Traum von Anmut und Schönheit lustig zu machen. Darum zerbrach die schamvolle Zärtlichkeit Lopitos, die er so geschickt unter dem Panzer des Bösewichts mit einer von vergifteten Pfeilen gespickten Rüstung versteckt hatte. Diese schreckliche Liebe, die beinahe ganz Schmerz war, konnte er – das begriff Mañungo, als er, wer weiß welche Erleuchtung erwartend, auf der Bank des düsteren Flures saß – im Augenblick nicht empfinden und hielt sich an Sex als Läuterung, ein wechselvoller Quell, der ihm ein genußvolles Trugbild bot. Die Tatsache, daß Lopitos Raserei aus einem vollkommen privaten, menschlichen und individuellen Grund in eine gefährliche politische Auseinandersetzung abgeglitten war, daß seine Raserei, wie die des ganzen Landes, keinen anderen Aus-

weg hatte als Gewalt und politischen Protest, daß die Liebe und das Lied und das Lachen nichts als diese einzige Umsetzung besaßen und daß der persönliche Schmerz eine zumindest unterschwellig politische Lesart anbieten mußte, war etwas, das Mañungo – sprachlos, aufgelöst in dem Bewußtsein, so viele zu repräsentieren und von so vielen repräsentiert zu werden – hinnehmen mußte, wie man den entscheidenden Schlag des Siegers hinnimmt. Es gab also kein Privatleben, denn wenn es nicht mehr war als das, war es eine Frivolität. Er war nicht bereit, sich diesen Koordinaten zu unterwerfen. Fortgehen, sofort, jetzt, sobald diese Angelegenheit erledigt war. Mit Judit fortgehen. Ja, Judit war notwendig, weil sie einen alten Bademantel aus blauem Frottee hatte, den er mit ihr teilen wollte. Was empfand er für Judit? Im Augenblick brauchte er das nicht zu wissen, obwohl es ihn immer noch neugierig machte. Jedenfalls war es nicht das, was er für Jean-Paul empfand, nämlich ein so mit Schuldgefühlen besetztes Gefühl, daß es die Liebe verdrängte und das Verantwortungsbewußtsein den Platz der Freude einnahm. Lopito – *alteri tempi*, so vermutete er – hatte Judit als Inkarnation des Unerreichbaren geliebt, etwas, was er selbst niemals für sie empfunden hatte, da er von Ulda zu gut ernährt aus der Provinz gekommen war. Diese herzzerreißende Sehnsucht, beneidenswert und schmerzhaft, nach dem, was jenseits des Möglichen lag, kannte er nicht. Und Judit hatte sie niemals für ihn empfunden, nicht für Lopito, für niemanden. Waren sie parallele Figuren – *His and hers*, wie in der Yankee-Werbung –, er und Judit, die ohne das andere die Gültigkeit des Sex als phantastische Hülle bewahrten, eine Hülle, die Konturen verwischte und die Mängel hinwegzauberte?
Mañungo spürte, wie Zeit ihm wie ein Komet davonraste, der nicht vor einem Jahrtausend wiederkehren würde, ohne daß er sich an seinem Schweif festhalten konnte, und die gesamte Realität reduzierte sich auf diesen unfreundlichen Flur, in dem er nichts zu tun hatte als zu warten, bis Lopitos Zeit, dessen Stimme er nicht genau erkennen konnte, dort drinnen abgelaufen war. Er stand auf und wandte sich noch

einmal an den hinter dem großen offenen Buch sitzenden Polizisten. Der Sergeant sah ihn an. Warum, zum Teufel, erkannte er ihn jetzt nicht, wo er es so dringend brauchte, daß man ihn erkannte und bewunderte? Diese »Lumpen«, wie Lopito sie genannte hatte, waren stupide, so unwissend, so sehr in einem anderen, niedrigeren Stadium der Kultur verhaftet als dem seiner Musik, daß sie unfähig waren, sie zu genießen, darum war er auch kein Stern ihres unbedeutenden Vorstadthimmels. Komisch, daß sie ihn nicht erkannten. Der andere, der mit dem Aknegesicht, hatte ihn sofort erkannt. Außerdem hatte er sich, wie man es den neuen, von dem Regime geförderten Klassen nachsagte, für die flüchtigen Größen des Fernsehens und der Illustrierten, für die Nabobs des Fußballs, des Schlagers und der modischen Diskotheken, sehr empfänglich gezeigt. Wieso besaß dieser Unteroffizier nicht den gleichen Geschmack, damit er Judits Rat befolgen konnte, die ihm empfohlen hatte, seine strahlende Berühmtheit als Einfluß geltend zu machen. Aber er erkannte ihn. Das vorgetäuschte Nichterkennen war nur ein Befehl von ganz oben, von Bewohnern eines versteckteren Firmaments, des Firmaments, das die Dekrete verfaßt, aus denen die Autorität kam. Das machte die Situation natürlich noch unheimlicher.

Lopitos Stimme hinter der Tür war monoton und beantwortete lustlos die Fragen, die ein Schreiber mitschrieb. Von seinem Pult sah der wachhabende Sergeant, ohne zu zwinkern, zu Mañungo hinüber, ohne ihn zu erkennen, weil der Befehl hieß, ihn nicht zu erkennen. Aber wie sollte er ihm glauben, daß er ihn nicht erkannte, wenn er dank der unendlichen Klarsicht, die alles angenommen hatte, in Chiloé eine alte, analphabetische Algensammlerin von den öden Sanddünen von Cucao sah, die in einem Kahn auf ihn zukam und sagte »Du bist Mañungo Vera«. Seine Identität war mit diesem Satz bestätigt, aber der unfreundliche Blick des Sergeanten hier untergrub sie. Diese Vision von der Alten, die er noch nie gesehen hatte, verwunderte ihn nicht, und der Strand und die Wellen, an die er so viele Jahre nicht gedacht hatte, die jetzt wie ein wahnsinniger Tinnitus in dem Flur des Kommissariats widerhallten . . ., es sei denn, er hätte alles in der letzten Nacht gesehen, als die in Tücher gehüllte Frau ihm den Fußnagel abschnitt. Aber wie gestern nacht ließ ihn die durchscheinende Zeit jetzt als gegenwärtig oder vergangen erkennen, was er niemals gelebt hatte, was jedoch simultan an jedem Ort, nah oder fern, hinter der Tür des Büros des Hauptmanns oder bis zum Ersticken im Grab eingeschlossen oder bei weit geöffneten Toren der Landschaft geschah. Die alte Algensammlerin hatte ihn, als sie ihn gestern nacht an etwas erkannte, was ein von der Brandung des südlichen Pazifiks gewiegter Traum sein konnte oder auch nicht, was Schumanns tödlicher Tinnitus, der ihn in den Selbstmord lockte, sein konnte oder auch nicht, innerhalb eines genau abgemessenen Kreises von Worten umschrieben, der seine Identität festlegte. Dieser Polizist hingegen weigerte sich, ihn zu erkennen, genau wie die vier jungen Männer, die vorbeitrabten, jetzt mit ihren neuen Satinshorts bekleidet, und einer von ihnen – der böswillig den Blick abwendete – war der, der mit ihm am Eingang des Friedhofs gesprochen und später den Streit provoziert hatte. Niemand wollte ihn erkennen, weil er vielleicht von der *Caleuche* bereits in ein anderes Wesen verwandelt worden war . . . *ca* . . . *caleún* . . ., von den Künstlern verwandelte oder veränderte Menschen. Ein alter Mann sein, der noch die Worte dieser Sprache kannte, in der Künstler und Zauberer dasselbe bedeutet. Wenn er diesen Polizisten riefe, der zweifellos wußte, wer er war, damit er seine Größe und seinen Ruhm bezeugte, würde der sagen, nein, ich kenne ihn nicht, ich weiß nicht, wer das ist. Und wenn er Freddy Fox anriefe? Hatte Judit nicht gesagt, sie würde es tun, allerdings nur in einer ganz dringenden Notlage, da sie nicht bereit sei, sich noch mehr vor ihm zu demütigen, auch nicht, um ein Leben zu retten? War dieses nicht eine extreme Notlage . . .? Man wußte noch nichts, alles geschah im geheimen, dort drinnen, in der Stille, ohne Angabe von Gründen oder Erklärungen, so daß es nachher leicht war, alles abzustreiten, zu dementieren und zu verwischen. Der Name ihres Cousins, Federico Fox, hatte Judit ihm ohne Prahlerei erklärt, war zu einem mit dem Gold seiner Unterschlagungen und seinem Prestige als Nekromat, der die sogenannten »Anwälte« des Regimes manipulierte, geschmückten Thron der Allmacht aufgestiegen. Mañungo bat den Polizisten höflich, er möge ihm bitte die Möglichkeit geben, mit Don Federico Fox zu telefonieren. Ohne von seiner Schreibarbeit aufzusehen, sagte der Sergeant, es sei dem Publikum verboten, das Telefon zu benutzen. Dies sei weder ein Theater noch ein Hotel. Wenn er mit seinem Freund telefonieren wolle – dieser Kretin hatte nicht einmal von Freddy Fox gehört, dessen Name auf den Titelseiten aller Zeitungen stand –, müsse er das woanders tun. Als Mañungo sich wieder setzte, sagte der Polizist: »In dem Kiosk an der Ecke kann man manchmal telefonieren.«

Mañungo antwortete: »Er ist geschlossen. Es ist Mittagszeit. Werden die denn nie fertig?«

»Ich weiß nicht!«

Er konnte Lopito unter diesen Umständen nicht eine Minute allein lassen. Er war wie ein hilfloses Kind. So war er immer gewesen, aufbrausend in seiner Begeisterung, die plötzlich in einer Flamme aufloderte, die sie verbrannte und nur seine zitternde Zerbrechlichkeit im Sturm der Ereignisse zurückließ. In was würde dieser Idiot sich hineinreiten, wenn er ihn allein ließ? Wieweit würde er den traurigen Zwischenfall, den er provoziert hatte, treiben? Man mußte auf ihn aufpassen. Wie seine Tochter auf ihn aufpaßte, die auf sich selbst allein achten konnte. Wie die Kellner in den Cafés auf ihn achteten, die es leid waren, ihm zuzusehen, wie er sich betrank. Wie seine Freunde auf ihn achteten, er, Judit, die nur eine gute Freundin für Lopito war. Auf jeden Fall war es dieser verfluchte Zwischenfall, der sich vor die Lösung seines Problems mit Judit und seine eigene Zukunft geschoben hatte. Was sollte er tun . . .? Sollte er nicht eigentlich mit ihr in einem Bett liegen, umarmt von ihren langen, schönen Armen, und Pläne für die Zukunft machen, die morgen mit der Fahrt nach Chiloé beginnen sollte? Was tat er hier, in diesem trotz der Hitze kalten und trotz der Sonne düsteren Flur, nur wegen dieses Idioten Lopito?

Er wartete seit einer halben Stunde auf der hölzernen Bank, als sich eine andere Tür öffnete – nicht die, hinter der sich das eingebildete Verhör abgespielt hatte – und drei Polizisten den Festgenommenen, der zitterte, als wäre ihm kalt, in Handschellen ohne Hemd herausführten, gefolgt von einem Offizier und einem alten Mann mit verbitterten Augen und schmutziger Kleidung. Aber nicht sie nahmen Mañungos Aufmerksamkeit in Anspruch, sondern das abstoßend Weiche und Weiße des beinahe kindlichen Körpers seines Freundes im Vergleich zu seinem dunklen Gesicht, und er konnte seinen Widerwillen kaum zurückhalten, als er ihn nicht weiß, sondern wie entfärbt sah. Ein ungepflegter, ungeliebter, vernachlässigter Körper, ein armer, verlassener Körper, wie bestimmt für den Tod, aus Schlaffheit oder Haß oder Trägheit, ein Körper, für den man Groll empfindet, weil er nicht das Ergötzen gebracht hat, das sein Besitzer sich erträumte. Wenn er, Mañungo, etwas liebte, war es sein eigener Körper, denn im Gegensatz zu Lopito war sein Körper das einzige, was ihm Lust bereitet hatte. Als er sie durch den Flur kommen sah, stand er auf. Lopito sah ihn nicht an. Oder sah ihn vielmehr nicht, als wären seine Augen nicht in der Lage, irgend etwas zu fixieren, das eine Rettung versprach. Verurteilt. Er wußte sich verurteilt, obwohl er es nicht war. Verurteilt, nur weil er es immer war. Aber als er an Mañungo vorbeikam, blieb Lopito stehen, ohne ihn anzusehen.

»Lopito.«

Er antwortete nicht und sah ihn nicht an.

»Wohin bringen Sie ihn?«

»Er ist festgenommen.«

»Ich weiß. Aber wohin bringen Sie ihn?«

»Zur Arbeit. Los, weiter.«

Lopito rührte sich nicht. Seine Züge schienen verzerrt, rot angelaufen wie auf einem Teller zerdrückte rohe Fleischklöße. Ein endgültiger Schleier lag über seinem Blick, und ein schreckliches Keuchen drang aus seiner engen Brust hervor.

»Wie fühlst du dich?«

Lopito antwortete mit einem Stöhnen, in dem Mañungo das

Wort »schlecht« zu erkennen glaubte, und er sagte zu den Mitgliedern des Trupps:
»Sehen Sie nicht, daß es ihm schlechtgeht?«
Der Tattergreis in dem abgetragenen Anzug sagte, mit einem grauen Finger einen Schleimtropfen aus seinen vorstehenden Augen wischend: »Er hat nichts.«
»Er nimmt aber Medikamente«, warf Mañungo ein.
»Wo sind die?«
»Wo hast du deine Medizin, Lopito?«
»Moira hat sie verschmissen«, schien der Gefragte zu sagen. Dann, seine gefesselten Hände hebend, als wolle er sich schützen, führte er sie vorsichtig über sein spitzes Brustbein, das mühsam seinen eingefallenen Brustkorb hielt.
»Sehen Sie?« sagte der Greis.
»Was soll ich sehen?«
»Sehen Sie, daß er keine Medikamente hat, und wenn er keine hat, heißt das, er hat auch nichts. Ich habe ihm den Blutdruck gemessen. Ein bißchen hoch, aber sonst nichts. Meiner ist viel schlimmer, und es tut mir gut, daß ich morgens früh aufstehe und zur Arbeit gehe.«
»Los, weiter«, sagte der Hauptmann zu Lopito, der sich nicht rührte. »Los, sag ich.«
Und er versetzte ihm einen Stoß, der Lopitos ausgemergelte Zerbrechlichkeit sehr langsam in Bewegung setzte.
»Gehen Sie nicht so mit ihm um!« rief Mañungo.
Der Alte mahnte ihn drohend: »Hören Sie, junger Mann, der Arzt hier bin ich. Ich sage, was mit den Leuten los ist. Ich habe fünfzig Jahre Praxis, kenne mich also aus, um zu wissen, daß dieser Häftling überhaupt nichts hat, nur lauter Scheiße hat er, Scheiße, mit der ihn die Marxisten vollgestopft haben. Es ist nicht das erste Mal, daß ich so einen vor mir habe. Also, gehen Sie.«
»Aber sehen Sie denn nicht, daß er sich kaum rühren kann? Und diese Atemnot? Er könnte sterben ...«
»Wenn er stirbt, stirbt er, Pech gehabt. Wir können da gar nichts machen.«
Sie stießen Lopito wieder vorwärts, und langsam bewegten sich alle durch den Flur. Von der anderen Seite kamen die

vier jungen Männer in den blanken Shorts herein, einer von ihnen trug einen Ball unter dem Arm. Der war es, der war es, der Bursche mit der Akne sollte ihn erkennen, jetzt, wo er es so verzweifelt nötig hätte, daß man seine Prominenz bezeugte und er auf diese Weise für Lopito eine bessere Behandlung erzwingen könnte. Der junge Mann sah ihn nicht an. Er ging vielmehr zu dem Offizier, grüßte militärisch und sagte: »Herr Hauptmann.«

»Sprechen Sie.«

»Das Spielfeld ist aufgewühlt und voller Pferdemist, heute morgen ist es als Reitbahn benutzt worden.«

»Sie können nicht trainieren?«

»Nein, Herr Hauptmann. Dürfen wir ...?«

»Nein, Sie haben frei. Aber wir haben nichts zu tun, gehen wir, jetzt gleich«, sagte er und stieß den Häftling vorwärts.

Das ist sie also, die Folter, sagte sich Mañungo, und ich bin Zeuge und kann nichts dagegen tun, und das ist auch eine Form von Folter. Die Bestätigung der grauenvollen Gerüchte, der furchtbaren Berichte der Exilierten, die ein Gefolge von so wildwütigen Gespenstern aufbauten, die in allen Winkeln der Erinnerung wohnten, wenn sie an den Tischen der Cafés ferner Länder immer und immer wieder darüber sprachen: Folterungen, Quälereien, Erpressung, Schmerz, Fußfesseln, Handschellen, Zellen, elektrischer Strom, Prügel ... Hunde. Durch die Mauern des Kommissariats hörte Mañungo Gebell wie gestern nacht und Rufe ... *Boris! Zar!* Wie würde es sein, wenn er die Narben küßte, die die *Picana* oder andere unbekannte Instrumente zwischen Judits Schenkeln hinterlassen hatten? Welchen bitteren oder süßen Geschmack, welche neue Textur würde dieses zarte, gemarterte Fleisch für seine Zunge und seine Lippen haben? Und in diesem Augenblick liebte er von ganzem Herzen zumindest dieses Fragment von Judit, das diese vermuteten Narben darstellten, und diese bisherige Liebe vereinte sich mit der Liebe, wie sie Lopita empfand, und mit der Liebe zu seinem in die Erniedrigung geführten Freund. In einer dunklen Zelle würden sie ihm die Augen verbinden und den Mund, nur weil er den subversiven Akt begangen hatte, sei-

ne Tochter verteidigen zu wollen – und mehr, das wußte er wohl, und Schlimmeres, viel Schlimmeres. Aber er wollte, daß es nur dies sei –, und sie würden ihm eine widerliche schwarze Kapuze über den Kopf ziehen, denn so machten sie es, berichteten diejenigen, die es erlebt hatten. Aber wozu folterte man Lopito? Welche Informationen könnte er beibringen? Keine. Denn Lopito würde sich wahrscheinlich bei der ersten Berührung mit der *Picana* auf verächtliche Weise vollkommen gehenlassen. Er war nicht mutig. Vielleicht war das seine Stärke, wie alles Negative, das sich in ihm zu strahlenden Wallfahrten in andere Regionen des Begreifens verwandelte. Trotzdem konnte Mañungo, als er das erkannte – seine Fähigkeit, zu weinen und um Verzeihung zu bitten und alles zu widerrufen und unter Druck sogar zu verraten, obwohl es gräßlich war, so etwas zu denken –, zum ersten Mal seit seiner Rückkehr Respekt für ihn empfinden, für seine Fähigkeit, sich gehenzulassen. Er würde beim ersten Angriff weichen. Ohne Scham würde er sich in Tränen der Angst auflösen, ein erniedrigtes Wesen, denn dem Grauen und der Niederlage mangelte es an Schönheit.
Er sah ihn am Ende des Ganges verschwinden, umringt von seinen undurchschaubaren, als Basketballspielern verkleideten Folterknechten und von dem Arzt und dem Offizier mit seinem Wachtrupp. Er konnte sie in ihrem makabren Vorhaben nicht weitergehen lassen. Das war die Gefahr, der extreme Notfall, von dem Judit gesprochen hatte, in dem er Federico Fox anrufen und ihn um Hilfe bitten sollte. Er rannte hinaus, auf der Suche nach einem Telefon, denn plötzlich war es für ihn die unerträglichste Sache der Welt, daß Lopito sich vor ein paar Basketballspielern vor Schmerzen wand.

38

Auf Illustrationen von Anfang des vorigen Jahrhunderts, die das Tal von Santiago del Nuevo Extremo zeigen, sieht man eine Landschaft aus kahlen Berghängen, armseligen, in einem Nest aus Ziegelhäusern und Lehmhütten stehenden Palmen, und die Grautöne des Stahlstiches reichen aus, um die Strenge der wüsten Landschaft unter der Sonnenglut und dem blauen Himmel zu suggerieren. Sehr wenig von jenem Nest ist noch in der Stadt von heute zu finden, auch sehr wenig von der Landschaft, die jetzt mit der Üppigkeit akklimatisierter europäischer Arten verkleidet ist. Die Topographie jener Illustrationen erscheint schlicht und nackt, ohne den Charme von Weiden, Pappeln und Weinbergen, nur knochige Struktur unter einer Schicht Erde, in der wenig gedeiht, die konischen Berge wie ein Teil des Raumes, der wie eine Vorwegnahme der großen Verlassenheit der Wüste ist.

Im Norden der Stadt, die sich tatsächlich der fernen Wüste zuwendet, scheint sich über die platten Würfel der Häuser, die die Erdbeben überlebt haben, und zwischen die waghalsigen Betonbauten so etwas wie ein uralter Staub zu legen, aufgewirbelt von den Hufen des Viehs, von dem die Alten wehmütig sprechen, wenn sie diese Gegend in ihrer Erinnerung als Ackerland sehen. Selbst die Mondlandschaft der Berge Lampa, Batuco, Colina und Quilicura, die sich in der Ferne über den Ziegeldächern zeigen, bewahren die strenge Geometrie der nackten und reinen Formen der Landschaft, die die Augen der auf den großen Friedhöfen des Stadtteils begrabenen Ururgroßeltern sahen. Alles hat sich verändert, und doch bleibt alles auf anheimelnde Weise gleich in dieser trägen Zone, die im Rücken des San Cristóbal verfällt, und die Verstädterung stellt sich hier dar in den Blocks aus baufälligen Kirchen mit Kreuzgängen aus Adobe, Hospitälern, Schulen, Irrenhäusern und Nonnenklöstern, wo Bettlaken für Bräute bestickt werden, die sie nicht mehr beflecken. Vom Elend verwischt verlieren sich die Grenzen dieser Zone, und jenseits der neuen Wohneinheiten wuchern Brombeersträucher auf den von der Sonne verbrannten Hügeln, wo sich in den Hundstagen unter den Akazien das Vieh versammelt.

Diese alte, heruntergekommene Stadt mit dem Drang nach Norden gehört zu einem unfruchtbaren Land, grau vom

Staub im Gegensatz zum Land des Regens, zu den Weiden und Seen südwärts, an das Mañungo sich erinnerte; es rührte jedoch Judit, die am Abend oft durch diese von der Hand Gottes verlassene Straße zu wandern pflegte, in seiner Kargheit. Es war die Kehrseite der Koketterie von Bellavista, obwohl es in der Stadtplanung seine Ergänzung war; Kehrseite, weil kein Neruda sie »gesehen« und keine Mode sie erfaßt hat und damit die Notwendigkeit geschaffen hätte, dieses Gebiet den Stadträten, die es vernachlässigten, der besonderen Pflege anzuempfehlen. Wenn sie nach ihren langen, einsamen Spaziergängen bei Einbruch der Nacht nach Hause kam, blätterte Judit zum Beispiel in einem Album mit Stichen von Rugendas und dachte, wenn sie »groß sei«, wie Fausta zu sagen pflegte, und unter anderen historischen Umständen wäre es vielleicht eine schöne Arbeit, ein Buch mit Fotos und Illustrationen herauszugeben, in dem man diese Plätze von damals und heute einander gegenüberstellte und nach Spuren suchte, die diese Landschaft, die immer unkenntlicher wurde, verdorben oder verschönt hatten, bis ein Genie ihr schließlich sein ewiges Gesicht geben würde. Aber das war unmöglich. Sie hatte jetzt nicht die Zeit dazu. Die Unterdrückung war zu groß, und die Verfolger brachten einen zum Laufen ... Außerdem würde eine so angenehme Arbeit wie die Zusammenstellung dieses Buches Judit nicht helfen, ihre Schuld abzutragen. Die Finger in den Drahtzaun gekrallt, die ängstliche Nase in die Rhomben gedrückt und hoffend, Lopito oder Mañungo im hinteren Teil des Kommissariats zu erkennen, sahen sie vom Hang aus den Umriß der kahlen Berge, die die Stadt aus Häuserblocks, kleinen Ziegelhäusern und hin und wieder mit der grünen Zuflucht eines wilden Feigenbaumes umgaben. In ihrem Rücken stieg der Hang mit trokkenem Gestrüpp und Disteln langsam immer steiler bergan, bis er, viel weiter oben, über den Wäldern, zum Standbild der Jungfrau Maria führte, die mit der weiten ironischen Geste ihres Umhangs noch immer die Stadt segnete, obwohl sie wußte, daß sie verdammt war.

Aber ihr Segen galt nicht diesem Teil der Stadt, dem sie den

Rücken kehrte. Verzweifelt beobachteten Judit und Don Cesar durch den Drahtzaun, durch Schierling und Fenchelsträucher hindurch das Kommissariat, Fragment eines bescheidenen Landhauses aus dem 19. Jahrhundert mit seinem U-förmigen Patio und einer verglasten Galerie nach hinten und einem Wellblechdach, das von einem Giebel aus entrindetem Holz verkleidet war. Ein bescheidenes, klassisches Haus, anders als die Paläste im Zentrum mit einer strengen Stirnseite, eines von denen, die Judit gern in dem Buch, das sie sich vorstellte, aufführen würde, Häuser, bei denen man an Kampfhähne denkt, die in der Sonnenglut im Staub herumpickten, und an hinfällige Korbstühle, die neben den Quittenbäumen ausbleichten, mit Kissen, die eine behinderte Schwester gestickt hat. Jetzt, kleiner und umgebaut, militarisiert, von Polizisten angestrichen, war nur noch ein Teil des ursprünglichen U geblieben, das nach hinten zum Ödland offen war; Ödland, das früher zu dem winzigen Landgut gehört haben mußte, und wo man jetzt den Korb für das Basketballspiel aufgerichtet hatte.
Alles ruhig, dachte Judit. Hier ist nichts geschehen und wird nichts geschehen, denn trotz der rätselhaften Steine, die die Polizisten aus unverständlichen Gründen weiß angestrichen hatten, herrschten hier an diesem Platz der Zerstreuung noch die liebenswürdigen Gespenster der ehemaligen Bewohner, die nicht in den Annalen verzeichnet waren. Wenn sie morgen mit Mañungo nach Paris abfuhr, würde sie nicht einmal ihre Schwestern benachrichtigen. Sie würde verschwinden. Ihre Nische in dem gotischen Mausoleum hinter dem Rosettenfenster würde niemand belegen, denn das war schon immer das Schicksal dieses unbedeutenden Raumes gewesen, auf den man sie reduzieren wollte. Mañungo lieben. Warum nicht? Schwierig war nur das Wort: wollen, ja, lieben, nein; ein semantisches Problem. Fliehen vor der Erinnerung an diesen Krampf der Lust, etwas rein Physiologisches wie Urinieren und Stuhlgang, aber doch Lust, trotz allem. In der Zelle berührte eine ängstliche Hand, die einem brutalen Wesen gehörte, ihr Knie, und in den anderen Zellen schrien die Frauen und bellten die Hun-

de mit blutigen Schnauzen. Das Gelächter der Männer war bei allem das brutalste. Jener Mann war ihr bis auf den Friedhof gefolgt. Sie hatte gestern nacht nicht zielen können. Mañungo. Vor ihren Gefährtinnen fliehen, die eines Tages das Geheimnis ihrer Lüge entdecken könnten und mit der Härte klassischer Heldinnen fähig wären, sie umzubringen. Mañungo würde sie mitnehmen. Mañungo, der Lopito retten wollte, den man vielleicht auch weit fort bringen konnte von diesem Grauen. Doch nein. Er und sie allein. Ohne Zeugen, vor denen man jede Kleinigkeit rechtfertigen mußte.
»Ich bin müde«, sagte sie.
»Warten wir.«
»Worauf?«
»Daß etwas passiert.«
Den gleichen Dialog hatten sie, an dasselbe Gitter gekrallt, auf dasselbe Basketballfeld schauend, schon zweimal geführt. Es sollte endlich etwas geschehen. Wie lange warteten sie schon? In dem Maße, in dem die Minuten verstrichen und der Schweiß Judits blondes Haar verklebte, steigerte sich in ihnen ein Bedürfnis nach Gewalttätigkeit, Gewalttätigkeit jeder Art, so bescheiden und unmittelbar sie auch sein mochte: den Zaun niederreißen, Schimpfworte schreien, Feuer legen an das Gestrüpp des Berghanges. Don Cesar sagte, er brauche ihre Hilfe, obwohl sie sich jetzt, zur neunten Stunde, gegen jeden bewaffneten Extremismus ausgesprochen hatte. Aber gestern nacht? Wie war das zu erklären? War dieser Schuß in die Luft nicht ein Versuch von Gewalttätigkeit? Wie wollte sie den rechtfertigen? So viele waren drauf und dran, den großen Angriff zu wagen, ohne jede Richtung, ohne Struktur! Sie arbeiteten an einer Sache in einer versteckten Garage in La Reina. Sie und Lopito hatten in ihrer Universitätszeit auch Bomben gebastelt. Die Front Manuel Rodríguez hatte schwere Bomben; aber sich mit ihnen einlassen hieß, sich einer Hierarchie unterwerfen, die man ablehnen mußte. Einfach Bomben anfertigen, sonst nichts, sie überall hochgehen lassen und die Polizei, das Regime, die Bevölkerung einschüchtern. Wenigstens das mußte man tun, denn die Situation war unhaltbar, und eines

Nachts würden die harmlosen Altpapiersammler nicht mehr Kartons auf ihren Karren ziehen, sondern im Schutz der Dunkelheit mit tödlichen Attrappen unter ihrem Papier in die Stadtviertel eindringen und mit Menschen, die zu allem bereit waren und losschlagen würden, weil sie einfach nicht mehr konnten. Lopito hatte keine Dummheit begangen; in dem Durcheinander der Verschwörung war die Ungeschicklichkeit seiner Verzweiflung legitim. Die gut koordinierten Bemühungen führten zu nichts mehr. Es war sinnlos, ohne Hoffnung auf irgend etwas zu arbeiten – schon die schlichte Hoffnung, in Frieden zu überleben, nicht nur der transzendente Traum Lopitas, war absurd –, es blieb nur noch Rache und die Verunsicherung. Man mußte diesen Hurensöhnen das Leben unerträglich machen, denn sie machten es ihnen unerträglich. Judit haßte Don Cesar, weil er ihr die Logik des Terrors anbot und ihr die Notwendigkeit klarmachte, sich Wesen mit einer Mentalität anzuschließen, in der sich so wenige Elemente vereinigten und alles andere verworfen wurde. Verantwortung, Aktion, Ungerechtigkeit, Rache, keine Spitzfindigkeiten, keine Schattierungen, keine Facetten, keine Humanität, keine persönliche Geschichte, die unfehlbar zu so etwas führten wie heute bei Lopito, der nicht mehr wußte, was er tun sollte, und den Schmerzensschrei um seine Tochter in eine Entladung politischer Schmähungen verwandelte.

»Sehen Sie«, sagte Judit zu Don Cesar, als hätte er nicht das gleiche gesehen wie sie, während er, an das Gitter gekrallt, auf sie einsprach. In der Kaserne wurde die Tür der Galerie geöffnet, und eine Gruppe von Leuten kam heraus, darunter vier junge Männer in Shorts, die Lopito in Handschellen, dessen Füße über den Boden schlurften, begleiteten. Sie schienen sich über ihn lustig zu machen, denn sie lachten übertrieben und feindselig. Als sie aus dem Schatten des Hauses in die Sonne des Spielfeldes traten, wurden die Gesichter wie auf dem Negativ eines Films plötzlich weiß und sahen alle gleich aus. Nach einigen Augenblicken stellten sich jedoch die Unterschiede wieder her. Es war Lopito. Sie hatten ihm das Hemd ausgezogen. Judit lief ein Schauer

über den Rücken, als sie von weitem seine kränkliche, farblose Haut sah. Sie standen um ihn herum, stellten Fragen, beschimpften ihn, aber Lopito, als sei ihm ein Rückenwirbel gebrochen worden, hob den Kopf nicht bei den Witzen, die sie über ihn machten. Die Polizisten schrien ihn an, schüttelten ihn, aber Judit und Don Cesar waren viel zu weit entfernt, um hören zu können, was sie sagten, und mehr mitzukriegen als die Verärgerung des Hauptmannes über irgendeine Verweigerung von Lopito. Die jungen Männer in den blanken Shorts begannen mit ihrem Training auf dem mit Pferdemist verunreinigten Spielfeld. Der Hauptmann richtete eine drohende Frage an den Häftling, der keine Antwort gab. Don Cesar, sich fester in den Draht krallend, die Knöchel seiner riesigen Hände weiß vor Spannung, flüsterte sehr leise:
»Jetzt tun sie ihm etwas.«
Und Judit hatte Angst.
»Was?« fragte sie auch sehr leise.
Ohne eine Antwort sah Don Cesar sie an und drehte sich sofort wieder zu der Szene um. Der Hauptmann gab seinem Trupp einen Befehl, und die Uniformierten gingen zu einem Abstellraum; er selbst nahm Lopito die Handschellen ab.
»Werden sie ihn erschießen?« fragte Judit.
»Nein.«
»Oder foltern?«
»Sie foltern nie draußen.«
Die Uniformierten schleppten mit Mühe eine große Zementwalze hinter sich her. Die Basketballspieler schrien und sprangen herum, weil einer einen Treffer gelandet hatte. Der Hauptmann befahl ihnen, das Spielfeld zu räumen, und sie ließen den Ball in den Zweigen eines Quittenbaumes zurück, damit er nicht den Hang hinunterrolle. Wieder ein Befehl, und man führte Lopito an die Walze.
»Nein!« schrie Judit mit erstickender Stimme.
Und beide schrien, ohne die Folgen zu bedenken, hysterisch an das Gitter geklammert, was ihre Lungen hergaben:
»Gemeine Schweine! Er ist krank! Er hat euch doch nichts getan! Lopito!«

Aber die Szene spielte sich zu weit entfernt ab, und der Nachmittagswind riß ihre Empörung bergan, ohne daß irgend jemand sie bemerkte. Judit weinte. Durch ihre Tränen hindurch, durch den Schierling und den Maschendraht sah sie ihren Freund, wie er versuchte, die Planierwalze zu schieben und dann zu ziehen, um das Spielfeld zu glätten. Er brachte sie kaum in Bewegung. Die Polizisten zogen sich in den Schatten zurück, den das Kommissariat über den Boden warf. Es sah aus, als lachten sie, vielleicht gaben sie Lopito mit Witzen seine Beleidigungen von vorhin zurück, über die sie sich immer noch ärgerten. Saufbold, Extremist, schrien sie und trieben ihn an wie ein Zugtier. Er solle arbeiten, jawohl, arbeiten solle er und das Spielfeld planieren, während sie sich überlegen wollten, was sie mit ihm machen würden, weil er sich so unverschämt benommen hatte! Betäubt von allem, was mit ihm geschah, beugte Lopito seinen schweißglänzenden Rücken über die Walze. Judit zitterte und stellte sich das Röcheln seiner von der Anstrengung gesteigerten Atemnot vor. Als Lopito sich plötzlich aufrichtete, um sich mit dem Handrücken die Schweißtropfen abzuwischen, die ihm von der Stirn in die Augen liefen und ihn wahrscheinlich blendeten, hörte Judit die Zuschauer heiser schreien:
»Mach schon, du Scheißkerl!«
»Du warst doch eben so stark!«
»Wer hat dir erlaubt aufzuhören?«
Nach einem kurzen Augenblick des Ausruhens sackten Lopito die Beine weg, und langsam zusammenklappend, während seine Zuschauer eine Sekunde lang ungläubig schwiegen, fiel er zu einem Haufen zusammen. Alle stürzten sich wütend und betroffen auf ihn, nicht um zu sehen, was ihm passiert war, sondern um ihn zu zwingen, sich wieder aufzurichten. Das gelang ihnen aber nicht. Die Hitze schien endgültig alle Gelenke seiner Glieder aufgelöst zu haben. Einer der Zuschauer holte unerwartet ein Stethoskop aus der Tasche, beugte sich über seine Brust und horchte ihn mit dem Apparat ab.
»Was ist passiert?« hauchte Judit.

»Warum gibt man ihm nicht seine Tabletten?«
»Er hat sie weggeworfen. Ich habe es gesehen.«
»Dann müssen sie welche besorgen.«
Doch dann verstummte Don Cesar, denn er wußte, eine solche Behandlung gehörte einer anderen Zeit an. Die Polizisten rannten zwischen der Kaserne und der Stelle, an der sein Körper in der Sonne lag, hin und her, ohne daß irgend jemand sich entschließen konnte, dieses lästige Etwas fortzuschaffen. Man gab ihm Wasser, doch er konnte es nicht trinken, man klopfte ihm auf die Hände, sprach zu ihm, wedelte ihm mit den Mützen Luft zu, aber seine Zeit zum Atmen war vorbei. Nach einer ganzen Weile machte der Arzt eine negative Kopfbewegung, unverkennbar endgültig.
»Liegt er im Sterben?« fragte Judit in trügerischer Hoffnung.
»Nein. Er wird tot sein.«
Judit löste ihre Finger aus dem Gitter und ließ sich zwischen den Schierling fallen. Ihr Gesicht war jetzt auf gleicher Höhe mit Don Cesars Gesicht, der noch am Gitter hing und ebenfalls weinte. Nicht, weil Lopito sein Freund gewesen war, sondern weil er den allgemeinen Schmerz verkörperte, die Ohnmacht aller in dieser und tausend anderen Situationen. Judit umarmte den Krüppel, und sie weinten zusammen. Niemand war mehr auf dem Basketballplatz, nur die Zementwalze und der Ball, der wie die einzige, wunderbare und leere Frucht in dem Quittenbaum mit den silbernen Blättern hing. Judit weinte und sagte, man hätte Freddy Fox anrufen sollen, der könnte alles in Ordnung bringen, in diesem Fall sogar den Tod. Aber es sei alles zu unerwartet gekommen. Wer hätte aber auch gedacht, daß Lopito sterben würde? Niemand. Weinen Sie nicht, tröstete er sie, es sei nicht ihre Schuld, sie habe nicht das Privileg, allmächtig zu sein und für alles verantwortlich. Er solle nicht weinen, sagte sie, denn wie alle, die träumen und ihre Träume weitergeben, wie er seinen unerfüllbaren Traum von Anmut an seine Tochter weitergegeben hatte, sei Lopito verurteilt, und es sei nicht ihre Schuld, daß er gestorben war. Nachdem sie sich flüchtig die Tränen abgewischt hatte, sagte sie, in jedem Fall sei es jetzt das beste, Freddy Fox aufzusuchen. Don Ce-

sar war dagegen. Wozu, Lopito sei doch tot? Das Wichtigste sei jetzt der Rückzug, sich verstecken, und in der Nacht könnten sie sich in den verschiedenen Vierteln der Stadt an diesen Kerlen rächen. Denn eigentlich war das Mord. Der Arzt hätte bemerken müssen, daß Lopitos körperlicher Zustand, von seinem Rausch ganz abgesehen, beklagenswert war. Hatten sie das, was sie mit ihm gemacht hatten, also aus reiner Roheit getan, aus überlegter Grausamkeit, um sich zu amüsieren wie Kinder, die Tiere quälen? In der Stille, die der Tod verbreitet hatte, hörte Judit in der Ferne die Busse durch die Allee fahren und die Glocken von Recoleta Dominica und von La Estampa, wohin ihre alte Amme sie als Kind heimlich mitgenommen hatte, um zu Bruder Andresito zu beten, ein plebejischer Kult, den ihre Mutter niemals zugelassen hätte.

»Gehen wir«, sagte Judit, schon auf den Füßen, das Gesicht von Tränen und Staub verschmiert.

»Wohin?«

»Mit den Bullen sprechen«, antwortete sie und lief los, während Don Cesar sich, nicht ohne ein gewisses Vergnügen bei dem Gedanken an den Rausch der Schußfahrt, wie ein mutwilliges Kind auf sein Rollbrett setzte und ihr in einer Staubwolke den Hang hinunter folgte, sich dabei den Hut festhielt, damit er nicht davonflog, sie überholte und gekonnt an der letzten Straßenecke bremste.

Sie sahen Mañungo, der von dem Kiosk zurückgelaufen kam, und machten ihm Zeichen, zu ihnen in die Seitenstraße zu kommen, damit man sie von der Wache aus nicht zusammen sähe. Judit warf ihm weinend die Arme um den Hals und erzählte ihm, was sie mitangesehen hatten, während die Sportler auf dem Basketballplatz ihre Muskeln trainierten. Als Mañungo von dem Unfall hörte, verhärtete er sich, so widersinnig war das alles. Unwirsch machte er sich von Judit los und sagte, es sei jetzt nicht der Augenblick, um zu weinen, wenn sie nicht sicher wußten, ob Lopito tot oder nur ohnmächtig geworden war. Sie solle sich etwas beruhigen. Aber Don Cesar schüttelte, ohne ein Wort zu sagen, den Kopf, ein Urteil, das Mañungo nicht akzeptieren wollte. Er schob Judit, die sich mit ihrem ganzen Körper wieder an ihn drängte, von sich und lief zum Kommissariat. Vor Hitze und Zorn gerötet, fragte er dort nach Don Juan López, und der Sergeant antwortete ihm aufs neue, er möge warten. Mañungo wiederholte seine Frage dieses Mal finster und hart. Der Sergeant erklärte ihm nun überaus höflich, daß der Hauptmann sofort kommen und sich um ihn kümmern würde.

»Wie lange werde ich warten müssen?«

»Das kommt darauf an.«

»Worauf kommt es an?«

»Nun, das kommt darauf an, wieviel Arbeit der Herr Hauptmann hat.«

»Und wenn er tot ist?«

»Wer ist tot?«

»Mein Freund, Don Juan López.«

»Ich sage Ihnen, hier ist keiner gestorben.«

»Sagen Sie Ihrem Hauptmann, Mañungo Vera möchte mit ihm sprechen.«

Der Polizist hob den Blick und senkte ihn wieder. Er wußte es also. Es war eine Verschwörung. Lopito war tot. Der Sergeant sagte: »Warten Sie bitte dort.«

Mañungo setzte sich wieder auf dieselbe Bank im Flur, wie vorhin, bevor er losgegangen war, um im Namen von Judit mit Freddy Fox zu telefonieren. Er wartete, wer weiß auf was und wozu: darauf, daß der Offizier herauskäme, vermutlich, oder daß man ihm Lopito zeige, oder daß irgendwer irgend etwas erkläre, oder daß Freddy Fox käme, der, nachdem er ihm am Telefon gesagt hatte, wie sehr er sich geschmeichelt fühle, mit jemandem wie ihm zu reden, versprochen hatte, in einer Viertelstunde, spätestens in zwanzig Minuten dort zu sein. Er hätte per Telefon einen Befehl geben können, das ist wahr, aber sicherer sei es, wenn eine so imposante Persönlichkeit wie er selbst erschiene. Außerdem sei es ihm ein Vergnügen, ihn persönlich kennenzulernen, da er ihn sehr bewundere. Hinter den Türen, die auf den Flur gingen, hörte man dieselben Stimmen wie vor Lopitos Tod, als plaudere er angeregt mit den Offizieren. Jetzt

waren die Stimmen allerdings etwas verhaltener, und Mañungo lief bei dieser minimalen Veränderung des Tons ein Schauer über den Rücken. Lopito tot? Das konnte nicht sein. Das war nicht wahr. Ein hysterischer Irrtum von Judit, ein böswilliger Scherz von Don Cesar. Lopito, mit *Ich grolle nicht*, Lopito mit dem blauen Bademantel, hatte sich in eine der Verrücktheiten der *Kreisleriana* gestürzt und konnte sich – wollte sich? – nicht retten? Denn diese ganze Angelegenheit war eigentlich kaum etwas anderes, als sich einen Nachttisch an den Hals zu binden und sich in den Rhein zu stürzen. Jedenfalls war es der Schlußstrich. Das Schicksal Lopitos hatte sich auf gemeine Weise erfüllt, wie es sich erfüllen mußte, wie sich vielleicht sein eigenes erfüllen mußte, das von Judit, das von allen, einfach weil es eines schönen Tages unmöglich war, die Dinge länger zu ertragen, und man ein wenig lauter schrie, als es klug war. Die Trauer gab Mañungo einen Stich ins Herz, als ihm klar wurde, daß er keine Minute länger in einem Land leben wollte, das Idioten wie Lopito umbrachte. Nichts bedeutete noch etwas, weder Paris und Hand in Hand mit Judit unter den Fenstern von Sartre entlang zur Seine gehen noch ein Besuch an Cortázars Grabstein auf dem Friedhof Montparnasse – er hatte ihn einmal kennengelernt, und sie hatten wie Brüder zusammen gelacht, denn beide waren größer und lässiger als alle anderen Teilnehmer an dem Konzert und hatten einen schwärzeren Bart und längere Haare. Eine kurze Abwesenheit des Sergeanten nutzend, ging Mañungo auf die Tür zu, die die Stimmen von ihm trennte. Er öffnete sie. Der Arzt mit dem schiefen Blick rauchte in Hemdsärmeln unter einem Schild mit der Aufschrift »Rauchen verboten« auf einer Pritsche sitzend und sprach leise mit dem Hauptmann, als ginge es um galante Abenteuer. Beide standen auf, als sie ihn sahen.
»Was wollen Sie hier?«
»Wer hat Sie hereingelassen?«
»Ich will wissen, was mit Don Juan López passiert ist.«
»Mehr Respekt, mein Herr.«
»Und Sie, wen respektieren Sie?«
»Wer sind Sie, daß Sie mir Fragen stellen?«

»Mañungo Vera.«
»Wer ist Mañungo Vera?«
Was sollte er darauf antworten, einfach, *das bin ich*? Zum Teufel! Er solle gefälligst seine jüngsten Untergebenen fragen, die Basketballspieler, den zum Beispiel, der ihn vorhin am Eingang zum Friedhof von Recoleta erkannt hatte. Dieser Hauptmann und dieser gemeine Quacksalber mit den geröteten Lidern und den zitternden, an den Gelenken bleigrauen Händen, diese Beamten waren zu alt, um ihn mit der gebührenden Begeisterung zu erkennen, da sie einer Generation angehörten, die ihn nicht kannte. Der berühmte Herr Hauptmann mit dem gestutzten Schnurrbart und den weißen Frauenhänden solle nur abwarten, bis Don Federico Fox einträfe und ihn, Mañungo Vera, endlich identifizierte!
Der Offizier nutzte die vorübergehende Verblüffung über die unerhörte Tatsache, daß alle sich böswillig weigerten, ihn zu erkennen: »Bitte gehen Sie.«
»Ich werde nicht gehen, bevor Sie mir gesagt haben, was Sie mit Lopito gemacht haben.«
»Warum sollten wir ihm etwas getan haben?«
»Sie haben ihn umgebracht.«
»Gehen Sie, oder ich rufe die Wache.«
»Zum Teufel mit dir, du verdammter Bulle!« heulte Mañungo auf. »Du hast Lopito umgebracht, und wer weiß wen noch alles!«
Der Arzt hatte die Tür geöffnet und rief die Wache. Drei Uniformierte erschienen und packten Mañungo, der sie anschrie:
»Mörder! Verbrecher! Der Arzt wollte Lopito keine Medikamente geben! Das werdet ihr mir büßen!«
Der Hauptmann lachte, dann wurde er sehr ernst:
»Das sind schlimme Anschuldigungen. Möglich, daß Sie derjenige sind, der hier büßen muß.«
»Was Sie gemacht haben, finden Sie wohl nicht schlimm?«
»Wir können nichts dafür, wenn dieser Herr López im Kommissariat einen Herzanfall bekommt.«
»Natürlich! Er ist gestorben, weil Sie ihn gezwungen haben, sich anzustrengen, obwohl er krank war!«

»Krank? So nennt man das also bei den Intellektuellen! Besoffen war er! Nun, ich bin nicht hier, um Ihnen Erklärungen abzugeben. Der Totenschein ist bereits ausgestellt.«
»Schaffen Sie ihn raus. Nehmen Sie seine Personalien auf, und bis der offizielle Bericht, der ihn über seinen Komplizen informieren wird, fertig ist, sperren Sie ihn in Zelle zwei«, befahl der Hauptmann.
Seit zehn Minuten war Mañungo eingesperrt, als Judit, die das Warten nicht mehr aushielt, trotz der Bitten von Don Cesar, es zu lassen, es wagte, in das Kommissariat zu gehen, um zu fragen. Die Polizisten antworteten, Herr López sei leider im Augenblick nicht zu sprechen. Niemand könne mit ihm sprechen. Und der Hauptmann sei in einem Verhör, so daß auch er nicht mit ihr sprechen könne. Judit fragte:
»Wer wird denn verhört?«
»Ein Herr Vera.«
»Und Sie wissen nicht, wer Mañungo Vera ist?«
»Mañungo Vera gibt es viele.«
»Und Juan López.«
»Auch.«
»Wie geht es Juan López?«
Der Sergeant antwortete nicht. Und ohne ihre vielleicht verdächtige Identität zu enthüllen, verließ Judit das Kommissariat, ließ die Tür hinter sich zuknallen und ging zu Don Cesar in die Nebenstraße. Als der hörte, daß man Mañungo festgenommen hatte, sagte Don Cesar: »Aber Ju ...«
»Was?«
»Man muß Bescheid sagen.«
»Wem?«
»Der Presse, Fernsehen, Zeitschriften. Die Nachricht, daß Mañungo verhaftet ist, wird in einer Viertelstunde um die ganze Welt gehen, hier wimmelt es dann von Journalisten, und es kann eine wahnsinnige Propaganda gegen das Regime geben, auf internationaler Ebene.«
Es war also notwendig, zu allen Mitteln zu greifen? Kein Tropfen Schmerz durfte vergossen werden? Mußte man die armen, sterblichen Überreste von Matilde und Lopito in der wirksamsten Form ausnutzen, auch den zerstörten Traum

Lopitas und Mañungos Trauer um seinen Freund und um Judit, deren eigener Traum sich jetzt, auf Grund all dessen als so unerfüllbar herausstellte wie jeder Traum in diesem Land? Wozu konnte Mañungos Verhaftung führen, wenn sie den Hyänen nicht zuvorkam? Ohne weiter nachzudenken, lief Judit zu dem Kiosk, um zu telefonieren. In zehn Minuten erschienen die auf Neuigkeiten erpichten Journalisten und forderten von dem überrumpelten Hauptmann Erklärungen; immer mehr Stimmen forderten, Mañungo solle eine Erklärung geben, solle seine Version des Hergangs vortragen, ohne jeden Zweifel diejenige, die man überall in der Welt glauben würde, denn Mañungo Vera war eben Mañungo Vera und hatte eine volle Baritonstimme und ein Hasenlächeln und goldgeränderte kleine Brillengläser, die eine Mode kreiert hatten. Aber leider, wiederholte der Offizier, sei Mañungo Vera nicht zu sprechen, bis Befehle von höherer Stelle einträfen. Niemand außerhalb der Hierarchie sei in der Lage, diesen Urteilsspruch zu ändern. Als endlich Freddy Fox schwitzend und sich die Lippen nach einem vergangenen oder zukünftigen Festmahl leckend eintraf und Judit und Don Cesar herzukamen, um seinen Einzug in das Kommissariat mitzuerleben, lachte Freddy und sagte, Judit solle sich nicht fürchten, er würde Mañungo frei bekommen, was man auch immer sagen wolle. Die Nachricht war als dringende Meldung bereits über alle Sender gegangen, und die in Chile akkreditierten ausländischen Korrespondenten, immer in Erwartung, daß »etwas passiert«, hatten sich mit Notizblocks und Scheinwerfern und Kabelrollen in dem vorhin menschenleeren Flur versammelt und warteten darauf, daß der Star freigelassen werde, dessen geheimnisvolle Rückkehr, inkognito, in seine Heimat schon an sich eine Meldung erster Ordnung war, und nun noch seine Verhaftung in einem gottverlassenen Stadtviertel. Freddy stellte den Hauptmann im Flur zur Rede, mitten im Lärm der Neugierigen aus der Nachbarschaft, wo sich die Nachricht von diesem außerordentlichen Ereignis rasch herumgesprochen hatte, und hier, vor allen Leuten, tadelte er den Offizier, er sei ein unwissender Tölpel, ein Ignorant, da er Hand an eine öffentliche Persönlichkeit gelegt habe, die absolut unpolitisch sei – und das sei das Wichtigste, sie unpolitisch zu halten, da man diesen Künstlern nie über den Weg trauen könne –, auch wenn er sie Mörder genannt habe.

Der Hauptmann, jetzt wortkarg, nachdem er vor dem unvorhergesehenen Eintreffen des »Anwalts« so wortreich gewesen war, schloß sich mit Freddy in der Krankenstube ein, um ihm Einzelheiten über den Fall Juan López und seine Tochter zu berichten. Eine Dummheit, alles in allem, die nicht seinetwegen so schlecht ausgegangen sei. Er lud den illustren Besucher ein, in den Saal hinüberzugehen, wo die Uniformierten übernachteten, aber Freddy bat, er möge so freundlich sein, Judit zu rufen, damit sie ihn begleite – »sie ist eine Cousine von mir, die so freundlich war, mit mir zu kommen; ich glaube, sie kannte den Verstorbenen« –, und als sie hereinkam, ließ sie zu, daß Freddy sie auf die Stirn küßte. In dem Saal hob der Offizier die Ecke eines der olivgrünen Laken, mit denen die Pritschen bedeckt waren, und Lopitos Profil, seine von der leichten Hand des Todes geglätteten Züge nahmen Judit mit der schrecklichen Überraschung dessen, was man erwartet hatte, die Luft. Sie erlaubte sich jedoch nicht, zu weinen. Sie hatte schon zuviel geweint und bereitete sich darauf vor, noch mehr zu weinen, nach dem ganzen Fragenstellen. Weinen, nicht nur aus Trauer um Lopito, sondern weil sie sich verloren sah, ohne zu wissen, was aus ihr würde, noch wer sie sein würde, sobald dieses alles sich änderte und Hassen nicht mehr die einzige Form des Lebens wäre. Wie hieß Lopitos Frau? Wo wohnte sie? Wo arbeitete sie? Diese Fragen, die Freddy und der Offizier ihr stellten und die sie beantworten sollte, waren nur eine Zäsur in dem unerbittlichen Rhythmus der Trauer, Angaben für die normale Abwicklung jedes Todesfalls. Wie hieß diese kümmerliche Schule, in der Flora Handarbeit unterrichtete und deren Namen Lopito aus Scham fast allen verheimlicht hatte? Aber beim Anblick dieses verjüngten Gesichts unter dem Zipfel des Lakens, das die Hand des Hauptmanns hochhielt, wußte Judit, daß sie und Lopito sich allein durch ihren Haß definiert hatten.

Lopitos Lippen bewegten sich und flüsterten ihr zu: Geh nicht mit Mañungo nach Paris, um deinen Haß auszumerzen, denn dann hörst du auf zu existieren. Man kann nicht davonlaufen, das ist nur ein herzzerreißender, sentimentaler Traum, der in eine Welt gehört, die es für uns nicht gibt. Eintracht ist nur eine gutmütige Abstraktion im Angesicht von so viel Blut und so viel Tod. Von einer Art Hunger befallen, erinnerte sich Judit an die alten Zeiten der täglichen Gefahr im Untergrund, die ihr vorrübergehend eine Form gegeben hatten. Dann ließ der Offizier das Laken über Lopitos Gesicht fallen, und Judit brach in Freddys Armen zusammen.

Sie verließen den Saal, Judit von ihrem Cousin gestützt. Im Büro des Hauptmanns wählte Freddy die private Telefonnummer des Ministers. Nach ein paar Worten des Einverständnisses, die klarstellten, daß der Fall López bereits vor Freddys Eintreffen in dem Kommissariat entschieden worden war, reichte der »Anwalt« dem Hauptmann den Hörer. Der hielt ihn ein wenig von seinem Ohr weg, als er das Gebrüll des Ministers hörte, der ihn aufforderte, Mañungo Vera unverzüglich freizulassen und ihn mit dem anderen Fall nicht weiter zu belästigen, er habe keine Zeit für Albernheiten.

Als Mañungo ein paar Minuten später aus dem Verhörraum kam, belagerten ihn die Journalisten und fragten ihn, wie viele Stunden er festgehalten worden sei und warum in einem Kommissariat von Recoleta und ob seine Verhaftung etwas mit der Beerdigung von Matilde Neruda zu tun habe. Nein, sagte er. Er sei wegen des Todes seines Freundes Juan López hierhergekommen. Und er erzählte ihnen die bekannte Geschichte: Elend, Alkoholismus, die unendlich vielen Versprechen, die das Leben ihm nicht erfüllt hatten, sein schwaches und gleichzeitig aufsässiges Verhalten, die Verteidigung seiner Tochter und dann, im Kommissariat, die Gemeinheit des Hauptmanns, der ihn unter der Mittagssonne die Planierwalze habe ziehen lassen, obwohl seine Krankheit offenkundig gewesen sei. Freddy hörte ihm mit einem frommen Lächeln zu und flüsterte Judit ins Ohr, es

genüge nachher ein Anruf, um diese Aussage zu zensieren und so zu verändern, daß sie zugunsten der Obrigkeit ausfiele, und wenn nicht, könnte man sie ganz verbieten. Schließlich gehörten ihnen alle Presseorgane, und die Realität könne jede Form annehmen, die ihnen genehm sei. Die Journalisten wollten Fotos von Lopito mit seinem besten Freund machen, der Sänger vielleicht über die Leiche gebeugt, um sie zu identifizieren, aber Mañungo lehnte ab.
»Warum sind Sie in diesem Augenblick nach Chile zurückgekommen?« fragten die Reporter.
»Um zu bleiben.«
»Wie lange?«
»Für immer.«
»Haben Sie gestern abend im Haus von Matilde nicht erklärt, es würde nur ein kurzer Besuch werden, weil Sie die Situation Ihres Landes nicht verstehen?«
»Jetzt verstehe ich sie.«
Er dachte einen Augenblick nach, dann fuhr er fort:
»Ich habe meine Pläne geändert. Jedenfalls kann ich Ihnen nach vierundzwanzig Stunden Aufenthalt in meinem Land versichern, daß mir niemals etwas so klar gewesen ist wie die Tatsache, daß ich bleiben werde.«
»Um Ihre politische Tätigkeit zu definieren?«
»Vielleicht.«
»Bewaffneter Kampf?«
»Nein, es sei denn, ich müßte mein Leben verteidigen oder das eines anderen ...«
»Lieder?«
»Das würde ich gern. Aber wer weiß, ob Bomben nicht die einzige Alternative sind. Sie sind dafür verantwortlich. Denn was soll man tun, wenn sie uns zur Gewalttätigkeit zwingen, indem sie uns alle Hoffnung nehmen? Ich rechtfertige die Bomben nicht. Aber ich verstehe sie.«
Niemand interessierte sich für Lopito, der Fall Juan López war zu dem viel interessanteren Fall Mañungo Vera geworden.
Dank Freddys Eingreifen waren die Formalitäten der Polizei kurz, und Judit und Mañungo gingen nach wenigen Minu-

ten Arm in Arm hinaus. Nach ein paar Schritten gesellte sich Don Cesar zu ihnen und rollte eine Weile neben ihnen her. In der langsam nachlassenden Sonnenglut warfen die gegenüberliegenden Häuser breite Schatten. Mañungo sagte, er habe seinem Sohn versprochen, sich mit ihm in *Chile en miniatura* zu treffen, wo der ihn vielleicht schon vermißte.
»Es gefällt mir nicht, daß du in einem Hotel wohnst«, sagte Judit. »Es ist für diese Leute zu einfach, dich dort zu überwachen. Es ist..., nun ja, fast so, als wärest du gar nicht angekommen, oder als ob...«
»Oder als ob ich nicht bleiben würde?«
»Komm in meine Wohnung. Dein Sohn kann in dem Zimmer schlafen, in dem Lopito geschlafen hat. Es ist nicht so luxuriös wie dein Appartement in Paris, aber...«
»... aber du hast einen blauen Frottee-Bademantel...«
»Was soll das heißen?«
»Gehen wir Jean-Paul abholen.«
»Was wirst du ihm sagen?«
»Das werde ich mir im Taxi überlegen.«
In diesem Augenblick bemerkten sie, daß Don Cesar sie verlassen hatte, vielleicht aus Rücksicht, vielleicht auch, weil er begriffen hatte, daß der Haß dieser beiden sich auf die eine oder andere Weise dem seinen anschließen würde. Sie hörten sein Rollbrett einen Block weiter die Straße hinunterrollen. Judit faßte Mañungo um die Taille.
»Aber lüge Jean-Paul nicht an«, bat Judit. »Um nichts in der Welt sage ihm, du bliebest aus Liebe zu mir.«
Mañungo blieb stehen, um sie anzusehen, tränenverschmiert und zerzaust, mitten in der Sonne.
Er antwortete: »Ich bleibe nicht aus Liebe zu dir, das weißt du.«
»Warum bleibst du dann?«
»Hast du nicht gesehen, was heute nachmittag geschehen ist?«
»Doch.«
»Dann weißt du auch, warum.«
Mañungo hielt ein Taxi an.

»Fahren wir?« sagte er und öffnete für Judit die Tür.

Sie bedeckte ihr Gesicht mit den Händen und schluchzte endlich.

»Was hast du?«

»Es ist nur..., es ist...« stammelte sie. »Im Augenblick könnte ich alles, nur nicht... Lopita gegenübertreten...«

Und sie lief davon.

39

Ein wunderschönes Spielzeugland: Bäume und Seen, schneebedeckte Berge aus Pappmaché, zierliche historische Gebäude mit erfundenem Luxus, langsame, gewundene Wasserstraßen, goldene Strände, Pampa, kleine Menschenpuppen und gleichgültiges Vieh, das auf Feldern weidete, die zu paradiesischen Buchten abfielen mit bunten, am Strand festgemachten Kähnen. Alles war hübsch und bunt in diesem Modelland. Hübsch, nicht schön, ohne die Spur des Schrecklichen, des Komischen und Tragischen, die ihm Ausdruck verlieh; diese Vignette der Perfektion war ganz und gar ein naiver – oder doch nicht so sehr naiver, sondern vorsätzlicher – Gesang auf einen angeblichen, obwohl offenkundig kraftlosen Fortschritt der Nation. »Lan«, »Chile«, »Provida«, »Copec«, »Ambrosoli«, distinguierte Firmen, die auf ihren Plakaten an den Spielzeugwegen ihre Dynamik, ihre Ordnung und Sauberkeit proklamierten und den unermüdlichen Fleiß ihrer freien, mit schneebedeckten Vulkanen, immergrünen Wäldern und ewig blauen Seen in Frieden lebenden Bürger. Diese paradiesische Vision war mit Wegen durchzogen, auf denen das Publikum spazierte, verwundert darüber, sein Bild in diesem kleinen magischen Spiegel wiederzuerkennen, der ihm erlaubte, sich voller Rührung zu fragen: Sind wir wirklich so? Und es zu glauben. Aber, wenn es die Zäune nicht gäbe, die die Miniaturlandschaft von den Besuchern normaler Größe und von Fleisch und Blut trennte, würden sie diese vielleicht zerstören, ihre Weiden und Wälder zertreten und sich einen Spielzeugbaum als Erinnerung mitnehmen, bis es keinen mehr gäbe, oder auch alles aus reinem menschlichen Vergnügen am Bösen zerstören.

Die Wirklichkeit des ganzen Landes ließ sich natürlich nicht in dem Grundstück darstellen, das die Stadträte für dieses Werk bestimmt hatten. Darum hatten die einfallsreichen Architekten sich gezwungen gesehen, ihre Phantasie mit viel Verstand zu entfalten, indem sie dies oder jenes abschnitten, Entfernungen verkürzten, Beziehungen veränderten und ganze Gebiete vollständig wegließen, weil es ihnen an Interessantem mangelte oder weil es ihrer Monotonie, ihrer Armut oder der Schwierigkeiten wegen, sie zu idealisieren, besser war, sie aus dem Projekt auszuschließen, denn in eine Miniaturlandschaft paßt eben nicht alles, und man soll weniger sympathische Dinge auch nicht hineinzwängen.

So brach der lange und schmale Landstrich im Süden, in dem es keine Industrie gibt, die die Werbung finanzieren könnte – diese kleinen, perfekt reproduzierten Bauten und Plakatwände »Rasen Sie nicht! Ambrosoli gibt es überall!« an den Landstraßen, über die kleine Autos fuhren, die die Kinder entzückten –, plötzlich in einer Eismasse aus Pappmaché ab, die das ganze Gebiet am Ende des Landes wegzauberte, so daß Lopita und Marilú laut über Juan Pablo lachten, denn sosehr das tieftraurige Kind zwischen den Windungen des Fußweges suchte, es konnte Chiloé nicht finden, das es nicht gab. Sie hatten den Jungen jedenfalls davon überzeugt, daß es nicht existiere; sie selbst hatten es, versteckt und unbedeutend, am Ende eines gewundenen, schmalen Weges am Wasser gefunden, von dem sie Jean-Paul immer wieder ablenken konnten. Wo, wo war Chiloé? Existierte es wirklich? Hatte es sich sein Vater nicht nur ausgedacht, um die Tatsache, daß er nicht wußte, wer er war und woher er kam, auszugleichen, indem er ihm vorlog, er sei nicht aus Paris und nicht aus Chile, sondern aus einer nicht existierenden Gegend namens Chiloé? Lopita und Marilú folgten ihm eingehakt und spotteten über Juan Pablo, der an nichts mehr Freude hatte und verzweifelt in den Windungen und Kurven des Weges Schildchen auf Schildchen buchstabierte, ohne Chiloé finden zu können; er fühlte sich, als stamme er im Gegensatz zu Marilú und Lopita, die selbstgefällig und überschwenglich alles bewunderten, nur um zu sehen, was für ein Gesicht Jean-Paul machte, von nirgendwo. Seine blauen Augen standen in Tränen, und seine Lippen zitterten.

Ein wenig später, als Fausta und Celedonio meinten, man müsse den Besuch nun beenden, da sie müde seien, protestierten die Kinder, und Don Celedonio sagte, wenn sie noch blieben, würde er sich eine Bank suchen, um sich hinzusetzen. Sie sahen ihm nach, wie er sich an seinem Stock mit dem goldenen Knauf humpelnd entfernte, den Kopf gesenkt und erschöpft, denn es war zu viel geschehen, bis er in einiger Entfernung unter einer kleinen Weide einschlief. Fausta, die sich ebenfalls von den Kindern entfernt hatte, die herumliefen, wie es ihnen gefiel, blieb plötzlich am Ende eines Pfades stehen, und ein Schild lesend rief sie, die Arme wie Windmühlen schlagend, die Kinder heran, sie sollten sofort ihrem begeisterten Ruf folgen. Die Kinder kamen zu ihr gelaufen, und dort, zwischen den blauen Wasserstraßen an den sanften, grünen Ufern einer der in den Fjorden versteckten Inseln, sahen sie das Schild: »Chiloé-Pfahlbauten«. Seltsame Holzbauten waren das, mit zerbrechlichen Wasservogelbeinen in das flache Wasser gesetzt und vom friedlichen Gewässer des Archipels widergespiegelt, dem Archipel von *Chiloé*. Juan Pablo grinste seine Freundinnen triumphierend an, die sich für die kleinen Häuschen begeisterten, die so seltsam, so ganz anders waren als alle anderen.

Fausta zeigte den Kindern die Inseln, vor allem Jean-Paul, den sie umarmte, damit die Wärme ihres Körpers die nachwirkende Melancholie des Heimtlosen lindere, während Lopita nicht stillstehen konnte, da ihre sich ständig erneuernde Lebensfreude es ihr unmöglich machte. Marilú lungerte herum; sie fing an, sich zu langweilen.

»Mais, où est le grand bateau?«

»Welches Schiff?«

»Siehst du nicht, daß hier kein Schiff ist?« sagte Lopita.

»Le bateau magique dont mon père parlait.«
»Warte ..., warte. Gleich wirst du es sehen, sobald es ein bißchen dunkler wird und der Nebel aufsteigt. Da hinten!« rief Fausta und deutete auf eine Insel mit hoher Vegetation, über der Vögel krächzten und wo sich eine silberne Wolke bildete, aus der der Wind blies, der die Wellen aufwühlte. »Sieh genau hin. Man muß lernen, ganz genau zu sehen, um das Grau eines Gewitterhimmels von dem Grau zu unterscheiden, das nur wie ein leichtes Streicheln ist. Schattierungen unterscheiden zu können, ist ein ganz wichtiger Bestandteil der Intelligenz. Sieh hinter die felsige Halbinsel, wo der Seewolf schnaubt, der sich bis hierher wagte. Von jener Seite kommt das Zauberschiff. Warte, bis mehr Nebel aufgestiegen und die Luft voller Widerschein ist, wenn sie sich auf die Nacht vorbereitet oder auf den Regen. Paß auf. Hörst du nicht in der Ferne die tiefe Glocke aus Bronze, ding – dong, ding – dong, die die anderen Schiffe in den Wasserstraßen warnt, daß das Zauberschiff kommt und sie ihm aus dem Weg gehen sollen? Gibt acht, Jean-Paul, denn um etwas kennenzulernen, muß man sich jede Einzelheit ansehen und ihre Unterschiede begreifen und jede Botschaft, die die verschiedenen Winde von überall herbringen. Hörst du die Musik? Sag mir, was ist das? Du solltest es wissen. Gitarre oder Zitter oder Mandoline? Hörst du, sie spielen eine Sarabande, die der Tanz des Teufels ist, sagt man. Oder ist es eine Habanera? Ah, die langsamen Habaneras, die ich an Bord des Zauberschiffes getanzt habe, und der Applaus von Pablo und Matilde und Celedonio und den anderen! Dieses Zauberschiff hat die Kraft zur Verwandlung. *Caleún:* »verwandelte Menschen«. Wußtest du das nicht? Wir verwandeln uns, in was wir wollen, wenn wir es wagen, auf das Schiff zu gehen, wenn es im ersten Morgengrauen an diese Küste kommt, so wie dein Vater sich verwandelt hat. Aber wenn wir an Land bleiben, sind wir immer die gleichen, Gefangene dieser verlogenen Miniatur, denn Lügen sind immer Miniaturen. Wollen wir an Bord gehen? Hörst du die Matrosen singen, das Wiegen beim Rigodon, das Gelächter und die Mandolinen, die Bronze der

Glocke, die im Nebel vibriert? Sieh nur, sieh, dahinten kommt endlich unser Zauberschiff... Sieh, wie die Augen seiner Lichter im Nebel größer werden, wie seine Glocke voll in der Luft singt. Und weißt du, warum sie singt? Weil der, der das Schiff besteigt und sich in seinen Tänzen wiegt und an seinem Bankett teilnimmt, nach Süden gebracht wird, jenseits dieses Pappmaché-Eises, in eine winzige Welt mit Bäumen, die Brot und Früchte tragen, mit linder Luft und Vögeln mit bunten Kehlen, und dort erhebt sich eine Stadt aus Gold, die funkelt wie die Masten des Schiffes, und wer es wagt, das Zauberschiff zu besteigen, wird ewig leben und kennt nicht die Beleidigung des Todes.«

Fausta dachte, sie sollte aufschreiben, was sie so oft gehört hatte, das aber niemand so erzählen konnte, wie es erzählt werden sollte. Wie lange hatte sie nichts publiziert, vielleicht war dies der richtige Augenblick, ihre Reise an Bord des Zauberschiffes wieder anzutreten, damit man ihr Recht darauf nicht vergaß! Sie würde jedenfalls mit Celedonio darüber sprechen, dachte sie, während sie die Legende für die naiven Ohren, die vielleicht gar nicht so naiv waren, weiterspann... Lieder, Sirenen, gute Zauberer, Medizinbäume, die klassischen Interventionen übernatürlicher Wesen, der Ruhm, nun ja, die Ewigkeit. Begeistert lauschten ihr die Kinder und auch andere Besucher, die nach *Chile en miniatura* gekommen waren, um teilzuhaben an der phantastischen Vorstellung von einem wohlhabenden Land, das es noch weniger gab als das Land dieser seltsamen Rhapsodien in langen, schwarzen Gewändern. Verzaubert hörten sie der Schriftstellerin zu – schnell hatte sich herumgesprochen, sie sei eine außerordentlich berühmte Schriftstellerin, ein bißchen eine Hexe, die für die Enkel improvisierte. Doch, es mußten ihre Enkel sein, flüsterte man, die perfekte Familie in einem perfekten Land. Sehen Sie doch nur die Zärtlichkeit, mit der sie das Kind mit dem blonden, vielleicht etwas zu langen Haar umarmt, mit welcher Sicherheit sich das häßliche Mädchen im lilafarbenen Kleid an die kräftigen Schenkel einer Matriarchin lehnt und wie hingerissen das etwas größere Mädchen, das sich das Gesicht unschick-

lich geschminkt hat, seiner Großmutter lauscht! Viele der Besucher hatten die Legende von dem Schiff schon gehört, das die düsteren Wasserstraßen durchzog und in ihnen versank, um neu aus den Fluten wieder aufzutauchen, aber niemals war sie so gut erzählt, so wunderbar ausgedrückt worden wie durch die ein bißchen heisere Stimme dieser geheimnisvollen Dame in der mythologischen Gewandung, die jeder Bewegung ihrer mit aufdringlich wirkendem Schmuck behängten Arme folgten: eine Erscheinung, die würdig war, das Schiff, von dem sie sprach, zu besteigen.
Fausta war von ihrer Erzählung hingerissen und bemerkte nicht gleich, daß die Kinder sich von ihr losmachten und vor Freude rufend auf den Eingang von *Chile en miniatura* zuliefen. Lopita trällerte fröhlich an der Spitze: »Rasen Sie nicht, denn Ambrosoli gibt es überall!«
Sie lief allen voran, weil sie als erste sah, was sie aus der Legende hochgerissen hatte. Aber als sie die Kinder laufen sah, lief auch Fausta, unter großen Schwierigkeiten wegen ihrer hohen Absätze, ihrer üppigen Figur und der schleppenden Gewänder hinter ihnen her, um sie nicht aus den Augen zu verlieren, ohne jedoch zu erkennen, wem ihr überstürzter Aufbruch galt, denn sie war ein wenig kurzsichtig. Sie begriff erst, als Lopita mit ausgebreiteten Armen in vollem Lauf kreischte: »Onkel Mañungo! Onkel Mañungo!«
Hinter ihr rief Marilú: »Onkel! Onkel! Jetzt bin ich dran!«
Und Jean-Paul, der versuchte, die Mädchen wegzudrängen, schrie: »Papa, papa!« glücklich, ihn allein zurückkommen zu sehen. »Papa. Où étais-tu?«
Die drei Kinder hängten sich an Mañungos Beine, aber trotz der Forderungen seines Sohnes und Marilús hartnäckigem »Jetzt bin ich dran, jetzt bin ich dran« war es Lopita, die Mañungo hochhob und sich auf die Schultern setzte, von wo die Kleine sofort alle Leute zu grüßen begann, während er Fausta entgegenging, die, als sie ihn mit einem so schmerzlich, von einem bösen Zauber veränderten Gesicht kommen sah, nicht mehr zu fragen brauchte, was geschehen war.

Antonio Skármeta

Der Aufstand

Roman. Aus dem Spanischen von Joco Dehmann.
218 Seiten. Serie Piper 555

Der Roman handelt vom Leben in der nicaraguanischen Stadt Léon wenige Wochen vor dem Sieg der Sandinistischen Befreiungsfront, von den Ängsten, Träumen und Heldentaten der Bevölkerung.

»Ein Buch ... über die kleinen Leute in Nicaragua für die kleinen Leute in Europa.« Rias Berlin

Mit brennender Geduld

Roman. Aus dem Spanischen von Willi Zurbrüggen.
150 Seiten. Geb.
(Auch in der Serie Piper 768 lieferbar)

Antonio Skármetas Roman lebt von der Liebe des Autors zu seinen Figuren, von der Verbundenheit eines Schriftstellers mit den Menschen seines Volkes, einer Gemeinschaft vitaler, skurriler und eigenwilliger Personen. »Mit brennender Geduld« ist ein blendend erzählter, unangestrengter, humorvoller Roman, ein Kleinod in unserer literarischen Landschaft.

»Skármetas Werk ist ein begeisternder Roman über Poesie, Politik und Leidenschaft. Gewisse Dialoge lesen sich wie ein glänzend geschriebener Lehrgang in Ästhetik. Diese Gespräche kreisen um Metaphern – Skármetas Werk ist voller Bilder, der ganze Roman ist metaphorisch zu lesen.«
Neue Zürcher Zeitung

Vom selben Autor ist lieferbar:

Heimkehr auf Widerruf – Chile im Umbruch?

Politische Reflexionen.
195 Seiten mit 11 Abbildungen, biographischer Notiz und Werkverzeichnis.
Serie Piper 1138

Das Lied des Feuers

Lateinamerikanisches Lesebuch
Herausgegeben von Wolfgang Eitel.
403 Seiten. Serie Piper 900

Die Erzählkunst der lateinamerikanischen Literatur schöpft aus den verschiedensten Quellen: der »klassischen« europäischen Novellistik, der amerikanischen Short Story, der überaus vitalen mündlichen Tradition und den indianischen Märchen. In dieser Auswahl kommt die durch Welten getrennte Literatur der Großstadt und des unterentwickelten Hinterlandes ausführlich zu Wort: Márquez, Fuentes, Borges, Andrade, Fonseca, Giardinelli und Skármeta zusammen mit bisher unbekannten Autoren. Denn auch hierzulande haben wir, die »letzten Entdecker Lateinamerikas, begriffen, daß lateinamerikanische Literatur moderne Weltliteratur ist, daß wir es nicht nur mit einem kurzlebigen Boom zu tun haben, der sich an wenige Namen knüpft, sondern mit einem literarisch außergewöhnlich kreativen, hochentwickelten und vielfältigen Kontinent.«

Hans Magnus Enzensberger

Piper 32/1 g

PIPER